그리스인
조르바

그리스인
조르바

ZORBA THE GREEK

민음사

니코스 카잔차키스 김욱동 옮김

차례

새 번역에 부쳐   7

그리스인 조르바   11

작가의 말   545
작품 해설   555

새 번역에 부쳐

　현재 『그리스인 조르바』의 한국어 번역서는 시중에 서너 종이 출간되어 있다. 그러나 이 번역본들은 대부분 1952년 칼 와일드먼(Carl Wildman)이 번역하여 영국 레먼 출판사에서 처음 출간한 영어 번역서를 저본으로 삼고 있다. 이듬해 미국에서 출간된 뒤 그동안 영어 문화권에서 널리 읽혀 온 이 영역본은 그리스어 원본을 직접 번역한 것이 아니라 프랑스어 번역서를 저본으로 삼았다. 그러니까 지금까지 독자들이 읽어 온 한국어 번역서는 그리스어에서 프랑스어로, 프랑스어에서 다시 영어로, 그것을 다시 한국어로 옮긴 삼중 번역의 결과물이다.

　두말할 나위 없이 번역이란 원본 서류를 복사하는 것과 같아서 복사 과정을 거치면 거칠수록 원본에서 점점 멀어질 수밖에 없다. 아니나 다를까 와일드먼의 영어 번역에는 크게 세 가지 문제가 있음이 드러났다. 원본에 있는 내용을 삭제했는가 하면 원

7

본에 없는 내용을 삽입해 넣었다. 또한 여러 곳에서 오역과 졸역이 눈에 띈다. 그러니까 와일드먼은 번역학에서 경계하는 1) 축소 번역(omissions), 2) 과잉 번역(commissions), 3) 오역(errors)의 실수를 모두 범한 셈이다.

이번에 새로 펴내는 이 번역은 2014년에 피터 빈(Peter Bien)이 새롭게 번역한 영어 번역서를 저본으로 삼았다. 빈은 미국에서 그리스 문학 번역가와 연구가로 정평이 난 사람이다. 그의 『그리스인 조르바』새 번역은 "카잔차키스가 구사한 원어와 관념의 아름다움과 힘을 생생하게 되살려 냈다."라는 평가를 받아 왔다. 그러나 나는 이 작품을 번역하면서 빈의 텍스트를 저본으로 삼되 와일드먼의 번역도 참고했다. 어떤 경우에는 빈의 번역보다 와일드먼의 번역이 맛깔스러울 때가 없지 않았기 때문이다.

이 번역에서는 작중인물의 이름과 지명을 될 수 있는 대로 그리스 원어에 가깝게 표기하고자 했다. 다만 예외가 한 가지 있다면 주인공 알렉시스 조르바의 이름과 작품 제목이다. 그리스어 원본대로 하자면 '조르바스'라고 표기해야 옳지만 많은 독자들이 워낙 '조르바'라는 이름에 익숙하기 때문에 그대로 '조르바'로 표기했다. 제목도 '알렉시스 조르바의 삶과 시대'나 카잔차키스가 처음 의도했던 대로 '알렉시스 조르바의 성인전'으로 해야 하지만 영어 번역 그대로 '그리스인 조르바'로 표기하기로 했다.

마지막으로, 이 번역서를 내는 데 나는 홍정아 선생한테서 많은 도움을 받았다. 도움을 받았다는 표현으로는 부족하고, 거의 같이 번역하다시피 했다. 홍 선생은 이 번역서의 공역자와 다름없다. 이 번역서의 문체가 훨씬 젊어진 것은 모두 홍 선생 덕분이다. 이 자리를 빌려 홍 선생에게 다시 한번 감사드린다.

2018년 1월

김욱동

1

내가 그를 처음 만난 것은 항구 도시 피레우스*에서였다. 그때 나는 크레타섬으로 가는 배를 타려고 항구에 내려가 있었다. 막 동이 틀 무렵이었다. 비가 내렸고, 남동풍이 거세게 불면서 파도의 포말이 조그마한 카페 쪽으로 날려 왔다. 카페 유리문이 굳게 닫혀 있어 안에서는 세이지 차 냄새와 사람들의 땀 냄새가 코를 찔렀다. 밖은 추웠고, 카페 유리창에는 사람들이 내뿜는 입김이 성에처럼 뿌옇게 서려 있었다. 갈색 산양털 속옷을 입고 밤을 지새운 뱃사람 대여섯이 희뿌연 창 너머로 바다를 바라보며 커피나 세이지 차를 마시고 있었다.

거친 파도에 놀란 물고기들은 평화로운 바다 밑에 몸을 숨긴 채 수면이 다시 잔잔해지기를 기다렸다. 카페에 모여 있던 어

---

* 그리스 아티키주의 항구 도시. 아테네 도심에서 12킬로미터 정도 떨어져 있는 아테네 도시권 지역의 일부다.

부들도 사나운 폭풍우가 어서 잠잠해지고 물고기들이 미끼를 쫓아 수면 위로 올라오기만을 기다렸다. 도다리, 농어, 가오리가 밤일을 마치고 잠을 청하러 돌아오는 시간이었다. 해가 막 떠오르기 시작했다.

그때 이중 유리문이 열렸다. 땅딸막한 키에 험상궂은 얼굴을 한 늙수그레한 부두 노동자가 모자도 쓰지 않고 진흙 범벅이 된 맨발로 카페에 들어섰다.

"어이! 코스탄디스! 어떻게 지내나?" 두꺼운 푸른색 겉옷을 걸친 늙은 뱃사람이 소리쳤다.

그러자 코스탄디스라는 사람이 몹시 짜증스럽다는 듯 침을 탁 뱉고 말을 받았다.

"어떻게 지내냐고? 아침나절에는 여기 카페에서 죽치고, 오후에는 집에서 죽친다네. 다시 오전엔 이곳에, 오후엔 집에. 내가 사는 꼴이 이렇지, 뭐. 젠장, 어디 일자리가 있어야지!"

그러자 어떤 사람들은 웃었고, 어떤 사람들은 고개를 저으며 욕설을 퍼부었다.

"산다는 게 감옥살이지, 뭐." 카라괴즈* 인형 극장에서 철학 나부랭이나 주워들었을 콧수염 난 뱃사람이 내뱉었다. "그것도 종신형이야. 빌어먹을!"

푸르스름한 빛줄기가 지저분한 카페 유리창에 부드럽게 번졌다. 그러고는 카페 안에 있는 사람들의 손과 발, 이마를 훑었

* '검은 눈'이라는 뜻으로 인형 그림자 연극을 말한다. 아라비아, 터키, 시리아, 북아프리카 등지에서 성행하던 이 연극은 주로 카페에서 상연되었다.

다. 이어서 내친김에 카페의 벽난로와 그 위에 놓인 술병도 밝게 비쳤다. 이제 전깃불이 희미해졌다. 그러자 밤을 꼬박 새운 카페 주인이 졸린 눈으로 손을 뻗어 전등을 껐다.

한순간 정적이 감돌았다. 사람들이 일제히 진흙처럼 누런 창밖 하늘을 바라보았다. 파도가 으르렁거리며 부서지는 소리, 카페 안에서 물 담배가 보글거리는 소리가 들렸다.

늙은 뱃사람이 한숨을 쉬며 말했다. "이거야 원, 레모니스 선장에게 무슨 일 있는 거 아냐? 아, 하느님, 제발 그 사람 좀 도와주십시오!" 그는 바다를 무섭게 노려보다가 희끗희끗한 콧수염을 질근 씹으며 으르렁거렸다. "바다여, 그대에게 저주가 있을진저! 마누라를 과부로 만드는 바다여!"

나는 한기를 느끼며 카페 구석에 앉아 있었다. 쏟아지는 잠과 이른 아침의 서글픔을 몰아내려고 세이지 차를 한 잔 더 주문했다. 안개처럼 김이 서린 유리창 너머로 나는 저 멀리 들려오는 뱃고동 소리에 막 잠에서 깨어나는 항구며, 짐마차꾼들과 뱃사공들의 모습을 바라보았다. 계속 바라보자니 마음이 바다, 비, 그리고 출항에 대한 생각으로 저인망처럼 얼기설기 뒤엉켰다.

나는 맞은편 큼직한 증기선의 검은 이물에서 눈을 떼지 않았다. 선체는 아직 뱃전 위쪽에서 아래쪽까지 어둠에 잠겨 있었다. 비는 멈출 기미를 보이지 않았다. 빗줄기가 실처럼 하늘과 진흙을 하나로 연결시키는 것 같았다. 이 검은 배와 그림자와 비를 바라보자니 슬픔이 조금씩 고개를 들며 여러 기억이 되살아났다. 사랑하는 친구의 모습이 축축한 대기 속에서 비와 그를 보고 싶은 간절한 마음과 뒤섞여 또렷이 형체를 갖추었다. 나는 그 친구에게 작별 인사를 하려고 바로 이 항구에 왔다. 그게 언제였던가? 작년이었던가, 전생이던가, 아니면 바로 어제였던가? 그에게 작별 인사를 하려고 이 항구로 내려왔던 게 과연 언제였던가? 그날 아침에도 주룩주룩 비가 내렸고, 날씨가 추웠으며, 동이 막 트려고 했다. 그리고 그날도 폭풍우가 불어 내 마음을 무겁게 가라앉혔다.

사랑하는 친구와 이별하면서 시간을 질질 끈다는 것은 참으로 고통스러운 일이다. 차라리 단칼로 베어 내듯 깨끗이 헤어지는 편이 훨씬 나을지 모른다. 그러고 나면 인간의 본래 상황인 고독으로 돌아갈 수 있을 테니까. 하지만 그 비 오던 날 새벽, 나는 그 친구와 쉽게 헤어질 수가 없었다. (뒤에 가서야 그 이유를 알게 되었지만, 아, 어쩌겠는가, 이미 때는 늦은 것을!) 나는 친구와 함께 배에 올라 그의 선실 안 흐트러진 가방 사이에 앉았다. 친구가 다른 일에 시선을 돌리는 동안 나는 마음속에 기록해 두려는 듯 그의 이목구비를 하나하나 오랫동안 찬찬히 살펴보았다. 푸른빛을 띠며 반짝이는 초록 눈, 포동포동하고 앳된 얼굴, 이지적이면서도 오만한 표정, 그리고 무엇보다도 가늘고 긴 귀족적인 손가락. 한순간 친구는 내가 혀로 핥듯 자기를 집요하게 쳐다보는 것을 눈치챘다. 그리고 감정을 숨기고 싶을 때면 짓곤 하던 그 조롱하는 듯한 표정으로 나를 흘겨보았다. 그는 내 시선의 의미를 알아차렸다. 그는 이별의 슬픔을 잊으려고 얄궂게 미소를 지으며 내게 물었다. "도대체 얼마나 더 그럴 건가?"

"'얼마나 더'라니, 뭘?"

"얼마나 더 좋이 나부랭이나 씹으면서 먹물을 머리에 뒤집어쓰고 살 거냐고? 나랑 같이 가세. 지금 캅카스*엔 위험에 빠진 수천만 동포가 있지 않나. 나랑 함께 가서 그들을 구하세."

그러고 나서 친구는 자신의 고상한 목표를 비웃기라도 하듯 웃었다.

"물론 우리가 그들을 구한다는 보장은 없지." 그가 덧붙였다. "하지만 그들을 구하려는 시도를 통해 우리 자신을 구할 순 있을 거야, 안 그런가? 언제가 자네도 그렇게 설교하지 않았나? '너 자신을 구할 수 있는 길은 다른 사람들을 구하려고 투쟁하는 것뿐이다.'라고. 그러니 어서 나서게나, 선생 나리. 나랑 함께 가세!"

그러나 나는 아무런 대답도 하지 않았다. 산들이 높이 솟고 신들을 낳은 저 신성한 동방, 바위에 묶여 울부짖는 프로메테우스**를 나는 생각하고 있었다. ─ 지금 우리 민족은 똑같은 바위에 묶여 아들을 향해 다시 한번 구해 달라고 울부짖고 있지 않은가. 또다시 그들은 위험 앞에 서 있었다. 그런데도 나는 초연하게 우리 민족이 고통받으며 울부짖는 소리를 잠자코 듣고만 있었다. 마치 그 고통이 한낱 꿈일 뿐이라는 듯, 그리고 인생이 마치

---

* 지리적으로 유럽의 동쪽, 아시아의 서쪽에 위치한 지역. '카우카스', '코카시아' 등으로 부르기도 한다.

** 그리스 신화에서 세계를 떠받치는 기둥 중 하나. 이곳에서 프로메테우스는 제우스에 의해 사슬에 묶여 독수리에게 간을 쪼아 먹힌다.

관객의 정신을 홀딱 빼앗는 한 편의 멋진 비극이라는 듯. 싸구려 3등석 발코니 좌석에 앉아 있는 내가 무대 위에 뛰어올라 연기에 끼어든다는 것은 얼마나 촌스럽고 순진한 일인가!

친구는 내 대답을 기다리지 않고 자리에서 벌떡 일어났다. 증기선이 벌써 세 번째 사이렌을 울리고 있었다. 친구는 내게 손을 내밀었다.

"잘 있게나, 책벌레!" 친구는 감정을 숨기려는 듯 놀리며 말했다.

친구는 감정을 자제하지 못하는 것이 얼마나 부끄러운 일인지 잘 알고 있었다. 눈물을 흘리는 것, 부드럽게 말하는 것, 몸짓을 과장하는 것, 노동자들이 허물없이 구는 것 ─ 이 모든 것이 그의 눈엔 보기 흉하고 사내에게 어울리지 않는 못난 짓거리로 보였다. 우리는 그토록 서로를 무척 좋아하면서도 한 번도 다정한 말을 주고받지 않았다. 그저 짐승처럼 서로를 희롱하며 할퀼 뿐이었다. ─ 친구는 세련되고 빈정거리는 냉소적인 문명인이었고, 나는 야만인이었다. 그는 자제력을 한껏 발휘하여 모든 감정을 미소로 산뜻하게 포장하려 했지만, 나는 퉁명스럽고 거칠게 불쑥 폭소를 터뜨렸다.

내 차례가 되자 나도 엄숙한 표현으로 혼란스러운 감정을 위장해 보려 했다. 하지만 그러기가 부끄러웠다. ─ 아니, 부끄러웠던 게 아니라 그렇게 할 수가 없었다. 나는 친구의 손을 꼭 붙잡고 놓아주지 않았다. 그러자 그가 당황한 표정으로 나를 쳐다보았다.

"가슴이 찡해서 그러나?" 친구가 웃으려고 애쓰며 물었다.

"그렇다네." 내가 차분하게 대답했다.

"왜? 우리 서로 동의하지 않았던가? 벌써 몇 해째 이 점에 대해서는 의견 일치를 보지 않았냐 말이야? 자네가 사랑해 마지 않는 일본인들이 그걸 뭐라 부르지? 후도신(不動心)! 평정심, 냉정, 가면은 방긋 웃고 있지만 조금도 움직이지 않는 얼굴 표정 말이야. 가면 뒤에서 무슨 일이 일어나든 그건 각자의 몫이지."

"그래, 동의했지." 나는 장황하게 늘어놓지 않으려고 애쓰면서 짧막하게 대답했다. 말을 더 하다가는 목소리가 떨릴 것만 같았기 때문이다.

뱃고동이 울리자 선실에 있던 방문객들이 모두 밖으로 뛰쳐 나갔다. 두 번 다시 돌아오지 않을 듯이 말이다. 비가 부슬부슬 내리고 있었다. 뜨거운 작별 인사, 서로에게 주고받는 약속, 언제 끝날지 모르는 기나긴 입맞춤, 서둘러 내뱉느라 숨이 찬 당부의 말이 우리 주위의 대기를 가득 메웠다. 어머니는 아들을, 남편은 아내를, 친구는 친구를 마치 영원히 헤어지기라도 하듯, 이 작은 이별이 뒷날에 있을 영원한 이별을 상기시키기라도 하듯 서로를 꽉 붙잡았다. 오늘따라 유달리 다정하게 들리는 뱃고동 소리가 마치 장례식을 알리는 조종(弔鐘)처럼 축축한 대기를 뚫고 이물 쪽에서 고물 쪽으로 메아리치며 울려 퍼졌다.

친구는 내 쪽으로 몸을 숙이고 나지막한 목소리로 물었다. "무슨 불길한 예감이라도 드나?"

"그래. 맞아." 내가 다시 한번 대답했다.

"자넨 그런 터무니없는 동화 따위를 믿나?"

"아니, 믿지 않아." 내가 단호하게 대답했다.

"그렇다면, 왜 그러나?"

나는 믿지 않았으니 '그렇다면, 왜' 따위는 없었다. 그런데도 나는 두려움에 떨고 있었다.

친구는 왼손으로 내 무릎을 살짝 만졌다. 대화를 나누다가 가장 마음이 따뜻해지는 순간이면 그가 늘 하는 버릇이었다. 내가 그에게 어떤 결정을 내리라고 채근하면 그는 완강히 거부하다가도 결국 수락해 주었고, 그럴 때면 그는 '자네가 원하는 대로 해 주지. ─우정의 선물이랄까.' 하고 말하는 듯 내 무릎을 살짝 만지곤 했던 것이다.

친구는 두세 번 눈을 깜박거렸다. 그러고 나서 다시 한번 나를 뚫어져라 바라보았다. 내가 몹시 슬퍼한다는 것을 깨닫고 그는 우리가 즐겨 사용하는 두 무기, 즉 웃음과 조롱을 선뜻 꺼내 들지 못했다.

"좋아." 그가 말했다. "어디 손 좀 줘 보게. 만에 하나 우리 중 한 사람이 죽을 고비를 만나면……."

친구는 부끄러운 듯이 하던 말을 멈췄다. 지난 몇 해 동안 우리는 의사 심리학적(疑似心理學的) 공상을 조롱하며 채식주의자, 심령주의자, 신지론자(神智論者), 영기주의자(靈氣主義者)를 싸잡아 내팽개쳐 버렸다.

"그런 위기에 놓이면?" 그의 말뜻을 알고자 내가 물었다.

"가령 게임을 한다고 가정하는 거야." 그가 위험을 줄이려는 듯 빠르게 대답했다. "만약 우리 중 한 사람이 죽을 고비를 만나면 상대에게 최대한 생각을 집중해서 자기가 어디에 있든 알려주는 거야. 내 제안에 동의하지?"

친구는 웃으려고 애썼지만 입술이 얼어붙어서 움직이지 않았다.

"좋아. 동의하고말고." 내가 대답했다.

친구는 자기가 두려운 마음을 너무 드러냈다 싶었는지 서둘러 말을 이었다. "그렇다고 해서 텔레파시 같은 걸 믿는 건 절대 아니야."

"그래도 상관없어." 나는 중얼거리듯이 말했다. "그렇게 하자고……."

"좋아. 그렇게 하는 거야."

"물론이지. 동의해." 내가 되풀이해서 대답했다.

그것이 우리가 마지막으로 나눈 대화였다. 우리는 말없이 손가락을 맞잡고 나서 재빨리 풀었다. 나는 누구에게 쫓기기라도 하듯 뒤도 돌아보지 않고 떠났다. 마지막으로 친구를 보기 위해 고개를 돌리고 싶었지만 꾹 참았다. '돌아보지 마! 이제 다 끝났어.' 나는 스스로에게 이렇게 타일렀다.

인간의 영혼이라는 진흙은 아직 예술 작품으로 빚어지지 않은 채 미완성 상태로 남아 있고, 그 내면의 감정도 조잡하고 촌스럽기 그지없다. 그래서 그 어떤 것도 분명하고 확실하게 예측할 수 없다. 만약 인간의 영혼이 미래를 예측할 수 있었다면 우리의 이별은 그때와 사뭇 달랐을 것이다.

*

날이 조금씩 밝아 오고 있었다. 두 아침이 하나로 겹쳐졌기 때문에 지금 항구의 분위기에서 나는 빗속에 슬픈 얼굴로 꼼짝 않고 서 있던 사랑하는 친구의 얼굴을 훨씬 또렷하게 떠올릴 수 있었다.

카페의 이중 유리문이 열리면서 사납게 으르렁거리는 바닷소리와 함께, 콧수염을 늘어뜨린 뱃사람이 작달막한 두 다리를 쩍 벌리고 들어섰다. 그러자 여기저기서 환호가 터져 나왔다.

"어서 오시오, 레모니스 선장!"

나는 구석 자리로 돌아가 다시 한번 생각에 집중하려 애썼지만 친구의 얼굴은 이미 빗속에 녹아 사라지고 없었다.

레모니스 선장은 묵주를 꺼내 만지작거렸다. 그의 표정은 평화로워 보였고 진지했으며 말이 없었다. 나는 아무것도 보지 않고 아무것도 듣지 않으려고 애쓰면서 사라져 가는 친구의 환영을 붙잡으려고, 친구가 나를 '책벌레'라고 불렀을 때 불쑥 솟아오르던 그 분노를 — 분노라기보다는 수치심이었다. — 되살려 보려고 했다. 어쩌면 친구의 말이 맞는지도 모른다. 삶을 그토록 사랑하는 내가, 어떻게 그렇게 오랫동안 종이와 먹물에 파묻혀 살아왔던 것일까? 헤어지던 날, 친구는 나 자신을 똑바로 볼 수 있게 해 주었고, 그래서 나는 가슴이 뿌듯했다. 이제 마침내 불행의 원인을 알았으니 좀 더 쉽게 그것을 정복할 수 있으리라. 불행은 더 이상 모호하거나 손에 잡히지 않는 무형의 것이 아니었다. 그것이 육체를 얻었으니 이제 한바탕 싸움을 벌이기가 훨씬 쉬웠다.

친구의 따끔한 말이 내 마음속에 교묘히 퍼져 나갔다. '책벌레'라는 불쾌한 짐승을 내 문장(紋章)에 새겨 넣는다는 것은 혐오스럽고 수치스러운 일이었다. 그의 말을 듣고 난 뒤 나는 원고 나부랭이를 던져 버리고 행동하는 삶의 여울 속에 뛰어들 구실을 찾고 있었다. 그리고 마침내 한 달 전 기회가 왔다. 크레타섬 리비아 해안에 있는 갈탄 폐광을 빌린 나는 지금 그곳으로 가는 중이었다. ── 이제 책벌레 무리와 멀리 떨어져 노동자들과 소작 농부들 같은 소박한 사람들과 함께 살기 위해 크레타섬으로 향하고 있었던 것이다.

크레타섬으로 떠날 준비를 하는 동안 나는 마치 이 여정에 어떤 신비한 의미가 담겨 있는 것 같다고 생각했다. 새로운 삶의 길을 걸으려고 마음속으로 다짐했다. '아, 영혼이여, 지금까지 넌 그림자만 바라보고도 만족해 왔지? 하지만 이제 너를 날고기 같은 삶의 실체 앞으로 데려갈 테다.' 나는 스스로에게 이렇게 타일렀다.

마침내 떠날 준비가 끝났다. 떠나기 전날 밤 나는 원고를 뒤적거리다가 반쯤 쓰다 만 원고를 찾아내어 머뭇거리며 훑어보았다. 지난 이 년 동안 갈등의 씨앗, 거대한 욕망이 나의 내면 깊숙한 곳에 뿌리내리고 있었다. 그건 붓다였다! 붓다가 내 몸속에서 끊임없이 먹고 소화시켜 내면 깊숙이 나의 일부가 되어 가는 것을 느꼈다. 마침내 그것은 점점 커져서 발을 구르더니 몸 밖으로 나오려고 내 가슴을 발로 쿵쿵 차기 시작했다. 내게는 차마 그를 내팽개칠 용기가 없었다. 정신적 낙태를 시키기에는 이미 너무 늦었던 것이다.

이런 식으로 원고를 든 채 머뭇거리는데 다정하면서도 냉소적인 친구의 미소가 갑자기 허공에 유령처럼 떠올랐다. "가져가겠네!" 나는 몹시 감정이 상해서 말했다. "그래도 겁나지 않아. 가져갈 거야. 제발 그만 웃게나!" 나는 마치 강보로 갓난아이를 감싸듯 원고 뭉치를 조심스럽게 포장했다.

그때 레모니스 선장의 쉰 목소리가 그윽하게 울렸다. 나는 귀를 쫑긋 세웠다. 그는 폭풍이 몰아칠 때 자기 배의 돛대를 꼭 붙잡고 마구 내리쳤다는 도깨비 이야기를 들려주고 있었다.

"부드러우면서도 미끈거렸소. 그것들을 붙잡으면 손에 그만 불이 붙는 거야. 수염을 쓰다듬으니까 밤새도록 도깨비처럼 번쩍거립니다. 당신들이 상상하는 것처럼 바닷물이 배 안으로 들어와 석탄 화물이 흠뻑 물에 젖었지 뭐야. 그러자 배가 너무 무거워져서 무릎을 꿇듯 기우뚱거리기 시작하더군. 하지만 바로 그 순간 하느님께서 구원의 손을 내밀어 벼락을 내리치신 거요. 화물 해치가 부서져 나가면서 석탄이 와르르 바닷속으로 쏟아졌지. 그만 바다를 메울 것 같았어. 배가 가벼워져 선체가 균형을 잡으면서 사태가 호전됐어. 그래서 우린 살아난 거고…… 이제 이런 꼴은 두 번 다시 없어야지, 원!"

나는 내 여행의 길동무인 단테의 『신곡』 문고판을 꺼내 들었다. 그리고 파이프에 불을 붙이고 벽에 기대어 편안히 앉았다.

잠시 동안 나는 저울질했다. ─ 이 불멸의 시행 중 어느 장면부터 읽을까? 유황불 냄새가 진동하는 「지옥편」부터 읽을까? 시원한 불길이 기분 좋게 타오르는 「연옥편」부터 읽을까? 아니면 인간 희망의 최고 정점이라고 할 대목으로 곧장 들어갈까? 선택은 나의 몫이었다. 나는 사이즈가 아주 작은 문고판 단테를 집어 들고 자유를 만끽했다. 이 이른 아침에 선택한 단테의 시행이 오늘 하루를 지배할 터였다.

시행을 결정하고 난 뒤 나는 모든 환상 중에서도 가장 강렬한 작품을 읽으려고 고개를 숙였다. 그러나 때를 놓치고 말았다. 갑자기 불편한 시선이 느껴져 고개를 들었다. 어찌 된 영문인지 내 정수리에 구멍이 두 개 뚫려 있는 것만 같았다. 황급히 고개를 돌려 이중 유리문 쪽을 바라보았다. 친구를 다시 볼 수 있을지도 모른다는 한 가닥 희망이 마음속에 섬광처럼 스쳐 지나갔다. 기적을 받아들일 준비가 되어 있었지만 그것은 착각에 지나지 않았다. 키가 아주 크고 몸이 마른 예순댓 살쯤 되어 보이는 노인이 부리부리한 눈으로 얼굴을 유리창에 딱 붙인 채 나를 뚫어지게 쳐다보고 있었다. 겨드랑이에 고기 파이같이 생긴 조그마한 보따리를 들고서.

무엇보다 강렬했던 것은 바로 그의 눈빛이었다. ─ 냉소적이면서도 슬퍼 보이고, 불안해 보이면서도 불길처럼 강렬한 눈. 적어도 내게는 그렇게 보였다.

서로의 시선이 마주친 순간 그 사람은 내가 자신이 찾아다니던 바로 그 사람이라고 확신했는지 힘차게 팔을 뻗어 문을 열었다. 그리고 빠르고 경쾌한 걸음으로 탁자를 지나 내 앞에 다가와 우뚝 섰다.

"여행 중이오?" 그가 물었다. "실례가 안 된다면 어디로 가는지 말해 주겠소?"

"크레타섬으로 가는 길입니다. 그건 왜 물으시죠?"

"날 데려가겠소?"

나는 그를 유심히 살펴보았다. 움푹 꺼진 뺨이며, 주걱턱이며, 튀어나온 광대뼈며, 곱슬거리는 반백 머리칼이며, 반짝이는 두 눈을 말이다.

"왜 그렇게 물으시죠? 노인장과 제가 어떤 일을 할 수 있는데요?"

그러자 그가 어깨를 들썩했다.

"왜냐고! 왜냐고!" 그가 경멸하듯 소리쳤다. "거참, 왜냐고 따져 묻지 않으면 아무 일도 할 수 없는 거요? 그냥 물어본 거요! 그러고 싶은 마음이 들어서! 그럼 나를 요리사로 데려가시오. 난 수프를 기똥차게 잘 만듭니다."

나는 그만 웃음을 터뜨리고 말았다. 그의 직설적인 태도와 그가 한 말이 마음에 들었다. 나는 수프를 좋아했다. '이 늙은 얼간이를 저 멀리 인적 없는 해안으로 데려간다 해도 크게 해가 될 것 같진 않군.' 나는 속으로 이렇게 생각했다. 수프도 얻어먹고, 함께 시시덕거리기도 하고, 이야기도 나누고. 그는 뱃사람 신드바드*처

---

* 『아라비안나이트』에 등장하는 인물. 「뱃사람 신드바드」의 주인공으로 선원이다.

럼 제법 이곳저곳을 누비고 다닌 듯했다. 나는 그가 마음에 들었다.

"지금 무슨 생각을 하쇼?" 그가 큼직한 머리를 흔들며 내게 물었다. "선생은 저울을 갖고 다니나 보군요. 뭐든 정확하게 저울질해 봅니까? 자, 그러지 말고, 어서 결정하시오! 그따위 저울 같은 건 던져 버리고!"

이 깡마르고 몸집이 큰 남자가 내 앞에 버티고 서 있어서 나는 고개를 들고 말해야 했다. 곧 피곤해지기 시작했다. 나는 읽고 있던 단테의 작품을 덮었다.

"앉으세요. 세이지 차 한잔하실래요?"

그는 옆 의자에 짐 꾸러미를 조심스럽게 내려놓고 앉았다.

"세이지 차요?" 그가 경멸하듯 말했다. "여기, 웨이터! 럼주 한 잔!"

그는 럼주를 홀짝홀짝 마신 다음 입안에 오래 머금고 음미하다가 천천히 삼켜 위장을 따뜻하게 데웠다. '육감주의자로군. 술을 사랑하는 애주가야.' 나는 속으로 생각했다.

"무슨 일을 하십니까?" 내가 물었다.

"무슨 일이든 닥치는 대로 하죠. 발로 하는 일, 손으로 하는 일, 또 머리통으로 하는 일 ─ 뭐든지 다 합니다. 시키기만 하면 뭐든지 다 해요."

"최근엔 어디서 일하셨나요?"

"광산에서 일했소. 굳이 알고 싶다면, 이래 봬도 난 꽤 괜찮은 광부요. 온갖 광물을 알고 있고, 광맥을 찾거나 갱도를 파는 일도 잘해요. 또 수직갱 속으로 내려가는 것도 하나 겁내지 않아요. 일을 꽤 잘했죠. 그래서 현장 감독을 했소. 일에는 전혀 불만이 없었어요. 그런데 악마가 내게 코를 들이밀고 말았소. 지난 토요일 저녁 정말 신바람 나는 시간을 보내고 있었소. 그런데 그날 우리를 감시하러 온 주인을 찾아가 무모하게도 갑자기 머리통을 박살 냈지 뭡니까."

"아니, 왜요? 그 사람이 무슨 짓을 했는데요?"

"나한테 말이오? 나한테야 아무 짓도 안 했어요. 아무 짓도. 정말이오. 그전에 한번 만난 적도 없으니까. 그 불쌍한 녀석은 우리한테 담배까지 권했는걸요."

"그런데요?"

"하! 당신은 그 자리에 앉아서 묻기만 하는군! 그냥 갑자기 그러고 싶었소, 친구 양반! 설마하니 물방앗간 주인 마누라 궁둥이를 보고 철자법을 배울 것으로 기대하진 않겠죠?* 그게 바로 인간의 이성이라는 거요! 물방앗간 주인 마누라 궁둥이 말이오."

나는 그동안 인간 이성에 관해 숱한 정의를 읽어 왔다. 그러나 이렇게 놀라운 정의를 들은 것은 처음이었다. 그가 마음에 쏙 들었다. 나는 새 길동무를 유심히 바라보았다. 얼굴 피부는 벌레가 파먹은 듯 얽은 데다 꼭 비바람과 메마른 북동풍을 맞아 닳고 닳은 듯이 주름이 자글자글했다. 몇 년 뒤 또 다른 얼굴에서 그와 비슷한 인상을 본 적이 있다. 고된 노동으로 인해 딱할 정도

---

* 조르바는 제프리 초서의 『캔터베리 이야기』 중 「물방앗간 주인 이야기」를 언급하고 있다.

로 폭삭 삭은 파나이트 이스트라티*의 얼굴이 그랬다.

"그 보따리엔 뭐가 들어 있나요? 음식? 옷? 아니면 연장?"

그러자 내 길동무는 어깨를 으쓱하며 웃었다.

"꽤나 똑똑한 친구로군." 그가 말했다.

그는 굳은살이 박힌 긴 손가락으로 보따리를 어루만졌다.

"그런 물건이 아니오. 이건 산투리**요."

"산투리라고요! 그걸 연주할 줄 안단 말인가요?"

"주머니가 텅텅 비면 카페를 돌아다니며 이 산투리를 연주하오. 더구나 난 클레프트 산적의 옛 노래, 그중에서도 마케도니아에서 전해 오는 노래를 잘 부르죠. 그러고 나서 접시나 — 아니면 이 모자를 — 돌리면 사람들이 동전을 던져 줘요."

"이름이 어떻게 되시나요?"

"알렉시스 조르바요. 어떤 작자들은 내 대가리가 빈대떡처럼 납작하게 눌린 데다 엄청나게 긴 옷걸이 같다며 '포도 덩굴'이라고 부르죠. 그렇게 부르고 싶으면 그렇게 부르라죠. 난 눈곱만큼도 상관하지 않아요! 또 어떤 놈들은 내가 한때 길거리에서 빽빽 소리를 지르면서 구운 호박씨를 팔았다고 해서 '빽빽이'라고도 불러요. 또 어디를 가든 모든 걸 엉망으로 만들어 버린다고 해서 '흰 곰팡이 균'이라고도 부르죠. 다른 별명도 많지만 그 애

---

* Panait Istrati(1884~1935). 루마니아의 작가로 프랑스어로 작품을 썼다. 대표작으로는 연작 소설 『아드리아 사람 조그라피의 삶』의 제1권 『뒤링거 저택』(1933)이 있다.

** 이란을 비롯한 이슬람 문화권에서 사용되는 전통 현악기의 일종으로 조그마한 망치로 두드려 연주한다.

기는 다음번에 합시다."

"산투리는 어떻게 배우게 됐나요?"

"스무 살 때였소. 저기 멀리 올림포스 산기슭에 있는 우리 마을에서 열린 축제 때 처음 산투리 소리를 들었죠. 딱 숨이 멎을 것 같더군. 그리고 사흘 동안 꼬박 아무것도 먹지 않았소. 돌아가신 우리 아버지가 (하느님, 그분의 영혼을 용서하소서!) 물으셨지. '이놈아, 도대체 무슨 일이냐?' '산투리를 배우고 싶어요.' '어 참, 부끄럽지도 않으냐? 악기를 연주하다니 네가 비렁뱅이 집시라도 된다더냐?' '산투리를 배우고 싶어요!' 나한테는 결혼할 때 쓰려고 꼬불쳐 둔 돈이 좀 있었어요. 알겠지만 결혼이라니 애들 장난질이지. 미친 짓이거든. 그때는 피가 펄펄 끓었어. 결혼하고 싶어 정신이 나갔었다니까. 아무튼 있는 돈 없는 돈 죄다 털어서 산투리를 샀지 뭐요. 지금 선생이 보는 이놈을 말이오. 그리고 그 길로 살로니카*로 가서 터키 장인을 만났지. 렛셉 에펜디라는 산투리 선생을 말이야. 그의 발 앞에 넙죽 엎드렸어. '이봐, 그리스 젊은이, 원하는 게 뭐야?' 그분이 묻더군. '산투리를 배우고 싶습니다.' '어, 그래? 그런데 왜 내 앞에 엎드리는 건가?' '드릴 돈이 없거든요.' '정말 산투리에 모든 걸 바칠 자신이 있는가?' '네, 그렇습니다.' '좋아. 그럼 머물도록 하게. 돈은 필요 없네.' 그렇게 해서 그 양반 집에 일 년 동안 머물며 산투리를 배웠지. 하느님, 제발 그분의 뼈를 축복해 주소서! 아마 지금쯤은 황천에 가 있을

---

* 그리스 북부에 위치한 도시. 아테네 다음으로 큰 그리스 제2의 도시이자 그리스령 마케도니아 지방의 중심 도시로 '테살로니키'라고도 한다.

거요. 만약 하느님께서 개들도 천국에 들인다면 그도 들여보내 주셨을 거요. 산투리를 배우고 나서 난 완전히 딴사람이 돼 버렸소. 걱정거리가 생기거나 돈 한 푼 없는 가난뱅이가 되면 산투리를 치며 위안을 얻거든. 산투리를 치는 동안에는 사람들이 뭐라고 해도 귀에 들리지 않아. 들을 수 있다 해도 말을 할 수가 없소. 말을 하고 싶어도 — 정말로 하고 싶어도 할 수가 없어요."

"그건 왜죠, 조르바?"

"아, 그게 상사병이라는 거요!"

그때 카페의 이중창이 열렸다. 바닷소리가 다시 카페 안으로 밀려들었다. 손과 발이 떨렸다. 나는 구석에 몸을 좀 더 밀착시키고 외투로 몸을 감쌌다. 뜻밖에도 기분이 날아갈 것 같았다. '다른 곳에 갈 필요가 있을까?' 나는 생각했다. '이곳에 있는 게 이렇게 만족스러운데. 이 순간이 몇 년 더 지속되었으면!'

나는 내 앞에 있는 이 이상야릇한 사내를 찬찬히 살펴보았다. 그는 내게서 두 눈을 떼지 않았다. 석탄같이 새까만 작고 둥근 눈의 흰자위에 가늘게 핏발이 서 있었다. 그는 내 속을 헤집어 뭐라도 찾으려는 듯 나를 뚫어지게 쳐다보았다.

"음, 그다음에는 어떻게 됐나요?" 내가 물었다.

조르바는 다시 한번 깡마른 어깨를 으쓱해 보였다.

"이제 그만합시다. 담배나 한 대 주쇼." 그가 대꾸했다.

나는 그에게 담배 한 개비를 건네주었다. 그는 조끼 주머니에서 부싯돌과 심지를 꺼내 불을 붙이고 기분 좋은 듯 눈을 반쯤 감았다.

"결혼은 했나요?"

"난 사람 아닌가? 사람이라는 건 눈이 멀었다는 뜻이라오. 나도 이전 사람들이 빠진 진창에 얼굴부터 처박았소. 결혼해 봤단 말이지. 꼴좋게 망가졌고, 그때부터 가파른 내리막길을 내달렸소. 중산층 가장 노릇도 하고, 집도 짓고, 애새끼들도 낳았지. 하나같이 골칫덩이뿐이었어! 하지만 다행히도 내겐 산투리가 있었소."

"집에서도 산투리를 연주하면 위로를 받았나요?"

"하! 악기 연주를 해 보지 않은 게 분명하군! 지금 무슨 헛소리를 하는 거요? 집에서 할 일은 가족 걱정밖에 없어요. 마누라며, 자식 새끼들, 뭘 먹을까, 뭘 입을까, 앞으로 뭐가 될까. 지옥 그 자체지! 산투리는 맑은 정신으로 연주해야 해요. 마누라가 똑같은 잔소리를 계속 해 대는데 무슨 정신으로 산투리를 연주해? 자식들이 배고프다고 질질 짜는데 연주가 가당키나 하냐고! 산투리를 칠 때는 산투리만 생각해야 하거든. 어디 내 말 알아듣겠소?"

내가 '알아들은' 것은 이 조르바라는 작자가 내가 오랫동안 찾았지만 찾지 못했던 바로 그 사람이라는 사실이었다. 살아서 팔딱거리는 심장, 따스한 온기가 느껴지는 목소리, 대지에서 아직 탯줄이 끊어지지 않은 거칠고 야성적인 영혼. 가장 단순한 인간의 언어로 이 노동자는 내게 예술, 사랑, 아름다움, 순수, 정열의 의미를 뚜렷하게 일깨워 주었다.

나는 그의 손을 살펴보았다. —구부러지고 일그러진 데다

굳은살이 박이고 여기저기 금이 간 손, 곡괭이와 산투리 모두에
숙련된 손이었다. 그는 그 손으로 마치 여자의 옷을 벗기듯 보따
리를 조심스럽고도 부드럽게 풀어 닳고 닳아 반질반질해진 산투
리를 꺼냈다. 줄이 많이 달린 산투리는 청동과 상아로 장식되고,
가장자리에는 빨간색 비단 술이 달려 있었다. 그는 투박한 손으
로 마치 여자를 어루만지듯 천천히, 하지만 열정적으로 산투리
를 위에서 아래로 훑었다. 그러고 나서 사랑하는 사람이 춥지 않
도록 따뜻하게 감싸듯이 다시 싸서 집어넣었다.

"이겁니다." 그는 다시 악기를 조심스럽게 의자에 올려놓으
며 다정하게 말했다.

뱃사람들은 술잔을 부딪치며 웃음을 터뜨렸다. 그중 한 사
람이 정감 있게 레모니스 선장의 등을 찰싹 쳤다.

"아, 레모니스 선장님, 겁 좀 먹었겠는걸요. 솔직하게 말해
보십시오. 선장님이 성(聖) 니콜라오스*에게 촛불깨나 켜겠다고
맹세한 걸 하느님께선 다 알고 계시죠."

그러자 선장이 덥수룩한 눈썹을 찡그리며 대답했다.

"어이, 이보게들, 내가 바다에 대고 맹세하는데, 죽음이 내
앞에 혀를 날름거릴 때 난 성모 마리아나 성 니콜라오스 생각은
눈곱만큼도 하지 않았어. 내 영혼은 내 고향, 살라미스 콜로리로
향했다네. 그리고 마누라를 생각하며 이렇게 소리쳤지. '어이 이
봐, 카트리나, 당신을 꼭 껴안고 침대 위에서 뒹굴고 싶군!'"

---

* 그리스 정교회에서 항해하는 사람과 길을 가는 나그네를 보호하는 성인으로 추
앙받고 있다.

뱃사람들은 또 한 번 폭소를 터뜨렸다. 레모니스 선장도 따라 웃었다.

"아, 우리 인간이란 참으로 희한한 짐승이오!" 그가 말했다. "천사장이 앞에서 칼을 빼 들고 버티고 있는데도 마음은 엉뚱한 데 가 있으니 ― 과녁 한복판을 맞히고 있어! ― 바로 '거시기'를 겨냥하고 있단 말이지! 수치심도 없고 뻔뻔스럽기 그지없는 존재들이니 다들 지옥에나 떨어져야 할 존재지 뭐야!"

선장이 손뼉을 쳤다.

"어이! 웨이터, 여기 모두 한 잔씩 돌려. 내가 한 턱 쏘지!"

조르바는 큼직한 두 귀를 쫑긋 세우고는 조심스럽게 그의 말을 들었다. 그러더니 뱃사람들을 한번 돌아보고는 나를 쳐다보았다.

"'거시기'란 데가 도대체 어디요? 지금 그가 무슨 말을 하고 있는 거요?"

그러더니 갑자기 흠칫 놀라며 무슨 뜻인지 알아들은 얼굴을 했다.

"아, 브라보!" 그가 감탄한 듯 소리쳤다. "저 뱃사람들은 밤낮으로 죽음과 싸워 대더니 진짜 비밀을 알고 있는 거야."

조르바는 공중에 큼직한 손을 휘저었다.

"그건 그렇고." 그가 말했다. "그건 다른 사람들의 그렇고 그런 얘기들이고. 우리 얘기나 해 봅시다. 나랑 같이 가는 거요, 마는 거요? 어서 결정을 내리시오!"

"조르바 씨." 나는 그의 손을 움켜잡고 싶은 것을 간신히

억누르며 말했다. "조르바 씨, 그럽시다. 나랑 같이 갑시다. 나한 텐 크레타섬에 갈탄 광산이 있어요. 댁은 일꾼들을 감독하세요. 저녁에는 우리 둘이 모래사장에 몸을 쭉 뻗고 누웁시다. 난 아내도 없고, 자식도 없고, 심지어 개도 한 마리 없어요. 그러니 같이 먹고 같이 마십시다. 당신은 산투리를 연주하고요."

"산투리 연주는 하고 싶을 때 할 거요, 알겠어요? 하고 싶을 때 할 거라고! 일이라면 당신이 시키는 대로 노예처럼 하겠소. 산투리는 사정이 달라요. — 이놈은 짐승 같아서 자유가 필요해. 난 하고 싶을 때만 연주를 하거든. 그땐 노래도 부르고, 제임베키 코*라든지, 하사피코**라든지, 펜도잘리***를 출 수도 있어. 하지만 기분이 내킬 때만 할 거야. 이건 흥정하고 말고 할 계약 조건이 아니야. 에누리 없는 일이란 말씀이지. 만약 당신이 내게 압력을 가하면 나하곤 끝장이야. 이 점을 반드시 명심하시오. 그런 일에 선 난 짐승이 아닌 인간이라는 사실을 말이오."

"인간이라고요? 지금 무슨 말을 하는 건가요?"

"바로 자유에 대해 말하는 거지."

"웨이터! 럼주 한 잔 더요!" 내가 소리쳤다.

"럼주 두 잔 가져와!" 조르바가 내뱉었다. "내 새로운 보스 양반도 한잔하셔야지. 그래야 서로 잔을 부딪칠 수 있잖겠소. 세이지 차와 럼주 가지고서야 어디 한 식구가 될 수 있겠소. 피를

---

* 소아시아 해변에 사는 제임베크족의 춤.
** 도살자의 춤.
*** 크레타섬 전사의 춤.

나눈 가족처럼 되려면 당신도 럼주를 마셔야 하거든."

우리는 술잔을 부딪쳤다. 이제 해가 완전히 떠올랐다. 증기
선이 경적을 울리고 있었다. 내 여행 가방을 배에 실은 뱃사공이
내게 다가와 고개를 끄덕였다. 나는 자리에서 일어나 조르바의
어깨를 잡았다.

"자, 갑시다. 하느님의 이름으로!" 내가 말했다.

"악마도 함께 데리고 갑시다!" 조르바가 내 말을 보충하려
는 듯 나지막하게 덧붙였다.

조르바는 몸을 굽히고 산투리를 겨드랑이에 낀 다음 이중문
을 열더니 앞장서서 밖으로 나갔다.

2

바다, 가을의 온화한 날씨, 빛으로 목욕한 듯 해맑은 섬, 벌거벗은 영원한 그리스를 반투명 천으로 부드럽게 감싸는 촉촉한 비. '죽기 전에 에게해를 항해한다는 건 얼마나 행복한 일인가!' 나는 이런 생각을 하고 있었다.

이 세상에 기쁨은 많다. 여자, 과일, 이런저런 생각. 하지만 온화한 가을날 섬들의 이름을 읊으며 이 바다를 가로지르는 것만큼 사람의 마음을 천국으로 인도하는 기쁨도 없을 것 같았다. 사람의 마음을 이토록 고요하고 안락하게 현실에서 꿈으로 옮겨주는 것이 이 세상에 또 있을까. 경계란 경계는 모두 사라지고, 낡을 대로 낡은 배의 돛대에서도 꽃봉오리가 피어나고 포도송이가 주렁주렁 열린다. 정녕 이곳 그리스에서는 질펀한 일상이 한떨기 기적의 꽃으로 피어난다.

정오쯤 되자 비가 그쳤다. 빗물에 개운하게 몸을 씻은 해가 구름 사이에서 나타나 그 빛살로 바닷물과 해변을 사랑스럽게 어루만졌다.

나는 이물에 서서 내 주위로 지평선까지 뻗어 있는 그 기적을 느긋하게 즐기고 있었다. 배 위에는 그리스인들이 득실거렸다. ─ 탐욕스러운 눈, 잔꾀나 부리는 머리를 달고 시시껄렁한 정치 토론을 즐기는 교활한 유형들이 말이다. 그리고 조율 안 된 피아노와 남의 험담이나 하면서도 고상한 척하는 부인네들도 있었다. 악의적이고 더없이 단조로우며 촌스럽고 비열한 사람들! 증기선의 양 끝을 붙잡아 바닷물에 풍덩 담근 뒤 흔들어 사람, 쥐, 빈대까지 더러운 것들을 몽땅 씻어 낸 다음 빈 배를 다시 건져 올리고 싶은 심정이었다.

한편 마음이, 연민, 복잡하고 형이상학적인 삼단논법의 결론만큼이나 냉철한 불교의 자비심으로 가득 차는 때도 있었다. 개인에 대한 연민뿐 아니라 몸부림치고 소리 지르고 세상만사가 한낱 무(無)의 허상에 불과하다는 것을 깨닫지 못하고 여전히 희망을 품는 세상 전체에 대한 연민 말이다. 그리스인, 증기선, 바다, 나 자신, 갈탄 광산 사업, 붓다 원고에 대한 연민이었다. 또한 잠시 동안 대기를 뒤흔들고 더럽히는 빛과 그림자의 허망한 집합체에 대한 연민이기도 했다.

나는 한동안 뱃멀미에 시달리는 조르바를 바라보았다. 고물의 굵은 밧줄에 힘없이 올라앉아서 레몬 향내를 쿵쿵 맡으면서도 그는 옆에서 티격태격하는 두 승객의 이야기를 열심히 엿듣고 있었다. 한 사람은 왕을, 다른 사람은 베니젤로스* 수상을 지지하고 있었다.

"한물간 정치 체제야!" 그가 가소롭다는 듯 고개를 저으며 침을 탁 뱉었다. "창피한 줄도 모르는 자들이지!"

"'한물간 정치 체제'라니요, 조르바?"

"저 사람들이 지껄이는 소리 말이오. 왕정이니, 민주주의니, 국회니. 꼴값 떨고 있잖아!"

조르바는 이미 그것을 초월한 사람이었기 때문에 그의 눈엔 동시대의 현상조차 이미 낡아 빠진 구시대의 현상으로만 보였다. 그의 내면 세계에서 전보, 증기선, 철도, 현재 널리 퍼져 있는 도덕, 애국심, 종교는 분명 한물간 퇴물이었다. 그의 정신은 누구보다도 시대를 앞서고 있었던 것이다.

뱃머리의 밧줄이 삐걱거리고 해안선이 출렁거렸다. 그러자 여자들은 얼굴이 참외처럼 샛노랗게 변하여 화장, 머리핀, 빗 같은 가지고 있던 무기를 모두 던져 버렸다. 입술엔 핏기가 사라지고 손톱은 파랗게 변했다. 수다쟁이 까치가 남한테 빌려서 치장한 깃털이 — 예쁜 리본, 브래지어, 인조 속눈썹, 가짜 미인점 등 말이다. — 모조리 뽑힌 꼴이었다. 토하기 직전인 그들의 모습을 바라보자니 역겨움과 함께 연민이 일었다.

조르바의 얼굴도 황록색으로 변했다. 반짝이던 눈빛도 흐리멍덩했다. 그러나 저녁 무렵이 되자 그의 눈에 장난기가 되살아났다. 그는 증기선과 속도를 맞춰 물 위로 펄쩍펄쩍 튀어 오르는

* Eleftherios Kyriakou Venizelos(1864~1936). 그리스의 민족 운동 지도자로 20세기 초엽 가장 카리스마 넘치는 정치가 중 한 사람으로 꼽힌다.

돌고래 두 마리를 한 손으로 가리켰다.

"돌고래다!" 그가 반가운 듯이 소리쳤다.

그제야 나는 그의 왼쪽 검지가 중간에서 잘려 나간 것을 알았다.

"손가락은 어떻게 된 겁니까, 조르바?"

"별일 아니오!" 조르바는 돌고래를 보고도 기대만큼 기뻐하지 않는 내가 마땅찮은 듯 대답했다.

"기계에라도 잘렸나요?" 내가 계속 끈질기게 물었다.

"지금 무슨 기계를 말하는 거요? 내가 잘라 버렸소."

"아저씨가 직접요? 왜요?"

"당신 같은 부류가 그걸 어찌 이해하겠소이까, 보스 양반." 그가 어깨를 으쓱하며 말했다. "내가 말했죠. 안 해 본 일 없이 별별 일을 다 해 봤다고. 한때는 도자기를 만든 적도 있었소. 그 일에 거의 미쳐 있었죠. 진흙 덩이를 들고 원하는 건 뭐든 만든다는 게 어떤 건지 아시오? 진흙 한 덩이를 떡하니 올려놓고 돌림판을 미친 듯이 돌리는 거요. ─푸르르르르!─ 그리고 당신은 서서 그걸 내려다보면서 '주전자를 만들어야지.', '접시를 만들어야지.', '석유램프를 만들어야지.', '뭐든지 다 만들겠어!' 이렇게 중얼거리지. 내 분명히 말하지만, 이렇게 외친다는 건 진정한 인간이 된다는 거요. 자유 말이오!"

조르바는 바다를 까맣게 잊었는지 더 이상 레몬을 물고 있지 않았고 눈빛도 흐리멍덩하지 않았다.

"그래서 손가락은 어찌 된 건가요?" 내가 물었다.

"아 글쎄, 그놈의 손가락이 돌림판에 방해가 되는 거요. 자꾸 중간에 끼어들어 내가 만드는 모양을 망쳐 버리지 뭐요. 그래서 어느 날 손도끼를 갖다가 그만……."

"아프지 않았나요?"

"당연히 아팠지! 내가 나무 그루터기라도 되는 줄 아슈? 나도 인간이오. 아팠죠. 하지만 분명히 말하는데, 그놈이 내가 하는 일을 방해했거든. 그래서 잘라 버렸소!"

벌써 해가 기울면서 바다는 아까보다 훨씬 잠잠해졌다. 구름도 흩어졌다. 저녁 무렵 서쪽 하늘에서 보이는 금성이 반짝거렸다. 바다와 하늘을 바라보며 나는 생각에 잠겼다. 그토록 일을 좋아해 손도끼를 갖다가 손가락을 잘라 내고 고통을 느끼다니! 그러나 나는 아무런 감정도 드러내지 않았다.

"방법치곤 졸렬했네요, 조르바." 내가 웃으며 말했다. "하긴 성인들에 대한 기록을 보면 어느 금욕주의자도 여자를 보고 유혹을 느끼자 도끼를 가지고……."

"거, 별 미친놈 다 보겠네!" 조르바는 내가 다음에 할 말을 미리 짐작하고 내 말을 가로막으며 소리를 버럭 질렀다. "거시기를 자르다니! 멍청한 놈 같으니! 지옥에나 떨어져라! 거시기는 축복일망정 절대 방해물이 아니란 말이오!"

"그게 무슨 소리요? 방해가 되지요." 내가 우겼다. "그것도 엄청나게 방해가 된다고요."

"도대체 뭘 방해한다는 거요?"

"천국에 들어가는 걸요."

그러자 조르바는 눈을 흘기며 빈정대듯 내뱉었다. "멍청하긴! 그건 천국으로 들어가는 열쇠란 말이오!" 그는 고개를 들어 내가 내세, 천국, 여자, 성직자에 대해 어떻게 생각하는지 알아내려는 듯 유심히 나를 살폈다. 하지만 별로 이해하지 못하겠다는 듯 희끗희끗한 머리를 조심스럽게 흔들었다. "거시기를 상하게 한 자는 천국에 들어가지 못해!" 그는 이렇게 한마디 내뱉고는 끝이었다.

나는 선실로 돌아가 누워 책을 한 권 집어 들었다. 내 머릿속은 여전히 붓다에 대한 생각으로 가득 차 있었다. 그래서 지난 몇 해 동안 내게 평화와 확신을 심어 준 『붓다와 양치기의 대화』를 읽었다.

양치기: 내가 먹을 음식을 준비했고, 양젖도 짜 두었습니다. 내 오두막의 대문은 굳게 잠겼고, 난로에 불도 지폈습니다. 그러니 하늘이시여, 마음껏 비를 내리소서.

붓다: 나는 더 이상 음식이나 젖이 필요하지 않다. 바람이 내 오두막이고 불은 모두 꺼졌다. 그러니 하늘이시여, 마음껏 비를 내리소서.

양치기: 내게는 황소와 암소, 선조한테서 받은 목초지와 암소를 여럿 거느리는 종우(種牛)도 있습니다. 그러니 하늘이시여, 마음껏 비를 내리소서.

붓다: 내게는 황소도 암소도 목초지도 없다. 내게는 아무것도 없다. 두려움마저 없다. 그러니 하늘이시여, 마음껏 비를 내리소서.

양치기: 나는 온순하고 성실한 양치기 소녀를 아내로 맞아 몇 해 동안 살고 있습니다. 아내와 밤새 즐기는 것이 행복합니다. 그러니 하늘이시여, 마음껏 비를 내리소서.

붓다: 내게는 온순하고 자유로운 영혼이 있다. 나는 몇 해 동안 내 영혼을 길들여 왔고 나와 함께 즐기는 법도 가르쳐 왔다. 그러니 하늘이시여, 마음껏 비를 내리소서.

두 사람의 대화는 계속해서 이어졌고, 나는 어느새 잠이 들어 버렸다. 바람이 다시 거세졌고, 파도는 수정처럼 투명한 현창(舷窓)에 부딪쳐 산산조각으로 부서졌다. 나는 꿈과 현실의 중간 어디쯤 비몽사몽의 상태에 있었다. 파도가 거칠어지면서 목초지를 덮치고 황소와 암소, 종우를 물속으로 가라앉혀 버렸다. 바람에 오두막 지붕이 뜯겨 나가고, 불이 꺼졌다. 비명을 지르던 아내는 진흙탕에 엎어져 죽고, 양치기는 비탄에 빠져 울부짖기 시작했다. 하지만 내 귀에는 아무 소리도 들리지 않았다. 양치기가 계속 통곡했지만 나는 물고기가 바닷속으로 헤엄쳐 들어가듯 점점 더 깊은 잠에 빠져들었다.

*

내가 잠에서 깬 것은 새벽녘이었다. 배 오른편으로 장엄하고 거대한 섬이 톱니바퀴 모양으로 자랑스럽게 펼쳐졌다. 그 위에 평화롭게 솟은 산들이 안개 속에서 아침 햇살을 받으며 미소 지었다. 짙은 쪽빛 바다가 우리 주위에 거품을 품듯 일렁였다.

두꺼운 갈색 담요를 두른 조르바는 크레타섬을 뚫어져라 바라보고 있었다. 마치 이 섬 하나하나가 낯익어서 다시 밟게 된 것이 반갑다는 듯 그의 시선은 산에서 평야로, 다시 해안선으로 움직였다.

나는 그에게 다가가 어깨를 툭 치며 말을 걸었다. "크레타섬이 처음은 아닌가 보죠, 조르바? 꼭 옛날 애인 바라보듯 바라보네요."

그러자 조르바는 하품을 했다. 귀찮은 듯 대화를 나눌 생각이 전혀 없어 보였다.

내가 웃으며 말했다.

"말하고 싶지 않은가요, 조르바?"

"그렇지는 않소, 보스 양반. 말하기 힘들 뿐이오."

"힘들다고요?"

조르바는 바로 대답하지 않았다. 다시 한번 해안선을 따라 지그시 섬을 응시할 뿐이었다. 갑판에서 잠을 잔 탓에 그의 반백 곱슬머리에서는 이슬이 뚝뚝 떨어졌다. 햇빛이 비치자 뺨과 턱, 목에 팬 주름이 더 깊어 보였다. 마침내 그가 두텁고 염소처럼 축 처진 입술을 움직였다.

"미안하오." 그가 말했다. "아침이면 입을 열기가 힘들어요." 그는 침묵을 지키며 둥근 눈으로 다시 한번 크레타섬에 시선을 고정했다.

모닝커피 시간을 알리는 종이 울렸다. 지저분하고 푸르죽죽한 얼굴들이 선실에서 몰려나오기 시작했다. 언제 풀어질지 모르는 쪽진 머리를 지저분하게 늘어뜨린 여자들이 토한 음식 냄새와 향수 냄새를 풍기며 식탁 사이를 비틀거리며 지나갔다. 그들의 눈은 겁에 질리고 우둔한 생각으로 흐릿해 보였다.

내 맞은편에 앉은 조르바는 쾌활한 표정으로 커피를 조금씩 홀짝거리며 빵에다 버터와 꿀을 듬뿍 발라 먹었다. 입술 선이 부드러워지면서 그의 얼굴이 차츰 활기를 띠기 시작했다. 졸음과 침묵의 껍질을 깨고 서서히 밖으로 나오는 모습이며, 눈빛이 점점 짓궂게 되살아나는 모습이 은근히 부러웠다.

조르바는 담배에 불을 붙여 한 모금 쭉 빨고는 수북한 코털 사이로 파란 연기를 내뿜었다. 그는 오른쪽 다리를 구부린 동양인 특유의 자세로 편안히 앉아 있었다. 이제는 말할 수 있게 된 모양인지 그가 입을 열었다.

"이번 여행이 초행길이냐고 물었소? 내가 크레타섬에 처음 오는 거냐고 말이오?" 그는 이렇게 운을 떼고 나서 반쯤 뜬 눈으로 현창을 통해 저 멀리 반짝이는 프실로리티스산*을 자세히 바

---

* 크레타섬에서 가장 높은 산. 그리스 여신 레아와 제우스가 태어난 곳으로 전에는 이다섬이라 불리곤 했다.

라다보았다. "그렇소, 처음이 아니오. 1896년 한창 사내다울 때였지. 그땐 수염과 머리칼이 석탄처럼 새까맸소. 이가 서른두 개에다 술에 취하면 안주를 먼저 먹은 뒤에 안주를 담았던 접시까지 모조리 씹어 먹었소. 그런데 바로 그때 악마가 훼방을 놓습디다. 크레타에 다시 혁명이 일어난 거요. 그 무렵 난 행상을 했어. 마케도니아 지방에서 이 마을 저 마을 돌아다니며 잡동사니를 팔고 돈 대신 치즈, 버터, 모(毛), 토끼, 옥수수 같은 물건으로 받아서 곱절에 되팔았죠. 어둠이 내리면, 어떤 마을에 있건 어떤 집에 묵어야 할지 기똥차게 잘 알았소. 어느 마을이든 마음씨 좋은 과부 하나는 있는 법이거든. ─ 하느님, 과부를 축복하소서! 과부에게 실타래니 빗이니 스카프니 (과부니까 검은색으로 골라 줬지.) 하는 걸 주고 싼값에 데리고 자는 거요! 참 행복한 시절이었소, 보스 양반. 거의 공짜나 다름없었지! 그런데 말이오, 악마가 휙 나타나 크레타 사람들에게 다시 총을 들게 만든 거요. '빌어먹을, 운도 더럽게 없지.' 난 이렇게 소리쳤소. '망할 놈의 크레타 섬은 도대체 우릴 평화롭게 놔두는 법이 없군!' 그러고 나서 실타래와 과부를 포기하고 게릴라에 가담한 뒤 크레타섬으로 달려갔소이다."

조르바는 다시 입을 다물었다. 증기선은 모래사장이 있는 조용한 해변을 지나가고 있었다. 밀려오는 파도는 해변 중간쯤에서 부서지지 않고 퍼져 나가며 하얀 거품을 모래 위에 실어 날랐다. 구름이 흩어지자 태양이 눈부시게 내리쬈다. 평화를 되찾은 야성의 크레타섬이 미소 짓고 있었다.

조르바는 고개를 돌리고 곁눈질로 나를 비웃듯 쳐다보았다.

"보스 양반, 지금 당신은 내가 여기 앉아 터키 놈들의 모가지를 얼마나 잘랐는지, 또 터키 놈들의 귀를 얼마만큼이나 잘라서 크레타 풍습대로 알코올에 보관했는지 그 모험담을 쏟아 놓으리라 기대하겠죠. 하지만 그런 생각일랑 깨끗이 접으쇼. 지겹고도 창피한 얘기니까. 세상 물정을 좀 알고 나니까 그게 참으로 미친 짓거리였다는 생각이 드는 거요. 우리한테 해코지도 하지 않은 놈들을 덮쳐 깨물고 코를 잘라 내고 귀를 뜯어내고 배때기를 가르는 게 얼마나 미친 짓이었냐 말이오. 그런 짓을 하면서도 하느님께 우리를 도와달라고 기도했으니, 원. 그러니까 놈들의 코와 귀를 베고 배를 가를 수 있게 해 달라고 빈 게 아니고 뭐겠소? 하지만 그때는 정말 피가 부글부글 끓었지. 그렇게 나락까지 떨어져 있었다니 도대체 대갈통은 어디에 숨어 있었단 말이오? 사태를 정확하고 분별 있게 생각하려면 혈기도 가라앉고 나이도 좀 처먹어 진짜 이 대신 틀니를 껴야 합디다. 틀니를 끼울 때쯤 돼야 비로소 '예끼, 이 녀석들, 부끄러운 줄 알아라. 사람을 물어 뜯다니!' 이런 말이 쉽게 나오는 법이거든. 하지만 이 서른두 개가 멀쩡할 때는…… 젊은 사내 녀석이란 들짐승, 사람 잡아먹는 포악한 짐승이오!"

조르바는 머리를 절레절레 흔들었다.

"암, 젊은 것들은 양이나 암탉이나 어린 돼지를 먹어 치우죠." 그가 커피 잔 받침에 담배꽁초를 비벼 끄고 말을 이었다. "하지만 그런 것 갖고는 어림 반 푼어치도 없죠. 다른 사람을 잡아먹기 전엔 성이 차지 않는 거요. 자, 우리 석학 양반, 이 점에 대해 어떻게 생각하오?"

그러나 조르바는 대답도 기다리지 않고 나를 저울질하듯 바라보며 다시 말을 이었다. "우리 석학께서 무슨 대답을 할 수 있겠소? 내가 보기엔, 보스 양반은 굶어 본 적도, 사람을 죽여 본 적도, 남의 물건을 훔쳐 본 적도 ─ 간통을 해 본 적도 없어 보이는데 말이오. 그래서야 어찌 세상 돌아가는 꼴을 알겠소? 아직 피도 마르지 않은 머리통에다 온몸으로 산전수전을 겪어 본 적도 없으니." 그는 경멸의 빛을 드러낸 채 속삭이듯 내뱉었다.

나는 흙 한번 묻혀 본 적 없는 가느다란 손과 창백한 얼굴, 세상 경험 없는 내 삶이 부끄러웠다.

"그럴 줄 알았소!" 조르바는 스펀지 행주를 들고 식탁 위를 깨끗이 훔치듯 큼직한 주먹으로 식탁을 휙 문지르며 말했다. "한 가지 물어보고 싶은 게 있소. 당신은 책이라면 몇 수레는 읽었을 테니 아마 답을 알 거요."

"어디 말해 봐요, 조르바. 뭡니까?"

"그때 이곳에서 기적이 일어났소, 보스 양반. 그것도 참으로 이상한 기적이 말이오. 황당하기 그지없는 일이었죠. 우리 게릴라는 강도질이며 학살이며 온갖 더러운 짓을 다 했죠. ─ 그런데 게오르기오스* 왕자가 크레타섬으로 내려왔소. 자유가 찾아온

---

* 1897년 크레타섬에서 민중 봉기가 일어나자 오토만 제국이 그리스에 대해 선전 포고를 했다. 이에 영국과 프랑스를 비롯한 나라들이 개입하여 크레타섬을 영원히 그리스 영토에 병합시키는 계기를 마련했다.

거요!"

조르바는 얼빠진 표정을 지으며 툭 튀어나온 눈으로 나를 쳐다보았다.

"얼마나 수수께끼 같은 일이오!" 그가 속삭이듯 말했다. "참으로 알다가도 모를 수수께끼지요! 민중이 자유를 쟁취하기 위해 이 세상에 그토록 온갖 살인과 못된 짓이 필요했단 말이오? 내가 여기 앉아서 우리가 얼마나 잔악무도한 짓을 저질렀는지 다 털어놓으면 아마 보스 양반은 온몸의 털이 쭈뼛쭈뼛 곤두설 겁니다. 하지만 그 결과가 어땠습니까? 자유라니! 하느님은 벼락을 내려 우리 같은 걸 깡그리 불살라 버리는 대신 자유를 주셨단 말이오. 내 대갈통으론 도무지 이해가 안 돼요."

조르바는 도움을 청하듯 나를 쳐다보았다. 이 수수께끼 같은 일 때문에 그는 괴로워했던 것이 분명했다. 답을 찾지 못했기 때문이다.

"이해할 수 있겠어요, 보스 양반?" 그가 괴로운 듯 물었다.

이해하냐고? 그에게 무슨 말을 해 줄 수 있을까? 우리가 하느님이라고 부르는 분은 존재하지 않는다고 해야 할까, 아니면 하느님은 살인과 악행을 좋아하신다고 해야 할까? 그것도 아니면 살인과 악행은 투쟁과 민중의 갈망을 얻기 위해 반드시 필요한 것이라고 해야 한단 말인가?

한편 나는 조르바를 위해 또 다른 해답을 찾으려고 애썼다. "당신도 알다시피 아름다운 꽃은 더러운 똥에서 싹트잖아요. 그리고 그 더러운 똥에서 자양분을 빨아들여 성장하죠. 그러니 조르바, 인간은 똥이고 자유는 꽃이라 할 수 있습니다."

"그렇다면 그 씨앗은요?" 조르바는 주먹으로 테이블을 쾅 치며 물었다. "꽃이 싹트려면 씨앗이 있어야 하잖소. 도대체 누가 더러운 우리 내장 속에 그 씨앗을 집어넣은 거요? 그리고 어째서 그 씨앗은 친절과 정직을 자양분으로 삼고는 자라지 못한단 말이오? 왜 하필 피와 더러운 똥을 먹고 자라느냔 말이오?"

나는 고개를 저었다. "그건 잘 모르겠어요."

"그럼 누가 알까요?"

"아마 아무도 모를걸요."

"그렇다면 말이오." 조르바는 날카로운 시선으로 주위를 돌아보며 절망적인 어조로 부르짖었다. "이런 증기선들이며, 온갖 기계며, 빳빳한 와이셔츠를 입고 있는 사람들을 나더러 어떻게 하라는 건가요?"

뱃멀미에 시달리던 승객 두셋이 옆 테이블에 앉아 커피를 마시고 있었다. 그들은 말다툼이 벌어진 줄 알고 귀를 쫑긋 세우고 주의를 기울였다.

남들이 엿듣는 것을 끔찍이 싫어하는 조르바가 목소리를 낮췄다.

"그만둡시다." 그가 말했다. "그런 걸 생각하면 의자고 램프고 간에 내 앞에 있는 걸 깡그리 부숴 버리고 싶어지니까. ─ 아니면 벽에 대고 대갈통이라도 찧고 싶소. 물론 그래 봐야 뾰족한 수도 없겠지만. 빌어먹을, 손해 배상을 해 주거나 병원에 가 대가리에 붕대나 감을 테지. 만약 하느님이 정말 존재한다면 — 아차! — 그렇다면 젠장, 이 모든 일이 도루묵이 되겠군. 그 양반은 나를 영원히 제자리에 돌려놓고, 배꼽이 빠지도록 실컷 웃으실 테니까."

조르바는 성가신 하루살이를 내쫓듯 손바닥을 휘저었다.

"그나저나 내가 하고 싶은 말은 이거요." 그가 따분한 듯 말했다. "깃발로 요란하게 장식한 왕국의 군함이 몰려와 잇달아 포격을 하고 나서 게오르기오스 왕자가 크레타 땅을 밟았을 때, 섬 사람 전체가 자유를 찾았다고 미쳐 날뛰는 걸 본 적 있소? 본 적 없소? 그렇다면 우리 불쌍한 보스 양반, 당신은 이 세상에 눈뜬 장님으로 태어나 눈뜬장님으로 살다가 죽는 셈이오. 나로 말하자면, 만약 천년을 살다가 몸뚱이가 주먹만큼 쪼그라든다 해도 그날 본 걸 영원히 잊지 못할 거요. 우리 각자가 저마다 입맛대로 하늘의 낙원을 선택할 수 있다면 (그리고 천국이란 마땅히 그래야겠지. 그게 바로 천국이 의미하는 거니까.) 난 하느님께 이렇게 말할 거요. '사랑하는 하느님, 은매화와 깃발이 나부끼는 크레타섬이 제 낙원이 되게 하소서! 또 게오르기오스 왕자가 크레타의 땅을 밟던 그 순간이 영원무궁하게 하소서! 제가 바라는 건 그것뿐입니다.'"

조르바는 또다시 침묵에 잠겼다. 콧수염을 쓰다듬더니 찬물을 잔에 가득 부어 벌컥벌컥 들이켰다.

"크레타에서 도대체 무슨 일이 있었나요, 조르바? 계속 얘기해 봐요!"

"그걸 계속 입으로 말해야겠소?" 그가 또다시 짜증스러운 듯 말했다. "자, 보시오, 내 분명히 말하지만 이 세상은 수수께끼로 가득 차 있고, 인간은 대단한 짐승이오. ── 대단한 짐승이면서 대단한 신(神)이기도 하죠. 마케도니아에서 나와 함께 온 게릴라 중에 요르가로스라는 악마 같은 놈이 하나 있었소. 인간의 짓이라곤 믿기 어려울 만큼 흉악한 짓을 많이 한, 개 같은 놈이오. 그놈이 흐느껴 웁디다. '요르가로스, 뭣 때문에 그렇게 울어 대나? 왜 그렇게 서럽게 우는 거야?' 나도 눈물을 줄줄 흘리면서 물었죠. 그랬더니 그놈이 나를 껴안고는 입을 맞추며 어미 품에 안긴 어린애처럼 훌쩍훌쩍 울어 대지 뭐요. 그러고 나선 이 수전노 놈이 허리에 찬 돈주머니를 풀어 젖히고는 터키 놈들을 죽이고 그들의 집을 털어 빼앗은 금화를 무릎에 주르르 쏟아 놓으며 한 주먹 한 주먹 공중에 내던져 버리는 게 아니겠소. 알겠어요, 보스 양반? 그게 바로 자유라는 거요!"

나는 맑은 공기를 좀 쐬고 싶어 갑판 위로 올라갔다.

'아, 그게 바로 자유라는 거구나.' 나는 그곳에서 생각에 잠겼다. '열정을 품는 것, 그래서 금화를 긁어모으는 것, 그리고 갑자기 그 열정을 짓눌러 버리고 갖고 있는 걸 모조리 던져 버리는 것 ── 허공에 내던져 버리는 것 말이다. 아니면 좀 더 고상한 열정에 굴복하기 위해 지금껏 붙잡고 있던 열정을 놓아 버리는 것. 하지만 그것 또한 다른 형태의 노예근성 아닐까? 이념을 위해, 민족을 위해, 하느님을 위해 자신을 희생하는 것 말이다. 그것도 아니라면 우리 주인이 높은 곳에 서 있는 그만큼 우리를 노예로 속박하는 밧줄의 길이가 늘어나는 게 아닐까? 만약 우리가 훨씬 더 넓은 영역에서 신바람 나게 뛰놀 수만 있다면 우린 그 경계선이 어딘지도 모른 채 죽게 될 거야. 그게 바로 진정한 자유 아닐까?'

*

우리가 해안에 도착한 것은 이른 오후였다. 체로 친 듯 곱고 흰 모래, 아직도 꽃이 활짝 피어 있는 협죽도, 무화과나무, 카로브 나무들이 서 있었다. 오른쪽으로는 저 멀리, 누워 있는 여인의 얼굴 같은 잿빛 민둥산이 있었다. 그 산에는 갈탄 광산이 여인의 턱 밑에서 목 아래로 흑갈색 핏줄처럼 길게 뻗어 있었다.

비가 온 뒤라 시원하고 습한 바람이 불어왔다. 솜사탕 같은 구름이 머리 위로 빠르게 지나가면서 대지를 아지랑이처럼 아련하게 만들었다. 또 다른 구름 떼가 신나게 하늘 위로 솟아오르며 해를 가리다 드러내자, 대지는 밝게 빛나다가 마치 살아 있는 사람의 얼굴이 짙은 안개에 가리듯 다시 어두워졌다.

나는 잠시 모래 위에 서서 매혹적이면서도 독을 품은 치명적인 사막처럼 내 앞에 뻗어 있는 성스러운 고독을 자세히 살폈다. 그때 유혹적인 붓다의 노래가 땅에서부터 솟아 나와 내 몸 안을 감쌌다.

내 언제쯤이면 도반(道伴)도 없이 홀로, 세상만사가 한낱 한바탕 꿈이라고 확신하며 사막으로 들어갈 수 있을까?

내 언제쯤이면 온갖 욕심을 버리고 누더기만 걸친 채 행복한 마음으로 산속으로 들어갈 수 있을까?

내 언제쯤이면 내 육신이 한낱 생로병사(生老病死)에 지나지 않는다는 사실을 깨닫고 ── 자유롭게, 두려움 없이 기쁜 마음으로 숲속으로 들어갈 수 있을까?

언제쯤이면? 그 언제쯤이면? 과연 언제쯤이면?

조르바가 겨드랑이에 산투리를 끼고 다가왔다. "저기가 갈탄 광산이에요." 나는 감정을 감추려고 누워 있는 여인의 얼굴을 가리키며 말했다.

그러나 조르바는 인상을 찌푸린 채 고개도 돌리지 않았다.

"나중에 얘기합시다, 보스 양반. 일단 땅덩이가 흔들리는 게 멈추고 나면 말이오. 땅이 아직도 갑판처럼 흔들리고 있소이다. 빌어먹을 증기선! 지금 바로 마을로 들어갑시다." 그는 이렇게 말하고는 마을 쪽을 향해 성큼성큼 걸음을 내디뎠다.

이집트 농부처럼 얼굴이 새까맣게 탄 마을 소년 둘이 맨발로 우리에게 다가와 짐 가방을 받아 들었다. 눈이 파란 뚱뚱보 세관원 하나가 세관 같지도 않은 오두막에 앉아 물 담배를 빨고 있었다. 그는 우리를 의심스러운 눈초리로 쳐다보더니 천천히 짐 가방을 훑어보았다. 일어나는 시늉을 하던 그가 다시 자리에 풀썩 주저앉았다. 그리고 물 담배 튜브를 천천히 들어 올리며 나른한 목소리로 말했다. "이곳에 오신 걸 환영합니다!"

마을 소년 하나가 다가와 올리브처럼 까만 눈으로 우리에게 한쪽 눈을 찡그려 윙크했다.

"그리스 육지에서 와서 저래요. 만사를 귀찮아하죠." 소년이 조롱하듯 말했다.

"크레타 사람들은 안 그러니?" 내가 물었다.

"맞아요, 크레타 사람도 그래요. 하지만 본토 사람들과는 달라요."

"마을까진 머니?"

"아뇨. 총 쏘면 닿을 거리예요. 저기 과수원 뒤 골짜기에 있어요. 아주 괜찮은 마을이에요, 아저씨. 원하는 건 뭐든 다 있죠. 카로브 콩이며, 겨자씨며, 올리브기름이며, 포도주도 있어요. 저기 저 모래밭에서는 오이가 크레타에서 제일 먼저 자라요. 아프리카에서 바람이 불어와 열매를 익게 하거든요. 밤에 과수원에서 자면 크르르르 크르르르 하면서 열매 자라는 소리가 들려요."

앞에서 걷고 있던 조르바는 아직도 뱃멀미를 하느라 발을 계속 헛디뎠다.

"힘내요, 조르바!" 내가 그를 향해 소리 질렀다. "이렇게 멀리까지 잘 왔잖아요. 이제 겁날 거 하나도 없어요."

우리는 걸음을 서둘렀다. 땅바닥에는 모래와 조개껍질이 뒤섞여 있었고, 여기저기 능수버들이 늘어선 가운데 골풀 다발과 약용 현삼(玄蔘)이 자라고 있었다. 날씨가 후텁지근했다. 구름은 낮게 드리우고, 바람은 조금씩 거세졌다.

우리는 커다란 무화과나무 곁을 지나갔다. 몸통 둘이 복잡하게 얽혀 있는 이 거목은 나이를 먹어 구멍이 생기기 시작하는 참이었다. 짐 가방을 든 아이 중 하나가 가던 길을 멈췄다. 턱 끝으로 나를 향해 고목을 가리켰다.

"'마을 유지 딸의 무화과나무'예요!" 소년이 말했다.

나도 걸음을 멈췄다. 이곳 크레타의 땅에는 나무 한 그루, 돌부리 하나에도 비극적인 역사가 담겨 있었다.

"'마을 유지 딸'이라니? 왜 그런 이름이 붙은 거야?"

"우리 할아버지 시절 이야기인데요, 어느 마을 유지의 딸이 양치기 소년이랑 사랑에 빠졌대요. 하지만 그녀의 아버지가 두 사람의 사랑을 인정하지 않았죠. 딸이 울며불며 죽도록 사정해도 끝까지 눈 하나 꿈쩍하지 않았대요. 그래서 어느 날 저녁 사랑에 미친 두 사람이 마을에서 사라져 버렸죠. 마을 사람들이 하루, 이틀, 사흘, 일주일을 꼬박 찾았는데도 찾지 못했어요. 완전히 숨어 버린 거죠! 그런데 때가 여름인지라 고약한 냄새가 나기 시작했어요. 사람들이 냄새 나는 곳을 찾아가 봤더니 두 사람이 이 무화과나무 아래에서 꼭 부둥켜안고 썩어 가고 있었다지 뭐예요. 무슨 얘기인지 아시겠어요? 지독한 냄새 때문에 두 사람을 찾아낸 거죠! 우웩! 우웩! 하하하!"

마을에서 소리가 들리기 시작했다. 개 짖는 소리며, 여자들의 날카로운 목소리며, 날씨의 변화를 알리는 수탉의 울음소리가 들려왔다. 양조장에서는 독한 라키주* 냄새도 풍겼다.

---

* 터키, 그리스, 이란, 발칸의 여러 나라에서 포도와 송진을 재료로 빚는 전통 술. 알코올 농도 45도 정도로 투명한 빛을 띠지만 물을 타면 뿌옇게 된다.

"마을에 다 왔어요!" 소년들이 소리치며 속도를 냈다.

모래 언덕을 돌아가자 골짜기의 경사면 위로 아주 작은 마을이 보였다. 지붕이 납작하고 흰색으로 회칠이 된 집들이 게딱지처럼 다닥다닥 붙어 있었다. 까맣게 보이는 열린 창문은 마치 사람 눈구멍 같아서 집들이 꼭 바위 사이에 끼여 있는 해골처럼 보였다.

나는 조르바에게 다가갔다.

"행동 조심하세요, 조르바." 내가 다정한 목소리로 그에게 타일렀다. "이제 마을에 들어섰으니 처신을 잘해야 합니다. 우리를 깔보지 못하도록 말이에요. 착실한 사업가인 척합시다. — 나는 사장이고, 아저씨는 감독이에요. 크레타 사람들은 그리 만만치 않아요. 딱 봐서 약점을 발견하면 단번에 별명을 붙여 버리는 바람에 피할 수가 없거든요. 자칫하면 꼬리에 깡통을 달고 다니는 개 꼴이 된다고요."

조르바는 수염을 주먹에 움켜쥐고 생각에 잠겼다.

"보스 양반, 내 한 가지 말하리다." 마침내 그가 입을 뗐다. "이 마을에 과부만 하나 있다면 걱정할 필요가 없어요. 하지만 만에 하나 과부가 없다면……."

바로 그때 누더기를 걸친 거지 여자 하나가 마을로 들어와 우리에게 다가서더니 손을 내밀었다. 얼굴이 새까맣게 그을린데다 더럽고 지저분하고 콧수염까지 꺼뭇꺼뭇 돋아 있었다.

"어, 이보쇼, 친구 양반. 영혼이 있겠죠?" 그녀가 조르바에게 큰 소리로 말했다.

그러자 조르바는 걸음을 멈추고 근엄한 목소리로 대답했다. "암, 있고말고요."

"그러면 다섯 드라크마*만 줘요."

조르바는 가슴주머니에서 낡아 빠진 가죽 지갑을 꺼냈다.

"여기 있네!" 아직도 뱃멀미가 가시지 않은 입술로 미소를 지으면서 그가 말했다.

그러더니 이번에는 나를 보고 말했다. "섬의 물가가 엄청나게 떨어졌군. 영혼 하나 값이 고작 다섯 드라크마라니!"

동네 개들이 우리를 향해 달려왔고, 여자들은 위층 창문에서 내려다보며 웃었다. 아이들이 우리를 쫓아왔는데, 컹컹 개 짖는 소리를 내는 녀석들도 있었고, 빵빵 자동차 경적 소리를 내는 녀석들도 있었으며, 우리 앞에서 뛰며 신기한 듯 우리를 쳐다보는 녀석들도 있었다.

마침내 우리는 마을 광장에 도착했다. 하늘 높이 치솟은 두 그루의 포플러 나무 아래에 나무 몸통을 대충 잘라 만든 식탁이 있고 그 주위에는 조그마한 벤치들이 놓여 있었다. 맞은편에는 카페가 있었는데 빛바랜 큼직한 간판에는 "저렴한 카페 겸 정육점"이라고 쓰여 있었다.

"왜 웃는 거요, 보스 양반?" 조르바가 물었다.

그러나 대답할 시간이 없었다. 이 카페 겸 정육점에서 짙은 푸른색 통바지에 빨간색 띠를 두른 건장한 사내 대여섯이 술에

---

* 고대 폴리스 시절부터 사용해 온 그리스 고유의 화폐 단위. 2002년 그리스가 유럽 연합에 가입한 후 드라크마는 더 이상 사용되지 않는다.

취해 걸어 나오고 있었기 때문이다.

"어서 오시오, 친구들!" 그 사람들이 큰 소리로 말했다. "어서 옵쇼. 방금 양조장에서 가져온 따끈따끈한 라키주 한잔 드시오."

조르바는 혀를 딱 차더니 나를 돌아보고 한쪽 눈을 찡긋하며 윙크를 보냈다. "어때요, 보스 양반? 한잔 기울일까요?"

우리는 술을 마셨다. 술이 들어가자 불이 붙듯 속이 뜨거워졌다. 카페 겸 정육점의 주인은 정력이 넘치고 행동이 빠른 노인이었는데 우리를 위해 의자를 내왔다.

나는 그에게 묵을 만한 곳이 있느냐고 물었다.

"마담 오르탕스한테 가 보시오." 누군가가 큰 소리로 말했다.

"이곳에 프랑스 여자가 있나요?" 놀라서 내가 물었다.

"마귀처럼 사악한 여자요. 괴짜죠! 안 돌아다닌 데가 없어요. 신발깨나 닳았을걸요! 지금은 나이가 들었지만요. 이 섬에 눌러앉아 — 말하자면 종착역인 셈이죠. — 조그마한 호텔을 하나 차렸어요."

"사탕도 팔아요!" 아이 하나가 끼어들었다.

"얼굴에 분칠도 하고 립스틱도 발라요." 다른 누군가가 소리쳤다. "또 목에는 리본을 두르고 다녀요. 앵무새도 기르죠."

"혹시 과부인가요?" 조르바가 물었다. "혼자 사는 여자냐 말이오."

하지만 그 물음에 답하는 사람은 아무도 없었다.

"과부냐 말이오?" 조르바가 조바심을 내며 다시 한번 물었다.

그러자 카페 주인이 희끗희끗한 수염을 움켜쥐었다. "이봐 친구, 이 수염을 셀 수 있소? 몇 개요? 그 여자도 이처럼 수많은 사내놈의 과부요. 내 말 알아듣겠소?"

"알아듣다마다요." 조르바가 입술을 핥으며 대답했다.

"까딱하면 그 여자가 당신을 홀아비로 만드는 수가 있소. 그러니 조심하시오, 친구." 상냥하게 생긴 노인이 큰 소리로 말하자 모두들 웃음을 터뜨렸다.

카페 주인이 쟁반에 보리빵, 미지트라 치즈,* 배를 담아 가지고 나타났다.

"자, 다들 가만히 계세요! 마담 집이니 호텔이니가 무슨 필요요? 이 사람들은 우리 집에서 묵을 거요!"

"우리 집으로 모실 작정이야, 콘도마놀리오스!" 상냥하게 생긴 노인이 말했다. "우리 집엔 애들도 없고 집도 커서 방이 많거든."

"지금 무슨 소리 하시는 건가요, 아나그노스티스 아저씨." 카페 주인이 노인의 귀에 대고 소리를 질렀다. "제가 먼저 말했습니다."

"그럼 자네는 한 사람만 맡게." 아나그노스티스 영감이 말했다. "내가 늙은 친구를 맡지."

"누가 늙은 친구라는 거요?" 조르바가 눈에 불을 켜며 발끈해서 물었다.

---

* 염소젖이나 양젖으로 만든 그리스 전통 치즈.

"우린 함께 있을 겁니다." 내가 조르바에게 화내지 말라고 고개를 끄덕이며 말했다. "우린 떨어져 지내지 않을 거예요. 마담 오르탕스의 호텔로 가겠습니다."

*

"어서 오십시오! 화안영하압니다!"

배가 나온 땅딸막한 여자가 두 팔을 벌린 채 안짱다리로 종종거리며 포플러 나무 아래에 나타났다. 황갈색 금발로 염색한 머리는 색이 바래 가는 중이었고, 턱에는 짧고 뻣뻣한 털이 달린 애교점이 있었다. 목에는 빨간 벨벳 리본을 두르고 쭈글쭈글한 뺨에는 연보랏빛 분을 두껍게 바른 모습이었다. 이마 위로 머리카락 한 올이 달랑거리는 게 꼭 로스탕*의 연극에서 레글롱**을 연기하던 노년의 사라 베르나르*** 같았다.

"만나서 반갑습니다, 마담 오르탕스!" 갑자기 장난기가 발동한 나는 영광스러운 환영에 흥분하여 그녀의 손등에 키스하려 하며 대답했다.

인생이 갑자기 한 편의 동화처럼 내 앞에 펼쳐졌다. 말하자

---

* Edmond Rostand(1868~1918). 프랑스의 시인이자 극작가. 『시라노 드 베르주라크』(1897)를 발표하여 자연주의 극단에 낭만주의적 색채를 불어넣었다.
** 에드몽 로스탕이 나폴레옹 2세를 주인공으로 삼아 쓴 희극. 로스탕은 특별히 사라 베르나르를 위해 이 희극을 썼다.
*** Sara Bernhardt(1844~1923). 프랑스의 연극배우 및 영화배우. '성스러운 사라'라는 별명이 있을 정도로 명성을 날렸다.

면 셰익스피어의 희극 『템페스트』 같다고나 할까. 우리도 조난 당해 물에 흠뻑 젖은 모습으로 막 섬에 도착하여 아름다운 해안을 탐사하다가 마침내 원주민을 만나 예의를 차리고 인사를 나누는 셈이었다. 나의 상상 속에서 마담 오르탕스는 섬의 여왕이었다. 말하자면 수천 년 전 모래 해안으로 떠밀려 와 반쯤 썩어 가는 중인, 번들거리고 콧수염 달린 물개로, 향수 냄새를 풍기며 행복한 상태에 있었다. 그 여자 뒤쪽으로는 수많은 머리의 칼리반*이 ─ 지저분하고 짧고 뻣뻣한 털이 무성하고 활기 넘치는 섬 주민들 말이다. ─ 경멸과 동경의 눈빛으로 그녀를 바라보고 있었다.

다른 사람으로 위장한 왕자인 조르바는 조르바대로 툭 튀어나온 눈으로 마담을 존경의 눈길로 바라보았다. 마치 옛 전우를 바라보듯, 먼바다에서 전투를 하며 승리를 거두기도 했지만 결국은 패배한 옛 군함을 바라보듯이 말이다. ─ 이제 군함은 곳곳에 상처를 입고, 해치는 열리고, 돛대는 부러지고, 돛은 갈기갈기 찢긴 채 ─ 갈라진 틈새를 분으로 겨우 메우고 이곳 해변에 밀려와서 만신창이가 된 선장 조르바를 애타게 기다리고 있었다. 나는 소박하게 꾸민 무대에서 조잡스럽게 그린 크레타 해변을 배경으로 두 배우가 마침내 행복하게 만나는 장면을 즐거운 마음으로 지켜보았다.

"침대 두 개가 필요합니다, 마담 오르탕스." 나는 늙어 가는

---

* 『템페스트』의 등장인물. 마녀와 악마의 자식으로 사악한 본성과 음침한 본능을 의인화한 야만인이다.

섹스 장면 연기 전문가에게 고개를 숙이며 말했다. "하지만 빈대 있는 침대는 사절합니다."

"빈대 같은 건 없어요." 그녀는 내게 한물간 카바레 여가수의 도발적인 눈빛을 던지며 말했다.

"있어요, 있다고요!" 칼리반의 수많은 입들이 하하하 웃어 대며 소리쳤다.

"없어! 없다고!" 우리 연극의 여주인공이 두터운 푸른색 스타킹 속의 작고 통통한 발로 돌을 탕탕 두드리며 말했다.

마담의 발에는 작고 멋스러운 실크 리본이 달린 구두가 신겨 있었다.

"제기랄, 집어치우시지! 프리마 돈나!" 칼리반이 또 한 번 하하하 웃어 대며 소리쳤다.

하지만 마담 오르탕스는 품위 있게 우리 앞에 서서 길을 인도했다. 분과 싸구려 향수 비누 냄새가 코를 찔렀다.

조르바는 뒤를 따라가며 탐욕스러운 눈길로 그녀를 바라보았다.

"아, 저것 좀 보쇼!" 그가 내게 한쪽 눈을 찡긋하며 말했다. "꼭 오리처럼 뒤뚱거리며 걷는군. 자, 봐요, 통통하게 살이 오른 암양처럼 궁둥이를 씰룩씰룩 흔들어 대잖아!"

하늘은 벌써 어두웠고, 굵직한 빗방울이 두세 방울 떨어지고 있었다. 시퍼런 번개가 건너편 산을 가로지르며 지나갔다. 하얀 염소 털 망토를 두른 젊은 아가씨들이 서둘러 양과 염소를 목초지에서 집으로 몰아가고 있었다. 난로 앞에 앉아 있던 여자들은 저녁밥을 짓기 위해 불을 피우기 시작했다.

조르바는 콧수염을 잘근잘근 씹으면서 부인의 실룩거리는 엉덩이에서 눈을 떼지 못했다.

"거참, 산다는 게 뭔지!" 그는 조용히 한숨을 내쉬며 내뱉었다. "빌어먹을, 어떻게 된 건지 늙은 계집년은 도무지 날 가만두질 않는구려!"

3

마담 오르탕스가 운영하는 코딱지만 한 호텔은 아주 오래된 해변 탈의장을 길게 이어 붙여 만든 건물이었다. 첫 번째 건물은 사탕, 담배, 아라비안 땅콩, 램프 심지, 유치원 알파벳 책, 유향 등을 파는 가게였다. 이어지는 나머지 네 채는 잠자는 숙소였다. 숙소 뒤편 마당에는 부엌, 세탁실, 닭장, 토끼 우리가 있었다. 호텔 주변의 고운 모래에는 갈대와 선인장이 빼곡하게 심겨 있었다. 어디를 둘러봐도 바다 냄새와 동물 배설물 그리고 시큼한 오줌 냄새가 코를 찔렀다. 이따금 마담 오르탕스가 지나갈 때만 코앞에 이발소 세면기의 구정물을 쏟아 부은 것처럼 냄새가 달라졌다.

침대가 준비되자 우리는 자리에 누워 곧바로 곯아떨어졌다. 무슨 꿈을 꿨는지 하나도 기억나지 않았다. 그러나 아침이 되자 방금 수영을 마친 것처럼 몸이 가뿐하고 상쾌했다.

그날은 마침 일요일이었다. 갈탄 광산의 광부들은 이튿날이나 되어야 인근 마을에서 와서 일을 시작할 터였다. 덕분에 나는 운명이 나를 내팽개치다시피 한 해변을 둘러볼 여유가 있었다. 밖을 나선 것은 이른 새벽이었다. 과수원을 지나 해변을 돌며 그 지역의 물과 흙과 공기를 잠시나마 음미할 수 있었다. 향이 솔솔 나는 야생 허브를 뜯다 보니 내 손바닥에는 층층이꽃이며 샐비어며 박하 향내가 묻어났다. 언덕을 오르면서 보니 철광석, 색깔 짙은 나무들, 그리고 곡괭이로도 깰 수 없을 것 같은 하얀 석회암의 근엄하면서도 을씨년스러운 풍경이 눈에 들어왔다. 그런데도 노란 백합이 갑자기 마를 대로 바짝 마른 땅을 뚫고 자라 햇빛에 반짝이고 있었다. 저 멀리 남쪽으로는 작고 나지막한 모래섬이 장밋빛으로 빛나다가 아침 첫 햇살을 받으며 점차 순결한 붉은색으로 변해 가고 있었다. 해변에서 조금 떨어진 곳에는 올리브 나무, 카로브 나무, 무화과나무, 포도밭 몇 개가 자리 잡고 있었다. 나지막한 두 언덕 사이 바람이 불지 않는 골짜기에서는 쓴 오렌지 나무와 마르멜로 나무가 자라고 있었다. 해변 쪽으로 좀 더 가까운 곳에는 참외밭이 있었다.

나는 이 나지막한 언덕에 오랫동안 머물며 대지의 얼굴이 섬세하게 바뀌는 모습을 흐뭇한 마음으로 지켜보았다. 띠 모양의 철광석 지대, 진녹색 카로브 나무들, 마치 호랑이 등가죽을 파도처럼 펼쳐 놓은 듯 은빛 이파리가 달린 올리브 나무들이 눈에 들어왔다. 아주 멀리 아프리카 쪽 지중해와 맞닿은 바다는 여전히 잔뜩 성이 나 있었다. 크레타섬을 집어삼킬 듯 폭풍우가 휘몰

아치며 번쩍거리고 끝이 보이지 않는 폐허처럼 황량하고 요란스
럽게 아우성치고 있었다.

크레타섬의 이런 풍경은 마치 한 편의 훌륭한 산문과도 같
았다. 산뜻하게 다듬어지고, 과묵하고, 불필요한 표현 없이, 힘차
고, 절제되고, 가장 단순한 방법으로 핵심을 표현하고, 장난을 치
지 않으며 요령을 부리거나 과장하지 않은 채 강건한 간결함으
로 꼭 하고 싶은 말을 적은 그런 산문 말이다. 그러나 크레타의
모습이라는 이 행간(行間)에는 기대하지 않은 섬세함과 부드러
움이 있었다. 레몬 나무들과 오렌지 나무들과 바람 불지 않는 골
짜기에서 달콤한 향내가 풍겨 왔다. 끝없이 펼쳐진 광활한 바다
에서는 주체할 수 없는 시구가 솟아 나왔다.

"크레타여! 크레타여!" 나는 쿵쾅거리는 가슴을 안고 중얼
거렸다.

그리고 나지막한 언덕을 내려와 해변을 거닐었다. 그때 마침
여자아이들이 깔깔대며 마을에서 나타났다. 머리에는 눈처럼 하
얀 미사포를 쓰고, 노란 롱부츠를 신고, 스커트를 걷어 올리고 바
닷가에 있는 수도원으로 미사를 드리러 가는 길이었다.

나는 걸음을 멈추고 섰다. 나를 본 순간 갑자기 여자아이들
의 깔깔거리던 소리가 멈췄다. 낯선 남자를 본 여자아이들의 얼
굴은 공포로 뻣뻣하게 굳었고, 몸은 머리부터 발끝까지 방어 자
세를 취했으며, 바짝 긴장하여 손가락으로 단단히 단추를 채운
재킷의 가슴 근처를 꽉 움켜쥐었다. 여자아이들의 몸 안에 흐르
는 피가 과거 사건을 기억하고는 소스라치게 겁을 먹고 있었다.

아프리카 지중해 해안 쪽에 있는 크레타섬 바닷가 마을에 해적들이 침략하여 양이고 여자고 아이고 닥치는 대로 잡아 붉은 띠로 묶은 뒤 배 안 짐칸에 싣고는 알제리, 알렉산드리아, 베이루트 등지에 팔아넘기려고 가 버렸던 것이다. 지난 몇 세기 동안 이곳 해안에는 붉은색 머리에서 떨어져 나온 많은 머리 조각이 널브러지고, 곡소리가 울려 퍼졌다. 여자아이들은 우왕좌왕하면서도 쥐 한 마리 통과할 수 없는 튼튼한 장벽을 만들려는 듯 서로를 꼭 붙들었다. ── 절박한 방어, 자신들을 보호하기 위한 태세였다. 몇 세기 전에는 그렇게 하지 않으면 안 될 조치였을 테지만, 오늘날에는 그저 옛날 행동을 그대로 본떠 쓸데없이 흉내나 낼 뿐이었다.

여자아이들이 내 앞을 지나갈 때 나는 거슬리지 않게 옆으로 살짝 비켜섰다. 그러자 아이들은 그런 위험은 이미 몇 세기 전에 끝났다는 것을 갑자기 깨달은 듯 정신을 차렸고, 지금 세상은 안전하다고 느끼는 것 같았다. 아이들은 다시 얼굴을 환하게 펴고, 서로를 붙들었던 손에서 긴장을 풀고, 다 함께 목구멍에서 까르르 즐거운 소리를 내며 내게 아침 인사를 건넸다. 바로 그 순간 먼 곳에서 수도원의 유쾌한 종소리가 대기를 행복으로 가득 채웠다.

해는 더 높이 솟았고 하늘은 구름 한 점 없이 맑았다. 나는 갈매기처럼 울퉁불퉁한 바위 사이 빈 공간에 쭈그리고 앉아 행복한 기분으로 바다를 바라보았다. 내 육신은 강인하고 상쾌했으며 고분고분했다. 내 정신은 파도를 따라 어떤 저항도 없이 춤추는 바다의 리듬에 맞춰 넘실거렸다. 하지만 내 가슴은 천천히 부풀어 올랐다. 어둠의 목소리가 내면 깊은 곳에서부터 들리기 시작했고, 나는 그 목소리의 주인이 누구인지 잘 알았다. 이렇게 혼자 있는 순간이면 언제나 그가 차마 입에 담기도 민망한 욕망과 강렬하고도 과장된 소망으로 고통받으며 내게 구원을 청하면서 나의 내면에서 신음했다.

그의 목소리를 듣지 않으려고, 너무 고통스럽고 강렬한 이 무시무시한 내면의 악령을 내쫓으려고 나는 여행의 동반자인 단테의 작품을 서둘러 펼쳤다. 책장을 넘기며 3행 연구(聯句)*의 시행을 닥치는 대로 읽기 시작하자 칸토 전체가 기억났다. 저주받은 자들이 치솟는 불길 속에서 처절하게 울부짖고 있었다. 위쪽에서는 상처 입은 위대한 영혼들이 우뚝 솟은 산을 기어오르려고 몸부림쳤다. 훨씬 더 높은 곳에서는 축복받은 영혼들이 에메랄드빛 초원을 반짝이는 반딧불처럼 거닐고 있었다. 나는 이 무서운 삼 층짜리 운명의 구조물을 오르내리며 여행했다. 이 삼 층 건물이 내 집이라도 되는 것처럼 지옥과 연옥, 천국을 쉽게 드나들었다. 이 기이한 시행 사이를 항해하며 고통스러워하기도 했고, 미래를 예측해 보기도 했으며, 희열을 느끼기도 했다.

그러다가 단테의 작품을 덮고 저 멀리 바다를 지그시 바라보았다. 갈매기 한 마리가 가슴을 파도에 대고 앉아 상쾌하기 그지없을 쾌락에 몸을 맡기고 있었다. 햇볕에 검게 그을린 청년 하

★ 첫 행과 셋째 행이 각운을 밟는 3행 연구(테르차 리마)는 단테가 『신곡』에서 처음 사용했다.

나가 맨발로 해변에 나타나 사랑에 관한 2행 연구(聯句) 시를 읊조렸다. 성대에서 벌써 수탉의 울음처럼 쉰 소리가 나는 것을 보니 변성기가 시작된 게 분명했다.

단테의 시행은 여러 해 동안, 아니 몇 세기에 걸쳐 시인의 조국에서 같은 식으로 불렸다. 젊은이들이 사랑의 노래를 부르며 사랑의 행위를 준비하듯이, 이탈리아 젊은이들은 이 열렬한 피렌치아* 시편들을 읊조리며 민족의 투쟁과 자유를 위해 준비했다. 하나같이 시인의 영혼을 성체 성사처럼 받아들인 이 젊은이들은 노예근성을 자유를 향한 의지로 서서히 바꿔 나갔던 것이다.

바로 그때 갑자기 내 등 뒤에서 웃음소리가 들렸다. 나는 한순간 단테의 높은 봉우리에서 굴러떨어졌다. 조르바가 내 뒤에 서서 낄낄거렸다.

"뭐 하는 거요, 보스 양반?" 그가 소리쳤다. "몇 시간을 찾아 헤맸는지 아시오? 도대체 찾아낼 수가 있어야 말이지요." 하지만 내가 아무 말도 없이 가만히 있는 것을 보자 그는 계속 말을 이었다. "해가 중천에 뜬 지 벌써 오래요. 암탉이 익다 못해 아주 그냥 죽이 되려고 합니다. 불쌍한 것. 내 말 알아듣겠어요?"

"네, 알아요. 하지만 배가 고프지 않아요."

"배가 고프지 않다고요!" 조르바가 자신의 허벅지를 탁 치며 소리를 꽥 질렀다. "아침부터 아무것도 먹지 않았잖아요. 당

---

* 단테는 1265년 이탈리아의 피렌체에서 태어났기 때문에 흔히 '피렌체의 시인'으로 불린다.

신의 몸에도 영혼이 있어요. 그 육체를 불쌍하게 여기시오. 그에게 먹을 걸 줘요, 보스 양반. 뭐든 먹을 것을 좀 주라고요. 육체는 나귀 같은 거예요. 나귀에게 먹이를 주지 않으면 목적지의 절반도 가지 못해 당신을 버릴 겁니다."

나는 몇 해 동안 그런 육체의 쾌락을 혐오해 왔다. 할 수만 있으면 나는 부끄러운 짓을 하듯 은밀하게 음식을 먹어 치웠다. 하지만 지금은 조르바의 입을 다물게 하려고 이렇게 말했다. "좋아요. 갈게요."

우리는 마을로 향했다. 바위 사이에서 보낸 몇 시간은 섹스를 할 때처럼 순식간에 지나갔다. 아직도 피렌체의 불꽃같은 숨결이 느껴졌다.

"갈탄 광산 생각을 하고 있었던 거요?" 조르바가 머뭇거리며 물었다.

"그것 말고 생각할 게 또 뭐가 있겠어요?" 내가 웃으며 대답했다. "내일부터 일을 시작할 겁니다. 몇 가지 생각할 게 있었거든요."

조르바는 나를 곁눈질로 쳐다볼 뿐 아무런 말도 하지 않았다. 그가 다시 한번 나를 가늠하고 있다는 것을 알 수 있었다. 그는 아직도 나를 믿어야 할지 말아야 할지 판단 내리지 못하고 있었다.

"그래 무슨 결론을 얻었소?" 그가 여전히 조심스럽게 물었다.

"비용을 맞추려면 석 달 뒤에는 갈탄을 하루에 적어도 열 톤이상 캐내야 합니다."

이번에는 조르바가 걱정스러운 눈빛으로 나를 쳐다보았다. 잠시 뒤에 그가 물었다. "뭣 때문에 바닷가로 내려와 계산을 한 거요? 보스 양반, 이런 거 물어봐서 미안하지만 난 정말 이해가 안 가요. 나 같으면 숫자 같은 것 때문에 골머리가 아프면 차라리 땅 구멍에 들어가서 파묻혀 있을 거요. 장님처럼 아무것도 보이지 않도록 말이죠. 눈을 들어 바다나 나무나 여자를 — 아, 하다못해 늙은 여자라도 말이죠. — 바라보면 계산은 영 엉망이 되고 숫자가 날개라도 단 듯 날아가 버립디다."

"왜 그런 일이 생기는 겁니까, 조르바?" 내가 그를 놀리려고 물었다. "그건 당신 잘못이에요. 집중력이 부족하다는 증거죠."

"그걸 내가 어찌 알겠소, 보스 양반. 물론 사정에 따라 다르죠. 저 현명하다는 솔로몬 왕도 어쩌지 못하는 경우가…… 자, 내 말 좀 한번 들어 보쇼. 어느 날 내가 작은 마을을 지나고 있었어요. 아흔 살 먹은 고루한 영감탱이가 하나가 아몬드 나무를 심고 있습디다. '저기요, 할아버지.' 내가 물었죠. '정말로 아몬드 나무를 심고 계신 건가요?' 그러자 허리가 땅속으로 기어 들어갈 것 같은 그 영감탱이가 돌아서서 나를 보고 이렇게 말하는 겁니다. '젊은이, 난 영원히 죽지 않을 것처럼 행동한다네.' 그래서 내가 이렇게 대꾸했죠. '전 언제 죽을지 모르는 사람처럼 살고 있는걸요.' 보스 양반, 이 두 사람 중 누구 말이 더 맞을까요?"

조르바는 의기양양하게 나를 쳐다보며 말했다. "딱 걸려들었구먼! 어디 대답할 수 있으면 해 보라고요."

나는 아무 말도 하지 않았다. 두 갈래 길 모두 똑같이 기분이 좋으면서도 험난하기 때문이다. 두 길 모두 정상으로 이어진다. 죽음이 존재하지 않는 것처럼 행동하는 것과 순간순간 죽음을 염두에 두며 행동하는 것 — 어쩌면 이 두 갈래 길은 같은 것일지도 모른다. 그런데도 조르바가 내게 물음을 던진 그 순간 나는 그 답을 알지 못했다.

"어, 모르면 어떻소?" 이번에는 조르바가 나를 놀렸다. "너무 속상해하지 마쇼, 보스 양반. 그건 아무도 이해할 수 없는 문제니까. 시시껄렁한 얘기지, 뭐. 자, 이제 그만 채널을 돌립시다! 지금 난 우리 식사를 생각하고 있소이다. 닭고기 요리와 계피 뿌린 필라프* 말입니다. 지금 내 마음은 온통 필라프처럼 김이 모락모락 나고 있어요. 일단 먹고 봅시다. 입안에 음식부터 채워 넣고 보자고요. 한 번에 한 가지씩 순서대로 합시다. 지금 당장은 우리 앞에 필라프가 있어요. 그러니 우리 마음이 필라프가 되게 하는 거요. 내일이면 우리 앞에 갈탄 광산이 있겠죠. 그때는 우리 마음이 갈탄 광산이 되게 하는 겁니다. 어중간해서는 절대 안 돼요. — 어디 내 말 알아듣겠소?"

우리는 마을로 들어섰다. 여인네들이 현관 계단에 앉아서 잡담을 나누고 있었다. 영감들은 말없이 지팡이에 기대서 있었다. 얼굴이 쭈글쭈글한 노파 하나가 석류가 주렁주렁 매달린 나무 아래에서 손자의 이를 잡아 주고 있었다. 카페 앞에는 나이

---

* 쌀이나 으깬 밀 같은 곡식을 볶은 뒤 양념을 넣은 육수에 넣어 가열, 조리하는 음식. 근동, 중앙아시아, 남아시아, 서아시아, 라틴 아메리카, 서인도 제도 등지에서 흔히 볼 수 있다.

든 신사가 장승처럼 꼿꼿하게 서 있었다. 위쪽 눈꺼풀이 처지고 코는 매부리코에다가 뭔가에 신경을 곤두세우고 집중하는 모습이었는데 그 풍채가 어딘지 귀족이었다. 바로 우리에게 갈탄 광산을 임대해 준 마을 원로 마브란도니스 영감이었다. 그는 어제 우리를 자기 집으로 데려가려고 마담 오르탕스의 여관에 들렀었다.

"당신들이 그 여편네 호텔에 묵다니 참으로 부끄러운 일이오." 그가 말했다. "마치 이 마을에 그 여자 말곤 다른 사람이 없는 것처럼 말이오." 그는 근엄한 표정으로 할 말만 하는 진짜 귀족이었다. 하지만 우리는 그의 제안을 거절했다. 물론 그는 기분이 상했지만 그렇다고 강요하지는 않았다. "난 내 할 바를 다했을 뿐이오." 그는 이렇게 말하고 떠났다.

떠난 지 얼마 지나지 않아 영감은 우리에게 둥그런 치즈 덩어리 두 개, 석류 한 바구니, 건포도와 마른 무화과 작은 병 하나, 라키주 한 병을 보내왔다. "마브란도니스 대위님의 선물입니다." 하인이 나귀에서 짐을 내리며 말했다. "별거 아니지만 성의로 받아 달라고 하셨습니다." 우리는 마을 우두머리인 그에게 마음에서 우러난 감사를 전하며 하인을 배웅했다. 하인이 손바닥을 가슴에 대고 말했다. "두 분 모두 부디 건강하세요!" 그러고는 더 이상 아무 말도 하지 않았다.

"저 사람 주인은 도무지 대화 나누는 걸 즐기지 않는 모양이야." 조르바가 중얼거렸다. "무뚝뚝한 영감탱이란 말씀이지."

"자존심이 강한 거지요." 내가 말했다. "난 그분이 마음에 들던걸요."

우리는 마침내 호텔에 도착했다. 기분이 좋아진 조르바는 코를 벌렁거렸다.

문지방에서 우리를 살피던 마담 오르탕스는 행복한 듯 소리치며 안으로 들어갔다.

조르바는 마당에 있는, 잎사귀 하나 없는 벌거숭이 포도나무 아래에 식탁을 차렸다. 빵을 큼직하게 자르고, 포도주를 가져오고, 접시와 은 식기들을 갖다 놓았다. 그리고 뒤를 돌아서 음흉한 눈빛으로 나를 한번 쳐다보더니 식탁을 향해 고개를 끄덕였다. 3인분 접시를 차려 놓은 게 아닌가.

"무슨 뜻인지 알겠죠, 보스 양반?" 그가 내 귀에 대고 속삭였다.

"물론 알지요." 내가 대답했다. "네, 알다마다요, 이 음탕한 영감님."

"원래 늙은 암탉이 제일 맛 좋은 법이라오." 그가 손바닥으로 자기 입술을 때리며 말했다. "나도 여자에 관해선 한두 가지 알거든."

조르바는 터키의 사랑 노래를 흥얼거리면서 눈을 반짝이며 마당을 힘차게 왔다 갔다 했다.

"이런 게 멋진 인생이오, 보스 양반. 살맛 나는 인생에다 닭 한 마리까지! 자, 봐요. 난 지금 바로 이 순간 마치 죽을 것처럼 행동합니다. 황천길로 떠나기 전에 후다닥 닭 한 마리를 먹어 치우는 거요."

"앉아요. 저어녁 주운비가 다 됐어요." 마담 오르탕스가 명령하듯 말했다.

부인은 냄비를 들고 와 우리 앞에 내려놓았다. 그러더니 입을 딱 벌린 채 그 앞에 서 있었다. 접시가 세 개 놓인 것을 본 것이다. 부인은 행복에 겨워 얼굴이 발그레해졌고, 관능적인 작은 눈을 파르르 떨며 조르바를 바라보았다.

"암탉이 흥분했어!" 조르바가 내게 귓속말을 했다.

조르바는 자못 공손하게 부인을 돌아보며 말했다. "눈부시게 아름다운 해변의 요정이시여. 난파당한 우리는 지금 파도에 밀려 그대의 왕국에 밀려왔나이다. 부디 그대와 함께 식사하는 영광을 누리게 해 주십시오, 사랑스러운 인어 여왕님."

늙은 카바레 여가수는 그 풍만한 가슴에 우리 두 사람을 한꺼번에 껴안겠다는 듯 두 팔을 활짝 벌렸다가 오므렸다. 엉덩이를 살랑거리며 조르바를 톡톡 가볍게 친 뒤 이번에는 나를 다정다감하게 쓰다듬고서는 홍홍거리며 자기 방으로 뛰어 들어갔다. 곧이어 아, 이 무슨 광경이란 말인가! 부인은 한껏 꽃단장을 하고 뽐내듯 흔들거리며 돌아왔다. 어느 한곳 닳지 않은 데가 없는 초록색 벨벳 원피스에는 허름한 노란색 테두리 장식이 달려 있었다. 젖가슴 사이로 훤히 벌어진 가슴골에는 활짝 핀 장미 조화(造花) 한 송이가 꽂혀 있었다. 그리고 한 손에는 앵무새 새장을 들고 있었는데, 마담은 새장을 맞은편에 있는 벌거숭이 포도나무 시렁에 걸었다.

우리는 마담을 가운데 앉혔다. 조르바가 마담의 오른편에, 나는 왼편에 앉았다. 그러고는 정신없이 음식을 먹느라 오랫동안 한마디도 하지 않았다. 우리는 맹렬하게 우리의 육체라는 나귀에게 먹이를 주고 포도주를 부어 목을 축였다. 사료는 재빠르게 혈액으로 바뀌었고, 내장은 이제 더 꿈틀대지 않았으며, 세상이 전보다 아름다워 보이기 시작했다. 우리 사이에 앉아 있는 여자도 자꾸 젊어지면서 주름살이 조금씩 사라졌다. 맞은편에 걸린 초록색 몸통에 가슴이 노란 앵무새도 고개를 숙여 우리를 바라보았다. 앵무새는 마법에 걸린 아주 작은 마네킹처럼 보일 때도 있었고, 초록색 바탕에 노란색이 섞인 옷을 입은 폭삭 늙은 카바레 여가수의 영혼처럼 보일 때도 있었다. 우리 머리 위로 늘어진 벌거숭이 포도 덩굴에 갑자기 큼직하고 시커먼 포도송이 몇 개가 주렁주렁 매달려 있었다.

조르바는 마치 우주를 끌어안듯 두 손을 모았다.

"세상에! 이게 어찌 된 일이오?" 그가 놀라 어리둥절한 표정으로 외쳤다. "포도주 반 잔 마셨을 뿐인데 세상이 미친 듯 빙글빙글 돌아가네. 맙소사! 삶이란 게 도대체 뭐요, 보스 양반? 하느님에게 맹세컨대, 저기 우리 위쪽에 포도송이가 달려 있는 거요, 아니면 천사가 달려 있는 거요? 도무지 구별할 수가 없구먼. 아니면 아무것도 아닌 건가요? ─ 혹시 아무것도 없는 거 아니오? 우리가 먹어 치운 닭도 없고, 인어 여왕도 없고, 크레타섬도 없는 거 아니오? 어디 무슨 말이든 좀 해 보시오, 보스 양반. 말을 좀 해 봐요. 그렇지 않으면 아주 머리가 돌아 버릴 것 같으니까!"

조르바는 벌써 약간 취해 있었다. 닭 요리를 다 먹어 치우고 난 그는 이제 마담 오르탕스를 바라보며 입맛을 다셨다. 그의 시선은 부인을 위에서 아래로, 다시 아래에서 위로 핥다가 환자를 진찰하는 의사의 손처럼 부인의 거대하게 부푼 젖가슴 사이로 미끄러져 들어갔다. 그러자 부인의 조그마한 눈도 빛나기 시작했다. 포도주를 좋아하는 마담도 이제 꽤 취기가 오른 상태였다. 포도밭의 말썽꾸러기 마귀가 그녀를 한창 좋았던 옛 시절로 돌려놓은 것이다. 여자는 예전처럼 다시 나긋나긋해져서 마음과 가슴팍을 모두 열었다. 부인은 자리에서 일어나 마을 사람들이 — 그 여자는 그들을 '야만인'이라고 불렀다. — 보지 못하도록 바깥문을 잠갔다. 그러고 나서 담배에 불을 붙였고, 그러자 프랑스 여자 특유의 들창코에서 둥근 도넛 모양의 자그마한 연기가 몽글몽글 피어올랐다.

이런 때면 여자의 문은 활짝 열리고 파수꾼들은 잠에 곯아떨어지며 친절한 말 한마디가 황금이나 섹스만큼이나 강력한 힘을 발휘하는 법이다. 그래서 나는 파이프에 불을 붙이고 친절한 말을 내뱉었다. "사랑스러운 마담 오르탕스, 부인을 보면 사라 베르나르의 젊은 시절이 떠올라요. 이런 '야만스러운 장소'에서 부인처럼 고상하고 우아하고 예의 바르고 또 아름다운 분을 만나리라 어디 꿈이나 꿨겠어요. 도대체 어떤 셰익스피어가 마담을 이런 식인종 가운데 보낸 건가요?"*

"셰이익스피어라니요? 어어떤 셰이익스피어 말인가요?" 마담이 흐리멍덩해진 조그마한 눈을 크게 뜨며 물었다.

---

* 화자 '나'는 지금 셰익스피어의 『템페스트』에 대해 언급하고 있다.

여자의 마음은 어느새 옛날에 본 연극으로 훌쩍 날아가 있었다. 기억을 더듬어 파리에서 베이루트까지, 베이루트에서 또다시 아나톨리아 해안을 따라 음악 카페들을 찾다가 갑자기 생각이 난 모양이었다. 거대한 홀에 휘황찬란한 샹들리에, 벨벳 덮개를 씌운 의자와 그곳을 가득 메운 신사들과 숙녀들, 등이 훤히 드러난 드레스, 향수 냄새, 꽃다발, 그리고 무대의 막이 오르자마자 험상궂게 생긴 흑인 남자가 나타났던 알렉산드리아……

"어어떤 세이익스피어냐고요?" 여자는 드디어 기억해 낸 것이 기뻐 다시 물었다. "「오셸로」라는 연극을 본 적 있나요?"

"바로 그거예요! 정확히 어떤 셰익스피어가 이렇게 사랑스러운 여인을 이 야만스러운 해변에 던져 놓았나요?"

마담은 주위를 둘러보았다. 문은 굳게 닫혀 있었고, 앵무새는 깊이 잠들었고, 토끼들은 사랑을 나누고 있었다. 오직 우리 세 사람뿐이었다. 부인은 마치 오래된 트렁크 가방에서 갖은 양념이며 오래되어 노랗게 변색된 연애편지며 낡아 빠진 가운을 꺼내듯 우리 앞에서 마음을 털어놓기 시작했다.

부인은 그리스어를 그럭저럭 했지만 음절이 뒤죽박죽 제멋대로였다. '나바르호스'(해군 제독)라는 말을 하려고 했지만 막상 입에서 뛰어나온 말은 '나브라코스'(재롱)였고, '에파나스타시'(혁명)라는 말을 하려고 했지만 '아나스타시'(부활)라는 말이 튀어나왔다. 그런데도 우리는 포도주에 취한 탓에 여자의 말을 완벽하게 알아들을 수 있었다. 어느 때는 터져 나오는 웃음을 참기가 어려웠고, 또 어느 때는 (우리는 이미 잔뜩 취해 있었다.) 울음을 터뜨리기도 했다.

"있잖아요…….".(이어서 늙은 세이렌이 향기 나는 마당에서 들려준 이야기는 거의 동화에 가까웠다.) "……있잖아요. 당신들이 지금 쳐다보고 있는 이 여자로 말할 것 같으면 ― 아, 정말로요! ― 멋지고도 엄청난 사람이었죠. 절대로, 카페나 전전하며 농부들을 위해 노래 부르는 그런 여자가 아니었다고요. 난 유명한 예능인이었거든요. 진짜 레이스가 달린 실크 속옷도 입었더랬죠. 하지만 사랑이…….".

마담은 땅이 꺼지도록 깊게 한숨을 내쉰 뒤 담배를 한 대 더 빼어 물고는 조르바의 담배로 불을 붙였다.

"난 '나브라코스'를 사랑했어요. 크레타섬에 또다시 '아나스타시'가 일어나자 강대국 함대가 소다항*에 닻을 내렸죠. 며칠 뒤 나도 같은 곳에 닻을 내렸답니다. 울랄라, 정말 장관이었어요! 영국과 이탈리아, 프랑스, 게다가 러시아에서 온 네 명의 '나브라코스'를 당신들이 꼭 봤어야 하는데. 온몸이 황금빛으로 번쩍거렸고, 에나멜 구두를 신고, 깃털 달린 모자를 쓰고 있었어요. 마치 수탉 같았다고나 할까. 큼직하고 묵직한 벼슬이 달린 수탉. 한 마리가 무려 77킬로그램에서 88킬로그램이나 나가는 수탉 말이에요. 난 그만 완전히 뿅 가고 말았죠. 게다가 수염들은 또 어땠는데요! 꼬불거리는 데다 실크처럼 매끈거렸어요. 까만색, 황금색, 회색, 갈색이었죠. 그리고 냄새는 또 어땠고요! 저마

---

* 항구 도시 하니아에서 동쪽으로 6.5킬로미터 떨어진 소도시로 해군 기지가 있다.

다의 향기가 있어 불이 다 꺼진 밤에도 냄새만 맡으면 누가 누군지 금방 알아맞힐 수 있었지요. 영국 제독에게선 오드콜로뉴 냄새가 났고, 프랑스 제독에게선 바이올렛, 러시아 제독에게선 머스크 향이 났어요. 그리고 이탈리아 제독에게선 — 아, 정말이지! — 이탈리아 제독은 파촐리 향수에 미쳐 있었어요. 아, 얼마나 멋진 수염, 얼마나 황홀한 수염이었던지! 우리 다섯은 걸핏하면 '나브라키다'(기함)에 모여 앉아 '아나스타시'에 대해 이야기했어요. 모두들 웃통을 훤히 드러내고요. — 난 조그마한 실크 블라우스를 입고 있었는데 몸에 착 달라붙었어요. 제독들이 나랑 블라우스를 샴페인에 담가 버렸거든요. (아시겠지만, 그땐 여름이었어요.) 그래, 우린 '아나스타시'라는 진지한 화제로 대화를 나누고 있었어요. 난 제독들의 수염을 붙잡고 제발 저 불쌍한 크레타 젊은이들을 폭격하지 말아 달라고 사정했어요. 우리는 쌍안경으로 그들을 볼 수 있었죠. 청년들은 노란 장화에 기저귀처럼 생긴 푸른색 옷을 입고 하니아* 근처 큰 바위에 개미 떼처럼 서 있었어요. 젊은이들은 목이 떨어져 나가도록 이렇게 고함을 질렀어요. '자유 만세! 자유 만세!' — 깃발도 들었더군요."

그때 갑자기 마당에 울타리 노릇을 하는 갈대가 움직였다. 제독들의 매춘부 노릇을 하던 마담은 갑자기 겁에 질려 하던 말을 멈췄다. 갈대 사이로 작고 교활한 눈망울들이 반짝였기 때문이다. 동네 꼬마들이 파티 낌새를 채고 몰래 엿보고 있었다.

---

* 크레타섬에서 두 번째로 큰 항구 도시. 섬 북쪽에 위치하며, 이라클리오에서 서쪽으로 145킬로미터 떨어져 있다.

왕년의 카바레 여가수는 자리에서 일어나려고 했지만 음식과 술을 너무 많이 먹고 마신 탓에 일어나지 못했다. 여자는 땀에 흠뻑 젖어 자리에 도로 주저앉았다. 조르바가 땅에서 돌멩이를 주워 들자 아이들은 빽빽 소리를 지르며 사방으로 흩어졌다.

"하던 말을 계속해 봐요, 내 사랑스러운 인어 여왕이여, 계속 말해 봐요. 내 사랑!" 조르바가 자신의 의자를 끌어 부인에게 바짝 다가앉으며 말했다.

"그래서 난 이탈리아 제독에게 말했어요. ─특별히 그 제독과 가까웠거든요. ─제독의 수염을 붙잡고 이렇게 말했어요. '오, 카나바로.'(그게 그 사람 이름이었어요.) '내 사랑 카나바로, 대포를 쾅쾅 쏘는 건 안 돼요. 제발 대포는 쏘지 말아요!' 여기 당신들이 지금 쳐다보고 있는 이 몸 덕분에 이 크레타 사람들이 몇 번이나 죽을 고비를 넘겼는지 알아요? 얼마나 여러 번 대포에 총알을 장전했는지, 내가 몇 번이나 제독들의 수염을 붙잡고 대포를 쏘지 못하게 막았는지 모를 거예요! 그런데 누구 하나 나한테 고맙다고 말하는 사람이 있나요? 두 분 중 한 분은 공로 훈장을 봤을지 모르겠네요. 나로 말하면……."

인간의 배은망덕함에 화가 난 마담 오르탕스는 힘이 빠지고 주름 진 조그마한 주먹으로 식탁을 쾅쾅 내리쳤다. 조르바는 손을 뻗어, 노곤하여 벌어진 부인의 다리를 잡으며 짐짓 감정을 잡고 소리쳤다. "나의 사랑스러운 부불리나*여, 내 부탁을 들어줘

---

* Laskarina Bouboulina(1771~1825). 그리스 해군 여성 사령관. 1821년 그리스 독립 전쟁에서 공을 세웠다.

요. 제발 식탁을 쾅쾅 치지 말아요!"

"그 더러운 손 치우지 못해요!" 우리의 마담은 히히히 웃으며 말했다. "당신! 도대체 날 뭘로 보는 거예요?" 그러면서도 부인은 그에게 다정한 눈빛을 던졌다.

"하느님은 존재하십니다." 교활한 영감탱이가 말했다. "속상해하지 말아요, 내 사랑스러운 부불리나. 하느님은 살아 계셔요. 그리고 우리도 여기 살아 있고요. 그러니 한숨 쉴 필요 없어요."

늙은 프랑스 여인은 작고 흐리멍덩한 푸른 눈을 들어 하늘을 바라보았지만 그녀의 눈에 보이는 것은 새장 안에 잠들어 있는 초록색 앵무새뿐이었다.

"나의 카나바로! 아, 사랑스러운 카나바로!" 여자는 관능적으로 고양이처럼 가르릉거리는 소리를 냈다.

그러자 주인의 목소리를 알아들은 앵무새가 눈을 번쩍 뜨고서 막대에 매달리더니, 목 졸려 죽기 직전의 남자처럼 쉰 목소리로 외치기 시작했다. "카나바로! 카나바로!"

"문제는 지금 이 순간이야!" 조르바가 소리치며 자기 소유로 만들고 싶다는 듯 일에 시달려 노곤해진 여자의 무릎을 다시 한번 잡았다.

늙은 카바레 여가수는 의자에 앉은 채 몸을 비비 꼬며 다시 주름진 작은 입을 열었다. "나도 가슴을 맞대고 접전을 벌였어요. '팔리카리'(민병대원)만큼이나 용감하게 싸웠다고요. 하지만 끔찍한 날들이 찾아왔어요. 마침내 크레타는 자유를 찾았죠. 함대들은 떠나라는 명령을 받았어요. '이제 난 어떻게 되는 거

죠?' 네 제독의 수염에 매달려 내가 소리 질렀어요. '나를 어디에
두고 떠나려는 건가요?' 나는 이미 그 멋진 생활, 샴페인과 구운
닭 요리 같은 것이며, 나이 어린 수병들한테 경례받는 것에 익숙
해져 있었거든요. 대포알을 가득 채운 채 누군가와 침대에서 잠
을 자는 듯 비스듬히 누워 있는 — 어쩌면 그리도 사내들 같은
지! — 멋들어진 대포들에도 익숙해져 있었답니다. '오, 나의 나
브라코들이여, 이제 난 어쩌면 좋은가요? 서방 넷을 깡그리 잃어
버리는 과부가 되다니요!' 제독들이 뭐라고 했냐고요? 그저 껄
껄 웃습디다. 하, 사내들이란! 제독들이 내게 영국 파운드, 이탈
리아 리라, 러시아 루블과 프랑스 프랑을 잔뜩 주더군요. 나는 그
걸 받아 스타킹과 드레스 윗부분과 구두에 마구 쑤셔 넣었어요.
마지막 날 저녁엔 울고불고 했죠. 그랬더니 제독들도 나를 불쌍
히 여겼어요. 욕조에다 샴페인을 가득 채우고서 그 안에 나를 빠
뜨렸죠. 그리고 난 그들이 보는 앞에서 목욕을 했어요. — 부끄
러울 게 없었어요, 이해하겠지만요. — 그러고 나서 제독들은 내
가 그들에게 행운을 빌어 주는 동안 잔으로 샴페인을 퍼서 모조
리 마셔 버리지 뭡니까. 다들 거나하게 취하자 불을 꺼 버렸어요.
아침이 깨어 보니 내 몸에서는 네 가지 향수 냄새가 겹겹이 났어
요. 바이올렛, 콜로뉴, 머스크, 파촐리 향이 말이에요. 난 네 강대
국을 — 영국, 러시아, 프랑스, 이탈리아를 말이죠. — 바로 여기
에다 품고, 바로 여기 내 가슴에 품고, 가지고 놀았던 거예요. 자,
보세요, 이렇게 말이에요!"

　　마담 오르탕스는 짤막하고 통통한 위쪽 팔을 벌려 어린 아

기를 무릎에 놓고 어르듯 위아래로 흔들어 댔다.

"자, 봐요. 이렇게 했어요! 이렇게 했다고요! 해가 뜨자마자 대포를 쏘아 대기 시작하더군요. 맹세컨대, 그건 분명 내게 경의를 표하려는 것이었어요. 그런 다음 노가 열두 개 달린 하얀 배에다 나를 싣고 하니아로 데려다주더군요."

마담은 손에 조그마한 손수건을 쥐고 하염없이 눈물을 흘리기 시작했다.

"오, 나의 사랑스러운 부불리나." 조르바가 감정이 북받쳐 소리쳤다. "당신의 귀엽고 사랑스러운 눈을 감아 봐요. 눈을 좀 감아 봐요, 사랑스러운 사람. 내가 바로 카나바로야!"

"더러운 손 치우라고 했어요, 젠장, 내가 분명히 말했어요." 우리의 귀부인은 다시 한번 투덜거렸지만 교태가 묻어나는 말투였다. "이거야 원! 이 푹 꺼진 뺨은 뭐예요! 빛나는 황금빛 견장은 어디 있고, 삼각 모자와 향수 냄새 물씬 풍기는 수염은 다 어디 있냐 말이에요! 오, 하느님! 오, 맙소사!"

여자는 조르바의 손을 살포시 쥐고 또다시 울기 시작했다.

날씨가 점점 서늘해지고 있었다. 우리는 하던 말을 멈췄다. 갈대밭 뒤로 펼쳐진 바다는 부드러운 한숨을 평화롭게 내쉬었다. 바람은 잦아들고 해는 떨어졌다. 살이 통통하게 오른 까마귀 두 마리가 우리 머리 위로 날아갔는데, 날갯짓에서는 실크 천이 ─ 가령 카바레 여가수의 실크 블라우스 같은 것이 말이다. ─ 쫙 찢어지는 것 같은 소리가 났다.

저녁노을이 황금 가루를 뿌린 듯 마당에 내려앉았다. 마담 오르탕스의 앞이마에 늘어진 머리카락 가닥에 불이 붙었고, 불은 마치 옆 사람의 머리로 옮겨 붙을 듯이 저녁 미풍에 획획 소리를 내며 걷잡을 수 없이 움직였다. 여자의 반쯤 드러난 젖가슴과 벌어진 무릎 사이로 드러난 늙은 비곗살, 목에 자글자글한 주름, 발꿈치 부분이 닳아 빠진 정장 구두가 전부 황금빛으로 물들었다.

우리의 늙은 세이렌은 몸을 떨고 있었다. 눈물과 포도주로 빨갛게 충혈된 작은 눈을 게슴츠레 뜨고서 처음에는 나를, 그다음에는 조르바를 번갈아 쳐다보았다. 조르바는 바짝 마르고 아무 감정도 없는 염소 입술을 하고 부인의 젖가슴에 한 가닥 희망을 품고 있었다. 이제 완전히 내려앉은 어둠 속에서 부인은 누가 과연 카나바로인지 알아내려고 우리 두 사람을 아리송한 눈길로 계속 번갈아 바라보았다.

"나의 부불리나!" 조르바는 계속 열정적으로 그녀에게 달콤하게 속삭였다. 이제는 자기 무릎으로 부인의 무릎을 슬그머니 누르고 있었다. "하느님은 존재하지 않아요. 악마도 존재하지 않아요. 그러니 속상해하지 말아요. 당신의 어여쁜 머리를 들고, 그 어여쁜 손을 어여쁜 뺨에 대고서 사랑 노래를 천천히 불러 봐요. ─ 그래서 죽음 따윈 죽여 버려요!"

조르바는 후끈 달아올라 오른손으로는 콧수염을 비비 꼬고 왼손으로는 술에 취한 카바레 여가수를 더듬었다. 그는 숨을 약하게 내쉬며 말했고 눈은 졸린 듯 거슴츠레했다. 확실히 조르바가 지금 바라보는 것은 화장을 떡칠한 장승 같은 여자가 아니라 그가 여자를 부를 때 흔히 사용하는 '암컷'이었다. 인격도 사라지고, 용모도 사라지고 없었다. 젊든 늙든, 아름답든 추하든, 모든 것은 무시해도 좋은 한낱 하찮은 구분에 지나지 않았다. 모든 여자 뒤에서 신성하고 신비로 가득한 아프로디테*의 얼굴만이 근엄하게 떠올랐다.

조르바가 바라보고 말을 걸고 열렬히 바라는 것은 바로 그 아프로디테의 얼굴이었다. 한편 마담 오르탕스의 얼굴은 종잇장처럼 얇은 가면에 지나지 않았고, 조르바는 그 영원한 입술에 입을 맞추기 위해 이 가면을 찢어 버렸던 것이다.

"백설처럼 흰 목을 들어 봐요, 나의 사랑." 조르바가 간청하듯 애원하는 목소리로 속삭였다. "백설 같은 목을 쳐들고「아, 슬프도다!」라는 사랑의 노래를 불러 줘요."

그러자 늙은 카바레 여가수는 온갖 풍파를 겪은 손, 이젠 빨래하느라 여기저기 터진 손으로 턱을 괴었다. 여자의 눈 역시 갈망으로 거슴츠레했다. 여자는 악 소리를 구슬프게 토해 내더니 나른한 눈으로 조르바에게 (부인은 그를 점찍은 것이다.) 추파를 던지며 자기가 가장 좋아하는 진부한 노래를 부르기 시작했다.

오 피 드 메 주르
푸르쿠아 테 주 랑콩트레?**

---

* 그리스 신화에 나오는 미(美)와 사랑의 여신. 바다의 거품에서 태어났으며, 올림포스의 열두 신 중 하나로 로마 신화의 '베누스'에 해당한다.
** '흐르는 세월 속에서/ 내 어쩌다 그대를 만났나?'(프랑스어. 이하 마담 오르탕스가 사용하는 외국어는 모두 프랑스어다.)

그러자 조르바가 자리에서 벌떡 일어나더니 방에 들어가 산투리를 들고 나왔다. 그러고 나서 땅바닥에 다리를 꼬고 앉아 악기의 덮개를 벗기고 무릎에 얹은 다음 큼직한 손으로 치기 시작했다.

"제발, 부불리나, 내 사랑." 조르바가 신음 같은 소리를 내며 말했다. "칼을 가져와 내 목을 따 줘요!"

밤이 깊어지면서 금성이 하늘 높은 곳에서 굴러 내려오고 조르바의 공범이라 할 산투리의 유혹적인 소리가 울려 퍼지자 닭고기와 쌀, 구운 아몬드와 포도주를 배가 터지도록 먹은 마담 오르탕스는 묵직한 머리를 조르바의 어깨에 기대며 한숨을 내쉬었다. 여자는 그의 깡마른 어깨에 몸을 살살 가볍게 비비면서 하품을 한 뒤 다시 한숨을 내쉬었다.

조르바가 고개를 끄덕이며 목소리를 낮추어 내게 말했다.

"지금 이 여자 후끈 달아올랐어요, 보스 양반. 이제 그만 꺼져 주시지."

4

또다시 새벽이 밝아 눈을 떠 보니 조르바가 내 맞은편 침대 모퉁이에 다리를 꼬고 앉아 담배를 피우며 명상에 잠겨 있었다. 그는 작고 동그란 눈으로 앞에 있는 채광창을 응시했는데, 채광창은 여명을 받아 서서히 우윳빛으로 변하고 있었다. 그의 눈은 퉁퉁 부어 있었다. 뼈가 앙상하고 팽팽하고 길쭉한 그의 목은 마치 두루미의 것처럼 기괴하게 뻗어 있었다.

지난밤 나는 조르바를 늙은 인어 여왕과 남겨 두고 축제의 현장을 먼저 떠났었다.

"갈게요. 재미 보세요, 조르바. 힘내십시오!" 내가 말했다.

"그럼 잘 가요, 보스 양반. 우리가 좀 노닥거릴 수 있도록." 조르바가 대답했다.

두 사람은 일을 치른 것이 분명했다. 잠결에 나는 소리를 죽인 신음을 들었고, 한순간 옆방이 흔들리는 것을 느꼈다. 그러고 나서 다시 잠에 곯아떨어졌다. 자정이 한참 지나서야 조르바는 맨발로 들어와 나를 깨우지 않으려고 조심조심 자기 매트리스 위에 눕는 것 같았다.

그런데 지금 이 새벽에 조르바는 아직 시력이 제대로 돌아오지 않고 두 눈에서는 아직 잠이 달아나지 않은 상태로 멀리 불빛을 바라보고 있었다. 꿀처럼 흐느적거리며 움직이는 희뿌연 강 위에 평온한 마음으로 몸을 내맡긴 채 그는 농도 짙은 기쁨에 흠뻑 빠져 있는 것 같았다. 대지며 물이며 생각이며 사람들이며 온 세상이 먼바다로 흘러들고 있었고, 조르바는 아무런 저항도 없이, 어떠한 질문도 하지 않고 그것들과 함께 행복스럽게 떠내려가는 중이었다.

수탉과 돼지와 나귀, 사람들의 소리가 어지럽게 뒤섞여 들려왔다. 마을이 잠에서 깨어나기 시작한 것이다. 나는 침대에서 튀어 오르며 "조르바! 오늘은 할 일이 있어요!" 하고 소리치려다가, 흐릿한 장밋빛 미명에 몸을 맡기고 아무런 움직임과 소리도 없이 조르바와 함께 온전히 기쁨을 느끼고 싶어졌다. 이 마법 같은 순간 지구의 모든 존재는 깃털처럼 가볍게 보였고, 세상은 바람 한 점에도 시시각각 모양을 바꾸는 구름처럼 일정한 형체도 없이 부풀어 오르는 것만 같았다.

담배 피우는 조르바가 부러워서 나도 손을 뻗어 파이프를 잡았다. 파이프를 바라보자니 가슴이 뭉클했다. 그 파이프는 오래전 회색빛 감도는 초록색 눈에 손이 귀족처럼 길쭉했던 친구가 어느 날 오후 서유럽에서 준 것이었다. 그날 저녁 그 친구는 학업을 마치고 그리스로 떠나려던 참이었다. "궐련을 그만 끊게나." 그가 내게 말했다. "자네는 담배에 불을 붙이고 반만 피우고 나서 던져 버리더군. 꼭 거리 여자를 데리고 놀듯이 말이야. 낯부끄러운 물건일세! 파이프와 결혼을 하게. 이건 말이야, 정절을 지키는 마누라와 같다고 할 수 있지. 집에서 얌전하게 자네를 기다리는 마누라 말이야. 공중에서 연기가 약혼반지처럼 둥글게 원을 그리는 걸 보거든 나를 기억하게!" 이른 오후였다. 우리는 베를린에 있는 박물관을 막 나서는 길이었다. 그는 좋아하는 렘브란트의 「황금 투구를 쓴 남자」라는 작품에 ─ 높은 청동 투구와 창백하고 움푹 파인 뺨, 울적하면서도 단호한 눈빛에 ─ 마지막 작별 인사를 하려고 들른 참이었다. "만약 내가 살면서 뭔가 용감한 행동을 한다면, 그건 이 남자 덕분일세." 불굴의 의지를 품은 필사의 전사(戰士)를 뚫어지게 쳐다보며 친구가 중얼거렸다. 우리는 밖으로 나가 박물관 정원 기둥에 기대섰다. 맞은편에는 말로 형용할 수 없는 품위와 자신감으로 무장하고 안장도 없이 말에 앉은 아마존의 청동 나체상*이 먼지를 시커멓게 뒤집어쓰고 서 있었다. 그리고 작은 할미새 한 마리가 아마존의 머리 위에 잠시 동안 머무르다 꼬리를 힘차게 치고서 조롱하듯 두세 번 지저귀다가 날아가 버렸다. 나는 몸서리치며 친구를 보고 물었다. "방금 저 새소리 들었지? 날아가기 전에 우리한테 분명 뭐라고 말한 거 같아." "새니까 노래하게 그냥 놔둬. 새니까 말하게

---

* 아마존 동상은 현재 베를린의 페르가몬 박물관에 소장되어 있다.

그냥 놔두라고." 친구는 미소를 지으며 대중적인 민요 한 가락을 인용해 대답했다. 도대체 왜 하필 이렇게 이른 아침에 크레타 해안에서 그 옛날 기억이 떠올라서 마음 가득 슬픔이 차고 넘치는 것일까?

나는 천천히 파이프에 담배를 채우고 불을 붙였다.

세상 만물은 하나같이 숨은 의미를 간직하고 있다. 사람이며 동물이며 나무며 별이며 모든 것이 마치 상형 문자로 쓴 글과 같다. 브라보! 그리고 화 있을진저! 그 의미를 해독하고 그것들에 목소리를 부여하는 자들에게. 누구든 그것들을 바라보는 순간에는 이해할 수 없다. 그저 사람이며 동물이며 나무며 별이라고 생각할 뿐이다. 그리고 시간이 한참 흐른 뒤에, 너무 때가 늦어서야 비로소 그 숨은 의미에 다가서게 된다.

오늘 내가 계속 생각하고 있는, 청동 투구를 쓴 전사와 안개 자욱한 오후에 기둥에 기대선 내 친구, 할미새와 그 새가 우리에게 말하듯 지저귀던 소리, 그리고 친구가 인용한 구슬픈 민요 가락인 「죽은 형제의 노래」 한 구절 — 이 모든 것은 저마다 숨은 의미를 간직하고 있으리라. 그렇다면 그 의미는 과연 무엇일까?

나는 옅은 햇살 속에서 파이프의 연기가 굽이굽이 피어올라 오묘한 푸른 연기로 신명 나게 변하다가 결국은 공기 중에 서서히 흩어지는 모습을 바라보았다. 그에 따라 내 마음도 복잡해져 갔다. — 연기와 함께 노닐다가 사라지고, 새로운 연기의 소용돌이와 함께 피어오르다가 또다시 사라져 버렸다. 꽤 오랜 시간 동안 나는 이성의 방해도 받지 않고 세계의 생성과 절정과 소멸을 확실하게 피부로 느끼면서 경험했다. 또다시 붓다에 몰두했지만 이번에는 지성의 무분별한 말이라든가 경솔한 줄타기 따위는 없었다. 이 담배 연기는 붓다의 가르침의 정수였다. 속절없이 사라졌다가 다시 모양이 만들어지는 모습은 푸른색 열반에 이르러 차분하고 조용하고 행복하게 끝나는 삶과 같았다. 나는 아무 생각도 하지 않았고, 무언가를 깨달으려는 노력도 하지 않았다. 하지만 내가 확신을 느꼈다는 점만은 한 치도 의심하지 않았다.

나는 부드럽게 한숨을 쉬었다. 마치 한숨이 나를 현실로 되돌려 놓은 것처럼 내 주위의 허름한 오두막을 둘러보았다. 내 옆에는 내리쬐는 아침의 첫 햇살을 되쏘는 작은 거울이 하나 걸려 있었고, 맞은편에는 조르바가 담배를 피우며 등을 곧추세운 채 나를 등지고 매트리스에 앉아 있었다.

갑자기 전날 밤의 일이 희비극적인 모험담과 함께 내 마음속에 아련히 떠올랐다. 향이 날아가 버린 바이올렛, 바이올렛 콜로뉴, 사향, 파촐리 향기, 앵무새, 앵무새가 되어 소리 지르며 철창에 날개를 부딪치던 한 인간의 영혼, 그리고 함대가 모두 떠나자 홀로 남겨져서 해묵은 해전 이야기를 전하는 낡아 빠진 바지선.

나의 한숨 소리를 들은 조르바가 화들짝 놀라며 고개를 돌렸다. "우리가 처신을 잘못했소, 보스 양반." 그가 중얼거렸다. "당신도 웃고, 나도 웃었죠. 그 여자가 그 소리를 들었소, 불쌍한 것. 보스 양반은 그 여자가 한 1000살은 넘은 쭈그렁 할망구라도 되는 것처럼 인사 한마디 없이 나가 버렸소. 그건 예의가 아니지, 보스 양반. 이런 말 해서 정말 미안하지만, 훌륭한 사람은 그런 식으로 행동하지 않아요. 그 여자도 결국 어쩔 수 없는 여자요. 연약하고 잘 삐지는 동물이라고요. 내가 남아서 위로해 줬으니 망정이지."

"그게 다 무슨 소리예요, 조르바?" 내가 웃으며 물었다. "정말 여자란 생각하는 게 한 가지밖에 없다고 믿는 건가요?"

"그렇소. 여자는 한 가지밖에 몰라요, 보스. 내 말 좀 들어 보쇼. 나는 별의별 짓을 다 봤고, 온갖 고통을 다 겪어 봤고, 안 해 본 짓이 없어요. 그러니 뭣 좀 배운 거죠. 여자는 말이오, 오로지 한 가지 생각밖엔 없어요. 아주 병적인 존재에다, 분명히 말해 두지만, 불평이 많아요. 만약에 너를 사랑한다, 너를 원한다고 말하지 않으면 눈물이 수도꼭지처럼 줄줄 흐릅니다. 물론 여자가 당신을 원하지도 않고, 심지어 아주 싫어할 수도 있으며, 매몰차게 거절할 수도 있어요. 하지만 그건 별개의 문제요. 별개의 문제로 그게 가능합디다. 이러나저러나 자기를 바라보는 모든 남자가 자기를 원하길 바라거든. 그걸 원하니 남자는 그 응석을 받아 주는 수밖에. 나한테는 여든 살쯤 되신 할머니가 한 분 계셨소. 그 할마시 인생도 말하자면 정말 동화 같았지. 뭐, 여자들에 관한 그렇고 그런 이야기 중 하나요. 어쨌든 할머니가 여든 살쯤 됐을 때 우리 집 맞은편에 정말 아리따운 아가씨가 하나 살았소. 아주 신선한 생수 같았다고나 할까. 이름이 크리스털이었죠. 토요일 저녁이면 마을의 풋내 나는 총각들이 모여 술을 진탕 마시고 곤드레만드레 취해서는 귀 뒤에 바질 잎가지를 꽂고 돌아다녔어. 내 사촌 하나는 세 줄짜리 류트를 들고 나와 크리스털에게 세레나데를 불러 주기도 했지. 정열이 넘쳤거든! 아, 성적(性的) 관심을 끌 만한 그런 욕망이었소! 우린 들소마냥 고함을 질러 댔소! 모두가 크리스털을 차지하고 싶어 했고, 그래서 토요일마다 들소 떼처럼 몰려가 한 놈을 골라 보라고 했죠. 자, 그런데, 내가 하는 말을 보스 양반이 믿을 수 있을까? 여자는 말이야, 정말 끔찍이도 아리송한 존재요. 절대로 아물지 않는 상처가 하나 있소. 다른 상처는 다 아물어도 절대로 아물지 않는 상처가 하나 있단 말이지. 여자가 여든 살 먹으면 뭐 합니까? 그 상처만큼은 여전히 쩍 벌어져 있습디다. 글쎄, 여든 된 할마시가 긴 의자를 창가에다 끌어다 붙이고, 조그마한 거울을 몰래 꺼내 들고 몇 가닥 남지도 않은 머리를 빗고 가르마까지 타지 뭡니까! 우리 눈에 띄지 않으려고 조심하다가 혹 우리 중 한 사람이 근처에라도 다가가면 조용히 뒤로 물러서서 시치미를 뚝 떼고 자는 척하는 거요. 그런데 잠들었을 리가 있겠소? 할마시는 깨어서 세레나데를 기다리고 있었던 거요. 나이 여든에 말이야! 자, 보스 양반, 이제 이해가 됩니까, 여자라는 게 얼마나 요상한 존재인지? 지금도 그때를 생각하면 당장이라도 눈물이 날 것 같은데, 그때 난 정말 멍청한 얼간이였소! 그걸 이해 못하고 그만 웃고 말았던 겁니다. 어느 날은 할마시에게 계집애 뒤꽁무니나 쫓아다닌다고 호되게 야단을 맞고 화가 있는 대로 났지. 그래서 결국 속내를 까 버리고 만 거요. 말하자면 할마시 얼굴에 주먹을 한 방 날린 셈이었지. '왜 토요일 밤마다 입술에다 호두나무 잎사귀를 문지르고 가르마를 타고 앉아 있어? 우리가 할마시한테 와서 세레나데라도 불러 줄 것 같아? 우리가 원하는 건 크리스털이지, 저승 문턱에 서 있는 송장 같은 할마시가 아니라고!' 보스 양반, 믿을 수 있겠어요? 그때 난생처음으로 난 여자라는 게 어떤 존재인지 알게 됐소. 할마시두 눈에서 눈물이 폭포처럼 흘러내리지 뭐요. 꼭 강아지마냥 웅크리고 턱을 달달 떨더군. '크리스털이라고요!' 나는 더 잘 들리라고 할머니에게 다가서면서 소리쳤소. 젊으면 이해를 못하기 때문에 더욱 잔인하고 비인간적으로 구는 법이오. 할머니는 관절염에 걸린 팔을 하늘 높이 치켜들고 이렇게 악을 씁디다. '내 너를 오장육부에서부터 저주한다!' 그날부터 우리 할머니는 차츰 시들어 갔어. 점점 쇠약해지더니 결국 두 달이 지나자 오늘내일하더군. 마지막 숨이 넘어갈 즈음 할머니는 나를 쳐다봤소. 꼭 자라처럼 숨을 깊게 들이마시더니 나를 붙잡으려고 그 오그라든 손을 뻗었지. '네놈이 나를 죽인 거야.' 그리고 할마시는 가쁜 숨을 몰아쉬며, '내 저주를 받아라, 알렉시스! 내가 받은 고통을 너도 똑같이 받을 것이다!' 하고 내뱉더군."

조르바가 웃었다.

"그 늙은 할마시의 저주가 제대로 들어맞았어." 그가 콧수염을 부드럽게 쓰다듬으며 말했다. "이제 내 나이 예순다섯인데 내 생각에는 말이지, 난 한 100살쯤 된대도 철이 안 들 것 같소. 그 나이가 되어도 주머니에 작은 손거울을 넣고 다니면서 암컷들 뒤꽁무니나 쫓아다닐 거요."

조르바는 다시 한번 웃었다. 그러더니 채광창 밖으로 담배 꽁초를 던져 버리고 기지개를 켰다.

"나는 결점이 많은 사람이오." 그가 말했다. "이 결점 때문에 신세를 조질 듯싶소이다."

조르바가 매트리스에서 튕겨 오르면서 일어났다.

"자, 이제 그런 얘긴 집어치우십시다. 말을 너무 많이 했소. 자, 오늘부터 일하는 거요!"

조르바는 서둘러 옷을 입고 투박하고 큼직한 신발을 신고 마당으로 휙 걸어 나갔다.

*

나는 고개를 떨어뜨리고 조르바의 말을 곰곰이 곱씹어 보았다. 갑자기 저 멀리 눈 덮인 도시가 생각났다. 로댕 전시회에 간 나는 「하느님의 손」이라는 거대한 청동 손을 감상하는 중이었다. 청동 손은 반쯤 오므려져 있었고, 그 손바닥에는 황홀경에 빠진 두 남녀가 한데 뒤엉켜 있었다. 그때 젊은 여자 하나가 다가와 내 옆에 섰다. 그녀 또한 마음을 어지럽히는 이 영원한 커플 때문에 마음이 산란한 듯 그것을 뚫어지게 쳐다보았다. 여자는 날씬한 몸에 옷을 맵시 있게 차려입고 있었으며 숱이 풍성한 금발에 각이 진 턱과 칼처럼 가느다란 입술 선을 지니고 있었다. 어딘지 모르게 남성적이고 단호한 데가 있는 여자였다. 평소 시시껄렁한 대화를 주고받는 것을 싫어하는 나였지만 그날은 무슨 힘에 이끌렸는지 그녀를 돌아보고 말을 건넸다.

"지금 무슨 생각을 하십니까?" 내가 물었다.

"누구라도 도망칠 수 있으면 좋겠어요!" 여자는 악의에 찬 듯 투덜거렸다.

"어디로 도망친단 말입니까? 어디든 하느님의 손바닥 안 아니겠어요? 구원 같은 건 없어요. 그래서 마음이 혼란스러운 건가요?"

"아니에요. 아마도 사랑은 지구상에서 가장 강렬한 기쁨이겠죠. 어쩌면 말입니다. 하지만 저 청동 손을 보고 있자니 도망치고 싶네요."

"자유를 원하신다 이거군요?"

"네, 그래요."

"하지만 만약 이 청동 손 안에 있을 때만 자유롭다면요? 만약 '하느님'이라는 낱말이 보통 사람들이 생각하는 것처럼 쉬운 의미를 지니고 있지 않다면요?"

그러자 여자는 혼란스러운 눈빛으로 나를 쳐다보았다. 여자의 눈은 금속처럼 차가운 회색이었고, 입술은 마르고 적의를 품은 듯 굳게 닫혀 있었다.

"무슨 말인지 모르겠네요." 여자는 이렇게 말하고 겁먹은 듯 자리를 떴다.

그리고 그녀는 그렇게 달아나 버렸다. 그 후로 나는 그 여자를 생각해 본 적이 한 번도 없었다. 그런데 그녀가 내 가슴 아래에서 젖을 빨며 내 몸속에 살고 있었던 모양이다. 어째서 이곳, 황량한 해변에서 그 여자가 햇빛도 없고 활기도 없고 그저 불평만 가득한 내 마음 깊은 곳에서 솟아오른 것일까?

조르바의 말이 옳았다. 내 처신이 잘못되었던 것이다. 그 청동 손은 내게 괜찮은 기회를 제공했다. 첫 만남도 좋았고, 처음 건넨 말도 적절했으니 우리는 조금씩 가까워져서 ─ 우리 둘이 모르는 사이에, 또는 비록 알고 있더라도 아무런 부끄러움도 없이 ─ '하느님의 손바닥 안'에서 평화롭게 서로를 안으며 하나가 될 수 있었을 것이다. 하지만 내가 갑자기 이야기를 땅에서 하늘로 끌어 올렸고, 그래서 결국 그 젊은 여자는 겁이 나서 도망쳐 버렸다.

마담 오르탕스의 마당에서 늙은 수탉이 꼬끼오 하고 울었다. 밝은 햇살이 드디어 작은 창문을 통해 백묵처럼 하얗게 쏟아져 들어왔다. 나는 침대를 박차고 일어났다. 광부들이 도착해서 곡괭이며 지레며 괭이를 요란스럽게 내려놓았다. 조르바가 작업을 지시하는 소리가 들렸다. 벌써 작업을 시작한 것이었다. 그는 누가 봐도 사람을 부릴 줄 알고 책임감이 강한 남자였다. 나는 채광창으로 고개를 내밀고 거무튀튀하고 허리가 가늘어 볼품없는 서른 명 남짓한 일꾼들 ─ 그들은 하나같이 통이 넓고 펑퍼짐한 전통 바지를 입고 있었다. ─ 사이에 거인처럼 큰 조르바가 우뚝 서 있는 모습을 보았다. 조르바는 지휘하듯 손을 휘둘렀고, 말은 간단하고도 명료하게 했다. 어느 순간 어린 친구 하나가 중얼거리며 머뭇거리자 조르바는 그 친구의 목덜미를 잡고 소리를 질렀다. "하고 싶은 말이 있나? 있으면 크게 말해! 중얼대지 말고. 일하려면 기분이 좋아야 해. 그럴 기분이 아니라면 카페에나 가서 앉아 있어!"

그때 마담 오르탕스가 헝클어진 머리에 뺨은 퉁퉁 붓고 화장도 하지 않은 얼굴로, 품이 풍성한 지저분한 블라우스를 입고, 앞코가 길고 뒤축이 닳은 신발을 질질 끌고 나타났다. 마담은 꼭 당나귀 울음소리 같은, 늙은 가수 특유의 마른기침 소리를 냈다. 그리고 걸음을 멈추고 서서 동경의 눈빛으로 조르바를 쳐다보며 추파를 던졌다. 여자는 풀린 눈으로, 조르바가 돌아보도록 다시 한번 기침 소리를 내면서 매춘부처럼 종종걸음으로 꼬리를 흔들며, 닿을 듯 말 듯 가까이 다가가 통 넓은 소매를 스치며 지나갔다. 하지만 조르바는 몸을 돌리지도 않았다. 인부에게서 보리빵 한 덩어리와 올리브 열매 한 움큼을 집어 든 조르바가 소리 질렀다. "어서 일을 해, 이 사람들아! 제발 일을 하라고!" 그러고 나서 그는 보폭을 넓게 하여 걸음을 내디디며 광부들을 산으로 이끌었다.

*

여기서 굳이 갈탄 캐내는 과정 같은 것을 말하지는 않겠다. 그러려면 인내가 필요한데 나한테는 그런 인내심이 없다. 우리는 바닷가 근처에 갈대와 고리버들 순, 석유 깡통의 주석으로 오두막을 한 채 지었다. 조르바는 새벽에 일어나 곡괭이를 쥐고 광부들보다 먼저 가서 갱도를 열기도 하고, 갱도를 버리기도 하고, 또 무연탄만큼 반짝이는 갈탄 광맥이라도 찾으면 기뻐서 날뛰기도 했다. 그러나 며칠 못 가서 광맥이 바닥을 드러내면 맨바닥에 벌러덩 드러누워 하늘에 대고 손발을 휘두르며 "빌어먹을!" 하고 있는 힘을 다해 욕지거리를 퍼부어 댔다.

조르바는 오로지 일에만 열중했다. 더 이상 나와도 상의하지 않았다. 일을 시작한 첫날부터 모든 업무와 책임은 내 손에서 그의 손으로 넘어갔다. 결정을 내리는 것도, 그 결정을 실행에 옮기는 것도 전부 그의 몫이었다. 내가 하는 일은 돈을 대는 게 전부였는데, 그에 대해 별로 불만도 없었다. 그와 보낼 몇 달이 내삶에서 최고로 행복한 나날이 되리라는 예감이 확실하게 들었기 때문이다. 요모조모 아무리 셈을 해 보아도 행복을 헐값에 사는 기분이었다.

어머니 쪽 할아버지, 그러니까 내 외할아버지도 크레타 섬마을에 살았다. 그분은 저녁마다 등불을 들고 마을을 돌아다니며 새로 온 나그네가 없는지 찾아다니곤 했다. 나그네를 찾으면 그를 집으로 데려가 음식과 마실 것을 잔뜩 대접한 다음, 긴 의자에 앉아 담뱃대가 긴 터키 식 파이프인 치북에 불을 붙이고 손님을 돌아보며 — 이제 음식 값을 낼 때가 된 것이다 — 명령조로 이렇게 말했다. "말하시오!" "무슨 말을 하라는 건가요, 존경하는 무스토이요르기스 영감님?" "당신이 무슨 일을 하고 있고, 이름은 무엇인지, 어디 출신인지, 당신이 본 나라와 마을은 어땠는지 모조리 말하시오. 빠짐없이 말하시오. 자, 준비됐으면 시작하시오!" 그러면 나그네는 진실이건 거짓이건 닥치는 대로 얘기를 늘어놓기 시작했고, 할아버지는 긴 의자에 편안히 앉아 치북을 피우며 이야기를 따라 여행을 하는 것이었다. 만약 나그네가 마음에 들면 이렇게 말씀하시곤 했다. "내일도 머물러요. 떠나면 안 돼요. 당신은 아직 나한테 보고해야 할 얘기가 많으니까."

외할아버지는 한 번도 마을을 떠난 적이 없었고, 이라클리오*나 레팀노**도 가 본 적이 없었다. "내가 왜 그곳에 가야 하지?" 할아버지는 이렇게 반문하시곤 했다. "레팀노나 이라클리오에 사는 사람들이 이곳에 다녀가는데. 그러니 레팀노와 이라클리오가 내 집에 찾아오는 것과 다름이 없어. 그리고 난 그게 좋다. 그러니 굳이 내가 찾아갈 필요가 없지 뭐냐?"

내가 지금 크레타섬 해안에서 하고 있는 일도 할아버지의 멋진 취미를 이어받은 것이었다. 내가 등불을 들고 나가 나그네 한 명을 데리고 온 셈이었다. 나는 그 사람을 보내지 않을 작정이었다. 물론 저녁 한 끼보다는 훨씬 많은 돈이 들지만 이 나그네는 그만한 가치가 충분했다. 나는 매일 저녁 그가 일을 마치고 돌아오기를 기다렸다가 내 맞은편에 앉히고 같이 식사를 한다. 그리고 대가를 치러야 할 때가 오면 이렇게 외친다. "이야기를 들려주세요!" 나는 파이프 담배를 피우며 그의 이야기에 귀를 기울인다. 이 세상과 인간 영혼의 구석구석을 누비고 다닌 이 나그네의 이야기를 들으며 나는 단 한 번도 싫증을 느껴 본 적이 없다. "얘기해 보세요, 조르바, 얘기해 줘요!"

조르바가 이야기를 시작하면 그와 나 사이의 조그마한 공간

---

* 헤라클리온이라고도 부르는 항구 도시. 크레타섬에서 가장 큰 도시, 그리스에서 네 번째로 큰 도시로 크레타주의 주도(州都)다.
** 크레타섬 북쪽 해안에 위치한 이 도시는 고대에 건설되었지만 미노스 문명의 중심지는 아니었다.

에 마케도니아 지방 전체가 ─ 산, 숲, 강, 코미타지 게릴라, 근면하고 남자 같은 여자들과 드세고 입이 거친 남자들이 ─ 눈앞에 가득 펼쳐진다. 때로는 스무 개의 수도원, 조선소, 엉덩이에 뒤룩뒤룩 살이 찐 기생충 같은 수도사들이 있는 '거룩한 산'*이 등장하기도 한다. 아토스산 이야기를 마칠 때면 조르바는 언제나 그 좀비 같은 존재들한테서 도망이라도 치듯 크게 웃음을 터뜨리며 이렇게 말하곤 했다. "하느님께서 노새의 옆구리와 수도사의 거시기로부터 보스 양반을 보호해 주시기를!"

　매일 저녁 조르바는 나를 데리고 그리스, 불가리아, 콘스탄티노플을 거닐었다. 그럴 때면 나는 두 눈을 지그시 감고 그곳들을 감상했다. 조르바는 혼란과 괴로움으로 발버둥치는 발칸 반도 곳곳을 작지만 매서운 눈으로 재빠르게 훑어보았다. 때로는 우리에게 너무 익숙해서 무심하게 넘기는 것들도 붕어처럼 튀어나온 그의 눈을 피해 가지 못했다. 이런 평범한 것들이 조르바에게는 엄청난 수수께끼처럼 보였다. 가령 지나가는 여자를 보아도 그는 걸음을 멈추고 두려움에 떨며 이렇게 묻는다. "도대체 이 신비로운 존재는 뭐요? '여자'란 도대체 뭐요? 왜 저 존재는 나를 이렇게 만들어 버리는 거죠? 왜 머릿속 나사가 풀린 것처럼 나를 돌아 버리게 하느냐 말이오? 저 존재의 의미가 도대체 뭔지 ─ 나한테 말해 줄 수 있겠소?" 조르바는 남자나 꽃 피는 나무, 신선한 물 한 잔을 보고도 감탄하며 툭 튀어나온 눈으로 그

---

* 그리스 북동부에 위치한 아토스산으로 그리스에서는 흔히 '거룩한 산'으로 일컬어진다.

런 질문을 던진다. 조르바는 모든 사물을 날마다 처음 보는 것처럼 대한다.

어제 우리가 오두막 밖에 앉아 있을 때, 조르바는 포도주 한 잔을 깨끗이 비우고 나서 고개를 돌려 나에게 놀란 표정을 지어 보였다. "그런데 말이오, 보스 양반, 이 빨간 물은 도대체 뭐요? ― 말해 줄 수 있겠소? 늙은 그루터기에서도 싹이 나오고 거기에 시큼한 물체가 열려요. 그리고 시간이 흘러 햇빛에 잘 구워지면 꿀처럼 단내가 나는 거요. 그걸 우리가 포도라고 부르잖아요. 그걸 따다가 발로 밟아 즙을 내서 나무통에 담아요. 그 즙이 통 안에서 저절로 끓어오르다가 11월 3일 술주정뱅이 성인인 성(聖) 게오르기우스* 축제일에 통을 열어 따르면 펑펑 포도주가 나오지 뭡니까! 이 무슨 기적이란 말이오? 이걸 마시면, 이 빨간 음료를 마시면 말이오, 우리의 영혼은 더 이상 구역질 나는 이 가죽에 어울리지 않을 만큼 부풀어 올라요. 그러면 우린 하느님께 결투를 신청하는 간 큰 짓을 하는 거죠. 그러니까 도대체 이게 뭐냔 말이오, 보스 양반? 어디 말해 볼 수 있겠소?"

나는 아무 말도 하지 않았다. 조르바의 이야기를 듣고 있으면 세상은 다시 숫처녀처럼 순결해지는 것 같았다. 광채를 잃어버렸던 모든 것이 하느님의 손으로 처음 빚어졌을 때처럼 찬란한 빛을 되찾았다. 물도 여자도 별도 빵도 신비스럽고 원시적인

---

* Georgius(?~ 303). 초기 기독교 순교자로 14성인 가운데 한 사람. 제오르지오 또는 조지라고도 한다. '게오르기우스'는 농부를 뜻하는 그리스어에서 파생한 라틴어다.

근원으로 돌아갔다. 그리고 하늘에서는 신성한 바퀴에 회전의 탄력이 붙었다.

그래서 나는 해변의 자갈밭에 누워 조르바가 집에 돌아오기만을 간절히 기다렸다. 나는 그가 대지의 창자에서 거대한 쥐처럼 튀어나와 발에는 진흙과 갈탄 가루를 묻히고 피로에 전 발로 성큼성큼 걸어오는 모습을 바라보곤 했다. 멀리서 그가 몸을 움직이는 모습, 즉 머리를 숙이거나 처드는 모습, 그 기다란 팔을 흔드는 모습만 봐도 그날 일이 어땠는지 짐작할 수 있었다.

처음에는 나도 그를 따라나서곤 했다. 그곳에서 인부들을 관찰하고, 내가 선택한 새로운 길을 따르기 위해 최선을 다하며, 실제적인 일에 관심을 갖고, 내 손에 맡겨진 인력을 사랑하고 이해하며, 글이 아닌 살아 있는 사람들을 다루는, 오랫동안 바라 왔던 그런 기쁨을 맛보려고 했다. 더구나 나는 낭만적인 계획을 하나 세우고 있었다. 즉 갈탄 채굴에 성공하면 모두가 형제처럼 같이 일하고, 모든 것을 공유하고, 모두가 같은 음식을 먹고, 같은 옷을 입는 일종의 공동체를 만들려고 했다. 마음속으로 나는 신인류 공생의 효모가 될 새로운 '코이노니아'*를 꿈꿔 왔던 것이다.

하지만 나는 조르바에게 이 원대한 꿈을 말할지에 대해서는 아직 결정을 내리지 못했다. 조르바는 내가 인부들 사이를 어슬렁거리며 질문을 던지고 간섭하고, 다툼이 있을 때마다 그들 편에 서는 것을 보고 적잖이 당황했다. 조르바는 입술을 발쪽거리

---

* Koinonia. '협동' 또는 '친교'를 뜻하는 그리스어를 영어식으로 표기한 말. 신약 성경에서 그리스도 초대 교회의 공동체를 가리킬 때 자주 사용된다.

며 내게 말하곤 했다. "보스 양반, 다른 곳에 가서 산책이나 하지 그래요. 햇볕이 참 좋소. 아름다운 날이오. 그러니 이곳에서 꺼져 줘요!"

하지만 나는 일이 처음 시작될 무렵에는 광산에 남아 있겠다고 고집을 부렸다. 인부들과 대화를 나누고 질문을 해 댔다. 결국 나는 인부 각자의 인적 사항을 ─ 아이들은 몇이고, 시집보낼 누이가 몇이나 되는지, 걱정거리나 질병이나 시련은 없는지, 연로하고 병약한 부모는 없는지 ─ 낱낱이 꿰게 되었다.

"인부들 신상은 제발 그만 캐요, 보스 양반." 조르바는 성을 내며 내게 계속 말했다. "결국 두통에 시달리게 될 거요. 그렇게 사생활을 알아내면 일하는 데 필요 이상으로 온정을 베풀게 돼요. 그러면 그 사람들이 무슨 행동을 해도 모두 봐주게 될 겁니다. 이 점을 명심했으면 하는데 말이오. 오호라! 그러는 순간 일은 끝장나고 말아요. 인부들은 우두머리가 세게 나가야 두려워하고 존경하고 일도 열심히 합니다. 하지만 물러 터지게 굴면 보스 양반이 자기 자신들을 위한 말〔馬〕이라도 되는 줄 알고, 안장을 채우고 올라타서 자기들 마음대로 빈둥대기 시작해요. 내 말 알아듣겠소?"

또 하루는 조르바가 일을 마치고 저녁에 돌아와서는 화가 치밀어 견딜 수 없다는 듯이 곡괭이를 오두막 밖으로 집어던지며 소리쳤다.

"내 말 잘 들어요, 보스. 내가 진짜 이렇게 애원합니다. 제발 그만 좀 끼어들어요! 내가 애써 세워 놓으면 보스 양반이 깡그리 무너뜨리고 있어요. 오늘은 그 사람들한테 도대체 무슨 헛소리를 한 거요? 사회주의라니! 이 무슨 귀신 씻나락 까먹는 소리요! 당신은 도대체 뭐요? 신부요, 아니면 자본가요? 하나만 선택하시오!"

하지만 어떻게 선택을 한단 말인가? 나는 순진하게 이 두 가지를 결합시키기를, 상극 관계에 있는 두 가지가 한 형제가 되어 공생하는 세계를 찾아내기를 열망하고 있었다. 그래서 이 현세의 지상과 내세의 천국 모두에서 이득을 보고 싶었다. 나는 몇 년 동안, 아니 아주 어릴 적부터 이런 꿈을 꿔 왔다. 학창 시절 나는 친한 친구들을 모아 1821년 그리스 혁명 때 생겨난 유명한 공제 조합의 이름을 본떠 '비밀 공제 조합'을 결성했다. 우리는 내 방 방문을 걸어 잠그고 들어가 불의에 대항하는 투쟁에 일생을 바치기로 맹세했다. 손을 가슴에 대고 선서하는 순간 우리 눈에서는 뜨거운 눈물이 흘러내렸다.

유치하기 그지없는 이상(理想)이었다. 그러나 이 이야기를 듣고 비웃는 자들에게 화 있을진저! 다만 그때의 조합원들이 얼마나 애처롭게 퇴락했는지 생각하면 가슴이 미어질 뿐이다. 그 친구들은 지금 겨우 보잘것없는 삼류 의사, 변호사, 상인, 정치가, 언론인 노릇을 하고 있다. 이 세계의 풍토는 거칠고 끔찍하게 냉담하다. 가장 존귀한 씨앗조차 싹이 트지 못하고 고작 흔해 빠진 캐모마일이나 쐐기풀에 치여 자라지 못한다. 한편 나로 말할 것 같으면, 아직껏 제대로 머리가 여물지 않았다. 하느님 맙소사, 나는 아직도 돈키호테처럼 허황된 모험을 떠날 준비를 하고 있었다.

일요일이면 우리 두 사람은 새신랑처럼 말쑥하게 차려입었다. 면도를 하고 깨끗하고 새하얀 와이셔츠로 갈아입고, 저녁에는 마담 오르탕스를 만나러 갔다. 매주 일요일 마담은 우리를 위해 암탉을 한 마리 잡았다. 우리 세 사람이 함께 식탁에 앉아 먹고 마실 때면 조르바의 긴 팔은 그의 안전한 항구라고 할 마담의 젖가슴을 더듬거리다 자기 물건으로 만들어 버렸다. 밤이 되어 해변으로 돌아올 때면 우리는 삶이 선의로 가득 차고 나태한 노마님, 마담 오르탕스처럼 매우 우아하고 호의적인 숙녀가 된 듯한 기분을 느꼈다.

이런 일요일에 마담 오르탕스 호텔에서 음식과 포도주를 호사스럽게 먹고 마시고 돌아오는 길에 나는 조르바에게 내 계획을 털어놓기로 결심했다. 조르바는 입을 크게 벌리고 참을성 있게 듣다가 이따금 화가 난다는 듯 머리를 저었다. 내가 첫 마디를 내뱉자마자 조르바는 술이 깨서 정신이 말똥말똥해졌다. 그리고 내가 말을 마치자 신경질적으로 콧수염을 두 가닥 뽑았다.

"실례하지만, 보스 양반." 그가 말했다. "보스는 아직 머리가 단단하게 여물지 않은 것 같은데, 도대체 나이가 몇 살이오?"

"서른다섯입니다."

"그렇다면 머리가 여물긴 글렀군." 그가 웃음을 터뜨리며 말했다.

나는 화가 나서 내 입장을 양보하지 않았다. "아저씨는 인간의 본성을 그렇게 믿지 못하나요?"

"화내지 마쇼, 보스 양반. 난 그 어떤 것도 믿지 않소. 인간의 본성을 믿었다면, 하느님도 믿고, 또 악마도 믿겠지. 그건 엄청나게 골치 아픈 일이오. 그랬다간 모든 게 뒤죽박죽이 되어 문제를 일으킬 거요, 보스."

조르바는 다시 입을 다물고 모자를 벗은 다음 머리를 북북 긁다가 수염을 뿌리째 뽑을 듯이 잡아당겼다. 뭔가 말을 하려다가 그만두었다. 조르바는 나를 곁눈질로 보다가 다시 뚫어지게 쳐다보고는 결론을 내린 듯 말했다. "인간은 야수요!" 조르바가 지팡이로 자갈을 탕탕 내리치며 화가 나서 소리쳤다. "대단한 야수란 말이오. 당신 같은 부류는 이 사실을 몰라요. 모든 걸 너무 쉽게 가졌거든. 하지만 나한테 물어보쇼. 분명히 말하지만, 인간은 야수란 말이오. 당신이 사납게 대하면 당신을 존경하고 두려워해요. 하지만 잘 대해 주면 결국 당신을 잡아먹고 말 거요. 그러니 거리를 둬요, 보스 양반. 놈들의 간덩이를 키우지 말아요. 우린 한 몸뚱이다, 똑같다, 똑같은 권리가 있다, 이러지 말란 말이오. 그러는 즉시 놈들은 당신의 권리를 짓밟아 뭉개고, 당신의 빵을 낚아채고, 결국 당신을 굶어 죽게 할 거요. 거리를 둬요, 보스. 그게 당신 자신을 위한 길이오!"

"정말로 믿는 게 아무것도 없다는 말씀인가요?" 나는 화가 나서 물었다.

"그래, 없소. 아무것도 믿지 않아. 도대체 몇 번을 말해야 합니까? 난 아무것도 믿지 않고, 이 조르바를 제외하고는 그 누구도 믿지 않아요. 조르바가 다른 사람들보다 더 나아서가 아니오.─결코, 결단코 더 낫지 않지! 조르바란 녀석 또한 같은 야수에 지나지 않으니까. 내가 조르바를 믿는 이유는, 유일하게 내 마음대로 할 수 있고, 유일하게 내가 아는 존재이기 때문이오. 그 외의 존재들은 죄다 유령이오. 조르바는 이 눈으로 보고, 이 귀로 듣고, 이 내장으로 소화시키거든. 하지만 다시 말하건대, 나머지 사람들은 모조리 유령일 뿐이오. 내가 죽으면 모든 게 사라지는 거요. 조르바의 세계 전체가 무너져 내리는 거란 말이오."

"원 세상에, 이렇게 자기중심적인 사람을 봤나!" 나는 빈정거리며 대꾸했다.

"어쩌겠소, 보스 양반? 그게 세상 이치인데. 난 검은 건 검다고 하고, 흰 건 희다고 합니다. 난 조르바니까. 조르바처럼 말할 뿐이오."

나는 아무 말도 하지 않았다. 조르바의 말이 채찍처럼 나를 후려쳤다. 나는 그의 강인함을, 인간을 그토록 경멸하면서도 동시에 그토록 온 열정을 쏟아부어 그들과 엎치락뒤치락 살아가는 그가 존경스러웠다. 나로 말하자면, 사람들과 살기 위해 금욕주의자가 되거나, 아니면 그들을 가짜 깃털로 꾸며 놓는 것밖에는 할 줄 모르는 존재였다.

조르바는 고개를 돌려 나를 바라보았다. 별빛 아래서도 그가 입이 찢어져라 웃고 있는 모습이 보였다. —입이 귀에서 귀까지 걸리도록 말이다. "내 말이 거슬리시오, 보스?" 그가 걸음을 완전히 멈추어 서서 내게 물었다.

하지만 우리는 어느덧 오두막에 다다라 있었다.

나는 그의 물음에 대꾸하지 않았다. 내 머리는 조르바의 말에 동의했지만, 내 가슴은 동의를 거부하고 있었다. 내 가슴은 야수에서 벗어나 속력을 내어 새로운 길을 열기 바라고 있었다.

"오늘 밤은 피곤하지 않네요, 조르바. 먼저 들어가서 주무세요." 내가 말했다.

별들이 반짝였고 바닷물은 조약돌을 핥아 대듯 부드럽게 한숨을 쉬었다. 반딧불 한 마리가 관능적으로 배 아래에 푸르뎅뎅하고 노르스름한 불을 켜고 짝을 찾는 신호를 보내고 있었다. 밤이슬에 머리카락이 촉촉하게 젖었다.

나는 깊은 침묵 속에서 아무런 생각 없이 해변에 벌렁 누웠다. 나는 밤과 바다와 하나가 되었다. 내 영혼은 짝을 찾는 관능의 등불을 켠 반딧불로 변해, 축축하고 어두운 흙 위에 앉아서 기다렸다. 별들이 자리를 옮기고 몇 시간이 흘렀다. 자리를 털고 일어섰을 때는 어찌 된 영문인지 모르겠지만, 나는 이 해변에서 반드시 두 가지 의무를 이루겠다고 마음속으로 다짐하고 있었다. 첫째, 붓다에게서 벗어나 내 글에서 형이상학적인 고민들을 모조리 제거한다. 둘째, 지금 이 순간부터 정신을 바짝 차리고 인간들과 따뜻한 관계를 맺는다.

어쩌면, 나는 나 자신에게 이렇게 말했는지도 모른다. 아직은 시간이 있다고.

5

　"우리 마을의 유지이신 아나그노스티스 영감님께서 괜찮으시다면 오셔서 간식이나 같이 들자고 청하십니다. 오늘 '불까는 사람'이 돼지를 거세하러 마을에 옵니다. 아나그노스티스 부인이 돼지 거시기를 모아다가 구이를 해 주겠다고 하십니다. 마침 오늘이 두 분의 손자인 미나스의 이름을 지은 것을 축하하는 날이기도 하니, 아이에게 장수의 복을 빌어 주시면 더욱 고맙겠습니다."

　크레타 섬마을의 가정집을 방문한다는 것은 얼마나 즐거운 일인가! 석유램프가 걸려 있는 벽난로, 올리브기름과 밀을 담아 놓은 토기 항아리, 입구 왼쪽 벽면에 독특하게 파인 홈에 놓인 신선한 물이 담긴 주전자, 그리고 주전자의 입구를 막고 있는 엉경퀴까지 살림살이들은 영원한 유산 같은 물건들이었다. 대들보에는 마르멜로, 석류, 샐비어, 민트, 로즈메리, 층층이꽃 같은 향긋한 허브 잎들이 걸려 있었다. 방 안쪽에는 서너 계단을 오르는 단이 있었는데, 단 위에는 다리가 세 개 달린 접이식 침대가, 그 위에는 성상(聖像)과 불을 켜 둔 석유램프가 걸려 있었다. 집은 텅 비어 있는 것 같으면서도 있을 것은 모두 있었다. 그러고 보면 진정한 인간이 살아가는 데 필요한 물건이란 그리 많지 않은 법이다.

가을 햇볕이 부드럽게 내리쬐는 더없이 달콤하고 아름다운 날이었다. 우리는 울타리를 친 근처 들판에 나가 열매가 잔뜩 열린 올리브 나무 아래에 자리 잡았다. 올리브 나무의 은빛 잎사귀 사이로 저 멀리 점성(粘性)의 바다가 반짝거리며 부서지는 광경이 보였다. 머리 위로 구름이 지나가며 해를 가렸다 드러내기를 반복했고, 그럴 때마다 대지는 숨을 들이마시다 내쉬며 처음에는 행복해 보이다가도 그 뒤에는 구슬퍼 보였다.

들판 반대쪽에서는 비좁은 돼지우리 안에서 불알이 거세된 돼지들이 고통을 못 이기고 길길이 날뛰며 소리를 질러 대는 바람에 귀가 다 먹먹했다. 집 안에서는 활활 타오르는 난로의 장작불에 돼지 거시기를 굽는 냄새가 스멀스멀 풍겨 왔다.

우리는 농작물과 포도밭과 비와 같은 언제나 변함없는 관심사를 두고 얘기를 나누었다. 아나그노스티스 영감은 귀가 조금 어두웠기 때문에 (그는 '매우 자랑스러운 귀'를 갖고 있다고 했다.) 우리는 소리를 지르다시피 말을 해야 했다. 바람이 불지 않는 골짜기에 자라는 나무처럼 평화로운 존재인 아나그노스티스 영감과의 대화는 유쾌했다. 그는 이 세상에 태어나 성장하고 결혼하여 아이를 키우고 손자까지 얻었는데, 그중 몇 명은 사망했지만 나머지는 살아서 가문의 대를 굳건하게 이어 가고 있었다.

이 크레타 노인은 그 옛날 터키의 지배를 받던 시절을 기억했다. 그는 아버지로부터 전해 들은 이야기를 떠올리며 그 시절에 일어났던 여러 기적에 관해 들려주었다. 그 무렵 사람들은 하느님을 두려워하는 독실한 신자들이었기에 기적을 믿었다.

"잘들 알아 두시오. 여기 당신들이 바라보고 있는 나, 이 사람, 아나그노스티스가 태어난 건 그야말로 기적이었소. 그렇지, 기적이었고말고! 내가 어떻게 태어났는지를 들으면 아마 당신들은 깜짝 놀라서 '주여! 내 영혼을 축복하소서!' 하고 소리치고는 수도원으로 달려가 성모님을 위해 촛불을 켤 거야."

영감은 성호를 긋고 부드러운 목소리로 나긋나긋 이야기를 시작했다.

"그러니까 그 무렵에 우리 마을에는 돈 많은 터키 여자가 하나 살고 있었소이다. ─ 그 여자의 뼈다귀가 지옥에서 활활 불타기를! ─ 그 빌어먹을 암캐가 임신하여 애가 나올 때가 됐어. 사람들은 산파가 가져온 돌로 만든 출산 의자에 여자를 앉혔고, 여자는 사흘 밤낮을 암소처럼 소리를 질러 댔지. 하지만 도무지 애가 나올 기미가 보이지 않는 거야. 그러자 그 여자 친구가 ─ 이여자의 뼈다귀도 지옥에서 불타기를! ─ 이렇게 충고했어. '차페르 하눔, 마리아 어머니께 도와달라고 해 봐!' 터키 놈들은 성모님을 '마리아 어머니'라고 불렀거든. 우리 성모님은 은혜와 자비가 풍성하신 분이지! 그랬더니 이 차페르 암캐가 '그 여자에게

도와달라고 부탁하라고? 그럴 바에야 차라리 죽고 말겠어!' 했다지 뭐야. 그러나 진통은 더 심해졌고, 여자가 소리를 지르며 또 하루 밤낮이 꼬박 지나갔는데도 애는 나올 생각을 않는 거야. 그러니 어쩌겠어? 여자는 더 이상 고통을 참지 못하고 울부짖었지. '마리아 어머니! 마리아 어머니!' 하고 소리를 질렀어. 소리를 지르고 또 질렀는데도 고통은 멈추지 않고 아이는 여전히 나올 생각을 안 했어. 그때 친구가 이렇게 말했지. '터키 말은 못 알아들으시는 모양이야. 그러니 그리스 말로 부탁드려 봐!' 그래서 암캐가 이렇게 소리 질렀다는군. '그리스 사람들의 파나기아여! 그리스 사람들의 파나기아여!' 하지만 말짱 헛수고였어. 오히려 고통만 심해졌지. '제대로 부르지 않은 거야, 차페르 하눔! 그래서 도와주시지 않는 거라고.' 결국 이 반기독교 암캐가 죽을 것 같으니까 그제야 큰 소리로 악을 썼어. '내 사랑하는 파나기아여!' 바로 그 순간 아이가 뱀장어처럼 미끄덩 자궁에서 쑥 빠져나왔다는 거야. 이 일이 일어난 게 일요일이었어. 자, 그게 얼마나 운 좋은 일이었는지 들어 보면 알 거야. 그다음 일요일 우리 어머니가 진통할 차례가 됐지. 어머니도 고생깨나 하셨어. 가엾은 어머니. 어머니도 암소처럼 소리를 지르셨지. 어머니가 '내 사랑하는 파나기아여!' 하고 소리쳤는데도 아무 소용이 없었대. 아버지는 마당 한가운데 땅바닥에 주저앉아 먹지도 마시지도 못한 채 힘들어하셨다지. 그런데 우리 아버지는 성모님이라면 진절머리를 냈대. 내가 말했듯이 차페르라는 그 암캐도 성모님을 불렀으니까. 그때 성모님은 단번에 달려와 힘껏 아이를 빼 주더니 이번

엔 뭐란 말인가? 나흘이 지나자 우리 아버지는 더 이상 참지 못
했지. 아버지는 쇠스랑을 들고 곧장 '순교자 성모님' 수도원으로
달려갔어. 성모님께서 우리를 도우시길! 아버지는 성호도 긋지
않고 성당으로 곧장 들어가 빗장을 걸어 잠그고 성상 앞에 섰지.
'이보시오, 파나기아.' 아버지가 소리쳤어. '내 마누라, 마룰리아
알지요? ─ 토요일 저녁마다 기름을 갖고 와서 당신 등잔에 불을
밝혔으니 모르지 않을 겁니다. 우리 마누라, 마룰리아가 지금 사
흘 밤낮으로 진통을 하며 당신을 부르고 있는데 그 소리가 들리
지 않습니까? 보아하니 귀가 멀어 들리지 않는 모양이지요? 수
치스러운 터키 잡것, 차페르 년이 불렀다면 신나게 달려와 문제
를 해결해 주셨겠지요? 그런데 어째서 기독교도인 우리 마누라,
마룰리아가 부르는데도 귀가 먼 것처럼 아무 소리도 듣지 못하
는 겁니까? 당신이 하느님의 어머니만 아니었더라도 내 이 쇠스
랑으로 본때를 보여 줬을 거요!' 아버지는 이렇게 말하고서 무릎
을 꿇기는커녕 굽실 절도 하지 않고, 뒤돌아서서 나오려고 했어.
하지만 바로 그때 성상이 둘로 갈라지는 듯 뿌지직 소리가 났
어. ─ 당신은 위대하십니다, 오 주여! ─ 정말 성상에서 그런 소
리가 났다는 거야. 당신들은 그런 소릴 들어 본 적이 없을 테니
내 알려 주지만, 기적이 일어날 땐 그런 소리가 들리는 법이거든.
아버지는 곧바로 알아챘지. 그래서 휙 돌아서서 털썩 주저앉으
며 절을 하고 성호를 그었어. '제가 죽을죄를 지었습니다. 사랑스
러운 파나기아여!' 아버지는 이렇게 울부짖었지. '제발 제 입에
서 나온 모든 말이 소금이 물에 녹듯 사라지게 하소서!' 그리고

아버지가 마을에 들어서자마자 친구들이 달려와 기쁜 소식을 전했대. '축하하네, 콘스탄티스! 자네 마누라가 아이를, 그것도 아들을 낳았다네!' 그 아들이 바로 나야. 지금 댁들이 쳐다보는 이 사람, 아나그노스티스란 말이외다. 하지만 난 '자랑스러운 귀'를 갖고 태어났어. 알다시피 우리 아버지가 성모님을 귀머거리라고 부르는 신성 모독죄를 범했거든. 성모님이 이러셨겠지. '오냐, 네가 그리 나온다 이거지? 좋다. 네 아들을 귀머거리로 만들어 두 번 다시 신성 모독을 하지 못하도록 버릇을 고쳐 주겠다!'"

아나그노스티스 영감은 성호를 긋고 말을 이었다.

"하지만 이건 중요한 문제가 아냐. 하느님을 찬양하리로다! 그분은 나를 장님으로 만들거나, 병약하게 하거나, 꼽추, 아니면—이 정도까지 망가지는 일은 생각하기도 싫지만!—계집애로 만드셨을 수도 있었지! 그러니 이건 아무것도 아니야. 난 성모님의 은총을 찬양하네."

그는 모든 사람의 잔을 채워 주었다.

"성모님이시여, 우리에게 은총을 내리소서!" 그가 포도주가 가득 든 잔을 높이 들며 말했다.

"아나그노스티스 영감님의 건강을 위하여!" 내가 건배를 했다. "백수를 누리셔서 증손자까지 보시길 축원합니다!"

그러자 영감은 한입에 포도주를 털어 넣고 수염을 쓱 닦았다.

"아니요, 젊은이, 나는 이미 차고 넘치네! 손자도 얻었고 그거면 충분해. 이 지구를 모두 집어삼키려고 욕심을 부리면 안 돼. 난 갈 때가 머지않았어. 이젠 늙을 만큼 늙었거든. 그래서 허리

살도 다 빠졌고, 더 이상 그 짓도 할 수가 없어. 아들을 더 낳고 싶어도 그리할 수가 없지. 그러니 무슨 낙으로 살겠어?"

영감은 다시 잔을 채우고는 허리춤에서 호두와 월계수 잎으로 싼 마른 무화과를 꺼내 우리에게 건넸다.

"이미 가진 걸 모두 애들에게 나누어 주고 나한텐 남은 게 없어. 가난에 찌들어 살지. 그야말로 빈털터리라고. 하지만 그게 무슨 상관이야. 하느님이 부자신데!"

"하느님은 부자시지요, 아나그노스티스 영감님." 조르바가 영감의 귀에 대고 소리쳤다. "하느님은 부자예요. 하지만 우리한 테는 아무것도 없는데 그 구두쇠 영감은 우리에게 동전 한 닢 줄 생각을 안 해요."

그러자 마을 어르신은 눈살을 찌푸리고서 조르바를 호되게 야단쳤다.

"어허, 이 사람, 하느님을 놀리면 못 써. 하느님을 놀리는 게 아냐. 우린 그분께 의지하고, 가난한 사람들은 우리를 의지하잖아."

이렇게 이야기가 오가는 동안 아나그노스티스 부인은 얌전하게 말없이 다가와 돼지 거시기를 얹은 질그릇 접시와 포도주가 담긴 커다란 놋 주전자를 가져왔다. 음식을 테이블에 올려놓은 부인은 두 손을 모으고 눈을 내리깐 채 식탁 옆에 조용히 서 있었다.

나는 전채 요리를 먹기가 꺼림칙했지만 그렇다고 거절하기도 민망했다. 조르바는 곁눈질로 나를 쳐다보고 재미있다는 듯 웃으며 말했다.

"보스 양반, 이건 최고로 맛 좋은 고기요. 거절 말고 어서 먹어 보쇼." 조르바가 큰소리쳤다.

그러자 아나그노스티스 영감이 박장대소하며 말했다.

"저 사람 말이 정말로 맞아. 맛있고말고! 맛을 보면 알게 될 거야. 이 세상에 이런 진미는 없지! 언젠가 게오르게지오 왕자께서 우리 수도원에 오신 적이 있었어. 그때 수도사들이 왕자를 위해 성대한 잔치를 벌였지. 그런데 수도사들이 잔치에 온 다른 사람들에게는 전부 고기를 대접하고 왕자께만은 움푹 파인 접시에다 스프를 담아 내온 거야. 왕자가 숟가락으로 스프를 휘휘 저으면서 '콩 수프요?' 하고 놀라서 물었어. 그러자 늙은 수도원장이 '한번 드셔 보십시오, 저하. 드신 다음에 말씀드리겠나이다.' 하고 말했지. 왕자는 한 숟가락 떠먹더니 두 숟가락, 세 숟가락 그렇게 접시를 싹 비우고는 입술을 핥으면서 물었어. '이 기적처럼 맛있는 음식은 도대체 뭐요? 아주 맛있는 콩 같아! 별미로군!' 그제야 수도원장이 웃으며 말씀 드렸지. '콩이 아니옵니다. 저하, 이 지역의 수탉을 몽땅 거세해서 만든 요리입니다.'"

영감은 껄껄 웃으며 돼지 거시기 하나를 포크로 콕 찍어 내게 들이밀며 말했다.

"왕자께나 어울리는 음식이오. 어서 입을 벌려 보게."

내가 입을 벌리자 영감이 그것을 내 입에 쑥 집어넣었다. 그는 잔을 또 채웠고, 우리는 영감 손자의 건강을 위해 건배했다. 영감의 두 눈이 밝게 빛났다.

"아나그노스티스 영감님, 영감님께서는 손자가 커서 뭐가 되길 바라시나요?" 내가 물었다. "말씀해 주시면 저희가 그렇게 되도록 빌어 드리겠습니다."

"내가 원하는 게 뭐냐고? 음, 올바른 길을 걷기 원하지. 착한 사람이 되고, 돈도 많고 선량한 사람이 됐으면 해. 결혼도 하고 때가 되면 자손과 손자를 봐야지. 애들 중 하나가 나를 쏙 빼닮아 마을 영감들이 이렇게 말하면 좋겠어. '어, 이것 보게! 아나그노스티스 영감을 사진처럼 빼닮았구먼. 하느님께서 영감의 영혼을 축복하시기를! 참 좋은 사람이었지.'"

"아네지니오." 그가 말을 하다가 고개를 돌리지도 않고 아내에게 말했다. "가서 주전자에 포도주 좀 더 채워 와요."

바로 그때 돼지가 세차게 일격을 가하는 바람에 작은 돼지 우리 문이 활짝 열리더니 꽥꽥 악을 쓰는 수퇘지 한 마리가 기절할 듯 아파하며 밖으로 뛰쳐나왔다. 그리고 짐승의 거시기를 먹으며 즐겁게 대화를 나누고 있던 우리 세 사람 앞에서 펄쩍펄쩍 날뛰었다.

"불쌍한 것이 고통스러운가 봅니다." 조르바가 안쓰러워하며 말했다.

"당연히 아프겠지!" 크레타의 영감이 웃으며 말했다. "누가 당신한테 그런 짓을 했다면 아프지 않겠소?"

조르바가 의자에 앉은 채 돌아앉으며 말했다.

"혀나 잘려 나가라, 몹쓸 놈의 영감탱이!" 조르바가 질겁하면서 나지막한 목소리로 중얼거렸다.

118

수퇘지는 여전히 우리 앞에서 날뛰며 성이 나서 우리를 노려보았다.

"확실히 저놈은 우리가 그걸 먹고 있는지 아는 모양이야!" 아나그노스티스 영감이 포도주를 조금 마시고도 술이 올라 말했다.

그러나 우리는 계속 맛있는 전채 요리를 식인종처럼 평화롭고도 즐겁게 먹으며 붉은 포도주를 마셨다. 석양이 지면서 분홍 장밋빛으로 물들어 가는 바다를 은빛 잎사귀 사이로 힐끗 쳐다보았다.

그날 저녁 우리가 마침내 마을 유지 영감의 집을 떠날 때 조르바도 취기가 올라 말이 하고 싶었던 모양이다. 그가 입을 열었다.

"보스 양반, 지난밤에 우리가 하던 이야기 기억나오? 보스는 우매한 민중을 깨우쳐 주고 싶고, 눈을 뜨게 해 주고 싶다고 했죠? 좋아요. 가서 아나그노스티스 영감의 눈을 뜨게 해 보쇼. 그 영감 마누라가 내내 옆에 움츠리고 서서 명령을 기다리고 있는 거 봤소? 자, 석학 양반, 지금 가서 한번 가르쳐 보슈. 여자도 남자와 똑같은 권리를 가진 존재라고 말이오. 그리고 눈앞에서 돼지가 살아서 나 죽어라 길길이 날뛰는데 그놈의 살점을 먹는 건 잔인하다고 말해 보시오. 또 당신은 지금 굶어 죽어 가는데도 하느님이 모든 걸 가졌다고 기뻐하는 건 대단히 멍청한 짓이라고 말해 보라고요! 그 비참하고 혐오스러운 아나그노스티스 영감이 당신이 하는 설교를 듣고 무얼 얻어 가겠소? 그저 문제만 복잡해질 뿐이지. 그리고 아나그노스티스 부인은 또 무얼 얻을까? 싸움이 시작되고, 암탉은 수탉이 되려고 용쓰고 그 부부는 그저 부지

런히 싸우다가 상대방의 피를 말리겠지. 살던 그대로 조용히 살게 내버려 두쇼, 보스 양반. 괜히 그 사람들의 눈을 뜨게 하지 마쇼! 만약 당신이 눈을 뜨게 해 주면 그 사람들이 어떻게 될지 아시오? 악의를 품고서 냉담하게 거리를 둘 거요. 그러니 눈 감고 살게 그냥 내버려 둬요. 꿈꾸게 내버려 두란 말이오!"

조르바는 잠시 동안 입을 다물고 머리를 긁적거리며 생각에 잠겼다.

"다만," 그가 마침내 말했다. "다만……."

"다만? 다만 뭡니까?"

"다만 그 사람들이 눈을 떴을 때 당신이 더 좋은 세상을 보여 줄 수만 있다면 이야기가 달라지지. 그럴 수 있소?"

나로서는 그것을 알 수 없었다. 나는 무엇을 무너뜨려야 할지는 분명히 알았지만 그 폐허 위에 무엇을 다시 세워야 할지는 알지 못했다. '그건 누구도 확실하게 대답할 수 없어.' 나는 혼자 생각했다. 과거는 손으로 만질 수 있을 만큼 확실하게 존재한다. 우리는 과거를 경험할 수 있고, 순간순간 과거와 다투고 있다. 하지만 미래는 아직 오지 않았고 모호한 데다 물처럼 유동적이며 꿈과 같은 것들로 만들어진다. 세찬 바람에 —사랑, 상상력, 행운, 하느님 같은 것 말이다.— 모양이 속절없이 바뀌는 구름과 같은 것이다. 바람은 늘 구름을 쉼 없이 바꾸며 더 두텁게 만들거나, 더 얇게 만들지 않는가. 아무리 훌륭한 예언자도 사람들에게 제공할 수 있는 건 기껏해야 구호뿐이다. 그리고 그 구호가 모호하면 할수록 그 예언은 더더욱 위대해진다.

얼굴에 미소를 머금은 조르바가 나를 조롱하듯 쳐다보았다. 나는 화가 나서 그에게 말했다. "더 나은 세상을 보여 줄 수 있느냐고 물었죠? 네, 물론 있습니다."

"오, 그래요? 어디 한번 들어나 봅시다."

"말로는 설명할 수 없어요. 당신은 이해하지 못할 겁니다."

"아, 그런가요? 그렇다면 더 나은 세상 따위는 없는 겁니다." 조르바가 머리를 흔들며 대꾸했다. "나를 엊그제 태어난 애송이 취급하지 마소, 보스 양반. 누군가가 보스를 호도한 모양이오. 나도 아나그노스티스 영감만큼이나 배우지 못한 사람이지만 그 정도로 멍청하진 않소. 천만에 말씀이오! 자, 내가 못 알아들을 거라고 생각하는데 그 무식한 영감탱이는 알아들을 거라고 믿소? 또 암소처럼 미련한 영감탱이 마누라는? 아니, 이 세상의 수많은 아나그노스티스 부부 같은 사람들은 또 어떻고? 그 사람들에게 그저 다른 형태의 어둠을 보여 주려는 거요? 살던 곳에서 살던 방식대로 그냥 살게 놔두쇼. 그 사람들이 여태껏 충분히 그럭저럭 살아왔다는 걸 모르겠소? 그렇게 살아왔어요. ─ 그것도 제법 잘 살아왔다고요. 애들도 낳고 손자들도 보고, 또 하느님이 자기를 귀머거리로 만들거나 장님으로 만들거나 '하느님께 영광을!'이라고 외치면서 말이오. 집집마다 골칫거리가 넘쳐 나요. 그러니 조용히 입 다물고 그 사람들을 그대로 내버려 둬요."

나는 조용히 입을 다물었다. 우리는 과부의 과수원을 지나고 있었다. 조르바는 걸음을 멈추고 한숨만 쉴 뿐 아무 말도 하지 않았다. 어디선가 비가 내린 것이 분명했다. 공기에서 상쾌한 흙냄새가 났다. 하늘에는 첫 별들이 나타났다. 초승달이 자연 그대로의 초록빛으로 부드럽게 빛을 내뿜고 있었다. 하늘은 아름다운 모습으로 흘러넘쳤다.

나는 혼자 이런 생각을 했다. '이 남자는 학교의 문턱도 밟아 보지 못했으면서 정신은 누구보다 멀쩡하구나. 산전수전 다 겪으면서 지성이 열리고 가슴이 원시적인 담력으로 부풀어 올랐구나. 다른 사람들에게는 그토록 복잡하고 어려운 문제를 조르바는 마치 알렉산더 대왕이 고르디아스의 매듭을 단칼에 풀듯* 풀어 버리는구나. 조르바는 머리끝부터 발끝까지 온몸을 대지에 발을 딛고 있기 때문에 좀처럼 실수를 범하지 않는 거야. 아프리카의 원주민들이 뱀을 숭배하는 이유는, 뱀이 온몸을 땅에 대고서 대지의 비밀을 배로, 꼬리로, 고환으로, 대가리로 알아차리기 때문이거든. 뱀은 늘 어머니 대지를 만지고 접촉하고 그것과 하나가 되지. 조르바도 이와 비슷하지 않은가. 우리처럼 먹물을 뒤집어쓴 사람들은 공중에 나는 새들처럼 골이 텅텅 비어 있지.'

하늘에 별들이 — 인간에게 사납고 거만하고 잔인하고 무자비한 그 별들이 — 점점 많아졌다. 우리 두 사람은 주거니 받거니 하던 대화를 멈추었다. 그리고 활활 타오르는 별빛에 불을 지피기 위해 별들이 계속해서 늘어나고 있는 것을 의식하며 두려

---

* 고대 프리기아의 왕 고르디아스는 제우스에게 바칠 마차를 아무도 쓰지 못하도록 복잡한 매듭으로 묶어 두었다. 이 매듭을 푸는 이가 아시아를 지배할 것이란 신탁이 있었지만 누구도 풀어 내는 이가 없었다. 수백 년 뒤 알렉산더가 단칼로 매듭을 잘라 냈다. 쾌도난마(快刀亂麻)와 의미가 같다.

운 마음으로 하늘을 바라보았다. 마침내 오두막에 도착했다. 나는 도무지 저녁 먹을 생각이 들지 않아 바닷가 바위 위에 앉았다. 조르바는 불을 지피고 식사를 하더니 나를 찾아 나왔다가 마음을 바꾸고는 들어가 매트리스에 누워 잠을 잤다.

바다는 젤리처럼 굳어지더니 조금도 움직이지 않았다. 대지도 조용해지고 점점 많아지는 별로부터 몸을 숨기려 움츠러들었다. 개 한 마리 짖지 않았고, 새 한 마리 울지 않았다. 오직 깊은 적막만이 감돌았다. ─ 발길이 닿을 수 없는 곳과 우리 내면 깊이 들릴 듯 말 듯 들려오는 수천 가지 미세한 소리로 이루어진 위험천만하고도 믿을 수 없는 침묵이었다. 귓가에 들리는 것은 관자놀이와 목의 경동맥에서 뛰는 맥박 소리뿐이었다.

'호랑이의 멜로디로구나!' 여기에 생각이 미치자 몸이 부르르 떨렸다.

인도에서는 어둠이 내리면 사람들이 슬프고 단조로운 곡조를 흥얼거리는데 이 느리고 야성적인 멜로디가 아주 먼 곳에서 들리는 야수의 하품 소리와 비슷했다. 이런 호랑이의 멜로디가 들리면 사람들의 가슴은 말로 형언할 수 없는 두려움으로 가득 찬다. 이 무서운 멜로디를 생각하자 내 가슴은 점차 부풀어 올랐고, 닫혔던 귀가 활짝 열리면서 침묵이 아우성으로 변했다. 이런 멜로디로 이루어진 내 영혼도 팽팽하게 긴장되었다. 이윽고 몸속에 있는 것이 불안한 듯 그 소리를 들으려고 몸 밖으로 뛰쳐나오기 시작했다.

나는 허리를 숙이고 두 손으로 바닷물을 퍼서 이마와 관자놀이를 시원하게 씻었다. 내면에 있는 호랑이가 초조하게 나를 부르며 포효하고, 꼼짝 못하게 위협했다. 마침내 갑자기 내게 목소리 하나가 뚜렷하게 들렸다. "붓다! 붓다!"

나는 도망치기 위해 자리를 박차고 일어나 해변을 따라 빠르게 걸었다. 요즘 한밤에 홀로 있을 때, 더할 나위 없이 완전한 침묵이 감돌 때 나는 꽤 오랫동안 그의 목소리를 듣곤 했다. 그런데 처음에는 비통해하는 것처럼 구슬프고도 애원하는 듯한 소리가 나더니, 조금씩 분노의 소리로 바뀌면서 나를 꾸짖고 내게 명령하고 세상에 나올 때가 된 태아처럼 내 가슴을 발로 차기 시작했다.

벌써 자정이 된 것 같았다. 하늘에는 시커먼 구름이 한데 모여 있고, 굵은 빗방울이 손에 떨어졌다. 하지만 다른 곳에 가 있는 내 마음은 시뻘겋게 단 분위기에 휩싸여 불길이 양쪽 관자놀이 위에 닿는 듯했다. '드디어 때가 왔구나.' 나는 이렇게 생각하며 몸서리쳤다. '붓다의 수레가 나를 싣고 떠나가는구나. 내 몸 안에 있는 신성한 무게에서 벗어날 때가 되었구나.'

나는 서둘러 오두막으로 돌아가 램프를 켰다. 불빛이 조르바를 건드리자 그는 눈꺼풀을 꿈쩍거리다 눈을 떴다. 그러고는 종이 위에 몸을 수그리고 글을 쓰는 나를 보더니 알아들을 수 없는 말을 몇 마디 주절거리고는 휙 돌아누워 다시 잠에 빠졌다.

나는 아무런 방해도 받지 않고 집중하여 글을 써 내려갔다. 마음이 급했다. 붓다에 관한 극화(劇化) 작업이 이미 내 안에 완전히 준비되어 있었다. 알파벳 글자로 덮인 파란 리본이 위장에서 빠르게 풀려나오고 있었다. 너무 빠르게 풀려나오는 바람에 손이 그 속도를 따라잡느라 후들거렸다. 나는 쓰고 또 썼다. 모든 것이 수월하고 대단히 간단했다. 나는 글을 쓰는 것이 아니었다. 그저 받아 적을 뿐이었다. 자비심, 부정, 호의로 짜인 모든 것이 내 앞에서 쏟아져 나왔다. 붓다의 궁전, 그의 후궁들, 황금 마차, 우연히 일어난 세 번의 소름 끼치는 만남 ─ 노인과 병자와 죽은 사람과의 만남 ─ 도피, 금욕 생활, 구제, 구원의 선포. 대지에는 노란 꽃들이 만발했다. 거지들과 왕들은 노란 옷을 입고 있었다. 돌과 나무와 육신은 전보다 훨씬 가벼웠다. 영혼은 공기가 되었고 공기는 다시 영혼이 되었다. 그리고 영혼은 사라져 버렸다. 손가락이 아파 왔지만 나는 멈추고 싶지 않았거니와 멈출 수도 없었다. 환상은 빠르게 지나가면서 나를 떠나려 하고 있었다. 나는 그 환상을 어서 따라잡아야만 했다.

이튿날 아침 조르바가 봤을 때 나는 원고 위에 머리를 얹고 잠들어 있었다고 한다.

6

눈을 뜨니 해가 벌써 중천에 떠 있었다. 글을 너무 오래 쓴 탓에 오른손이 뻣뻣했다. 손가락을 제대로 오므릴 수가 없었다. 붓다의 폭풍이 거세게 휘몰아치고 지나가며 내 육신의 진을 빼고 빈껍데기로 만들어 버렸다.

나는 몸을 숙여 바닥에 흩어진 원고지를 주워 모았다. 하지만 내게는 원고를 읽을 생각도, 읽을 힘도 없었다. 그 신성하고 격렬했던 영감(靈感) 전체가 한낱 꿈에 지나지 않는 것 같아서 그것이 언어에 갇히고 언어 때문에 위신이 떨어지는 모습을 보고 싶지 않았다.

오늘은 조용히, 그리고 부드럽게 비가 내렸다. 조르바는 집을 나서기 전 나를 위해 난로에 석탄을 넣어 불을 지폈다. 나는 하루 종일 다리를 꼬고 앉아 움직이지도 않고 먹지도 않은 채 난로에 손을 뻗고는 이번 계절에 처음 부드럽게 내리는 빗소리에 귀를 기울였다.

나는 아무 생각도 하지 않았다. 내 마음은 축축한 땅속에 웅크린 두더지처럼 편히 쉬고 있었다. 대지가 희미하게 움직이며 재잘거리고 갉아 대는 소리가 들렸다. 비가 내리면서 씨앗이 부풀어 오르는 소리도 들렸다. 마치 원시 시대에 하늘과 땅이 아이를 낳으려는 남자와 여자처럼 뒤엉키듯이 오늘도 하늘과 땅이 그렇게 뒤엉켜 있는 것 같았다. 그리고 내 앞의 바다가, 야수가 혀를 내밀어 물을 핥아 마시듯 해변을 행복하게 핥아 대는 소리에 유심히 귀를 기울였다.

나는 행복했고, 그 사실을 깨달았다. 행복을 경험하는 순간 그것을 인식하기란 쉽지 않다. 오히려 그 순간이 다 지나가 버린 뒤에야 비로소 뒤돌아보며 때로는 갑자기, 때로는 흠칫 놀라며 그때 얼마나 행복했었는지 깨닫곤 한다. 그러나 이곳 크레타섬 해변에서 나는 행복을 경험하면서 동시에 행복하다는 사실을 깨닫고 있었다.

거대한 바다가 아프리카 해안까지 펼쳐져 있었다. 시뻘겋게 달아오른 사막에서 이따금씩 따뜻한 남서풍이 불어왔다. 이른 아침 바다에서는 수박 냄새가 풍겨 왔다. 정오에는 바다가 연무로 뒤덮였는데, 몽글몽글 피어오르는 연무가 마치 아직 여물지 않은 자그마한 젖가슴 같았다. 그리고 저녁이 되면 바다는 계속 한숨을 내쉬며 장밋빛 핑크에서 포도줏빛으로, 포도줏빛에서 가지처럼 검붉은빛으로, 그리고 다시 검붉은빛에서 짙푸른 빛깔로 바뀌었다.

해가 떨어지기 직전 나는 장난삼아 꿀처럼 노랗고 밀가루처럼 고운 모래를 손바닥에 쥐고 따뜻하고 부드러운 모래가 손가락 사이로 빠져나가게 했다. 내 손은 모래시계가 되었다. 삶이 조금씩 아래로 빠져나가면 결국 끝장나고 마는 모래시계 말이다. 내가 바다를 바라보는 동안 삶이 아래쪽으로 떨어지며 계속 줄어들고 있을 때 조르바가 다가오는 소리가 들리면 내 관자놀이는 기쁨에 차서 비명을 질렀다.

새해 전날 시간을 보내기 위해 네 살배기 어린 조카인 알카와 함께 장난감 가게 진열장을 구경하던 일이 생각났다. 알카가 나를 돌아보고 말했다. "드래건 삼촌, (그게 그 아이가 나를 부르던 호칭이었다.) 난 너무 기뻐서 뿔이 났어요!" 나는 깜짝 놀랐다. 정말 기적 같은 삶이 아닌가! 모든 영혼은 뿌리에 다다르면 결국 하나로 모여 합쳐지지 않던가! 내가 이런 생각을 한 것은 먼 도시의 박물관에서 봤던, 매끈한 흑단에 새겨진 붓다의 얼굴이 즉시 떠올랐기 때문이다. 칠 년간의 고뇌 끝에 드디어 해탈한 붓다의 얼굴에는 숭고한 기쁨이 흘러넘쳤다. 너무나 기쁜 나머지 이마 양쪽에 붉어진 핏줄이 부풀어 오르다 못해 피부를 뚫고 나와 강철 스프링 같은 나선형 뿔 두 개가 되었다.

부슬부슬 내리던 비가 석양이 지기 전에 멈추자 하늘이 말끔히 갰다. 나는 배가 고팠고, 그 사실이 기뻤다. 곧 조르바가 와서 불을 지피고 날마다 하는 요리와 대화라는 의식을 치를 테니 말이다.

조르바는 불 위에 냄비를 얹으며 자주 이렇게 말하곤 했다.

"자, 이것도 죽기 전에는 끝나지 않을 이야기요. 여자만 이야깃거리가 되는 게 아니라오. (여자들에게 축복 있을진저!) 이놈의 요리도 마찬가지요."

내가 난생처음으로 먹는 즐거움을 느낀 것은 바로 이곳 해변에서였다. 매일 저녁 조르바가 오두막 밖 화덕 끝자락에 있는 돌 두 개 사이에 불을 지피고 요리를 해서 먹고 술도 조금 마시면 우리의 대화는 풍선처럼 부풀어 올랐다. 나는 식사도 숭고한 영적 의식이라는 사실을, 고기와 빵과 포도주는 영혼을 만드는 재료라는 사실을 처음 깨달았다.

하루 일과가 끝나고 저녁이 되면 조르바는 먹고 마시기 전까지는 말할 기분을 내지 않았다. 그 전에 하는 말은 갈고리에 걸려 억지로 끌려 나온 고기처럼 맥이 빠지고 느리고 힘이 없었다. 하지만 감각을 잃고 기력이 빠져 있던 육신이라는 발전소는, 그의 말대로 엔진에 석탄을 던져 넣는 즉시 생명을 되찾고 속도를 내며 작동하기 시작했다. 눈에는 불이 켜지고 과거의 기억들이 뇌리에 넘쳐흐르고 발에는 날개가 돋아 춤을 추었다. "먹은 음식으로 뭘 하는지 가르쳐 주면 난 당신이 어떤 사람인지 말해 주겠소." 언젠가 그가 내게 이렇게 말한 적이 있다. "어떤 사람들은 음식으로 비계와 똥을 만들고, 어떤 사람들은 일과 유쾌한 기분을 만들지. 그리고 듣자 하니 누구는 하느님을 만든다고도 합디다. 그러니 사람은 세 가지 부류가 있는 셈이오. 난 최악도, 최선도 아니오. 그 중간쯤에 있소, 보스 양반. 내가 먹는 음식은 일과 유쾌한 기분이 됩니다. 그리 나쁘지 않은 거죠!"

조르바는 능글맞게 웃어 보였다.

"고귀하신 나리 양반은, 음식으로 하느님을 만들려고 애쓰는 것 같소. 하지만 그게 생각대로 안 되니까 괴로운 거요. 까마귀에게 일어난 일이 당신에게도 일어나고 있는 겁니다."

"까마귀에게 무슨 일이 일어났는데요, 조르바?"

"그러니까 이놈의 까마귀가 원래는 다른 까마귀들처럼 점잖게 걸었는데, 어느 날 꿩처럼 으스대며 걷고 싶다고 생각한 거요. 그날로 이 불쌍한 녀석은 저만의 걷는 방식을 모조리 까먹어 버리고 — 알겠소? — 걷기는커녕 한 발로 깡충깡충 뛰어야 했다지 뭡니까."

조르바가 갈탄 광산에서부터 걸어 내려오는 발자국 소리가 들려 나는 고개를 들었다. 그의 얼굴은 침울하고 의기소침해 보였으며, 큼직한 두 팔은 조율도 되지 않은 종탑의 종을 치듯 흐느적거렸다.

"잘 지냈소, 보스 양반?" 그가 마지못해 입을 뗐다.

"어서 와요. 오늘 일은 어땠어요, 조르바?"

그러나 그는 아무런 대답도 하지 않았다.

"불을 지피고 식사를 준비하겠소." 그가 말했다.

조르바는 장작을 한 아름 안고 밖으로 나가 돌 사이 화로에 능숙하게 쌓고 불을 피웠다. 그리고 쇠 살대 위에 토기 냄비를 올리고 물을 부은 뒤 양파, 토마토, 쌀을 집어넣고 끓이기 시작했다. 그러는 동안 나는 나지막하고 둥근 식탁에 깔개를 깔고, 통보리 빵을 두툼하게 썰고, 마을에 온 지 얼마 안 되었을 때 아나그노스티스 영감한테서 선물로 받은 무늬가 있는 큼직한 유리병에 채롱 병에서 포도주를 넘칠 만큼 가득 따라 놓았다.

조르바는 냄비 앞에 무릎을 꿇고 앉아 아무런 말 없이 생기 없는 눈으로 불길만 바라보았다.

"자식이 있나요, 조르바?" 내가 불쑥 물었다.

그러자 그가 고개를 돌리며 대꾸했다. "그건 왜 묻는 거요? 딸아이가 하나 있소."

"결혼했나요?"

조르바가 웃었다.

"왜 웃죠, 조르바?"

"그딴 걸 물어볼 필요가 있나요, 보스 양반? 그 애가 결혼을 안 할 정도로 멍청할까 봐서요? 내가 할키디키* 지방 파비트라에 있는 구리 광산에서 일할 때였소. 어느 날 동생 야니스한테서 편지 한 통을 받았죠. 아, 아우가 있다는 이야길 깜박했소이다. 아주 구두쇠 중산층에다 예수쟁이고 악덕 고리대금업자, 위선자, 온갖 점잖은 체하는 사회의 기둥 같은 놈이죠. 지금은 테살로니키**에서 식료품 가게를 하고 있소. 이놈이 편지에 쓰기를, '알렉시스 형님, 형님 딸 프로소가 타락해서 가문의 명예에 먹칠을 했습니다. 사내 녀석이랑 놀아나 놈의 애까지 뱄어요. 우리 가족의 명예가 땅에 떨어졌습니다. 지금 당장 한달음에 마을로 쳐들어

---

* 북부 그리스에 위치한 유명한 관광지. '할키디키의 세 다리'로 알려진 작은 세 섬으로 이루어진 반도다.
** 아테네 다음으로 큰 그리스 제2의 도시.

가 그 애의 목을 따 버릴 겁니다!' 하는 거요."

"그래서 어떻게 했나요, 조르바?"

조르바가 어깨를 한 번 으쓱했다. "'푸! 계집들이란!' 이게 그때 내가 내뱉은 말이오. 그러고는 편지를 북북 찢어 버렸지." 조르바는 음식을 한 번 휘저은 다음 소금을 넣고는 웃었다. "그런데 잠깐만 기다려 보쇼. 제일 웃기는 건 말이오. 한 달 뒤 그 얼간이 동생한테서 두 번째 편지를 받았소. '알렉시스 형님, 평안하시지요.' 그 멍청이 같은 놈이 이렇게 썼더군요. '우리 가문의 명예가 원래대로 회복되었습니다. 그러니 형님도 이제 고개를 들고 다닐 수 있게 되었어요. 문제의 사내놈이 프로소와 결혼했습니다.'" 조르바는 고개를 돌려 나를 쳐다보았다. 조르바의 담뱃불 덕분에 그의 반짝이는 눈빛이 보였다. 그는 한 번 더 어깨를 으쓱했다. "푸! 사내들이란!" 그는 더할 나위 없는 경멸을 담아 내뱉었다.

잠시 후에 그가 다시 말을 이었다.

"여자에게 뭘 기대할 수 있겠소? 주변에 알짱대는 사내놈이나 하나 물어 그놈 애나 배는 게 고작이지. 그리고 사내놈들에게선 뭘 기대할 수 있겠어? 그 덫에 그만 걸려드는 것뿐이지. 그러니 그런 일 가지고 야단법석 떨 필요가 뭐 있겠소, 보스."

조르바가 불 위에서 냄비를 내렸다. 우리는 땅바닥에 다리를 꼬고 앉아 식사를 했다.

그리고 집 안으로 들어갔다. 조르바는 깊은 명상에 잠겼다. 무엇 때문인지 그는 괴로워하고 있는 것이 분명했다. 그는 나를 바라보더니 입을 뗐다가 곧 다시 닫아 버렸다. 석유램프 불빛 아래에서 나는 그의 눈에 근심이 깊게 서려 있는 것을 똑똑히 볼 수 있었다. 나는 마음이 불편해서 더 이상 참을 수가 없었다. "조르바, 꼭 하고 싶은 말이 있을 텐데요. 어서 해 봐요! 계속 고통을 참지 말고. 이제 밖으로 토해 내 봐요!"

하지만 조르바는 아무 말도 하지 않았다. 흙바닥에서 돌멩이를 주워 든 조르바는 열린 문틈으로 돌멩이를 힘껏 던졌다.

"애꿎은 돌멩이에게 화풀이하지 마세요. 무슨 말이라도 해 보라니까요!"

그러자 조르바는 주름진 목을 쭉 폈다. "날 믿소, 보스?" 그가 내 눈을 똑바로 들여다보며 초조하게 말했다.

"그럼요, 조르바." 내가 그의 말에 대답했다. "아저씨는 뭘 하든 잘못될 리가 없어요. 망치려 해도 그렇게는 안 될걸요. 아저씨는 사자나 늑대 같은 존재니까요. 이 부류의 야수들은 절대 양이나 당나귀처럼 굴지 못하거든요. 본능을 거스르지 못하죠. 조르바, 당신도 마찬가지예요. ─ 아저씨는 정수리부터 발톱 끝까지 철저하게 조르바니까요."

조르바는 머리를 흔들었다. "하지만 난 우리가 어디로 가고 있는지 도무지 모르겠구려."

"그건 내가 알고 있으니 그건 걱정하지 마세요. 그저 앞으로 전진만 하면 돼요!"

"그 말 한 번만 더 해 주쇼, 보스 양반. 내가 힘을 낼 수 있도록!" 조르바가 소리쳤다.

"그저 앞만 바라보고 전진하면 된다고요!"

그러자 조르바의 눈에서 불꽃이 튀었다. "이제야 말할 수 있을 것 같소. 자, 이거요. 요 며칠 사이 난 엄청난 계획을 하나 세우고 있었소. 미친 생각일 수도 있지만. 한번 실천해 보면 어떻겠소?"

"그걸 왜 물어요? 그 일 하려고 이곳에 왔잖아요. 생각을 행동으로 실천하는 것 말입니다."

조르바가 거북이처럼 목을 쭉 빼고 기쁨과 두려움이 반반씩 섞인 얼굴로 나를 찬찬히 살펴보았다. "입은 비뚤어졌어도 말은 바로 하랬다고, 보스 양반. 난 우리가 갈탄을 캐러 이곳에 왔다고 생각했소만." 그가 큰 소리로 말했다.

"갈탄은 핑곗거리에 지나지 않아요. 마을 사람들이 이상하게 생각하지 않도록 해야죠. 그래야 사람들이 우리를 진지한 사업가로 믿고 이곳에서 꺼지라고 레몬 껍질 따위를 던지지 않을 테니까요. 이제 이해하시겠어요, 조르바?"

조르바는 입을 떡 벌리고 서서 이해하려고 애를 썼지만 이 엄청난 행운을 감히 받아들이지 못하는 것 같았다. 그러다가 갑자기 말뜻을 알아들은 듯이 내게로 달려와 두 어깨를 꽉 붙잡았다. "춤출 줄 알아요?" 그가 흥분해서 물었다.

"아뇨, 모릅니다."

"춤을 출 줄 모른다고요!" 그는 어이없다는 듯 두 팔을 옆으로 툭 떨어뜨렸다. "좋소이다." 그가 잠시 뒤에 말했다. "그럼 나 혼자 추겠소. 저리로 비켜 봐요. 내 발에 얻어맞지 않게 말이오.

하아아이이이! 하아아이이이!" 그가 펄쩍 뛰어오르더니 오두막 밖으로 뛰쳐나가 신발과 점퍼와 조끼를 벗어 던지고 바지를 무릎까지 걷어 올린 뒤 춤을 추기 시작했다. 아직도 갈탄 가루가 뒤덮인 시커먼 얼굴에서 흰자위만 흰 눈(雪)처럼 하얗게 빛이 났다.

숨 가쁘게 춤에 빠져든 조르바는 손뼉을 치더니 튀어 오르고, 공중에서 회전하다가 무릎으로 땅에 떨어지고, 무릎을 굽힌 채 다시 하늘로 튀어 올랐는데, 그 모양새가 마치 자유자재로 늘어났다 줄어드는 고무줄 같았다. 그리고 중력의 법칙을 완전히 무시하려는 듯, 날개가 돋아 하늘로 솟아 버리려는 것처럼 갑자기 하늘 높이 튀어 올랐다. 그 모습은 마치 벌레 먹은 육신의 거죽 속에 살고 있던 영혼이 살을 모두 사그라뜨리고 남은 육신 덩어리를 쏘아 올려 어둠 속에서 별빛이 되게 하려 하는 것처럼 보였다. 영혼은 육신을 높이 쏘아 올리지만 육신은 공중에 오래 머물지 못하고 땅바닥에 떨어져 버렸다. 그러면 이번에는 인정사정없이 영혼이 육신을 더 높이 쏘아 올리고, 보잘것없는 육신은 헉헉대며 또다시 땅에 떨어지는 것이다.

조르바는 얼굴을 찌푸렸다. 그의 얼굴은 놀라운 중력을 이겨 내고 있었다. 그는 더 이상 소리를 지르지 않았다. 이를 악문 채 한계를 넘어서려고 몸부림치고 있었다.

"조르바! 조르바!" 내가 소리쳤다. "이제 됐어요!"

나는 그의 늙은 육신이 힘을 이겨 내지 못하고 공중에서 산산조각으로 부서져 버리지나 않을까 겁이 났다.

그래서 나는 계속 불러 봤지만, 땅에서 부르짖는 소리가 조르바의 귀에 들릴 리 있겠는가? 그의 본성은 이미 새가 되어 있었다.

나는 좀처럼 느낀 적 없는 두려움 속에서 조르바의 야성적이고 필사적인 춤을 좇았다. 아주 어렸을 때 나는 상상을 제멋대로 부풀리다 못해 결국 나 자신도 믿어 버리게 된, 말도 안 되는 거짓말을 친구들에게 들려준 적이 있었다. "너희 할아버지 어떻게 돌아가셨는데?" 초등학교 1학년 시절 같은 반 친구가 내게 물었다. 나는 상상의 나래를 펼치기 시작했고, 신화 같은 이야기를 꾸며 내 대답했다.ㅡ그리고 얼마나 많이 부풀리든 나 스스로도 그걸 계속 믿었다. "우리 할아버진 고무로 만든 구두를 신고 다니셨어. 수염이 하얗게 세고 난 뒤 어느 날, 우리 집 지붕에 올라가서 뛰어내리셨지. 그런데 바닥에 닿자마자 공처럼 하늘로 튀어 오르더니 집보다 더 높이 올라갔고, 점점 더 높이 오르다가 결국 구름 속으로 사라져 버리셨지 뭐야. 우리 할아버지는 그렇게 돌아가셨어."

이 이야기를 지어낸 이후 조그마한 성(聖) 메나스 성당*에 갈 때마다 성당 뒤쪽 칸막이 아랫부분에 그려진 예수 승천 그림을 가리키며 학급 친구들에게 이렇게 말하곤 했다. "저기 봐, 저기 고무 구두를 신고 있는 우리 할아버지가 계셔!"

세월이 많이 흐른 이 밤, 공중으로 튀어 오르는 조르바를 두

---

* 그리스 이라클리오에 위치한 성당으로 크레타의 대주교가 머무는 곳이다.

려운 마음으로 바라보며 나는 어린 시절 내가 꾸며 낸 동화를 다시 한번 떠올렸다. 그도 할아버지처럼 구름 속으로 사라져 버릴 것만 같아 두려웠다.

"조르바, 조르바!" 내가 소리쳤다. "이제 그만하라니까요!"

드디어 조르바가 숨을 헐떡거리며 땅바닥에 털퍼덕 주저앉았다. 그의 얼굴은 행복으로 밝게 빛났다. 이마에는 잿빛 머리카락이 덕지덕지 붙어 있었다. 얼굴에서는 땀이 갈탄 가루와 뒤섞여 뺨을 타고 턱까지 흘러내리고 있었다.

나는 걱정이 되어 허리를 구부리고 그를 내려다보았다.

"누가 내 피를 뽑아 준 것처럼 이제 좀 살 것 같소." 그가 잠시 뒤 말했다. "이제 말할 수 있겠소."

그는 오두막 안으로 들어가 난로 앞에 가부좌를 틀고 앉았다. 그의 얼굴이 빛났다.

"왜 그렇게 신나게 춤을 춘 거예요?"

"내가 뭘 하길 기대했소, 보스 양반? 너무 기뻐서 숨을 못 쉴 것 같으니까 어떻게든 열기를 좀 뿜어내야만 했어요. 다른 사람은 열기를 어떻게 뿜어내나? 말로 그렇게 합니까? 푸!"

"왜 그렇게 기분이 좋은 거예요?"

마음이 불편해진 조르바가 입술을 떨며 나를 쳐다보았다. "뭣 때문에 기분이 좋았냐고? 그야 당연히 당신이 갑작스럽게 내뱉은 그 말 때문이지. 보스 자신은 잘 알지 못하겠지만 말이오. 우리가 이곳에 온 게 갈탄 때문이 아니라고 한 것 같은데. 숨 좀 돌리고, 노닥거리며 시간을 보내면서도 사람들한테 괜히 멍청이로 오해받아서 레몬 껍질에 얻어맞지 않도록 눈속임하는 거라고 하지 않았소이까. 남들이 보지 않는 곳에서 우리만 있을 때면 배꼽 잡고 웃을 일이지! 맹세코 그게 정확히 내가 바라던 거였는데, 그동안 깨닫지 못했던 거요. 난 그저 갈탄이라든가, 마담 부불리나라든가, 보스 양반만 계속 생각했소. ― 아무런 희망도 없이 엉망으로 꼬여 있는 상태나 다름없었소. 갱도를 하나 새로 뚫을 때마다 '나는 갈탄을 원한다. 나는 갈탄을 원한다. 나는 갈탄을 원한다.' 이렇게 뇌까렸소. 대갈통부터 발뒤꿈치까지 갈탄이 되어 버리는 거요. 그리고 일을 마치고 빌어먹을 비곗덩어리 물개와 놀아날 때면 ― 그녀를 축복하소서! ― 마담이 목에 두른 그 작은 리본에다가 갈탄이고 보스 양반이고 뭐고 모조리 매달아 버렸소이다. 조르바도 매달아 버렸지. 난 멍한 상태였소. 아무 일도 하지 않고 혼자 있을 때 당신을 생각하면 가슴이 미어집디다. 그동안 내 영혼은 몹시 짓눌려 있었소. '창피한 줄 알아라, 조르바.' 스스로 이렇게 소리쳤소이다. '저 착한 사람을 등쳐 먹고 그 사람 돈이나 축내다니 창피한 줄 알아. 도대체 넌 얼마나 더 오랫동안 이 빌어먹을 놈팡이 짓을 하며 살아갈 생각이냐, 조르바? 이제 제발 좀 그만하자!' 분명히 말하지만, 보스 양반, 난 혼란스러웠소. 악마가 한쪽에서 잡아끌고, 하느님이 다른 쪽에서 잡아끕디다. 그래서 난 그 중간에서 두 동강으로 찢어지고 말았소. 그런데 말이오. ― 보스 양반, 당신에게 축복이 내리기를! ― 지금 당신이 정말 중요한 얘기를 해 줘서 감겨 있던 내 눈이 활짝 뜨였소. 드디어 사물을 보게 된 거요! 이제 우린 서로 이해한 거요.

자, 이제 대포마다 신관(信管)에다 불을 붙입시다. 돈이 얼마나 남았소? 몽땅 꺼내쇼! 빈털터리가 된들 무슨 대수겠소?"

조르바는 이마에 맺힌 땀을 쓱 닦더니 사방을 두리번거렸다. 저녁에 먹고 남은 음식들이 나지막하게 둥근 식탁 위에 흩어져 있었다. 그는 큼직한 손을 뻗으며 이렇게 말했다. "양해해 주쇼, 보스 양반. 배가 또 고파졌소이다." 그는 빵 한 조각, 양파, 올리브 한 주먹을 집더니 게걸스럽게 입에 넣었다. 그러고 나서는 포도주가 담긴 유리병을 뒤집어 입술도 대지 않고 입안에 들어부었다. 그러자 포도주가 껄떡껄떡 소리를 내며 목구멍을 타고 내려갔다. 조르바가 만족스러운 듯 혀로 쩝쩝 소리를 냈다.

"이제야 가슴이 가라앉았소." 조르바가 나를 보고 한쪽 눈을 찡그리고 윙크하며 말했다. "왜 웃지 않는 거요?" 그가 물었다. "왜 그렇게 날 쳐다보고만 있소? 내가 어떤 사람인지 알잖소. 내 몸에는 악마가 살고 있거든. 그놈이 소리치면, 난 그놈이 소리치는 대로 행동하오. 내가 질식할 것 같으면 그놈은 나더러 '춤을 춰!' 하고 말하지. 그러면 난 춤을 춰요. 그러고 나면 숨통이 뻥 뚫리는 거요. 예전에 내 아들놈, 디미트라키스가 할키디키에서 죽었을 때도 난 일어나 춤을 췄어. 그때 내 친척들과 친구들은 내가 시신 앞에서 춤추는 꼴을 보고선 날 붙들려고 달려들었소. '조르바가 미쳤어!' 그렇게 소리치더군. 하지만 그 순간 춤을 추지 않았더라면, 난 가슴이 아파 정말로 미쳐 버렸을 거요. 죽은 아이는 내 첫아들이었고 겨우 세 살이었으니 견딜 수가 없었거든. 내가 지금 무슨 말을 하고 있는지 이해하시오, 보스? 아니면 내가 얼토당토않은 소리를 하고 있는 거요?"

"정말 이해가 됩니다, 조르바. 아저씨가 하는 말은 하나도 우습지 않아요."

"그럼 러시아를 들락날락거리면서 거기 머물던 때의 이야기도 해 보겠소. 그곳에 간 것도 채굴을 하기 위해서였소. 노보로시스크* 근처에 구리를 캐러 갔었지. 그곳에서 일하는 데 필요한 러시아 낱말을 대여섯 개쯤 겨우 배웠어요. '예', '아니오', '빵', '물', '사랑해요', '오시오', '얼마요?' 이 정도였소. 그런 주제에 러시아 친구 놈을 하나 사귀었어. 아주 끝내주는 볼셰비키 놈이었지. 글쎄, 우린 매일 저녁 항구 근처 술집으로 가서 보드카 몇 병을 마시고 취했소. 취기가 돌면 서로 마음의 문을 열었지. 그 친구 놈은 러시아 혁명 때 보고 겪은 일들을 미주알고주알 이야기하고 싶어 했고, 나는 내가 살아온 인생 이야기를 모조리 들려주고 싶었소. 보스도 알다시피, 취하면 형제가 되는 거 아니오. 우린 몸짓으로 대화를 나눴고, 그게 어느 정도까진 가능합디다. 그가 먼저 말을 했고 알아들을 수 없는 순간이 오면, 내가 '그만!' 하고 소리쳤지. 그러면 그가 벌떡 일어나 춤을 추기 시작했소. 하고 싶은 말을 춤으로 표현한 거지. 그리고 나도 똑같이 했소. 입으로 할 수 없는 말을 발로, 손으로, 배때기로, 괴성으로 표현했지. '하아이이이이! 하아이이이이! 후우플라아아! 히이이이이브!' 러시아 친구가 시작했어. 어쩌다 총대를 메게 됐고, 전쟁

---

* 러시아 크라스노다르 지방에 위치한 도시. 흑해에 접한 도시로 흑해 함대의 기지가 있다.

은 또 어떻게 터졌으며, 어쩌다 노보로시스크까지 굴러 들어오게 됐는지 말이오. 친구 놈이 무슨 말을 하는지 알아들을 수 없을 때면 난 손을 들고 소리쳤소. '그만!' 그러면 그 녀석은 즉시 튀어 올라 내가 말한 것처럼 춤을 췄어. ─꼭 귀신 들린 놈처럼 말이오. 친구의 손과 발과 가슴팍과 두 눈을 보고 있으면 모조리 알아들을 수 있었지. 노보로시스크에 들어오게 된 경위며, 상관을 죽인 이야기, 가게들을 털고, 남의 집에 쳐들어가 계집들을 범한 이야기까지 죄다 하더군요. 여자들이 처음엔 악을 쓰며 울면서 제 얼굴을 할퀴고, 사내놈 면상을 할퀴다가도 시간이 흐르면 점차 나긋나긋해지면서 지그시 눈을 감고 기분 좋은 비명을 지르더라나. 여자들이란 결국 별수 없는 존재 아니겠소! 그러고 나면 내 차례가 되었소. 친구 놈은 내가 첫 마디를 내뱉자마자 '그만!' 하고 외치곤 했소. 고지식한 촌뜨기였거든. 내가 뭘 더 바라겠소? 나도 튀어 올라 의자고 식탁이고 모조리 치워 버리고 춤을 추었지. 푸우! 빌어먹을, 사람들은 지금껏 지독하게 타락해 왔지. 그들은 몸뚱이를 내다 버린 거요. 그래서 어리병병해진 거요. 주둥이로 지껄이는 짓밖에 할 줄 모른다니까. 하지만 정말 하고 싶은 말을 주둥이로 할 수 있습디까? 무슨 말을 하겠어요? 당신이 러시아 친구 놈을 봤더라면, 놈이 나를 머리끝부터 발끝까지 눈빛으로 핥아 대며 얼마나 내 말을 잘 알아들었는지 알았을 텐데! 난 춤을 추면서 내 광기를, 여기저기 돌아다닌 이야기를, 결혼은 몇 번 했는지, 무슨 기술을 써 먹었는지 ─채석장에서 일하는 석공, 광부, 행상, 도기장이, 게릴라병(兵), 산투리 연주가, 구운 병아리콩 장수, 구리 세공인, 밀수꾼 — 어쩌다 감방에 들어갔고 어떻게 탈출했으며, 러시아에는 어쩌다 가게 됐는지 모조리 들려주었소. 시골 출신 무지렁이인데도 그 친구는 내 말을 하나도 빼놓지 않고 기막히게 알아듣더군. 내 두 발이 말했고, 내 두 손이 말했으며, 내 머리카락과 옷, 심지어 허리띠에 달린 주머니칼까지도 말을 했으니까. 마침내 내가 말을 마치자 이 얼뜨기 촌놈이 나를 와락 껴안고 입맞춤을 퍼붓더군요. 우리는 잔에다 보드카를 들이붓고, 웃고 울고 서로를 부둥켜안았지. 날이 샐 무렵에야 각자의 집으로 돌아가 쓰러져 잤소. 다음 날 저녁에 우린 또다시 만났소.

지금 웃고 있는 거요, 보스 양반? 내 말이 믿기지 않는 거요? 혼자 이렇게 생각하고 있군그래. '맙소사! 뱃사람 신드바드 같은 이 인간이 도대체 무슨 헛소리를 지껄이고 있는 거지? 춤으로 대화를 나눈다고?' 하지만 말이오. 하지만 내 모가지를 걸고 말하는데, 신들과 마귀들은 분명 이런 식으로 대화를 나눌 거요. 보아하니 졸린 모양이군. 보스는 너무 나약하고 끈기가 없소. 자, 그럼 자러 갑시다. 내일 또 이야기하지. 나한테 계획이, 아주 중요한 계획이 있거든. 내일 아침에 이야기해 주겠소. 난 담배나 한 대 더 피우고, 바닷물에 머리라도 담그고 오겠소. 지금 속에서 열이 오르거든. 가서 열 좀 식혀야지. 그럼 잘 자쇼!"

눈을 감기까지는 한참의 시간이 필요했다. '난 삶을 낭비했어.' 계속 이런 생각이 들었다. '스펀지 행주를 꼭 쥐고 그동안 내가 읽고 보고 들었던 것들을 모두 말끔하게 닦아 낸 후, 조르바의 학교에 입학하여 위대하고 진실한 문자를 새로 배울 수만 있다면 얼마나 좋을까! 그러면 내 삶은 얼마나 달라질까! 적어도 오감을 ─ 온 피부로 말이다. ─ 한껏 사용하여 모든 걸 즐기고 모든 걸 이해할 수 있을 게다. 달음박질치고, 씨름하고, 헤엄치고, 말에 올라타 질주하고, 배를 젓고, 자동차를 몰고, 소총 쏘는 법을 배울 게야. 내 영혼을 육신으로 채우고, 내 육신을 영혼으로 채우며 결국 태곳적부터 앙숙이었던 이 둘을 내 안에서 서로 화해시킬 수 있을 게다.' 나는 매트리스에 멍하니 앉은 채 내가 허비하고 있는 인생을 계속 생각했다. 열린 문틈 사이로 별빛을 받고 있는 조르바의 모습이 희미하게 보였다. 그는 홰에 앉은 부엉이처럼 바위에 앉아 바다를 바라보고 있었다. 나는 그가 부러웠다. '저 사람은 진리를 발견했어.' 나는 계속 생각했다. '말하자면 그는 앞쪽으로 쭉 뻗어 있는 길이라 할 수 있어.' 다른 시대에 태어났더라면, 좀 더 원시적이고 창조적인 시대에 태어났더라면 조르바는 아마 한 부족의 족장이 되어 앞장서서 마체테*를 들고 덤불을 헤치며 새 길을 열었을 것이다. 그게 아니라면 이름

─────────────

* 중남미 원주민이 벌채에 쓰는 칼.

난 음유 시인이 되어 뭇사람들이 — 영주들과 하인들과 귀부인들이 — 사는 귀족의 성(城)을 돌아다니며 모든 사람들의 귀를 홀렸을 것이다. 하지만 골치 아픈 이 시대에 태어난 그는 굶주린 늑대처럼 양 우리 주변을 맴돌거나, 어느 글쟁이의 어릿광대로 전락한 것이다.

갑자기 조르바가 벌떡 일어났다. 그는 옷을 홀홀 벗어 자갈밭에 던져 버리고 바다로 풍덩 뛰어들었다. 희미한 달빛 아래에서 그의 머리가 수면 위로 올라왔다 다시 사라지는 모습이 보였다. 이따금 그는 괴상한 소리를 냈다. 개 짖는 소리를 내다가 말처럼 힝힝거리다가 수탉처럼 꼬꼬댁거리기도 했다. 적막한 밤에 홀로 바다를 헤엄치며 그의 영혼은 동물적 본능으로 돌아가고 있었다.

나도 모르는 사이 잠이 서서히 나를 덮쳤다. 이튿날 새벽이 되어 푹 쉬고 나서 완전히 원기를 회복한 조르바가 내 발을 잡아 당겼다.

"어서 일어나 봐요, 보스 양반. 내 계획 좀 들어 보쇼. 내 말 듣고 있소?" 조르바가 말했다.

"네, 듣고 있어요."

조르바는 바다에 똬리를 틀고 앉아 계획을 설명하기 시작했다. 산꼭대기에서 해변까지 고가 케이블을 설치하여, 갱도를 버티는 데 쓸 목재를 운반하고 남은 목재를 건축용으로 파는 게 어떻겠느냐고 했다. 우리는 수도원 소유의 소나무 숲을 빌리기로 결정했다. 그런데 목재를 운반하는 데 돈이 많이 들고, 노새를 구할 수도 없었다. 결국 조르바는 묵직한 철제 밧줄과 지지대와 도르래를 가지고 운반 케이블을 만들기로 구상했다. 그러면 목재를 매달아 산 정상에서 해변까지 양이 꼬리를 두 번 까딱거리는 짧은 시간에 내려 보낼 수 있을 것 같았다.

"어떻소?" 이야기를 마치가 조르바가 내게 물었다. "서명하겠소?"

"물론이죠. 서명할게요, 조르바. 당장 그렇게 합시다!"

조르바는 기분이 좋아서 난로에 뜨거운 석탄을 넣어 불을 지피고, 난로 위에 조그마한 주전자를 얹어 커피를 준비하고, 내가 춥지 않도록 발에 이불을 덮어 준 뒤 집을 나섰다.

"오늘 우린 새 갱도를 공략할 거요. 제대로 된 광맥을 하나 찾았거든. ─ 진짜 검은 다이아몬드 광맥이오!"

*

나는 붓다에 대한 원고를 펼쳐 나만의 갱도를 파고 들어갔다. 하루 종일 작업에 몰두했다. 마음이 한결 가뿐해지면서 해방감이 느껴졌다. 내가 느낀 감정은 ─ 안도, 자부심, 경멸 ─ 복잡했지만 그런 감정에 압도되어 계속 작업을 이어 나갔다. 집필을 끝낸 뒤 돌돌 말아서 인장을 찍어 봉해 버리면 나는 이 일에서 완전히 해방될 것이다.

나는 배가 고파서 건포도와 아몬드, 빵 한 조각을 먹었다. 그리고 조르바가 사람의 마음을 기쁘게 해 주는 그의 모든 것을 ― 호탕한 웃음, 멋진 대화, 맛있는 요리를 ― 가지고 돌아오기를 기다렸다.

조르바는 저녁 무렵 나타났다. 그가 요리하고 함께 식사했지만, 그의 마음은 어떤 생각에 골똘히 빠져 다른 곳에 가 있었다. 그는 무릎을 꿇고 앉아 짤막한 나뭇가지들을 땅에 꽂더니, 그 위에 끈을 하나 걸고, 아주 작은 고리에 성냥을 매달았다. 모든 것을 산산조각 내지 않으려면 고가 케이블의 경사를 어떻게 잡아야 하는지 그 방법을 찾는 중이었다.

"경사가 필요 이상으로 급하면 완전히 망합니다." 조르바가 내게 설명해 주었다. "반대로 너무 완만해도 마찬가지요. 한 치의 오차도 없이 아주 정확한 경사 값을 구해 내야만 하거든. 그러자면 머리와 포도주가 좀 필요할 것 같소, 보스 양반."

"포도주는 얼마든지 있지만, 머리는 글쎄올시다." 내가 웃으며 농담을 건넸다.

그러자 조르바가 깔깔 웃었다. "우리 나리께서도 이제 뭘 좀 아시는군." 그가 다정한 눈길로 나를 쳐다보며 말했다. 조르바는 담배에 불을 붙이고 앉아 휴식을 취했다. 우리는 살짝 취했고, 조르바는 혀가 풀렸다. "이 고가 케이블이 성공만 하면 말이오, 숲을 통째로 베어 내립시다." 그가 말했다. "그리고 제재소를 하나 차려 판자며 막대며 기둥 같은 걸 만들어 떼돈을 버는 거요. 그런 뒤 돛이 세 개 달린 범선을 만들어 타고 이곳을 떠납시다. 발에 달라붙은 흙먼지를 훌훌 털어 버리고 전 세계를 항해하는 거요!" 이국의 여자들, 도시들, 기계들, 증기선, 불빛 찬란한 풍경,

엄청난 건물들의 모습이 아른거리자 조르바의 눈이 빛났다. "보스 양반, 이제 난 머리도 희끗희끗하고 이빨도 좀 흔들거리기 시작했소. 허비할 시간이 없어요. 당신이야 아직 젊어서 기다릴 수 있겠지만, 난 그렇게 못해. 빌어먹을, 나이를 먹을수록 점점 더 거칠어집디다. 왜 사람들은 가만히 앉아서 내게 나이를 먹으면 사람이 유순해진다느니, 열정을 잃어버린다느니, 죽음을 바라보며 목을 쭉 빼고 '아이고, 주님, 내 목을 따 주십시오. 그래야 순교자라도 되지 않겠습니까?' 이딴 소리를 하는지 모르겠어요. 나로 말하자면, 나잇살을 먹으면 먹을수록 야수가 되어 갑디다. 포기 같은 건 안 해요. 난 이 넓은 세상을 깡그리 집어삼킬 생각이오."

조르바는 자리에서 벌떡 일어나더니 벽에 걸린 산투리를 들고 왔다. "이리 오렴, 악마 녀석." 그가 악기를 바라보며 말했다. "왜 그렇게 말없이 벽에 걸려 있는 거야? 어디 네 목소리 좀 들어 보자꾸나!"

조르바가 꽤나 조심스럽게 산투리의 덮개를 벗기는 모습은 아무리 바라보아도 싫증이 나지 않았다. 그는 언제나 무화과 껍질을 벗기거나 여자의 옷을 벗기듯 그렇게 부드럽게 산투리의 덮개를 벗겼다.

조르바는 악기를 무릎 위에 얹고 몸을 숙여 현을 더없이 부드럽게 애무했다. 어느 현을 연주할까 악기에 대고 물어보는 것 같기도 하고, 잠에서 깨어나라고 사정하는 것 같기도 하고, 고독을 견디지 못해 울적해진 자기 영혼의 친구가 되어 달라고 구슬리는 것 같기도 했다. 하지만 연주를 시작하자 소리가 제대로 나지 않았다. 조르바는 그 곡을 버리고 다른 곡을 연주하기 시작했다. 하지만 악기의 현은 고통스러운 듯이, 연주할 생각이 없다는 듯이 낑낑 비명을 질렀다. 조르바는 벽에 기대더니 갑자기 이마에 솟은 땀을 문질러 닦았다. "이 녀석이 소리를 내기 싫다는군요." 그가 산투리를 두려운 눈으로 바라보며 중얼거렸다. 산투리가 사나운 짐승이어서 행여 물리지나 않을까 겁을 내는 듯 조심스럽게 다시 덮개로 쌌다. 그리고 천천히 일어나서 벽에 다시 걸었다.

"소리 내기 싫대." 그가 다시 한번 중얼거렸다. "절대로 억지로 시켜서는 안 돼요."

조르바는 다시 바닥에 주저앉아 난로 안 잉걸불 아래에 밤을 묻고는 유리잔에 포도주를 채웠다. 그는 마시고 또 마셨고, 밤을 까서 내게 건넸다. "뭔지 조금이라도 이해가 됩니까, 보스 양반? 난 정말 어찌해야 좋을지 모르겠소. 모든 것엔 영혼이 있소. 심지어 나무나 돌이나 우리가 마시는 포도주나 우리가 밟고 다니는 땅에도 말이오. 모든 것, 만물에 영혼이 깃들어 있어요. 보스 양반."

조르바는 잔을 높이 들었다.

"건배!"

그는 잔을 비우고 다시 채웠다.

"인생, 이 망나니 같은 것!" 그가 중얼거렸다. "더러운 망나니, 꼭 마담 부불리나 같군."

나는 웃음을 터뜨렸다.

　　"내 말 좀 들어 보쇼. 보스 양반. 웃지만 말고! 내 말이 맞소, 인생은 그야말로 마담 부불리나 같아. 늙은 여자 같단 말이오. 하지만 형편없는 그 화냥년도 몇 가지 매력은 있거든. 사람을 정신 못 차리게 하는 재주가 있소. 눈을 감으면 꼭 스무 살짜리 계집애를 안고 있는 것 같은 착각이 들지. 아하, 술에 잔뜩 취해 불을 끄면 그 여자는 영락없는 스무 살짜리가 됩디다. 사람들은 이렇게 말하겠지. 벌써 반쯤 썩어 문드러졌다고, 믿기 어려운 짓을 하면서 살아왔고, 해군 제독, 선원, 어린 육군 사병, 농부, 행상인, 신부, 어부, 경찰, 교사, 신부, 치안 판사들이랑 한 번씩 놀아났다고. ── 하지만 그게 어쨌다는 거요? 이 더러운 매춘부는 그딴 건 싹 다 잊어버려요. 그 누구도 기억하지 못해. ── 그리고 내가 진짜 말하지만, 다시 순결한 비둘기 한 마리, 부끄러워 얼굴을 붉히는 순진무구한 귀염둥이가 되어 버리는 거요. ── 내가 하는 말 잘 들어 보쇼! ── 그래, 맞아요. 꼭 태어나 처음 하는 것처럼 얼굴을 붉히고 몸을 파르르 떱디다! 여자는 정말 알다가도 모를 존재요, 보스 양반. 수천 번 자빠져도 숫처녀로 다시 일어서는 거요. '왜 그런가요?' 이렇게 묻고 싶겠지. 여자란 그런 걸 기억하지 못하기 때문이오."

　　"하지만 앵무새는 기억하잖아요?" 나는 조르바를 골려 주려고 물었다. "늘 당신 이름이 아닌 다른 사람 이름을 부르짖잖아요. 미칠 것 같지 않나요? 마담이랑 황홀경에 빠져 있는데 앵무새가 '카나바로! 카나바로!' 하고 꽥꽥거리면 목을 비틀어 버리고 싶지 않나요? 이제 앵무새에게 '조르바! 조르바!' 하고 말하도록 가르칠 때가 되지 않았나요?"

"푸푸! 케케묵은 소리로군! 언제 적 농담이오?" 조르바가 손가락을 귓구멍에 쑤셔 넣으며 말했다. "지금 앵무새 모가지를 비틀고 싶지 않느냐고 했소이까? 난 그놈이 그 이름을 외칠 때면 오히려 흥분되어 환장하겠던데. 아무짝에도 쓸모없는 이 빌어먹을 마담은 밤마다 침대 머리맡에 그놈을 걸어 놓지. 이 악당 같은 녀석은 어둠 속을 꿰뚫어 보는 능력이 있거든. 우리가 뒤엉켜 그 짓을 하는 걸 보자마자 '카나바로! 카나바로!' 하고 소리를 지르는 거야. ─ 맹세컨대, 보스 양반, 그 망할 놈의 책에 파묻혀 살아가는 당신 같은 부류가 어떻게 그걸 이해하겠소? ─ 정말 맹세하고 하는 말인데, 그 소리를 듣는 순간 내 발에는 신사용 에나멜 구두가 신겨지고 머리에는 깃털 달린 모자에 파촐리 향수를 바른 매끄러운 콧수염이 자라지. '부온 지오르노! 부오나 세라! 만지아테 마카로니!'* 그러면 난 진짜 카나바로가 되지. 그리고 수천 발 총탄 구멍이 뚫린 내 기함(旗艦)에 오르는 거야! 기관실에 불을 당겨! 포격 개시!"

조르바는 배를 잡고 깔깔 웃었다. 그러더니 왼쪽 눈을 감아 윙크하며 나를 쳐다보았다.

"용서하쇼, 보스 양반. 난 아무래도 지금 우리 할아버지, 알렉시스 대위와 같아진 모양이오. 하느님, 그분의 뼈를 축복하소

---

* '좋은 아침! 좋은 저녁! 마카로니 드세요!'(그리스어)

서! 할아버지가 100살이 되던 해에 저녁마다 문 앞에 앉아 우물가로 물 길러 가는 처녀 아이들을 넋을 놓고 쳐다보는 거요. 하지만 눈이 침침해 계집아이들을 잘 분간할 수가 없었지. 그래서 계집애들에게 이렇게 소리치곤 했소. '애야, 네가 누구더라?' '마스트란도니스 집 딸, 레니오예요.' '이리 좀 와 봐라. 애야, 한번 만져 보자꾸나. 겁낼 것 없느니라.' 그러면 계집애는 웃음을 꾹 참고 다가갔죠. 우리 할아버지는 여자아이의 얼굴에 손을 대고 부드럽게 더듬으며 탐욕스럽게 문지르다가 눈물을 흘린다오. '왜 우세요. 할아버지?' 내가 언젠가 한번 여쭤본 적이 있지. 그러자 할아버지는 '어, 애야, 저렇게 젊고 싱싱한 계집아이들을 많이 놔두고 죽는데 울지 않게 생겼느냐?'"

조르바는 한숨을 쉬었다. "'아, 할아버지, 불쌍한 우리 할아버지.' 하고 내가 말씀드렸소. '할아버지 말씀 충분히 이해하고도 남아요!' 나도 가끔 앉아서 그렇게 혼자서 중얼거리곤 했소. '아! 죽을 때 저 예쁜 계집애들을 모조리 싸 들고 갈 수 있다면 얼마나 좋을까!' 하지만 저 잡것들은 여전히 그대로 살아서 서로 부둥켜안고 입 맞추며 잘 살아갈 게 아닌가? 이 조르바는 그것들이 밟고 다닐 흙이 될 테고."

조르바는 불 속에서 밤을 몇 알 집어서 껍질을 벗겼다. 우리는 포도주 잔을 부딪치며 두 마리 거대한 토끼처럼 꽤 긴 시간 동안 아주 평화롭게 밤을 우적우적 씹으며 술을 마셨다. 바깥에서는 바다가 으르렁거리는 소리를 냈다.

7

우리 두 사람은 말없이 난로에 둘러앉아 꽤 오랜 시간을 보냈다. 행복은 소박하고 단순한 것이라는 사실을 나는 다시 한번 확신할 수 있었다. ─ 말하자면 포도주 한 잔, 밤 한 톨, 별거 아닌 난롯불, 으르렁거리는 바다 소리, 그런 것이면 충분했다. 그리고 이런 것이 행복이로구나 하고 깨닫기 위해서는 소박하고 단순한 마음만 있으면 되었다.

"몇 번이나 결혼하셨어요, 조르바?" 얼마 뒤 내가 물었다.

우리 두 사람은 몹시 취해 있었는데 포도주를 많이 마셔서라기보다는 말로는 설명할 수 없는 풍족한 행복감 때문이었다. 우리 둘은 각자의 방식으로 서로를 깊이 이해하고 있었다. 우리는 각자의 방식으로 우리 자신이 지구 표면에 착 달라붙어 있는 하찮고 단명(短命)한 벌레 ─ 바닷가에 갈대와 널빤지와 석유 깡통으로 만든 오두막 뒤편의 편안한 한 귀퉁이를 찾아낸 그런 벌레에 지나지 않는 존재라는 사실을 깊이 깨닫고 있었다. 우리는 밀치다시피 서로에게 가까이 있었지만, 우리 앞에는 맛있는 먹거리들이 있었고, 마음속에는 평온과 사랑과 안정감이 있었다.

조르바는 내가 하는 질문을 듣지 않고 있었다. 그의 마음이 어느 바다를 — 내 목소리가 닿을 수 없는 곳에서 — 항해하고 있는지 누가 알 수 있으랴. 나는 손을 뻗어 그를 만졌다.

"결혼은 몇 번이나 했냐고요, 조르바?" 내가 다시 물었다.

그러자 조르바가 화들짝 놀랐다. 내 말을 들었는지 그가 솥뚜껑처럼 큼직한 손을 휘휘 저었다.

"아, 이런! 왜 지금 거기 앉아서 그런 시시콜콜한 걸 캐내려드는 거요?" 그가 반문했다. "난 뭐 사람 아니랍디까? 나도 '바보 천치 짓'을 엄청 많이 했지. 결혼한 남자들에게는 용서를 구해야겠지만, 난 결혼을 그렇게 부르거든. 암, 그렇고말고, 난 바보 천치 짓을 엄청나게 했소이다. 결혼했었단 말이오."

"네, 알았어요. 그럼 몇 번이나 했어요?"

조르바는 잠시 생각하더니 짜증 난다는 듯 목을 북북 긁었다.

"몇 번이냐고요?" 마침내 그가 반복해서 말했다. "정직하게는 한 번 (그리고 나서 침을 길게 꿀떡 삼켰다.) 반쯤 정직하게는 두 번, 거짓말 보태서는 천 번, 이천 번, 아니 삼천 번쯤 했겠지. — 장부에다 적어 놓지 않았으니 알 턱이 있나."

"말해 봐요, 조르바! 내일은 일요일이잖아요. 면도하고 옷을 멋지게 차려입고 마담 부불리나에게 가서 호강하는 날이라고요! 일을 하지 않는 날이잖아요! 그러니 오늘 밤은 실컷 즐깁시다.

어서 이야기해 보세요."

"무슨 말을 하겠소? 그딴 것들을 말하는 사람이 있습디까, 보스 양반? 정직한 결혼은 멋대가리가 없어요. 후추를 치지 않은 음식 같다고나 할까. 무슨 말을 해야 할까? 성화벽(聖畵壁)*에 그려진 성인들의 축복을 받으면서 하는 입맞춤이 무슨 재미가 있겠소? 우리 마을에는 이런 말이 있소이다. '제일 맛있는 고기는 훔친 고기다.' 마누라는 훔친 고기가 아니오. 반면에 도둑질한 사랑은 사정이 다르지. 무슨 수로 그걸 일일이 다 기억합니까? 수탉이 장부에 기록하는 거 본 적 있소? 알 게 뭐요! 도대체 왜 기록을 해요? 옛날 옛적에, 새파랗게 젊었을 적엔 잠자리를 같이한 여자들의 거시기 털을 한 가닥씩 모으기도 했소. 그래서 늘 가위를 갖고 다녔는데 말씀이야, 성당에 갈 때조차 주머니에 넣고 갔지. 결국 우린 인간 아니겠소. 그러니 언제 무슨 일이 일어날지 모르는 거요. 그 털들을 모았어. —검은색, 노란색, 갈색, 심지어 회색도 몇 가닥 있었지. 모으고 또 모았어. 그것으로 속을 넣어 베개를 만들고 머리에 베고 잤소이다. 하지만 겨울에만 베고 잤어. 여름에 베고 자면 더워서 열불이 났거든. 그렇지만 얼마 못 가서 버렸지. 알겠지만, 냄새가 나기 시작했거든. 그래서 태워 버렸소."

조르바가 깔깔 웃었다.

"그 털들이 내 장부였던 셈이오, 보스 양반." 그가 말했다.

---

* 동방 정교회에서 내부와 신도가 기도하는 공간 사이에 있는 성화가 그려진 벽. 성장(聖障)이라고도 한다.

"다 태워 버렸어. 그 짓도 지겨워졌거든. 얼마 안 될 줄 알았는데, 글쎄 끝도 없이 늘어나더라고. 그래서 가위도 버렸소."

"그럼 반만 정직한 결혼 생활은 어떤 건가요, 조르바?"

"아, 그건 좀 재미있지." 그가 히히히 웃으며 대답했다. "안녕하시오, 나의 슬라브 아내여! 천수(天壽)를 누리길! 그건 자유였소! '어디 갔다 왔어요?', '왜 늦었어요?', '어디서 잤어요?' 내게 이런 걸 묻지도 않고, 나도 묻지 않아. 자유 그 자체였소!"

조르바는 포도주 잔을 들어 비운 뒤 밤을 깠다. 밤을 오독오독 씹으며 그가 말을 이어 나갔다.

"하나는 소핑카라는 여자였고, 다른 하나는 누사라는 여자였소. 소핑카는 노보로시스크 근처 큰 마을에서 만났지. 겨울이었소. 눈도 많이 왔고. 나는 광산에 가는 길이었어. 마을을 지나가다가 발걸음을 멈췄지. 장날이었거든. 시장에서 물건을 사고 팔려고 여자 남자 할 것 없이 근처 마을에서 모조리 내려와 있었소. 기근이 들었어. 게다가 끔찍하게 추웠지. 사람들은 빵 한 조각을 사려고 가진 걸 모조리 내다 팔고 있었소. 심지어 성상(聖像)까지도 말이야. 주변을 어슬렁거리는데, 예상했던 대로 키가 1미터 80센티미터가 넘는 몸집이 큰 시골 아가씨 하나가 마차에서 뛰어내리더군! 짙은 쪽빛 눈동자에다 궁둥이가 죽여줬소. ─ 그야말로 암말 같더군! 난 그만 충격을 받고 말았소. '오, 불쌍한 조르바,' 난 자신에게 이렇게 말했지. '너 이제 호되게 당하겠구나!' 난 침을 질질 흘리며 그 여자 뒤를 졸졸 따라갔지. ─ 심장이 벌렁거리는데, 부활절 종처럼 흔들거리는 궁둥이를 쳐다만 보는 걸로는 성에 차지가 않더군. '왜 광산을 찾아다니는 거냐, 이 멍청아?' 내 이성이 계속 이렇게 질문을 해 대는거요. '찾아가다가 길을 잃고 헤맬 거 뭐 있어? 왜 바람개비처럼 변덕을 부리는 거냐? 여기 진짜 광산이 있잖아. 있는 힘을 다해 한번 파 봐. 갱도를 열라고!' 여자가 흥정을 하려고 걸음을 멈췄소. 장작을 사서 번쩍 집어 들더니 — 원 세상에, 팔뚝이 어찌나 굵던지! — 단번에 수레에 던져 넣더군. 그리고 빵이랑 훈제 생선 대여섯 마리도 삽디다. '전부 얼마예요?' 그녀가 묻더군. '너무 비싸요!' 그런데 돈이 없는지 한쪽 귀에서 금귀고리를 빼는 거요. 돈이 모자라니 장신구를 내놓은 거였지. 그 순간 내 뚜껑이 열렸소이다. 이 조르바는 여자가 귀고리라든가, 싸구려 장신구라든가, 향기 나는 비누라든가, 라벤더 기름 병 같은 걸 내주는 걸 차마 눈뜨고 볼 수가 없거든. 여자가 그런 걸 내주고 나면 그건 세상이 끝장나는 거야. 공작새 깃털을 홀라당 뽑는 것과 같은 거지. 내가 어찌 공작새의 깃털을 뽑을 수 있겠소? 그건 절대로 안 되지! '안 돼. 안 돼. 안 돼.' 나는 속으로 이렇게 말했소. '조르바 한테 목숨이 붙어 있는 한, 그런 일은 절대 일어나지 않을 거야.' 그래서 내가 지갑을 열어서 값을 치렀어. 그 무렵은 루블 화(貨)가 휴지 조각과 다름없던 시절이었어요. 그런데 노새 한 마리 사려면 100드라크마가 들었지만, 여자를 사려면 얼 드라크마면 됐지. 그래서 내가 돈을 지불한 거였소. 여자가 돌아서서 날 쳐다보더군. 그리고 내 손등에 키스를 하려고 손을 잡았지만 내가 손을 뺐지. 도대체 날 뭘로 보는 거야. — 무슨 노인네라도 되는 줄 아는 모양이지? 그 여자가 소리쳤어. '스파시바! 스파시바!'— '고맙습니다! 고맙습니다!'라는 뜻이오. — 그리고 단숨에 마차에 올라타더니 고삐를 잡고 채찍을 들어 올리는 거야. '조르바,' 그때 내가 생각했지, '정신 바짝 차려! 이 친구야, 까딱하다간 저 여자를 그냥 놓쳐 버리겠어.' 그래서 나도 한 걸음에 마차에 털썩 올라타 그 여자 옆에 앉았지. 여자는 아무 말도 하지 않고, 나를 돌아보지도 않더군. 그저 말을 채찍질했고, 그렇게 우리는 떠났소. 도중에 이 여자를 아내로 삼고 싶다는 생각이 들더군. 우리는 눈빛으로, 손으로, 무릎으로 대화를 나눴지. 따로 말이 필요 없었어. 우린 여자가 사는 마을에 도착했고, 그 여자의 이즈바* 앞에 마차를 세우고 내렸소. 여자가 문을 밀어 열었고, 우린 마당으로 들어섰지. 그곳에 장작을 내리고 생선과 빵을 방으로 가지고 들어갔어. 왜소한 노파 하나가 불이 다 꺼진 난로 앞에 앉아서 몸을 바들바들 떨고 있더군. 부대, 넝마, 양가죽을 뒤집어쓰고도 계속해서 몸을 떨었소. 분명히 말하지만, 손톱이 다 빠질 만큼 끔찍하게 추운 날이었거든. 난 몸을 숙여 난로에 장작을 쌓고 불을 지폈지. 조그마한 노파가 나를 계속 쳐다보며 미소를 짓더군. 딸이 노모에게 다가가서 뭐라고 하는데 통 알아들을 수가 있어야지. 난 불길에 부채질을 했고, 노파는 생기를 되찾았소. 그동안 여자는 식탁에 음식을 차렸어. 보드카도 조금 가져와서 함께 마셨지. 여자는 사모바르**에 잉걸불을 조금 넣어 차를 우렸고,

---

* 통나무로 지은 러시아 시골의 전통 가옥.
** 러시아와 그 주변 국가에서 차를 마시기 위해 물을 끓이는 기구.

우리는 앉아서 먹고, 노모에게도 먹을 걸 좀 줬어. 그다음에 여자
는 깨끗한 침대보를 가져다가 침대에 깔고, 성모상 앞에 있는 작
은 램프에 불을 붙이더니 성호를 긋더군. 그러고 나서 손짓으로
나를 불렀어. 우리 둘은 노모 앞에 무릎을 꿇고 앉아 노모의 손
에 입을 맞췄지. 노모는 앙상한 손을 우리 머리에 얹더니 뭐라고
중얼거리더군. 보아하니 우리를 축복하는 것 같았어. '스파시바!
스파시바!' 나는 그렇게 소리치고는 그 건장한 여자와 단숨에 침
대로 뛰어 올라갔지."

그러고 나서 조르바는 조용히 침묵을 지켰다. 그는 머리를
쳐들더니 저 멀리 바다를 지그시 바라다보았다.

"그 여자의 이름이 소핑카였소." 그는 짧게 말하고 나서는
다시 입을 굳게 다물었다.

"계속해 보세요." 내가 안달하며 재촉했다.

"'계속'이라는 건 없소! 보스 양반. '계속해 봐요.'니 '왜요.'
니 하다니 그 무슨 조병(躁病)이란 말이오! 도대체 그런 걸 얘기
하는 사람이 이 세상에 어디 있소? 여자란 맑은 샘물과 같소이
다. 남자는 몸을 숙여 물이 비친 자기 얼굴을 보고선 물을 마시
지. ──마시고 나면 뼈마디가 삐걱거려. 그런 다음 목마른 또 다
른 사람이 옵니다. 그도 자기 차례가 되면, 몸을 숙이고 거기에
비친 자기 얼굴을 보고 물을 마셔. 그다음에 또 다른 사람이 와
요. 샘물이라는 게 그런 거고, 여자라는 게 그런 거요."

"그러고 난 뒤에 떠난 건가요?"

"내가 뭘 더 했길 바라는 거요? 여자란 샘물이었다 하지 않

왔소. 난 그저 스쳐 지나가는 나그네였을 뿐이오. 그러니 또다시 길을 떠났지. 석 달 동안 그 여자랑 지냈소. 하느님께서 그 여자를 축복해 주시기를. 불만은 없었어. 하지만 석 달이 지나자 내가 광산을 찾으러 가는 길이었단 게 생각난 거요. '소펭카,' 내가 어느 날 아침 여자에게 말했지. '나한텐 할 일이 있소. 이제 그만 떠나야 하오.' '그렇게 해요.' 소펭카가 대답했지. '그럼 가세요. 저는 한 달 기다릴 거예요. 만약 그 안에 돌아오지 않으면, 나는 자유의 몸이 되는 거예요. 그건 당신도 마찬가지고요. 하느님의 가호가 당신과 함께하기를!' 그러고 나서 난 그곳을 떠났소."

"한 달 뒤에 돌아갔나요?"

"보스 양반, 이런 말 해서 미안하지만, 참 멍청도 하오." 조르바가 큰 소리로 말했다. "돌아가다니, 농담 좀 작작 하시오! 교회에서 파문당한 다른 계집들이 나를 가만히 놓아둔답디까? 한 달 뒤엔 쿠반*에서 누사를 만났소."

"계속해요! 계속해 봐요!"

"다음에 해 줄게요, 보스 양반. 이 불쌍한 것들을 뒤섞어 이야기해선 안 되거든. 자, 소펭카의 건강을 위하여 건배!"

조르바는 한입에 포도주를 털어 넣었다.

"좋소!" 그가 벽에 기대며 말했다. "누사 이야기도 해 주지. 오늘 밤에는 머릿속이 온통 러시아 생각뿐이군. 말 나온 김에 이야기보따리 한번 제대로 풀어 보겠소!"

---

* 러시아 남부에 위치한 지역으로 쿠반강 주위에 있다.

그는 콧수염을 문지르고는 활활 타오르는 잉걸불을 쑤셨다.

"지금 얘기하는 누사는 쿠반 지역에서 만났소. 여름철이었어. 수박과 캔털루프*가 산처럼 자라고 있었소. 허리를 굽혀 하나쯤 가져간다 해도 누구 하나 '어이, 거기서 뭐 하는 거요?' 하고 묻지 않았소. 반으로 툭 쪼개 얼굴을 파묻고 먹으면 되는 거요. 캅카스 근처 지역인지라 모든 게 풍요로웠소, 보스 양반. 모든 게 나사가 풀린 것처럼 느슨하고 흘러넘치도록 풍족했소이다. 그냥 골라서 가지면 됐거든. 짐작했겠지만, 캔털루프와 수박만이 아니었소. 생선과 버터, 그리고 여자까지도! 그 지역에 있으면서 수박을 봤다, 그러면 손에 넣으면 돼요. 여자를 봤다, 그러면 손에 넣으면 되는 거요. 빌어먹을 이곳 그리스에서처럼 다른 사람의 수박 잎 하나라도 건드리면 재판소로 끌려가고, 여자라도 만지면 오빠라는 작자가 고기 베는 칼을 들고 나와 당신을 저며 버리려 드는 판국과는 영 딴판이었지. 쩨쩨하기 짝이 없고, 돈만 밝히고, 네 거 내 거 가르기만 하지. 빌어먹을, 꺼져 버리라지, 이 염병에 걸린 개 같은 인간들! 고결한 성격을 보고 싶으면 러시아로 가시오! 자, 내가 바로 그 쿠반 지역에 있었는데 참외밭에서 그 여자를 처음 본 거요. 마음에 들었지. 보스 양반, 이 점은 알아 둬야 할 텐데, 슬라브 여자들은 비열하고 이기적이고 자기밖에 모르는 그리스 여자들하곤 차원이 달라요. 그리스 여자들은 섹스를 쩨쩨하게 작은 단위로 파는 데다 저울 눈금까지 속

───────────

* 멜론의 일종.

여 가며 조금이라도 덜 주려 별짓을 다 하거든. 하지만 러시아 여자들은 말이오, 보스 양반, 저울에 늘 더 많이 달아 줍디다. 섹스건, 잠이건, 식사건 뭐든 덤으로 듬뿍 주는 거요. 그 여자들은 짐승에 아주 가까웠고, 대지에 가깝게 붙어 살아가고 있소. 그래서인지 줘도 넘치게 주지. 잡동사니나 파는 그리스 여자들처럼 그렇게 인색하게 굴지 않아. '이름이 뭐예요?' 하고 내가 물었지. 다양한 러시아 여자들 덕택에 지금은 러시아 말도 조금 하게 됐지. '누사라고 해요. 당신은요?' '알렉시스요. 당신이 무척 마음에 들어요, 누사.' 여자는 마치 말을 사려고 유심히 살피는 사람처럼 나를 조심스럽게 살펴보더군요. '형편없진 않군요.' 그녀가 말하더군. '이가 하나도 빠지지 않았고, 콧수염도 풍성하고, 어깨도 널찍하고, 팔도 건장하네요. 나도 당신이 마음에 들어요.' 그밖에 달리 한 말은 없어. 더 말할 필요도 없었지. 눈 깜짝할 사이에 서로 마음이 통한 거요. 그래서 바로 그날 밤 제일 좋은 옷으로 차려입고 그 여자의 집에 찾아가기로 했소. '혹시 털옷 있어요?' 누사가 묻더군. '있어요, 그런데 이 더위에 털옷은 왜요?' '상관 말고 그걸 입고 와요. 좋은 인상을 줘야 하니까요.' 그래서 그날 저녁 나는 새신랑처럼 멋지게 차려입고 팔에는 털 코트를 두르고 갔지. 그리고 은 손잡이가 달린 지팡이도 들고 갔소. 아주 큼직한 시골집풍의 집이었어. 담장이 둘러진 마당이 있고, 소도 많고, 포도주 착즙기도 여러 개 있고, 마당에서는 가마솥들이 불 위에서 끓고 있더군. '저건 뭘 끓이는 건가요?' 내가 물었소. '수박 시럽을 끓이고 있어요.' '그럼 이건요?' '캔털루프 시럽

이죠.' '원 세상에, 여기서 대체 무슨 일이 벌어지고 있는 거람?'
나는 혼자서 자문해 봤소. '여기서 수박 시럽이, 저기서 캔털루
프 시럽이 끓고 있다는 게 상상이 되나? 그야말로 젖과 꿀이 흐
르는 '약속의 땅'*이지 뭐야! 가난 따위는 저리 비켜라! 네가 드
디어 해냈군, 조르바! 너한테 제일 잘 어울리는 곳에 도착한 거
야. ─ 이제 치즈가 가득 든 염소 가죽 주머니 속에 빠진 생쥐가
된 거야!' 나는 삐걱삐걱 소리가 나는 큼직한 나무 계단을 올라
갔소. 계단 끝에는 누사의 부모님이 초록색 반바지 차림에 두꺼
운 술이 달린 빨간 허리띠를 두르고 서 있더군. 마을의 유지였던
거요. 그들이 두 팔 벌려 환영합디다. 와락, 쪽쪽, 날름날름 ─ 나
를 안고 키스를 퍼붓더군. 순식간에 내 얼굴은 침으로 범벅이 됐
어. 그러고는 속사포처럼 말을 쏟아 내더군. 당연히 한마디도 알
아듣지 못했지. 하지만 그게 무슨 상관이겠소? 표정만 봐도 나를
싫어하지 않는 걸 금방 알아차릴 수 있었지. 안으로 들어갔소. 그
곳에서 내가 뭘 봤는 줄 아쇼? 식탁에는 돛이 세 개 달린 범선처
럼 상다리가 부러지도록 음식이 차려져 있더군. 남녀 할 것 없이
온 친척들이 모여 있고, 누사는 화장을 짙게 하고, 온갖 치장을
했는데, 가슴이 푹 파인 옷을 입고 가슴골을 훤히 드러낸 채 맨
앞쪽에 서 있더란 말이야. ─ 범선 앞의 선수상(船首像)과 같았
다고나 할까. 아름다움과 젊음으로 반짝반짝 빛이 났어요. 머리
에는 붉은 두건을 두르고 가슴엔 망치와 낫**이 수놓아져 있었지.

* 구약 성경에 기록된, 하느님이 이스라엘 백성에게 주겠다고 약속한 땅.
** 러시아 혁명 때 만든 공산주의의 상징. 낫은 농민을, 망치는 노동자를 상징한다.

162

'맙소사! 조르바, 이 불한당 같은 놈아,' 나는 속으로 이렇게 말했지. '저 고깃덩어리가 정녕 네 것이더냐? 저 몸뚱이가 바로 오늘 밤 네가 껴안을 몸뚱이더냐? 하느님께서 너를 낳은 아버지와 어머니를 용서하시기를!' 남녀 할 것 없이 모두들 고개를 그릇에 처박고 정신없이 먹고 마셨소. 돼지처럼 먹고, 들소처럼 마셨지. '그런데 신부(神父)님은 어디 계신가요? 우리 결혼을 축복해 줄 신부님 말입니다.' 내가 옆에 앉아 있던 누사의 아버지에게 물었지. 그 양반은 너무 많이 먹어서 몸에서 김이 다 납디다. '신부는 없소이다.' 그가 또다시 내 몸에 침을 분무기처럼 뿌려 대며 대답하더군. '신부는 없소. 종교는 인민의 아편이오.'* 이렇게 말하고 나선 으스대며 일어나 붉은 허리띠를 느슨하게 풀고, 손을 들어 좌중을 조용히 시켰소. 그리고 잔을 가득 채운 포도주 잔을 들고서 내 눈을 뚫어지게 쳐다보았소. 나에게 한바탕 연설을 늘어놓더군. 그가 무슨 말을 하는 걸까? 하느님과 그 노인네의 영혼만이 알고 있겠지. 난 그저 서 있는 게 지겨울 뿐이었소. 게다가 머리가 어지러워 자리에 다시 앉아서 내 오른편에 앉아 있던 누사의 무릎을 내 무릎으로 지그시 눌렀지. 그 노인네는 땀을 뻘뻘 흘리며 밑도 끝도 없이 말을 계속하더군. 결국 사람들이 그에게 몰려가 그를 포옹하며 말렸소. 그제야 멈추더군. 그다음 누사가 내게 이런 신호를 보냈어. '자, 이제 당신이 말할 차례예요. 어

붉은 별과 함께 소비에트 사회주의 공화국 연방의 국기에 사용되었다.
* 1843년에 카를 마르크스가 한 말로 유명하다. 블라디미르 레닌이 이 표현을 인용하면서 '인민의 아편'이라는 표현은 반종교의 대표적인 표어로 자리 잡았다.

서 말해요!' 그래서 자리에서 일어나 절반은 러시아어로, 절반은 그리스어로 연설을 했소. 내가 무슨 말을 했냐고? 빌어먹을, 그걸 내가 어떻게 알아. 마지막에 클레프트의 발라드*를 불쑥 읊었다는 것밖엔 기억이 나지 않소. 아무런 설명도 없이 냅다 소리를 질렀소.

클레프트들이 산으로 달려갔지,
말을 잔뜩 훔치려고.
하지만 적당한 말은 없었지,
그래서 차지한 건 오직 누사뿐!

보스 양반, 보다시피 내가 상황에 맞게 노래 가사를 조금 바꿨소이다.

그들이 가고 있어, 가고 있어, 가고 있어.
(엄마, 어서 와 봐요. 그들이 가고 있어요.)
아, 사랑스러운 귀염둥이 누사,
아, 사랑스러운 귀염둥이 누사,
바아아아이이이이!

'바아아아이이이이!' 하고 고함을 치면서 나는 동시에 누사

---

* 오토만이 그리스를 지배하던 시기에 산속에서 활약한 그리스 민족주의자들인 클레프트의 모험을 읊은 노래나 시.

를 덮쳐 키스를 퍼부었소. 바로 그거였소! 마치 내가 그 사람들이 기다리던 신호라도 보냈다는 듯이 ─ 그들이 원하는 게 바로 그거였던 거야. ─ 수염이 빨간 껑다리 몇 놈이 쏜살같이 달려가 불을 끄는 게 아니겠어. 여우 같은 여자들이 질겁한 척하면서 막 소리를 지르기 시작하더군. 하지만 얼마 지나지 않아 어둠 속에서 키득키득 웃는 소리가 들리고, 낄낄대고, 아주 지랄 발광을 떨더구먼. 그날 무슨 일이 있었는지는 오직 하느님만이 아실 거요, 보스 양반. 하지만 암만해도 하느님도 잘 모르고 계신 것 같아. 만약 아셨다면 분명 벼락을 내려 우리를 모조리 불태워 버리셨을 테니 말이오. 남자와 여자가 모조리 뒤섞여 바닥에서 나뒹군 거요. 난 계속 누사를 찾아 댔지만 이거야 원, 찾을 수가 있어야지! 그냥 엉뚱한 여자를 하나 잡아채 열심히 급한 불부터 껐지. 새벽이 되어서야 난 내 '아내'를 찾아서 그곳을 떠나려고 했소. 그런데 여전히 깜깜해 앞이 잘 보이지 않는 거야. 누군가의 발을 하나 붙잡고 당겼소. 누사가 아니더군. 또 다른 발을 잡았지. 또 아닌 거요. 또 다른 사람, 또 다른 사람, 이렇게 당겼지만 여전히 아닌 거요. 힘든 일이었지만 마침내 누사의 발을 찾아 잡아당겼소. 이 불쌍한 것은 두세 명의 미련한 뚱보들에게 깔려 완전히 빈대떡처럼 납작해졌더군. 난 누사를 깨웠소. '누사,' 내가 말했지. '자, 갑시다.' '털 코트 가져가는 거 있지 말아요.' 누사가 대답했소. '자, 어서 가요.' 그렇게 해서 우리는 그곳을 떠났소."

"이야기를 계속해 봐요." 조르바가 다시 입을 다무는 것을 보고 내가 재촉했다.

"또 계속하라고 그러네." 조르바가 짜증스럽게 대꾸했다.

그가 한숨을 내쉬었다. "나는 누사와 여섯 달을 살았소. 그 후에는 말이오, 세상에 겁나는 게 없었어. 그 어떤 것도 두렵지 않았지. 딱 한 가지는 겁이 나더군. 악마나 하느님이 내 머릿속에서 그 여섯 달의 기억을 지워 버리면 어쩌나 하는 두려움 말이오. 내 말 알아듣겠소? 알아들었다고 해 보시오."

조르바는 두 눈을 지그시 감았다. 감상에 젖어 있는 것 같았다. 그가 과거를 떠올리며 그렇게 완전히 빠져드는 모습을 본 것은 그때가 처음이었다.

"그 여자를 그렇게나 사랑했나요?" 잠시 뒤 내가 물었다.

그러자 조르바가 눈을 떴다.

"당신은 아직 젊어요, 보스 양반. 그러니 무엇을 이해하겠소? 나중에 당신도 머리카락이 좀 희끗희끗해지면 그때 가서 영원히 끝나지 않을 이 주제에 대해 이야기합시다."

"영원히 끝나지 않을 주제라고요?"

"여자 말이오! 도대체 몇 번이나 말해 줘야 알아먹겠소? 여자란 영원히 끝나지 않을 주제요. 오늘 고귀하신 보스 양반은, 그저 눈 깜짝할 사이에 암탉을 덮치고 나서 목을 쳐들고 똥 더미에 올라가 온갖 폼을 잡으며 꼬끼오꼬끼오 하고 울어 대는 수탉과 나름없소이나. 암탉을 세대로 보는 게 아니라, 임탉의 볏이나 보는 거요. 그러니 제기랄, 사랑에 대해 뭘 알겠소?"

조르바는 가소롭다는 듯 땅바닥에 침을 탁 뱉고 나서 나를 쳐다보기 싫은 듯 돌아앉았다.

"계속 얘기해 봐요, 조르바." 내가 또 졸랐다. "그래 누사는 어떻게 됐나요?"

조르바는 저 멀리 바다를 내다보며 다시 말을 이었다.

"어느 날 밤 집에 돌아와 보니 그녀가 안 보였소." 그가 대답했다. "떠나 버린 거요. 얼마 전에 기똥차게 멋진 군인 한 놈이 마을에 나타났거든. 그놈이랑 줄행랑친 거지. 사라져 버린 거야! 심장이 둘로 쪼개질 것 같더군. 하지만 이 고약한 심장은 빨리도 제자리로 돌아옵디다. 혹시 빨강, 노랑, 검정 천 조각을 덧대어 철사로 수천 곳 꿰맨 돛을 본 적 있소? 이 돛은 아무리 거센 폭풍이 불어와도 전혀 끄떡하지 않소. 내 심장이 그런 돛과 같소이다. 수천 번 구멍이 뚫리고 수천 번 꿰맸지만 바위처럼 끄떡없지."

"누사에게 화가 나지 않던가요, 조르바?"

"왜 화가 납니까? 사람들이 뭐라고 하든, 여자는 말이오, 보스 양반, 사람이 아닌 다른 존재요. 그런데 왜 화를 냅니까? 여자란 말로 설명할 수 있는 존재가 아니오. 모든 종교의 율법도, 세상의 법도 통하지 않아요. 여자를 그런 식으로 다루면 안 돼요. 정말 안 되지! 그건 너무 가혹하고 너무 불공정해요, 보스 양반. 나로 말하자면 말이오, 만약 내가 법을 만든다면 남자와 여자에게 각각 다른 법을 만들 거요. 남자에게는 열 가지, 백 가지, 아니 천 가지쯤 법을 만들 거요. ─ 누가 뭐래도 결국 남자니까. 남자들은 참을 수 있거든. 하지만 여자를 위해서는 단 한 가지 법도 만들지 않을 거요. 왜 그런고 하니 (도대체 몇 번이나 말해 줘야 알아듣겠소, 보스?) 여자란 말이오, 아주 연약한 존재야. 누사의 건강을 위해 건배합시다, 보스 양반! 그리고 세상 모든 여자의 건강을 위하여! 그리고 훌륭하신 하느님께서 우리 남자들을 좀 철들게 해 주시기를!"

조르바는 포도주를 마시고 손을 들더니 마치 손도끼를 내리찍듯이 빠르게 손을 내렸다.

"하느님께선 우리 남자들을 철들게 해 주시거나, 아니면 우리 거시기를 수술해 주셔야 할 겁니다. 그렇지 않으면 ── 내 말 좀 들어 보쇼, 보스 양반. ── 우린 파멸하고 말 거요!"

8

오늘은 천천히 그리고 은은하게 비가 내렸다. 대지와 하늘이 한없이 부드럽게 어우러졌다. 짙은 회색 돌에 얕게 돋을새김을 한 인디언의 조각 작품 하나가 떠올랐다. 남자가 한 팔로 여자를 감싼 채 아주 섬세하게, 그러면서도 참을성 있게 체념한 듯 사랑을 나누고 있었다. 세월이 조각품 속의 육체를 핥아 거의 먹어 치우다시피 했지만, 곤충 한 쌍의 교미 장면이 어렴풋이 보이는 것 같았다. 가느다란 빗줄기가 내리기 시작하며 그들의 날개를 흠뻑 적셨고, 대지가 여전히 서로의 팔에 꼭 뒤엉켜 맛있는 먹이 두 조각을 평화롭게 집어삼키고 있었다.

나는 오두막에 앉아 세상이 온통 안개로 뒤덮이고, 바다가 잿빛이 도는 초록색으로 반짝이는 모습을 바라보았다. 해변의 이쪽 끝에서 저쪽 끝까지 사람 하나, 고기잡이배 한 척, 새 한 마리 볼 수 없었다. 오로지 흙냄새만이 열려 있는 작은 창문을 통해 풍겨 오고 있었다.

나는 일어서서 구걸하는 거지처럼 빗속으로 한 손을 내밀었다. 갑자기 왈칵 울음이 터질 것 같았다. 축축한 대지에서 슬픔이 내 존재의 심연 속으로 들어왔다. 그것은 나를 위한, 나 자신을 위한 슬픔이 아니라 좀 더 깊고 좀 더 어두운 그 어떤 슬픔이었다. 차라리 공포 같은 감정이었다고나 할까. ── 짐승이 태평스럽게 풀을 뜯어 먹다가 갑자기 눈에는 아무것도 보이지 않는데 도망칠 구석 없이 완전히 봉쇄되어 있음을 직감할 때 느끼는 그런 공포 말이다.

울고 나면 속이 후련해질 것 같아 울음을 터뜨려 보려고 했지만 부끄러움 때문에 차마 그러지 못했다.

구름이 자꾸만 나지막하게 내리깔렸다. 창밖을 내다보니 구름이 갈탄 광산 언덕을 뒤덮고 있었다. 비스듬히 누워 있는 여인의 얼굴이 구름에 잠겼다.

가랑비가 내리는, 온통 슬픔으로 가득 찬 이 시간은 마치 우리의 영혼이, 나비 한 마리가 비에 흠뻑 젖어 땅속으로 가라앉아 들어가는 것처럼 그야말로 관능적이었다. 빗물처럼 간직해 온 온갖 쓰디쓴 기억들이 마음속을 가득 채우고 있었다. 친구들과의 이별, 이제는 지워져 버린 여인들의 미소, 날개를 잃은 희망들이. 그런 희망들은 마치 다시 유충이 되어 심상의 중심으로 기어들어가 그것을 게걸스럽게 집어삼키는 날개 없는 나비와도 같아 보였다.

머나먼 타향 땅 캅카스로 떠난 친구가 비와 흠뻑 젖은 대지로부터 떠올라 내 마음속으로 다시 한번 천천히 들어온다. 나는 펜을 잡고 종이 위에 얼굴을 숙여, 비로 만들어진 고기 그물을 찢고 내 슬픔을 쫓아내려고 그 친구에게 말을 걸기 시작한다.

사랑하는 친구여, 나는 지금 황량한 크레타섬 해변에서 자네에게 편지를 쓰고 있다네. 이곳에서 나는 내 운명과 두 가지 점에서 의견의 일치를 보았네. (1) 몇 달 동안 자본주의 사업가인 척, 갈탄 광산의 매니저인 척하는 게임을 하며 살기로 했네. (2) 그리고 만약 그 게임에 성공하면 나는 게임에 심취했던 게 아니라, 내 삶을 변화시키는 확고한 결정을 내린 것뿐이라고 말할 걸세.

기억하겠지만, 자네는 떠나면서 나를 책벌레라고 불렀네. 어쨌든 나는 내 입장을 고집스럽게 지켜 왔지만, 이제는 종이와 먹물을 잠시 동안(어쩌면 영원히?) 내던지고 구체적인 삶의 여울 속으로 뛰어들기로 결심했네. 그래서 나는 갈탄이 매장된 작은 산을 하나 빌렸고, 노동자들과 곡괭이, 삽, 아세틸렌 램프, 바구니, 손수레를 구했으며, 갱도를 열고 벌레처럼 꿈틀거리며 직접 들어가기도 하네. 이 모든 게 자네를 괴롭히기 위한 것이야. 자네가 말한 책벌레는 흙을 파서 땅굴을 만들며 마침내 두더지가 되었다네.

자네가 나의 이런 변화를 인정해 주었으면 하네. 자네는 가끔 나를 내 학생이라고 말하며 비웃곤 했지. 나는 진정한 스승의 득실(得失)을 잘 알고 있는 터라 지금 그 덕을 톡톡히 보고 있다네. ─ 즉, 학생들한테서 뭣이든 배우려는 시도, 젊은이들이 선택한 방향을 감지해서 영혼의 뱃머리를 같은 방향으로 돌리는 것 말일세. 내가 크레타섬에 온 것도 그 때문일세. 내 학생의 가르침을 따라서 말이지.

이곳에서 내가 누리는 기쁨은 참으로 크다네. 모든 게 극히 단순하고 영원불변의 요소들로 이루어져 있기 때문이지. 문밖의 세상, 바다, 통보리 빵. 그리고 저녁이 되어 놀라운 뱃사람 신드바드가 내 앞에 가부좌를 틀고 앉아 입을 열어 말을 시작하면 세상이 넓어진다네. 가끔 말로 자신을 표현하기 어려울 때면 그 사람은 공중으로 튀어 올라 춤을 추지. 또 가끔 춤으로도 감정을 모두 추스르지 못하면 무릎에 산투리를 얹고 연주를 시작한다네. 어느 때는 그 곡조가 거칠어 숨이 콱 막힐 것 같아. 갑자기 우리 삶이 인간의 위치에 걸맞지 않게 김이 빠지고 초라하다는 것을 깨닫기 때문일세. 어느 때는 그 곡조가 너무나 구슬퍼서 삶이라는 게 손가락 사이로 빠르게 빠져나가는 모래처럼 덧없게 느껴지고, 구원도 존재하지 않는 것처럼 생각된다네. 내 영혼은 마치 베틀 북처럼 한쪽 끝에서 다른 쪽 끝으로 재빠르게 움직이지. 바로 지금도 나는 크레타섬에서 보낼 이 몇 달의 시간이라는 직물을 짜고 있다네. 하느님께서 나를 용서해 주시길! 하지만 나는 더없이 행복하다네.

일찍이 공자가 말하기를, "많은 사람들은 인간보다 높은 곳에서 행복을 찾으려 한다. 다른 사람들은 그보다 낮은 곳에서 행복을 찾으려 한다. 하지만 행복은 오로지 인간과 같은 높이에 있다."라고 했지. 징밀 그렇다네. 결국 사람마다 키가 다르듯 행복의 높이도 제각각이라네. 나의 사랑스러운 학생이자 선생이여, 지금 나의 행복도 그렇다네. 나는 지금 내 키를 정확히 알아내려고 재 보고 불안한 마음에서 또다시 재 보고 하지. ─자네도 잘 알겠지만, 사람의 키란

항상 같은 게 아니니까 말일세. 정말 얼마나 쉽게 변하는지 모르네! 인간의 영혼은 기후에 따라, 침묵에 따라, 고독 대(對) 친구에 따라 계속 변하거든. 여기 고독한 곳에서 사람들을 바라보자니, 자네와 달리 내 눈엔 그들이 개미 떼로 보이지 않네. 오히려 그와는 정반대라네. 탄산가스와 우주가 생성될 때 나온 찌꺼기들로 가득 찬 대기 속에 — 말하자면 도저히 설명할 수 없는 무의미하고 비참한 정글 속에 — 살고 있는 거대한 짐승, 공룡, 익룡 같은 존재로 생각되지. 자네가 그토록 존경해 마지않는 '조국'과 '민족' 같은 개념, 그리고 내가 그토록 심취해 있는 '초국가'와 '인류' 같은 개념은 우주의 찌꺼기라는 이 전지전능한 대기에서 동일한 가치를 지닌다네. 우리는 다양한 음절을 발음하기 위해 시계처럼 태엽이 감겨 있다는 사실을 잘 알고 있지. 때로는 가끔 우리가 헤어지기 직전에 그러듯 음절도 아닌 '아!' 또는 '오!' 같은 외마디 탄성을 내뱉기도 하거든. 아무리 기발한 발상이라도 그 배를 갈라 보면 그 또한 겨가 가득 들어 있고, 교묘하게 집어넣은 그런 겨 속에는 주석으로 만든 용수철이 들어 있는 인형에 불과하다*는 사실을 깨닫게 되지.

자네도 잘 알겠지만, 극도로 잔인한 이런 생각들은 나에게 어떠한 충격을 주기는커녕 오히려 내면의 불을 지피는 데 필요한 불쏘시개에 지나지 않네. 나의 스승인 붓다가 주장하듯이 "내가 두 눈으로 보았기" 때문일세. 두 눈으로 보았기 때문에, 그렇게 호탕하고 상상력이 풍부한 눈에 보이지 않는 연극 감독을 눈을 감고도 이해하

---

* "우리는 텅 빈 사람들 / 우리는 박제된 인간들 / 함께 기대고 있으며 / 머릿속은 짚으로 꽉 차 있네."(T. S. 엘리엇의 「텅 빈 인간」)

는 단계에 도달하여 드디어 이 지상에서 내 역할을 수행할 수 있게 되었다네. 완벽하게 ─ 말하자면 일관성을 가지고 용기를 잃지 않은 채 말이지. ─ 이 역할은 나에게 태엽을 감아 준 그 유일한 존재께서 주신 것이 아니라, 내 자유 의지의 결과, 나 스스로 태엽을 감았기 때문에 맡게 된 것이지. 왜냐고? 그 이유는 "내가 두 눈으로 똑똑히 보았기 때문일세." 그리고 내 주님이신 카라괴즈가 조종하는 이 세계라는 무대에서 공동 연기를 해 왔기 때문이지.*

결과적으로 나는 이 드넓은 세계라는 무대로 내 시야를 넓히면서 자네 또한 먼 그곳, 캅카스라는 전설적인 장소에서 위험에 놓인 수천만 동포들을 구하려고 연기하는 모습을 보고 있다네. 자네는 어두운 세력 ─ 자네가 반대하고 또 자네 자신이 반대에 부딪힐 세력, 말하자면 배고픔, 추위, 질병, 죽음 같은 것 말이네. ─ 의 힘 때문에 큰 시련으로 고통받는 가짜 프로메테우스라네. 하지만 자네는 자존심이 강하니 이 어둠의 세력이 매우 많고 막강하다는 사실을 기뻐할 거라고 믿네. 그래야만 자네 목표가 더욱더 영웅적이 될 테니까. 또 이 일이 성공할 가능성이 거의 없다는 사실을 고려할 때 자네 영혼이 벌이는 캠페인은 더욱더 비극적 장엄미를 띠게 될 테니까.

분명히 자네는 그런 삶이 행복하다고 여길 테지. 자네가 그렇게 생각하니 정말로 그럴 테지. 자네 또한 행복을 자네 키에 맞게 재단한 거야. 지금 당장은 자네 키가 내 키보다 크다네. 하느님께 영광

---

* "온 세상이 무대, 모든 남자 여자는 배우일 뿐이고."(윌리엄 셰익스피어,『좋으실 대로』2막 7장)

을! 훌륭한 선생이라도 이보다 더한 보상을 바랄 순 없을 걸세. 청출어람, 즉 학생을 자신보다 훌륭한 사람으로 키워 내는 것 말일세.

나로 말하자면, 종종 망각하고, 조소하고, 길을 잃기도 한다네. 내 믿음이라는 게 불신의 모자이크 같다고나 할까. 어쩌다 가끔 찰나의 순간을 얻었다가도 또 삶 전체를 잃어버리는 듯한 느낌이 드네. 하지만 자네는 방향키를 흔들림 없이 꼭 붙잡고 있지. 가장 달콤한 치명적인 순간에도 자네는 뱃머리의 진행 방향을 절대 놓치는 법이 없지.

우리가 그리스로 돌아오던 길에 이탈리아를 거쳐 여행하던 때를 기억하는가? 우리는 당시 위험에 처해 있던 폰토스*를 생각하며 결론에 도달했고, 그 결론을 수행하기 위해 가는 길이었지. 기차를 타고 가던 우리는 작은 도시에서 잠시 내렸어. 다음 기차가 도착하기까지 겨우 한 시간밖에 여유가 없었으니 시간이 별로 많지 않았지. 우리는 역 근처 잎이 무성하고 녹음이 짙은 공원에 들어갔어. 그곳에는 활엽수들과 바나나 나무, 진한 금속 빛깔을 띤 갈대숲, 그리고 꿀을 먹으며 행복에 겨워 떨고 있는 꽃나무 가지에 모여든 벌 떼도 있었지. 우리는 말없이 길을 걸었고, 마치 꿈을 꾸듯 그곳에 빠져 있었어. 그리고 아, 볼지어다! 바로 그때 꽃길 모퉁이에서 아가씨 둘이 산책하며 책을 읽고 있었잖나. 그 아가씨들이 예뻤는지 평범했는지는 기억이 잘 나지 않는군. 다만 내가 지금 기억하는 건, 한 아가씨는 금발이었고, 다른 아가씨는 갈색 머리였다는 사실뿐. 그리고 두

---

* 흑해 연안 아나톨리아 지방 북동부에 있던 옛 왕국의 이름. 오늘날에는 터키 영토지만 알렉산드로스 대왕이 점령했던 왕국이었다.

아가씨 모두 봄철 블라우스를 입고 있었다는 사실뿐이야. 우리는 꿈속에서처럼 대범하게 그 아가씨들에게 다가갔고, 자네가 웃으며 말을 걸었어. "무슨 책을 읽고 있든 그 책에 대해 이야기를 같이 나눌 수 있다면 영광이겠습니다." 아가씨들은 고리키*를 읽고 있었지. 우리는 시간이 얼마 없어 그야말로 쏜살같이 말을 쏟아 냈어. 인생과 가난과 영혼의 저항과 사랑에 대해 이야기를 나누었지. 나는 그때 맛보았던 희열과 고통을 절대 잊지 못할 걸세. 우리와 그 낯선 두 아가씨는 마치 우리가 그녀들의 영혼과 육신을 책임져야 하는 관계, 오래된 벗 또는 지난날의 연인들 같았어. 그러나 몇 분 뒤면 영원히 이별을 해야 했기에 우리는 몹시 서둘렀지. 우리는 격정적으로 뭐라도 약탈하려고 애썼지만 모든 게 곧 끝난다는 생각이 대기를 뒤흔들었어. 기차가 도착해 우리를 거칠게 흔들어 잠에서 깨우듯 기적을 울렸어. 우리는 서로 악수를 했지. 절박하게 꽉 붙잡은 손을, 그 열 손가락을, 떨어지기 싫어하던 그 불쌍한 것들을 어떻게 잊을 수 있겠나. 한 아가씨는 얼굴이 백지장처럼 창백했고, 다른 아가씨는 웃으며 몸을 파르르 떨었지.

그때 내가 자네에게 했던 말이 기억나는군. "그리스와 의무라는 게 무슨 의미가 있는가? 진리가 바로 이곳에 있는데!" 그러자 자네가 이렇게 대꾸했지. "그리스와 의무는 아무것도 아니지. 하지만 그 아무것도 아닌 것을 위해 기꺼이 목숨을 바치세."

지금 나는 도대체 왜 이런 걸 모두 적고 있을까? 우리가 함께 경

★ 막심 고리키(1868~1936). 러시아의 작가. 러시아 혁명 이후 사회주의 리얼리즘 문학을 창시한 사람으로 소련 문학 발전에 큰 영향을 주었다.

험한 것을 어느 것 하나 잊어버리지 않았다는 걸 자네에게 확인시켜 주기 위해서야. 그리고 좋은 습관이든 나쁜 습관이든 우리가 암묵적으로 동의했던 그 제약 때문에, 함께 있을 때는 말하지 못했던 것을 마침내 이 편지를 통해 털어놓기 위해서지. 지금 자네가 내 앞에 없고, 그래서 내 표정을 쳐다볼 수 없으니, 또 내가 물렁해 보이거나 한심해 보일 위험이 없으니 나는 자네를 몹시 사랑한다고 말하고 싶네.

편지를 마무리하고 친구와의 대화를 끝내자 가슴이 후련해졌다. 나는 조르바를 불렀다. 그는 비를 피해 바위 밑에 쪼그리고 앉아 모형 케이블 탑의 다양한 경사를 시험해 보고 있었다.

"갑시다, 조르바." 내가 큰 소리로 말했다. "어서 일어나요. 마을로 걸어가요."

"기분이 좋아 보이는군, 보스 양반. 비가 내리고 있어요. 혼자서 가지그래요?"

"네, 맞아요, 지금 날아갈 것 같은 기분이에요. 그래서 이 기분을 망치고 싶지 않습니다. 아저씨와 함께라면 절대 그럴 일이 없어요. 그러니 같이 가요."

그러자 조르바가 웃었다.

"내가 필요하다니 기분이 좋군. 자, 그럼 갑시다!"

조르바는 누군가한테서 받은, 끝이 뾰족한 모자가 달린 크레타 식 양털 망토를 걸쳤다. 우리는 진흙을 튀기며 투벅투벅 걸음을 옮겼다.

비는 계속 내렸다. 산꼭대기는 비구름에 가려져 있었다. 바람 한 점 불지 않았다. 돌멩이들이 빗물에 반짝거렸다. 나지막한 갈탄 광산도 안개로 뒤덮여 있었다. 광산 언덕의 여자 얼굴이 빗속에 의식을 잃고 슬픔에 잠겨 있는 것 같았다.

"비가 내리면 인간의 마음이 영향을 받죠." 조르바가 선언하듯 내뱉었다. "그러나 날씨가 나쁘다고 야단법석을 떨 건 없소." 그는 울타리 밑으로 허리를 굽혀 갓 피어난 야생 수선화를 꺾었고, 마치 수선화를 처음 바라보는 사람처럼 오랫동안 골똘히 쳐다보았다. 조르바는 두 눈을 감고 냄새를 맡고 한숨을 내쉬며 나에게 그 꽃을 건넸다. "보스 양반, 돌멩이들과 꽃과 비가 하는 말을 알아들을 수 있다면 얼마나 좋을까요!" 그가 다시 말을 이었다. "그것들이 우리를 부르고, 또 부르고 있는지도 몰라요. 다만 우리가 그 말을 듣지 못할 뿐이죠. ── 마치 우리가 불러도 그 녀석들이 듣지 못하는 것처럼 말이오. 도대체 언제쯤이면 인간의 귀가 활짝 열릴까요, 보스 양반? 도대체 언제쯤이면 우리가 눈을 떠서 사물을 보고, 또 언제쯤이면 두 팔을 벌려 우리 모두가 ── 돌멩이, 꽃, 비, 사람들 말이오. ── 서로를 안을 수 있을까요? 내 말에 뭐라 대꾸하겠소, 보스 양반? 당신이 읽은 논문 같은 거에는 뭐라고 쓰여 있습디까?"

"모두들 지옥에나 떨어지려!" 나는 조르비가 즐겨 쓰는 표현을 사용하여 대답했다. "모두들 지옥에나 떨어져라. 그렇게 쓰여 있어요. 그게 전부입니다."

조르바가 내 팔을 꽉 잡았다. "보스 양반, 내가 생각하는 걸 하나 말해 줄 테니 화내진 마슈. 보스 양반, 책들을 무더기로 쌓아 놓고 확 싸질러 버려요. 그러면 혹시 압니까, 보스 양반은 바보 멍텅구리가 아니고 바탕이 선량한 사람이니, 어쩌면 뭔가 해낼지."

'옳아요! 옳아!' 나는 속으로 소리를 질렀다. '지당한 말씀이지만, 그렇게는 할 수 없어요.'

조르바는 생각에 잠겨 잠시 머뭇거렸다. 그러고 나서 그는 "내가 말이오, 하나 알고 있는 게 있소이다." 하고 말했다.

"그게 뭡니까? 어디 말해 보세요. 조르바!"

"혹시 압니까? 내가 뭔가를 알고 있는 것 같기는 한데, 하지만 만약 그걸 내뱉으면 다 망쳐 버릴 것만 같소. 언젠가 기분이 내키면, 보스 양반을 위해 춤을 추어 보여 주겠소."

빗줄기가 굵어지기 시작했다. 우리는 마을로 들어섰다. 아가씨들이 초원에서 양들을 몰아오고 있었다. 농부들은 밭을 반만 갈아 놓은 채 소의 멍에를 벗겼다. 아낙네들은 골목길에서 놀던 아이들을 불러들였다. 예상치 않게 쏟아지는 폭우 때문에 마을 전체가 유쾌하게 소란스러웠다. 여자들은 눈웃음을 치며 소리를 질렀고, 남자들의 쐐기 모양 턱수염과 꼬불거리는 콧수염에 굵직한 빗방울이 대롱대롱 맺혔다. 대지와 돌멩이와 잔디가 톡 쏘듯 짜릿했다.

우리는 비에 흠뻑 젖은 몸으로 '모데스티 카페 겸 정육점'

에 들어갔다. 세 사람씩 짝을 지어 앉아 프레페랑스*를 하고 있었다. 또 어떤 사람들은 서로 다른 산꼭대기에 서서 고함 지르듯 우렁찬 목소리로 대화를 나누고 있었다. 마을 유지들은 카페 뒤쪽 판자로 만든 중층의 작은 탁자 앞에 마치 옥좌에 앉은 듯 근엄하게 앉아 있었다. 소매통이 넓은 하얀색 셔츠를 입은 아나그노스티스 영감도 있었고, 말없이 근엄하게 앉아 물 담배를 피우면서 바닥을 뚫어지게 바라보는 마브란도니스 영감도 눈에 띄었다. 또 호리호리한 중년의 교사는 굵은 지팡이에 기대어 서서 얼굴에 거들먹거리는 미소를 띤 채 이제 막 이라클리오에 갔다가 돌아온 몸집이 거대한 털북숭이가 대도시의 경이로움에 대해 하는 이야기를 귀 기울여 듣고 있었다. 카페 주인은 계산대에 기대서서 아직 타고 있는 불 위에 올려놓은 온갖 브리키 토기들에 시선을 고정한 채 이야기를 들으며 웃고 있었다. 카페에 들어서자마자 아나그노스티스 영감이 정중하게 자리에서 일어나 우리를 반갑게 맞이했다.

"어서들 오시오, 친구들." 그가 말했다. "지금 스파키아노니콜리스가 이라클리오에서 보고 들은 걸 전부 이야기해 주고 있소이다. 아주 재미있는 사람이라오. 자, 어서 와서 들어 보오."

아나그노스티스 영감이 카페 주인을 돌아보며 말했다.

"라키주 두 잔 갖다 주게, 마놀라가스." 그가 말했다.

우리는 의자에 앉았다. 낯선 사람들을 보자 이 신출내기 시

---

* 러시아를 비롯한 동유럽에서 하는 카드 게임.

골 양치기는 수줍음에 그만 입을 다물어 버렸다.

"극장에도 갔다고 했지, 니콜리스 대위?" 학교 교사가 양치기의 입을 다시 열기 위해 물었다. "그래, 그곳은 어떻던가?"

양치기는 용기를 내기 위해 큼직한 손을 뻗어 포도주 잔을 집어 들더니 한입에 들이켰다.

"물론입죠. 왜 가지 않았겠어요?" 그가 소리쳤다. "정말로 갔습죠. 그곳에서 '코토폴리'라는 병아리 얘기를 들었어요. 가는 곳마다 '코토폴리'라는 병아리 얘기를 하더군요. 그래서 어느 날 밤나는 성호를 긋고 이렇게 다짐했죠. '기필코 나도 가 봐야겠어. 가고 말 거야. 가서 나도 그 여자를 보고 싶어. 도대체 왜 사람들이 그 여자를 병아리라고 부르는지 알아봐야겠어!'"

"그래서 거기서 뭘 봤나, 니콜리스?" 아나그노스티스 영감이 물었다. "대관절 뭘 봤어?"

"뭔들 보지 못했겠습니까? 정말 물건이었어요! 하느님과 내영혼을 걸고 말씀드리겠는데, 정말 물건이었다고요! 이런 수치가 어디 있겠어요. 지불한 돈이 아까워서 원. 아주 큼직한 커피집이었는데 타작마당처럼 둥근 바닥에, 의자와 촛대와 사람들이 가득했죠. 나는 그만 어안이 벙벙하고 눈이 부셔서 앞을 똑바로 바라볼 수가 없었어요. '이런 빌어먹을!' 이렇게 말했죠. '이곳에서는 도무지 정신을 차릴 수가 없군그래. 아무래도 나가야겠어!' 바로 그때 짐짝 같은 여자가 내 손을 잡아끌더군요. '어디로 가는 거요?' 하고 묻는데도 여자는 막무가내로 나를 끌고 가더니돌아서서 말하기를, '앉아요!' 하는 겁니다. 그래서 앉았습죠. 내 앞에도, 내 뒤에도, 내 좌우에도 사람들이 꽉 들어차 있는 거예요. 원 세상에, 숨이 막혀 죽을 것 같더군요. 나는 중얼거렸어요. '숨이 막혀. 이 안에는 공기가 부족해!' 그래서 내 옆에 앉아 있는 남자를 향해 물었어요. '이봐요, 친구. 프리이이마도넬라*가 어디서 나타납니까?' '저 안에서 나오죠.' 그가 말하고선 커튼을 가리키더군요. 그래서 모두가 하는 것처럼 나도 커튼에 시선을 고정했죠. 그리고 진짜였어요. 종이 울리고 커튼이 열리더니 사람들이 병아리라고 부르는 게 나타났어요. 원 세상에, 그건 병아리가 아니고 여자였습죠. ─ 있을 건 다 있는 여자요. 여자가 꼬리를 흔들었어요. 위로 아래로. 또다시 위로 아래로. 그러고 나자 모두들 그걸 보는 데 싫증이 나서 박수를 쳤고, 여자는 안으로 쏙 들어가 버렸어요."

그러자 마을 사람들이 하하하 웃었다. 화가 나고 민망해진 스파키아노니콜리스는 문 쪽을 향해 돌아앉았다.

"비가 쏟아지네요." 그가 화제를 돌리려고 입을 열었다.

나머지 사람들도 문 쪽으로 고개를 돌렸다. 정확히 바로 그때 ─ 아마 악마의 수작이었으리라. ─ 검은 치마를 무릎까지 들어 올린 여자가 머리카락을 어깨에 마구 늘어뜨린 채 빗속을 뛰어 지나갔다. 통통하게 살이 찐 여자는 엉덩이를 살랑살랑 흔들었다. 비에 젖은 옷이 몸에 착 달라붙어 갓 잡아 올린 물고기처럼 싱그럽고도 도발적인 몸매를 훤히 드러냈다.

---

* 오페라의 주역 여가수를 뜻하는 '프리마돈나(Prima donna)'를 잘못 발음한 것.

나는 그만 깜짝 놀랐다. 저 야생 동물은 도대체 뭐란 말인가? 마치 사람을 잡아먹는 암호랑이 같았다.

여자는 잠깐 고개를 돌려 칼처럼 날카로운 시선을 카페에 던졌다. 발그레한 얼굴에선 빛이 났고, 두 눈은 영롱하게 반짝거리며 빠르게 움직였다.

"성모 마리아님!" 아직 볼에 솜털이 보송보송한 창가의 청년이 속삭이듯 말했다.

"망할 년, 지옥에나 떨어져라!" 마을의 경찰인 마놀라카스가 으르렁거렸다. "사내 가랑이 사이에 불을 질러 놓고는 꺼 주는 법이 없다니까!"

창가에 앉은 젊은이가 노래를 부르기 시작했다. 처음에는 부드럽고 머뭇대듯 부르더니 점차 목소리가 거칠어지며 결국 꺽꺽 소리를 질렀다.

과부의 베개에서는 마르멜로처럼 향기로운 냄새가 난다네,
나도 그 냄새를 맡았지. 그 뒤로 가눌 수 없는 이 내 마음.

"닥쳐!" 마브란도니스 영감이 물 담배 파이프를 추켜올리며 버럭 소리를 질렀다.

그러자 젊은이는 움찔했다. 머리카락이 긴 노인 하나가 마놀라카스에게 몸을 구부리며 말했다.

"자네 삼촌 또 열 받았군그래." 그가 부드럽게 말했다. "저 여자가 자네 삼촌 손에 잡히는 날엔 갈기갈기 찢기고 말 거야. 불쌍

한 것! 하느님이시여, 저 여자에게 장수의 복을 내리소서!"

"어, 안드롤리오스 아저씨." 마놀라카스가 말했다. "아저씨도 과부의 치맛자락에 걸려든 게 틀림없어요. 성당에서 양초를 켜는 분께서 그러다니 창피한 줄 아셔야죠."

"내가 뭐라 했다고. 하느님께 저 여자를 돌보아 달라고 빌지 않았는가! 요즈음 마을에 아이들이 태어나는 걸 본 적 있는가? 인간의 자식들이 아니라 꼭 천사들 같지 뭐야. 왜 그런지 알아? 다 저 과부 덕분일세! 마을 사내들이 하나같이 저 여자를 정부(情婦)로 삼고 있는 거지. 등불을 끄고 나면 사내놈들은 마누라가 아니라 저 과부를 품에 안고 있다고 믿고 있는 거야. 그 덕에 그렇게 쓸 만한 아기들이 태어나는 거고, 알겠어?"

안드롤리오스 노인이 잠시 망설였다. 그러더니 "과부를 휘감는 허벅지마다 복이 있을지어다!" 하고 속삭였다. "어, 친구, 내가 마브란도니스 아들, 스무 살 나이의 파블리스만 같았어도 좋겠구먼!"

"이제 곧 해가 뜰 것 같군요!" 누군가 웃으며 말했다.

사람들이 일제히 문 쪽을 바라보았다. 여전히 비가 억수같이 쏟아지고 있었다. 빗방울은 돌바닥 길 위에 떨어지며 탁탁 튀는 소리를 냈고, 번개가 자주 하늘을 가르고 지나갔다. 과부가 지나긴 뒤로 줄곧 혼란에 빠져 있던 조르바가 나를 돌아보며 고갯짓했다.

"비가 그쳤어요, 보스 양반. 이제 그만 갑시다."

문 앞에는 맨발에다 더벅머리를 하고 큼직한 눈망울을 부산하게 굴리는 젊은이 하나가 서 있었다. 단식과 기도로 눈이 엄청나게 부어오른 성화(聖畫) 속의 세례자 요한과 꼭 닮아 보였다.

"어서 오게, 미미토스!" 몇 사람이 웃으며 소리쳤다.

마을마다 바보 하나씩은 있는 법이다. 만약 없으면 시간을 보내기 위해 하나씩 만들어 내기도 한다. 미미토스는 바로 그런 존재였다.

"동네 어르신들!" 미미토스가 여자 목소리로 더듬거리며 소리쳤다. "동네 어르신들, 소르멜리나 과부댁이 암양을 잃어버렸대요. 그 양을 찾아주는 사람한테는 포도주 한 통을 보상으로 준대요."

"썩 꺼져, 이 도깨비 같은 녀석아!" 이번에도 마브란도니스 영감이 소리를 질렀다. "여기서 나가라고!"

미미토스가 질겁하여 몸을 공처럼 둥글게 말고 문 옆 구석에 처박혔다.

"미미토스, 자리에 앉아서 라키주나 한 잔 마셔. 감기에 걸리지 않게 말이야." 아나그노스티스 영감이 미미토스를 안쓰럽게 여기며 말했다. "이런 멍청한 놈이 없었더라면 우리 마을이 얼마나 지루했을까?"

뺨에 허연 솜털이 덮인, 옅은 푸른색 눈동자의 젊은 남자가 거친 숨을 몰아쉬며 문 앞에 나타났다. 이마에 덕지덕지 붙어 있는 젖은 머리에서 물방울이 뚝뚝 떨어지고 있었다.

"어서 와! 파블리스!" 마놀라카스가 소리쳤다. "어서 와, 사촌! 와서 여기 친구들과 함께 어울리게!"

마브란도니스 영감은 고개를 돌려 자기 아들을 보고는 얼굴을 찌푸렸다. '저 녀석이 정녕 내 아들놈이란 말인가?' 그는 이렇게 생각하는 것이 틀림없었다. '저렇게 대가 약한 녀석이? 도대체 누굴 닮아 저 모양이람? 목덜미를 잡아 문어처럼 돌에 내동댕이치고 싶군.'

조르바는 마치 뜨거운 불 위에 앉아 있는 것처럼 보였다. 과부가 그의 마음에 불을 지폈던 것이다. 그는 더 이상 네 벽에 갇혀 있을 수 없었다.

"자, 갑시다, 보스. 제발 가자고요." 조르바가 계속해서 같은 말을 반복했다. "여기에 계속 앉아 있으려니 정말 미쳐 버릴 것 같아서 그래요."

조르바의 눈에는 하늘에 이미 구름이 걷히고 해가 나온 걸로 보이는 모양이었다.

조르바가 카페 주인을 보고 물었다.

"저 과부 말이오, 누굽니까?" 별로 관심 없는 척하는 말투였다.

"암말 같은 여자죠." 콘도마놀리오스가 대답했다.

그는 조용히 하라는 듯 입술에 손가락을 갖다 대며 다시 바닥에 시선을 고정하고 있는 마브란도니스 영감을 눈짓으로 가리켰다.

"암밀이에요." 그가 되풀이해서 말했다. "죄를 짓지 않으려면 그 여자에 대해서는 입도 뻥긋하지 않는 게 좋을 거요."

마브란도니스 영감이 자리에서 일어서더니 물 담뱃대 목에 파이프를 감았다.

"그럼 실례하겠소." 그가 말했다. "이만 집에 가려 하오. 이리 와, 파블리스. 따라오너라!"

영감은 아들을 데리고 먼저 밖으로 나갔고, 두 사람은 빗속으로 사라졌다. 그다음 마놀라카스가 일어서서 그들을 뒤따라 나갔다.

콘도마놀리오스가 마브란도니스 영감의 자리를 얼른 꿰차고 앉았다.

"불쌍한 마브란도니스 영감은 이 문제로 결국 폭발하고 말 거야." 그는 옆 식탁에 앉아 있는 사람들 귀에 들리지 않도록 나지막하게 말했다. "그 집에 지금 난리가 났어요. 파블리스가 아버지에게 하는 얘기를 내 두 귀로 직접 들었다니까요. '그 여자를 내 아내로 맞을 수 없다면 전 죽어 버릴 거예요.' 이랬다니까요. 그런데도 수치심을 모르는 그 여우는 파블리스가 싫다는 거요. 글쎄 녀석보고 '꺼져. 이 코딱지 같은 놈아!' 이렇게 말했다지 뭐요."

"제발 갑시다, 보스 양반." 조르바가 또다시 재촉했다. 과부 이야기를 들으면 들을수록 속에서 불이 나는 모양이었다.

수탉이 울기 시작했고, 빗줄기는 전보다 약해졌다.

"네, 좋아요, 갑시다." 내가 일어서며 말했다.

미미토스가 구석에서 달려와 우리 뒤를 졸졸 따라나섰다.

돌멩이들은 반짝였고, 빗물에 젖은 문들은 석탄처럼 까맸다. 노파들은 달팽이를 주우러 바구니를 들고 밖으로 나왔다.

미미토스는 내게 다가서며 팔을 붙잡았다. "담배 한 개비만

주세요, 보스." 그가 말했다. "그러면 아저씨에게 항상 사랑의 운이 따를 거예요."

나는 그에게 담배 한 개비를 건네주었다. 미미토스는 햇볕에 그을린 앙상한 손을 내밀었다. "불도 주셔야죠!"

나는 그의 담배에 불을 붙여 주었다. 그는 창자 깊이 연기를 들이마시더니 눈을 반쯤 지그시 감고 콧구멍으로 다시 연기를 내뿜었다. "짱이야!" 그가 만족하여 중얼거렸다.

"지금 어디로 가는 거니?"

"과부댁 과수원에 가요. 암양 잃어버린 걸 마을에 소문내면 나한테 먹을 걸 준다고 했걸랑요."

우리는 빠른 걸음으로 걸었다. 구름이 조금 걷히더니 해가 다시 나타났다. 마을 전체가 깨끗하게 목욕을 하고 웃고 있는 것 같았다.

"과부를 좋아하니, 미미토스?" 조르바가 아래턱을 늘어뜨리고 그에게 물었다.

그러자 미미토스는 히히히 웃어 댔다. "좋아하지 않을 이유가 있나요, 아저씨? 나도 하수구에서 나왔는걸요."

"하수구에서 나오다니?" 내가 당황해서 물었다. "그게 무슨 말이야, 미미토스?"

"그러니까 엄마 배 속에서 나왔다는 말이죠."

나는 깜짝 놀랐다. 오직 셰익스피어만이, 그것도 가장 창조적인 순간에 어둡고 역겨운 탄생의 모든 신비를 그처럼 싱그럽고 사실적으로 묘사할 수 있을 것 같은 생각이 들었기 때문이다.

나는 미미토스를 바라보았다. 미미토스의 눈은 크고 눈동자가 팽창된 데다 약간 사팔뜨기였다. "하루 종일 뭐 하고 지내니, 미미토스?"

"하루를 어떻게 보내냐고요? 터키 고관처럼 보내죠. 아침에 일어나서 밥을 먹어요. 그리고 이것저것 잡일을 하죠. 심부름도 하고, 똥도 치우고, 말똥도 줍고요. 낚싯대가 있으니 낚시도 하러 가요. 그리고 레니오 숙모랑 같이 시간을 보내요. 레니오 숙모랑 함께 살거들랑요. 숙모는 돈 받고 곡(哭)하는 사람이에요. 누군지 알 거예요. 모르는 사람이 없으니까요. 사진에도 찍혔는걸요. 어둠이 내리면 집에 가서 밥 한 공기 뚝딱하고, 포도주가 있으면 그걸 조금 마셔요. 만약 포도주가 없으면 하느님이 주신 물을 배가 터지도록 마셔요. 그다음에는 바닥에 눕는답니다."

"넌 남들처럼 결혼하지 않을 거니, 미미토스?"

"결혼을 해요? 내가 노망이라도 난 줄 아세요? 도대체 무슨 소리 하는 거예요, 아저씨? 왜 근심 걱정을 걸머져요? 마누라는 신발을 사 달라고 하겠죠. 그걸 도대체 어디서 구해요? 보세요. 나 이렇게 맨발로 다녀요."

"장화가 없어?"

"물론 있죠. 작년에 누가 죽었을 때 레니오 숙모가 시체에서 벗겨 왔걸랑요. 나는 부활절 날 성당에 갈 때 그걸 신어요. 가서 신부님이 엉뚱한 짓 하는 걸 아무 생각 없이 들으면서 어영부영 시간을 보내요. 그러고는 장화를 벗어서 목에 걸고 집에 오죠."

"네가 세상에서 제일 좋아하는 건 뭐니, 미미토스?"

"첫 번째는 빵이에요. 너무 좋아요! 맛있고 따뜻한 통밀빵 말이죠. 하지만 보리빵이면 더 좋고요! 두 번째는 포도주예요. 세 번째는 잠이고요."

"여자는?"

"푸히히이이! 먹고 마시고 누워 자면 그만이죠. 나머지는 죄다 골칫거리라고요."

"그럼 과부는?"

"지옥에나 떨어지라죠!" 그러고 나서 그는 침을 세 번 뱉더니 성호를 그었다.

"글을 읽고 쓸 줄 아니?"

"그럴 리가요! 아주 어렸을 때 억지로 학교에 다녔죠. 그런데 곧 티푸스에 걸려 멍텅구리가 되어 버렸어요. 덕분에 학교에 다니지 않았걸랑요."

조르바는 내가 계속 질문을 해 대는 것을 지겨워하고 있었다. 그는 여전히 과부에게 온 정신이 팔려 있었다. "보스 양반," 조르바가 내 팔을 잡으며 말했다. 그러고 나서 미미토스를 돌아보고 말했다. "넌 이제 그만 가 보거라." 조르바가 명령조로 말했다. "우리끼리 조용히 할 얘기가 있으니까."

조르바가 감동받은 듯 목소리를 낮추어 말했다. "보스 양반, 난 당신이 수컷들 망신시키는 일은 없을 거라 믿소. 하느님-악마가 당신에게 맛있는 음식을 보냈소. 당신도 이가 있으니 못 본 척 넘기지 마쇼. 손을 뻗어 잡아요. 조물주가 왜 인간에게 손을 달아 주셨겠소? 손을 뻗어 꽉 붙잡으라고 주신 거란 말이외다!

그러니 꼭 잡아요! 내 평생 별의별 암컷들을 다 봤지만 이 과부는 그야말로 온 도시 사람들을 홀리는 여자요! 빌어먹을 년!"

"말썽 일으키고 싶지 않아요." 나는 화가 나서 매정하게 대꾸했다. 화가 나서 대꾸한 것은, 나 또한 지독한 사향 냄새 같은 암내를 풍기며 내 앞을 지나가던 야생 동물, 그 전능한 육체를 갈망하고 있었기 때문이었다.

"말썽 일으키기 싫다고요!" 조르바가 깜짝 놀란 표정을 지으며 말했다. "그럼 도대체 원하는 게 뭐요, 보스 양반?"

나는 아무런 대답도 하지 않았다.

"산다는 거 자체가 말썽이오. 죽으면 말썽이 없어지지만." 조르바가 계속 말을 이었다. "산다는 게 무슨 의미인지 아시오? 허리띠를 풀고 말썽거리를 찾아다니는 거요."

그래도 나는 아무 말도 하지 않았다. 조르바의 말이 옳다는 것을 잘 알았기 때문이다. — 알지만 감히 용기를 내어 말할 수 없을 뿐이었다. 내 삶은 이미 잘못된 길로 들어서 있었다. 동료 인간들과의 접촉은 내면의 독백으로 끝나고 말았다. 우리 세대는 너무 잘난 탓에 여자를 사랑하는 것과 사랑에 관한 좋은 책을 읽는 것 중 하나를 선택하라면, 나는 책을 선택할 정도였다.

"보스 양반, 이제 계산은 그만 집어치워 버리쇼." 조르바가 말했다. "숫자 놀음은 잊어버리고, 그 역겨운 저울은 그만 부숴 버리고, 구멍가게 문도 닫아 버려요. 지금이야말로 당신의 영혼을 구원할 건지 파멸시킬 건지 선택할 시간이오. 이렇게 해 봐요, 보스. 손수건에다 영국 화폐 2,3파운드를 감싸요. — 눈을 부시게 하지 않는 지폐 말고 금화로요. 그리고 그걸 미미토스 편에 과부에게 보내는 겁니다. 그러면서 이렇게 전하라고 해요. '갈탄 광산 주인님께서 문안드립니다. 이 손수건을 받아 달라고 하십니다. ― 약소하지만 사랑만큼은 넘치도록 담았다고 합니다. 그리고 잃어버린 암양에 대해선 걱정하지 말래요. 잃어버려도 그분이 함께 있으니 두려워할 거 없다고 하시네요. 그분은 부인께서 카페 앞을 지나는 걸 본 이후 온통 부인 생각으로 마음이 혼란하다고 합니다.' 이렇게 말이오! 그리고 곧바로 그다음날 저녁에 ― 쇠뿔도 단김에 빼라는 속담이 있지 않소이까! ― 과부 집 문을 두드리는 거요. 길을 잃어버렸다고 해요. 날이 어두워지고 있을 테니 손전등을 빌릴 수 있는지 물어봐요. 아니면 갑자기 머리가 어지러운데 물 한잔 얻어 마실 수 있냐고 하쇼. 아니, 그보다 좋은 방법은, 암양을 한 마리 사서 그 여자한테 가져가는 거요. 그리고 이렇게 말하는 거요. '부인, 여기 부인이 잃어버린 암양이 있습니다. 내가 찾았습니다.' 그럼 과부가 ― 이제 정말 잘 들어요, 보스 양반. ― 과부가 보상을 해 줄 것이고, 그러면 내가 분명히 말합니다만, 당신은 말 위에 올라타서 천국에 들어가게 되는 거요. (오, 하느님! 내가 당신의 말 궁둥이 위에 올라탈 수만 있다면!) 다른 천국은 없어요, 불쌍한 양반. 신부(神父)들이 띠드는 소리에 귀 기울이지 말아요. 다른 천국은 없으니까!"

우리는 과부 집 과수원에 다다랐고, 조르바는 한숨을 내쉬며 여자 같은 목소리로 자신의 고통을 노래로 부르기 시작했다.

남자한테는 포도주가 필요해,
아이한테는 장난감이 필요해,
사내한테는 계집이 필요해.
계집한테는 사내가 필요해.

조르바가 성큼성큼 보폭을 넓혔다. 그의 콧구멍이 벌렁거렸다. 그리고 갑자기 걸음을 멈추더니 심호흡을 하면서 나를 바라보았다. "어쩐다?" 그는 초조하게 내 대답을 기다렸다.

"가던 길로 계속 가세요!" 나는 퉁명스럽게 대답하고는 걸음을 재촉했다.

조르바는 고개를 흔들더니 내가 듣지 못할 만큼 작은 소리로 투덜거렸다.

오두막에 도착한 뒤 조르바는 다리를 꼬고 앉아 무릎 위에 산투리를 얹은 다음 고개를 쳐들고 깊은 생각에 잠겼다. 보아하니 무슨 노래를 연주할지 고르는 모양이었다. 그는 더할 수 없을 만큼 슬프고 애처로운 곡조를 연주하기 시작했다. 그리고 이따금 곁눈질로 나를 쳐다보았다. 그는 내뱉을 수 없는 (또는 내뱉고 싶지 않은) 말을 산투리 연주로 하고 있는 것 같았다. ― 내가 지금 삶을 낭비하고 있다고, 과부와 나는 햇볕 아래에 눈 깜박할 동안만 머물다가 영영 죽을 두 마리 벌레에 지나지 않는다고. 지금이 마지막 기회라고! 마지막 기회라고!

조르바는 갑자기 시간을 낭비하고 있다는 것을 깨달은 듯 벌떡 일어섰다. 그는 벽에 기대서더니 담배에 불을 붙였다. 잠시 뒤에, "보스 양반, 내가 살로니카에 있을 때 호자*한테서 들은 이야기를 하나 해 주겠소. ─ 쓸모없는 짓이라 해도 얘기해야겠소이다. 그 무렵 난 살로니카에서 행상을 하고 있었소. 이 마을 저 마을을 돌아다니며 실타래, 바늘, 성인전(聖人傳), 유향, 후추 같은 걸 팔았소. 젊었을 적 내 목소리를 그야말로 꾀꼬리 같았지. 계집들은 목소리가 좋으면 그게 누구든 넋을 잃는다는 걸 알아 두시오. 여자들이란 정말 알다가도 모를 존재거든. 못생겼건, 절름발이건, 꼽추건 목소리가 달콤하고 노래를 잘 부르면 사족을 못 써요. 난 터키 사람들이 사는 지역에도 행상을 다녔소. 그런데 어느 돈 많은 터키 여자가 내 목소리에 반해서 그만 완전히 맛이 가 버린 거야. 여자는 늙은 호자를 불러다가 손바닥에 터키 금화를 잔뜩 쥐여 주며 이렇게 말합디다. '아멘! 그 이교도 행상인 좀 불러와요.' 그녀가 말했지. '아멘! 그 사람을 만나고 싶어요. 더 이상은 참을 수가 없다고요!' 그래서 호자가 나를 찾아왔어. '이보게, 젊은 그리스 양반. 나랑 같이 가세.' 그가 말하더군. 그래서 내가 말했지. '가고 싶지 않습니다. 나를 어디로 데려가려는 거요?' '이보게, 그리스 젊은이, 터키 여자에게 데려가려는 거네. 시원한 냉수 같은 여자가 방에서 자네를 기다리고 있다네. 어서 따라오게나!' 하지만 나는 터키인 거주 지역에서 밤이 되면 기독교인들이 실해된다는 길 잘 알고 있있어요. 그래서 내가 그 사람에게 말했지. '싫어요. 가지 않겠소.' '하느님이 두렵지도 않소, 이

---

* 무슬림 교사를 뜻하는 터키어.

이단자야?' '내가 왜 하느님을 두려워해야 합니까?' '젊은 그리스 양반, 여자랑 잘 기회가 있는데도 자지 않는다면 그건 엄청난 죄를 짓는 거야. 여자가 침대로 부르는데 가지 않는다면, 자네 영혼은 지옥으로 떨어지고 말 거야! 하느님의 심판이 있는 날, 그 여자가 한숨을 쉬면, 그 한숨 소리 때문에 자네가 누구든, 그리고 착한 일을 얼마나 많이 했든 지옥에 떨어진다고!'"

조르바가 신음 소리를 냈다. "만약에 지옥이 있다면 난 지옥에 갈 거요. 바로 그 이유 때문이오. ── 도둑질을 했거나, 사람을 죽였거나, 간음을 해서가 아니오. 그래서가 아니오! 절대로 아니오! 그런 죄들은 아무것도 아니란 말이오. 하느님은 그런 죄들은 모조리 용서해 주십니다. 하지만 여자가 침대에서 기다리는데도 가지 않으면 지옥에 떨어지고 말 거요."

조르바는 자리에서 일어나 불을 지피고 요리할 준비를 했다. 그리고 곁눈으로 나를 쳐다보더니 조롱하듯 미소를 지었다. "듣기를 거부하는 사람이야말로 진짜 귀머거리지!" 그가 중얼거렸다. 그리고 난롯가에 허리를 굽히더니 화가 난 듯 젖은 장작에 마구 부채질을 해 대기 시작했다.

9

하루가 다르게 낮이 짧아졌고, 햇빛은 조금씩 빨리 자취를 감추었다. 날이 저물면 사람의 마음도 차분히 가라앉는다. 겨울철에 해가 지는 시간이 점점 빨라지는 걸 바라보면서 원시인들이 느꼈을 태초의 두려움이 떠올랐다. "해가 지고 나면 내일은 더 이상 떠오르지 않을지도 몰라." 원시인들은 이렇게 절망적인 결론을 내린 뒤 어떤 언덕에 올라 몸을 덜덜 떨면서 해가 뜰지 안 뜰지 지켜보느라 뜬눈으로 초조하게 밤을 지새웠을 것이다.

조르바는 이런 공포를 나보다도 더 깊이 그리고 원초적으로 느꼈다. 이 공포에서 벗어나려고 그는 밤하늘에 별이 반짝일 때까지 그가 연 지하 갱도에서 나오지 않았다.

운 좋게도 조르바는 재가 많이 나지 않고 별로 눅눅하지도 않으며 열량이 좋은 갈탄 광맥을 찾아내는 데 성공했다. 이 광맥은 그의 마음속에서 번개처럼 순식간에 여행과 여자들과 새로

196

운 모험을 가져다줄 이유으로 바뀌었고, 덕분에 그는 몹시 기분이 좋았다. 조르바는 누워서도 눈을 뜬 채 언제쯤이면 돈을 많이 벌어, 즉 수많은 날개를 달고—그는 돈을 '날개'라고 불렀다.—하늘을 날 수 있을지 생각했다. 그래서 그는 목재들을 마치 천사들이 붙들고 있는 것처럼 (그의 말을 빌리자면) '부드럽고 미끈하게' 내려 줄 모형 고가 케이블의 정확한 경사를 찾는 시험을 하느라 밤을 새우곤 했다.

언젠가 한번은 색연필과 커다란 종이 한 장을 가져다가 산, 숲, 고가 케이블, 케이블에 고리로 매달린 목재들, 그리고 목재마다 큼직한 푸른색 날개가 좌우로 길게 뻗어 있는 그림을 그리기도 했다. 둥글고 조그마한 항구에는 검은 배들과 그 위에 탑승한 작은 앵무새를 닮은 초록색 선원들, 노란 통나무를 실은 바지선도 있었다. 그리고 수도사 네 명이 그림 네 모퉁이에 서 있었는데, 그들의 입에서는 "위대하시도다, 주 하느님이시여. 당신이 이룩하신 역사(役事)가 놀랍도다!"라는 문구가 큼직한 대문자로 적힌 장밋빛 분홍색 리본이 흘러나오고 있었다.

지난 며칠 동안 조르바는 서둘러 화로에 불을 지펴 요리하고 같이 저녁 식사를 했다. 그리고 나서는 마을로 들어가는 길로 사라졌다가 한참 뒤에 우울한 표정으로 돌아오곤 했다.

"이번엔 어디 다녀오시는 길이에요, 조르바?" 그때마다 나는 그에게 이렇게 물었다.

"빌어먹을, 참견 마쇼, 보스 양반!" 그는 이렇게 대답하고는 화제를 바꾸곤 했다.

어느 날 저녁 그가 돌아와서는 괴로운 듯 나에게 물었다. "하느님은 존재하는 거요, 존재하지 않는 거요? 우리 석학 양반은 뭐라고 하시겠소? 그리고 만에 하나 하느님이 존재한다면 (따지고 보면 모든 건 가능하니까 말이오.) 어떻게 생겼을 것 같나요?"

나는 어깨를 들썩이며 아무 대답도 하지 않았다.

"내 생각에는 말이오, 보스 양반, 웃지 마쇼. 하느님은 정확히 나랑 똑같이 생겼을 것 같소. 다만 나보다 키가 좀 더 크고, 힘이 좀 더 세고, 좀 더 살짝 정신이 돌았다고나 할까. ─ 물론 불멸의 존재이기도 하죠. 그분은 부드러운 양가죽 위에 앉아 빈둥거릴 거요. 그리고 그분의 오두막은 천국이니 우리 오두막처럼 석유 깡통이 아니라 구름으로 만들어졌을 거요. 하느님은 오른손에 살인자들이나 채소 장사꾼들처럼 칼이나 저울을 들고 있는 게 아니라, 비구름같이 물을 잔뜩 머금은 스펀지 행주를 들고 있을 거요. 천당은 오른편에, 지옥은 왼편에 있을 거요. 육신의 옷을 잃고 홀딱 벗은 혼령이 가엾게 오들오들 떨면서 들어오면 말이야, 하느님은 그놈을 관찰하다가 도깨비인 척 수염으로 입을 가리고 몰래 낄낄 웃으실 겁니다. '네 이놈, 이리 오렷다!' 하느님이 목소리를 저음으로 낮게 깔고 영혼에게 호령하시는 거요. '이리 오너라, 이 저주받은 놈아!' 그러고 나서 심문을 시작하는 겁니다. 그러면 혼령은 하느님 발 앞에 납작 엎드려 이렇게 소리치겠지. '아멘, 아멘! 제가 죄를 지었나이다!' 그러고 나선 아주 열정적으로 자신의 죄를 처음부터 끝까지 읊어 댈 거요. 하느님은 지루해서 하품을 하지. '그만, 그만하거라!' 하느님이 이렇게 소리치죠. '그만하라니까! 네놈의 시끄러운 소리 때문에 그만 돌아 버릴 것 같구나.' 그리고 — 쓰윽! — 스펀지 행주로 문질러 죄를 모조리 닦아 버리시는 거지. '여기서 나가 천당에 들어가거라!' 하느님은 혼령에게 명령하는 거요. '여봐라, 베드로야, 이 불쌍한 잡것도 다른 놈들과 같이 넣어 줘라!' 보스 양반, 당신이 알아야 할 건 말이오, 하느님이 대단한 귀족이라는 거요. 귀족이라는 게 무슨 말이겠소. 용서할 줄 아는 사람이란 말이지."

그날 저녁 조르바가 이런 말을 늘어놓을 때 나는 속으로 비웃었던 기억이 난다. 하지만 그날 이후 그 거룩하고 친절하고 관대하고 전능한 '귀족'은 계속 내 안에서 육체처럼 단단한 형체를 갖추어 갔다.

비가 내리던 또 다른 저녁, 오두막에 웅크리고 앉아 화롯불에 밤을 굽다가 조르바가 돌아서서 마치 뭔가 대단한 비밀이라도 캐내려는 듯 나를 뚫어지게 쳐다보았다. 그러더니 참지 못하고 마침내 입을 열었다. "보스 양반, 참 알다가도 모를 일이오. 당신이 도대체 왜 내 귀를 붙잡고 밖으로 내동댕이치지 않는지 말이오. 내 별명이 '흰 곰팡이 균'이라고도 하지 않았소? 어디를 가든 모든 걸 미디안 땅*의 티끌과 새까만 재처럼 만들어 버리기 때문이오. 당신 사업도 망쳐 버리고 말 거요. 그래서 말인데, 날 이곳에서 쫓아 버려요!"

"당신이 좋은걸요. 그러니 더 이상 부탁하지 마세요." 내가

---

* 모세가 바로 왕에게서 도망쳐 도피한 광야. 척박한 땅의 대명사처럼 쓰인다.(「출애굽기」 2장 11~22절 참조.)

대답했다.

"그런데 내 머리에 나사가 제대로 박혀 있는 건지 정말 모르겠소, 보스 양반. 너무 꽉 끼워져 있는 건지, 아니면 너무 느슨하게 풀려 있는 건지 알 수가 없어요. 그런 건 내가 알 바 아니오. 중요한 건, 분명히 제대로 끼워져 있지 않다는 거지. 보시오, 내가 과부 얘기를 하면 알게 될 거요. 며칠 밤낮으로 난 그 과부 때문에 마음이 불편했소. 나 때문이 아니오. 절대 아니오. 맹세해요. 내가, 대관절 어떻게 내가 그 여자를 차지하겠소? 확신하건대, 나는 그 여자를 만질 수 없소. 그 여자는 내가 먹기엔 너무 고급스러워요. 하지만 난 그 여자가 외롭게 혼자 자면서 허송세월하는 게 싫어요. 그건 정말 옳지 않아요, 보스. 그걸 못 견디겠단 말이오. 그래서 난 밤마다 나가서 과부의 과수원 주변을 돌아다닌다오. —그게 바로 내가 사라졌던 이유요. 보스는 늘 어디 갔다 왔는지 물었잖소. 왜 그런 줄 압니까? 행여 그 누군가가 그 집에 들어가 여자랑 자는지 확인하려 했던 거요. 그러면 마음이 좀 진정될 것 같아서."

나는 그만 웃고 말았다.

"웃지 마쇼, 보스 양반! 만약 여자가 혼자서 잔다면 그 책임은 우리 모두한테 있어요. 이튿날 아침 하느님의 심판대 앞에서 우리 사내들은 저나다 해명을 해야 할 거요. 전에 얘기했다시피, 하느님은 스펀지 행주를 들고 있다가 모든 죄를 깨끗하게 용서해 주십니다. 다만 이 죄만은 용서하지 않아요. 보스 양반, 여자랑 잘 수 있는데도 자지 않은 사내놈들에게 화 있을진저! 사내놈이랑 잘 수 있는데도 자지 않은 계집들에게도 화 있을진저! '호자'가 나한테 해 준 얘기를 잊지 마쇼."

조르바는 잠시 침묵을 지키다가 갑자기 물었다. "사람이 죽으면 다시 태어날 수 있을까요?"

"그럴 것 같진 않습니다, 조르바."

"나도 그렇게는 생각하지 않소. 하지만 만약에 다시 태어난다면 지금 우리가 얘기하고 있는 이 사내놈들, 그러니까 계집들에게 봉사할 의무를 저버린 남자들, 말하자면 탈선자들은 아마도 이 세상에 다시 태어날 때 — 뭐로 태어날지 알겠소? 날 때부터 남자 구실 못하는 노새로 태어날 거요."

조르바는 또다시 입을 다물고 생각에 잠겼다. 그러다가 갑자기 눈을 반짝였다. "혹 누가 압니까?" 그가 행복한 듯 말했다. "우리가 이 세상에서 보는 노새들은 모조리 그런 얼간이들, 사람으로 사는 동안 사내놈이면서 사내놈답게 살지 못하고, 계집이면서 계집답게 살지 못하고 노새가 된 건지. 그래서 그렇게 노새처럼 멍청하고 발길질만 해 대는 건지. 석학 양반, 우리 석학께선 뭐라고 하겠소?"

"음, 아저씨 머리에 나사가 꽉 끼워져 있는 것 같진 않습니다, 조르바." 나는 낄낄 웃으며 대답했다. "가서 산투리나 가져오세요."

"보스 양반, 정중하게 용서를 구하는데 오늘 밤엔 산투리는 안 되겠소. 내가 지금 계속 헛소리를 지껄이고 있잖소. 왠지 아오? 왜냐하면 내 마음에 근심 걱정이 많아서 그래요. 이 망할 놈의 새 갱도 때문에 새 일이 생겨난단 말이오. 상황이 이런데 나보고 산투리를 연주하라니요!"

말을 마치고 나서 조르바는 훨훨 타오르는 난롯불에서 밤을 꺼내 내 손에 한 줌 쥐여 주고, 우리 술잔에다 라키주를 가득 따랐다.

"하느님께서 우리의 선행을 오른손 저울에 달아 주시길!" 내가 술잔을 부딪치며 말했다.

"하느님께서 우리의 선행을 왼손 저울에 달아 주시길!" 조르바가 고쳐 말했다. "적어도 아직은 하느님의 오른손에 달 만큼 일을 진척시킨 게 없어요."

조르바는 단숨에 독한 술을 목구멍으로 들어붓고 매트리스 위에 벌렁 누웠다.

"내일 말이오, 난 아무래도 힘이 많이 필요할 것 같아요. 악마 수천 놈과 맞서 싸워야 할 테니까요. 그럼 잘 자요!"

*

이튿날 날이 찬란하게 밝자 조르바는 일찌감치 갈탄 광산에 들어갔다. 인부들은 탄맥이 아주 좋은 지층에 새로운 갱도를 열었다. 천장에서는 물이 뚝뚝 떨어지고 인부들은 진흙탕에서 뒹굴다시피 하고 있었다.

며칠 전 조르바는 갱도를 떠받칠 지지대로 사용하려고 통나무 몇 개를 가져왔지만 걱정이 많았다. 통나무들이 하중을 충분히 견딜 만큼 튼튼하지 않았기 때문이다. 조르바는 지하의 미로에서 일어나는 모든 일을 즉각적으로 알아낼 수 있는, 더할 나위 없이 탁월한 본능으로 버팀목이 안전하지 않다고 느끼고 있었다. 조르바의 귀에는 ― 다른 사람들이 눈치채기엔 너무 미약한 소리지만 ― 위쪽의 하중이 너무 무거워 마치 한숨을 내쉬는 것 같이 천장이 삐걱대는 소리가 들렸다. 게다가 오늘은 또 다른 뭔가가 조르바의 마음을 불편하게 했다. 갱도로 내려가려고 막 준비를 하고 있을 때 마침 마을의 사제인 스테파노스 신부가 노새를 타고 임종을 앞둔 수녀의 종부 성사를 하기 위해 이웃 수녀원으로 가고 있었다. 신부를 보자마자 조르바는 다행히도 신부와 말하기 전에 자기 옷에 침을 세 번 뱉을 수 있었다. "안녕히 주무셨습니까, 신부님?" 조르바는 신부의 인사에 냉담하게 대답했다. 잠시 뒤에 조르바는 이렇게 속삭였다. '내 뒤로 썩 물러서라, 사탄아! 거기 그대로 머물러 있어!' 하지만 이런 푸닥거리도 잠재적인 재앙을 물리치기에는 충분하지 않다고 생각했던지 그는 여전히 흥분한 상태에서 갈탄과 아세틸렌 냄새가 코를 찌르는 새 갱도로 미끄러져 들어갔다. 인부들은 벌써 며칠 전부터 통나무 지지대로 갱도를 보강하고 있었다. 조르바는 무뚝뚝하고 퉁명스럽게 인부들에게 아침 인사를 했다. 그러고 나서 소매를 걷어붙이고 일을 시작했다.

열두 명 남짓한 인부들이 곡괭이로 갈탄을 캐 발밑에 갈탄 더미를 쌓아 놓고 있었다. 다른 인부들은 작은 외바퀴 손수레에 바닥에 쌓인 갈탄을 삽으로 퍼서 날랐다. 조르바는 잠시 멈추더니 모두 조용히 하라고 손짓을 했다. 그러고는 귀를 쫑긋 세웠다. 기수(騎手)가 말과 하나가 되거나 선장이 배와 하나가 되듯, 조르바는 광산과 하나가 되어 갱도들을 그의 오장육부로 뻗어 나가는 혈관처럼 느꼈다. 조르바는 산의 검은 석탄 덩어리들 때문에 미리 볼 수 없는 것들도 인간의 명석함으로 꿰뚫어 볼 수 있는 능력을 가진 첫 번째 인간이었다. 그런 그가 지금 큼직한 귀를 쫑긋 세우고 골똘히 무슨 소리에 귀를 기울이고 있었다.

내가 탄광에 도착한 것은 바로 그 순간이었다. 마치 어떤 불길한 예감 때문에 누군가의 손에 이끌려 온 것만 같았다. 나는 잠자리에서 벌떡 일어나 허겁지겁 옷을 입고 왜 그런지 이유도 모르고 어디로 향할지도 모른 채 밖으로 뛰쳐나왔다. 그런데도 내 몸은 갈탄 광산으로 가는 길을 따라 한 치의 망설임도 없이 나아갔고, 불안을 느낀 조르바가 예민하게 귀를 세우던 바로 그 순간에 정확하게 도착했던 것이다.

"아무것도 아니오." 그가 잠시 뒤 말했다. "혹시나 해서…… 어서 일해, 이 사람들아!"

조르바는 돌아서서 나를 보고는 입술을 실룩거렸다. "이렇게 이른 아침에 여기서 뭐 하는 거요, 보스 양반?" 그러더니 나에게 가까이 다가와 부드럽게 속삭였다. "밖에 나가 바람이나 좀 쐬지그래요? 이 아래쪽을 둘러보는 건 다음에 하쇼."

"무슨 일인가요, 조르바?"

"아무것도 아니오. 도무지 모르겠소. 오늘 아침 일찍 신부와 마주쳤을 뿐이오. 자, 그만 나가시오!"

"혹시 위험이라도 있다면 내가 그냥 떠나는 건 좀 부끄러운 일 아니겠어요?"

"그렇겠군요." 조르바가 대답했다.

"아저씨라면 떠나시겠어요?"

"아니요."

"그럼 왜 나더러 나가라는 거예요?"

"내게 갖다 대는 기준과 다른 사람들에게 갖다 대는 기준이 달라요." 조르바가 짜증스럽게 대꾸했다. "하지만 떠나는 게 창피스럽거든 가지 마쇼. 그냥 남아 있어요."

조르바는 망치를 들더니 까치발로 서서 큼직한 대못을 천장 목재 골조에 박기 시작했다. 나는 아세틸렌 램프를 지지대에서 떼어 내 탄맥을 살펴보느라 진창 속을 왔다 갔다 했다. 안은 어둡고 갈색으로 반짝였다. 밑도 끝도 없는 숲이 가라앉아 있었고, 수백만 년의 세월이 흐르고 있었다. 그러는 동안 대지는 자식들을 잘근잘근 씹고 소화시켜 탄맥으로 탈바꿈시켰다. 숲이 석탄이 되었다. 그리고 조르바가 와서 이 갈탄을 찾아낸 것이다.

나는 램프를 제자리에 다시 걸어 놓고 조르바가 일하는 모습을 지켜보았다. 그는 다른 것은 전혀 생각하지 않고 오로지 작업에만 몰두했다. 그리하여 대지와 곡괭이와 갈탄과 한 몸이 되었다. 망치와 못은 그의 신체 일부가 되어 버팀목과 불거진 갱도의 천장과 싸우고 있었다. — 갱도에서 나가기 전에 산에서 갈탄을 갈취하기 위해 산 전체와 싸움을 벌이고 있었다. 조르바는 정확하게 구체적인 것을 감지했다. 그래서 갈탄을 내줄 탄맥의 가장 약한 부위를 놓치지 않고 정확하게 내리쳤다. 조르바의 온몸에 갈탄이 튀겨 오직 두 눈의 흰자위만 희미하게 빛나는 것이 보였다. 나는 조르바가 적군에게 쉽게 다가가 요새를 장악하려고 갈탄으로 변장하다 못해 갈탄이 되어 버렸다고 생각했다.

"브라보, 조르바!" 나도 모르게 소리를 질렀다.

그러나 조르바는 뒤도 돌아보지 않았다. 조르바 같은 사람이 손에 곡괭이 대신 조그마한 연필이나 쥐고 있는 이 '풋내기'와 말을 섞을 이유가 무엇이겠는가? 그는 할 일이 있었으며, 자신을 낮추고 대화할 생각이 없었다. "일할 적에는 말 걸지 마쇼." 어느 날 저녁 그가 내게 이렇게 말했다. "내가 둘로 쪼개지는 수가 있으니까." "둘로 쪼개지다니요, 조르바? 왜요?" 내가 물었다. "또 어린애마냥 왜냐고 묻는군." 그가 말했다. "이걸 보스에게 어떻게 설명할 수 있겠소? 난 일에 나 자신을 완전히 맡겨 버립니다. 발끝부터 머리끝까지 몸을 뻗어 내가 씨름하는 돌이나 갈탄을 — 아니면 산투리를 말이오. — 정복하려고 나 자신을 확장시킵니다. 그런데 만약 당신이 나를 갑자기 건드리거나 말을 걸어서 뒤를 돌아보게 만들면 난 두 쪽으로 쪼개지고 말아요. — 그걸 당신이 어떻게 이해하겠소!"

나는 손목시계를 들여다보았다. 벌써 10시가 가까웠다. "간식 먹을 시간입니다, 여러분." 내가 말했다. "벌써 시간이 지났어요."

그러자 인부들은 신바람이 나서 구석에 연장을 던지고 땀을 문질러 닦고 갱도에서 나갈 준비를 했다. 하지만 일에 몰두하고 있는 조르바의 귀에는 내 말이 들릴 리 만무했다. 설령 들렸더라도 그는 하던 일을 멈추지 않았을 것이다.

"기다립시오!" 내가 인부들에게 말했다. "담배 한 개비씩 나눠 드릴게요."

내가 주머니를 뒤져 담뱃갑을 찾는 동안 인부들은 내 주위에 모여들어 기다렸다. 바로 그 순간 조르바가 갑자기 놀라면서 갱도 안쪽 벽면에 귀를 딱 갖다 붙였다. 아세틸렌 등불에 조르바의 입이 경련하듯 열렸다 닫혔다 하는 것이 보였다.

"뭐가 잘못됐나요, 조르바?" 내가 소리쳤다.

바로 그때 우리 위쪽에 있는 갱도 천장 전체가 흔들렸다.

"모두들 어서 나가!" 조르바가 쉰 목소리로 소리를 질렀다. "어서 나가!"

우리는 출구를 향해 쏜살같이 달렸다. 하지만 첫 번째 목재 골조에 다다르기도 전에 두 번째 갈라지는 소리가 위에서 났고 이번에는 아까보다 쩍 소리가 더 컸다. 바로 그때 조르바가 내려앉으려는 나무를 지지대로 받치기 위해 커다란 통나무를 들어올렸다. 만약 빠르게 대응하여 단 몇 초라도 천장이 버텨 준다면 모두가 뛰쳐나갈 수 있을 터였다.

"모두들 어서 나가!" 조르바의 소리가 또다시 들렸다. 이번에는 대지의 창자에서 나오는 것처럼 둔탁한 목소리였다.

치명적인 순간 공포가 엄습하는 것을 느끼며 우리 모두는 조르바 생각은 하지도 않은 채 밖으로 뛰쳐나왔다.

그러나 몇 초 뒤에야 비로소 나는 정신을 가다듬을 수 있

었다. "조르바!" 뒤돌아서서 내가 소리를 질렀다. "조르바!" 소리
를 질렀다고 생각했다. 하지만 곧 내 목구멍에서는 아무 소리도
나오지 않았다. 공포가 목을 졸랐기 때문이다. 나는 부끄러웠다.
두 팔을 뻗은 채 광산 쪽으로 한 걸음 더 다가섰다. 조르바는 마
침내 그 묵직한 통나무를 고정시키고 갱도에서 도망치려고 맹
렬한 속도로 달려 나왔다. 어둑어둑한 곳에서 달려 나오는 가속
도 때문에 그가 나를 덮쳤다. 좋든 싫든 우리는 포옹할 수밖에
없었다.

"어서 계속 달려!" 그가 반쯤 목이 졸린 것 같은 소리로 그
르렁거렸다. "계속 달리라고!"

우리는 달음박질쳐서 겨우 빛이 있는 곳으로 나왔다. 인부
들은 입구에 모여 있었고 얼굴이 샛노래진 채 찍소리 못하고 유
심히 귀를 기울이고 있었다.

세 번째로 아까보다 더 크게 쩍 갈라지는 소리가 들렸다. 통
나무가 절반으로 부러지는 소리였다. 곧바로 우지끈 소리가 나
더니 산 전체가 뒤흔들리며 갱도가 무너져 내렸다.

"하느님 맙소사!" 인부들이 성호를 그으며 중얼거렸다.

"곡괭이를 갱도 안에 버리고 왔나?" 조르바가 화가 나서 소
리쳤다.

인부들은 아무 대답도 하지 않았다.

"왜 가지고 나오질 않았어?" 그가 몹시 화가 나서 소리를
질렀다. "바지에 똥이나 싸고, 이 용감무쌍한 사람들아! 연장만
작살났잖아!"

"지금 곡괭이 걱정할 때예요, 조르바?" 내가 끼어들며 말했다. "한 사람도 다치지 않고 살아난 걸 다행으로 생각해요. 조르바, 만세! 당신이 우리 모두의 목숨을 구했어요."

"배가 고프군." 조르바가 말했다. "한바탕 난리를 치고 나니 식욕이 돋는구먼."

조르바는 바위 위에 얹어 뒀던 수건을 집어 들었다. 수건 안에는 간식이 싸여 있었다. 그는 그것을 풀고 빵, 올리브, 양파, 삶은 감자, 포도주를 채운 납작한 작은 병을 꺼냈다.

"어이, 이리 와서들 먹어." 그가 입에 음식을 잔뜩 머금은 채로 말했다.

갑자기 기운을 잃은 사람이 심장에 피를 보충하려는 듯 조르바는 게걸스럽게 음식을 먹었다. 고개를 파묻고 먹으면서 아무 말도 하지 않았다. 그리고 납작한 병을 들더니 고개를 뒤로 젖히고 바짝 마른 목구멍으로 포도주를 들어부었다.

인부들도 기운을 차렸다. 장식이 달린 양털 자루를 열어 먹을 것을 꺼내 먹기 시작했다. 모두들 조르바 주위에 다리를 꼬고 앉아 그를 바라보며 우적우적 음식을 씹었다. 인부들은 조르바의 발 앞에 엎어져 그의 손에 키스라도 하고 싶은 심정이었지만 조르바의 괴팍한 성미를 잘 알았기에 그 누구도 감히 용기를 내지 못했다.

드디어 인부 중 가장 나이가 많고 잿빛 콧수염이 풍성한 미켈리스가 용기를 냈다. "알렉시스 감독님, 감독님이 안 계셨더라면," 그가 말했다. "우리 집 아이들은 지금쯤 고아가 됐을 겁니다!"

　"빌어먹을, 입 좀 다무시오!" 조르바가 여전히 음식을 입에
잔뜩 물고 중얼거렸다. 더 이상 어느 누구도 감히 말을 붙이지
못했다.

10

"누가 불확실성이라는 이 미로를, 교만이라는 이 사찰을, 죄악으로 가득 찬 이 항아리를, 추문이라는 푸성귀 밭을, 지옥에 들어가는 이 입구를, 교활함이 넘쳐흐르는 이 바구니를, 꿀처럼 보이는 이 독약을, 필멸의 인간을 세상에 묶어 놓는 이 사슬을 만들었는가? ─ 여자인가?"

나는 불을 지핀 화덕 옆 바닥에 다리를 꼬고 앉아 붓다의 노래를 쓰고 또 써 내려가고 있었다. 이 겨울 밤마다 나는 푸닥거리에 푸닥거리를 반복하며 엉덩이를 살랑거리며 허공을 지나가는, 비에 흠뻑 젖은 한 육신을 마음에서 몰아내느라 고군분투하고 있었다. 무슨 영문인지 모르겠지만 갱도가 무너진 직후, 그러니까 내 삶이 갑자기 끝날 위기에 처했던 그날 이후 그 과부는 내 핏속으로 뛰어 들어와 암내를 풍기는 짐승처럼 강력하게 나를 불러 대며 하소연하고 있었다.

"어서 와요. 어서 와요." 과부가 계속 부르고 있었다. "삶이란 한낱 스쳐 지나가는 번갯불에 지나지 않아요. 그러니 어서 와요. 너무 늦기 전에 어서 와요!"

나는 이것이 엉덩이가 착 올라붙은 여체(女體)의 형상을 한 교활한 악령 마라(摩羅)*의 목소리라는 것을 잘 알고 있었다. 원시인들이 주위에서 어슬렁거리는 굶주린 야수들을 동굴의 벽에 그리곤 했던 것과 마찬가지로 — 그들은 뾰족한 돌로 새기거나 물감으로 채색했다. — 나는 앉아서 희곡 『붓다』를 집필했다. 원시인들은 더 이상 맹수들이 그들을 습격하여 잡아먹지 못하도록 맹수들을 그림으로써 바위 위에 꼼짝 못하게 붙잡아 놓으려고 했던 것이다.

죽을 뻔한 날부터 과부는 내가 혼자 있을 때면 늘 허리를 부드럽게 흔들고 손짓하며 내 눈앞 허공을 계속 왔다 갔다 했다. 하지만 대낮에는 나도 힘이 있었다. 정신을 바짝 차리고 그녀를 쫓아낼 수 있었다. 마야가 붓다를 유혹하기 위해 얼마나 다양한 형상을 취했는지, 어떻게 여자 옷을 입고 위로 치켜 올린 그 단단한 유방을 그의 엉덩이에 눌러 댔는지에 대해 글을 썼다. 위험을 직감한 붓다는 말하자면 정신적 동원령을 내려 유혹을 물리쳤다. 그리고 나 또한 붓다와 함께 유혹을 물리칠 수 있었다.

니는 계속 써 내려가며 문장 하나하나에서 위안과 힘을 얻었고, 언어의 전능한 푸닥거리에 쫓겨 유혹이 뒤로 물러나는 것

---

* '마구니(魔軍)'라고도 한다. 기독교의 사탄과 비슷한 존재로 불교에서 석가모니를 여러 차례 유혹한 '욕계(欲界)의 지배자'를 일컫는다.

을 느꼈다. 낮 동안에는 될 수 있는 한 용감하게 맞서 싸웠다. 하지만 밤만 되면 마음이 무장 해제되어 내면의 문이 열리면서 과부가 안으로 들어왔다.

아침이 되면 완전히 지치고 정복당한 상태로 깨어나 나는 다시 전쟁을 시작했다. 어쩌다 고개를 쳐들면 이미 빛이 쫓겨나고 어둠이 습격하는 늦은 오후였다. 하루해가 점점 짧아지면서 크리스마스가 코앞으로 다가오고 있었다. 주변 세상에서 벌어지는 이 끝없는 씨름을 계속하는 동안 나는 나 자신에게 이렇게 말했다. '난 혼자가 아니야. 강력한 힘인 빛이 나와 함께 씨름하고 있고, 때로는 패배해도 곧 다시 승리하면서 절대로 절망하는 법이 없어. 빛과 함께 나도 승리를 거둘 거야!'

나에게 많은 용기를 북돋아 준 것은, 과부와의 싸움을 통해 내가 전 세계적인 위대한 현상에 참여하고 있다는 믿음이었다. 생각해 보면 교활하기 그지없는 물질성이 과부의 육체로 옷을 갈아입고 자유로운 내 불꽃을 조용히 진압하고 꺼 버리려 하고 있었다. 그래서 나는 나 자신에게 이렇게 타일렀다. "하느님은 물질을 영적인 것으로 변화시키는 불멸의 힘이시다. 우리 모두의 마음속에는 이 천상의 소용돌이가 일부 들어 있기 때문에 우리는 빵과 물과 고기를 생각과 행동으로 바꿀 수 있다. 조르바 말이 옳다. '먹은 음식으로 뭘 하는지 말해 주면 당신이 어떤 사람인지 말해 주지.' 나로 말하자면, 육신의 이 강렬한 갈망을 모조리 나의 희곡 『붓다』로 성체화(聖體化)하려고 안간힘을 쓰는 중이다."

"무슨 생각을 그렇게 골똘히 하시오, 보스 양반? 걱정거리가 있어 보이는데." 어느 날 저녁 (크리스마스이브였다.) 조르바가 내가 악마와 싸우고 있다는 것을 정확히 알아차리고 물었다.

나는 그의 말을 듣지 못한 척했다. 하지만 조르바는 절대로 나를 쉽게 놓아주지 않았다.

"당신은 젊어요, 보스 양반." 그의 목소리는 갑자기 씁쓸함과 분노로 갈라졌다. "당신은 젊고 건강한 데다 잘 먹고 잘 마시고 신선한 공기를 들이마시면서 점점 정력을 모으고 있소. 그런데 도대체 그 정력을 어디에다 쓰는 거요? 혼자서 자다니. ─ 정력이 참으로 아깝소이다. 그래요, 자리를 박차고 일어나요. 바로 오늘 밤, 더 이상 시간 낭비하지 마쇼. 세상은 단순해요, 보스 양반. ─ 도대체 몇 번이나 말해 줘야 알아듣겠소? 쓸데없이 일을 복잡하게 만들지 말아요."

나는 내 앞에 놓여 있는 『붓다』 원고를 훑어보며 조르바의 말을 듣고 있었다. 그러면서 그의 말이 넓고 안전한 길을 열어 주고 있다고 느꼈다. ─ 교활하기 짝이 없는 뚜쟁이인 정신적 마라의 말이었다. 나는 그의 말을 조용히 들으면서 계속 그의 생각에 저항하기로 마음을 굳혔다. 원고를 천천히 넘기면서 내 안의 갈등을 숨기려고 휘파람을 불었다. 그러나 조르바는 내가 말하고 싶어 하시지 않는 것을 보고 시뻘겋게 달아오른 무쇠처럼 화를 냈다.

"오늘 밤이 크리스마스이브요. 과부가 성당에 가기 전에 어서 가서 찾아봐요. 오늘 밤에 예수가 태어났소, 보스. 어서 가서 당신 자신의 기적을 행하시오!"

나는 짜증을 내며 일어섰다.

"이제 그만 좀 하시지요, 조르바." 내가 말했다. "모든 나무에 저마다의 열매가 열리듯 모든 사람에겐 자기만의 길이 있어요. 무화과 나무가 체리를 맺지 않는다고 무화과 나무를 나무라는 것 본 적 있습니까? 그러니 이제 그만 입을 다무세요. 자정이 다 됐어요. 같이 성당에 가서 그리스도가 태어나는 걸 지켜보자고요."

조르바는 이마 깊숙이 겨울 모자를 눌러썼다.

"알겠소." 조르바가 무기력하게 말했다. "자, 갑시다. 하지만 딱 한 가지만 말해 두겠소. 하느님은 당신이 가브리엘 천사장*처럼 오늘 밤 과부의 집을 찾아가는 걸 더 기뻐할 거요. 보스 양반, 만약 하느님이 당신과 같은 길을 따랐더라면 말이오, 절대로 마리아에게 찾아가지 않았을 것이고, 그랬더라면 예수는 결단코 태어나지 않았을 거요. 만약 당신이 어떤 게 하느님의 길이냐고 묻는다면 난 그 길이 마리아에게로 인도하는 길이라고 대답할 거요. 과부가 바로 마리아란 말이오."

조르바는 말을 멈추고 내 대답을 기다렸지만 헛수고였다. 그는 문을 밀쳐 열었다. 우리는 밖으로 나갔다. 그는 지팡이로 돌멩이를 탕탕 내리쳤다.

"암, 그렇지, 그렇고말고." 그가 고집스럽게 되뇌었다. "과부

---

* 하느님의 전령 역할을 하는 천사들의 우두머리. 성경에는 예수의 탄생을 알린 천사장으로 기록되어 있다.

가 곧 마리아고말고."

"자, 어서 가요." 내가 재촉했다. "소리 좀 그만 지르고요."

우리는 겨울밤을 헤치고 빠르게 걸었다. 하늘은 더할 나위 없이 청명했고, 별들은 한입 가득 불덩어리를 내뱉는 듯 크고 나지막하게 반짝였다. 해변을 따라 걷노라니 밤이 바다 언저리에 쓰러져 있는 도살된 짐승처럼 보였다. '이 밤을 시작으로,' 나는 생각했다. '겨울이 으깨 버린 빛은 스스로 자부심을 되찾고 매력적이고 거룩한 아기와 함께 오늘 밤 다시 태어날 거야.'

마을 사람들이 모두 따뜻하고 향기로운 벌집 같은 성당 안에 모여 있었다. 남자들은 앞쪽에, 여자들은 뒤쪽에 팔을 모은 채 말이다. 스테파노스 신부가 — 황금빛 옷을 입고 있는 그는 키가 크고 호리호리했으며 사십 일 금식 때문에 신경이 날카로웠다. — 향로를 휘두르고 목청껏 노래를 부르며 큰 보폭으로 앞뒤를 오가고 있었다. 그는 그리스도가 태어나는 것을 본 뒤 서둘러 집으로 돌아가 기름진 고기 수프와 소시지, 훈제 돼지고기를 먹어 치울 생각을 하고 있었다.

만약 성경에서 "오늘 빛이 태어났다."*라고 했더라면 아마 인간의 가슴이 그토록 열망하지는 않았을 것이다. 그런 발상은 세상을 정복하는 설화가 되지 못했을 것이고, 어떠한 상상력도 — 즉, 우리의 영혼도 — 불러일으키지 못하는 평범한 자연 현상에 지나지 않았을 것이다. 하지만 겨울의 심장부에서 태어

---

* "심판을 받았다고 하는 것은, 빛이 세상에 들어왔지만, 사람들이, 자기들의 행위가 악하므로, 빛보다 어둠을 더 좋아하였다는 것을 뜻한다."(「요한복음」 3장 19절)

난 빛은 아이가 되었고, 하느님인 그 아이가 지난 2000년 동안 인간 영혼의 가슴에 매달려 젖을 빨아 왔던 것이다.

신비로운 의식은 자정이 지나자 곧바로 끝났다. 그리스도가 탄생한 것이다. 기쁨에 들뜬 마을 사람들은 허기를 느끼며 집으로 달려가 음식을 먹으면서 그들의 위장 깊숙한 곳에서 성육신(成肉身)의 신비를 느낄 터였다. 배야말로 굳건한 초석이다. 빵과 포도주와 고기가 먼저다. 그것들이 없다면 어떤 하느님도 태어나지 않는다.

하늘에서는 지금 큼직한 별들이 천사처럼 환하게 반짝이고 있었다. 요단강 별자리가 천국의 이 끝에서 저 끝으로 흘렀다. 에메랄드 같은 초록 별 하나가 우리 머리 위에서 균형을 잡고 있었다.

나는 한숨을 내쉬었다. 조르바가 나를 돌아보았다. "보스 양반, 당신은 하느님이 인간이 되어 마구간에서 태어났다고 믿는 거요? 정말 그렇게 믿는 거요, 아니면 믿는 척 모든 사람을 속이는 거요?"

"대답하기 어려운 질문이네요, 조르바. 나는 그렇게 믿지도 않고, 그렇다고 믿지 않는 것도 아닙니다. 아저씨는 어때요?"

"정말이지 나도 혼란스럽소. 내가 무슨 말을 할 수 있겠소? 어리숙한 꼬마 땐 할머니가 옛날이야기를 들려주면 털끝만치도 믿지 않았지. 그러면서도 진짜로 믿는 것처럼 흥분해서 몸을 떨며 깔깔 웃어 대고 소리를 질렀어. 하지만 수염이 나고부터는 그런 옛날이야기 따위를 모조리 던져 버리고 그것들을 조롱했지.

그런데 말이오, 보스 양반, 이제 나이를 먹어 노망이 들었나, 그 이야기들이 다시 믿기기 시작하는 거요. 인간이라는 게 참 알다 가도 모를 존재요!"

우리는 마담 오르탕스 호텔로 가는 길로 들어섰고 마치 굶주린 두 마리 말처럼 힘껏 달렸다.

"성직자들은 참 약삭빠르단 말이지." 조르바가 말했다. "그 자들은 우리 배때기부터 낚아채거든. 그러니 도망칠 재간이 있나? 보시오. 사십 일 동안 고기를 먹지 마라, 금식해라. 도대체 왜 그래야 하냐고? 그렇게 되면 고기가 더 먹고 싶어질 테니까. 아, 배불뚝이 신부들은 모든 속임수를 꿰뚫어 보고 있는 거야!"

그가 걸음을 재촉했다.

"어서 빨리 좀 걸어요, 보스 양반." 그가 말했다. "칠면조가 다 익었을 거요. ─ 아주 꿀맛일 게요!"

*

킹사이즈 침대가 놓인 마담의 작은 방으로 들어서자, 하얀 식탁보가 덮인 식탁 위에 칠면조가 고소한 냄새를 풍기며 가랑이를 쩍 벌리고 누워 있었다. 불을 지핀 난로에서는 따스한 온기가 기분 좋게 피어올랐다.

마담 오르탕스의 머리는 구불구불 말려 있었다. 낡고 바랬지만 소매통이 넓고 너절한 레이스가 달린 장밋빛 분홍색 가운을 치렁치렁 걸치고 있었다. 주름진 목에는 손가락 두 개 굵기의 담황색 리본도 단단히 묶고 있었다. 마담의 겨드랑이 양쪽에서 장미 향수 냄새가 진하게 풍겼다.

'이 지상의 삼라만상은 완벽하게 조화를 이루고 있구나.' 나는 생각했다. '어쩌면 인간의 마음과 대지가 이토록 잘 어우러질 수 있을까! 저 늙은 카바레 가수를 보라. 저 여자는 온갖 풍상을 겪고 쇠잔하여 이제 이 형편없는 해변에 내던져졌지. 그런데도 이 비참한 방에서 성스러운 배려와 온정과 아낙네로서의 정갈한 살림살이에 온 힘을 쏟고 있지 않은가.'

조심스럽게 준비한 풍성한 저녁 식사, 불을 지핀 난로, 깃발로 장식한 것처럼 한껏 화려하게 장식한 몸, 장미수 냄새 — 보잘것없는 이 인간의 육체적 쾌락들이 너무도 간단하고 빠르게 엄청난 영적 기쁨으로 탈바꿈했다. 잠시 동안 내 눈에 눈물이 고였다. 아주 특별한 이 밤, 이 바다 끝자락에서 나는 결코 혼자가 아니라는 생각이 들었다. 나를 돌보기 위해 서두르고 있는 여성은 헌신과 애정과 인내심을 지닌 엄마요 누이이자 아내였던 것이다.

조르바 또한 나와 똑같이 기분 좋은 혼란을 느끼는 것이 분명했다. 그는 방에 들어서기가 무섭게 달려가 깃발로 요란하게 치장하고 사랑이 흘러넘치는 여주인을 와락 껴안았다.

"그리스도가 탄생했소!" 그가 큰 소리로 말했다. "여자에게서 태어나신 걸 환영합니다!"

그가 나를 돌아보며 웃었다.

"여자가 얼마나 요물인지 알겠소, 보스 양반? 여자들은 하느님까지도 헷갈리게 만들 수 있어요."

우리는 식탁에 둘러앉아 음식에 덤벼들었고 포도주를 실컷 마셨다. 배가 만족하자 곧 마음에도 기쁨이 넘쳤다. 조르바는 다시 한번 흥분했다. "먹고 마셔요." 그는 이따금 나에게 소리쳤다. "먹고 마셔요, 보스 양반, 신명 나게 놉시다. 노래 불러요. 나의 젊은 친구여! ― 당신도요! ― 목동들처럼! '지극히 높은 곳에서는…… 영광이로다!'* 그리스도가 탄생하셨소. 그건 웃을 일이 아니오. 아멘 송가를 불러요. 그래야 우리의 가엾은 하느님께서도 웃으실 게 아니오. 우린 그동안 그분께 독약을 드렸소."

조르바는 그 어느 때보다 기분이 좋았고, 그래서 말을 멈출 수가 없었다.

"어이, 나의 현명하신 솔로몬이여, 나의 백면서생(白面書生)이여, 그리스도가 탄생하셨소! 세상만사를 촘촘한 체에 거르는 그 버릇 좀 버리시오. 정말 태어나셨냐고? 태어나지 않으셨냐고? 제발 멍청하게 굴지 좀 마쇼. 그분은 정말 태어나셨소이다. 언젠가 기술자 하나가 나한테 이런 말을 합디다. 우리가 마시는 물을 확대경으로 들여다보면 맨눈으로는 볼 수 없는 아주 작은 벌레들이 우글거린다고. 그 벌레들을 보고 나면 물을 마실 수 없을 거요. 물을 마시지 않으니 목말라 죽는 수밖에. 그러니 보스 양반, 그 확대경을 박살 내 버려요. 그 거지 같은 렌즈 따위 부숴 버리면 벌레들이 눈 깜짝할 사이에 사라져 버릴 거요. 그래야 물

---

* "지극히 높은 곳에서는 하느님께 영광이요 땅에서는 하느님이 기뻐하신 사람들 중에 평화로다."(「누가복음」 2장 14절)

을 마시고 생기를 되찾을 수 있어요!"

조르바는 야하게 차려입은 동반자를 돌아보며 포도주가 가득 든 잔을 들어 올렸다. "나의 사랑스러운 성모 마담이여, 그리고 나의 친애하는 전우여!" 그가 말했다. "나는 그대들의 건강을 위해 이 잔을 단숨에 들이켤 거요. 나는 지금껏 살면서 수많은 선수상(船首像)을 보아 왔소. 자기 젖가슴을 두 손으로 감싸 쥐고 두 뺨과 입술을 다홍색으로 발갛게 칠하고 배 이물에 박혀 있는 선수상 말이오. 그것들은 이 바다 저 바다를 항해하면서 온갖 항구에 닻을 내렸지. 그러다 배가 썩어 나뭇조각이 되면 이 선수상들은 어느 뭍에 상륙해서 수명이 다할 때까지 선장들이 술 마시러 들르는 해변 카페 벽에 기대고 있는 거야. 마담 선장이여, 오늘 밤 이 해변에서 당신의 모습을 보는구려. 거나하게 먹고 마시고 나니 내 눈이 활짝 열리면서 당신이 마치 커다란 배에 달려 있던 선수상처럼 보이는구려. 내가 바로 당신의 마지막 항구요, 사랑스러운 부불리나. 내가 바로 선장들이 들러 술을 마시는 그 카페요. 자, 이리 와서 내게 기대어 돛을 내리시오! 나의 사랑스러운 인어 여왕이여, 당신의 건강을 위해 이 가득 찬 잔을 들이켜겠소."

그러자 마담 오르탕스는 감동해서 눈물을 펑펑 흘리며 조르바의 어깨에 무너졌다.

"기다려 보쇼. 난 이놈의 멋진 연설 때문에 그만 봉변을 당하고 말 거요." 조르바가 내 귀에 대고 속삭였다. "이 망나니 할망구가 오늘 밤 나를 가만히 놔두질 않을 것 같소. 하지만 내가 뭘 할 수 있겠소? 불쌍한 것들, 그저 가엾을 뿐이지."

"그리스도가 탄생하셨소!" 조르바가 그의 인어 여왕을 향해 목청껏 소리를 내질렀다. "우리의 건강을 위하여!"

조르바가 마담을 팔로 껴안았다. 팔에 팔을 휘감은 채 그윽하고 황홀한 눈빛으로 서로를 바라보며 둘은 포도주를 단숨에 들이켰다.

내가 (혼자서) 그 아늑한 방을 나서서 집으로 돌아가는 길로 들어선 때는 벌써 새벽이 가까운 시각이었다. 마을 사람들은 푸짐하게 먹고 마신 뒤 큼직한 겨울 별 아래 굳게 닫힌 덧문과 문 뒤에서 다들 곤히 잠들어 있었다.

밤은 춥고 바다는 으르렁거렸다. 금성은 장난스럽게 춤을 추며 동쪽 하늘에 희롱하듯 걸려 있었다. 해변을 따라 걸으며 나는 파도와 장난쳤다. 파도는 나에게 물세례를 주려 달려들었고 나는 파도로부터 도망쳤다. 나는 행복했다. 나는 스스로에게 계속 말했다. "이것이 진정한 행복이야. 아무런 야망도 없으면서 모든 야망을 품은 듯 끈질기게 일하는 것. 사람들과 멀리 떨어져 살면서도 그들을 필요로 하지 않되 그들을 사랑하며 살아가는 것. 크리스마스를 맞아 거나하게 먹고 마시는 것. 그러고 난 뒤 모든 유혹에서 벗어나 혼자서 머리 위에는 별들을, 왼쪽에는 육지를, 오른쪽에는 바다를 소유하는 것. 그리고 갑자기 삶이 마음속에서 기적을 이뤄 냈다는 사실, 그래서 삶이 동화가 되었다는 사실을 깨닫는 것."

*

　하루하루가 지나갔다. 나는 여전히 용기를 잃지 않으려 애
썼고 생각을 다른 데로 돌리려 소리를 질러 댔다. 하지만 가슴속
깊은 곳에서는 낙담에 빠져 있었다. 축제 주일 동안 여러 기억이
되살아나 나의 내면을 음악과 내가 사랑하는 사람들로 가득 채
웠다. 사람의 심장을 피로 가득 찬 웅덩이로 묘사하는 태곳적 동
화가 얼마나 정확한지 다시 한번 깨달았다. 죽은 사람이 살아나
기 위해 웅덩이의 가장자리에 얼굴을 처박고 우리의 피를 들이
켜는 동화 말이다. 그들은 사랑을 많이 받으면 받을수록 우리의
피를 더 많이 들이켠다.

　새해 전날이었다. 마을의 어린이 악대가 손에 큼직한 종이
배를 들고 시끄럽게 우리 오두막까지 내려와서 날카로운 목소리
로 즐겁게 새해 축가를 부르기 시작했다. 종이와 먹물을 뒤집어
쓴 지적인 학자 성(聖) 바실리오*가 카이사레아**에서 출발하여
이 쪽빛으로 물든 크레타 해변에 이르러 조르바와 나와, 존재하
지도 않는 가상의 '귀부인'을 한데 묶어 찬사를 보내고 있었다.

　나는 말없이 듣고 또 듣기만 했다. 또 한 해가, 내 심장의 한

---

* Basil of Caesarea(329/330~379). 카이사레아의 바실리오 또는 성(聖) 대(大) 바
실리오라고 부른다. 오늘날 터키에 속한 지역인 로마 제국의 소아시아 카파도키아
의 카이사레아의 그리스인 기독교 주교였다.
** 지중해 해변의 도시로 '팔레스티나의 카이사레아'라고도 한다. 기원전 22~기원
전 9년경 헤로데스가 지금의 텔아비브 북쪽으로 50여 킬로미터 떨어진 이곳에 그
리스 로마 식 도시를 건설하고 카이사르의 이름을 따 그렇게 불렀다.

조각이 또다시 뽑혀 나가는 느낌이었다. 나는 그 검은 웅덩이를 향해 한 걸음을 더 내디딘 셈이었다.

"도대체 무슨 일이 있었던 거요, 보스 양반?" 조르바가 작은 북을 두드리면서 아이들과 노래를 부르며 나에게 물었다. "도대체 무슨 일이 있었소이까, 친구 양반? 얼굴이 핼쑥해서 몇 년은 더 늙어 보이니, 보스. 나로 말하면, 새해와 함께 다시 어린아이가 된 것 같소. 그리스도처럼 나도 다시 태어났소. 해마다 그가 태어나듯 나도 새롭게 태어나는 거요."

나는 침대에 누워서 눈을 감았다. 오늘 밤에는 짜증이 잔뜩 났고, 그래서 도무지 대화를 나눌 기분이 아니었다.

하지만 나는 도저히 잠을 이룰 수 없었다. 오늘 밤이야말로 내 행동을 해명해야 할 날인 것 같았다. 내 삶이 마치 불분명한 꿈처럼 두서없이 재빨리 떠올랐다. 나는 절망 가운데 그것을 바라보았다.

다양한 바람이 불면서 솜털 구름이 하늘 높이 흩날리는 것처럼 내 삶은 계속 모양을 바꿔 가며 하나로 뭉쳐졌다 여러 조각으로 나뉘었다 다시 합해지기를 반복했다. ─가령 개, 백조, 악마, 전갈, 황금 공작, 원숭이 따위로 바뀌었다. 그러는 동안 바람과 무지개로 가득 찼던 구름은 계속 모양이 사라졌다. 살아가는 동안 품었던 모든 의문이 해답을 찾기는커녕 오히려 점점 더 복잡해지고 위협적이 되었다. 나의 가장 무모한 소망들, 그것들 또한 진지해지면서 믿어지지가 않았다. 날이 밝았지만 나는 눈을 뜨지 않았다. 내 열망에 집중하려고, 내 정신의 단단한 껍질을 뚫고 실개천 같은 인간 각자를 끝없이 광활한 바다와 하나가 되게 하는 어둡고 위험한 수로로 들어가려고 끊임없이 싸우고 있었다. 나는 이 새해가 무엇을 가져올지 보기 위해 서둘러 장막을 찢으려 했다.

"잘 잤소, 보스 양반. 새해 복 많이 받으쇼!" 조르바의 목소리가 나를 갑작스럽게 땅으로 끌어 내렸다. 눈을 뜨자 조르바가 큼직한 석류 하나를 오두막 문지방으로 내던지는 것이 보였다. 루비처럼 상큼한 석류 알들이 내 침대까지 날아왔다. 나는 몇 알을 주워 먹으며 목을 축였다.

"보스 양반, 엄청난 이윤을 위하여, 건강을 위하여, 그리고 우리와 함께 도망갈 아리따운 젊은 아가씨들을 위하여!" 조르바가 한껏 기분이 들떠 소리쳤다. 그는 말끔히 씻고 면도를 하고 제일 좋은 옷으로 갈아입고 있었다. ─초록색 펠트로 만든 바지, 안장 방석으로 만든 회색 재킷, 속에 털을 댄 반쯤 건조시킨 염소 가죽 망토를 입고 있었다. 거기다 러시아 아스트라한 모자를 쓰고 콧수염도 꼬았다.

"보스 양반, 우리 사업을 대표해 성당에 얼굴 좀 내밀까 합니다. 프리메이슨* 회원처럼 보여서야 광산 사업에 득이 되지 않지요. 내가 잃을 게 뭐가 있겠소? 그저 시간 좀 보내고 오겠소이다." 그는 가볍게 목례를 하고 한쪽 눈을 찡그려 윙크를 했다. "혹시 압니까, 그곳에서 과부라도 만날지?" 그가 중얼거렸다.

---

* '자유 석공 모임'이라는 뜻으로 16세기 말엽에서 17세기 초엽에 설립된 인도주의적 박애주의를 지향하는 우애 단체.

조르바의 머릿속에서는 하느님과 사업의 최대 이윤과 과부가 서로 떼어서 생각할 수 없을 만큼 하나로 결합되어 있었다. 그의 가벼운 발걸음이 멀어지는 소리를 들으며 나는 침대에서 튀어 올랐다. 마법이 사라졌다. 내 영혼은 다시 육신의 감옥에 갇혀 버렸다.

나는 옷을 입고 해변을 따라 빠르게 걸었다. 위험과 죄악으로부터 벗어난 것 같아 기뻤다. 갑자기 나는 이른 아침 갈망 속에서 아직 태어나지도 않은 미래를 염탐하고 조사함으로써 신성 모독 죄를 범한 것 같았다.

우연히 소나무에 붙어 있는 나비 고치를 보았던 어느 날 새벽이 떠올랐다. 껍질을 깨뜨리면서 내면의 영혼이 막 모습을 드러내려던 순간이었다. 나는 기다리고 또 기다렸다. 하지만 너무 느려서 조바심이 났다. 그래서 허리를 숙이고 숨결로 온기를 불어넣었다. 끈질기게 온기를 불어넣자 마침내 기적이 일어나 고치가 내 눈앞에서 부자연스러운 속도로 열리기 시작했다. 껍질이 완전히 열리고 나비가 나왔다. 그 순간 나는 절대 잊지 못할 공포를 느꼈다. 날개는 안쪽으로만 말릴 뿐 밖으로는 펴지지 않았다. 콩알만 한 몸뚱이 전체가 날개를 바깥으로 펼치려고 몸부림쳤다. 그러나 헛수고였다. 나도 그 옆에서 숨결을 불어 어떻게든 돕고자 했지만 아무런 소용이 없었다. 그것은 햇빛을 받으며 천천히 무르익어 날개를 펴야 했던 것이다. 하지만 너무 늦어 버렸다. 내 숨결 때문에 나비는 구겨지고 미성숙한 상태로 미리 바깥으로 나올 수밖에 없었다. 미처 자라지 못하고 나온 나비는 필사적으로 몸을 떨다가 곧 내 손바닥에서 죽어 버렸다.

나는 솜털처럼 가벼운 나비의 사체가 내 양심을 짓누르는 가장 무거운 짐이 되었다고 믿는다. 나는 그날 이 진리를 깊이 깨달았다. 영원한 자연의 법칙을 재촉하는 것은 치명적인 죄라는 사실을. 인간의 의무는 영원불변하는 자연의 리듬을 믿고 따르는 것이라는 사실을.

나는 바위에 걸터앉아 머릿속으로 평온하게 새해 결심을 정리했다. '아, 이 새해에는 발작하듯 성급하게 굴지 말고 이런 식으로 내 삶을 관리하자.' 나는 스스로에게 타일렀다. '내가 생명을 주려고 너무 서두르다가 죽게 만든 이 작디작은 나비가 늘 내 앞에서 날며 내게 길을 보여 주도록 하자! 이와 마찬가지로 너무 일찍 죽어 버린 나비가 그의 자매 중 하나, 즉 인간 영혼이 서두르지 말고 느긋한 속도로 날개를 펼치도록 도와주기를!'

11

나는 새해 선물을 움켜쥐고 신바람이 나서 튀어 오르듯 일어났다. 공기는 차갑고 하늘은 청명하고 바다는 반짝거렸다.

나는 마을로 가는 길로 들어섰다. 지금쯤이면 미사가 끝났을 것이다. 걸음을 옮기는 동안에도 새해 첫날 제일 먼저 누구하고 마주칠지, 내 영혼에 행운 또는 불운을 가져다줄 사람이 누구일지 궁금하여 심장이 제멋대로 쿵쾅거렸다. 손에 새해 선물을 들고 있는 어린아이일까, 아니면 소매통이 넓은 옷을 입고 있는, 이 지상에서 직분을 다한 건장한 노인일까. 마을이 가까워질수록 가슴이 더욱 설렜다.

그때 갑자기 무릎에 힘이 쭉 빠졌다. 마을에서부터 난 길을 따라 서 있는 올리브 가로수 아래로 가벼운 걸음걸이의 과부가 나타났기 때문이다. ── 빨갛게 상기된 얼굴에 검은 두건을 두르고, 촛대처럼 허리를 곧추세운 채 걷고 있었다. 파도처럼 출렁이며 걸어오는 모습이 마치 검은 표범처럼 보였다. 그녀는 코를 찌르는 듯한 사향 냄새를 공기 중에 내뿜는 것 같았다. '내가 과연 도망칠 수 있을까?' 나는 생각했다. 나는 이 성난 야수가 무자비하다는 것을 잘 알고 있었다. 도망치는 것만이 유일하게 이기는 길이었다. 하지만 어떻게 도망친단 말인가? 과부는 마치 군대가 행군하듯 자갈을 으드득 밟으며 가까이 다가오고 있었다. 그녀가 머리를 흔들자 두건이 흘러내리면서 큰 까마귀처럼 검은 머리칼이 번쩍거리며 드러났다. 그녀는 미소를 지으며 재빠르게 나를 살폈다. 여자의 눈빛에는 야성과 함께 다정함이 깃들어 있었다. 과부는 마치 여자의 은밀한 비밀이 — 그녀의 머리카락 말이다. — 드러난 게 부끄러운 듯 두건을 재빨리 고쳐 썼다.

나는 과부에게 "새해 복 많이 받으십시오!" 하고 새해 인사를 건네려 했다. 하지만 갱도가 무너지며 내 삶이 위협받던 그 순간처럼 목구멍이 그만 콱 막혔다. 과부의 과수원을 에워싼 갈대가 흔들거렸다. 겨울 햇살이 황금빛 레몬 나무들과 오렌지 나무들 그리고 색이 짙어진 이파리들 위로 떨어져 내렸다. 과수원 전체가 천국처럼 찬란하게 빛났다. 내가 막 그녀 앞을 지나갈 때 과부는 걸음을 멈추고 팔을 뻗어 과수원 문을 힘차게 열었다. 그러고는 뒤돌아서서 눈썹을 파르르 떨며 다시 한번 나를 쳐다보았다. 과부는 문을 그대로 열어 두었다. 그렇게 엉덩이를 살랑대며 오렌지 나무 뒤로 사라졌다.

한달음에 문지방을 넘어 문에 빗장을 건 다음, 그녀를 뒤쫓아 가서 허리를 휘어 감고, 말 한마디 없이 담요가 깔린 침대 위에서 그녀와 함께 나뒹구는 것 ─ 진정한 사내라면 아마 그렇게 했을 것이다. 우리 할아버지라도 그러셨을 것이고, 내 손자 녀석도 그러기를 바란다. 하지만 나는 어물쩍거리며 생각만 하고 있었다.

"이다음 삶에서는 좀 더 처신을 잘할 수 있겠지." 나는 쓸쓸하게 웃으며 중얼거렸다. "오늘은 그냥 가자."

나는 치명적인 죄를 지은 사람처럼 가슴이 짓눌리는 것을 느끼며 초록빛 작은 골짜기로 들어섰다. 나는 걷고 또 걸었다. 추워서 몸이 부들부들 떨렸다. 과부의 흔들거리며 걷는 모습이며 미소며 눈빛이며 젖가슴이, 아무리 떨쳐 버리려 해도 자꾸만 다시 떠올랐다. 나는 누구에게 쫓기듯 도망치고 있었다.

나무에는 아직 잎이 돋지 않았는데도 싹이 힘차게 부풀어 오르고 있었다. 싹을 보고 있노라니 그 안에서 새싹과 꽃들과 달콤한 과일이 마치 피타 빵처럼 하나로 압축되어 햇살 속으로 나올 준비를 마친 것처럼 느껴졌다. 겨울 동안 밤낮으로 몰래, 소리 소문도 없이 마른 나무껍질 뒤에서 봄날의 위대한 기적을 만들어 내고 있었던 것이다.

순간, 나는 갑자기 기뻐서 환호성을 질렀다. 바로 내 앞 움푹 꺼진 곳에 용감한 선지자 같은 아몬드 나무 한 그루가 꽃을 피우고 있는 게 아닌가. 모든 나무보다 먼저 그 나무는 봄이 오고 있음을 알리고 있었다. 나는 마음이 놓였다. 이것이 내가 원하는 것이었다. 부드러우면서도 짜릿한 향기를 깊이 들이마시면서 길에서 벗어나 자리를 잡고 앉았다. 나는 꽃이 핀 나뭇가지 아래

편안히 앉아 아무 생각도 하지 않고 아무런 걱정도 없이 행복하게 오랫동안 머물렀다. 마치 천국에서 영원불변의 나무 아래에 앉아 있는 기분이었다.

그때 분노에 찬 목소리가 갑자기 요란하게 나를 천국에서 몰아냈다.

"이 골짜기에서 지금 뭘 하고 있는 거요, 보스 양반? 당신을 찾아 마을을 이 잡듯 뒤졌소. 벌써 정오가 가까웠어요. 자, 어서 갑시다!"

"어디로요?"

"어디냐고? 지금 어디로 가냐고 묻는 거요? 마담의 애저구이를 먹으러 가는 거지! 배고프지 않아요? 잘 구워진 어린 돼지가 막 오븐에서 나왔소. 그 냄새에 코가 다 문드러질 지경이오. 자, 어서 갑시다!"

나는 일어나 기적의 꽃을 활짝 피운 아몬드 나무의 거칠고 신비로운 몸통을 매만졌다. 신바람이 난 조르바는 민첩하게, 허기진 육신과 들뜬 기분으로 내 앞쪽에서 성큼성큼 걸어갔다. 인간의 원초적인 욕구는 —음식, 술, 여자, 춤 말이다.— 민속춤을 추듯 흔들거리는 그의 몸 안에서 여전히 광채를 내뿜고 있었다. 그는 손에 분홍색 종이로 포장하고 황금색 크로셰 끈으로 묶은 꾸러미 하나를 들고 있었다.

"새해 선물인가요?" 내가 그에게 물었다.

조르바는 감정을 숨기려는 듯 너털웃음을 웃었다.

"아, 그래야 불평을 하지 않지요, 불쌍한 것." 그가 뒤도 돌아보지 않고 대답했다. "그래야 마담이 한창 잘나가던 시절을 떠올릴 게 아니오. 마담도 여자요. ──어디 이 얘기 한두 번 합니까? 여자란 늘 징징대며 불평을 늘어놓는 동물이란 말이오."

"사진이에요? 혹시 악당 같은 아저씨 사진인가요?"

"보면 알 거요. 서두르지 마쇼. 곧 보게 될 테니. 내가 직접 만든 거요. 자, 빨리 갑시다."

정오의 햇살에 뼈마디까지 시원했다. 바다도 즐겁게 일광욕을 하고 있었다. 옅은 안개로 수놓은 것 같은 헐벗은 작은 섬 하나가 저 멀리 바다에서 솟아올라 항해하고 있었다.

우리는 마을에 도착했다. 조르바가 내 곁으로 다가와 목소리를 낮추더니 이렇게 말했다. "저기, 보스 양반, 내가 성당에서 말이오, 성가대 옆에 서 있는데, 바로 거기 그 사람이 성당에 와 있지 않겠어. 갑자기 성상이 그려진 칸막이가 환하게 빛나기 시작하는 거요. 그리스도, 성모 마리아, 열두 제자가 모조리 반짝반짝 광채가 나는 거요. '도대체 이게 무슨 일이람?' 나는 성호를 그으며 스스로에게 물었소. '햇빛인가?' 그러고 나서 뒤를 돌아보니 과부가 서 있는 게 아니겠소."

"시시껄렁한 소리 좀 그만하시죠, 조르바!" 나는 걸음을 재촉하며 말했다.

하지만 조르비는 내 뒤를 바짝 쫓아왔다. "내가 과부를 아주 가까이에서 봤소, 보스 양반. 글쎄 뺨에 사내들을 돌아 버리게 하는 점이 하나 있지 뭐요. 여자 뺨에 점이라니, 그 얼마나 신비로운 거요!"

조르바는 또다시 놀란 듯이 눈을 크게 뜨고 말을 이었다.

"그런 점 본 적 있소, 보스 양반? 살결이 비단결처럼 매끈하게 이어지다가 난데없이 까만 점 하나가 툭 나타나는 거요! 이 점을 보면 사내들은 정말 홀딱 반하고 말죠. 뭔가 좀 이해가 되시오, 보스? 당신 책에는 뭐라고 쓰여 있소이까?"

"지옥에나 떨어지라고 적혀 있습디다."

조르바는 재미있다는 듯 껄껄 웃었다. "아하!" 그가 말했다. "이제야 좀 알아듣기 시작하는군."

우리는 걸음을 멈추지 않고 카페 앞을 빠르게 지나갔다.

우리의 '귀부인'은 어린 돼지를 오븐에 넣어 놓고 문지방에 서서 우리를 기다리고 있었다. 그녀는 목에 담황색 리본을 또다시 매고 있었다. 얼굴에 하얀 분을 떡칠하고 입술에 체리처럼 새빨간 립스틱을 바른 모습이 사뭇 공포감을 자아냈다. 그녀는 우리를 보는 순간 행복하여 온몸을 떨었다. 음탕하게 힘이 풀린 조그마한 눈동자가 이리저리 춤추다가 조르바의 왁스 바른 콧수염에 멈췄다. 조르바로 말하자면, 문에 걸쇠를 잠그는 순간 팔로 마담의 허리를 휘감았다.

"새해 복 많이 받으시오, 나의 부불리나여!" 그가 마담에게 말했다. "내가 당신을 위해 갖고 온 선물을 보시오!"

조르바는 통통하고 주름진 마담의 목덜미에 키스했다.

늙은 세이렌은 좋아서 어쩔 줄 몰랐지만 짐짓 아무렇지도 않은 척했다. 마담은 붕어처럼 튀어나온 눈으로 선물을 쳐다보았다. 그리고 조르바의 손에서 낚아채 황금빛 리본을 풀더니 함성을 질렀다.

나도 허리를 굽히고 살펴보았다. 두꺼운 판지 위에는 조르바가 — 그는 정말 악당이었다! — 그린 커다란 전함 네 척이 각기 노란색, 갈색, 회색, 검정색 깃발을 펄럭이고 있었다. 바다는 장밋빛 분홍색이었다. 그리고 전함들 앞에는 머리칼을 풀어헤치고 올라붙은 젖가슴에 물결 모양의 꼬리가 달린 인어가 우윳빛 피부를 드러내고 발가벗은 채 목에 담황색 리본을 감고 파도 위에서 헤엄치고 있었다. — 그녀는 다름 아닌 마담 오르탕스였다! 그리고 손에는 케이블 네 줄을 잡고, 영어, 러시아어, 프랑스어, 이탈리아어 현수막이 달린 전함 네 척을 끌고 있었다. 판지의 네 귀퉁이에는 노란색, 갈색, 회색, 검은색 수염이 길게 그려져 있었다.

늙은 세이렌은 그림을 단번에 알아보았다. "세 무아!*" 그녀가 자랑스럽게 인어를 가리키며 말했다. 그러고 나서 한숨을 내쉬었다. "아이에, 무아 오시.** 나도 그랬어요.

마담은 침대 위 앵무새 새장 옆에 놓아 두던 작고 둥근 거울을 떼어 내고 그 자리에 조르바의 그림을 걸었다. 두껍게 바른 립스틱 아래 마담의 얼굴이 우윳빛처럼 뽀얗게 빛났다.

한편 조르바는 부엌으로 슬그머니 들어갔다. 배가 고팠던 그는 손에 애저구이가 담긴 접시를 들고 나왔다. 그리고 포도주병을 자기 앞에 갖다 놓더니 유리잔 셋을 가득 채웠다. "자, 와서

---

* '나예요!'라는 뜻의 프랑스어. 이후 마담 오르탕스의 외국어는 모두 프랑스어이다.
** '나도 한땐 어엄청 대애단했죠.'

앉으시오!" 그가 손뼉을 치며 소리쳤다. "자, 우선 배때기부터 불립시다. 기초 작업을 먼저 해야지 않겠소. 부불리나 내 사랑, 그러고 난 뒤에 배꼽 밑으로 내려가 봅시다."

하지만 우리 늙은 인어 여왕이 자꾸만 한숨을 내쉬는 바람에 분위기는 영 살아나지 못했다. 해마다 정월 초하루가 되면 마담 역시 나름대로 최후 심판일 의식을 치르면서 부족한 것이 한두 가지가 아닌 자신의 삶을 돌아보았다. 이런 공적인 명절마다 도시들, 남자들, 실크 가운, 샴페인, 향수 냄새 풍기는 긴 턱수염이 여자의 반쯤 벗겨진 머릿속 무덤에서 박차고 일어나 소리를 지르기 시작하는 것이다.

"농 아페티!* " 그녀가 애교를 부리는 듯이 투덜거렸다. "농 아페티!"

마담이 난로 앞에 무릎을 꿇고 앉아 불에 타고 있는 숯을 긁어 대자 늘어진 두 뺨에 난롯불이 반사되었다. 그때 이마에 내려와 있던 머리카락 한 가닥이 불길에 닿았다. 그 바람에 머리카락이 그을리며 역한 악취가 방 안에 진동했다.

"안 먹어요. 안 먹는다고요." 마담은 우리가 관심을 보이지 않는 것을 눈치채고는 또다시 투덜거렸다.

화가 난 조르바는 주먹을 꽉 쥐었다. 그는 잠시 동안 마음을 정하지 못하고 있었다. 마담이 마음대로 투덜거리게 내버려 둔 채 우리끼리 게걸스럽게 음식과 포도주를 먹고 마셨다. 조르바

---

* '입맛이 없어요!'

는 마담 앞에 무릎을 꿇고 앉아 팔로 감싸 안고 한두 마디 말로 위로하여 더할 나위 없이 좋은 사이가 될 수도 있었다. 계속 움직이고 있는 조르바의 가죽 같은 턱 위로 갈등이 잔물결처럼 스쳐 지나갔다.

그러다가 갑자기 움직이던 조르바의 얼굴이 멈췄다. 드디어 결정을 내린 것이다. 조르바는 무릎을 꿇고 세이렌의 무릎을 꽉 잡았다.

"부불리나, 당신이 먹지 않으면 온 세상이 잿더미가 될 거요." 그가 괴로운 목소리로 말했다. "내 사랑하는 여인이여, 이 세상을 불쌍히 여겨 이 조그마한 돼지 다리를 먹어 봐요."

조르바는 마담의 입에 버터를 바른 바삭바삭한 돼지 다리를 밀어 넣었다. 그리고 마담을 두 팔로 감싸 안고 들어 올려 조르바와 나 사이의 왕좌에 앉혔다.

"자, 먹어요. 먹어야 산타클로스가 우리 마을에 올 게 아니오." 그가 명령조로 말했다. "만약 먹지 않으면 ─내 말을 잘 들어요! ─그 양반이 오지 않을 거요. 종이와 잉크, 새해 파이, 새해 선물들, 아이들 장난감, 이 애저구이까지 몽땅 가지고 그의 고향인 카에사레아로 돌아가고 말 거요. 그러니 나의 귀여운 부불리나여, 어서 그 사랑스럽고 예쁜 입을 벌리고 음식을 먹어요!"

조르바는 손가락 두 개를 뻗어 마담의 겨드랑이를 간지럽혔다. 그러자 늙은 세이렌은 히히대더니 충혈된 눈을 비비고 바싹 구운 돼지 다리를 우적우적 씹어 먹기 시작했다.

때마침 우리 머리맡 흙 지붕 위에서 발정 난 수고양이 두 마리가 울어 대기 시작했다. 고양이들은 증오와 분노에 가득 차 위협적인 고저음을 내며 울어 대다가 갑자기 서로를 갈기갈기 찢어발길 듯 할퀴며 난투극을 벌이는 소리를 냈다.

"야옹, 야옹!" 조르바가 늙은 세이렌에게 한쪽 눈을 찡긋하며 흉내 냈다.

그러자 마담은 미소를 지으며 식탁 밑으로 조르바의 손을 몰래 잡았고, 이제야 목구멍이 뚫린 듯 열심히 먹기 시작했다.

석양이 작은 창문 사이로 방 안에 들어와 부불리나의 발에 내려앉았다. 포도주 병은 비어 있었다. 야생 고양이 같은 콧수염 끄트머리가 곤두선 조르바는 '암컷'에게 좀 더 가까이 다가갔다. 어깨 위에 고개를 세우고 가만히 쉬고 있던 마담은 포도주 냄새 풍기는 조르바의 따뜻한 숨결이 정수리에 와닿자 그만 닭살이 돋을 것만 같았다.

조르바가 돌아서서 내게 말했다. "이 수수께끼가 다 뭐요, 보스 양반? 내가 끼면 뭐든지 어긋나 버리니 말이오. 내가 갓난아이였을 적엔 고루하고 무뚝뚝하고, 꼭 우리 할아버지처럼 목소리가 쉬어서 애늙은이 같다는 소리를 들었소. 그런데 세월의 무게에 짓눌리면 짓눌릴수록 나는 몸이 가벼워졌어요. 스무 살적에는 앞뒤 안 가리고 미친 짓을 시작했지. 그렇다고 그리 유별난 짓을 한 건 아니었어. 마흔 줄에 접어들자 나 자신이 하염없이 젊게 느껴져 진짜 미친 짓을 하며 떠돌아다니기 시작했지. 이제 예순 문턱에 들어서니 (우리 둘 사이의 비밀이지만 예순다섯 살이오, 보스.) 아무튼, 이제 나이 예순이 되고 보니 맹세컨대 ― 이

걸 어떻게 설명할 수 있을까, 보스 양반? ── 세상이 내겐 너무 좁은 거요."

조르바는 포도주 잔을 들고 마담 쪽으로 몸을 돌리며 술김에 자못 근엄한 목소리를 내며 말했다. "당신의 건강을 위하여, 귀부인이여. 새해에는 하느님이 당신에게 이가 새로 돋아나게 하시고, 칼날처럼 곧은 눈썹이 자라나게 하시고, 살결이 대리석처럼 다시 하얘지게 하시고, 목에 두른 그놈의 괴상한 리본을 좀 치워 버려 주시기를. 크레타섬에 또 한 번 혁명이 일어나 네 강대국이 다시 함대를 몰고 돌아오고, 오 나의 부불리나, 각 함대에는 곱슬거리고 향내 밴 수염의 나브라코스(제독들)가 타고 있기를. 그리고 당신, 오 나의 인어 여왕이여, 그대는 다시 한번 파도 속에서 튀어 올라와 (아, 이제는 신물이 나는구나!) ── 노래 부르기를! 그리고 나서 함대 네 척이 바로 이 사나운 두 둥근 바위 사이에 부딪혀 산산조각 나기를!"

조르바는 말을 마치면서 큼직한 손바닥을 뻗어 축 처져 시들어 가는 마담의 가슴 위에 올려놓았다.

욕망으로 목소리가 쉬어 버린 조르바는 다시 한번 불이 붙었다. 언젠가 영화에서 터키 고관 하나가 파리의 나이트클럽에서 재미를 보는 장면을 본 적이 있었다. 고관이 금발의 아찔한 여점원 하나를 무릎에 앉혀 놓고 놀다가 점점 얼이 오르며 진뜩 흥분했다. 그러자 그의 페즈 모자 끝에 달린 술이 천천히 곤두서더니 수평 상태로 멈췄다가 다시 갑자기 속력을 내어 공중에 빳빳하게 섰던 것이다.

"왜 웃는 거요, 보스 양반?" 조르바가 물었다.

하지만 마담은 오직 조르바의 말에만 집중하고 있었다.

"울랄라, 내 사아아랑 조오르으바. 아팡 자, 브레망?* 매 지유프 라 죄네스,** 그건 사라지고 말아요!"

조르바는 의자를 좀 더 끌어당겨 마담의 의자에 딱 붙였다. "내가 말해 주지, 내 사랑 부불리나." 조르바는 마담이 입고 있는 블라우스의 세 번째 단추를(결정적인 단추를) 풀려고 하며 말했다. "내가 당신에게 줄 멋진 선물 얘기를 해 주지요. 기적을 일으키는 의사가 나타났다는 거요. 그가 약을 처방해 준대요. ──알약이나 가루약을 말이오. 어찌 된 영문인지는 모르지만 그 약을 먹으면 다시 스무 살, 아무리 늙어 봐야 스물다섯 살로 되돌아간다 하오. 그러니 조용히 기다려 보시오, 내 사랑 부불리나. 당신을 위해 유럽에서 그 약을 좀 주문해 줄 테니."

우리 늙은 세이렌의 번들거리는 듬성듬성한 머리카락 사이로 불그스름한 두피가 빛났다. 마담은 놀라서 소리쳤다. "세 브레?*** 저어엉마알이에요?" 마담은 처지고 살찐 팔로 조르바의 목을 휘감았다. "그으으게 사아실이라며언, 조오르으바 내 사라앙," 여자가 가르릉거리는 소리를 내며 조르바에게 몸을 비벼 댔다. "아알약이라면, 한 바아가지 주우문하고요, 가아루약이라면……."

"한 포대 주문하겠소." 조르바가 마침내 세 번째 단추를 끄

---

* '정말 그럴 수 있을까요?'
** '하지만 젊음은, 청춘은.'
*** '정말이에요?'

르며 말했다.

한동안 잠잠했던 수고양이들이 다시 악을 쓰기 시작했다. 그중 한 놈은 징징 울부짖으며 사정하는 것 같고, 다른 한 놈은 거절하면서 위협하는 것 같았다.

우리의 마담이 하품을 했다. 두 눈이 흐리멍덩했다.

"저어 고양이 놈들 떠드는 소리 들려요?" 그녀가 말했다. "차앙피한 줄도 몰라." 마담은 조르바의 무릎에 앉아 그의 목에 기대고 한숨을 쉬었다. 그녀는 포도주를 너무 많이 마셨던 것이다. 두 눈에는 눈물이 가득 차올랐다.

"사랑스러운 부불리나, 눈물을 그렇게 흘리다니 지금 무슨 생각을 하는 거요?" 조르바가 마담의 젖가슴을 움켜쥐며 물었다.

"알렉산드리아아랑." 여행을 많이 다닌 인어 여왕이 훌쩍거리며 중얼댔다. "알렉산드리아아, 베이루우트, 콘스탄티노플, 터어키 사아람들, 아아랍 사아람들, 소오르베 아이스크림, 황금색 슬리퍼어, 페즈 모자들……." 그녀는 또다시 한숨을 내쉬었다. "알리 베이랑 같이 자던 날—아, 그으 콧수염! 그으 눈써업! 그으 팔뚝!—그 사람은 내 마당에서어 해가 뜨을 때까지이 클라아리노와 탬버어린을 여언주했어요. 그래서 이웃 사람들이 모두 짜아증을 내고 화아를 냈어요. '알리 베이가 또 저 마담이랑 노닥거리는군.' 그으다으음에 콘스탄티노플에서 있었던 일인데요오, 술레이만 터어키 고관은 그음요일이면 사안책을 저얼대로 못 나아가게 했어요. 왜냐하면 술탄이 모스크에 가다가 나를 보고 내 미모에 반해 자기 하렘으로 데려갈까 겁이 나아서

요오. 그래서 그 사람은 아치임에 우리 집에서 나갈 땐 어떠언 남정네에도 못 들어오게 무운 앞에다 흑인 셋을 세워 뒀어요. 울랄라, 나의 술레이만, 내 사랑!" 마담은 손수건을 쥐고 꽉 깨물더니 바다 자라처럼 쉬쉬 소리를 내며 울었다.

조르바는 화가 나서 씩씩대며 마담을 옆에 있는 의자에 내려놓고 의자에서 벌떡 일어섰다. 그는 심호흡을 하며 방 안을 몇 번 왔다 갔다 서성거렸다. 방 안에 앉아 있는 것이 꽤나 답답한 듯 보였다. 지팡이를 집어 들더니 마당으로 뛰쳐나가 벽에 사닥다리를 기대 놓았다. 그가 한 번에 두 칸씩 성큼성큼 올라가는 것을 보고 내가 소리쳤다. "도대체 누굴 잡아 족치려는 거예요, 조르바? 술레이만 고관 잡으러 갑니까?"

"저 망할 놈의 고양이들! 어디 조용히 있을 수가 있어야지!"

그는 단번에 훌쩍 뛰어 지붕 위에 올라갔다.

술에 취해 흐트러진 마담 오르탕스는 사내들이 실컷 키스했던 눈꺼풀을 감았다. 잠은 마담을 동방의 훌륭한 도시들, 정문이 있는 정원들, 음침한 하렘들, 상사병에 걸린 고관들이 있는 곳으로 데려갔다. 그리고 난 뒤 마담은 바다를 건너가 있었다. 마담은 꿈속에서 낚시를 했는데 그녀가 던진 네 가닥의 낚싯줄 끝에는 네 척의 거대한 전함이 걸려 있었다.

늙은 세이렌은 바다에서 밀려오는 소금기 있는 물보라를 뒤집어쓰고 잠결에 평화롭게 미소 짓고 있었다.

조르바가 지팡이를 휘두르며 다시 방 안으로 들어왔다.

"잠든 거요?" 마담을 쳐다보며 그가 물었다. "잠든 거야, 저 더러운 잡년이?"

"네, 그래요." 내가 대답했다. "늙은 사람들을 젊게 만들어
준다는 보로노프* 의사가 데려간 모양입니다. 다른 말로 바꾸면,
잠이 데려간 거죠. 조르바 나리, 지금 마담은 스무 살 처녀가 되
어 길거리를 산책하고 있어요, 알렉산드리아와 베이루트……."

"저런 더러운 창녀는 지옥에나 가라고 하쇼!" 조르바가 바닥
에 침을 탁 뱉으며 중얼거렸다. "저 잡것 좀 봐라. 지금 미소 짓
고 있네! 여기서 당장 나갑시다, 보스 양반." 그는 모자를 눌러쓰
고 문을 열었다.

"여자를 이곳에 혼자 놔두고 가자고요? 부끄러운 일 아닌가
요?"

"저 여자는 지금 혼자가 아니오." 조르바가 으르렁거렸다.
"지금 술레이만 고관이랑 같이 있다고. 안 보이시오? 저 더러운
창녀 년은 지금 천국에 가 있단 말이오. 자, 갑시다!"

우리는 차가운 바깥으로 나왔다. 달은 더할 나위 없이 조용
한 하늘을 평화롭게 거닐고 있었다.

"계집들이란!" 조르바가 넌더리를 내며 말했다. "젠장! 하지
만 그건 저것들 탓이 아니지. 우리 탓, 돌대가리, 새대가리 술레
이만과 조르바들의 탓이지." 그러고 나서 그는 말을 이었다. "아
니, 우리 탓도 아니야. 한 놈이 잘못한 기야. 아주 딱 한 놈이, 돌
대가리 대왕, 얼간이 대왕. 술레이만 대왕. 조르바 대왕. 그게 누

---

* Serge Abrahamovitch Voronoff(1866~1951). 러시아 태생의 프랑스 외과 의사로
노화 방지 연구와 수술로 유명했다.

군지 알겠지요!"

"만약 그런 사람이 존재한다면요." 내가 대답했다. "하지만 그런 사람이 존재하지 않는다면야 어떻게 알겠습니까?"

"에이, 지랄이네!" 그가 외설적인 몸짓을 하며 내뱉었다.

우리는 아무런 말 없이 한참을 빠르게 걸었다. 지팡이로 돌멩이를 탁탁 치고 침을 자꾸 뱉는 것으로 보아 조르바는 격렬한 감정에 사로잡혀 있는 듯했다.

갑자기 조르바가 돌아섰다. "하느님, 우리 할아버지의 뼈를 축복해 주소서!" 그가 말했다. "그분은 여자에 대해 잘 아셨소. 여자들을 사랑하고 여자들 때문에 골치도 많이 썩으셨으니까. '알렉시스, 네가 내 축복을 원한다면 말이다.' 그분은 내게 이렇게 말하곤 하셨소. '여자를 조심해라. 하느님이 여자를 만들려고 아담의 갈비뼈를 하나 빼냈을 때 ― 그 순간이여, 저주받을지어다! ― 악마가 뱀으로 변해서 ― 획! ― 그만 갈비뼈를 낚아채서 도망쳐 버린 거야. 하느님이 그놈을 뒤쫓아 가 잡았는데 뱀은 미끄러져 빠져나가고 하느님의 손에는 악마의 뿔만 남았지. 하느님은 이렇게 말씀하셨어. "살림 잘하는 여자는 숟가락으로도 물레를 잣는 법이지. 나는 악마의 뿔을 이용해서 여자를 빚어야겠구나." 그렇게 해서 하느님께서 여자를 만드셨고, 우린 악마에게 목덜미가 잡힌 거란다, 내 손자 알렉시스, 여자를 만지는 것은 곧 악마의 뿔 중 하나를 만지는 것이란다. 그러니 조심해라, 얘야. 여자는 에덴동산의 사과도 훔쳐서 가슴팍에 품고 여기저기 한껏 뽐내며 어슬렁거리고 있어, 망할 잡년들! 만약 그 사과를 먹으면 넌 끝나는 거야. 하지만 먹지 않아도 끝나는 건 마찬가지다. 그러니 내가 네게 무슨 조언을 해 줄 수 있겠느냐, 애야? 그냥 네가 하고 싶은 대로 하며 살아라!' 이게 돌아가신 우리 할아버지가 해 주신 말씀이오. 그러니 내가 뭘 배웠겠소? 그저 내 갈 길을 가면서 지옥으로 곤두박질쳤지."

우리는 흔들리는 달을 바라보며 불안한 마음으로 서둘러 마을을 지나갔다. 술에 취해서 밤을 거닐 때처럼 세상이 달라 보였다. 거리는 우유가 흐르는 강이 되었고, 길에 파인 구덩이에서는 하얀 석회 가루가 흘러넘쳤다. 산에는 흰 눈이 뒤덮여 있었다. 팔이며 얼굴이며 목이 꼭 반딧불의 배처럼 인광을 내뿜었다. 그리고 달은 이국의 둥근 메달처럼 가슴팍에 걸려 있었다.

우리는 말처럼 될 수 있는 대로 빠른 걸음으로 걸었다. 술에 취해서 몸이 깃털처럼 가볍게 느껴졌다. 마치 날아가는 것 같았다. 우리 뒤쪽으로 사람들이 모두 잠든 마을에서 개들이 지붕 위로 기어 올라가 달을 뚫어지게 바라보며 구슬프게 울부짖고 있었다. 그래서 우리도 두루미처럼 목을 길게 빼고 까닭 없이 구슬프게 울부짖고 싶었다.

마침 우리는 과부의 과수원을 지나가고 있었다. 조르바가 걸음을 멈추었다. 포도주와 음식과 달 때문에 마음이 한껏 들떠 있던 그는 목을 길게 잡아 빼고 당나귀처럼 우렁찬 목소리로 음탕한 크레타 세레나데를 불러 대기 시작했다. 날아갈 듯 기분이 한껏 좋아 즉흥적으로 만든 노래였다.

그대 배꼽 아래를 사랑하오,

거시기가 딱딱하게 섰지만 푹 꺼져 버리네.

"저 계집 또한 악마의 뿔이오." 그가 말했다. "자, 이만 그만
갑시다, 보스 양반."

우리가 오두막에 도착한 것은 날이 거의 밝아서였다. 나는
기진맥진해서 침대에 쓰러졌다. 조르바는 몸을 씻고 프리머스*
버너에 불을 붙여 커피를 끓였다. 그는 오두막 입구 쪽 방바닥에
다리를 꼬고 앉아 담배에 불을 붙이고 평화롭게 담배를 피웠다.
그리고 바다를 내다보면서 상체를 꼿꼿이 세우고 조금도 움직이
지 않았다. 뭔가에 사뭇 진지하게 집중한 표정이었다. 그는 내가
무척 좋아하는 일본 그림을 닮아 있었다. 주황색 법의를 두르고
다리를 꼬고 앉아 있는 금욕주의자 그림 말이다. 목을 꼿꼿이 세
우고 대담한 미소를 지으며 칠흑처럼 어두운 눈앞의 밤을 응시
하고 있는 그 금욕주의자의 얼굴은 딱딱하게 굳어 있고 빛이 났
으며, 섬세하게 새겨진 나뭇조각이 비에 젖은 것처럼 검게 변해
있었다.

나는 달빛 아래서 조르바를 바라보며 그가 얼마나 단순하게
세상과 맞물려 있는지, 몸과 영혼이 그의 안에서 어쩌면 그렇게
하나가 되는지, 모든 것이 — 여자, 빵, 지성, 잠이 — 그의 육신
과 즉시 절묘하게 결합되어 조르바로 변하게 하는지 탄복을 금

---

* 스웨덴의 아웃도어 용품 생산업체.

치 못했다. 나는 여태껏 인간과 우주가 그토록 다정하게 어울리는 것을 본 적이 없었다.

달이 드디어 자취를 감추기 시작했다. 완벽하게 둥글고, 옅은 초록빛을 띤 달이 말로 형용할 수 없는 아름다움을 바다 위로 펼치고 있었다.

조르바는 담배를 던져 버리고 난 뒤 손을 뻗어 바구니를 뒤지더니 끈과 도르래와 자잘한 나뭇조각들을 꺼냈다. 그러고는 석유램프를 켜더니 고가 케이블을 시험하기 시작했다. 작고 보잘것없는 장난감 위로 고개를 숙인 채 그는 어려운 계산을 하느라 애를 먹고 있는지 자주 욕지거리와 악담을 퍼부으며 머리를 긁적거렸다.

그러다 그것도 진력이 났는지 갑자기 고가 모형을 발바닥으로 걷어차 부수어 버렸다.

12

나는 잠이 들었다. 눈을 떠 보니 조르바는 벌써 나가고 없었다. 바깥 날씨가 추워서 침대 밖으로 나가고 싶지 않았다. 머리맡 작은 선반으로 손을 뻗어 이곳에 가져온 내가 좋아하는 책, 말라르메의 시집을 꺼냈다. 아무 데나 펼쳐 천천히 읽다가 덮고, 다시 펼쳐 읽다가 이내 책을 던져 버렸다. 오늘 처음으로 그의 시에서 핏기도 향기도 인간의 실체도 느끼지 못했다. 그의 시가 공허했다. 마치 완전 무균의 증류수처럼 박테리아도 없지만 아무런 영양분도 없이 허공에 떠도는 빛바랜 푸른색 낱말 같았다. 한마디로 생명이 없었던 것이다.

퇴색한 종교에서 신들은 시적 모티프, 인간의 외로움이나 벽을 장식하는 자수품으로 전락하게 된다. 말라르메의 시도 마찬가지였다. 흙과 씨앗으로 가득 차 있는 마음의 아련한 갈망은 불모의 지적 놀이, 허공의 건축물로 전락해 버렸다.

나는 시집을 다시 펼쳐 한 번 더 읽어 보았다. 도대체 나는 왜 그토록 오랫동안 이 시에 끌렸던 것일까? 순수시!* 인생이 피한 방울만큼의 무게도 느끼지 않는 투명하고 가벼운 놀이이게 하라. 인간의 요소는 — 즉 섹스와 육체와 즉흥적인 열정의 아우성 말이다. — 상스럽고 허접하고 불순하니, 정신의 용광로 속에서 연금술처럼 변형을 일으켜 희석되어 흩어져 버리는 추상적 관념이 되게 하라.

그동안 그토록 강력하게 나를 사로잡았던 모든 것들이 오늘 아침에는 사기꾼들의 고공 줄타기 놀이로만 보였다. 모든 문명의 끝자락에 이르면 인간의 고뇌는 언제나 비슷하게 끝을 맺는다. 즉 기술적으로 숙련된 마술, 순수시, 순수 음악, 순수 사고로 말이다. 그리고 '최후의 인간' — 모든 신념과 환상에서 해방되어 더 이상 아무것도 기대하지 않고 더 이상 아무것도 두려워하지 않는 인간, 그의 진흙이 영혼으로 전락하여 자양분을 주거나 자양분을 받기 위해 더 이상 뿌리를 내릴 수 없는 그런 인간으로 말이다. 한마디로 인간성은 껍데기만 남고 속이 텅 비어 버리는 것이다. 더 이상 정액도 없고 똥도 없고 피도 없다. 모든 물질적인 것들은 언어로 변질되고, 모든 언어는 음악적 즐거움으로 탈바꿈한다. 이제 그 '최후의 인간'은 사막의 가장자리에 앉아 이 음악을 다시 소리 없는 수학적 비율로 분해한다.

나는 자리를 박차고 벌떡 일어났다. 그러고는 "이 '최후의

---

* 19세기 말엽 프랑스 상징주의 시인 스테판 말라르메(Stéphane Mallarmé)는 순수시를 지향한 것으로 유명하다.

인간'이 바로 붓다다!" 하고 소리를 질렀다. 이것이야말로 끔찍하고도 비밀스러운 그의 의미다. 모든 것을 비우고 아무것도 소유하지 않은 '순수' 영혼이 바로 붓다다. 붓다는 곧 공(空)이다. 붓다가 이렇게 소리쳤다. "네 육신을 비워라! 네 정신을 비워라! 네 마음을 비워라!" 그가 발을 딛는 곳은 어디든 더 이상 물도 흐르지 않고, 풀도 자라지 않으며, 아기도 태어날 수 없다. '내가 그를 에워싸야만 해.' 나는 생각했다. '내 육신을 꽉 틀어쥐고 있는 그가 손을 놓도록 그와 비슷한 말들로, 그리고 주술적 소리로 그를 꼬드겨야 해. —언어로 짠 그물망을 그에게 던져 그를 포획하고 나 자신을 해방시켜야 해.'

내가 집필하던 희곡 『붓다』는 이제 더 이상 문학적 유희가 되지 못했다. 나의 내부에 도사리고 있는 엄청난 촉매제에 맞서는, 내 마음을 좀먹는 거대한 부정(否定)에 맞서는 결투가 되었다. 이 결투의 승패에 내 삶이 걸려 있었다.

기쁜 마음으로 나는 원고를 집어 올렸다. 그 심장이 어디 있는지 정확히 찾아냈고 드디어 어디를 공략할지 잘 알게 되었다. 붓다가 바로 '최후의 인간'이다. 인간으로 말하자면, 우리는 아직 출발선에 놓여 있다. 충분히 먹지도 못했고, 충분히 마시지도 못했으며, 충분히 입 맞추지도 못했고, 또 충분히 살아 보지도 못했다. 연약하고 맥 빠진 이 늙은이가 때 이르게 우리에게 접근했다. 그러니 그가 어서 길을 떠나 사라지게 해야 한다.

나는 이런 식으로 혼자 외치며 글을 쓰기 시작했다. 그것은 이제 더 단순한 글을 쓰는 연습이 아니었다. 그것은 전쟁이요, 무자비한 사냥, 야수가 은신처에서 나오도록 포위하고 푸닥거리를 하는 것이었다. 예술은 진실로 마술적 의식이다. 살인적인 음산한 힘들이 ─ 살상하고 파괴하고 증오하고 모욕 주려는 잔악한 충동들이 ─ 우리 내면에 깊숙이 자리하고 있다가 곧이어 예술이 우리를 구원해 주려고 감미로운 플롯 소리를 내며 나타난다.

나는 하루 종일 글을 쓰고, 또 계속 싸웠다. 저녁이 되자 지칠 대로 지쳤다. 그러나 분명 앞을 향해 나아갔으며 조금 더 정상과 가까이 있었다. 나는 조르바가 집에 돌아오기를 간절히 기다렸다. 그래야 먹고 자고 다시 새 힘을 얻어 이튿날 아침에 전투를 시작할 수 있을 테니 말이다.

조르바는 황혼이 깔리기 시작해서야 집에 돌아왔는데 그의 얼굴에서는 반짝반짝 빛이 나고 있었다. '조르바도 무언가를 찾아냈군.' 나는 이렇게 생각하고 기다렸다. 며칠 전 나는 그에게 진저리가 나서 화를 냈다. "돈이 다 떨어져 가요, 조르바. 무슨 일이든 빨리 끝내기로 해요. 그 고가 케이블 계획 빨리 실행에 옮기죠. 갈탄으로 재미 못 볼 거면 목재라도 어떻게든 성공시킵시다. 그렇지 않으면 우린 끝장이에요."

그러자 조르바가 머리를 긁적거렸다. "돈이 다 떨어져 간다고요, 보스 양반? 그것 참 달갑지 않은 소식이네요."

"마딕났다고요! 돈을 다 썼어요. 아지씨가 돈을 얼마나 쓰고 있는지 한번 생각해 보세요. 고가 케이블 사업 실험은 어떻게 돼 가는 겁니까? 아직도 운이 안 따라 주나요?"

조르바는 고개를 푹 숙이고 아무 대답도 하지 않았다. 창피

했던 것이다. 그러나 이 일이 결의를 다지는 자극제가 된 것은 분명했다. 볼지어다! 마침내 이날 저녁 그의 얼굴에선 반짝반짝 빛이 났다.

"유레카! 보스 양반!" 조르바는 먼발치에 떨어져 있는 것처럼 크게 소리를 질렀다. "드디어 찾아냈소. 정확한 경사 각도를 찾았소이다. 그 빌어먹을 놈이 내 손아귀에서 요리조리 꿈틀거리며 빠져나가려 하는 걸 내가 꽉 잡았수다!"

"그래요? 그럼, 빨리 서두릅시다, 조르바! 전속력으로 전진하세요! 이제 무엇이 필요합니까?"

"일단 내일 날이 밝는 대로 난 이라클리오에 가서 필요한 장비를 사 오겠소. 굵은 케이블, 도르래, 볼 베어링, 못, 갈고리를 말이오. 발바닥에 불이 나도록 서둘러 다녀오겠소."

조르바는 신바람이 나서 불을 지피고 요리를 했으며 우리는 식욕이 돋아 신나게 먹고 마셨다. 오늘은 우리 둘 다 밥값을 한 셈이었다.

이튿날 아침 나는 조르바와 함께 마을에 갔다. 우리는 갈탄 사업에 대해 꽤 실제적이고 합리적으로 이야기를 나눴다. 한번은 산비탈을 내려가다가 조르바가 돌에 걸려 넘어지면서 그만 돌이 떼굴떼굴 굴러 내려갔다. 조르바는 그렇게 멋진 장관은 태어나서 처음 본다는 듯 화들짝 놀라며 걸음을 멈췄다.

돌아서서 나를 쳐다보는 그의 눈빛엔 두려움이 조금 서려 있었다. "눈치챘소, 보스 양반?" 잠시 입을 다물고 있던 그가 내게 물었다. "돌멩이들이 비탈을 굴러가면서 살아납디다!"

나는 아무 말도 하지 않았지만 몹시 기뻤다. 위대한 선지자와 시인은 이와 같은 방식으로 모든 사물을 바라본다. ── 마치 태어나서 처음 바라보듯이 말이다. 아침마다 신세계가 그들의 눈앞에 펼쳐진다. 아니, 그들은 신세계를 보는 것이 아니라 신세계를 창조하는 것이다.

최초의 인간들처럼 조르바에게도 이 세계는 환상이 고체처럼 형체가 있었다. 별들은 손을 뻗어 그의 머리 위에 얹었고, 바다의 파도는 그의 관자놀이에 닿아 부서졌다. 그는 판단을 왜곡시키는 이성의 간섭을 받지 않고 대지와 물과 동물들과 하느님을 몸소 경험했다.

마담 오르탕스는 미리 연락을 받고 문 앞에서 우리를 기다리고 있었다. 한껏 차려입고 얼굴에는 분을 두껍게 처바른 마담은 어딘지 불안해 보였다. 마치 토요일 밤의 카바레 가수처럼 요란하게 치장하고 있었다. 그녀의 문간에 노새 한 마리가 준비되어 있었다. 조르바는 노새 등에 뛰어올라 고삐를 잡았다. 우리의 노망한 세이렌은 조심스레 다가가 마치 떠나려는 애인을 막듯이 작고 통통한 손을 노새의 가슴에 갖다 댔다.

"조오오르바!" 마담이 고양이처럼 가르릉거리는 소리를 내며 발끝으로 섰다. "조오오르바……."

조르비는 고개를 돌렸다. 연인처럼 길거리 한복판에서 이런 식으로 징징거리는 것이 듣기 싫었던 것이다. 가엾은 마담은 조르바의 시선을 보고 당황했지만 애원하는 듯한 표정으로 노새의 가슴에 계속 손을 얹고 있었다.

"왜 이러는 거요?" 조르바가 짜증을 내며 말했다.

"모옴 조오심해요오. 조오르바." 마담이 애원하며 중얼거렸다. "나를 이잊으면 안 되어요옹. 모옴조오심해요오……."

조르바는 대답도 없이 고삐를 잡아당겼다. 그러자 노새가 앞으로 움직이기 시작했다.

"잘 다녀오십시오, 조르바." 내가 소리쳤다. "딱 사흘입니다. ― 제 말 들리시죠? 더 길게는 안 돼요."

조르바가 돌아보며 솥뚜껑만 한 손을 흔들었다. 늙은 세이렌은 눈물을 흘렸고, 눈물은 두껍게 처바른 분칠에 깊게 골을 만들었다.

"약속하오, 보스 양반! 그럼 또 만날 때까지 잘 지내쇼!"

조르바는 올리브 나무숲 사이로 사라졌다. 가엾은 마담 오르탕스는 계속 울면서 애인이 편안히 앉도록 노새 위에 얹어 준 빨간 담요를 바라보았다. 빨간 담요는 올리브의 은빛 이파리 사이로 간간히 보이더니 사라지고 다시 즐겁게 모습을 드러냈다. 이 또한 곧 사라지고 말았다. 마담 오르탕스는 주위를 둘러보았다. 그녀의 세상 전체가 텅 비어 버린 것 같았다.

*

해변으로 돌아가는 대신 나는 산 쪽을 향해 언덕 위로 올라갔다. 그러나 산기슭에 다다르기도 전에 트럼펫 소리가 들렸다. 우편집배원이 마을에 도착했음을 알리는 소리였다.

"사장님." 그가 팔을 흔들며 불렀다. 그리고 다가와서 내게 신문 꾸러미와 잡지와 편지 두 통을 건넸다. 나는 그중 편지 한 통을 재빠르게 주머니에 넣었다. 하루의 일과를 끝내고 마음이 차분해지는 저녁 시간에 읽기 위해서였다. 누가 보냈는지 알기에 설레는 마음을 조금 더 오래 간직하고자 편지 읽기를 뒤로 미룬 것이다.

나머지 한 통도 신경질적이고 불안해 보이는 필체와 이국적인 소인으로 미루어 누가 보낸 것인지 금방 알 수 있었다. 탕가니카의 어느 산속에서 날아온 것이었다. 이 편지를 보낸 장본인인 카라얀니스는 학교 친구로 괴짜였다. 피부가 가무잡잡하고 이가 눈처럼 하얗고 뾰족한 그 친구는 성격이 꽤 충동적이었다. 송곳니 하나가 마치 야생 돼지처럼 뾰족하게 나와 있었다. 그는 조용히 말하는 법이 없이 늘 소리를 질렀다. 토론도 언쟁으로 만들기 일쑤였다. 크레타 출신이지만 아주 젊었을 때 이곳에서 성직자로서 신학 교수 생활을 하다가 섬을 떠난 친구였다. 여학생 하나와 놀아났던 것이다. 어느 날 들판에서 여학생과 키스하다가 들켜 버렸는데 이 일이 조롱과 함께 비웃음거리가 되었다. 바로 그날로 교수는 성직자의 옷을 벗어던지고 배를 타고 아프리카에 있는 친척에게 갔다. 그곳에서 사업에 뛰어들었고 밧줄 만드는 공장을 차려 돈을 꽤 많이 벌었다. 그는 자주 내게 편지를 보내 한 반년쯤 함께 지내자고 제안했다. 그의 편지를 뜯을 때마다 매번 편지를 읽기도 전부터 줄로 묶인 여러 장의 편지에서 세찬 바람이 불어오는 것을 느낄 수 있었다. 그 때문에 나는 머리카락이 쭈뼛쭈뼛 서곤 했다. 그를 보러 아프리카로 갈 생각을 하면서도 계속 미루고 있던 터였다.

나는 길에서 벗어나 바위에 앉아 그의 편지를 읽었다.

그래, 언제쯤이면 이곳에 올 텐가, 이 따개비 같은 그리스인아? 보아하니 우리 선생은 거지 같은 '그리스인'이 되어 카페에 죽치고 앉아 있는 듯하군. 카페만이 카페가 아니지. 책도, 습관도, 거창한 사상도 하나같이 카페라 할 수 있지. 오늘은 일요일이네. 그래서 일을 하지 않지. 지금 농장 집에서 쉬며 자네를 생각하고 있어. 태양이 찜통처럼 푹푹 찌네. 그런데도 비는 한 방울도 내리지 않는군. 이곳에서 비는 4월, 5월, 6월이 되어야 오지. ─그런데 한번 왔다 하면 홍수가 난다네.

나는 철저히 혼자라네. 그게 아주 좋아. 이곳에도 '그리스 놈들'이 더러 있지만 난 그들과는 어울리지 않아. 나는 놈들을 아주 경멸하거든. 망할 놈의 그리스 놈들은 여기까지 자네의 문둥병을 짊어지고 왔어. ─도박이나 문맹이나 육신처럼 그리스 사람들을 산 채로 잡아먹는 그 지독한 정당 정치 말일세. 나는 유럽인들이 끔찍이도 싫어. 그게 바로 내가 이 우삼바라* 산맥에서 어슬렁거리는 이유라네. 그렇다네. 나는 유럽인들이 싫고, 그중에서도 특히 '그리스 놈들'과 그리스에 관련된 게 모두 싫어. 나는 두 번 다시 자네가 살고 있는 그리스 땅에 발을 딛지 않을 걸세. 나는 이곳에서 죽을 생각이네. 벌

─────────

* 탕가니카 북동쪽에 위치한 산맥으로 열대성 동아프리카 지역에 속한다.

써 집 밖 산비탈 외딴 곳에 내 무덤 자리도 만들어 놓았다네. 비석
도 세우고 거기다 굵직한 대문자로 직접 이렇게 새겨 놓았지.

그리스 놈들을 증오하는
그리스 놈이 여기 누워 있도다.

그리스를 생각할 때마다 나는 침을 뱉고 저주를 퍼붓고 바보처럼
느껴질 때까지 실컷 웃어 댄다네. 나는 고향을 영원히 버리고 이곳
에 오면서 내 운명을 가지고 왔네. 왜냐고? 그래야만 다시는 그리스
인이라든가 그리스적인 것들을 보지 않을 테니까. 나를 이곳으로 데
려온 건 내 운명이 아니야. (사람은 자기가 바라는 것이 뭐든 그대로 하
거든.) 바로 내가 운명을 이곳에 데려와서 개같이 일했고, 지금도 여
전히 그렇게 지낸다네. 나는 지금껏 땀을 강처럼 많이 흘려 왔고, 또
앞으로도 계속 그럴 거라네. 나는 대지와 바람과 비, 그리고 검고 붉
은 일꾼들과 싸우고 있다네.

재미있는 일은 아무것도 없어. ── 재미있는 것은 오직 한 가지,
일뿐이지. 육체노동과 정신노동이 있지만 육체노동이 정신노동보다
좋다네. 몸이 피곤해지고 땀을 잔뜩 흘리고 뼈가 우두둑거리는 소리
를 듣는 게 좋아. 나는 돈을 경멸하여 생각 없이 내키는 대로 버리
다시피 써 버린다네. 나는 돈의 노예가 아니거든. 오히려 돈이 나의
노예지. 맹세컨대, 나는 일의 노예야. 영국인들과 계약했어. 벌목을
하고 있지. 그리고 밧줄도 만들어. 지금은 목화 재배 계획도 세우고
있다네. 데리고 있는 일꾼도 아주 많아. 피부가 검은 놈들, 붉은 놈

들, 검고도 붉은 놈들. 잡종견 같아. 운명론자들이지. 음탕하고 몸도 씻지 않고 거짓말을 밥 먹듯 하는 방탕한 놈들이야. 지난밤에는 계집 하나를 두고 흑인 부족, 야오족과 응고니족 사이에 한바탕 싸움이 벌어졌네. 창녀 한 년을 두고 말이야. 자네도 알다시피 자존심을 건 싸움이지. 아, 꼭 자네들 그리스인 같군 뭔가! 육두문자가 오가고 몽둥이질을 해서 골통을 부수더군. 한밤중에 온갖 여자들이 달려와 나를 깨우며 중재에 나서 달라고 소리를 질렀어. 나는 그만 화가 치밀어 그 마귀 년들을 쫓아 버리며 영국 경찰에게나 가 보라고 했지. 그런데도 그것들이 밤새 내 집 문 앞에 서서 울부짖는 걸세. 새벽이 되어서야 내려가 내가 중재에 나섰다네.

내일, 즉 월요일 이른 아침. 나는 울창한 숲속을 지나 우삼바라 산맥에 오를 걸세. 그 숲속에는 시원한 물이 흐르고 일 년 내내 푸른 잎이 덮여 있거든. 아, 이 그리스인이여, 도대체 언제쯤이면 자네는 유럽, '바빌론의 제왕, 창녀의 어머니요 지구상에서 혐오스러운 것들의 어머니'라고 할 유럽에서 젖을 뗄 작정인가? 도대체 언제쯤이면 이곳에 와서 아직 더럽혀지지 않은 이 산들을 나와 함께 오를 텐가?

나에게는 흑인 여자에게서 태어난 아이가 하나 있네. 여자아이지. 어미는 내가 쫓아 버렸어. 벌건 대낮에 울창한 나무 그늘을 찾아다니며 내놓고 서방질을 해 댔거든. 더 이상 참을 수 없어서 쫓아 버렸어. 하지만 아이는 내가 키워. 이제 두 살이야. 걸어 다니고, 말도 막 하기 시작했지. 그 아이에게 그리스어를 가르치고 있다네. 그 아이에게 내가 제일 먼저 가르쳐 준 문장은 이걸세. "그리스 놈들,

네 얼굴에 침을 뱉는다! 그리스 놈들, 네 얼굴에 침을 뱉는다!"

아이가 악당 같은 게 나를 닮았어. 넙데데하고 납작한 코만 제 어미를 닮았지. 나는 아이를 몹시 사랑하지만 그건 개나 고양이 같은 애완동물을 — 아주 작은 동물들을 — 사랑하는 것과 비슷하다고 할 수 있지. 이곳으로 와서 우삼바라 여자한테서 사내아이 하나 낳게나. 그래서 우리 사돈을 맺자고.

나는 무릎 위에 편지를 펴 놓았다. 다시 한번 내 안에는 이 섬을 떠나고 싶은 충동이 섬광처럼 스쳐 갔다. 꼭 그럴 필요가 있어서가 아니라 — 이미 이곳 해변에서 아쉬운 것 없이 편안하게 지내고 있었기 때문이다. — 죽기 전에 될 수 있는 대로 많은 바다와 땅을 보고 만지고 싶은 욕망이 강렬하게 일었기 때문이었다.

나는 자리를 털고 일어났고, 마음을 바꿔 더 이상 산을 오르지 않았다. 대신 해변 아래쪽으로 발길을 돌렸다. 재킷 가슴주머니에 넣어 놓은 편지가 불룩하게 만져져 더 이상 기다릴 수가 없었다. 달콤하게 고통스러우면서도 기대되는 쾌락의 맛이 너무 오랫동안 지속되었던 것이다.

나는 오두막에 도착하자마자 불을 지피고 차를 끓이고 버터 바른 빵에 꿀과 오렌지를 얹어 먹고, 옷을 빗고 침대에 누운 뒤 편지를 펼쳤다.

나의 스승이요 초심 제자여, 문안드리네!

이곳에는 일이 정말 많다네. ── 맙소사, '하느님' 덕분에 일은 또 어찌나 힘에 부치는지. '하느님'이라는 위험천만한 낱말에 따옴표를 붙여 포위하는 것은 (마치 야생 동물을 우리에 가두듯 말일세.) 내 편지를 뜯자마자 자네가 잔뜩 열 받지 않게 하기 위해서라네. 그건 그렇고, '하느님' 덕분에 일이 정말 많다네! 지금 50만 그리스 동포들이 캅카스 남쪽에 위치한 남부 러시아에서 위험에 처해 있다네. 그중 대다수는 터키어나 러시아어밖에 못하지만 마음에서만큼은 열렬하게 그리스어로 말을 하지. 그들은 우리의 혈육이거든. 그들을 그저 지켜만 봐도 ── 눈에는 욕심으로 이글거리고 입술에는 교활하고 육감적인 미소를 띠는 모습, 그리고 그들이 어떻게 러시아 농민들을 다루는 상전이 됐는지 지켜만 봐도 ── 그렇다네. 그들의 모습을 지켜만 봐도 그들이 정말 자네가 그토록 사랑하는 오디세우스의 진짜 후손들이라는 걸 알 수 있을 거야. 그러니 자네도 그들을 좋아하게 될 것이고, 그들이 죽도록 그냥 내버려 두지는 못하겠지.

왜냐고? 그 사람들은 정말 생사의 갈림길에 놓여 있거든. 그들은 가지고 있던 것을 모조리 잃어버렸어. 하나같이 말일세. 굶주리고 있다네. 한쪽에서는 볼셰비키에게 쫓기고 다른 한쪽에서는 쿠르드족에게 쫓기고 있지. 사방에서 모여들어 그루지야와 아르메니아 지방의 여러 도시에서 난민 생활을 하고 있다네. 음식도 옷도 의약품도 없어. 그들은 항구에 모여 모국인 그리스로 데려가 줄 그리스 증기선이 도착하기만을 목을 길게 빼고 고통스럽게 기다린다네. 나의 사랑하는 선생이여, 우리 민족의 한 부분이 ── 다른 말로 바꾸자면, 우리 영혼의 한 부분이 ── 지금 공포에 떨고 있네.

만약 우리가 운명에만 맡겨 둔다면 그들은 모두 죽고 말 거야. 우리가 그들을 성공적으로 구하여 헬레니즘에 가장 큰 도움을 줄 지역 —즉 마케도니아의 접경에 인접한 먼 북방 지역과 트라키아에 인접한 머나먼 동쪽 지방—자유의 땅에 이식하려면 상당한 사랑과 상당한 지능, 그리고 상당한 열정과 조직이 (자네는 이 두 덕목이 결합하는 걸 무척 좋아했지.) 필요하다네. 우리는 꼭 이 일을 수행해야 하네. 이것만이 수백만, 수천만 그리스 영혼을 구하고, 또 그들과 함께 우리의 영혼도 구하는 길이라네. 나는 이곳에 도착하자마자 자네의 가르침대로 원(圓)을 하나 그리고 그것에 '내 의무'라는 이름을 붙여 주었네. 그런 다음 이렇게 말했지. 내가 만약 이 원 전체를 구할 수 있다면 나 자신도 구할 수 있을 것이다. 반대로 만약 이 원 전체를 구하지 못하면 나도 무너질 것이다. 원 안에는 50만 그리스 동포가 함께 모여 있으니.

나는 여러 도시와 마을을 뛰어다니며 그리스인들을 모으고 비공식 서한을 쓰고 전보를 치고 배와 음식과 옷과 의약품을 보내 달라고, 또 이 영혼들을 그리스로 데려가 달라고 고관들을 설득하면서 고군분투하고 있다네. 이런 돌대가리들과 싸우는 것도 행복이라면 나는 지금 행복하다고 할 수 있겠지. 자네 표현대로 내가 내 키에 맞게 행복을 재단했는지는 잘 모르겠네. 정말 그랬다면 좋겠네. 그렇다면 내 키는 상당할 데니 말일세. 그러나 나는 내가 행복으로 긴주하는 것과 같은 높이로, 다시 말하자면 그리스의 가장 머나먼 국경까지 내 키를 쭉 늘리고 싶다네. 이제 이론으로 그치는 일은 그만 해야겠네. 자네는 지금 크레타섬 해변에서 몸을 뻗고 파도 소리와 산투리 소리를 듣고 있을 테지. 자네에게는 시간이 많으니. 하지만 내겐 시간이 없다네. 나는 일에 매여 있는 게 매우 기쁘다네. 행동! 행동! 그 밖에 다른 구원 따위는 없어. 태초에 행동이 있었노라,* 그리고 종말에도 역시.

지금 내 생각은 매우 단순하다네. 하나로 결합되어 있지. 내가 말하고 싶은 것은, 이 폰토스, 캅카스 주민들이 ─카르스의 농민들, 티플리스, 바투미, 노보로시스크, 로스토프, 오데사, 크리미아의 크고 작은 상인들이 ─곧 우리 자신이고 우리 혈육이라는 사실이지. 우리처럼 그들도 콘스탄티노플을 자기들의 수도로 생각한다네. 우린 모두 같은 지도자를 모시고 있어. 자네는 그 지도자를 오디세우스라고 부르고, 사람들을 그를 콘스탄틴 팔라이올로고스**라고 부르지. 살해당한 사람 말고 다른 사람, 즉 전설 속에 영원히 전해 내려오는 그분 말일세. 자네만 허락한다면, 나는 우리 민족의 지도자를 아크리테스***라고 부르고 싶네. 난 이 이름이 더 좋아. 좀 더 위엄 있고 좀 더 호전적이라고나 할까. 왜 그런고 하니, 이 이름을 듣는 순간 모든 극한 상황에서, 또 온갖 변방에서 끊임없이 싸우는 영원한 그리스인의 완전 무장한 모습이 바로 머릿속에 튀어 오르기 때문이

---

* "태초에 말씀이 계셨다. 그 말씀이 하느님과 함께 계셨다. 그 말씀은 곧 하느님이셨다.(「요한복음」1장 1절)
** Constantine XI Palaiologos(1404~1453). 1443년에서 1449년까지는 모레아의 독재자였고, 1449년에서 사망할 때까지는 비잔티움(동로마 제국)의 황제였다.
*** Basilius Digenes Akrites. 10세기 비잔티움의 영웅. '디제니스'란 이슬람인 아버지와 기독교인 어머니 사이에서 혼혈로 태어났다는 뜻이고, '아크리타스'란 '제국의 변경을 지키는 사람'이라는 뜻이다.

지. 국가적, 지적, 정신적 변방에서 말일세. 게다가 만약 '디제니스'
도 언급한다면 우리 민족, 동양과 서양의 놀라운 종합을 한층 더 잘
설명해 주는 셈이거든.

나는 지금 카르스에 와서 주변 모든 마을에서 그리스 사람들을
모으고 있다네. 내가 도착한 날 쿠르드족들이 카르스 외곽에서 우리
신부(神父) 중 한 사람, 교사 한 사람을 붙잡아다가 노새 발에 편자
를 박듯 그들의 발에다 편자를 박았다네. 공포에 질린 모든 사람들
이 지금 내가 은신처로 만든 집으로 피신해 왔어. 쿠르드족들의 대
포 소리가 점점 가까워지는군. 이 그리스 사람들 모두가 마치 내가
그들을 구원할 힘이라도 가지고 있는 것처럼 나만 쳐다보고 있다네.

원래 나는 내일 티플리스로 떠날 예정이었어. 하지만 이토록 위
험한 상황을 뒤로하고 떠나기가 부끄럽더군. 그래서 그냥 머물기로
했네. 나도 겁나지 않는 건 아니네. 아니, 나는 두렵기도 하고 또 부
끄럽기도 하다네. 렘브란트의 「청동 투구를 쓴 남자」도 나와 똑같
이 행동하지 않았을까? 그 사람이라 해도 남기로 결정했을 거야. 그
래서 나도 남는 것일세. 만약 쿠르드족들이 이곳에 쳐들어온다면 내
발에 가장 먼저 편자를 박을 테지. 아, 선생이여, 자네는 제자가 노새
처럼 삶을 끝맺을 줄은 정말 상상도 못했겠지.

그리스인들이 모여 옥신각신한 끝에 우리는 오늘 밤 노새, 말,
소, 염소, 아녀자들과 아이들을 데리고 모이기로 했네. 새벽녘에 모
두 같이 북쪽으로 떠날 예정이네. 그리고 나는 우두머리 숫양처럼
맨 앞에 서서 그들을 이끌 걸세.

전설적인 이름이 붙은 평지와 산을 넘어가는 가부장적 대규모 이

동이라네. 나는 선택받은 민족을 '약속의 땅'으로 — 자네 말을 빌리자면, 그리스로 — 인도할 모세(짝퉁 모세)가 될 걸세. 물론 자네에게 부끄럽지 않게 모세의 임무를 충실히 수행하려면, 자네가 우스꽝스럽다고 생각할 최신 유행의 각반은 벗어 던지고 양가죽으로 만든 정강이받이를 착용해야겠지. 그리고 기름이 흐르는 길고 너저분한 수염을 늘어뜨리고 무엇보다 뿔 나팔도 한 쌍 차야겠지. 하지만 불행히도 나는 자네의 기분을 맞추기 위해 그런 것들을 할 수 없다네. 나의 옷 입는 방식을 바꾸기보다 내 영혼을 바꾸는 편이 훨씬 쉬울 테니까. 나는 각반을 차겠네. 그리고 턱수염도 깔끔하게 밀어 대머리처럼 반들반들하게 만들 걸세. 나는 아직 결혼하지 않았으니까.

나의 존경하는 선생이여. 어쩌면 마지막일지도 모를 이 편지를 자네가 꼭 받기 바라네. 누가 알겠나. 나는 우리 인간들을 보호한다는 신비로운 힘 같은 것은 믿지 않는다네. 오히려 악의나 목적도 없이 왼쪽 오른쪽 가리지 않고 옆에 있는 것을 모조리 때려 부수는 맹목적인 힘을 믿지. 내가 만약 세상을 하직한다면 (자네와 나를 겹주지 않기 위해 다른 단어가 아닌, '하직'이라는 낱말을 쓰네.) — 그래, 만약 내가 이 세상을 하직한다면 잘 있게나, 나의 선생이여. 나도 이런 말 하기가 부끄럽지만 그렇게 할 수밖에 없군. 용서하게나. 나도 그동안 자네를 무척이나 사랑했다네.

그리고 맨 아래에는 연필로 급하게 서둘러 쓴 추신이 붙어 있었다.

추신: 나는 우리가 헤어질 때 했던 약속을 아직도 잊지 않고 있다네. 내가 이 세상을 '하직'하게 되면 자네에게 이 사실을 알려 주겠다고 한 약속 말일세. 자네가 어디에 있든, 또 자네가 겁을 먹지 않도록.

13

사흘이 지나갔다. 나흘 그리고 닷새가 지나갔다. 그런데도 조르바는 나타나지 않았다.

엿새째 되던 날 이라클리오에서 긴 편지 한 통이 도착했다. 장밋빛 편지지에서는 향기가 났다. 그야말로 거지발싸개 같은 편지였다. 편지 한구석에는 화살이 관통하는 하트가 그려져 있었다.

나는 지금껏 그 편지를 조심스럽게 보관해 왔다. 여기저기 적혀 있는 한껏 허세를 부리는 그리스어 표현들도 여기에 그대로 옮긴다. 다만 매력적이지만 철자법이 틀린 부분은 수정했다. 조르바는 마치 나무꾼이 손도끼를 쥐듯 펜을 꼭 잡고 힘을 줘서 휘갈겨 썼다. 그러다 보니 편지지 곳곳이 찢어졌고 찢기지 않은 곳에는 여기저기 잉크가 튀어 있었다.

친애하는 나의 보스, 자본가 양반에게!

첫째, 무엇보다 먼저 보스가 건강한지 안부를 묻습니다. 둘째, 우리도 건강해요. 아주 건강하게 지내지요. 하느님을 찬양할진저!

오래전 나는 내가 이 세상에 말이나 소로 태어나지 않았다는 사실을 깨달았소. 오직 짐승들만이 먹기 위해 살아가지요. 나는 그런 범주에서 벗어나기 위해 밤낮으로 일거리를 만들고, 이념을 위해 밥벌이를 포기하기도 했소. 그리고 속담의 앞뒤를 바꿔 이렇게 말하기도 합니다. 즉 "제 돈 한 냥보다는 남의 돈 천 냥이 낫다."라고.

많은 사람들이 주머니를 채우려고 애국자가 됩디다. 하지만 나는 주머니에 먼지만 풀풀 날린다 해도 애국자는 되기 싫소이다. 많은 사람들이 천국이 있다고 믿으면서도 나귀들이 얌전히 앉아 있도록 말뚝에 묶어 둡니다. 하지만 나한테는 나귀가 없소. 나는 자유로운 몸이니 내 나귀가 고꾸라질 지옥 같은 것은 두렵지 않소. 또 나는 내 나귀가 가서 클로버나 뜯어 먹을 천국에 대한 기대도 없어요. 워낙 무식해서 어떤 식으로 말해야 할지 잘 모르겠지만, 우리 선생은 나를 이해하지 않소이까, 보스 양반!

많은 사람들이 허영을 두려워합니다. 하지만 나는 그것을 짓뭉개 버렸소. 많은 사람들이 생각을 너무 많이 해요. 하지만 나는 생각할 필요가 없어요. 나는 좋다고 기뻐하지도, 나쁘다고 슬퍼하지도 않소. 그리스 사람들이 콘스탄티노플을 점령했다는 소리도 내게는 터키 사람들이 아테네를 점령했다는 소리를 듣는 것과 매한가지란 말이오.

이런 소리를 적어 놓은 것을 보고 내가 나이를 먹어 노망에 들었다고 생각한다면 당장 그렇다고 적어 보내시오. 고가 케이블 사업을 위해 케이블을 사러 이라클리오에 있는 가게들을 돌아다니다 보니 웃음이 절로 나왔소. "형씨, 왜 웃는 거요?" 사람들이 이렇게 내게 묻습디다. 그런데 내가 뭐라고 대답할 수 있겠소? 내가 웃는 이유는, 손을 뻗어 케이블이 괜찮은 건지 살펴볼 때마다 인간이란 게 도대체 뭐며, 왜 이 지구에 나타났으며, 어떻게 하면 쓸모 있는 존재가 되는지, 갑자기 그런 생각이 들기 때문이오. 그런데 인간은 결코 쓸모 있는 존재가 될 수 없소. 내가 보기엔 모든 게 똑같아요. 마누라가 있건 없건, 정직하건 정직하지 않건, 고관이건 문지기건 말이오. 다만 중요한 것은, 내가 죽었느냐 아니면 살아 있느냐 하는 것뿐이오. 하느님께서 나를 데려가든, 악마가 나를 물어 가든 (보스 양반, 나에겐 이게 별로 상관없다는 걸 아시오?) 나는 혼령을 포기하고 차라리 썩은 냄새 풀풀 풍기는 시체가 되어 모든 사람의 코를 찌를 거요. 그러면 사람들이 냄새 때문에 기절하지 않으려고 나를 땅속 깊이 파묻겠지요.

이왕 이야기가 나왔으니 말이지만, 내가 두려워하는 게 있어 물어보겠소, 보스. 나는 다른 건 하나도 두렵지 않아요. 그런데 이 문제를 생각하면 밤낮으로 마음을 안정할 수가 없소. 보스, 늙는다는 것, 나는 이게 두렵소. 하느님, 제발 우리를 보호하소서! 죽는 건 아무렇지도 않아요. 바람 한 점에 촛불이 꺼지듯 한 방에 그저 훅! 가는 거지요. 하지만 늙는다는 것은 엄청난 수치요.

나는 내가 늙었음을 인정하는 걸 엄청난 수치로 느끼기 때문에 나이 먹었다는 소리를 듣지 않도록 별짓을 다합니다. 가령 공중에

껑충 뛰어오르기도 하고 춤을 추기도 합니다. 위장이 뒤틀리는 통증을 느껴도 계속 춤을 춰요. 술을 마시면 어지럽고 온 세상이 빙글빙글 돌지만 나는 술을 마시지 않은 척 꼿꼿이 섭니다. 땀이 나 바닷물에 뛰어들면 감기에 걸려 콜록! 콜록! 기침이 나올 것 같지만 기분은 상쾌하다오. 하지만 창피합디다, 보스. 그래서 기침을 애써 참소. 그러니 보스도 내가 기침하는 걸 본 적이 없을 겁니다. 앞으로도 절대로 볼 수 없을 거요! 다른 사람들이 있을 때만 그러느냐, 아니오, 나 혼자 있을 때도 마찬가지요. 왜냐하면 조르바 앞에서 부끄럽기 때문이오, 보스. 무슨 말을 더 할 수 있겠소? 조르바 앞에서도 내가 부끄럽단 말이오!

언젠가 '성스러운 산'이라는 아토스산을 알게 되었소. 그 산에 올라가서 (차라리 오르기 전에 다리라도 먼저 부러졌으면 좋았으련만!) 키오스* 출신인 라우렌티우스 신부라는 수도사를 만났소. 이 괴짜 양반은 자기 속에 악마가 들어 있다고 믿고는 그에게 '호자'라는 이름까지 붙였습디다. "호자가 성(聖) 금요일에 고기를 먹고 싶다고 하는구나." 이 불쌍한 양반은 성당 현관 계단에 머리를 박으며 이렇게 신음하기도 했소. "호자가 계집년이랑 자고 싶어 하는구나. 호자가 수도원장을 죽여 버리고 싶어 하는구나. 내가 아니고, 호자가, 호자가 말이야!" 그러고 나서 그 양반은 또다시 바위에다 이마를 찧는 거였소.

보스 양반, 내 안에도 그 수도사처럼 조르바라는 악마가 하나 살

---

* 에게해에 위치한 그리스에서 다섯 번째로 큰 섬. 아나톨리아 해안에서 7킬로미터 떨어져 있다.

고 있소이다. 내 안의 이 조르바는 늙는 걸 싫어해요. 그래요. 절대로 늙기 싫대요. 그리고 실제로 늙지 않았소. 신체가 건장한 데다 머리카락은 갈까마귀처럼 새까맣고, 이는 서른두 개(숫자로 말하자면 32), 귀 뒤에는 카네이션을 꽂고 있소. 하지만 몸 밖의 조르바는 발이 시려요. 불쌍한 녀석! 머리카락은 희끗희끗하고, 몸은 쭈그러들고, 피부는 늘어지고, 이도 빠지고, 큼직한 귀 속에는 늙은 당나귀처럼 회색 털이 잔뜩 자라고 있소.

그러니 내가 뭘 할 수 있겠소, 보스 양반? 도대체 언제까지 이 두 놈의 조르바가 서로 싸울 것 같나요? 결국 어느 쪽이 이길 것 같소? 내가 빨리 골로 간다면 아무 문제가 없을 거요. 하지만 한참을 더 살 것 같으면 나는 망했소이다. 쫄딱 망했단 말이오, 보스! 내가 수치를 당할 날이 오고 말 거요. 자유를 잃어버리고, 딸년이나 며느리가 괴물 같은 저희 애새끼나 돌보라고 하겠지요. 애가 불에 데지 않게 해라, 넘어지지 않게 해라, 흙에 더러워지지 않게 해라 하면서 말이오. 그리고 만약 애가 더러워지면 내가 땅바닥에 앉아서──이런 젠장!──그놈들 똥이나 닦아 줘야 할 거요.

당신도 똑같은 고통을 겪을 거요, 보스 양반. 지금은 젊더라도 정신 바짝 차리시오! 그러니 내가 하는 말 잘 들으시오. 내가 밟고 있는 길을 밟고 따라와요.──그게 유일한 구원의 길이오. 이 산 곳곳을 누비면서 석탄이며 구리며 철이며 마그네슘을 캐내고 돈을 왕창 버시오. 그래서 우리네 친척들이 우리를 두려워하고, 친구들이 우리 신발을 핥고, 중산층 신사들이 모자를 벗어 우리에게 인사를 하도록 말이오. 그러나 만약 이 일에 성공하지 못하면, 보스, 차라리 죽는 편이 낫소. 우리 앞에 있는 늑대나 곰, 그 어떤 흉포한 짐승에게라도 찢겨 죽는 것이 낫습니다. 그래도 상관없소이다! 이게 바로 하느님이 들짐승을 이 세상에 보낸 이유요. 그것들이 우리가 수치를 당하지 않도록 우리같이 다양한 인간들을 먹어치우라고 말이오.

조르바는 이쯤 해서 색연필로 키가 멀대같이 크고 삐쩍 마른 남자가 붉은 늑대 일곱 마리에게 쫓겨 초록색 나무들 밑을 달리고 있는 그림을 그리고, 그 밑에 굵은 글씨로 이렇게 썼다. "조르바와 치명적인 일곱 죄악.*"

그러고 나서 편지는 이렇게 계속되었다.

내 편지를 읽으면 당신은 내가 얼마나 불행한 놈인지 이해할 겁니다. 내가 우울증에서 벗어날 수 있으리라 희망을 품어 보는 때는 그나마 당신과 함께 있거나 당신과 얘기를 나눌 때뿐이오. 왜냐하면 선생은 나와 꼭 같은 사람이기 때문이지. 당신이 그 사실을 모를 뿐. 당신의 내면에도 악마가 한 놈 있는데 아직 놈의 이름을 모르고, 그 이름을 모르기 때문에 숨이 막히는 거요. 놈에게 이름을 지어 주시오, 보스. 그러면 위안을 얻을 겁니다.

자, 나는 내가 불행한 사람이라고 했소이다. 똑똑하다는 게 실은 멍청한 것에 지니지 않는다는 걸 나는 분명히 알고 있소. 하지만 이런 순간들도 있소. 이따금 어떤 위대한 사람이나 하는 생각이 불쑥

★ 기독교에서 말하는 지옥에 떨어질 일곱 가지 치명적인 죄로 교만, 탐욕, 탐식, 나태, 분노, 시기, 음란을 말한다.

머리에 떠오르는 순간들이 말이오. 만약 이럴 때 내 내면의 조르바가 지시하는 대로 실행할 수만 있다면 온 세상을 깜짝 놀라게 할 수도 있을 거요.

내 인생 계약서에 종료 시한이 적혀 있지 않으니 나는 가장 위험한 경사로에서도 브레이크를 풀어 버립니다. 인간의 삶이란 위로 올라갔다가 아래로 내려가는 철도와 같소이다. 분별 있는 사람들은 브레이크를 사용하며 인생길을 달립니다. 하지만 나는 ─ 나는 여기에 탁월한 재주가 있소, 보스. ─ 이미 오래전에 브레이크를 던져 버렸어요. 충돌을 두려워하지 않기 때문이오. 우리 같은 노동자들은 충돌을 '탈선'이라고 부르죠. 탈선에 신경을 쓰니 차라리 지옥에 떨어지겠소. 나는 그저 내키는 대로 밤낮으로 질주를 계속하고 있소. 충돌해서 산산조각이 난다 해도 그게 무슨 대수요? 내가 잃을 것이 뭐 있겠소? 아무것도 없어요. 만약 내가 이리저리 머리를 굴리며 앞으로 나아간다고 가정해 보쇼. 그런다고 부딪히지 않을 것 같소이까? 그래도 마찬가지일 거요. 그러니 전속력으로 전진할 수밖에 없는 거죠!

보스는 지금 나를 비웃고 있을 거요. 내 헛소리, 아니 내 생각, 내 약점들을 늘어놓고 있소만 ─ 맹세컨대 이 세 가지가 어떻게 다른지 전혀 모르겠소. 아무튼 나는 지금 보스에게 편지를 쓰고 있소. 아직 이 모든 말에 싫증을 느끼지 않았다면 마음껏 비웃으시오. 당신이 웃어 대니 나도 따라 웃겠소. 이래서 이 세상에는 웃음이 끊이지 않는 거요. 사람마다 바보스러운 데가 있지만, 세상에서 제일가는 바보는 자기가 바보스럽지 않다고 생각하는 인간이오.

그래서 나는 여기 이라클리오에서 내 바보스러움을 연구하며 보스에게 그에 대해 낱낱이 쓰고 있는 거요. 당신 조언이 좀 필요하기 때문이오. 당신은 분명 아직 젊어요, 보스. 하지만 당신은 해묵은 지혜에 대해 읽어 왔고, 이런 표현을 사용하는 것을 양해해 주길 바랍니다만, 당신도 이제 좀 나이를 먹었어요. 그래서 당신에게 조언을 구하는 거요.

나는 사람에겐 저마다의 독특한 냄새가 있다고 믿소. 그것을 우리가 잘 모르는 이유는, 냄새가 죄다 섞여 버려서 어느 게 당신 냄새고 어느 게 내 냄새인지 분간되지 않기 때문이오. 우리가 알고 있는 사실이 한 가지 있다면, 그건 공기가 '인간'이라고 부르는 악취를 뿜어낸다는 것이오. 어떤 사람들은 그 악취를 꼭 라벤더 향기 맡듯이 합디다. 하지만 나로 말하자면, 그 냄새만 맡으면 토할 것 같아요. 신경 끄쇼, 이건 다른 문제니까.

내가 하고 싶은 말은—내가 또다시 브레이크를 풀려고 하고 있소만—계집들에 관한 것입니다. 수치심도 모르는 그것들은 개처럼 촉촉한 코를 가지고 있어요. 그 때문에 자기들을 원하는 사내인지, 자기들을 혐오하는 사내인지 금방 구분해 냅니다. 그래서 내가 어떤 도시에 들어서든, 그리고 이번에도 어김없이, 내 비록 보기 흉한 상판대기에 옷도 추레하게 입은 늙은이지만, 두세 여자가 늘 뒤를 따라붙는 거요. 아시겠지요, 이 경찰견 같은 암캐들이 내 냄새를 맡은 거라고요. 잡것들!

자, 첫날 내가 이라클리오에 무사히 도착한 것은 어둠이 내리는 저녁 무렵이었소. 나는 서둘러 이 가게 저 가게를 찾아다녔지만 죄다 문이 닫혀 있더군요. 그래서 한 여관에 들어가 거기서 노새도 먹이고 나도 먹고, 몸을 씻고 담배를 피우고 산책하려고 길을 나섰소. 이 도시에는 내가 아는 사람도 없고, 나를 아는 사람도 없소. 자유 그 자체였지요. 그래서 거리를 걸으며 휘파람을 불어도 되고 웃어도 되고 혼잣말을 해도 괜찮을 법했소. 구운 호박씨를 좀 사서 먹으며 길에다 뱉기도 하면서 어슬렁어슬렁 걸었죠. 가로등에 불이 켜지고, 남자들은 우조*를 마시고 있었고, 정숙한 여자들은 집으로 돌아가는 중이어서 거리에서는 파우더 냄새, 향기로운 비누 냄새, 시시케밥** 냄새가 코를 찌릅디다. "어이, 조르바." 나는 스스로에게 이렇게 말했소. "언제까지 코를 벌름거리며 살아 있을 것 같은가? 냄새 맡으며 살 날도 얼마 남지 않았으니, 불쌍한 자식아, 어서 냄새나 실컷 들이마셔라."

그래서 심호흡을 하며 널찍한 광장 여기저기를 걸어 다니는데, 갑자기 터키풍 노랫소리와 춤추며 탬버린을 두드리는 소리가 들려오는 게 아니겠소. 귀를 쫑긋 세우고 소리 나는 방향으로 서둘러 갔어요. 역시나 내가 가고 싶은 음악 카페였소. 나는 안으로 들어가 무대 바로 앞에 있는 작은 테이블에 앉았어요. 소심하게 굴 거 뭐 있소? 말했듯이, 이곳에는 나를 알아보는 사람이 하나도 없는데. 난 완전히 자유의 몸이었단 말이오!

무대 위에 몸집이 큰 멍청이 같은 여자 하나가 낮은 음의 드럼 연주에 맞춰 춤을 추고 있는 게 아니겠소! 여자는 계속 치맛자락

---

* 강한 아니스 향이 나는 그리스 술.
** 꼬치에 고기와 야채를 번갈아 끼워 구운 요리.

을 들췄다 내렸다 했지만 나는 전혀 관심이 없었소. 맥주 한 병을 시켰는데, 아, 글쎄 누가 왔겠소. 아주 맛좋게 생긴, 피부가 까무잡잡하고 얼굴에다 덕지덕지 화장을 처바른 어린 계집아이 하나가 내 옆자리에 앉는 게 아니겠소. "앉아도 괜찮죠, 할배?" 그 계집이 히죽거리며 묻더이다. 정신이 버쩍 들더군요. 덜떨어진 이 계집애의 모가지를 잡아 비틀고 싶었소. 하지만 꾹 참았소. 암컷이란 종(種)을 불쌍히 여기는 마음으로 웨이터를 불렀지. "여기 샴페인 두 잔!" 이렇게 주문했소. (용서하시오, 보스. 당신 돈을 좀 썼소. 하지만 너무 모욕적이었고, 그래서 모멸감을 씻어 내야만 했소. 당신도 같이 수치당하는 걸 막아야만 했다오, 보스. 그 나이 어린 계집을 우리 앞에 무릎 꿇게 해야 했단 말이오. 정말 그래야만 했소이다! 당신은 내가 이런 어려운 순간에 무참히 당하도록 그냥 놔두지 않으리라는 걸 잘 알았기 때문이오. 그래서 "웨이터! 샴페인 두 잔!" 이렇게 주문했던 거요.) 샴페인이 왔소. 케이크도 좀 주문하고 샴페인도 더 주문했소. 그때 재스민꽃 장수가 다가오더군요. 그래서 바구니째 몽땅 사서 계집의 무릎에 안겨 주었소.

우리는 같이 술을 마시고 또 마셨소. 하지만 맹세컨대 보스 양반, 나는 그 계집애에게 손가락 하나 대지 않았소. 내 임무를 잘 알았기 때문이오. 젊은 시절 같았으면 손부터 갖다 댔겠지. 하지만 이제 나 잇살을 좀 먹고 보니 내가 세일 먼저 하는 일은 인심 쓰고 돈을 뿌리는 거요. 암탉 같은 계집들은 그렇게 행동해야 머리가 휙 돌아요. 그래야만 이 암탉 같은 것들이 미쳐 버린단 말이오. 꼽추건 늙은이건 허섭쓰레기건, 화냥년들은 돈을 펑펑 쓰는 손이나 쳐다볼 뿐 다른 건 거들떠보지도 않거든요.

그래서 당신 돈을 좀 썼소이다. (보스, 행운을 빕니다. 그리고 하느님, 몇 배로 갚아 주시옵소서!) 그래요, 나는 돈을 썼고 이 아가씨는 접착제로 붙인 것처럼 내 옆자리에 찰싹 붙어서 떠날 생각을 안 하더이다. 계집이 조금씩 나에게 가까이 다가오더니 그 콩알만 한 무릎으로 내 단단한 뼈를 누르는 게 아니겠소. 속은 이미 흐물흐물 녹고 있었지만 난 겉으로는 빙산처럼 몸이 얼어 있었소. 이러면 여자들이 뚜껑 열리는 거요. ― 당신에게도 똑같은 일이 일어날 수 있으니 미리 알아 두쇼. 속은 부글부글 끓어올라도 손끝 하나 대지 않는다는 걸 계집년들이 알아차리게 하시오.

아무튼 이런 헛소리로 당신을 지루하게 만들고 싶지 않으니 서둘러 얘기하자면, 자정이 오더니 훌쩍 지나가 버립디다. 서서히 불들이 꺼지기 시작하고, 음악 카페도 문을 닫고 있었소. 나는 1000드라크마짜리 지폐 뭉치를 꺼내 계산을 했고 웨이터에게도 팁을 두둑이 줬소.

그 조그마한 계집애가 나에게 안기다시피 하면서 음탕하게 목소리를 낮추고 "이름이 뭐예요?" 하고 묻더군요. "할배다!" 화가 나서 이렇게 대답했소. 그랬더니 이 수치스러운 계집이 나를 아프게 꼬집더군요. "우리 같이 가요……." 한쪽 눈을 찡긋하며 이렇게 말하는 겁니다. 나는 의미심장하게 계집아이의 조그마한 손을 꽉 잡아 쥐며 말했소. "그래 가자, 꼬마야." 내가 쉰 목소리로 이렇게 대답했소.

그 뒷이야기는 보스도 잘 알 거요. 계집아이가 원하는 걸 아낌없이 줬소이다. 그러고 나서 우리는 곯아떨어졌소. 한 정오쯤 해서 일어나 주위를 둘러보니 내 눈에 보이는 게 뭐였게요. ──더할 나위 없이 깔끔하게 정돈되어 있는 조그마한 방이었는데, 팔걸이의자며, 세면기와 비누며, 크고 작은 유리병들이며, 크고 작은 거울들이 있는 거요. 그리고 선원, 장교, 선장, 경찰관, 댄서들, 그리고 달랑 샌들만 신고 실오라기 하나 걸치지 않은 여자들 사진이 잔뜩 붙어 있는 벽에는 색깔이 요란한 드레스들이 걸려 있었어요. 그리고 침대 위 내 옆에는 따뜻하고 향기롭고 머리를 풀어헤친 암컷이 누워 있었죠. "아, 조르바." 나는 눈을 지그시 감으며 혼잣말로 이렇게 속삭였소. "네가 산 채로 천국에 들어왔구나. 마음에 쏙 드는 곳이야. 그러니 이곳에서 꼼짝도 하지 마라."

언젠가 당신에게 이런 말을 한 적이 있죠, 보스. 사람에게는 저마다의 천국이 있다고 말이오. 당신의 천국은 책과 큼직한 잉크병이 가득한 곳일 게고, 다른 누군가의 천국은 포도주와 우조와 코냑 병이 가득 찬 곳일 게고, 또 다른 누군가의 천국은 영국 파운드가 산더미처럼 쌓인 곳이겠죠. 나에게 천국은 이런 곳이오. 색색의 드레스며, 향기 나는 비누며, 스프링 더블 침대가 있는 향기로운 작은 방과 암컷이 내 옆에 누워 있는 곳 말이오.

과오를 고백하고 나면 더 이상 과오가 아닌 법이오. 나는 하루 종일 바깥에는 코도 내밀지 않았소. 도대체 어딜 간단 말입니까? 뭘 더 해야 하겠소? 그렇다고 걱정하지는 마요. 여기서 너무 잘 지내고 있으니. 최고급 타베르나*에 주문하면 건강과 원기를 북돋아 주는

---

* 그리스 음식을 파는 조그마한 식당.

음식, 즉 검은 철갑상어 알, 스테이크, 물고기, 과일, 바클라바*를 한 쟁반 가득 날라다 주더이다. 그리고 계집아이가 원하는 걸 또 해 줬소. 다시 잠을 자고 저녁이 되어서야 일어나 옷을 입고 팔짱을 끼고 계집아이의 일터인 음악 카페로 갔습니다. 그 계집아이는 일을 해야 하니까요.

공연한 주절거림으로 당신의 머리를 어지럽게 만들고 싶지 않지만, 보스, 이 여정은 계속되고 있소이다. 하지만 속상해하지는 마쇼. 나는 우리 사업과 관련된 일도 계속 돌보고 있으니까. 이따금 가게를 돌아다닐 때마다 훑어본다오. 그러니 침착하게 기다리시오. 케이블과 필요한 물건을 전부 사서 갖고 갈 테니. 하루 이틀 일찍 일을 끝낸다고, 하루나 한 주쯤 늦게 끝낸다고 하늘이 무너지기야 하겠소? 속담에도 있지 않소이까? 아무리 급해도 바늘허리에 실을 매어서 쓸수는 없는 노릇이라고. 내 눈에 콩깍지가 벗겨지고 마음이 진정될 때까지 기다리는 건 다 당신을 위해서요. 그래야 바가지 쓰는 일이 없지 않겠소. 케이블은 반드시 최상품이어야 하오. 아니면 망하고 말아요. 그러니 참고 기다리시오. 나를 좀 믿어 보시오.

나 같은 인간들 때문에 공연히 스트레스 받지 마쇼. 나는 모험이라는 자양분을 먹고 살아가는 놈이오. 요 며칠 사이에 난 다시 스무살이 된 기분이오. 힘이 불끈불끈 솟아요. 이도 몽땅 새로 날 것만 같소. 당신도 알듯이 허리 아래쪽이 많이 아팠는데 이젠 몸이 기뚱차게 좋아졌소. 아침마다 거울을 보며 왜 자꾸 머리가 흑단처럼 새

---

* 터키와 그리스를 비롯한 지방에서 유래한 호두 파이. 종이처럼 얇은 반죽 사이에 버터를 바르고 호두, 피스타치오, 헤이즐넛, 아몬드 등을 넣어 구워 만든 디저트.

까맣게 바뀌지 않는지 당황스러울 따름이오.

하지만 보스는 내가 왜 이런 걸 전부 적고 있는지 분명 묻고 싶겠지요. 나는 당신을 나의 신부로 여기기 때문에 당신에게 이 모든 죄를 고해하면서도 부끄럽게 생각하지 않소이다. 왠지 아시오? 보아하니 당신은 내가 잘하는지 잘못하는지는 눈곱만큼도 걱정하지 않는 것 같기 때문이오. 당신은 마치 물 묻은 스펀지 행주를 들고 있는 하느님 같아서 잘잘못을 모조리 팍팍 지워 버려요. 그래서 당신에게 모든 걸 고백할 용기가 나는 거요. 그러니 내 말을 들어 보소.

내 세상은 그동안 거꾸로 서 있었소이다. 제정신이 아니었다고할 수 있소. 그러니 제발 이 편지를 받는 순간 펜을 들어 답장을 보내 주시오. 답장을 받기 전까지는 불타는 장작더미 위에 앉아 있는 기분일 게요. 지난 몇 해 동안은 내 이름이 하느님의 명부에도, 악마의 명부에도 오르지 않았다고 믿소. 오직 당신 명부에만 올라 있소이다. 그러니 고귀한 당신 말고는 내 일을 보고할 사람이 없지 않겠소. 나에게 소식 들을 기회를 주쇼. 자 그럼, 이제 여기서 무슨 일이벌어지고 있는지 말하겠소.

어제는 이라클리오 근처에서 성인(聖人)의 날 축제가 있었소. 어느성인인지는 전혀 몰랐으니, 악마여, 나를 용서하기를. 롤라가—아,그래요, 그 여자를 소개하는 걸 깜박했소이다. 그 계집아이의 이름은롤라요.—그 계집아이가 나에게 이렇게 말하는 거요.

"할배. (그 계집아이는 애교스럽기는 하지만 나를 아직도 '할배'라 불러요.) 나 축제에 가고 싶어요.""그럼 가, 할매." 내가 이렇게 대답했죠. "가라고.""난 할배랑 같이 가고 싶단 말이에요.""난 안 가. 가고 싶지 않거든. 그러니 너 혼자서 가." "흥, 그럼 나도 안 갈래요."

나는 눈이 휘둥그레져 가지고 계집아이를 쳐다봤소. "안 간다고? 왜? 가기 싫은 거야?" "할배가 가면 나도 갈 거예요. 할배가 안 가면 나도 안 갈래요." "아니, 왜? 넌 자유로운 인간 아니냐?" "네. 전 자유로운 인간이 아니에요." "자유가 싫은 거야?" "네, 싫어요!"

당신에게 내가 무슨 말을 할 수 있겠소, 보스? 난 그만 졸도할 뻔했어요. "자유롭기 싫다는 거냐?" 내가 소리 질렀소. "네. 싫어요! 그렇게 되기 싫다고요!"

보스, 나는 지금 롤라의 방에서 롤라의 종이에다 편지를 쓰고 있소이다. 내 말 잘 들어 보시오, 보스 양반. 나는 인간이란 자유를 원하는 존재라고 믿었소. 그런데 여자들은 자유를 원하지 않는 거요. 그렇다면 여자들은 인간이 맞는 겁니까?

즉시 대답해 주시오. 애정을 듬뿍 담아서 이 편지를 보냅니다.

나, 알렉시스 조르바 배상

조르바의 편지를 다 읽고 나서 나는 한동안 어떻게 반응해야 할지 확신이 서지 않았다. 화를 내야 할지, 아니면 웃으며 지구의 껍데기를 — 이성, 윤리, 정직을 — 지나쳐 그 본질에 도달한 이 원시적인 인간에게 찬사를 보내야 할지. 그는 매우 편리한 덕목들, 소소한 덕목들은 하나도 갖고 있지 않으면서도, 자신을 극한의 경계, 즉 어쩔 수 없이 나락으로 내모는 어색하고 불편하고 위험천만한 덕목 하나만을 갖고 있었다.

글을 쓸 때 맹렬한 힘으로 펜을 부러뜨리는 이 무식한 노동자는 이제 막 처음으로 원숭이에서 진화한 인간 같았다. 그것이 아니라면 삶의 본질적인 문제에 압도되어 그런 것을 긴급하게 즉각적으로 해결해야 할 문제로 파악하는 대단한 철학가 같다고나 할까. 어린아이처럼 모든 것을 처음 보듯 했고, 끊임없이 경이로워하고 끊임없이 질문을 던졌다. 그의 눈에는 모든 것이 기적처럼 보였다. 매일 아침 눈을 뜨고서 나무와 바다와 돌멩이와 새를 관찰하며 입을 쩍 벌리고 이렇게 외쳤다. "이 무슨 기적이란 말인가! 나무와 바다와 돌과 새는 무슨 의미가 있을까?"

어느 날 아침 우리가 마을을 향해 함께 걸었던 일이 기억난다. 우리는 길에서 노새를 타고 있는 아주 작은 노인을 만났다. 조르바가 눈을 최대한 크게 뜨고 너무나 강렬하고 맹렬하게 노새를 쳐다보는 바람에 마을 노인이 그만 성호를 그으며 두려움에 젖은 목소리로 이렇게 소리쳤다. "제발, 형씨, 그렇게 사악한 눈으로 노새를 쳐다보지 마시오!"

그래서 나는 조르바를 돌아보았다.

"도대체 어떻게 했기에 저 노인이 저렇게 소리치는 건가요?"

"나 말이오? 내가 저 노인에게 뭘 했냐고요? 그저 노새를 쳐다본 게 전부요. 노새가 경이롭지 않던가요, 보스?"

"뭐가요?"

"저 노새라는 짐승이 이 세상에 존재한다는 사실 말이오!"

또 하루는 내가 해변에 몸을 쭉 뻗고 책을 읽고 있는데 조르바가 도착했다. 내 옆에 다리를 꼬고 앉아 그는 산투리를 무릎에 올려놓고 연주하기 시작했다. 나는 눈을 들어 그를 쳐다보았다. 그의 얼굴이 조금씩 변하고 있었다. 그는 야성적 기쁨, 이상야릇한 희열에 사로잡혀 있었다. 주름이 깊게 파인 긴 목을 위로 길게 잡아 빼더니 마케도니아 산적 노래를 부르기 시작했다. — 애국적인 범법자들이 부르는 노래, 야성적인 울부짖음, 인간의 목청에서 우리가 음악, 서정시, 열정이라고 부르는 것들이 하나로 고상하게 모아져 인류가 존재하기 이전의 아우성 같은 노래를 말이다. "아크크흐흐, 바아아아크크흐흐!" 조르바의 내면 깊은 곳에서 이런 소리가 올라왔고, 그러자 우리가 문명이라고 부르는 얇디얇은 껍질 전체가 쩍 갈라지면서 불멸의 야수가 — 털북숭이 신, 무시무시한 고릴라가 — 그 밑에서 벌떡 튀어나왔다. 갈탄, 이윤과 손실, 부불리나들 — 아우성이 이 모든 것을 휩쓸어가 버렸다. 우리에게는 더 이상 아무것도 필요한 게 없었다. 우리 두 사람 모두 이 황량한 크레타섬 해변에서 꼼짝도 하지도 않은 채 인생의 희로애락을 모두 가슴에 짊어지고 있었다. 하지만 희로애락은 존재하지 않았다. 해는 계속 움직였고, 밤이 찾아왔으며, 큰곰자리는 하늘의 고정된 축의 둘레를 돌며 춤을 추었고, 떠오르는 달은 모래 위에서 작디작은 벌레 두 마리가 그 누구도 무서워하지 않은 채 노래를 불러 대는 모습을 겁먹은 얼굴로 응시하고 있었다.

"원 세상에, 인간이란 들짐승이오." 조르바가 노래를 너무 많이 불러 흥분한 나머지 갑자기 내뱉었다. "보스 양반, 책을 몽땅 버리시오! 부끄럽지도 않소이까? 인간은 들짐승이란 말이오.

들짐승은 책을 읽지 않아요."

우리는 잠시 침묵을 지키다가 마침내 웃음을 터뜨렸다.

"하느님이 인간을 어떻게 창조했는지 아시오?" 그가 물었다. "그리고 이 인간이라는 짐승이 하느님께 한 첫 마디가 뭐였는지 아시오?"

"모릅니다. 그걸 내가 어찌 알겠어요? 그 자리에 있지도 않았는데."

"나는 그 자리에 있었소!" 그가 눈을 번뜩이며 소리쳤다.

"알았어요. 그럼, 어디 말해 봐요."

그러자 조르바가, 반쯤은 얼이 빠지고 반쯤은 조롱 섞인 말투로 인간 창조에 대한 신화를 지어내기 시작했다.

"자, 잘 들어 보쇼, 보스 양반. 어느 날 하느님이 몹시 화가 나서 잠자리에서 일어났소. '도대체 나는 어떻게 생겨 먹은 신이란 말인가?' 그가 스스로에게 물었소. '내게는 아첨을 떨면서 향을 피우거나, 아니면 신성 모독을 해서 나를 심심하지 않게 해 줄 인간 하나 없구나. 혼자서 멍청이처럼 사는 것도 이제 신물이 난다. 퉤엣!' 그리고 하느님께서 손바닥에 침을 뱉더니 소매를 걷어붙이고 안경을 끼셨소. 그다음 흙을 한 주먹 쥐더니 침을 뱉어 진흙으로 만들고 한참을 반죽하여 조그마한 남자를 만들어 태양 아래에 놓았소. 이레가 지난 뒤 그는 그걸 치워 버렸소. 바짝 구워졌거든. 그걸 보면서 하느님은 껄껄 웃고 말았지. '악마나 물어 가라.' 그가 말했소. '그냥 똑바로 서 있는 돼지로군. 내가 원하던 게 아니야. 잘못 만들었어. 더 이상은 못 참겠어! 이걸로 끝장이야!' 그러고 나서 그 녀석의 목 뒷덜미를 잡고 궁둥이를 걷어찼소. '꺼져, 어서 여기서 썩 꺼지라고. 가서 다른 돼지 새끼나 까라. 이제 지구를 네게 줄 테니 어서 썩 꺼져! 하나, 둘, 앞으로 행진!' 하지만 이놈은, 사랑스러운 이놈은 절대 돼지가 아니었소. 그는 챙이 좁은 펠트 페도라 모자를 쓰고 단추가 두 줄로 달린 모직 재킷을 어깨에 걸치고 날이 선 바지를 입고 빨간 털방울이 달린 농부 신발을 신고 있었소. 벨트에는 분명 악마가 줬을, 날카로운 단도를 차고 있었지. 단도에는 '널 죽여 버리겠어!'라는 말이 새겨져 있었소. 다름 아닌 인간이었던 거요. 하느님은 손등에 키스를 하라고 손을 내미셨지만, 이 인간은 콧수염을 꼬며 이렇게 내뱉었지. '하, 비키시오, 이 영감탱이. 내가 지나가도록 자리 좀 만드시오!'"

조르바는 내가 박장대소하는 것을 보더니 하던 말을 멈추었다. 그가 얼굴을 찡그렸다.

"웃지 마쇼." 그가 내게 말했다. "정말 그랬다니까."

"그걸 어떻게 아세요?"

"내 분명히 말하지만 정말 그랬소이다. 적어도 내가 아담이었다면 그렇게 했을 것이오. 내 대가리를 걸고 말하겠소. 아담은 분명히 그렇게 행동했을 거요. 책에 쓰인 걸 믿지 마쇼. 내 말을 들어요!"

조르바는 내 대답을 기다리지도 않고 큼직한 손바닥을 펴서 또다시 산투리를 연주하기 시작했다.

나는 여전히 화살 꽂힌 하트가 그려진 향기 나는 조르바의 편지를 들고서 인간미 가득했던 그와 지낸 날들을 떠올렸다. 조르바와 함께하면 시간은 새로운 맛이 났다. 시간은 더 이상 사건의 수학적 연속이 아니었다. 그리고 더 이상 나의 내면에서 해결하지 못한 문제들도 아니었다. 그저 내 손가락 사이를 간지럽히며 빠져나가는 따뜻하고 체로 친 듯 고운 모래였을 뿐이다.

"하느님, 조르바에게 축복을 내리소서!" 나는 중얼거렸다. 그는 나의 내면에 떨고 있던 추상적인 근심 걱정에 따뜻하고 사랑스러운 육체의 옷을 입혀 주었다. 그가 없을 때면 나는 다시 추위를 느꼈다.

나는 종이를 가져왔고, 일꾼을 불러 급하게 전보를 보냈다.

"즉시 돌아오기 바람!"

14

3월 초하루 토요일의 늦은 오후였다. 나는 바닷가 바위에 기대어 글을 쓰고 있었다. 그날 아침 나는 첫 제비를 보고 행복했다. 붓다와의 구마(驅魔) 행위가 종이 위에서 방해받지 않고 벌어지고 있었다. 그와의 싸움은 전보다 한결 쉬웠다. 그에게서 풀려날 것으로 확신한 나는 더 이상 서두르지 않았다.

그때 자갈을 밟는 발소리가 들렸다. 고개를 들어 보니 우리의 사랑스러운 세이렌이 뒤뚱거리며 해변을 걸어오고 있었다. 그녀는 화려한 옷과 장신구로 한껏 치장한 순항함 같은 모습에 발갛게 상기된 얼굴을 하고 숨이 턱까지 차서 헐떡거리고 있었다. 마담의 얼굴엔 걱정이 가득했다.

"피언지이 왔어요오? 아닌가요?" 마담이 걱정스러운 듯 큰 소리로 외쳤다.

"네, 피언지이 왔어요." 나는 웃으며 일어나 그녀를 맞았다.

"조르바가 부인의 안부를 많이 물었어요. 그리고 밤낮으로 부인을 생각하느라 밥을 먹을 수도, 잠을 잘 수도 없대요. 부인과 떨어져 지내는 게 견딜 수 없다더군요."

"다아른 마알은 없어요?"

마담이 가엾다는 생각이 들었다. 그래서 나는 주머니에서 편지를 꺼내 읽는 시늉을 했다. 마담은 이가 빠진 입을 딱 벌리고 서서 내가 읽는 척하는 소리에 열심히 귀를 기울였다. 그녀는 그리움 때문에 파리하게 시들어 가는 표정으로 단춧구멍만 한 눈을 반쯤 지그시 감고 있었다. 편지 읽는 시늉을 하는 동안 나는 내용을 뒤섞느라 글씨를 알아보기 힘든 척했다.

"'보스, 어제 나는 타베르나 식당에 밥을 먹으러 갔소. 배가 고팠지. 그런데 그곳에서 기절할 정도로 아름다운 젊은 아가씨 하나가, 진짜 요정 같은 여자가 들어오는 걸 보았소. 원 세상에, 나의 부불리나와 어찌나 닮았던지! 내 눈에서는 곧바로 눈물이 분수처럼 주르르 흐르기 시작했고, 목구멍이 콱 막혀 음식을 제대로 삼킬 수 없었다오. 그래서 일어나 계산을 하고 그냥 나와 버렸소. 보스, 나는 완전히 상사병에 걸려 성자들을 잘 기억하지도 못하면서 성(聖) 미나스 성당으로 달려가 촛불을 하나 켰소. 그리고 이렇게 기도했소이다. 성 미나스여, 부디 내가 사랑하는 천사로부터 좋은 소식을 듣게 해 주소서. 우리 두 사람이 하루속히 날개를 다시 붙일 수 있게 해 주소서!'"

"히히히!" 마담 오르탕스가 얼굴을 붉히며 키득거렸다.

"왜 웃으시나요, 마담?" 나는 숨도 좀 고르고 다른 거짓말을 꾸며낼 시간을 벌려고 편지를 읽다가 잠깐 멈추고 물었다. "왜 웃는 거예요? 저라면 눈물을 흘릴 것 같은데요."

"다앙신은 모올라요……. 다앙신은 모오른다고요." 마담이 비둘기 소리를 내며 말했다. "히히히히!"

"내가 뭘 모른다는 건가요?"

"날개요, 히히히. 그 짓궂은 양반은 다리를 날개라고 해요. 우우리 두울만 있으면 '날개를 붙이자'고 해요. 히히히히!"

"그다음 말을 들어 보세요, 오르탕스 부인. 아마 깜짝 놀랄 거예요."

나는 편지를 넘기고 다시 한번 읽는 시늉을 했다.

"'오늘 내가 이발소 앞을 지나가는데 마침 이발사가 거품이 가득 든 양동이를 밖에다 쏟아 버렸소. 거리 전체에서 비누 냄새가 진동하더이다. 그러자 나는 또다시 나의 부불리나가 생각나서 울기 시작했소. 더는 그녀와 멀리 떨어져 살 수가 없소. 보스, 그만 미쳐 버릴 것만 같소이다. 심지어 나는 엉터리 시인이 되었소. 며칠 전 통 잠이 오지 않아 일어나 앉아서 짧은 시 한 편을 지었소. 부디 그녀에게 읽어 주어 내가 얼마나 끔찍하게 고통받고 있는지 알려 주기 바라오.

우리가 오솔길에서 서로 만날 수 있기를
우리가 수고한 대가로 여분으로 널찍한 오솔길을!
남들이 비록 나를 썰어서 라구 요리에 집어넣어도
내 뼈는 여전히 그대에게 닻을 내리기를!

마담 오르탕스는 눈을 반쯤 감은 채 계속 듣고 있었다.——듣고 또 들으며 그리움을 새기는 것 같았다. 심지어 목을 조르던 리본마저 풀어 버려 목에 자글자글한 주름이 출렁거렸다. 마담은 말없이 생긋 웃고 있었지만 오랫동안 가 보지 못한 아주 먼 바다를 항해하고 있었다.

파릇파릇하게 새로 돋아난 잔디. 3월. 빨간색, 노란색, 연보라색의 자그마한 꽃들. 티 없이 맑은 물 위에서는 검고 흰 백조들이——암컷은 희고 수컷은 검은색이었다.——쌍쌍이 짝을 지어 빨갛고 파란 부리를 벌려 지저귀고 있었다. 또 초록빛으로 반짝거리는 곰치들이 물 위로 솟아오르며 옅은 푸른색을 띠는 큼직한 뱀들과 짝짓기를 하고 있었다. 마담 오르탕스는 다시 한번 열네 살의 소녀가 되어 있었다. 알렉산드리아, 베이루트, 스미르나, 콘스탄티노플의 오리엔탈풍 카펫 위에서 춤을 추었고, 그런 뒤에는 크레타섬 해안에서 조금 벗어난 곳에 정박한 함정의 반들반들 윤이 나는 나무 바닥에 올라가 있었다……. 하지만 마담은 정신이 혼란스러워 제대로 기억할 수가 없었다. 모든 기억이 하나로 뒤범벅되면서 여자의 젖가슴은 꼿꼿이 섰고 해안선이 삐걱 소리를 냈다. 그녀가 춤을 추는데 갑자기 황금빛 뱃머리의 전함들이 온갖 색깔의 화려한 차양을 달고 고물에는 비단 깃발을 나부끼며 해안가에 들어섰다. 전함에서는 금빛 술이 꼿꼿이 선 빨간색 페즈 모자를 쓴 터키 고관들과 순례 길에 오른 터키 고관들이 뚱한 표정의 어린 손자들과 값비싼 제물을 손에 들고 내렸다. 또 반짝이는 삼각 모자를 쓴 제독들, 러플 장식이 달린 말끔한 셔츠 차림에 헐렁한 바지를 입은 젊은 선원들이 나왔다. 그리고 옅은 하늘색의 헐렁헐렁한 펠트 바지에 노란색 긴 장화를 신고 검은 두건을 두른 젊은 크레타 남자들도 걸어 나왔다. 맨 마지막 으로 엄청나게 키가 큰 조르바가 방사(房事)로 수척해진 모습에 손가락에는 엄청나게 큰 약혼반지를 끼고 희끗희끗한 머리 위에 는 레몬꽃 화환을 두른 채 내리는 게 아닌가.

전함에서는 평생 마담을 스쳐 지나간 모든 남자들이 내리고 있었다. ─ 단 한 명도 빠짐없이. 그중에는 그녀가 콘스탄티노플 에 있던 시절, 아무도 보지 않는 밤에 바닷가에서 '산책'에 동행 했던 늙고 이빨이 다 빠진 곱사등의 나룻배 사공도 있었다. 그들 모두가 나오고 있었다. 그리고 그들 뒤에서는 곰치들과 뱀들과 백조들이 서로 교미하고 있었다. ─ 이곳에서의 애정 행위는 정 말 끝이 없었다!

남자들이 전함에서 나와 마담과 떼거리로 짝짓기를 했다. 마치 봄날 발정한 뱀들처럼 무더기로 바위 위에 올라가 머리를 세우고 쉿쉿 소리를 내는 것 같았다. 그리고 그 인파의 한가운데 에는 우윳빛 피부에 실오라기 하나 걸치지 않고 땀으로 뒤범벅 된 마담 오르탕스가 입술을 반쯤 벌려 작고 뾰족한 이를 드러내 고 젖꼭지를 곧추세운 채 꼼짝하지 않고 누워 있었다. 아무리 해 도 성욕의 불길을 잠재울 길 없는 열네 살, 서른 살, 마흔 살, 예 순 살의 그녀가……

어느 것 하나 사라진 것도 없었고, 어느 애인 하나 죽은 사 람도 없었다. 모두가 완전 무장한 채 마담의 시든 젖가슴 위에서 다시 살아났다. 마담 오르탕스는 마치 돛이 세 개나 달리고 용골이 깊은 전함 같아서 그녀의 애인들은 (그녀는 자그마치 사십오 년 동안이나 활동했다.) 삭구(素具)를 통해 그녀의 화물칸과 뱃전에 기어올랐고, 수천 곳에 홈이 파이고 수천 곳에 틈새가 생겼지만 그녀는 그토록 기다리던 항구, 즉 결혼을 향해 항해하고 있었다. 조르바는 천의 얼굴을 하고 있었다. ─ 터키인, 유럽인, 아르메니아인, 아랍인, 그리스인의 얼굴을. 따라서 마담 오르탕스가 그를 껴안는 것은 끝도 없는 이 신성한 행렬을 모두 껴안는 것과 다름없었다.

갑자기 늙은 세이렌은 내가 편지를 읽다 멈춘 것을 눈치챘다. 환상이 순식간에 사라지면서 마담은 근심 가득한 두 눈을 치켜떴다. "다아른 마알은 또오 없어요오?" 여자는 탐욕스럽게 입술을 핥으며 투정하듯 물었다.

"무슨 말이 더 듣고 싶으세요, 마담 오르탕스? 아직도 모르시겠어요? 편지에는 온통 부인 이야기뿐인데요. 자, 여기 보세요! 무려 네 장이나 돼요! 그리고 여기에 하트도 보이시죠. 여기 구석에 말이에요. 조르바가 자기 손으로 직접 그렸대요. 보세요, 끝에서 끝으로 화살이 관통하고 있잖아요. 이건 사랑한다는 의미죠. 그리고 이 밑에 좀 보세요. 비둘기 두 마리가 다정하게 서로를 끌어안고 있잖아요. 눈에 잘 보이지는 않지만 날개에는 조그마한 빨간 글씨로 '오르탕스 ─ 조르바'라고 쓰여 있어요."

물론 편지에는 비둘기도 글씨도 없었다. 하지만 시력이 약한 세이렌의 눈은 졸음 때문에 반쯤 감겨 있었고, 그래서 간절히 보고 싶어 하는 것만 볼 뿐이었다.

"또오 다아른 건요오? 또오 다아른 거언 없어요?" 마담은 아직도 만족하지 못하고 다시 물었다.

날개, 이발소의 비누 거품, 아주 작은 비둘기들 — 이 모든 것은 멋지고 거룩하고 하나같이 아름답고 상쾌한 바람이었다. 그러나 현실을 따지는 여자의 마음은 그 밖의 다른 것, 좀 더 손에 잡히고 좀 더 구체적인 어떤 것을 바라고 있었다. 평생 이 같은 허풍이라면 얼마나 지겹도록 들어 왔던가! 그러나 그렇게 수십 년간 힘들게 일해 왔건만 결국 그녀는 철저히 버림받고 홀로 남았던 것이다.

"또오 없어요오?" 마담이 또다시 불평 섞인 목소리로 물었다. "또오 없냐고오요?"

마담은 마치 쫓기는 암사슴처럼 내 눈을 응시했다. 그녀가 불쌍하다는 생각이 들었다. "물론 다른 말도 있지요. 아주 중요한 말이에요. 마당 오르탕스." 내가 말했다. "그래서 마지막에 하려고 남겨 둔 겁니다."

"그게 뭐언지 듣고 싶어요." 그녀가 힘없이 내뱉었다.

"조르바가 마을에 돌아오자마자 부인 발밑에 엎드릴 거래요. 그리고 눈물을 흘리며 당신에게 청혼할 거래요. 더 이상은 기다릴 수 없대요. 조르바가 당신을 자기만의 귀여운 여자, 마담 오르탕스 조르바로 만들어 평생 헤어지지 않고 함께 살고 싶대요."

마침내 근심 걱정 가득하던 조그마한 두 눈에서 눈물이 주르르 흘러내렸다. 더할 나위 없는 이 환희를 볼지어다! 새 안식처를 볼지어다! 평생 갈망해 오던 소원이 성취되는 이 순간을 볼지어다! 드디어 떳떳한 잠자리에서 안식처를 찾아 잠을 잘 수 있으리로다! 이제 이것으로 충분하지 않은가!

마담이 눈물을 닦았다.

"트레 비앵.* 받아 주울 거예요오." 마담은 귀부인이 선심 쓰듯 승낙했다. "하지만 그이에게에 이렇게 써 주세요. 결혼시익에 필요오한 화관을 이 마으을에서는 구할 수 없다고요. 이라아 클리오에서 사 와야 하안다고요오. 그리고 하이야안 양초 두 자루우와 부운홍색 리이본도요. 그리고 아몬드가 들어간 최고오급 과자도요. 아, 그리고 하이야안 웨디잉 드으레스랑 시이일크 스타아킹이랑, 시일크 구웅정 구두도 사 오라고 해요오. 하지만 침대 시이트는 이있다고 써 보오내요오. 안 가져와도 되엔다고요. 침대도 이있다고요."

마담은 사고 싶은 물건을 모두 주문하고 남편에게 가져올 것을 부탁하고 있었다. 마담이 허리를 폈다. 갑자기 그녀는 벌써 기혼 여성이라도 된 듯 근엄한 태도를 보였다.

"나아 당신한테 부타악할 게에 있어요오. 중요한 거예요." 그녀가 감격한 나머지 말을 하다가 멈췄다.

"말씀하세요, 마담 오르탕스. 뭐든지 들어 드릴게요."

"주르으바랑 나아는 당신이 좋아요오. 당신은 친절하니 우리를 부끄럽게 하지 않을 거예요오. 그러니 당신이 우우리의 쿰

---

* '아주 좋아요.'

바로스,* 그러니까 증인이 되어 주지 않겠어요?"

나는 기분이 오싹했다. 우리 집에는 한때 디아만도라는 예순이 넘은 늙은 하녀가 있었다. — 시집을 못 가 반쯤 정신이 나가고, 몹시 신경질적이고, 콧수염을 기르고 몸이 바짝 말라서 젖가슴이 거의 없는 여자였다. 그 여자는 지저분하고 토실토실 살이 찐 미트소스와 사랑에 빠졌는데, 이 녀석은 아직 수염도 나지 않은 젊은이로 마을 식료품 가게에서 일하고 있었다.

"나랑 언제 결혼해 줄 거야?" 하녀는 일요일마다 그를 다그쳤다. "나를 어서 데려가란 말이야! 자기는 어떻게 참을 수 있는 거야? 나는 더 못 참겠어."

"나도 못 참겠어요." 하녀가 일을 더 잘하도록 이 교활한 식료품 가게 젊은이는 달콤한 말로 꼬드겼다. "나도 못 참겠다고요, 사랑스러운 디아만도. 하지만 조금만 참아요. 내가 수염이 날 때까지만 참으세요."

그렇게 디아만도가 참으면서 몇 해가 흘렀다. 여자는 침착해졌고 두통도 전보다 덜했다. 남자한테 키스 한번 받지 못한 쓰디쓴 입술에서 미소가 새어 나오기도 했다. 빨래도 더 깨끗이 하고 접시도 덜 깨뜨리고 음식도 더 이상 태우지 않는 등 일을 전보다 훨씬 잘했다.

"들러리 서 줄 거죠, 젊은 보스 양반?" 어느 날 저녁 하녀가 내게 은밀히 물었다.

---

* 그리스 정교회 결혼식에서 신랑과 신부 머리 위에 왕관을 교환해 주고 증인 겸 들러리가 되고 평생 영적 지도자 역할을 하는 사람. 여성형은 쿰바라.

"그럼요, 디아만도." 나는 목구멍이 막히는 것을 느끼며 대답했다.

이 증인 겸 들러리 문제는 내게 엄청난 고통을 주었다. 마담 오르탕스의 제안을 받았을 때 내가 오싹했던 것은 바로 그 때문이었다.

"네, 그렇게 해 드리겠어요. 마담 오르탕스. 영광인걸요." 내가 대답했다.

"우우리끼리만 있을 때엔 나를 '쿰바라'라고 불러요오." 마담이 자랑스럽게 미소를 지으며 말했다.

마담은 일어서서 챙이 넓은 모자 밑으로 삐죽 나온 앞머리를 정돈하며 입술을 핥았다.

"그럼 잘 있어요오, 들러리이!" 마담이 말했다. "잘 있어요. 우우리이 우우아하게 그이르을 맞이하자고요."

나는 마담이 마치 어린 소녀라도 된 듯 늘어진 허리 살을 살랑살랑 흔들며 종종걸음으로 사라지는 모습을 바라보았다. 그녀가 기쁨에 취해 팔짝팔짝 뛰자 다 헐어 빠진 고물 같은 궁정 구두가 모래 위에 조그마한 구멍들을 만들어 냈다.

그런데 마담이 곶을 채 돌기도 전에 해변에서 끔찍한 비명 소리가 들려왔다.

나는 벌떡 일어나 달려갔다. 멀리 맞은편 곶에서 여자들이 죽은 사람을 두고 곡을 하듯 울부짖고 있었다. 나는 바위에 올라가 내려다보았다. 마을에서 남자와 여자 들이 달려왔고 개들이 짖으며 뒤쫓아 왔다. 그리고 말을 탄 두세 사람이 앞서가며 두터운 먼지구름을 일으켰다.

'사고가 났군.' 나는 이렇게 생각하며 서둘러 곳을 향해 달려 내려갔다.

시끄러운 소리가 점점 크게 들렸다. 해는 떨어지고 장밋빛 조각구름 두셋만이 하늘에 걸려 있었다. '마을 유지 딸의 무화과나무'에는 벌써 파릇파릇하게 새 잎이 돋아나 있었다.

갑자기 마담 오르탕스가 내 앞에서 질겁하여 달려들었다. 머리는 다 헝클어지고 숨을 헐떡거리며 벗겨진 구두 한 짝을 손에 쥔 채 그녀는 울면서 돌아오고 있었다.

"들러리이, 들러리이." 마담이 울부짖으며 휘청거리면서 다가오더니 내게 엎어졌다. 나는 그녀를 일으켜 세웠다.

"왜 우는 거예요, 쿰바라?"

나는 마담이 밑창이 다 낡은 궁정 구두 신는 것을 도와줬다.

"나아아 무서워요오. 무서어업다고요. 죄 푀르.*"

"뭐가 무섭다는 거예요?"

"라 모르!**"

마담은 공기 속에서 죽음의 냄새를 맡고는 공포에 질려 있었다. 나는 마담의 축 늘어진 한쪽 팔을 붙잡았다. 그러나 마담의 늙은 몸은 내 손길을 거부하며 여전히 후들후들 떨고 있었다.

"싫어요오, 싫어요오!" 그녀가 날카롭게 소리 질렀다.

이 불쌍한 여자는 죽음이 발을 디딘 곳에 가까이 다가가기

---

* '무서워요.'
** '죽는 거 말이에요!'

가 겁이 났던 것이다. 저승의 강을 건네주는 나룻배 사공 카론이 그녀를 봐서는 — 그리고 기억해서는 — 안 된다. 모든 늙은이가 그렇듯 우리의 가련한 세이렌도 카론이 알아보지 못하도록 초록색으로 변장하여 잔디 틈에 숨고자 했고, 짙은 갈색으로 변장하여 흙 속에 숨고자 했다. 마담은 살찌고 구부정한 어깨 아래에 머리를 파묻고는 파르르 몸을 떨었다.

마담은 올리브 나무 근처로 몸을 질질 끌고 가서 헝겊으로 기운 짧은 웃옷을 벗었다.

"이거얼로 나아알 덮어 줘요오, 들러어리. 나알 가려 주고 가요오."

"추우세요?"

"위!* 나아 지금 추우워어요오. 그러니 나알 덮어 줘어요오."

그래서 나는 가장 그럴듯하게 그녀를 가려 주고 (흙인지 사람인지 분간하지 못하도록) 그곳을 떠났다.

곶에 다다르자 곡소리가 좀 더 분명하게 들렸다. 마침 미미토스가 내 앞을 지나치며 달려갔다.

"무슨 일이니, 미미토스?" 내가 소리쳤다.

"물에 빠져 죽었어요! 물에 빠져 죽었다고요!" 그가 발걸음을 멈추지 않고 대답했다. "물에 빠져 죽었어요!"

"누가?"

"파블리스요. 마브란도니스 영감의 아들 말예요."

---

* '네, 그래요!'

"왜?"

"과부 때문이죠."

경쟁이라도 하듯 높아지는 곡소리가 미미토스의 목소리를 집어삼켰다. 그의 대답이 내 머리 위 허공을 맴돌면서 과부의 위험할 정도로 육감적인 육체가 캄캄한 공기를 가득 채웠다. 나는 마을 사람들 전체가 모여 서 있는 큰 바위에 이르렀다. 사내들은 모자를 벗고 말없이 서 있었고, 여자들은 머릿수건이 어깨에 흘러내린 채 머리카락을 잡아당기며 울부짖고 있었다. 그리고 자갈밭에는 퉁퉁 부은 시퍼런 시체가 너부러져 있었다. 마브란도니스 영감은 우두커니 서서 시체를 내려다보고 있었다. 오른손에 짚은 지팡이에 몸을 기대고 고개를 푹 숙인 채로. 왼손으로는 곱실거리는 잿빛 수염을 움켜쥐고 있었다.

"이 망할 년의 과부, 벼락이나 맞아라! 하느님, 그 여자에게 천벌을 내리소서!" 갑자기 날카로운 소리가 들렸다.

여자 하나가 갑자기 앞으로 튀어나와 남자들을 향해 말했다. "하! 그 과부 년을 두 무릎에 엎어 놓고 양 모가지 따듯 베어 낼 사내가 우리 마을에 하나도 없단 말이오? 에라, 모두들 내 침이나 받아라!" 여자는 말없이 자기를 바라보고 서 있던 남자들에게 침을 탁 뱉었다.

그러자 카페 주인인 콘도마놀리오스가 버럭 화를 냈다. "우리를 모욕하지 마, 이 난폭한 카테리나." 그가 소리쳤다. "우리를 모욕하지 말라고! 우리 마을엔 쓸 만한 사내들이 있어. ── 곧 알게 될 거야."

나는 가만히 있을 수가 없었다. "모두들 부끄러운 줄 아세요!" 내가 외쳤다. "그 여자가 무슨 잘못을 했습니까? 이 젊은이가 죽은 것은 자기 운명이에요 하느님이 두렵지도 않나요!"

그러나 내 말에 대답하는 사람은 아무도 없었다.

죽은 젊은이의 사촌인 마놀라카스가 거대한 몸을 숙여 익사한 시체를 끌어안고 마을로 향했다. 소리를 지르며 머리카락을 손톱으로 쥐어뜯던 여자들은 시체가 옮겨지는 것을 보고 시체를 잡으려고 달려들었지만 마브란도니스 영감이 지팡이를 휘둘러 그들을 떼어 냈다. 영감이 앞장서서 걸어가자 곡하며 슬피 우는 여자들이 그의 뒤를 따랐고, 그 뒤로 입을 다문 남자들의 행렬이 이어졌다. 그들은 모두 황혼 속으로 사라졌다. 바다의 부드러운 숨소리가 다시금 들려왔다. 나는 주위를 둘러보았다. 남아 있는 사람은 나 혼자뿐이었다.

"나도 이제 그만 돌아가야겠군." 나는 혼잣말을 했다. '오늘 안 좋은 일은 이거면 충분해. 하느님의 뜻이 이루어질지어다.' 이런 생각에 잠겨 나는 길을 걸었다. 그러다 어스름한 불빛 속에서 아나그노스티스 영감이 바위 위에 서 있는 것을 보았다. 그는 기다란 지팡이에 턱을 괴고 먼바다를 물끄러미 바라보고 있었다. 내가 불렀지만 그는 듣지 못한 것 같았다. 나는 그에게 다가갔고, 나를 보자 그는 고개를 흔들었다.

"하느님께 버림받은 세상일세!" 그가 중얼거렸다. "이 얼마나 아까운 젊은이들인가! 캄캄한 우울의 늪에 빠져 허덕이던 이 녀석은 슬픔을 견뎌 내지 못했구먼. 결국 바닷물에 뛰어들어 이 세상에서 도망치고 말았어."

"도망치다니요?"

"암, 도망친 거지. 젊은이, 도망친 거고말고. 그렇게 살아 봐
야 그 젊은이의 삶이 어땠겠소? 과부와 결혼을 한들 여자는 얼
마 못 가서 불평이나 늘어놓고, 어쩌면 치욕적인 일을 저질렀을
지도 모르지. 욕정이 끓는 씨받이 암말 같은 여자니까. 수컷을 볼
때마다 힝힝거리며 꼬리를 치거든. 반대로 그 젊은이가 과부와
결혼하지 못했다면 평생 가슴앓이를 하면서 살았을 거야. 하늘
이 내린 축복을 놓쳤다는 생각이 머리를 떠나지 않을 테니까. 앞
쪽에는 심연이 가로놓여 있고 뒤쪽에는 홍수가 밀어닥쳐, 말하
자면 빼도 박도 못하는 진퇴양난인 셈이지."

"영감님, 그런 말씀 마십시오. 그 말씀을 들으니 그만 오싹
해져 죽을 것 같습니다."

"어이, 두려워할 거 없소. 누가 내 말에 귀를 기울인단 말이
오? 그리고 설령 귀를 기울인다 한들 누가 믿겠소? 한번 생각해
보시오. 나보다 복 많은 사람이 어디 있겠소? 밭도 있겠다, 포도
원에다 올리브 과수원에다 이층집까지 있겠다. 나는 재산가로
존중받고 있소. 그리고 마누라도 괜찮은 여자요. ─ 순종적이고
아들 녀석들만 낳아 주고 나한테 눈 한번 부릅뜬 적이 없소이다.
그리고 아이들도 모두 잘됐소. 인생에 불만이 없지. 손자들도 있
으니. 내가 뭘 더 바라겠소? 나는 뿌리를 아주 깊이 내렸소. 그런
데도 만에 하나 이 세상에 다시 태어난다면, 나도 파블리스처럼
목에 돌멩이를 달고 바다에 뛰어들 거요. 참으로 고해(苦海) 같은

인생살이요. 아무리 복 많은 인생도 고통뿐이거든. 망할 놈의 인생!"

"하지만 특별히 부족한 게 있으신가요, 아나그노스티스 영감님? 왜 그런 소리를 하시는 겁니까?"

"그래, 분명히 말하지만 난 부족한 게 없소! 하지만 젊은 양반, 앉아서 인류의 마음이라는 게 도대체 뭔지 곰곰이 한번 생각해 보시오!"

영감은 잠시 동안 말없이, 또다시 점점 어두워지고 있는 바다를 물끄러미 바라보았다. "헤이, 파블리스, 참 잘했어." 그가 지팡이를 들며 이렇게 소리쳤다. "여자들은 빽빽 소리나 지르게 내버려 둬. 여자들이란 그저 머릿속이 텅 빈 존재들이니까. 넌 잘 도망친 거야. 그건 네 아버지도 알아. 그래서 네가 본 것처럼 아무 말도 안 하는 거야." 아나그노스티스 영감은 하늘을 바라보다가 이제 어둠 속으로 사라지고 있는 산들을 둘러보았다. "벌써 밤이 됐군." 그가 말했다. "이제 그만 가 봐야겠소."

영감은 잠시 망설이며 입술에서 새어 나온 모든 말을 후회하듯, 마치 대단한 비밀이라도 누설한 것처럼 다시 주워 담으려고 애쓰는 것 같았다. 그는 바짝 마른 손을 내 어깨에 얹었다. "자네는 아직 젊어." 그가 미소를 지으며 내게 말했다. "그러니 늙은이들 말에 귀 기울일 것 없네. 누구든 늙은이들 말을 들으면 금방 망가지고 말지. 만약 과부가 우연히라도 자네 앞을 지나가거든 냉큼 덮쳐 버려! 망설이지 말고 과부랑 결혼해서 애들도 낳고 하소. 망설일 것 없어. 특히 건장하고 멋진 젊은이들에겐 고통이 더 큰 법이라오."

해변 오두막으로 돌아와 나는 불을 지피고 차를 준비했다. 피곤하고 배가 고팠다. 일단 먹으며 휴식을 취하기 시작하자 영원한 쾌락, 인간의 쾌락보다 훨씬 더 심오한 동물적인 쾌락이 밀려왔다.

그때 갑자기 미미토스가 조그마한 창틀 사이로 삐쩍 마른 바보 같은 머리를 들이밀고 난로 앞에서 식사를 하며 뻔뻔스럽게 미소 짓고 있는 나를 쳐다보았다.

"무슨 일이야, 미미토스?"

"과부가 안부 전해 드리래요, 사장님. ―이거 작은 오렌지 바구니예요. 과부가 그러는데 과수원에서 마지막으로 딴 거래요."

"과부가?" 나는 긴장하며 물었다. "이걸 왜 나한테 보내는 거지?"

"과부가 그러는데 오늘 저녁에 마을 사람들 앞에서 과부 편을 들면서 해 준 말 때문에 드린대요."

"편을 들어 주다니?"

"그걸 내가 어떻게 알아요? 과부가 그렇게 말했고, 난 그냥 전할 뿐이라고요."

미미토스는 침대 위에 오렌지를 쏟아부었다. 그러자 오렌지 향기가 오두막 안을 가득 채웠다.

"선물 보내 줘서 고맙다고, 당분간 조심하라고 전해라. 마을에 절대 나타나선 안 된다고 말이다. 내 말 알아듣겠어? 이 불길한 사건이 잊힐 때까지 집에서 지내야 한다고 말이야. 내 말 알아듣겠지, 미미토스?"

"또 다른 말은요, 사장님?"

"없어. 어서 가 봐!"

미미토스가 내게 한쪽 눈을 찡긋하며 윙크했다. "정말 딴 건 없어요?"

"그만 가 보라니까!"

미미토스는 떠나갔다. 나는 오렌지 하나를 깠다. 과즙이 풍부하고 꿀처럼 달았다. 나는 누워서 그만 잠이 들었다. 밤새도록 오렌지 나무 아래를 거닐었는데, 따스한 산들바람이 불었고 나는 가슴털이 드러나도록 셔츠를 열어젖히고 귀 뒤에는 바질 잔가지를 꽂고 있었다. 나는 스무 살짜리 마을 청년이 되어 오렌지 과수원을 왔다 갔다 하면서 휘파람을 불고 누군가를 기다리고 있었다. ─내가 알지 못하는 그 누군가를 기다리는 중이었다. 너무 기쁜 나머지 내 심장은 쿵쿵 뛰며 터질 것 같았다. 콧수염의 끝자락을 꼬며 나는 오렌지 나무들 뒤쪽 바다가 꼭 여자처럼 한숨 쉬는 소리를 밤이 새도록 듣고 있었다.

15

오늘은 우리 건너편 아프리카 해안 모래사장에서 몹시 뜨거운 남풍이 거세게 불어왔다. 구름처럼 휘몰아치는 고운 모래가 사람들의 목구멍을 타고 배 속으로 들어왔다. 입안에서는 모래가 씹히고 눈은 불에 덴 듯 화끈거렸다. 뽀얗게 모래가 덮인 빵 조각을 먹지 않으려면 창문과 문을 모조리 굳게 닫아걸어야 했다.

이렇게 우울하고 후텁지근한, 새싹 돋는 날들에 ─또는 봄날의 심란한 마음에─다른 사람들처럼 나 역시 완전히 사로잡혔다. 무기력한 데다 가슴이 두근거렸으며 온몸이 근질거렸고 뭔가 단순하면서도 엄청난 행복이 간절했다. (그게 아니라면 그런 행복이 그리웠던 걸까?) 새싹이 움트는 이런 봄날에는 고치에 싸인 애벌레도 날개가 양옆으로 상처처럼 아프게 펼쳐지는 것을 느끼며 나처럼 기쁨과 슬픔이 뒤섞인 감정을 느낄 것이 분명했다.

나는 산으로 오르는 돌 많은 외길을 걸었다. 이 길을 따라 세 시간을 걸어, 땅속에 있다가 삼사천 년 만에 갑자기 모습을 드러내고 다시 한번 사랑스러운 크레타 햇빛에 몸을 덥히는 미노스 문명의 작은 옛 도시에 다다르기 위해서였다. 이 고단한 보행이 봄날의 슬픔에서 나를 해방시켜 줄지도 모른다고 생각했기 때문이다.

회색빛 돌, 편암, 낭만적인 초록색 풀 한 포기 없이 빛에 물든 황량함—정확히 내가 사랑하는 산의 모습은 바로 그런 것이었다. 바위 위에는 부엉이 한 마리가 진지하면서도 우아한 모습으로 신비롭게 앉아 있었다. 완벽하게 동그란 노란 눈은 강렬한 빛 때문에 앞을 보지 못했다. 나는 부엉이가 눈치채지 못하게 사뿐히 다가갔지만 부엉이의 청각은 꽤나 예민했다. 부엉이는 겁을 집어먹고 소리 없이 훌쩍 날아가 바위틈에 몸을 숨겼다. 공기 속에서는 백리향 냄새가 풍겼다. 예루살렘 샐비어는 벌써 가시들 틈에 연하디연한 노란색 새 꽃잎을 틔웠다.

작은 도시의 유적지에 도착했을 때 나는 적잖이 놀랐다. 햇빛이 수직으로 떨어지며 유적지를 집어삼키고 있는 것을 보니 벌써 정오가 된 게 틀림없었다. 하루 중 이맘때는 폐허가 된 고대 도시에게 위험한 시간이었다. 대기는 여러 목소리들과 정령들로 가득했다. 만약 나뭇가지 하나가 삐걱대거나, 도마뱀이 미끄러져 지나가거나, 또는 구름이 지나가며 그림자를 떨어뜨리기라도 하면 사람들은 공포에 휩싸이고 만다. 발을 내딛는 땅 한 뼘 한 뼘이 무덤으로, 망자들이 울부짖고 있었기 때문이다.

내 눈은 극도로 밝은 빛에 조금씩 적응해 갔다. 이제야 나는 돌 위에 새긴 인간의 손을 분간할 수 있었다. 석고로 포장한 넓은 두 줄기 길, 좌우로 굽은 좁은 골목길들, 원형 모양의 장터, 그리고 민중에게 호의를 베풀기라도 하듯 바로 맞은편에는 두 기둥과 넓은 석조 계단에 장방형 창고들을 갖춘 왕궁이 있었다. 도시 중심부에 사람들의 발걸음으로 심하게 마모된 돌바닥 위에는 커다란 젖가슴을 훤히 드러내고 신성한 뱀들을 두 손에 쥔 '위대한 여신'의 지성소가 있었다. 그리고 아주 작은 가게와 작업장들이 ─ 올리브기름 압축기, 대장간, 목재소, 도자기 만드는 곳이 ─ 곳곳에 있었다. 수천 년 전에 주인들이 떠나 버린 정교하고 단단하며 질서 정연한 개밋둑과도 같았다. 한 작업장에서는 장인이 줄무늬가 있는 돌로 항아리를 만들고 있었는데 놀랄 정도로 멋진 작품이었다. 그러나 그는 작품을 끝내 완성시키지 못했다. 끌이 장인의 손에서 바닥에 떨어져 수천 년이 지난 뒤에야 비로소 미완성 작품 옆에서 발견되었다.

영원하면서도 덧없고 바보스러운 질문들이 또다시 떠오르며 우리 마음을 시커멓게 멍들게 했다. 무슨 까닭, 무슨 이유 때문일까? 장인의 행복하고 확신에 찬 영감(靈感)이 산산조각 나 버린 미완성 항아리 때문에 우리의 가슴을 쓸쓸함으로 가득 채웠다.

바로 그때 양치기 소년 하나가 허물어진 궁전 옆 바위 뒤에서 벌떡 일어섰다. 얼굴이 햇볕에 잔뜩 그을린 소년은 까맣게 된 무릎을 드러내고 곱슬머리 위에 술이 달린 크레타 식 두건을 쓰고 있었다.

"여보세요, 아저씨." 그가 큰 소리로 불렀다.

혼자 있고 싶었던 나는 못 들은 척했다.

그러나 양치기 소년은 웃으며 빈정댔다. "못 들은 척하시겠다, 이거죠, 흥! 담배 있어요? 한 대만 줘요. 이곳 황무지에서 죽을 맛이거든요."

소년이 마지막 낱말을 하도 정열적으로 내뱉는 바람에 나는 가슴이 아팠다. 하지만 나는 담배를 갖고 있지 않았다. 그래서 돈을 꺼내 주려 하자 그는 화를 냈다.

"빌어먹을, 돈이라뇨!" 그가 소리를 질렀다. "그거 가지고 뭐 하란 말이에요? 말했잖아요. 나 이곳에서 죽을 맛이라고요. 담배나 줘요!"

"담배가 없어." 내가 미안한 말투로 대답했다.

"담배가 없다고요!" 소년은 미친 듯이 소리 지르며 지팡이로 바위를 쾅쾅 내리쳤다. "담배가 없다고요! 그럼 주머니에 불룩 튀어나온 건 뭔가요!"

"책 한 권, 손수건 한 장, 종이 몇 장, 연필, 주머니칼." 나는 주머니에 있는 물건을 하나씩 꺼내 보이며 대답했다. "그럼 주머니칼이라도 줄까?"

"그런 건 나도 있어요. 다 있다고요. 빵, 치즈 올리브, 칼, 장화에 사용할 송곳이랑 가죽, 휴대용 물병도 있어요. 없는 게 없어요! 모조리 있다고요! 담배만 없어요. 나한테 없는 건 그거예요. 그런데 나리는 이 폐허에서 뭐 하는 겁니까?"

"유물을 보고 있지."

"유물에 대해서 뭘 아는데요?"

"아무것도 몰라."

"나도 마찬가지예요. 개뿔도 몰라요. 여긴 다 죽은 사람들뿐이에요. 우린 살아 있는 사람이잖아요. 어, 그러니 그만 여기서 나가세요!"

그는 마치 그곳에 사는 유령처럼 나를 쫓아냈다.

"그래, 가마." 나는 고분고분 대답했다.

서둘러 오솔길을 따라 내려왔다. 잠깐 뒤를 돌아보니 기분이 상한 양치기 소년이 여전히 바위 위에 서 있는데 머릿수건 밑으로 빠져 나온 곱슬머리가 거센 남풍에 흩날리고 있었다. 마치 청년 청동상을 비추는 것처럼 햇빛이 그의 이마에서 발끝으로 굴러 떨어졌다. 그는 어깨에 지팡이를 걸치고 휘파람을 불고 있었다.

나는 다른 길로 들어서 해변 쪽으로 걸어 내려갔다. 근처 과수원의 향기와 아프리카 해안에서 불어오는 따뜻한 산들바람이 머리 위로 지나갔다. 흙냄새가 공기 속에 가득했고, 바다는 웃고 있었으며, 파란색 하늘은 강철처럼 빛났다.

겨울은 사람의 영혼과 몸을 움츠러들게 한다. 이제 새봄의 따스한 기운이 불어와 우리의 가슴은 다시 부풀어 올랐다. 길을 따라 걸으며 나는 하늘에서 요란하고 거칠게 우짖는 새소리에 귀를 기울였다. 하늘을 올려다보니 어릴 적부터 가슴을 설레게 하던 멋진 장관이 펼쳐져 있었다. 두루미 떼가 군대처럼 대열을 지어 따뜻한 나라에서 돌아오고 있었다. 상상 속에서 바라던 대로, 그들은 날개 아래와 앙상한 몸 안 깊숙한 구멍에 제비들을 숨기고 있을 것이다.

내 가슴은 또다시 계절의 규칙적인 순환으로 혼돈에 휩싸였다. 지구의 회전하는 바퀴, 태양에 따라 차례로 바뀌는 세상의 네 얼굴, 그리고 세월의 흐름과 그것과 함께 흘러가는 우리네 인생. 다시 한번 내 가슴속에서 메아리치던 두루미의 울음소리는 사람이란 저마다 유일무이하고, 내세 같은 것은 존재하지 않으며, 그래서 현세를 한껏 즐겨야 하고, 세월이란 화살처럼 속절없이 지나가며, 제2의 기회 같은 건 영원히 주어지지 않는다는 사실을 알려 주고 있었다.

그토록 무자비하면서도 자비로움으로 가득 찬 메시지를 들으면, 우리 마음은 영원히 떠나 버릴 모든 찰나를 꽉 붙잡기 위해 자신의 타락함과 연약함을 정복하고, 게으름과 헛된 희망을 극복하겠다고 맹세하게 된다. 그러고 보니 멋진 본보기가 마음에 떠오른다. 우리는 자신이란 존재가 아무것도 아니며, 인생을 보잘것없는 쾌락이나 쓸데없는 대화로 낭비했다는 것을 분명히 깨닫게 된다. 그래서 우리는 입술을 피로 물들이며 이렇게 외쳐댄다. "망측하도다! 망측하도다!"

두루미들이 하늘을 가로질러 북쪽으로 사라졌다. 그러나 두루미들은 여전히 나의 관자놀이를 한쪽에서 반대쪽으로 쉬지 않고 날아다니며 소란스럽게 우짖고 있었다.

바다에 이르러 나는 해변을 따라 계속 빠르게 걸었다. 아무도 없이 바닷가를 홀로 걷는다는 것은 쉬운 일이 아니다. 파도가,

하늘을 나는 새들이 소리를 지르며 우리에게 의무를 상기시키기 때문이다. 다른 사람들과 함께 걸으면 웃기도 하고 대화도 나누고 토론도 한다. 소란스러워서 파도와 새들이 하는 말이 잘 들리지 않는다. 파도나 새들이 아무 말도 하지 않는 걸 수도 있다. 사람들이 말도 안 되는 수다를 떨며 걸어가는 모습을 바라보며 그들이 입을 꼭 다물어 버렸을 수도 있다.

나는 자갈밭에 벌렁 누워 눈을 감았다. '그렇다면 영혼이라는 건 과연 무엇일까?' 나는 생각했다. '영혼과 바다와 구름과 냄새 사이의 비밀스러운 관계는 무엇일까? 영혼이 그 자체로 바다이자 구름이자 냄새라고 할 수 있지 않을까.'

자리에서 일어나서 다시 걷기 시작했다. 나는 결정을 내렸다. 다만 정확히 무슨 결정을 내렸는지는 알 수 없었다.

갑자기 뒤에서 누군가의 목소리가 들렸다. "실례지만 어디 가나요, 보스 양반? 수녀원에 가나요?"

나는 뒤를 돌아보았다. 활기 넘치는 땅딸막한 노인 하나가 꼬인 술이 달린 검은 두건을 머리에 두르고 지팡이도 짚지 않은 채 서 있었다. 노인은 웃으며 내게 손을 흔들었다. 그의 뒤에는 나이 든 아내가 따라오고 있었고, 그 뒤에는 어두운 표정에 피부가 가무잡잡한 딸이 하얀 머릿수건을 쓰고 서 있었다.

"수녀원에 갑니까?" 노인이 다시 한번 물었다.

그 말에 갑자기 나는 내가 그곳에 가기로 결정했다는 것을 깨달았다. 지난 몇 달 동안 바다 옆에 위치한 그 작은 수녀원에 가고 싶었으면서도 한 번도 그럴 결심을 하지 못했었다. 그런데 지금 갑자기 내 몸이 나를 위해 그런 결정을 내렸던 것이다.

"네, 수녀원에 가는 중입니다." 내가 대답했다. "성모 마리아님께 드리는 찬송을 들으러 가고 있어요."

"마리아님의 은총이 사장님을 도와주시기를 바라오!"

노인은 걸음을 재촉하며 나를 따라잡았다.

"우리 나리가 석탄 회사 사장님 맞죠?"

"네, 그렇습니다."

"아, 마리아님, 사업이 번성하게 해 주시옵소서! 젊은 사장님은 이 마을에 큰 도움을 주고 있소. 가난한 가족들에게 먹을거리를 주는 셈이죠. 축복받으세요!"

그러나 교양 있는 노인은 우리 사업이 실패로 치닫고 있다는 소문을 들었던 모양인지 곧 위로 겸 이렇게 덧붙였다. "젊은 친구, 비록 돈을 벌지 못하더라도 그리 걱정은 하지 마오. 결국은 얻는 게 있을 겁니다. 당신의 영혼은 천국에 갈 거예요."

"그랬으면 오죽 좋겠습니까, 영감님."

"난 배운 게 별로 없어요. 하지만 설교를 듣다가 그리스도가 하신 말씀을 들은 적이 있는데 내 머릿속에 콕 박혀서 좀처럼 떠나질 않는구려. '자기의 소유를 다 팔아 극히 값진 진주를 사라.'*고 말씀하셨지요. 값진 진주가 뭐겠소? 영혼의 구원이오, 젊은이. 우리 나리는 지금 바로 그 값진 진주를 사고 있는 겁니다."

---

* "하늘 나라는 마치 밭에 숨겨 놓은 보물과 같다. 사람이 그것을 발견하면, 제자리에 숨겨 두고, 기뻐하면서 집에 돌아가서는, 가진 것을 다 팔아서 그 밭을 산다. 또 하늘 나라는 좋은 진주를 구하는 상인과 같다."(「마태복음」 13장 44~45절)

값진 진주! 얼마나 많은 진주가 어둠에 둘러싸인 채 커다란 눈물방울처럼 내 마음속에서 반짝였던가?

우리 두 남자는 앞에서, 여자들은 뒤에 서서 두 손을 모은 채 길을 계속 걸었다. 우리는 이따금 올리브 나무가 꽃을 틔울지, 비가 내려서 보리가 잘 자랄지 대화를 나눴다. 그리고 배가 몹시 고팠던지 우리는 곧이어 음식 이야기를 시작하여 도무지 화제를 바꿀 줄을 몰랐다.

"제일 좋아하는 음식이 뭐예요, 영감님?"

"다 좋아해. 뭐든 다 좋아하지. 젊은 친구, 이 음식은 좋고 저 음식은 싫다고 하는 건 큰 죄악이오."

"왜 그런가요? 음식을 골라 먹으면 안 되나요?"

"안 되지. 정말로 그래선 안 돼요."

"왜죠?"

"굶주리는 사람들이 있으니까."

나는 부끄러워 그만 입을 다물고 말았다. 내 마음은 지금껏 그런 고귀함과 자비심의 경지에 이른 적이 한 번도 없었다.

수녀원에서 여인의 웃음소리처럼 즐겁고 쾌활한 징소리가 들렸다.

노인은 성호를 그었다. "은총이 넘치는 순교자 성모 마리아여, 우리를 도우소서!" 그가 중얼거렸다. "성모상에는 목에 칼자국이 있어서 거기서 피가 흐릅니다. 해적이 출몰하던 시절에……." 그리고 노인은 성모 마리아의 불행을 진짜 여자의 일처럼 윤색하기 시작했다. 박해받던 젊은 여자가 아이와 함께 동방에서 울면서 도망치다가 하갈의 이슬람 아들들에게 칼에 찔렸다는 이야기로 말이다.

"일 년에 한 번씩 따뜻한 진짜 피가 성모상의 상처에서 흘러내린다오. 아직 콧수염도 나지 않았던 젊은 시절, 성모 마리아 축제에 갔다가 본 일이 기억나요. 우리 모두 성모님의 은총을 경배하기 위해 인근 마을에서 모였지요. 8월 15일이었어요. 우리 사내들은 모두 뜰에서 잤고, 여자들은 수녀원 안에서 잤어요. 그런데 나는 잠을 자다가 — 위대하시도다, 오 주여! — 성모 마리아가 우는 소리를 들었어요. 벌떡 일어나 성모상으로 달려가 목에 손을 댔다가 내가 그곳에서 뭘 봤게요? 내 손가락이 피범벅이 됐지 뭐요."

노인은 성호를 그었다. 그는 고개를 돌려 여자들을 보고는 안쓰러운 생각이 드는 듯 말했다. "거기, 여자들, "힘들 내. 거의 다 왔어."

그러고 나서 노인은 목소리를 낮췄다. "그때 난 아직 미혼이었소. 그래서 바닥에 납작 엎드려 성모님의 은총을 경배하면서 이 풍진 세상을 버리고 수도사가 되기로 결심했지요."

노인이 웃었다.

"왜 웃으시는 거예요, 영감님?"

"내가 웃지 않게 생겼소, 젊은이? 바로 그날 사탄이 여자 옷을 뒤집어쓰고 내 앞에 나타났지 뭐요. 그게 바로 저 여자지!" 그는 고개도 돌리지 않은 채 엄지손가락으로 말없이 뒤따라오는 노파를 가리켰다. "쳐다보지 마시오. 이제는 역겨워서 만지기도 싫소. 하지만 그때는 사내깨나 울렸고, 갓 잡아 올린 물고기처럼 싱싱했다오. 사람들은 저 여자를 '초승달 눈썹 아가씨'라고 불렀지. 아, 신의 버림을 받은 이 세상! 그 눈썹은 지금 어디 있는 거요? 악마가 죄다 가져가 버렸소. 모조리 빠져 버렸소!"

바로 그때 뒤에 있던 노파가 줄에 묶인 성난 개처럼 으르렁거렸지만 한마디도 하지 않았다.

"자, 보시오, 수녀원이오!" 노인이 수녀원을 손으로 가리키며 소리쳤다.

작고 새하얀 수녀원이 바닷가에서 커다란 두 바위 사이에 끼여 반짝반짝 빛을 발했다. 그 한가운데 이제 막 백색 도료가 칠해진 자그마하고 완벽하게 둥근 예배당의 지붕이 마치 여인의 젖가슴 같았다. 예배당 주변에는 작은 방들이 대여섯 채 있었는데 모두 문이 푸른색이었다. 마당에는 크고 가늘고 곧은 사이프러스 나무 세 그루가 서 있었다. 그리고 울타리 주위를 빙 둘러 거대한 부채선인장이 심어져 있었다.

우리는 걸음을 재촉했다. 열려 있는 작은 창문으로 지성소에서 감미로운 찬송가가 흘러나왔다. 소금기 묻은 바람에는 유향 냄새도 섞여 있었다. 아치 모양 대문은 활짝 열려 있었다. 건물 주위에 담장이 둘러진 티 없이 깨끗한 마당은 바닷가에서 가져온 희고 검은 자갈로 뒤덮여 있었다. 좌우 벽면에 나란히 놓인 화분에는 민트, 마저럼, 바질 같은 허브가 자라고 있었다.

고즈넉함과 달콤함, 그리고 하얗게 칠한 벽들을 장밋빛 핑크로 물들이는 일몰의 해.

따뜻하고 은은하게 불빛이 켜져 있는 예배당에서는 촛농 냄새가 났다. 남자와 여자 들이 향내 나는 연기 속을 서성이고 있었다. 검은 수녀복을 몸에 꼭 맞게 입은 수녀 대여섯이 "오, 나의 주, 위대한 능력의 하느님!" 하고 목소리를 높여 감미롭게 노래하고 있었다. 수녀들이 무릎을 꿇었다 일어나기를 반복할 때마다 수녀복이 스치면서 날개처럼 사그락거리는 소리가 났다.

성모 마리아에게 바치는 찬송을 들은 건 정말 오랜만이었다. 사춘기의 반항 이후 나는 성당을 지날 때마다 경멸과 함께 분노를 느꼈다. 하지만 시간이 흐르면서 마음이 누그러졌다. 그래서 크리스마스, 부활 주간, 부활절 같은 축제 예배에는 이따금 참석해서 내면에 남겨 둔 아이가 다시 태어나는 것을 기뻐했다. 야만족들은 악기가 종교적 사명과 그 힘을 잃어버리면 조화로운 소리를 낸다고 믿는다. 마찬가지로 종교도 내 안에서 미적 쾌락으로 변질되었다.

나는 예배당 한구석으로 가서, 신자들이 하도 문질러 대어 팔 부분이 진주처럼 반짝이는 성가대석에 기대서 시간의 자궁에서 들려오는 것 같은 비잔티움 찬송가에 계속 귀를 기울였다. "찬송하세, 오 인간의 생각으로는 닿지 못할 높이를!" "찬송하세, 오 천사들의 눈도 꿰뚫지 못할 깊이를!" "찬송하세, 오 순결한 신부를, 오 순결한 신부를!"

수녀들이 무릎을 꿇고 얼굴을 숙였고, 수녀복에서는 다시 사그락사그락 날개 스치는 소리가 났다.

시간이 흐르자 수녀들은, 날개에서는 유향 냄새를 풍기고 손에는 아직 피지 않은 백합을 쥐고서 성모 마리아의 아름다움을 찬송하는 천사들처럼 보였다. 해가 떨어지면서 푸르스름한 어스름이 깔렸다. 어쩌다 다시 마당으로 나왔는지, 어쩌다 노(老)수녀원장과 어린 수녀 둘과 함께 가장 큰 사이프러스 나무 밑에 서 있게 되었는지는 잘 기억이 나지 않는다. 우리는 시원한 물과 함께 숟가락에 담긴 전통 과자를 먹으며 조용히 대화를 나누었다.

우리는 성모 마리아의 기적에 대해, 갈탄에 대해, 새봄이 되자 달걀을 낳기 시작한 암탉들에 대해 이야기를 나누었다. 또 간질이 있어 걸핏하면 예배당 바닥에 엎어져서 입에 거품을 물고 물고기처럼 버둥거리며 욕설을 퍼붓고 자기 옷을 찢는다는 에브독시아 수녀 이야기도 나누었다. "서른다섯 살이에요." 수녀원장이 한숨을 쉬며 덧붙였다. "저주받은 나이지요. 힘든 시기예요. 하지만 성모님의 은총이 그녀를 도와줄 겁니다. 곧 나을 거예요. 십 년, 십오 년만 지나면 나을 겁니다."

"십 년, 십오 년씩이나……." 나는 한숨을 쉬며 중얼거렸다.

"그까짓 십 년, 십오 년이 무슨 대순가요?" 수녀원장이 단호하게 말했다. "영원을 생각하지 않나요?"

나는 아무 말도 하지 않았다. 나는 순간순간이 영원이라고 알고 있었다. 나는 향냄새 나는 수녀원장의 통통하고 하얀 손에 키스를 하고 그곳을 떠났다.

밤이 왔다. 까마귀 두세 마리가 서둘러 둥지로 돌아가고 있었다. 부엉이들이 나무 구멍에서 나와 먹이를 찾기 시작하는 동안 달팽이, 애벌레, 지렁이, 생쥐 들도 땅속에서 나와 부엉이들

의 먹잇감이 되었다. 제 꼬리를 무는 신기한 뱀이 나를 에워쌌
다. 대지는 새끼를 낳아 잡아먹고, 다시 새끼를 낳아 또다시 잡
아먹는다. — 완벽한 먹이 사슬이다. 나는 주위를 둘러보았다. 어
둠이 내려 있었다. 사람 하나 없어 적막하기 그지없었다. 마지막
으로 남아 있던 마을 사람들마저 떠나 버렸다. 그래서 아무도 나
를 볼 수 없었다. 나는 신발과 양말을 벗고 바닷물에 발을 담그
고 모래 위를 구르다가 맨몸으로 돌과 물과 공기와 접촉하고 싶
은 충동을 느꼈다. 수녀원장의 '영원'이라는 말이 마치 야생마를
옭아매는 올가미처럼 옥죄어들며 나를 화나게 했다. 나는 도망
치기 위해 튀어 올랐고 옷을 벗고 대지와 물의 가슴에 내 가슴을
댔다. — 이 사랑스럽고 속절없는 현상이 정말 존재한다는 걸 확
실히 느끼고 싶었다.

"오, 돌과 흙과 물과 공기여, 너희들은 분명 존재하도다. 오
직 너희만이 존재하도다." 나는 혼자 소리쳤다. "그리고 오, 대지
여, 나는 그대의 막내아들이라네. 나는 그대 젖꼭지를 물고 젖을
빨아먹으며 절대 떨어지지 않으리. 그대는 내게 한순간의 삶을
허락했지만, 그 한순간은 내 젖꼭지가 되고 나는 젖을 빨아먹을
것이네."

우리 인간을 잡아먹는 이 '영원'이라는 낱말에 휩쓸릴 위험
에 빠지는 것처럼, 나는 언젠가 그 낱말에 너무 관심을 둔 나머
지 그만 눈을 감고 두 팔을 벌린 채 그 낱말에 기대어 그 위에 엎
어지고 싶어 했던 일이 (그게 언제였던가? 바로 작년이 아니던가!)
정확히 기억났다.

초등학교 1학년 때 알파벳 입문서 후반부에서 동화 한 편을 읽은 적이 있었다. 어린아이 하나가 우물에 빠졌는데 그 안에 믿을 수 없을 만큼 아름다운 나라가 있다는 이야기였던 것 같다. 그 우물 안에 있던 울창한 과수원, 꿀, 쌀 푸딩, 장난감이 기억난다. 나는 교과서를 한 음절 한 음절 읽을 때마다 이야기 속으로 더 깊이 빠져들었다. 어느 날 오후 나는 학교가 끝난 뒤 집으로 달려와 마당 포도덩굴 아래에 있던 우물 가장자리에 기대어 서서 넋을 놓고 우물 안 반짝이는 검은 수면을 하릴없이 바라보았다. 그 안에 더할 나위 없이 아름다운 나라, 즉 집들과 길거리와 아이들과 포도가 주렁주렁 맺힌 포도덩굴이 보이는 것 같았다. 나는 더 이상 자제하지 못하고 고개를 숙이고 두 팔을 뻗었다. 발바닥을 반쯤 땅에서 뗀 채 힘껏 발길질을 하여 떨어지려 하는 순간, 엄마가 나를 발견하고 소리를 지르며 달려와 떨어지기 직전에 내 허리를 붙잡았다.

아이였을 때는 우물에 떨어질 뻔했지만 나이가 들어서 나는 '영원'이라는 낱말에 떨어질 뻔했다. 그 밖에 '사랑', '희망', '고국', '신'이라는 낱말에 빠질 뻔하기도 했다. 해마다 그것들로부터 도망치며 조금씩 벗어나는 것처럼 보였다. 그러나 막상 앞으로 나아가지는 못했다. 다만 나는 한 낱말을 다른 낱말로 바꾸며 그것을 해방이라고 부를 뿐이었다. 가장 최근 이 년 동안은 꼬박 '붓다'라는 낱말 위에 둥둥 떠 있었다.

하지만 조르바 덕분에 그것이 내 마지막 우물, 최후의 낱말이 되었다. 마침내 나는 영원히 탈출하려 하고 있었다. 과연 영원히 그럴 수 있을까? 우리는 언제나 그렇게 말하지 않을까?

나는 벌떡 일어섰다. 발뒤꿈치에서부터 두개골까지 몸 전체에서 행복감이 느껴졌다. 나는 옷을 홀딱 벗고 바닷물 속으로 첨벙 뛰어들었다. 파도가 웃었고, 파도와 희롱하며 나도 같이 웃었다. 그러다 지쳐 뭍으로 올라와 밤바람에 몸을 말렸다. 그리고 깃털처럼 가벼운 발걸음으로 걷기 시작하자 크나큰 위험에서 벗어나 다시 한번 어머니 대지의 젖꼭지에 단단히 달라붙어 젖을 빠는 기분이었다.

16

갈탄 광산이 있는 해변이 눈에 들어오는 순간 나는 갑자기 걸음을 멈추었다. 오두막에서 새어 나오는 불빛을 보며 나는 기쁨에 겨워 '조르바가 돌아온 게 틀림없어!' 하고 생각했다.

단숨에 달려가고 싶었지만 자제했다. '반가운 기색을 보이면 안 돼.' 나는 이렇게 생각했다. '화가 난 척하면서 나무라기 시작해야 해. 급한 일로 심부름을 보냈는데, 돈이나 허비하고 밤무대 가수 아가씨와 놀아나다가 열이틀이나 늦게 돌아왔잖아. 화가 잔뜩 난 척해야 해! 반드시 그래야만 한다고!"

분한 감정을 일으킬 시간을 벌기 위해 나는 천천히 발걸음을 옮겼다. 스스로를 자극하고 눈썹을 치켜뜨고 주먹을 불끈 쥐고 분노한 사람의 몸짓을 써 가며 화를 돋우려고 했다. 하지만 불이 붙지 않았다. 오두막에 다가가면 갈수록 오히려 가슴이 기쁨으로 채워졌다.

까치발로 다가가 나는 불이 켜진 조그마한 창문 틈으로 방 안을 들여다보았다. 조르바가 무릎을 꿇고 휴대용 석유 화로에 불을 켜고 커피를 끓이고 있었다. 화났던 마음이 스르르 녹았다.

"조르바!" 내가 소리를 질렀다.

그러자 갑자기 문이 열렸다. 조르바가 셔츠도 입지 않고 맨 발로 뛰쳐나와 어둠 속에서 목을 쭉 빼고 나를 보더니 두 팔을 활짝 벌려 끌어안으려고 했다. 그러다 바로 뒤로 물러서며 두 팔 을 떨어뜨렸다.

"다시 만나 반갑소, 보스 양반." 그가 침울한 낯빛으로 내 앞 에 서서 머뭇거리듯 말했다.

나는 진지한 목소리로 말하려고 애썼다.

"다시 돌아와 줘서 고마워요." 내가 빈정대며 말했다. "가까 이 오지 마요. 향내 나는 비누 냄새가 나요."

"내가 얼마나 벅벅 씻었는지 아시오?" 그가 중얼거리듯 말 했다. "당신 앞에 나타나기 전에 이 망할 놈의 거죽때기가 문드 러지도록 닦았소. 자, 보시오! 한 시간 동안 문질렀어요. 그런데 도 이 망할 놈의 냄새가……. 뭐, 어쩌겠소? 처음 있는 일도 아니 고. 싫든 좋든 냄새는 사라질 거요."

"안으로 들어갑시다." 나는 더 있다간 웃음을 터뜨릴 것만 같아서 이렇게 말했다.

우리는 오두막으로 들어갔다. 오두막에서는 향수와 파우더 와 비누 냄새 ─ 한마디로 여자들의 소지품 냄새가 났다.

"이 쓰레기같이 역겨운 게 뭔지 설명 좀 해 보세요." 나는 핸

320

드백, 향수 비누, 여성용 스타킹, 자그마한 빨간 양산, 작은 향수 두 병이 상자 위에 나란히 놓인 것을 보며 소리쳤다.

"선물이오." 조르바가 고개를 푹 숙이고 중얼댔다.

"선물이라니요!" 나는 화난 척하며 되물었다. "선물이라니요!"

"선물이오, 보스. 화내지 마쇼. 우리 불쌍한 부불리나에게 줄 선물이외다. 부활절이 다가오고 있잖소. 그 여자도 사람이란 말이오."

나는 웃음이 나오는 것을 간신히 참았다.

"가장 중요한 걸 가져오는 걸 잊으셨군요." 내가 말했다.

"그게 뭐요?"

"웨딩 화관 말입니다."

나는 조르바에게 내가 사랑에 푹 빠진 인어 여왕을 어떻게 구슬렸는지 말해 주었다.

조르바는 잠시 생각하더니 머리를 긁적였다. "그건 잘한 짓이 아니오, 보스 양반." 이윽고 그가 말했다. "실례지만, 그건 정말 잘한 일이 아니라고요. 그런 농담을 하다니, 보스…… 도대체 몇 번이나 말해야 알아듣겠소? 여자들이란 갈대처럼 연약한 존재요. 부서지기 쉽고 깨어지기 쉬운 도자기 꽃병 같은 존재란 말이오. 그러니 아주 조심스럽게 다뤄야 해요, 보스."

나는 부끄러웠다. 그런 농담을 한 것이 후회스러웠지만 이미 엎질른 물이었다. 그래서 화제를 바꾸려고 이렇게 물었다. "케이블은 어떻게 됐나요? 그리고 다른 장비들은요?"

"걱정 붙들어 매시오. 모두 다 가져왔어요. 하나도 빠뜨리지 않고 전부. 한 번에 두 마리 토끼를 잡을 수도 있어요! 고가 케이블, 롤라, 부불리나 — 모조리 다 잡았단 말이오, 보스."

조르바는 브리키* 놋 주전자를 불에서 내려 내 커피 잔을 채우고 참깨 롤빵과 내가 좋아하는 꿀맛 나는 할바** 과자를 건네주었다.

"보스 선물로는 할바 과자 한 상자를 큰 걸로 가져왔소." 그가 부드럽게 말했다. "당신 몫도 잊지 않았소. 그리고 보시오, 심지어 앵무새 주려고 아라비안 땅콩도 한 봉지 사 왔어요. 아무도 잊지 않았다 이거요. 이번엔 내 대갈통 나사가 제대로 끼워진 것 같소. — 너무 제대로 끼워졌다고나 할까!"

나는 흙바닥에 다리를 꼬고 앉아 롤빵과 할바 과자를 먹고 커피를 마셨다. 조르바도 커피를 마시며 담배를 피웠다. 그는 마술을 걸어 꼼짝하지 못하게 하는 뱀 같은 눈으로 나를 계속 쳐다보았다.

"그래서 괴롭히던 그 엄청난 문제는 풀렸나요, 이 불한당 같은 아저씨?" 내가 나긋나긋한 목소리로 물었다.

"무슨 문제 말이오, 보스?"

"여자들이 인간인지 아닌지 하는 문제 말이에요."

"오오!" 그가 큼직한 손을 흔들며 대답했다. "풀렸지요! 여

---

* 터키 식 커피를 끓이기 위해 고안된 그릇. 긴 막대 손잡이가 달린 주전자로 '체즈베'라고도 부른다.
** 중동과 동유럽의 전통 과자. 그리스에서는 '할바스'라고 부른다.

자들도 사람입디다. 우리랑 똑같은 사람이오. ──사실 우리보다 한 수 높은 존재지요! 그것들은 우리가 갖고 있는 쇼핑백만 보면 어질어질해져서 찰거머리처럼 달라붙어요. 자유도 뻥 차 버리고, 그러고 나선 좋다고 희희낙락해요. 자유를 잃고도 희희낙락하는 이유는, 보스도 알다시피 우리 뒤에서 번쩍거리는 쇼핑백을 봤기 때문이오. 하지만 이런 얘긴 집어치웁시다. ──이딴 얘기는 악마나 물어 가라고 해요, 보스 양반."

조르바는 일어서며 창밖으로 담배꽁초를 던졌다.

"이제 남자끼리의 이야기를 좀 합시다." 그가 말했다. "부활 주간이 다가오고 있어요. 케이블도 가져왔소. 그러니 이제 수도원에 올라가 배불뚝이 신부들을 찾아서 숲 문서에 서명합시다. 신부들이 고가 케이블을 보고 다른 꿍꿍이를 생각해 내기 전에 말이오. 무슨 말인지 알아듣겠죠? 시간이 계속 흐르고 있어요, 보스 양반. 빈둥거리는 건 옳은 일이 아니오. 뭔가를 해야 하오. 선박을 불러 목재를 실어야 그동안 써 버린 돈을 메꿀 거 아니오. 이라클리오 여행에서 돈이 많이 깨졌소. 마녀가, 아시겠지만, 그 악마 녀석이……."

조르바는 조용히 입을 다물었다. 그가 안쓰럽게 생각됐다. 그는 실수를 저지르고 뒤에 가서 어떻게 덮어야 할지 몰라 벌벌 떠는 어린아이 같았다.

'부끄러운 줄 알아라!' 나는 스스로를 나무랐다. '정녕 이 사람을 이렇게 떨게 놔둬야겠어? 일어나! 어디서 또 조르바 같은 사람을 찾겠어? 어서 일어나 스펀지 행주를 들고 모든 걸 박박

깨끗이 지워 버려!'

"조르바, 악마 따위는 그냥 자게 내버려 두세요!" 내가 버럭
소리쳤다. "우린 그놈 필요 없으니까요! 과거 일은 과거 일로 두
고 모두 잊어버려요. 가서 산투리나 가져오세요!"

조르바는 다시 나를 껴안을 듯이 두 팔을 벌렸다가 바로 내
렸다. 그리고 한걸음에 벽 쪽으로 다가가 산투리를 잡으려고 손
을 뻗었다. 그가 석유램프 쪽으로 다가온 뒤에야 나는 비로소 그
의 머리카락이 새까맣게, 석탄처럼 새까맣게 변했다는 것을 알
아차렸다.

"헤이, 악당 같은 아저씨." 내가 소리쳤다. "머리가 그게 뭡
니까? 어디서 그런 걸 했어요?"

조르바가 웃었다. "염색했소이다, 보스 양반. 하도 재수가
없길래 염색해 버렸소."

"왜요?"

"뭐, 자존심 때문이라고나 할까. 하루는 롤라의 손을 잡고
길을 걷고 있었소. 정확히 말해서 손을 잡은 건 아니고…… 이렇
게, 손이 거의 닿지도 않았소. 그런데 우리 뒤에 망할 놈의 애새
끼가 하나 따라오는 거 아니겠소. 이 쪼그만 꼬마 녀석이 말이오.
'거기, 할배.' 이놈의 망할 올챙이 같은 녀석이 계속 부르는 거요.
'헤이, 할배, 손녀랑 어디 가세요?' 그러자 불쌍한 롤라가 창피해
하지 않겠소. 그래서 염색했소이다. 롤라가 창피하지 않도록 바
로 그날 저녁 이발소로 달려가서 염색을 했어요."

나는 그만 웃고 말았다. 하지만 조르바는 정색하며 나를 빤

히 쳐다보았다.

"이게 웃겨요, 보스 양반? 자, 사람이 얼마나 요상한 존재인지 한번 들어 보쇼. 머리를 염색한 그날부터 내가 다른 사람이 됩디다. 보스는 이상하게 생각할지 모르지만 자신감이 생기는 거요, 머리가 새카맣다고 말이오. 사람들은 자기에게 불리한 건 금방 잊어버리는 법이오. 맹세컨대 힘이 불끈 솟더이다. 롤라, 그 애도 분명 그렇게 생각했소. 여기 옆구리에 있던 흉터 말이오. ─여기, 이 흉터 기억나오? ─그것마저 사라져 버렸소. 도저히 믿기지가 않아요! 뭐, 당신이 읽는 논문에는 그런 게 적혀 있지 않겠지만."

조르바는 비웃다 말고 갑자기 후회했다. "미안합니다." 그가 말했다. "내가 머리털 나고 읽은 유일한 책이 『호자』*라는 거였는데, 그게 인생에 별 도움이 되지 않았소."

조르바는 산투리를 잡아 내리고는 부드럽고 침착하게 덮개를 벗겼다.

"자, 밖으로 나갑시다." 그가 말했다. "산투리는 이 좁은 네 벽 안에는 어울리지가 않아요. 이놈은 들짐승과 같아서 넓은 장소가 필요하거든."

우리는 밖으로 나섰다. 하늘에는 별들이 총총 반짝이고 있었다. 요단강 별자리가 하늘의 이쪽 끝에서 저쪽 끝으로 넘쳐흘렀다. 바다에서는 거품이 일었다.

─────

* 그리스어 원문에는 『베루토돌로스』라는 책으로 되어 있지만 번역자 피터 빈은 조르바의 지적 수준을 감안하여 『호자』라는 책으로 바꿨다.

우리가 자갈밭에 다리를 꼬고 앉자 파도가 발바닥을 핥았다.

"돈 한 푼 없을수록 신바람 나게 살아야죠." 조르바가 말했다. "뭐, 우리가 포기해야 하나요? 안 그래요? 이리 온, 산투리 녀석!"

"아저씨 고향, 마케도니아 산적 노래요, 조르바." 내가 부탁했다.

"보스 당신의 고향, 크레타섬 노래를 부르겠소." 조르바가 대답했다. "이라클리오에서 배운 2행 연구(聯句)를 불러 보겠소. 이 노래를 배운 후로 내 삶이 달라졌으니까."

조르바는 잠시 생각에 잠겼다. "아니, 달라지지 않았소." 그가 다시 말을 이었다. "오히려 내 생각이 옳았다는 걸 알게 되었소이다."

조르바는 큼직한 손가락을 산투리 위에 뻗고 목을 쭉 뺐다. 그의 목소리가 ─ 거칠고 쉰 목소리로 가슴 저리게 ─ 공중에 터져 나왔다.

네 앞에 놓여 있는 일, 두려워 말고 밀고 나가라,
젊음으로 대가를 지불하고 결코 눈물 흘려서는 안 되리.

우리의 모든 걱정 근심이 사라졌다. 고민거리가 도망치고 영혼은 정상에 이르렀다. 롤라, 갈탄, 고가 케이블, '영원', 사사로운 걱정거리들, 큰 걱정거리들, 이 모든 것이 푸르스름한 연기처럼 흩어지며 오직 강철 새, 노래하는 인간의 영혼만 뒤에 남았다.

"아주 좋습니다, 조르바!" 그가 환상적인 2행 연구를 마치자 내가 소리쳤다. "아주 멋져요. 당신이 한 모든 게요. — 카바레 여가수, 염색한 머리, 아저씨가 꿀꺽 삼킨 돈, 모조리요. 하나도 빠지지 않고 멋져요! 좀 더 불러 봐요!"

다시 한번 조르바는 야위고 바짝 마른 목을 길게 잡아 뺐다.

바람 부는 쪽으로 이물을 향하고 무슨 일이 닥치건 믿어라,
일이 잘되든 못 되든, 무슨 상관이랴!

열두 명 남짓한 인부들이 갈탄 광산 밖에서 자다가 노랫소리를 듣고 일어나 살그머니 내려와 우리 주위에 둘러앉았다. 자기들이 좋아하는 노랫가락이 들리자 다들 다리가 찌릿찌릿했던 것이다. 마침내 그들은 더 이상 참지 못했다. 그래서 머리는 다 헝클어지고 헐렁한 반바지만 입은 채 반쯤 벗은 몸으로 어둠 속에서 튀어나왔고, 조르바와 산투리를 가운데 두고 거친 자갈밭에서 야성적인 춤을 추기 시작했다.

말없이 그들을 바라보던 나도 그만 압도당하고 말았다. '이게 바로 내가 찾던 진정한 갈탄 광맥이로구나.' 나는 이런 생각을 했다. '더 이상 무엇이 필요하랴.'

이튿날 해가 뜨기 전부터 광산에는 요란한 곡괭이 소리와 조르바의 고함 소리가 메아리쳤다. 인부들은 전에 없이 열정적으로 작업을 이어 갔다. 인부들은 미친 듯이 열심히 일했는데 그들을 그렇게 부추길 수 있는 사람은 조르바뿐이었다. 조르바만

있으면 작업은 곧 포도주가 되고, 노래가 되고, 섹스가 되어 그들을 취하게 했다. 그의 손안에서 세상은 생기를 되찾았다. 돌과 석탄과 숲과 인부들이 조르바와 속도를 맞추었다. 갱도 속 아세틸렌의 희미한 하얀 불빛 아래서는 조르바의 진두지휘 아래 가슴과 가슴을 맞부딪히며 한바탕 전쟁이 벌어지고 있었다. 갱도마다 광맥마다 이름을 지어 주며 조르바는 비인격적인 존재에 인격을 부여했고, 그럼으로써 그것들이 조르바에게서 도망칠 수 없게 했다. 조르바는 이렇게 말하곤 했다. "이놈이 '카나바로 갱도'로 (이건 그가 첫 번째 갱도에 붙여 준 이름이었다.) 알고 있는데 어떻게 내게서 도망칠 수 있겠소? 이름을 아는데 말이오. 나한테는 감히 허튼수작을 하지 못하지. 그건 '수녀원장'이나 '마담 안짱다리', '마담 오줌싸개'도 마찬가지요. 내 다시 한번 말하지만, 난 이놈들의 이름을 모조리 꿰고 있단 말이지."

오늘 나는 조르바에게 들키지 않고 갱도 하나에 몰래 숨어들어갔다.

"어서 빨리빨리! 빨리들 움직여!" 조르바가 인부들에게 소리 질렀다. "앞으로 전진해, 이 사람들아! 산을 통째로 먹어 치우자고! 우린 진짜 사나이, 거대한 야수들이 아닌가! 하느님이 우리를 보시면 잔뜩 쫄 거야. 자네들은 크레타 사람들, 나는 마케도니아 사람이잖아. 그러니 우리가 산을 집어삼켜야지, 산이 우리를 집어삼키게 해서는 안 된다고. 자, 우리가 터키도 집어삼켰잖아. 그런데 이딴 콧구멍만 한 산을 겁내서야 되어? 어서 빨리빨리 움직여!"

그때 누군가 조르바에게 달려왔다. 나는 아세틸렌 불빛으로 미미토스의 깡마른 얼굴을 알아볼 수 있었다.

"조르바 아저씨!" 미미토스가 더듬거리며 말을 내뱉었다. "조르바 아저씨……."

조르바가 돌아서서 미미토스인 것을 보고는 무슨 말을 할지 알아차렸는지 큼직한 손을 휘저으며 말했다. "저리 가! 어서 꺼져!"

"마담 집에서 오는 길인데요……." 바보가 말을 더듬거렸다.

"꺼지라고 했잖아! 지금 해야 할 일이 산더미처럼 쌓였어!"

미미토스는 결국 달아났다. 조르바는 짜증이 나는 듯 침을 탁 뱉었다. "낮은 일하는 시간이야." 그가 말했다. "낮은 사내들의 시간이라고. 밤은 재미 볼 시간이고. 밤은 계집들의 시간이거든. 그걸 혼동하지 말도록!"

바로 그때 내가 모습을 드러냈다. "여러분, 벌써 정오예요. 멈추고 식사들 합시다."

조르바가 돌아서서 나를 보더니 이마를 찌푸렸다. "실례지만, 보스 양반, 우리 좀 이대로 내버려 두시오. 보스나 가서 식사하시오. 우리는 열이틀이나 늦어졌소. 손실을 메꿔야 한단 말이오. 봉 아페티*!"

나는 갱도 밖으로 나와 해변을 따라 걸어 내려갔다. 그리고 갖고 있던 책을 펼쳤다. 배가 고팠지만 식욕이 없었다. '생각도

---

* '맛있게 드시오!'

갱도가 될 수 있지.' 나는 생각했다. '빨리 파 들어가자!' 그러고 나서 거대한 생각의 갱도로 파고 들었다.

책을 읽자 마음에 동요가 일었다. 눈 덮인 티베트 산에 관한 이야기였다. 신비로운 수도원들과 노란 법의를 입은 말 없는 수도승들. 그들은 정신을 집중하여 하늘의 정기를 자기들이 원하는 모양으로 마음대로 바꿀 수 있었다. 드높은 정상. 정령들이 빽빽이 살고 있는 대기. 그 높이에는 윙윙거리는 이 속세의 무의미한 소음이 닿지 못한다. 위대한 금욕주의자가 열여섯 살에서 열여덟 살에 이르는 제자들을 한밤중에 꽁꽁 얼어붙은 산속 강가로 데려간다. 그곳에서 그들은 법의를 벗고 얼음을 깨서 법의를 차디찬 물에 담갔다가 다시 입고 체온으로 옷을 말린다. 그리고 다시 법의를 물에 담그고 또 말린다. ─ 그렇게 일곱 번을 되풀이하는 것이다. 그리고 아침 예불에 참석하기 위해 수도원으로 돌아온다.

수도승들은 고도가 4800미터에서 5800미터에 이르는 산 정상에 오른다. 거기에 평화롭게 앉아 숨을 깊게 규칙적으로 들이마신다. 허리춤 위로는 아무것도 걸치지 않았지만 전혀 추위를 느끼지 않는다. 손바닥에 얼어붙은 물 잔을 들고 그것을 뚫어지게 바라보며 온 정신력을 얼음물에 쏟으면 물이 끓기 시작한다. 그리고 그 물로 차를 우린다. 위대한 금욕주의자는 제자들을 자기 주위에 불러 모으고 이렇게 외친다. "자기 안에 행복의 근원을 갖지 않은 자에게 화 있을진저! 다른 사람을 즐겁게 하려는 자에게 화 있을진저! 차안(此岸)과 피안(彼岸)이 동일하다는 것을 깨닫지 못하는 자에게 화 있을진저!"

*

이제 어둠이 깔려 더 이상 책을 읽을 수가 없었다. 나는 책을 덮고 바다를 바라보았다. '도망쳐야 해.' 나는 생각했다. '이 모든 허깨비들로부터 도망쳐야 해. 붓다, 하느님, 조국, 이상으로부터!"

갑자기 바다가 검은색으로 변했다. 아직 보름달로 성숙하지 못한 초승달이 막 굴러떨어지고 있었다. 멀리 과수원에서 개들이 구슬프게 울부짖었다. 그러자 산골짜기 전체가 뒤따라 짖었다.

조르바가 진흙투성이가 되어 갈가리 찢긴 셔츠를 어깨에 걸치고 나타났다. 그는 내 옆에 쭈그리고 앉았다. "오늘은 일이 잘 풀렸소." 그가 만족스럽게 말했다. "일 좀 했수다."

나는 그의 말을 건성으로 들었다. 내 마음은 아직도 먼 곳의 신비스러운 바위산에 가 있었다.

"무슨 생각을 하는 거요, 보스 양반? 보스의 마음은 지금 저 먼 곳을 항해하고 있어요."

나는 정신적 방황을 마치고 생각을 가다듬으며 나의 동반자를 보면서 고개를 절레절레 흔들었다. "조르바, 아저씨는 뱃사람 신드바드처럼 세상을 구석구석 누비고 다녔다고 자랑하죠. 그런데 불쌍한 아저씨, 당신은 여태껏 본 게 아무것도 없어요, 정말 아무것도 없다고요! 그건 저도 마찬가지입니다. 이 세상은 우리

가 생각하는 것보다 훨씬 크고 넓어요. 우리가 아무리 세상을 누
비고 돌아다녔다고 해 봐야 우리 집 문지방 밖으로는 코빼기도
내밀지 못한 것과 다름없어요."

조르바는 입술을 오므렸다. 그러나 아무런 말도 하지 않았
다. 얻어맞은 애완견처럼 으르렁거리기만 했다.

"산맥이 있어요." 내가 이어 말했다. "신이 머무르는 거대한
산 말이에요. 산에는 수도원들이 가득한데 노란 법의를 입은 수
도사들이 가부좌를 틀고 앉아서 한 달이고, 두 달이고, 여섯 달이
고 한 가지만 생각해요. 딱 한 가지만요. 알겠어요? 두 가지도 아
니고 딱 한 가지만요! 그 사람들은 우리처럼 여자랑 갈탄을 같이
생각한다든가, 책이랑 갈탄을 동시에 생각하지 않아요. 조르바
아저씨, 그들은 오직 한 가지에만 마음을 집중하기 때문에 기적
을 일으킬 수가 있어요. 기적은 그렇게 일어나는 겁니다. 아저씨
도 본 적 있죠, 돋보기로 햇빛을 한곳에 모으면 어떻게 되는지?
그곳에 불꽃이 피어나요. 왜냐고요? 햇빛이 흩어지지 않고 오롯
이 한곳에만 집중되기 때문이에요. 인간의 정신도 똑같아요. 오
직 한곳에만 정신을 쏟으면 기적을 일으킬 수 있는 겁니다. 이해
하시겠어요, 조르바?"

조르바가 숨을 고르더니 갑자기 도망치려는 듯 벌떡 일어났
다가 다시 자신을 다잡았다. "계속 말해 봐요!" 그가 질식할 듯한
소리로 으르렁댔다. 그러더니 곧바로 하늘에 닿을 듯이 펄쩍 튀
어 오르며 소리쳤다. "아니, 말하지 마시오! 말하지 마시오! 나한
테 왜 이딴 소리를 하는 거요, 보스 양반? 왜 내 마음에 독약을

퍼뜨리는 거요? 나는 지금 잘 지내고 있었소. 왜 나를 밀쳐 대는 거요? 그저 배가 고팠고, 하느님이나 악마가 (이 둘의 차이를 안다면 지옥에 떨어지겠소.) 내게 던져 주는 뼈다귀를 핥았을 뿐이오. 나는 꼬리를 흔들면서 '고마워요! 감사해요!' 하고 소리쳤소. 그런데 지금……?" 조르바는 돌멩이 위에 발을 구르더니 오두막으로 갈 것처럼 획 돌아섰다. 하지만 아직도 속에서 열불이 나는지 꼼짝하지 않았다. "푸! 하느님-악마가 던져 준 뼈다귀 만세!" 그가 소리 질렀다. "구린내 나는 카바레 가수 년! 계집년! 살만 들입다 찌고 의욕도 없는 미친년!" 그리고 자갈을 한 주먹 쥐더니 바다로 집어던졌다. "그런데 도대체 누구요?" 그가 소리쳤다. "누가 우리에게 뼈다귀를 던져 준 거요?" 그는 잠시 내 대답을 기다렸다. 그러다가 아무런 대답도 듣지 못하자 더욱 격분했다. "아무말도 안 하겠다는 겁니까, 보스? 알면 얘기 좀 해 보시오. 그래야 나도 그놈 이름을 좀 알 거 아니오. 걱정 마시오. 내가 그놈 문제를 해결해 줄 테니까. 하지만 어둠 속에서 마구잡이로 하는 일이라면 도대체 어떻게 성공할 수 있겠소? 절대 성공할 수 없는 노릇이지."

"배고파요." 내가 말했다. "어서 가서 요리나 하세요. 우선 먹고 봅시다."

"하룻저녁 굶는다고 죽습니까, 보스 양반? 나한텐 수도사가 된 삼촌이 하나 있었소. 삼촌은 일주일 내내 물과 소금 말고는 아무것도 먹지 않았어요. 일요일과 큰 명절에만 밀기울을 조금 먹었죠. 그런데도 백 년하고도 이십 년을 더 삽디다."

"조르바, 그분이 백스무 살을 살았던 건, 그분에겐 믿음이 있었기 때문이에요. 자신의 하느님을 찾았으니 얌전히 앉아서 이 세상의 걱정 근심을 모두 내려놓은 거죠. 하지만 조르바, 우리에겐 우리 배를 채워 줄 하느님이 없어요. 그러니 어서 가서 불을 지펴요. 작은 볼락이 한 마리 있어요. 즐겨 먹던 대로 양파와 고추를 듬뿍 넣어 진하고 따끈한 생선 수프를 끓입시다. 그럼 조금 뒤에 봐요."

　"보긴 뭘 봅니까?" 조르바가 성질을 부렸다. "먹고서 배때기가 부르면 다 잊어버릴 텐데!"

　"제가 바라는 게 바로 그거예요! 그래서 음식이 중요한 겁니다. 가서 생선 수프를 끓여 주세요, 조르바. 그래야 두뇌가 굳지 않고 굴러가지요."

　하지만 조르바는 꿈쩍도 하지 않았다. 그 자리에 장승처럼 그대로 서서 조금도 움직이지 않고 나를 노려보기만 했다. "내가 지금 하는 말 잘 들으시오, 보스 양반. 나는 당신이 왜 이러는지 알아요. 방금 당신이 얘기하는 동안 내 머릿속에 당신 의도가 번쩍이며 스쳐 갔소."

　"제 의도가 뭔데요, 조르바?" 내가 웃으며 물었다.

　"우리 나리께선 수도원을 하나 짓고 거기에다 수도사 대신 당신처럼 먹물을 뒤집어쓴 고고한 사람들을 잔뜩 불러 모은 다음 밤낮으로 책을 읽고 글을 쓰고 싶은 거지요. 그리고 우리가 그림에서 보는 수도사들처럼 그 사람들 입에서 글씨가 잔뜩 적힌 리본이 줄줄 풀려 나오게 할 참이겠지요. 하, 알아맞혔죠?"

나는 기분이 울적해져 고개를 푹 숙였다. 그것은 지난날 내가 철없던 시절에 품었던 꿈이지만, 거대한 날개가 뽑힌 지금은 한낱 순진하고 고결하고 고상한 갈망으로만 남아 있었다. 말하자면 열둘 남짓한 동지들이 ― 음악가들, 화가들, 시인들 말이다. ―낮 동안에는 하루 종일 둘러앉아 작업을 하고 저녁에는 서로 만나 대화를 나누는 지적 공동체를 꿈꾸었던 것이다. 나는 이미 그 공동체의 강령 초안까지 마련했고 적당한 건물도 물색해 두었다. 히메토스* 산맥을 지나는 길목에 있는 '사냥꾼 성 요한'이 은거하던 곳으로.

"그래, 내가 알아맞혔구먼!" 조르바는 내가 얼굴을 붉히고 가만히 있는 것을 보고 만족스러운 듯 반복해서 말했다. "자, 그럼, 거룩한 수도원장님, 부탁 하나만 합시다. 그 수도원에 나를 문지기로 세우시오. 내가 밀거래도 하고 어쩌다 괴상한 물건들도 좀 들이게. ― 가령 계집들이라든지, 부주키** 라든지, 우조가 든 술병이라든지, 애저구이 같은 것 말이오. 그래야 쓸데없는 잡담이나 하며 인생 전체를 허비하지 않지."

조르바가 낄낄대며 오두막으로 서둘러 달려갔다. 나도 그 뒤를 따라 달려갔다. 그는 말없이 생선을 다듬었다. 나는 땔감을 가져와서 불을 지폈다. 수프가 준비되자 우리는 숟가락을 잡고

---

* 그리스 동중부에 위치한 산맥으로 흔히 '미친 산'이라는 뜻의 틀레로스 또는 트렐로보노로 부른다.

** 그리스의 현악기로 20세기 초엽 소아시아에서 이민자들이 갖고 들어왔다. 레베티코 음악의 주요 악기로 자리 잡았다.

냄비에 대고 게걸스럽게 먹기 시작했다.

둘 다 아무 말도 하지 않았다. 우리는 하루 종일 쫄쫄 굶었고, 그래서 정신없이 수프를 먹어 치웠다. 포도주까지 마시자 취기가 조금 돌았다. 조르바가 드디어 입을 열었다.

"그럴 일은 없겠지만, 만에 하나 부불리나가 지금 나타나면 재미있을 것 같지 않아요, 보스 양반? 나는 그 여자가 잘되면 좋겠소. 그 여자가 이 자리에 있어야 하는데. 사실을 말하자면, 이건 우리 둘 사이의 비밀인데, 난 그 여자가 그립소. ― 악마야, 그 여자를 물어 가라!"

"이제 누가 뼈다귀를 던져 줬는지 궁금하지 않은가 보죠?"

"그게 무슨 상관이겠소, 보스? 모래에서 바늘 찾는 격이지. 차라리 뼈다귀나 찬찬히 살피시오! 누가 던졌든 무슨 상관이오? 뼈다귀가 맛이 있는가, 거기에 살점은 좀 붙어 있는가, 이게 문제죠. 나머지 문제야 모두……."

"우리 음식이 기적을 일으켰어요." 조르바의 어깨를 건드리며 내가 말했다. "허기를 느끼던 육신이 만족하고 있어요. 그랬더니 호기심 많은 영혼도 덩달아 잠잠해졌어요. 산투리를 가져와요!"

그러나 조르바가 막 일어서려 하는 순간 황급히 자갈을 밟는 묵직한 발소리가 들려왔다. 조르바의 코털 수북한 콧구멍이 벌름거렸다.

"호랑이도 제 말 하면 온다더니!" 그가 두 손으로 허벅지를 치며 나긋이 말했다. "지금 그 여자가 오고 있어요. 저 잡것이 조르바 냄새를 맡고선 발자국을 따라오고 있는 거요."

"그럼 난 갈게요." 내가 일어나며 말했다. "방해하고 싶은 생각 없습니다. 산책이나 하려고요. 두 분이서 실컷 재미 보세요!"

"그럼 좋은 밤 되시오, 보스 양반."

"잊지 마세요, 조르바 아저씨, 아저씨는 마담과 결혼하기로 약속한 겁니다. 나를 거짓말쟁이로 만들지 말아요."

조르바가 한숨을 쉬었다. "나보고 또 결혼하라는 거요, 보스? 결혼이라면 할 만큼 하지 않았소이까!"

향수 비누 냄새가 점점 짙어지고 있었다.

"힘내요, 조르바!"

나는 서둘러 자리를 떴다. 밖에서는 벌써 늙은 세이렌의 헐떡거리는 숨소리가 들려오고 있었다.

17

이튿날 새벽, 조르바의 우렁찬 목소리에 나는 그만 잠에서 깼다. "이렇게 이른 시간에 도대체 무슨 일이에요?" 내가 그에게 물었다. "왜 그렇게 소리를 지르는 거예요?"

"이제 본격적으로 일을 시작해 봅시다, 보스 양반." 그가 배낭에 음식을 꾸리면서 대답했다. "내가 노새 두 마리를 몰고 왔소. 그러니 어서 일어나 수도원에 가서 서류에 서명을 합시다. 그래야만 고가 케이블 작업에 착수할 수가 있어요. 사자가 겁내는 게 딱 하나 있는데 이(蝨)라는 벌레요. 이란 놈한테 우리 피를 몽땅 빨릴지 몰라요, 보스!"

"왜 가엾은 부불리나를 이라고 부르는 거예요?" 내가 웃으며 물었다.

하지만 조르바는 못 들은 척하고 딴말을 했다. "자, 갑시다. 해 뜨기 전에."

나는 산에 올라 소나무 냄새를 맡고 싶었다. 우리는 노새를 타고 산을 오르기 시작했다. 가는 길에 갈탄 광산에 잠깐 들렀다. 조르바는 인부들에게 '수녀원장' 갱도를 공략하고, '마담 오줌싸개' 갱도에 배수로를 파서 물을 빼라는 등 작업을 지시했다.

마치 다이아몬드 원석처럼 반짝반짝 빛이 나는 날이었다. 산을 오르는 동안 우리의 정신도 덩달아 높이 오르며 깨끗이 정화되는 기분이었다. 나는 다시 한번 맑은 공기, 편안한 호흡, 광활한 지평선의 영적 가치를 맛볼 수 있었다. 우리의 영혼에도 들짐승처럼 허파와 콧구멍이 있어서 산소가 넉넉히 필요한 반면, 먼지 속에서는 숨이 차오르고 호흡이 가빠지는 것 같았다.

우리가 소나무 숲에 들어섰을 때 해는 벌써 중천에 떠 있었다. 꿀 냄새가 나고, 머리 위쪽에서는 제법 강한 산들바람이 불어와 바다처럼 쉬쉬 소리를 내며 지나갔다. 조르바는 가는 길 내내 산의 경사를 면밀히 살폈다. 그는 이미 상상 속에서 몇 미터에 한 번씩 기둥을 땅에 세웠고, 눈을 들어 케이블이 햇빛에 반짝이며 해변까지 쭉 이어져 있는 모습을 그려 보았다. 케이블에 통나무 목재가 매달려 쏜살같이 빠르게 미끄러져 내려가는 모습도 보이는 것만 같았다. 그는 손바닥을 비벼 댔다. "아주 죽여줄 거요!" 그가 반복해서 말했다. "이런 게 노다지가 아니고 뭐겠소! 우리는 돈더미 속에서 뒹굴고 하고 싶은 짓은 다 할 수 있을 거요."

나는 놀라서 그를 물끄러미 쳐다보았다.

"하, 설마 까먹은 척하는 건 아니겠죠!" 그가 말했다. "우리 수도원을 짓기 전에 먼저 아주 높은 산을 올라야 하오. 이름이 뭐였더라? 테베던가?"

"티베트요, 조르바. 티베트라고요. 그런데 우리 둘이서만 올라갈 수 있습니다. 그곳에선 여자를 들여보내지 않아요."

"여자라니, 누가 뭐라고 했소? 그것들은 괜찮은 존재요, 불쌍한 것들, 괜찮은 존재들이지. 남자도 광산 일을 한다든지, 요새를 점령한다든지, 하느님과 대화를 한다든지 하는 식으로 사내다운 일을 하지 못할 때가 있는데, 그런 일을 못한다고 여자들을 괜히 헐뜯을 필요까진 없소. 그런 남자가 폭발하지 않으려면 어떻게 해야 하겠소? 술 퍼마시고, 주사위 놀음이나 하고, 여자나 껴안아야지……. 그러면서 기다리는 거요, 자기 때가 올 때를……. 만약 그런 때가 온다면 말이오."

조르바는 잠시 동안 아무 말도 하지 않았다. "만약 그런 때가 온다면 말이오!" 그가 화난 듯 되풀이했다. "영영 오지 않을 수도 있지만." 그러고 나서 잠시 뒤에 이렇게 덧붙였다. "내게 그 때라는 게 왔소, 보스 양반. — 왔었소! 이 세상이 더 커지든지, 아니면 내가 작아지든지 할 거요. 그게 아니면 난 완전히 망한 거요."

소나무 숲속에서 수도사 하나가 나타났다. 피부색은 누리끼리하고, 성복은 걷어서 입고, 붉은 머리에는 둥근 지붕 모양의 검은색 모자를 쓰고 있었다. 그는 빠르게 걸으면서 손에 든 쇠 지팡이로 땅바닥을 내리쳤다. 그러다 우리를 보고는 걸음을 멈추고 쇠 지팡이를 높이 쳐들었다. "어디 가시오, 형제님들?" 그가 물었다.

"예배드리러 수도원에 갑니다만." 조르바가 대답했다.

"돌아가시오, 예수쟁이 형제님들!" 부풀어 오른 파란색 눈이 벌겋게 되면서 그가 소리쳤다. "당신들을 위해 돌아가라는 거요! 이곳은 성모의 정원이 아니라 사탄의 정원이오. 가난, 순종, 정절이 수도사의 월계관이라고들 하지요. 그건 거짓말이오! 새빨간 거짓말이란 말이오! 내 분명히 말하지만, 어서 돌아가시오! 돈, 젊은 사내들, 다음 수도원장은 누가 될 것인가, 이 세 가지가 바로 수도사들의 삼위일체요!"

"웃기는 녀석이로군요, 보스 양반." 조르바가 나를 돌아보며 아주 재미있어 죽겠다는 듯 휘파람을 불며 내뱉었다. 그리고 수도사 쪽으로 몸을 기울였다. "이름이 뭡니까, 신부님?" 그가 물었다. "그리고 지금 어디로 가는 길인가요? 실례가 안 된다면 말해주쇼."

"내 이름은 자하리아스요. 난 지금 짐 싸서 수도원을 떠나는 중이에요. 떠나는 중이라고요! 아주 영원히 떠나는 중입니다! 이제는 아주 넌덜머리가 납니다. 동포 양반도 이름 좀 가르쳐 주시지요."

"카나바로요."

"카나바로 형제님, 난 더 이상 참을 수가 없어요. 그리스도가 밤새 끙끙대며 신음하는 바람에 통 잠을 잘 수가 없어요. 나도 그와 끙끙댔고, 수도원장이 ─ 그놈은 지옥 불구덩이에서 영원토록 고통받아야 할 인간이오! ─ 오늘 아침 날이 밝자마자 나를 부르더군요. '이봐, 자하리아스.' 그가 내게 말했어요. '왜 다른 형제들을 못 자게 하느냐? 너를 쫓아 버려야겠구나!' 그래서 제가 이렇게 대꾸했죠. '제가 형제들을 못 자게 하다뇨? 그리스도가 그렇게 한 게 아니고요? 끙끙대며 신음하는 건 그분이라니까요.' 그랬더니 그 적그리스도 놈이 홀장(忽杖)을 쳐들더니……. 글쎄, 여기 좀 보시오!"

수도사가 모자를 벗자 머리카락에 피가 엉긴 혹이 드러났다.

"그래서 난 발에 묻힌 먼지까지 툭툭 털어 버리고 지금 그곳을 떠나는 중이오."

"우리랑 같이 수도원으로 돌아갑시다." 조르바가 말했다. "수도원장과 화해시켜 주겠소. 우리랑 같이 가면서 길을 가르쳐 주시오. 보아하니 당신은 하느님께서 직접 보내신 분인 것 같소이다."

수도사는 잠시 동안 곰곰이 생각하더니 눈을 반짝이기 시작했다. "그럼 나한테 뭘 줄 거요?" 마침내 그가 물었다.

"뭘 원하시오?"

"소금에 절인 대구 1킬로그램과 코냑을 한 병 주시오."

조르바가 몸을 굽혀 그를 찬찬히 쳐다보았다.

"혹시 당신 몸 안에 악마가 들어 있는 거 아니오, 자하리아스?"

그러자 수도사가 움찔했다.

"그걸 어떻게 아셨어요?" 그가 깜짝 놀라서 물었다.

"나도 '성스러운 산' 출신이오." 조르바가 대답했다. "그래서 한두 가지쯤은 알고 있지요."

수도사는 고개를 떨어뜨렸다. 그리고 들릴 듯 말 듯 나지막하게 중얼거렸다. "맞아요. 내 안에 분명 악마 놈이 들어 있어요."

"그리고 그놈이 소금에 절인 대구와 코냑을 원하는 거죠?"

"네, 맞아요. 그게 바로 악마 녀석이 원하는 거예요."

"그럼 대구와 코냑으로 합의합시다. 그것 말고 그놈은 담배도 원하죠?"

조르바가 수도사에게 담배를 하나 던져 주었다. 수도사는 허겁지겁 받아 들었다. "네, 맞아요, 놈은 담배도 피워요." 그가 말했다. "망할 놈은 담배도 피운다고요." 그리고 성복에서 작은 부싯돌과 심지를 꺼내 담뱃불을 붙이고 양쪽 허파 속으로 연기를 깊이 들이마셨다.

"그리스도의 이름으로!" 그가 쇠 지팡이를 높이 쳐들더니 반대 방향으로 획 돌아선 뒤 앞장서서 걷기 시작했다.

"이름이 뭡니까? 당신 안에 있는 그 악마 말이오." 조르바가 나에게 한쪽 눈을 찡긋하고 윙크를 하며 수도사에게 물었다.

"요셉이에요." 수도사는 돌아보지도 않고 대답했다.

나는 반미치광이 수도사와 동행하는 게 영 내키지 않았다. 육체적 불구 못지않게 정신적 불구도 내 마음속에 증오와 동정과 혐오가 뒤섞인 감정을 불러일으켰다. 하지만 나는 아무 말도 하지 않았다. 조르바가 원하는 대로 하도록 내버려 두었다.

맑은 공기를 마시니 식욕이 돌았다. 허기를 느낀 우리는 아주 큼직한 소나무 밑에 천을 깔고 배낭을 열었다. 수도사는 탐욕스러운 눈빛으로 가방 안에 뭐가 들었는지 들여다보았다.

"어허, 어허!" 조르바가 소리쳤다. "그렇게 입술을 핥지 마쇼, 자하리아스 신부! 오늘은 부활 주간 첫날인 성(聖) 월요일이오. 우리는 프리메이슨이오. 그러니 우리는 ― 하느님, 우리를 용서하소서! ― 고기를 먹을 겁니다. 닭고기 말이오. 하지만 거룩한 당신에겐 할바와 올리브를 드리겠소. 여기 있소이다!"

수도사는 기름때 낀 수염을 문질러 댔다.

"나, 나, 자하리아스는……." 그가 양심의 가책을 느끼는 듯 말했다. "……지금 금식하는 중이오. 올리브와 빵을 먹을 겁니다. 물을 마시고요. 하지만 요셉은, 놈은 악마 녀석이라, 금식하지 않아요. 그놈은 형제님들처럼 고기를 먹을 겁니다. 그리고 형제님들 병에 들어 있는 포도주도 마실 거예요. 아주 저주받을 녀석이죠."

수도사는 성호를 긋고 단숨에 빵과 올리브와 할바를 먹어 치웠다. 그런 다음 손등으로 입술을 쓱 문질러 닦더니 물을 마신 뒤 식사를 모두 마친 것처럼 다시 성호를 그었다.

"이제 세 배로 저주받은 악마, 요셉이 식사할 차례예요." 그가 말했다. 그러고 나서 그는 게걸스럽게 닭고기를 공략했다. "오, 저주받은 놈아, 어서 먹어라!" 그가 입이 터지도록 닭고기를 쑤셔 넣고는 화난 듯 중얼댔다. "먹어! 어서 처먹어!"

"브라보, 신부님!" 조르바가 신바람이 나서 소리쳤다. "어디로 가든 가기만 하면 되죠." 조르바는 나를 돌아보며 물었다. "이 친구를 어떻게 생각하시오, 보스?"

"아저씨 닮았네요." 내가 웃으며 대답했다.

조르바가 수도사에게 포도주 병을 건네주었다.

"목구멍에 들이부으시오, 요셉!"

"오, 이 저주받은 놈아, 어서 마셔라!" 수도사가 말하며 포도주 병을 꽉 쥐고 입에다 꽂았다.

태양이 이글거렸다. 우리는 좀 더 그늘진 곳으로 몸을 옮겼다. 불타는 듯한 햇살에 몸이 녹아내리던 수도사에게서는 코를 찌르는 땀 냄새와 향냄새가 풍겼다. 조르바는 악취가 덜 풍기도록 수도사도 그늘 속으로 밀어 넣었다.

배를 두둑이 불린 조르바는 대화가 하고 싶어졌다. "어쩌다 수도사가 되었소?" 그가 자하리아스에게 물었다.

수도사가 요란스럽게 웃어 댔다. "거룩해지려고 수도사가 되었다고 생각하겠죠? 절대 아니에요. 가난 때문이었어요, 형제님, 가난 때문이었다고요. 입에 풀칠할 수가 없어서 이렇게 생각했어요. 수도원에 들어가면 적어도 굶어 죽진 않겠지."

"그래서 만족했소?"

"하느님을 찬양할지어다! 난 자주 탄식을 합니다. 하지만 내 말에 귀 기울이진 마시오. 속세를 걱정해서 탄식하는 건 아니니까요. 속세에게 난 엿 먹…… 나를 용서하시오. 날이면 날마다 계속해서 엿 먹…… 하고 욕을 해 댑니다. 하지만 천국을 생각하면 한숨이 나요. 나는 농담을 즐기고 공중제비도 곧잘 해요. 그러면 다른 수도사 놈들이 나를 보고 웃어요. 그러고는 일곱 악령에게 씌었다면서 모욕을 주더군요. 그러면 난 이렇게 말해요. '그래도 상관없어! 하느님은 웃는 걸 좋아하시니까. 나중에 심판의 날에 이렇게 말씀하실 거야. 이리 오너라, 어릿광대 녀석, 어서 들어와서 나를 웃기도록 하라.' 난 이렇게 천국에 들어갈 겁니다. 카라괴즈 인형처럼 말이죠."

"어이, 내가 보기엔 당신 대갈통의 나사는 제대로 박혀 있는 것 같소!" 조르바가 일어서며 말했다. "자, 밤이 우리를 따라잡기 전에 어서 부지런히 가던 길이나 갑시다."

수도사는 앞장서서 우리에게 길을 안내해 주었다. 산을 오르며 나는 나만의 은밀한 영적 영역으로 들어가면서 시시껄렁한 근심 걱정에서 좀 더 고상한 고민거리로, 속세의 안락한 원칙에서 좀 더 경지가 높은 난해한 이론의 세계로 옮아 가는 기분이었다.

수도사가 갑자기 걸음을 멈추었다. "'복수의 성모'요!" 우아하고 둥그런 지붕이 있는 작은 예배당을 가리키며 그가 말했다. 그가 무릎을 꿇고 성호를 그었다.

나도 노새에서 내려 시원한 천개(天蓋) 안으로 들어섰다. 벽 한쪽 구석에는 연기로 시커멓게 그을리고 은 헌물이 가득한 낡은 성상 하나가 있었다. 성상 앞에는 일 년 내내 불이 켜져 있는 은제 '영원의 램프'가 있었다.

나는 성상을 유심히 바라보았다. 목이 곧고 근엄한 표정에 걱정스러운 눈빛을 띤 사납고 호전적인 성모 마리아상이었다. 손에는 아기 예수 대신 수직으로 선 길쭉한 창을 쥐고 있었다.

"이 수도원을 범하는 자에게 화 있을진저!" 수도사가 양심의 가책을 느끼듯 내뱉었다. "성모님께서는 그런 자에게 덤벼들어 들고 있는 창으로 찔러 버립니다. 오래전 알제리 사람들이 와서 이곳을 완전히 불태워 버렸어요. 그리고 그 망할 놈의 이교도 놈들이 어떻게 됐는지 보세요. 그놈들이 마침내 수도원을 떠나 이 예배당 앞을 지나게 됐어요. 성모님이 성상을 밀치고 밖으로 뛰쳐나오셨어요. 그리고 거기서 창으로 찌르고 또 찔러 한 놈도 남김없이 다 죽여 버린 겁니다. 우리 할아버지는 산에 즐비하던 놈들의 뼈다귀를 기억하셨어요. 그 뒤로 이 성모님은 '복수의 성모'라고 불리기 시작했어요. 그 전에는 '자비의 성모'였지요."

"성모님께서는 왜 이교도 놈들이 수도원에 불을 지르기 전에 기적을 베풀지 않았답니까, 자하리아스 신부님?" 조르바가 물었다.

"그건 전능하신 하느님의 의지 때문이지요!" 수도사가 성호를 세 번 그으며 대답했다.

"전능하신 하느님 만세!" 조르바가 다시 노새에 올라타며 중얼거렸다. "자, 어서 가기나 합시다!"

잠시 뒤 높은 바위산들로 둘러져 있는 소나무 숲 빈터에 자리한 커다란 성모의 수도원이 우리 앞에 나타났다. 평화로우면서도 상쾌한 모습으로 속세와는 담을 쌓은 모습이었다. 산 정상의 고결함과 평야의 감미로움이 교묘하게 조화를 이루고 있는 고원의 초록빛 분지에 위치한 수도원은 명상의 은신처로는 더할 나위 없이 잘 선택된 장소 같았다. 이런 곳에서는 명랑하고 맑은 정신의 소유자라면 인간적인 것을 종교적 희열로 끌어올릴 수 있을 것 같다는 생각이 들었다. 이곳은 험준하고 초인간적인 산 정상도, 그렇다고 감각적이고 게으른 평야도 아니었다. ― 한마디로 인간의 달콤함을 잃지 않으면서도 인간의 영혼을 고양하는 데 필요한 것이 꼭 필요한 만큼만 있었다. '이런 곳이야말로 영웅도, 돼지도 만들어 내지 않아.' 나는 계속 생각했다. '오로지 완전무결한 사람들만을 만들어 내지.' 이런 곳이라면 우아한 고대 그리스 신전이나 방긋 미소 짓는 듯한 이슬람 사원을 지어도 안성맞춤일 듯했다. 하느님이 이곳에 내려와 소박한 인간의 옷을 입고 맨발로 봄철 잔디를 밟으며 사람들과 편안하게 대화를 나눌 것 같았다.

"정말 기적 같군! 얼마나 고즈넉한 곳인가! 이 얼마나 놀라운 행복인가!" 나는 이렇게 중얼거렸다.

우리는 노새에서 내려 아치로 된 입구로 들어가 내빈 접객실로 올라갔다. 그곳에서 라키주와 말린 과일, 커피를 대접받았다. 접객 담당 수도사가 나왔다. 또 수도사들이 우리를 빙 에워쌌다. 대화가 시작되었다. 교활한 눈들과 만족할 줄 모르는 입술들. 턱수염과 콧수염, 흥분한 숫염소에게서 나는 악취가 그들의 겨드랑이에서 물씬 풍겼다.

"신문 좀 가져오셨나요?" 접객 수도사가 물었다.

"신문이라뇨?" 내가 놀라서 말했다. "그걸 가지고 여기서 뭐 하시게요?"

"형제님, 신문을 읽어야 세상 돌아가는 꼴을 좀 알 수 있지요." 수도사 두세 명이 화가 난 듯 소리쳤다.

수도사들은 발코니의 나무 난간에 기대어 까마귀 떼처럼 깍깍대며 영국, 러시아, 베니젤로스 수상과 왕에 대해 열심히 떠들었다. 세상은 그들을 떨쳐 버렸지만 그들은 세상을 떨쳐 버리지 않았던 것이다. 그들의 눈에는 도시와 상점과 여자와 신문 들이 가득 담겨 있었다.

털이 많고 뚱뚱한 수도사 하나가 헉헉대며 일어서더니 나에게 말했다. "보여 드릴 게 있어요. 보고서 소감 좀 말해 주십시오. 그럼 가서 가져오지요." 그러고 나서 그는 몽땅하고 털이 북슬북슬한 손가락들을 툭 튀어나온 배에 포갠 채 양털 슬리퍼를 질질 끌며 문 쪽으로 사라졌다.

다른 수도사들이 음흉하게 낄낄거렸다.

"도메티오스 신부가 또 점토 수녀를 가져오려고 하는군그래." 접객 수도사가 내뱉었다. "사탄이 그를 위해 그걸 땅에 묻어 뒀는데, 도메티오스 신부가 어느 날 정원에서 호미질을 하다 찾았소. 그걸 자기 방에 갖다 뒀지. 그 뒤로 저 형제는 그것 때문에 잠을 잊었다오. 이제는 정신 줄마저 놓다시피 했지."

짜증이 난 조르바가 일어서며 말했다. "우리가 이렇게 찾아온 건, 거룩하신 수도원장님을 뵙고 서류에 서명을 좀 받기 위해서입니다."

"거룩하신 수도원장님은 지금 안 계십니다." 접객 수도사가 말했다. "오늘 아침에 수도원 농장으로 떠나셨어요. 그러니 기다리셔야 합니다."

도메티오스 신부가 마치 성배라도 들고 오듯 정성스럽게 모은 두 손을 앞으로 뻗은 채 돌아왔다.

"자, 여기 있어요!" 그가 조심스럽게 손바닥을 펼쳐 보이며 말했다.

내가 앞으로 다가섰다. 그의 퉁퉁하고 수도자다운 손바닥 안에는 반라의 작은 타나그라* 조각상이 요염하게 웃고 있었다. 조각상은 나머지 한쪽 손으로 머리를 받치고 있었다.

"손으로 머리를 가리키고 있는 건 말이오." 도메티오스가 말했다. "그 안에 다이아몬드라든가 진주라든가 아주 값진 보석이 들어 있어서겠지요? 나리는 어찌 생각하세요?"

"내 생각에는 여자가 두통을 호소하는 것 같은데." 독사의 혀를 가진 수도사가 내뱉었다.

하지만 염소 입술을 떨며 헉헉대는 뚱뚱한 도메티오스는 나를 빤히 쳐다보며 대답을 기다렸다. "깨뜨려 볼까 생각 중이오." 그가 말했다. "깨뜨려서 그 안을 보고 싶소. 이젠 아예 잠을 이룰 수가 없어요. 이 안에 혹시 다이아몬드가 들어 있지 않을까요?"

나는 작고 단단한 가슴이 달린 이 우아한 젊은 여자를 쳐다보았다. 여자는 육체며 쾌락이며 키스를 저주했던 십자가에 못 박힌 신들과 향과 함께 이곳으로 추방당한 게 아닌가. 아, 내가 그녀를 구할 수만 있다면!

조르바가 이 작은 테라코타 조각상을 집어 들고는 날씬하고 균형 잡힌 여자의 몸을 애무하듯 관능적으로 만지더니 곧추선 가슴에서 손가락을 멈췄다. "존경하는 신부님, 모르시겠소? 이게 사탄이란 걸 말이오." 그가 말했다. "자, 이놈을 보시오. 정확히

---

* 그리스 중부 지방의 한 행정 구역. 이 지역에서 출토된 조각상을 언급한다.

그놈이오! 아주 쏙 빼닮았어요! 하지만 걱정 붙들어 매시오. 난 이 저주받은 악마를 아주 잘 알아요. 도메티오스 신부님, 이놈의 젖가슴을 잘 보시오. 둥글고 단단하고 싱싱하오. 악마의 젖가슴이 정확히 이렇게 생겼소이다."

젊고 잘생긴 수도사 하나가 문지방에 나타났다. 햇빛이 그의 황금빛 머리카락과 둥글고 솜털이 보송보송한 얼굴을 환하게 비췄다.

그러자 독사의 혀에 얼굴이 누르께한 수도사가 접객 수도사에게 한쪽 눈을 찡그려 윙크를 했다. 두 사람은 교활하게 미소를 지었다.

"도메티오스 신부님," 그들이 말했다. "가브리엘이오. 신부님의 수련 수사가 납시셨소."

도메티오스는 테라코타 여인을 한순간에 낚아채더니 뚱뚱한 몸뚱이를 문 쪽으로 질질 끌었다. 그러자 젊은 수도사가 여성스러운 종종걸음으로 앞서면서, 두 사람은 곧 무너질 것 같은 지붕을 인 긴 베란다 아래쪽으로 말없이 사라졌다.

나는 조르바를 보고 고개를 끄덕여 신호를 보냈다. 우리는 뜰로 나왔다. 더위는 한풀 꺾여 있었다. 뜰 한가운데 서 있는 오렌지 나무에는 꽃이 활짝 피어 대기에 향기를 뿜어내고 있었다. 그 옆에는 오래된 대리석으로 만든 숫양 머리에서 물줄기가 보글거리며 뿜어 나왔다. 나는 머리를 식히려고 물줄기 아래에 머리를 갖다 댔다.

"맙소사, 뭐 이런 놈들이 다 있소?" 조르바가 당장이라도 토할 것처럼 내뱉었다. "사내놈들도 아니고 계집들도 아니고 말이야. 그래, 노새 새끼들이구먼! 지옥에나 어울릴 망할 놈들!" 조르바도 차가운 물줄기에 머리를 집어넣었다. "지옥에나 어울릴 망할 놈들!" 그가 웃으며 되풀이했다. "놈들이 죄다 몸 안에 악마를 하나씩 품고 있소. 이놈은 계집을 원하고, 이놈은 소금에 절인 대구를 원하고, 이놈은 돈을 원하고, 또 이놈은 신문을 원해요. 오, 저런 멍청한 놈들을 봤나! 저놈들 대갈통 속을 씻어 내려면 속세로 내려와서 원하는 걸 신물 나게 진탕 누려 봐야 하오." 조르바는 담배에 불을 붙이며 오렌지 나무를 두르고 있는 나지막한 돌담 위에 앉았다. "나는 말이오, 뭔가를 정말 원하면 어떻게 하는지 아시오?" 그가 말했다. "아주 신물이 날 때까지 먹고 또 먹어요. 그게 내가 그것에서 벗어나는 방법, 두 번 다시 생각하지 않는 방법이오. 그러면 생각만 해도 구역질이 나죠. 옛날 옛적 — 이렇게 설명하면 한결 알아듣기 쉬울 거요. — 어렸을 때 체리에 환장했던 적이 있었소. 그런데 돈이 얼마 없으니 조금씩 사다가 몇 번 먹을 수밖에 없었는데, 그러고 나니 감질이 나서 자꾸만 더 먹고 싶어집디다. 밤낮으로 체리 생각만 하면서 침을 질질 흘려 댔소. 고문이 따로 없었지! 마침내 어느 날 체리가 마음대로 나를 갖고 놀면서 바보로 만들고 있다는 걸 깨달았는데 그러고 나니 정말 화가 치밀고 창피했소. — 지금은 정확히 어느 쪽 감정이었는지 헷갈리지만 말이오. 그래서 어떻게 했는지 아시오? 밤에 몰래 일어나 아버지의 바지 주머니에서 은화 한 닢을 슬쩍했소. 그리고 이튿날 아침 아주 일찍 일어났지. 과수원으로 달려가 체리를 한 바구니 샀소. 그리고 도랑에 앉아 먹기 시작했소. 먹고 또 먹어서 배가 동산만 하게 부풀어 올랐고 복통에 시달리다 결국 모조리 토해 내고 말았지. 그렇소. 토해 버렸소, 보스. 그 뒤로 나는 체리에서 해방됐소. 다시는 쳐다보기도 싫었으니까. 자유의 몸이 된 거요. 그다음부터 체리를 볼 때마다 난 이렇게 말했소. '쓸데없는 것들!' 포도주와 마찬가지였고, 담배와도 마찬가지였소. 물론 포도주와 담배는 아직도 마시고 피우지만, 끊고 싶을 때는 언제든 끊을 수 있소. ── 확! 이렇게 단칼에 말이오. 나는 이제 정열의 노예가 아니오. 애국심도 마찬가지요. 미친 듯이 갈망하고, 배 터지게 즐기고, 토하고 나서 탈출해 버리는 거요."

"그럼 여자는요?" 내가 웃으며 물었다.

"그것도 차례가 올 거요, 망할 것들! 하지만 일흔이 되기 전까지는 아니오." 잠시 생각해 보니 일흔은 너무 이르다 싶었던지 "여든이 되면 그럴 거요!" 하고 고쳐 말했다. "웃는군요, 보스 양반. 마음껏 웃으시오. 하지만 이게 사람들이 스스로를 해방시키는 방법이오. 내 말 잘 들으시오. 해방되고 싶으면 난봉꾼이 되어야지 수도사가 돼 가지고선 어림 반 푼어치도 없소이다. 그리고 당신도 말이오, 악마 한 놈하고도 반쯤 더 악마가 되지 않고선 악마에게서 벗어나지 못할 거요."

도메티오스가 헉헉대며 뜰에 나타났고, 그의 뒤에는 금발의 젊은 수도사가 있었다.

"기분이 상한 천사 같군." 금발 소년의 야성적 분위기와 우아함을 부러워하며 조르바가 중얼거렸다.

두 사람은 위층 수도실로 이어진 돌계단으로 올라갔다. 도메티오스가 돌아서서 젊은 수도사와 얘기를 나누었다. 젊은 수도사는 처음에는 부정하며 고개를 흔들다가 곧 뜻을 굽혀 고개를 끄덕였다. 그는 나이 든 수도사의 허리에 팔을 둘렀고, 두 사람은 계단을 올라갔다.

"이해가 되쇼?" 조르바가 나에게 말했다. "이해가 되냐고요? 이곳이 바로 소돔과 고모라*요!"

수도사 두 사람이 나타났다. 그들은 서로 눈짓을 주고받으며 뭔가를 속삭이며 웃어 댔다.

"역겨워라, 사악한 짓거리들!" 조르바가 으르렁댔다. "도적 떼들 사이에도 도(道)가 있다고 했소. 그런데 수도사들 사이에선 어때요? 이 도적 떼 사이에는 그런 도조차 없소. 한번 보시오. 한 수도사 년이 다른 수도사 년의 눈알을 할퀴지 않소!"

"수도사 놈들입니다." 내가 미소를 지으며 고쳐 주었다.

"내 말 잘 들으쇼. 이곳에선 엎치나 메치나 매한가지요. 쓸데없는 것에 신경 쓰지 마쇼. 내가 하나같이 노새 놈들이라고 하지 않소, 보스 양반. 어떻게 느끼느냐에 따라 '가브리엘'이나 '가브리엘라'나, '도메티오스'나 '도메티아'로 부르시오. 여기서 나 갑시다, 보스. 빨리 서류에 서명이나 받고 떠납시다. 맹세코, 여

---

* 구약 성경 「창세기」에 나오는 악명 높은 죄악의 도시들. 오늘날 이스라엘 사해 남단 근처 반도인 알리산의 남부 지역으로 타락의 죄로 유황불에 의해 심판을 받았다.

기에 더 있다가는 수컷이든 암컷이든 모두 정나미가 떨어질 것 같으니까."

조르바가 목소리를 낮추며 말했다. "그리고 내게 계획이 하나 있소."

"또 무슨 바보짓을 하려고요, 조르바? 알았어요. 어디 말씀해 보세요."

조르바가 어깨를 으쓱했다. "어떻게 말해야 할까요, 보스? 나리는 아주 고결한 사람이오. 이렇게 말해도 된다면 말이오. 두 손과 두 발로 남들에게 별별 시중을 다 들어 주지요. 당신은 겨울에 이불 위에서 벼룩을 발견하면 감기에 걸릴까 봐 이불 밑으로 넣어 줄 사람이오. 당신 같은 부류가 여자 뒤꽁무니나 쫓아다니는 나 같은 불한당을 어떻게 이해할 수 있겠소? 나는 벼룩을 보면 꽉! 짓뭉개 버리지. 새끼 양을 발견하면 모가지를 확! 딴 다음 쇠꼬챙이에 쭉 끼워서 친구들과 한바탕 즐길 거요. 하지만 당신이라면 내게 그건 내 양이 아니라고 말할 겁니다. 그건 나도 알고 있소. 하지만 이보시오, 형씨, 일단은 먹고 봅시다. 그런 다음 시간 날 때 어느 것이 네 것이고 어느 것이 내 것인지 따져 가립시다. 우리 나리께서는 내가 이쑤시개로 이를 쑤시는 동안에도 계속 말하고, 말하고, 또 말하겠지만."

앞마당 전체에 조르바의 호탕한 웃음소리가 울렸다. 자하리아스가 걱정스러운 얼굴로 나타났다. 손가락을 입술에 대고 까치발로 다가왔다. "쉿, 그만 웃어요!" 그가 말했다. "저기 위쪽 좀 보세요. 저기 열려 있는 작은 창문 뒤에서 주교님이 작업하고 계세요. 저 방은 도서관인데 지금 그분은 글을 쓰시는 중이에요. 하루 종일 글만 쓰신답니다."

"내가 원하는 사람은 정확히 당신이오, 자하리아스 신부." 조르바가 수도사의 팔을 잡으며 말했다. "당신 수도실로 가서 얘기 좀 합시다."

조르바가 나를 돌아보며 말했다. "보스는 말이오, 성당과 낡은 성상들을 좀 둘러보고 계시오. 나는 수도원장을 기다릴 테니. 그가 어디에 가 있든 돌아올 거 아니오. 괜히 일을 복잡하게 만들어 문젯거리를 만들 건 없소. 전부 나한테 맡기시오. 다 계획이 있으니까." 그가 내 귀에 대고 숙덕거렸다. "우린 숲을 반값에 얻을 수 있을 거요." 그가 말했다. "쉿, 한마디도 뻥긋하지 마시오!"

그러고 나서 조르바는 반쯤 정신이 돌아 버린 수도사의 팔 안쪽을 잡고 서둘러 자리를 떴다.

18

나는 예배당 문지방을 넘어 어스름하고 시원한 향내가 풍기
는 곳으로 뛰어들었다. 그곳에는 아무도 없었다. 은제 석유램프
만이 그윽하게 빛나고 있었다. 조각된 성장(聖障)과 포도송이가
주렁주렁 달린 황금빛 정자가 반대쪽 벽면 전체를 채우고 있었
다. 벽은 하나같이 거룩한 하느님을 섬기는 교부(教父)들, 엄격한
금욕주의자들, 그리스도의 수난, 곱슬머리에 널찍하고 색 바랜
리본을 묶은 천사들을 그린 프레스코화로 장식되어 있었지만 반
쯤 퇴색한 상태였다.

나르텍스* 위쪽에는 간청하듯 팔을 내뻗은 성모상이 있고,
그 앞에는 묵직한 은제 석유램프가 타오르고 있었다. 깜박거리
는 램프 불빛이 수심 가득한 성모의 가늘고 긴 얼굴을 부드럽

---

* 고대 기독교 교회당의 본당 입구 앞에 있는 넓은 홀로 참회자나 세례 지원자를
위한 공간.

게 — 마치 애무라도 하듯 — 핥고 있었다. 성모의 꼭 다문 초췌한 입술과 적의를 품은 듯한 눈, 드세고 고집스러워 보이는 턱은 절대 잊지 못할 것 같았다. "아주 만족하고 계시는 거야." 나는 혼잣말을 했다. "참을 수 없는 고통을 느끼면서도 자신의 덧없는 내장 기관에서 불멸의 존재가 태어났다는 걸 잘 알기에 더할 나위 없이 만족하시는 거야."

예배당에서 나오니 해가 막 떨어지고 있었다. 행복한 기분으로 나는 오렌지 나무를 두르고 있는 나지막한 돌담 위에 앉았다. 예배당의 둥근 지붕이 새벽녘처럼 장밋빛으로 물들고 있었다. 수도사들은 저마다 수도실로 돌아가 쉬고 있었다. 밤을 지새우려면 그들은 아마 힘을 모아야 할 것이다. 오늘 밤 그리스도는 골고다 언덕을 오르기 시작할 것이고 수도사들은 그를 따라 언덕에 오를 힘을 비축해야 했기 때문이다. 카로브 나무 아래에는 장밋빛처럼 진한 분홍 젖꼭지가 무수히 달린 검은 암퇘지 두 마리가 벌써부터 잠을 자고 있었다. 수도사들이 기거하는 건물 지붕 위에서는 비둘기들이 정답게 사랑을 나누고 있었다.

나는 갑자기 궁금해졌다. '나는 언제까지 세상의 감미로움과 공기와 고요함과 꽃피는 오렌지 나무를 즐기며 살아갈 수 있을까?' 예배당 안에서 본 성 바쿠스*의 성상 때문에 내 마음에는 희열이 가득 흘러넘쳤다. 더할 나위 없이 감동을 주는 요소들이 — 통합, 끊임없는 노력, 일관된 갈망이 — 다시 한번 내 앞에

---

* 바쿠스는 세르기우스와 함께 4세기 기독교 군병으로 가톨릭교회와 동방 정교회 등에서 추앙받는 성인이다.

모습을 드러냈다. 검은 포도송이처럼 젊고 싱그러운 곱슬머리를 이마에 치렁치렁 늘어뜨린 이 우아한 기독교 성인에게 축복 있을진저! 고대 그리스의 디오니소스와 기독교의 성인 바쿠스가 하나로 합쳐져 있었다. 그래서 둘은 얼굴이 서로 똑같았다. 똑같이 매혹적이고 햇볕에 잘 그을린 몸이 ─ 그리스 그 자체가 아닌가! ─ 포도 잎과 성복 속에서 힘차게 날아오르고 있었다.

그때 조르바가 안마당에 나타났다. "수도원장이 돌아왔소." 그가 힘찬 목소리로 내게 말했다. "그와 잠깐 얘기를 나눴소. 거절하더군요. 숲을 팔 수 없다고 합디다. 헐값에 넘길 수 없으니 돈을 더 달라지 뭐요. 하지만 내가 손을 보겠소."

"거절했다고요? 이미 동의했다고 하지 않았나요?"

"제발 부탁인데, 괜히 이 일에 끼어들지 마시오, 보스 양반." 조르바가 애원했다. "우리 계획을 망치고 말 거요. 자, 보시오, 지금 보스는 이미 케케묵은 합의 얘기를 입에 올리고 있잖소. 그건 이미 날아가 버린 지 오래요! 인상 구길 거 없소! 내가 말하잖소, 이미 끝난 일이라고! 우린 절반 값에 숲을 손에 넣게 될 거요."

"도대체 무슨 꿍꿍이를 꾸미는 거예요, 조르바?"

"상관하지 마시오. 이건 내 일이니까. 바퀴에 기름칠 좀 해서 수레가 잘 굴러가게 만들 거요. 무슨 말인지 알아듣겠소?"

"그런데 왜 그래야 하죠? 이해가 안 됩니다."

"왜냐하면 내가 이라클리오에서 돈을 너무 많이 썼기 때문이오. ─ 이제 알겠소? 롤라가 내 돈 ─ 아니 당신 돈 ─ 수천 드라크마를 집어삼켰으니까요. 내가 잊어버렸을 거라 생각하오?

난 자존심도 없는 사람인 줄 아시오? 자, 그러니 공연히 뚜껑 열리게 하지 마쇼. 난 양심에 쇠파리 한 마리 얼씬거리지 못하게 할 거요. 내가 썼으니 내가 갚겠다는 것뿐이오. 얼마를 먹어 치웠는지 이미 다 계산해 뒀소이다. 롤라에게 자그마치 7000드라크마가 들었어요. 그리고 난 그만큼을 숲 값에서 베어 낼 거란 말이오. 수도원장, 수도원, 성모 마리아가 롤라에게 자금을 대는 거요. 그게 내 계획이오. 어디 마음에 드시오?"

"전혀 마음에 안 듭니다. 왜 하필 성모님께서 당신이 주색잡기에 써 버린 돈을 갚아야 합니까?"

"성모님의 잘못이니까. 잘못해도 한참 잘못했지. 아들을 낳았잖소. 이름하여 하느님을 말이오. 하느님이 나를 만드셨고, 내게 연장을 주셨소. 그리고 그 빌어먹을 연장이 암컷만 보면 정신을 못 차리게 만들어 장소를 가리지 않고 지갑을 열게 한단 말이오. 무슨 말인지 알아듣겠소? 그러니 이건 성모님 탓, 그것도 엄청난 잘못 탓이지요. 그러므로 성모님보고 갚으라 하시오!"

"이 계획 정말 마음에 안 들어요, 조르바."

"그건 다른 문제요, 보스 양반. 일단 7000드라크마부터 아낀 다음에 얘기합시다. '아들아, 먼저 일을 해라. 그러고 나면 그 일도 재미있으리니.' 이런 노래 가사도 있잖소?"

그때 궁둥이가 토실토실한 접객 수도사가 나타났다. "저녁 식사가 준비됐습니다." 그는 성직자답게 부드러운 목소리로 말했다. "오시지요."

우리는 긴 의자와 기다랗고 폭이 좁은 식탁들이 놓이고 역겨운 올리브유 냄새와 퀴퀴한 냄새가 풍기는 큼직한 장방형 식당으로 내려갔다. 식당 끝 쪽 벽면에는 색이 반쯤 바랜 「최후의 만찬」 프레스코화가 있었다. — 그리스도 주변에는 신실한 제자 열한 명이 앉아 있고, 그 반대쪽에는 유다가 홀로 등을 보이고 서 있었다. 그리스도는 붉은 수염에 야비하게 찡그린 이마, 거대한 매부리코의 유다만 바라보고 있었다.

접객 수도사는 자신의 오른편에 나를, 왼편에 조르바를 앉혔다.

"사순절입니다." 그가 말했다. "죄송하지만 방문자들에게까지 올리브유나 포도주를 드릴 수가 없군요. 차린 건 없지만 많이들 드시지요!"

우리는 성호를 긋고 말없이 손을 뻗어 올리브, 골파, 타라모살라타,* 액체에 담근 콩을 집었다. 우리 세 사람은 식욕도 없이 음식을 천천히 씹어 먹었다.

"이런 게 지상의 삶이지요." 접객 수도사가 말했다. "사순절 말입니다. 하지만 조금만 참으세요. 어린양의 부활절이 다가오고 있어요. 천국이 가까워지고 있는 겁니다."

나는 기침을 했다. 그러자 조르바가 조용히 하라는 신호로 내 발을 건드렸다.

"자하리아스 신부를 만났소만." 조르바가 화제를 바꾸려고 입을 열었다.

---

* 생선 알로 만든 그리스 식 오르되브르.

그 말을 듣고 접객 수도승은 당황하는 것 같았다. "그 마귀 들린 녀석이 무슨 말을 하던가요?" 그가 걱정스럽게 물었다. "그의 내면에는 귀신이 일곱이나 들어 있어요. 그러니 그 사람 말에는 귀 기울이지 마십시오! 그자의 영혼은 더럽고, 더러운 것만 보는 사람입니다."

그때 철야 기도 시간을 알리는 종이 구슬프게 울렸다. 접객 수도사는 성호를 긋고 자리에서 일어섰다.

"그럼 전 이만 가 보겠습니다." 그가 말했다. "그리스도의 수난이 시작되었어요. 우리는 그분의 십자가를 함께 짊어질 겁니다. 하지만 당신들은 방문객이니 오늘 밤 편히 쉬셔도 됩니다. 하지만 내일 아침 예배에는……."

"몹쓸 놈들!" 수도사가 자리를 뜨자마자 조르바가 이 사이로 나지막하게 욕설을 내뱉었다. "몹쓸 놈들! 거짓말쟁이들! 인간의 탈을 쓴 노새 년들 같으니! 암노새 같은 인간들!"

"왜 그러시는 거예요, 조르바? 자하리아스가 무슨 말이라도 했나요?"

"상관 마쇼, 보스 양반. 지옥에나 떨어져라! 놈들이 서명을 안 한다 해도 난 놈들 살점을 저며 버리겠소!"

우리는 우리를 위해 마련된 수도실로 들어갔다. 한구석에는 아들의 뺨에 뺨을 맞대고 커다란 눈에서 눈물을 흘리고 있는 낡은 성모상이 서 있었다.

조르바가 고개를 절레절레 흔들었다. "성모님이 왜 울고 있는지 아시오, 보스?"

"모르겠는데요."

"이곳에서 일어나는 일들을 보고 계시기 때문이오. 내가 만약 성상 화가였다면, 나는 성모를 눈도 없고 귀도 없고 코도 없게 그릴 거요. ─ 성모가 너무 딱하니 말이오."

우리는 허름한 침대 위에 몸을 뉘었다. 천장에서는 사이프러스 나무 냄새가 뿜어 나왔다. 활짝 열린 작은 창문으로 향기를 머금은 봄철의 산들바람이 불어 들어왔다. 뜰에서부터 구슬픈 가락이 규칙적인 숨소리처럼 꽤 자주 들려왔다. 나이팅게일 한 마리가 창밖에서, 또 다른 한 마리가 더 멀리서, 그리고 또 한 마리가 그보다 더 먼 곳에서 지저귀고 있었다. 밤은 새들의 구애로 넘실거렸다.

나는 잠을 이룰 수 없었다. 나이팅게일의 울음소리가 그리스도의 비탄과 뒤섞여 들려왔기 때문이다. 나는 꽃핀 오렌지 나무들에서 떨어진 큼직한 핏방울을 따라 골고다 언덕을 오르느라 몸부림치고 있었다. 푸르스름한 봄밤에 나는 그리스도가 온몸에 식은땀을 서리처럼 뒤집어쓴 채 자선을 구하며 애원하듯 두 손을 떨고 있는 모습을 바라보았다. 갈릴리 사람들은 그의 뒤를 따르며 "호산나! 호산나!" 하고 외쳤다. 그들은 종려나무 가지를 손에 들고 그리스도가 밟고 지나가도록 땅바닥에 자기들이 입고 있던 옷을 펼쳤다. 그리스도는 계속 자기가 사랑하는 사람들을 쳐다보았다. 그러나 누구 하나 제대로 헤아리는 사람이 없었다. 오직 그리스도만이 홀로 자신이 죽음의 길을 향해 발걸음을 옮기고 있다는 것을 알고 있었다. 하늘에 총총 박힌 별들 아래서 그는 눈물과 침묵으로 떨리는 가슴을 달랬다. "오, 나의 마음이여, 한 알의 밀알처럼 너도 땅에 떨어져 죽어야 한다.* 그러니 떨지 마라. 오, 나의 마음이여, 그러지 않고서야 어찌 열매를 맺고, 어찌 굶어 죽는 사람들을 먹일 수 있겠는가?" 하지만 그의 내면에 있는 인간의 마음은 떨고 또 떨었다. 심정적으로는 죽고 싶지 않았던 것이다.

수도원 주변의 숲에서는 점점 더 사랑과 열정을 가득 담은 나이팅게일의 울음소리가 축축한 나뭇잎 사이로 흘러넘쳤다. 이 노랫소리와 더불어 흐느끼며 부풀어 오르는 인간의 가슴이 떨면서 함께 흘러넘쳤다.

이렇게 모르는 사이에 나는 그리스도의 수난과 나이팅게일의 지저귀는 소리와 함께 마치 영혼이 천국에 들어가듯 잠 속으로 빠져들었다.

*

한 시간 남짓 잤을까, 나는 화들짝 놀라 잠에서 깨어났다. "조르바, 들었어요?" 내가 소리쳤다. "권총 소리가 났어요!"

조르바는 벌써 매트리스 위에 앉아 담배를 피우고 있었다. "호들갑 떨 거 없소, 보스 양반." 뷰노를 누르려고 애쓰면서 그가 대꾸했다. "녀석들의 문제는 자기들이 해결하게 두시오."

---

* 밀알 하나가 땅에 떨어져 죽지 않으면 한 알 그대로 있고, 죽으면 많은 열매를 맺는다."(「요한복음」 12장 24절)

복도에서 비명 소리가 들리고 이어서 슬리퍼를 무겁게 질질 끄는 소리, 문을 열었다 닫는 소리, 누군가 상처를 입은 듯 신음하는 소리가 들려왔다.

나는 매트리스 위에서 벌떡 뛰어내려 문을 열었다. 키가 머쓱하게 큰 노인 하나가 내 앞으로 달려왔다. 그는 끝이 뾰족한 하얀색 취침용 모자와 무릎까지 내려오는 흰색 잠옷을 입고 있었다.

"누구세요?"

"주교요." 그가 떨리는 목소리로 대답했다.

나는 너무 웃어 하마터면 옆구리가 터질 뻔했다. 주교라고 하면 황금빛 제의(祭衣), 주교관(主敎冠), 주교 지팡이, 찬란한 모조 보석이 으레 떠오른다. 그런데 그런 것 하나 없이 달랑 잠옷만 입고 있는 주교를 본 것은 처음이었기 때문이다.

"무슨 총소린가요?"

"나도 모르겠소. 모르겠습니다." 그가 나를 방 안쪽으로 밀며 중얼거렸다.

조르바가 침대 위에서 웃었다. "어이, 영감님, 몸을 덜덜 떨고 있군요. 불쌍한 양반, 이리 들어오시오. 우리는 수도사들이 아니니 겁낼 것 없소이다."

"조르바, 주교님이신데 그렇게 말하시면 안 되죠." 내가 나지막하게 말했다.

"거참, 잠옷만 입고 있는데 주교는 무슨 주교. 어서 들어오시라니까요!"

조르바가 일어나서 주교의 팔을 잡고 방 안으로 끌어들인 다음 방문을 닫았다. 그리고 여행용 배낭에서 라키주 병을 꺼내 작은 술잔에 따랐다.

"마셔 보시오, 영감님. 마시고 기운 좀 차리시오!" 조르바가 주교에게 말했다.

노인은 라키주를 마시자 정신이 드는 모양이었다. 그는 내 매트리스 위에 앉아 벽에 몸을 기댔다.

"주교님," 내가 말했다. "무슨 총소리였나요?"

"나도 모르겠소, 젊은이. 난 자정까지 일하다가 잠자리에 들었소. 그랬는데 내 옆방에서, 도메티오스 신부 방에서……."

"아하! 자하리아스, 자네 말이 맞았군!" 조르바가 외쳤다.

주교는 고개를 숙이고 중얼거렸다. "도둑이 들었나 보오." 복도에서 소동이 그치고 수도원은 다시 고요 속에 잠겼다. 주교는 상냥하지만 겁먹은 눈빛으로 애원하듯 나를 쳐다보았다. "졸린가요, 젊은이?" 그가 내게 물었다.

주교는 자기 방으로 돌아가 혼자 있는 것이 두려운지 떠나고 싶지 않은 눈치였다.

"아닙니다." 내가 대답했다. "졸리지 않아요. 여기 그냥 계세요."

그리고 우리는 대화를 나누기 시작했다. 조르바는 베개에 기대고 누워 담배를 피우며 거칠게 숨을 몰아쉬었다.

"다행히도 젊은이는 배운 사람 같구려." 노인이 말했다. "이곳에서는 마땅히 대화를 나눌 사람이 없어요. 나한테는 인생에 활기를 불어넣어 주는 이론이 세 가지 있소. 그걸 좀 들려주고 싶군요." 그러고 나서 그는 대답도 기다리지 않고 말을 시작했다. "첫째 이론은, 꽃이 어떻게 생겼느냐에 따라 꽃의 색깔이 달라진 다는 거요. 그리고 색깔은 꽃의 질에 영향을 주지요. 결국 꽃은 저마다 육체뿐 아니라 영혼에도 서로 다른 영향을 주는 거요. 그래서 우리는 꽃이 핀 들판을 걸을 때 아주 조심해야 합니다." 주교는 내 의견을 듣고 싶다는 듯 말을 중단했다. 나는 노인이 꽃의 모양과 색깔을 유심히 내려다보며 옷 속 피부에 소름이 돋은 채 몸을 떨며 들판을 걷는 모습을 상상해 보았다. 그해 봄 들판 전역 은 사람들의 영혼으로 가득 차 있었기 때문이다.

"그리고 두 번째 이론은 말이오, 진정으로 영향력 있는 관 념은 하나같이 실체로 이루어져 있다는 겁니다. 실제로 존재한 다는 말이외다. 육체 없이 허공을 돌아다니는 유령이 아니란 말 이지요. 진짜 육체를 — 눈, 입, 발, 배꼽까지 다 갖추고 있는 육 체를 — 가지고 있어요. 그리고 그것은 남자거나 여자고, 그래서 다른 남자 또는 다른 여자를 쫓아다니는 거요. 그래서 복음서에 '말씀이 육신이 되었다.'*라고 하지요." 그는 매우 걱정스러운 눈 빛으로 또다시 나를 쳐다보았다.

"그리고 세 번째 이론은 말이오." 내가 아무 말도 하지 않는 것이 견딜 수 없었던지 주교는 서둘러 말을 이었다. "영원이란 덧없는 삶 속에도 존재한다는 거요. 물론 우리 스스로 그걸 찾아

---

* "말씀이 육신이 되어 우리 가운데 사셨다."(「요한복음」 1장 14절)

내기란 매우 어렵소. 부질없는 근심 걱정 때문에 우리는 길을 잃고 말지요. 오직 극소수의 사람들만이, 선택받은 사람들만이 이 짧은 삶에서 영원을 경험하게 된다오. 만약 하느님께서 사람들을 불쌍히 여겨 종교를 보내 주시지 않았더라면 그 밖의 다른 사람들은 길을 잃고 말았을 겁니다. 종교는 많은 사람들에게 영원을 경험할 수 있게 해 주니까요."

말을 마치고 나니 안심이 되는지 주교는 속눈썹이 없는 조그마한 눈을 들어 나를 쳐다보며 미소를 지었다. 마치 "보라! 내가 가진 것을 그대에게 전해 주노라!"라고 말하는 것만 같았다. 방금 만난 나에게 평생의 노력의 결과로 얻은 결실을 주고 싶어 하는 그의 간절한 마음이 전해졌다.

주교의 두 눈은 기쁨으로 반짝였다. "내 이론을 들은 소감이 어떻소이까?" 그가 두 손바닥으로 내 손을 붙들고 물었다. 마치 내 대답에 자기 인생의 성패가 달려 있는 것처럼 나를 빤히 쳐다보면서.

주교는 몸을 떨고 있었다. 그러나 나는 진리보다 훨씬 중요한 인간으로서의 의무가 있다는 사실을 잘 알고 있었다.

"주교님, 그 이론들은 많은 영혼을 구원할 것 같습니다." 내가 대답했다.

그러자 주교의 얼굴이 환하게 빛났다. 자신이 살아온 인생 전체에 정당성이 부여되었기 때문이다. "고맙소, 젊은이." 그가 부드럽게 내 손을 쥐며 속삭였다.

바로 그 순간 조르바가 갑자기 구석에서 튀어나왔다.

"실례입니다만, 내게는 네 번째 이론이 있소이다." 조르바가 내뱉었다.

나는 걱정이 담긴 시선으로 그를 바라보았다. 주교도 돌아보았다.

"어디 말해 보시오, 형제님. 그 이론이 훌륭하여 하느님이 축복하시기를. 도대체 어떤 이론이오?"

"둘 더하기 둘은 넷이라는 겁니다." 조르바가 진지하게 말했다.

주교는 혼란스러운 얼굴로 그를 쳐다보았다.

"그리고 다섯 번째 이론은, 주교님." 조르바가 이어 말했다. "둘 더하기 둘은 넷이 아니라는 겁니다. 둘 중 하나를 골라 보시지요!"

"무슨 말인지 통 이해가 되지 않는군요." 주교는 도움을 구하듯 나를 쳐다보며 나지막하게 말했다.

"나도 이해가 안 됩니다." 조르바가 말하며 웃음을 터뜨렸다.

나는 당황하는 노인을 바라보며 화제를 돌렸다. "이곳에서 어떤 연구에 몰두하시나요?"

"이 수도원에 있는 고문서들을 필사하고 있소, 젊은이. 요즘은 우리 교회가 성모 마리아님을 부르는 온갖 수식어들을 기록하고 있어요." 그가 한숨을 내쉬었다. "이제 늙어서 그런 것 말고는 달리 할 수 있는 일이 없소." 그가 말했다. "성모 마리아님을 수식해서 부르는 온갖 별칭들을 하나하나 기록하다 보면 마음이 안정되어 시끄러운 속세의 일을 잊을 수 있다오."

주교는 베개에 몸을 기대면서 정신이 혼미해지는 것처럼 말을 흥얼대기 시작했다. "시들지 않는 장미, 풍요로운 대지, 포도나무, 원천, 강, 기적이 흐르는 샘, 천국에 이르는 계단, 다리, 순항함, 항구, 천국을 여는 열쇠, 영원한 빛, 촛불, 번개, 불기둥, 적을 방어하는 장군, 흔들리지 않는 탑, 난공불락의 요새, 임시 숙소, 피난처, 위안, 환희, 장님의 지팡이, 고아들의 어머니, 제단, 자양분, 평화, 고요, 연고(軟膏), 향연, 젖과 꿀."

"불쌍한 양반, 정신이 나갔군." 조르바가 말했다. "감기 걸리지 않게 담요나 덮어 줍시다." 조르바가 몸을 굽혀 담요를 집어 주교 위에 덮어 주고 베개도 바로 고쳐 주었다. "세상에는 일흔일곱 가지 광기가 존재한다는 말을 들은 적이 있소." 그가 말했다. "그런데 여기 있는 이분을 보니 일흔여덟 가지인 것 같군."

드디어 새벽이 밝았다. 안마당에서는 '시만트로'라는 나무로 만든 징 소리가 들려왔다. 작은 창문에 기대어 머리를 내밀고 바라보자니 머리에 길고 검은 망토를 쓴 호리호리한 수도사 하나가 뜰을 천천히 거닐며 작은 나무망치로 엄청나게 긴 나무 악기를 두드리고 있었다. 매우 감미롭고 조화롭고 호소력 있는 징 소리가 아침 공기를 타고 흩어졌다. 나이팅게일들은 잠잠해지고, 이른 아침에 우는 새들이 나무에서 두려운 듯 지저귀기 시작했다.

나는 시만트로의 감미로운 멜로디에 매혹되어 창밖으로 몸을 내밀고 귀를 쫑긋 세웠다. 한때는 고상함이 가득했지만 이제는 속 빈 강정처럼 형식의 껍데기만 남아 있는 이 숭고한 삶의 의식이 앞으로 쇠락할지 모른다는 생각이 머리에서 떠나지 않았다. 영혼은 육신의 껍데기를 벗고 떠나지만, 거북이 등껍질처럼 복잡하고 광대하게 만들어진 꼭 맞는 껍데기는 그대로 남는 것이다. 이제는 신앙심이라고는 찾아볼 수 없는 소란한 도시들에서 마주할 수 있는 화려한 성당들이 바로 그런 텅 빈 껍데기들이라는 생각이 들었다. 세월의 온갖 풍상에 시달려 뼈다귀만 앙상하게 남은 선사 시대의 공룡 같다고나 할까.

바로 그때 누군가가 방문을 두드렸다. 접객 수도사의 구변 좋은 목소리가 들렸다. "아침 예배에 참석하십시오, 형제님들."

조르바가 화가 나서 소리쳤다. "간밤에 들린 총소리는 뭐였소?" 잠시 기다렸지만 돌아온 것은 침묵뿐이었다. 발걸음 소리가 들리지 않는 것으로 보아 수도사는 여전히 문밖에 서 있는 것이 분명했다.

"총소리는 뭐였냐고, 이 더러운 수도사야!" 조르바가 또다시 소리쳤다.

황급히 자리를 뜨는 발걸음 소리가 들렸다. 조르바는 한 걸음에 문 앞으로 달려가 활짝 문을 열었다.

"퉤! 사기꾼 같으니!" 조르바는 도망가는 수도사 쪽으로 침을 뱉으며 소리 질렀다. "신부들, 수도사들, 수녀들, 성당 관리인들, 성당지기들 모조리 이거나 받아먹어라. ─ 퉤!"

"여기서 나갑시다." 내가 말했다. "피 냄새가 납니다."

"어디 피 냄새뿐이겠소?" 조르바가 으르렁거렸다. "보스는 원하면 아침 예배에 참석하시오. 나는 찾을 만한 게 있는지 둘러볼 테니."

"아니요. 수도원에서 아예 나가요." 내가 되풀이해서 말했다. "내 부탁 하나 들어주세요, 아저씨. 다른 사람들 일에 괜한 참견 마세요."

"하지만 이 일에는 꼭 참견하고 싶소, 보스 양반." 그는 잠시 생각하더니 악당처럼 짓궂게 미소를 지었다. "은총이 가득하신 악마님, 기뻐하소서!"* 그가 말했다. "녀석이 일을 아주 제대로 준비하고 있소, 보스 양반. 그 총소리가 수도원에 얼마의 대가를 치르게 할지 아시오? 지폐로 7000드라크마요!"

우리는 꽃나무 향기와 달콤함과 즐거움이 풍성한 뜰로 내려갔다. 자하리아스가 우리를 기다리고 있었다. 그가 조르르 달려와 조르바의 팔을 붙잡았다.

"카나바로 형제, 자, 어서 우리 함께 여기서 나가요." 그가 떨면서 중얼대듯 말했다.

"그 총소리는 뭐였소? 누가 살해된 거요? 빌어먹을, 이 엉터리 수도사, 당장 말하지 않으면 모가지를 졸라 버리겠어!"

수도사의 턱이 덜덜 떨렸다. 그가 주변을 둘러보았다. 뜰에는 아무도 없고, 수도실은 모두 닫혀 있었다. 열린 창문을 통해 예배당에서 감미로운 음악 소리만 파상적으로 흘러나왔다.

"두 분 다 따라오세요." 자하리아스가 속삭였다. "이곳이 바로 소돔과 고모라예요!"

우리는 벽에 붙어 미끄러지듯 움직이며 뜰을 건너 과수원까

---

* 「성모송」의 "은총이 가득하신 마리아님, 기뻐하소서!"를 패러디한 구절이다.

지 나아갔다.

묘지는 수도원에서 아주 가까운 거리에 있었다. 우리는 묘지 안으로 들어섰다.

우리는 묘비들을 지나쳤다. 자하리아스는 아주 조그마한 예배당의 작은 문을 밀쳐 열고 들어갔다. 우리도 그의 뒤를 따라 들어갔다. 한복판에는 시체 한 구가 수도사 성복에 싸인 채 돗자리에 뉘여 있었다. 촛불 하나가 그의 머리를 비추고, 다른 촛불 하나가 발을 비추었다.

나는 몸을 숙이고 시체의 얼굴 쪽을 들춰 보았다.

"그 젊은 수도사예요!" 나는 몸서리치며 나지막하게 말했다. "도메티오스의 금발 수련 수사 말이에요."

붉은 샌들을 신은 천사장 미카엘이 날개를 펼치고 날 선 검을 드러낸 채 지성소 문 옆에 번쩍거리며 서 있었다.

"천사장 미카엘이여, 불을 내리쳐 저들을 불태우소서! 천사장 미카엘이여, 성화에서 뛰어내려와 발로 차 주소서! 총소리를 듣지 않으셨나이까?"

"누가 죽인 거요? 누구 짓이야? 도메티오스요? 어서 말해 봐요, 이 빌어먹을 염소 수염 녀석아!"

수도사는 조르바의 손아귀에서 벗어나 천사장의 발밑에 납작 엎드렸다. 그는 무슨 소린가에 열심히 귀를 기울이는 것처럼 고개를 뒤로 젖히고 입을 딱 벌린 채 꽤 오랫동안 꼼짝도 하지 않았다. 그러다가 갑자기 반색하며 뛰어올랐다. "천사장이 저들을 불태워 버릴 거래요!" 그가 단호하게 말했다. "천사장이 움직였어요. 내게 신호를 보냈어요." 그러면서 그는 성호를 그었다. "하느님을 찬양할지어다!" 그가 말했다. "이제 안심해도 돼요."

조르바는 다시 한번 수도사의 팔 뒤쪽을 꽉 잡았다. "이리 와, 요셉. 이제 그만 가세. 내가 시키는 대로 해."

조르바가 내 쪽을 돌아보았다. "돈을 주시오, 보스. 서명은 내가 하리다. 여기 있는 놈들은 늑대요. 당신은 그들한테 잡아먹히고 말 거요. 그러니 모든 일을 나한테 맡기시오. 걱정 같은 건 붙들어 매쇼. 이 배불뚝이 신부들은 내가 상대하겠소. 오늘 오후 우린 주머니에 숲을 집어넣고 여길 떠날 거요. 어이, 자하리아스, 자, 떠납시다!"

두 사람은 수도원 쪽으로 살그머니 미끄러져 들어갔다. 나는 반대편 소나무 숲 쪽으로 향했다.

해가 벌써 떠올라 있었다. 대지와 하늘은 눈부시게 빛났고, 나뭇잎들은 이슬방울로 반짝거렸다. 검정 새 한 마리가 내 앞으로 날아와 돌배나무 가지 위에 앉았다. 그리고 긴 꽁지를 파닥거리더니 부리를 벌리고 나를 쳐다보며 조롱하듯 두세 번 우짖었다. 소나무들 사이로 수도사들이 한 줄로 서서 고개를 숙이고 석탄처럼 검은 고깔이 달린 겉옷을 어깨에 드리운 채 뜰을 지나는 모습이 보였다. 아침 예배가 끝나고 식당으로 가는 중이었다. '저 엄격함과 고귀함 속에 영혼이 없다니 얼마나 안타까운 일인가.' 하고 나는 생각했다.

한숨도 자지 못해 몹시 피곤했다. 그래서 풀밭에 벌렁 드러누웠다. 회향, 아스팔라토스, 유향 나무, 샐비어의 냄새가 향기로웠다. 배고픈 곤충들이 윙윙거리며 야생화에 침을 박고 꿀을 수확했다. 먼 곳의 산들은 끓어오르는 태양 아래 아지랑이가 춤을 추듯 맑고 푸르게 빛났다. 나는 마음이 안정되고 차분해져 두 눈을 지그시 감았다. 마치 이곳이 천국의 잔디밭인 것처럼, 시원함과 경쾌함과 차분한 도취감이 하느님인 것처럼 나는 천상의 기쁨을 만끽했다. 하느님은 시시각각 그 얼굴을 바꾼다. 하느님이 어떤 모습을 하든 그분을 알아보는 자에게 복 있을진저! 어느 때 그분은 시원한 물 한 잔이 되기도 하고, 어느 때는 우리 무릎에 뛰노는 어린 아들이 되기도 하며, 또 어느 때는 요염한 여자가 되는가 하면, 길지 않은 아침 산책이 되기도 한다. 조금씩 조금씩 내 주변의 모든 것이 변하지 않은 채 그대로 투명해지면서 허공으로 떠오르기 시작했다. 꿈에 젖어 들었던 것이다. 잠을 자는 것이나 잠을 자지 않는 것이나 똑같았다. 잠을 자면서 나는 행복하게 현실에 대해 꿈을 꿨다. 지상과 천국이 똑같았다. 삶이 마치 심장에 큼직한 꿀 한 덩이를 품고 있는 야생화 같았다. 그리고 내 영혼은 꿀을 수확하는 요란스러운 꿀벌 한 마리였다.

그때 발자국 소리, 소리를 낮춘 말소리, 기쁨에 찬 목소리가 뒤쪽에서 들리는 바람에 나는 갑자기 이런 희열에서 깨어나고 말았다.

"보스, 갑시다!" 조르바가 악마처럼 눈을 반짝이며 내 앞에 섰다.

"이제 가는 겁니까?" 내가 안심하며 물었다. "일이 다 끝난 겁니까?"

"이제 다 끝났소!" 조르바가 재킷 윗주머니를 두드리며 대답했다. "이 안에 숲이 들어 있소이다. 우리의 새로운 사업에 축복이 있기를! 그리고 롤라가 집어삼킨 7000드라크마를 보시오!"

조르바가 안주머니에서 지폐 묶음을 꺼냈다. "받으시오." 그가 말했다. "빚을 갚는 겁니다. 이제 더 이상 당신을 보며 부끄러워하지 않아도 되게 됐어요. 마담 부불리나의 스타킹, 핸드백, 향수, 양산, 앵무새에게 준 땅콩, 심지어 당신에게 준 할바 선물 값도 다 들어 있소."

"이건 제 선물이에요, 조르바." 내가 말했다. "가지고 가서 성모 마리아님께 범한 죄를 뉘우치며 아저씨 키만큼 큰 양초를 사다가 밝히시죠."

조르바가 뒤를 돌아보았다. 자하리아스 신부가 기름때 끼고 초록색 얼룩이 묻은 성복을 입은 채 다가오고 있었다. 끈이 달린 장화 바닥은 여기저기 숭숭 구멍이 뚫려 있었다. 수도사는 고삐를 잡고 노새 두 마리를 끌어왔다. 조르바가 100드라크마 지폐 뭉치를 그에게 보여 주었다.

"이걸 나눠 가집시다, 자하리아스 신부." 그가 말했다. "불쌍한 양반, 이 돈이면 소금에 절인 대구를 150킬로그램쯤은 사 먹을 수 있을 거요. 먹고 또 먹고 배가 터질 때까지 먹고, 토해 버려야 구원을 얻을 수 있을 거요. 어서 이리 와서 손바닥 벌려 봐요!"

수도사는 때 묻은 지폐 뭉치를 낚아채더니 가슴팍 옆에 숨겼다.

"등유를 살 거예요." 그가 말했다.

조르바가 목소리를 낮추고 몸을 구부리면서 수도사의 귀에 얼굴을 갖다 댔다. "밤이 되어서 모두가 잘 때, 그리고 아주 바람이 거세게 부는 날 밤, 그걸 조금 벽에다 들이붓는 거요. 네 모퉁이 모두에. 넝마라든가, 종잇조각이라든가, 걸레라든가 뭐든 찾아서 등유로 적시고 몽땅 다 태워 버려요. 내 말 알아듣겠소?"

수도사는 벌벌 몸을 떨었다.

"그만 좀 떠쇼, 이 끔찍한 수도사야! 천사장이 시키지 않았소이까? 하느님과 등유는 거룩한 거요! 행운을 비네!"

우리는 노새에 올라탔다. 나는 마지막으로 수도원을 힐끗 쳐다보았다.

"알아냈어요, 조르바……?" 내가 물었다.

"그 총소리 말이오? 내 말하지만, 신경 끄시오, 보스 양반. 자하리아스 말이 맞았소. 소돔과 고모라가 따로 없소! 도메티오스가 그 기막히게 잘생긴 소년 수도사를 죽인 거요."

"도메티오스가요! 왜요?"

"말하는 것 중 세부적인 내용은 다 잊어버리시오. 더러워 구역질이 나니까!"

조르바가 수도원을 향해 돌아섰다. 수도사들은 이제 식당을 나와서 각자의 수도실로 들어가 문을 걸어 잠그고 있었다.

"거룩한 수도사들아, 나를 저주해라!" 조르바가 그들을 향해 버럭 소리를 질렀다.

19

그날 밤 우리가 해안에서 말을 내려 맨 먼저 만난 사람은 우리 오두막 앞에 쭈그리고 앉아 있던 부불리나였다. 우리는 석유 램프를 밝힌 뒤 그녀의 얼굴을 보고 놀라지 않을 수 없었다.

"무슨 일이에요, 마담 오르탕스? 어디 아프세요?"

여자의 원대한 희망이 ─ 결혼 말이다. ─ 마음속에서 깜박거리기 시작한 순간부터 우리 늙은 세이렌은 뭐라고 표현하기 어렵던 희미한 매력을 모조리 잃고 말았다. 마담은 모든 과거를 지워 버리려고, 파샤들과 지방 장관들과 '해군 제독들'에게서 뽑은 깃털 같은 번지르르한 장신구들을 깡그리 벗어 버리려고 끊임없이 애썼다. 그녀는 존경받는 진지한 여염집 여자, '정직한 여자'가 되고 싶어 했다. 그래서 이제는 화장도, 장신구도, 비누도 사용하지 않았다. 그녀에게서는 냄새가 났다.

조르바는 한마디도 하지 않았다. 새로 염색한 콧수염만 초조하게 잡아당길 뿐이었다. 그는 몸을 숙여 휴대용 석유난로에 불을 지피고 커피를 끓이기 위해 브리키 주전자를 꺼냈다.

갑자기 늙은 카바레 가수의 쉰 목소리가 들렸다. "당신은 이인저어엉머리가 없어요! 피도 누운물도 없어요!"

조르바는 고개를 들고 부드러운 시선으로 그녀를 바라보았다. 지금껏 여자의 간청을 들을 때면 그의 세상은 늘 거꾸로 뒤집히곤 했다. 그는 여자가 흘리는 눈물 한 방울에도 그만 그 속에 익사할 지경이었다. 조르바는 말없이 브리키에 커피와 설탕을 넣고 저었다.

"왜 그렇게 롱탕* 나와 결혼하지 않는 거예요?" 늙은 세이렌이 비둘기 소리로 속삭였다. "마아을에서 어얼굴을 어떻게 드을고 다아녀요? 몽 오뇌르**가 따앙에 떨어져었어요! 명예가 땅바다악에 떨어졌다고요! 땅바아닥에요! 차라리 주욱고 싶어요오!"

피곤하여 침대에 누워 있던 나는 베개에 기대 이 우스꽝스러우면서도 가슴 저미는 장면을 열심히 즐겼다.

마담 오르탕스는 이제 조르바의 곁에 다가가 그의 무릎을 만지고 있었다. "왜 마리아주*** 화과안 가져오지 않는 거예요?" 그녀가 신랄하게 물었다.

조르바는 자신의 무릎 위에서 떨고 있는 부불리나의 통통한 손의 감촉을 느꼈다. 그의 무릎은 이 지구상에서 수천 번 난파한

---

* '오랫동안.'
** '내 명예.'
*** '결혼.'

세이렌이 매달려 구출될 마지막 굳건한 땅이었다.

조르바는 이 점을 아주 잘 알고 있었다. 그래서 마음이 누그러졌지만 여전히 말이 없었다. 그는 잔 세 개에 커피를 따랐다.

"왜 마리아주 화아관 가져오지 않는 거예요?" 그녀가 다시 한번 날카로운 목소리로 물었다.

"이라클리오에는 쓸 만한 게 없었어요." 조르바가 대답했다. 그는 커피 잔을 각자에게 나눠 주고 구석에 쭈그리고 앉았다. "그래서 아테네로 편지를 보내 괜찮은 걸 하나 보내 달라고 했어요." 그가 말을 이었다. "하얀 양초랑 초콜릿을 잔뜩 바른 구운 아몬드 사탕 과자도 주문했소." 이렇게 말을 시작하자 그의 상상력에 불이 붙었다. 그의 두 눈에서 불꽃이 튀었다. 창작의 영감에 불이 붙은 시인처럼 조르바도 숭고한 분위기에서 움직였다. 진실과 거짓이 뒤엉켜 서로를 자매로 간주하는 분위기 말이다. 쭈그리고 앉아 있던 그는 이제 마음이 놓이는지 소리 내어 커피를 홀짝거리다 담배에 불을 붙였다. 오늘은 재수가 좋은 날이었다. 그의 주머니 속에 숲이 들어 있지 않은가. 기분이 한껏 좋았던 조르바는 한술 더 떴다. "내 사랑 부불리나, 우리 결혼식은 말이오, 그야말로 끝내줄 거요! 내가 당신을 위해 주문한 웨딩드레스를 곧 볼 테니 기다려요! 그것 때문에 내가 이라클리오에 그렇게 오래 머물렀던 거요, 내 사랑. 내가 아테네에서 최고의 재단사 두 명을 불러다 이렇게 말했어요. '내가 배우자로 선택한 여자를 따라올 여자는 서양과 동양을 통틀어 아무리 눈 씻고 찾아봐도 찾을 수 없을 거요. 그 여자는 네 강대국의 여왕이라오. 이제 네 강대국은 멸망했고 그 여자는 과부가 되어 황송하게도 나를 받아 주었소. 그러니 실크와 진주로 장식된, 이 세상에 하나밖에 없는 웨딩드레스가 필요해요. 끝에는 금빛 시퀸* 장식을 달고 오른쪽 가슴에는 태양을, 왼쪽 가슴에는 달을 다시오.' '그러면 보는 사람이 눈이 부셔서 눈을 뜰 수가 없을 텐데요.' 재단사들이 비명을 지르더군요. '보는 사람들의 눈이 멀고 말 거예요!' '무슨 상관이오? 사랑하는 내 여인에게 축복 있으라!' 내가 이렇게 대꾸했소이다."

마담 오르탕스는 벽에 기대어 그의 말을 듣고 있었다. 탄력 없고 주름진 얼굴에서 육감적인 함박웃음이 활짝 피어났다. 그녀의 목에 두른 장밋빛 리본은 늘어나다 못해 금방이라도 툭 끊어질 것 같았다. "다앙신 귀이에다 대고 하고 싶으은 말이 이있어요." 마담이 나른한 눈빛으로 조르바를 빤히 쳐다보며 중얼거렸다.

조르바가 나에게 눈을 찡긋하고는 허리를 앞으로 굽혔다.

"오늘 밤 내가 가져오온 게 있어요." 미래의 신부가 털이 부수수한 큼직한 그의 귓구멍에 작은 혀를 파묻고 속삭였다. 그러고는 가슴팍에서 한쪽 모서리를 묶은 조그마한 손수건을 꺼내 조르바에게 건네주었다.

조르바는 두 손가락으로 그 작은 손수건을 집어 오른쪽 무릎 위에 놓고는 해변 쪽으로 돌아앉아 바다를 바라보았다.

---

* 옷감에 장식하는 반짝이는 금속 조각.

"안 푸울러 볼 거어예요, 조르바?" 그녀가 물었다. "전혀 궁그음하지 않아요, 몽 포브르*?"

"커피부터 마시고요." 그가 대답했다. "그리고 담배도 좀 피우겠소. 난 수수께끼를 이미 풀었어요. 그 안에 뭐가 들어 있는지 다 알아요."

"매듭을 푸울어 봐요오. 매듭을 푸울어 봐요오." 세이렌이 졸랐다.

"담배 먼저 피운다고 하지 않았소!" 조르바는 모든 게 내 탓이라는 듯 원망스러운 눈빛으로 나를 쏘아보았다. 그는 천천히 담배를 피우면서 연기를 콧구멍으로 내뿜으며 하염없이 바다를 바라보았다. "내일은 뜨거운 남풍이 불어오겠군." 그가 말했다. "날씨가 바뀌고 있어. 나무들이 부풀어 오르고, 계집들의 가슴도 부풀어 오르겠구나. 블라우스 단추가 툭 터지고 말 거야. 악마가 만들어 낸 봄날의 농지거리지." 조르바는 잠시 침묵하더니 다시 말을 이었다. "이 세상에서 좋은 건 하나같이 악마가 만들어 낸 거야. 봄철, 아름다운 여자들, 포도주 — 모조리 악마가 만든 것이지. 수도사, 금식, 샐비어 차, 못생긴 여자들 — 이것들은 죄다 하느님이 만든 거고. 이런 망할 데가 있나!" 이렇게 말하면서 조르바는 구석에 쭈그리고 앉아 그의 말에 귀를 기울이는 가엾은 마담 오르탕스를 사납게 노려보았다.

"조오르바, 조오르바!" 그녀가 되풀이하여 애원했다.

---

* '가엾은 내 사람.'

그러나 조르바는 또 다른 담배에 불을 붙이고 바다만 계속 바라보았다. "봄이 되면 말이오, 악마가 왕이오." 그가 말했다. "허리띠도 느슨하게 풀리고 여자들의 몸에 잘 맞던 재킷도 단추가 풀리지. 그리고 늙은 여자들은 한숨을 내쉰다네. 어이, 마담 부불리나, 손 치우지 못해!"

"조오르바, 조오르바!" 마담이 또다시 애원했다. 그녀는 몸을 기울여 작은 손수건을 집어서 조르바의 손에 쥐여 주었다.

조르바는 담배꽁초를 던져 버리고는 매듭을 풀더니 손바닥에 펼치고 내려다보았다.

"이게 뭐요, 마담 부불리나?" 그가 혐오스럽다는 듯 물었다.

"바안지이, 바안지이에요, 내 사라앙. 약호온 바안지이. 바그드 피앙세유*라고요." 늙은 세이렌이 몸을 떨며 나지막하게 말했다. "여기 들러리이가 있어요오. 그르을 축복해 줘요오. 바암이 아르음다워요. 따뜨웃한 남푸웅이 불어요오. 되**가 우리를 지켜보고 계셔요오. 피앙세유***해 줘요오, 나의 조오르바, 위?****"

조르바는 나를 쳐다보다가 마담 오르탕스를, 그리고 이번에는 반지를 쳐다보았다. 그의 내면에서는 수많은 악마들이 싸우고 있었지만 승부는 쉽사리 나지 않았다. 이 불행한 여인은 겁을 잔뜩 먹은 얼굴로 계속 그를 쳐다만 보았다.

---

* '약혼반지.'

** '하느님.'

*** '약혼.'

**** '네?'

"오, 나의 조오르바! 오, 나의 조오르바!" 그녀가 고양이처럼 가르릉 소리를 냈다.

나는 이제 침대에 앉아서 과연 조르바가 가능한 모든 선택 중에서 어느 쪽을 택할지 궁금해하며 기다렸다.

갑자기 조르바가 머리를 까딱거렸다. 마침내 결정을 내린 모양이었다. 얼굴이 환하게 밝아지며 그가 손뼉을 치고 뛰어올랐다. "하느님이 볼 수 있도록 우리 별 아래 바깥으로 나갑시다." 그가 소리쳤다. "들러리, 반지 가져오시오. 성가를 부를 줄 아시오?"

"아뇨, 못 부르는데요." 내가 대답했다. 나는 벌써 침대에서 뛰어내려 마담 오르탕스를 부축해 일으켜 세우고 있었다.

"난 할 수 있소. 깜박 잊고 말하지 않았지만, 한때 어느 신부의 조수 역할도 한 적이 있어요. 신부를 따라서 결혼식, 세례식, 장례식 들을 다녔지. 그래서 찬송가란 찬송가는 몽땅 꿰고 있소. 어서 나오시오, 나의 부불리나. 어서 나와 봐요, 오리처럼 귀여운 나의 여인. 어서 이리 나와 봐요. 전 서유럽 순항함이여. 어서 서둘러요. 내 오른쪽에 서요!" 조르바의 내면에 있는 악마들 중에서 장난기 많고 가슴 따뜻한 놈이 오늘 밤에 먼저 뛰쳐나왔다. 조르바는 쇠약해진 여가수가 가여웠다. 그녀가 광채 없이 흐릿한 눈으로 걱정스럽게 그를 응시하는 모습을 보자 그만 마음이 무너져 버린 것이다. "제기랄!" 그가 결정을 내리면서 중얼댔다. "그래도 아직은 암컷 종(種)을 기쁘게 해 줄 수 있다 이거야. 자, 그럼 어디 해 보자!" 그는 해변으로 달려가 마담과 팔짱을 끼고 선 다음 나에게 반지를 건네주고 바다를 바라보며 성가를 부르기 시작했다. "하느님이시여, 언제나 영광을 받으소서. 지금부터 영원히, 세세 무궁토록, 아멘!"

조르바는 나를 돌아보며 말했다. "자, 정신 바짝 차리시오, 보스 양반."

"오늘 밤에 보스란 사람은 없어요." 내가 말했다. "들러리라고 불러요."

"좋아, 그럼 정신 바짝 차리시오, 들러리. 내가 '빨리빨리!'를 외치걸랑 반지를 끼우시오." 이 말을 마치자마자 조르바는 또다시 당나귀 울음소리 같은 음치 목소리로 읊기 시작했다. "하느님의 종 알렉시스와 하느님의 종 오르탕스는 이제부터 서로와 약혼할 것이며, 그들의 구원을 위해 우리 주님께 기도하나이다!"

"키리에 엘레이손! 키리에 엘레이손!*" 나는 웃음과 눈물이 나오는 것을 간신히 참으면서 안절부절못했다.

"다른 송가도 있는데 기억이 날지 모르겠군." 조르바가 말했다. "여하튼 본론으로 넘어갑시다!" 그가 조금 뛰며 소리쳤다. "빨리빨리!" 그러면서 솥뚜껑 같은 손을 내밀었다. "당신도 그 귀여운 손을 내밀어 봐요, 내 사랑하는 귀염둥이." 그가 약혼녀에게 말했다.

주말마다 빨래를 하느라 퉁퉁 불은 통통한 그녀의 손이 떨리

---

* '주여 자비를 베푸소서! 주여 불쌍히 여기소서!'(그리스어) 가톨릭교회와 동방정교회의 미사 때 울리는 첫 번째 곡이다. 흔히 「자비송」이라고 불린다.

고 있었다. 나는 그들의 손가락에 반지를 끼워 주고, 데르비시*처럼 흥분한 조르바 앞에서 소리쳤다. "하느님의 종 알렉시스는 하느님의 종 오르탕스와 약혼했나이다. 성부, 성자, 성령의 이름으로, 아멘! 하느님의 종 알렉시스는 약혼을 했으니……."

"이제 됐소! 모두 끝났소이다! 내년까지는 갈 거요. 자, 이리와요, 마담 조르바. 당신에게 당신 인생의 첫 번째 정직한 키스를 할 수 있도록!"

그러나 마담 오르탕스는 그만 땅바닥에 무너져 내리고 말았다. 그녀는 조르바의 다리를 껴안고 울고 있었다. 얼굴이 벌겋게 된 조르바가 가엾은 듯 고개를 흔들었다.

"여자들이란! 불쌍하고 불행한 영혼들 같으니!" 그가 중얼거렸다.

마담 오르탕스는 일어나서 치마를 털고 두 팔을 벌렸다.

"어이! 부활 주간이고 사순절로 오늘은 참회 화요일이오. 포옹은 안 돼!"

"조오르바, 내 사랑!" 그녀가 힘없이 훌쩍였다.

"참아, 우리 마누라, 부활절까지. 그러고 나면 우린 고기도 먹고 함께 빨간 달걀도 깰 수 있을 거야. 지금은 당신이 집으로 돌아갈 시간이오. 당신이 이 늦은 시간에 밖에 나와 있는 걸 보면 마을 사람들이 뭐라 하겠소?"

부불리나는 간청하듯 그를 쳐다보았다.

---

* 예배 때 빠른 춤을 추는 이슬람 신비주의 교도.

"안 돼! 안 돼!" 조르바가 말했다. "부활절까지 기다려요. 이리 오시오, 들러리."

그리고 그는 내 귀에 대고 말했다.

"제발 우리를 둘만 두지 마시오. 오늘 밤은 전혀 그럴 기분이 아니란 말이오."

우리는 마을 가는 길로 들어섰다. 하늘은 반짝였고, 바다에서는 향기로운 냄새가 났으며, 밤새들은 한숨을 쉬었다. 늙은 세이렌은 조르바의 팔에 매달려 황홀하면서도 우울한 표정으로 질질 끌려가다시피 했다. 오늘 저녁 마담은 드디어 평생 그토록 바라던 항구에 다다른 것이다. 이 불쌍한 영혼은 노래하고 파티를 열고 정숙한 여자들을 비웃으면서 일생을 보냈다. 하지만 그녀의 가슴은 또 다른 열망으로 불타올랐다. 이 불쌍하고 불행한 마담 오르탕스는, 향수 냄새를 풍기고 떡칠하듯 화장을 하고 화려한 가운을 입고서도 알렉산드리아, 베이루트, 이스탄불의 거리를 지나면서 가난한 아낙네들이 아기에게 젖을 물리고 있는 모습을 보면 가시방석에 앉아 있는 기분이었다. 마담의 젖가슴이 팽팽하게 부풀어 오르면서 젖꼭지가 서서 젖 물릴 아기를 찾고 있었다. 한숨을 내쉬며 마담은 마음과 양심에서 평생 꿈꾸던 메시지를 들었다. "남편을 찾아라. 남편을 찾아라. 그리고 아이를 낳아라." 하지만 그녀는 지금껏 누구에게도 자신의 아픔을 드러내지 않았다. 하느님을 찬양할지어다! 이제 비록 조금 늦었지만 (그러면 어떠랴!), 비록 쇠약해지고 바다의 풍파에 시달린 몸이지만, 드디어 그녀는 오랫동안 바라 온 피난처로 들어서는 중이었다.

마담은 자주 눈을 들어 옆에 장승같이 서 있는 볼품없는 꺽다리를 슬며시 훔쳐보았다. 그러면서 이렇게 생각했다. '이 사람은 황금빛 술이 달린 페즈 모자를 쓴 파샤도 아니고, 지방 고관의 잘생긴 아들도 아니야. 하지만 그래도 괜찮아. 하느님을 찬양할지어다! 그가 내 남편, 완전하고 합법적인 결혼을 통해 내 남편이 됐어. 하느님을 찬양할지어다!'

조르바는 마담이 자신을 무겁게 잡아당기는 것을 느꼈다. 그는 마을에 어서 도착하여 그녀로부터 벗어나고자 발걸음을 재촉했다. 이 불쌍한 여인은 자갈에 걸려 비틀거렸다. 발톱이 빠질 것 같고 티눈 때문에 아팠지만 아무 말도 하지 않았다. 말을 할 필요가 어디 있는가! 불평할 필요가 뭐 있는가? 모든 것이 이렇게 완벽한데. 하느님을 찬양할지어다!

우리는 '마을 유지 딸의 무화과나무'와 과부의 과수원을 지나쳤다. 마을 외곽의 집들이 눈에 들어왔다. 우리는 걸음을 멈추었다.

"잘 자요. 내 사랑앙." 행복한 카바레 가수는 약혼자의 입술에 키스를 하려고 발끝으로 서며 말했다.

그러나 조르바는 허리를 굽히지 않았다.

"몽 아무르*, 엎드려 발에다 키스할까요?" 여자가 막 바닥에 주저앉으려 하며 물었다.

"아니요! 아니요!" 조르바가 감정에 북받쳐 말했다. 그는 여

---

* '내 사랑.'

자를 자신의 가슴에 대고 꽉 잡았다. "당신 발에 키스를 할 사람은 나요, 내 마누라. 하지만 도저히 그럴 기분이 아니오. 그럼 잘 자요."

그렇게 우리는 헤어졌다. 조르바와 나는 향기로운 공기를 깊이 들이마시며 말없이 오두막으로 돌아왔다. 갑자기 조르바가 돌아서며 나를 쳐다보았다.

"이제 어떡합니까, 보스 양반?" 그가 물었다. "웃어야 하오, 울어야 하오? 어디 조언 좀 해 주쇼."

나는 아무 대답도 하지 않았다. 나 또한 목이 멨는데 흐느껴서 그런지 배꼽을 잡고 웃어서 그런지 알 길이 없었다.

갑자기 조르바가 나에게 물었다. "그 이름이 뭐요, 세상 여자 뒤꽁무니를 죄 쫓아다니며 모두 까무러치게 해 줬다던 그리스 신 말이오? 그에 관해 뭔가 들어 본 적이 있는 것 같은데. 턱수염도 염색하고 팔뚝에는 하트랑 인어 문신을 새기고, 또 황소, 백조, 숫양, 당나귀 — 모든 화냥년들 (이런 표현을 써서 미안하오.) 입맛에 맞춰 변장했다는 그 신 있잖소. 그 양반 이름 좀 가르쳐 주쇼."

"제우스를 얘기하시나 보군요. 어떻게 제우스 신을 떠올렸어요?"

"하느님이 그의 영혼을 축복하시길!" 조르바가 하늘을 향해 두 팔을 쳐들며 말했다. "내 말 좀 들어 보시오, 보스. 내가 뭘 좀 알고 있소이다. 제우스는 말이오, 엄청나게 고생을 많이 하고, 별의별 고통을 다 겪은 위대한 순교자요. 당신은 책에서 하는 말에 귀를 기울이지만, 그 책들을 누가 쓰는지 한번 생각해 보시오. 백면서생들 아니오! 퉤! 지옥에나 떨어지라지! 백면서생들이 여자 꽁무니 쫓는 남자들이나 여자들에 대해서 뭘 알겠소?"

"조르바, 그럼 아저씨가 직접 이 세상의 신비를 설명하는 책을 좀 써 보시지요?"

"왜 안 쓰는지 아시오? 왜냐하면 난 그 신비를 몸으로 직접 체험하느라 시간이 없거든. 어느 때는 일반 사람들을 만나느라, 어느 때는 여자들 때문에, 어느 때는 포도주를 마시느라, 또 어느 때는 산투리 때문에 수다 떠는 귀부인이라 할 붓을 잡고 있을 시간이 없는 거요. 그래서 세상은 먹물을 뒤집어쓴 사람들의 손에 떨어지는 거지. 신비로움 그 자체를 살아가는 사람들에겐 시간이 없고, 시간이 있는 사람들은 신비로움 그 자체를 살지 못하는 거요. 내 말 알아듣겠소?"

"제우스가 어떻다는 겁니까? 화제 바꾸지 마시고요."

"아, 그 불쌍한 친구!" 조르바가 한숨을 쉬며 말했다. "그 양반이 얼마나 고통을 겪었는지 아는 사람은 나 하나뿐이오. 그 양반이 여자들을 사랑했던 건 사실이지만 먹물을 뒤집어쓴 사람들이 생각하는 것과는 달랐소. ― 암, 완전히 달랐지! 그 양반은 여자들을 불쌍히 여겼고, 여자들 저마다의 갈망을 이해하고 자신을 희생했던 거요. 이 양반은 후미진 시골 구석에서 상사병 때문에 시름시름 앓고 있는 노처녀를 보거나, 남편이 집 나가서 잠 못 이루는 구미가 당기는 어린 아낙네를 보면 ― 하! 심지어 괴물처럼 생겨서 구미가 당기지 않아도 말이오. ― 성호를 긋고는 모든 영혼을 굽어 살피사, 옷을 바꿔 입고 그 여자들이 마음에 품고 있는 남자로 변장하여 그들의 방으로 들어간 거요. 내 말해 두지만, 사실 연애 따위에는 관심이 없는 양반이오. 때로는 피곤하기 그지없었소. 그도 그럴 것이, 어떻게 이 불쌍한 양반이 그 많은 여자를 상대할 수 있었겠소? 그도 종종 무기력하고 지루하고 아팠소. 보스 양반, 혹시 암염소 무리 위에 올라탄 숫양을 본 적 있소? 놈은 침을 질질 흘리고, 눈깔은 진득진득 눈곱이 껴 흐릿하고, 기침을 하고 쇳소리를 내면서 네 발로 서 있기도 힘들어합디다. 불쌍한 제우스도 딱 그 꼴일 때가 꽤 많았소. 그 양반은 새벽녘이 돼서야 집으로 돌아와 이렇게 말하지요. '오, 원 세상에, 도대체 언제쯤이면 잠을 좀 잘 수 있을까? 두 발로 서 있기도 힘들구나.' 그러면서 늘 흐르는 침을 닦곤 했어요. 그런데 불현듯 한숨 소리가 들리는 거요. 지구 저쪽에서 어떤 여자가 이불을 걷어차고 베란다로 나와서 질질 짜는 거죠. 그러면 갑자기 제우스의 가슴이 또 녹기 시작하는 거요. '아, 저런, 지구에 또 내려가 봐야겠군.' 그리고 이렇게 중얼거리지. '자, 한심스럽지만 다시 한번만 내려가자. 여자가 한숨을 쉬잖아. 내려가서 저 여자를 위로해 줘야지.' 그렇게 모든 여자에게 철저히 당하는 거요. 등이 쑤시고 몸이 흐늘거릴 정도로 피곤하지. 그러다 계속 구토를 하고 마비가 오다가 골로 가고 만 거요. 그러고 나서 그 뒤를 이어 그리스도가 내려왔소. 전임자가 엉망진창이 된 꼴을 보고 그리스도는 이렇게 외쳤소. '여자를 멀리하라!'"

조르바의 말에 귀를 기울이며 나는 그의 신선한 정신에 감탄하면서 폭소를 터뜨렸다.

"웃으시오, 그래, 보스 양반, 마음껏 웃으시오. 하지만 만약 하느님-악마가 우리 일이 잘 풀리도록 허락하신다면 (나를 보면 그럴 것 같지는 않지만, 여하튼……) 내가 무슨 가게를 열고 싶은지 아시오? 결혼 중개업소요! 이름하여 '제우스 결혼 중개업소'올시다. 자, 남편감을 찾지 못하는 불쌍하고 불행한 여자들이 찾아올 거고 노처녀도 찾아오겠지. ― 못생긴 얼굴, 안짱다리, 사팔뜨기, 절름발이, 곱사등 들이 말이오. ― 그럼 나는 멋들어진 젊은 사내들 사진으로 네 벽면을 도배한 응접실에서 그들을 맞이할 거요. 그리고 이렇게 말하겠지. '사랑스러운 숙녀들, 마음에 드는 놈으로 하나씩 골라잡으시죠. 그러면 내가 손을 써서 그놈을 남편 삼게 해 주리다.' 그러고 나서 정말로 비슷하게 생긴 사내놈을 찾아 사진에서처럼 옷을 입히고 돈을 쥐여 주며 이렇게 지시할 거요. '거시기 거리로 가서 거시기 집을 찾고, 거기서 아무개를 찾아내 그 여자에게 구애하라. 내가 돈을 주었으니 싫다 하지 마라. 그리고 그 여자와 하룻밤 자 줘라. 남자들이 여자들에게 들려주는 온갖 말들, 그 불쌍한 것이 평생 들어 보지 못했을 온갖 말을 들려줘라. 이 불행한 여자에게 작은 행복을 기부하라. 암염소도, 거북이도, 지네도 좋아할 그런 행복을 말이다.' 그런데 만에 하나 내가 얼마를 준다 해도 이런 부탁을 들어줄 사내놈이 한 놈도 없다면, 바로 지금 우리 마담 부불리나처럼 살찐 늙은 말에게 위안을 주겠다고 동의하는 놈이 없다면, 그럼 내가 성호를 긋고 결혼 중개업소 소장으로서 그 여자를 책임질 거요. 멍청한 놈들은 하나같이 이렇게 말하겠지, '어이, 저 정신 나간 늙은이 좀 봐! 여자 보는 눈도 없고, 냄새 맡는 코도 없나 보지?' 그러면 나는 이렇게 대꾸하지. '야, 이 얼간이들아, 바보 멍텅구리 같으니. 나도 눈깔이 있고 콧구멍이 있어. 게다가 따뜻한 가슴도 있고 남을 생각할 줄도 알지. 가슴이 있으면 코랑 눈은 아무런 문제가 되지 않거든. 그딴 것들은 집을 나가 산책이라도 하라지.' 그래 만약 내가 이 일을 하다가 마비가 오고 결국 고꾸라져 죽는다 해도 천국 문지기인 베드로는 문을 열어 주며 이렇게 말할 거요. '어서 들어오시오, 호색한 조르바. 어서 들어와요, 위대한 순교자 조르바. 가서 당신 동료 제우스 옆에 누워 편히 쉬시오. 사는 동안 고생이 참 많았소이다. 내 축복을 받으시오.'"

조르바는 이야기를 하면서 자신이 만든 상상의 늪에 빠져들어, 조금씩 자신의 동화를 믿게 되었다. 오늘 밤, 우리가 '마을 유지 딸의 무화과나무'를 지날 즈음 이야기를 마치자 그는 한숨을 쉬고 마치 맹세하듯 두 팔을 하늘 높이 들어 올렸다. "걱정 말아요, 사랑스러운 부불리나. 썩어 문드러지고 고통에 찌든 낡은 대형 화물선이여! 그대 걱정 말아요. 내가 그대를 위로받지 못한 모습 그냥 내버려 두지 않을 거요. 그래, 절대로 그러지 않을 거요. 네 강대국이 그대 곁을 떠났고, 젊음이 그대 곁을 떠났으며, 하느님이 그대 곁을 떠났지만, 나 조르바는 절대로 그대 곁을 떠나지 않을 거요!"

해변에 도착하니 벌써 자정이 지나 있었다. 산들바람이 불었다. ─나무들과 포도 덩굴과 크레타섬의 가슴을 부풀어 오르게 하는 따뜻한 남풍이 아프리카에서 불어왔다. 바다 위로 길게 몸을 뻗고 잠을 자던 섬 전체가 새싹을 부풀어 오르게 하는 바람의 숨결에 되살아나고 있었다. 제우스, 조르바, 관능적인 남풍이 나의 내면에서 하나로 합쳐져 큼직한 사내의 얼굴로 바뀌었다. 검은 턱수염에 기름기 흐르는 검은 머리카락을 한 얼굴은 대지인 마담 오르탕스에게 뜨거운 핏빛 입술을 지그시 눌렀다.

20

우리는 각자 침대에 드러누웠다. 조르바는 만족스러운 듯이 두 손을 비볐다. "오늘은 참 좋은 날이었소, 보스." 그가 말했다. "보스는 '좋다'는 게 뭐냐고 묻고 싶겠지요. 그건 '뿌듯하다'라는 뜻입니다. 한번 생각해 보시오. 오늘 아침 우린 저 멀리 수도원에 있었소. 수도원장을 끽소리 못하게 엿 먹였지만, 원장이 우리에게 저주를 퍼붓든 말든 그게 무슨 상관이오. 그러고 나서 우리는 이곳 오두막에 다시 돌아와서 마담 부불리나를 만나서 그녀와 약혼까지 했어요. ─ 여기 순금으로 만든 반지를 보시오. 마담은 지난 세기가 끝날 무렵 영국 해군 제독이 준 영국 파운드 금화 두 개를 갖고 있었던 모양이오. 아마 장례식을 대비하여 간직했겠지. 그런데 그걸 보석상에 갖고 가 반지 두 개로 만든 거요. 인간이란 참으로 알다가도 모를 묘한 존재지 뭐요!"

"이제 그만 주무시지요, 조르바." 내가 말했다. "이 정도면 충분해요. 그러니 진정 좀 하세요. 내일 우리는 공식 행사를 치러야 합니다. 고가 케이블을 매달 첫 기둥을 세울 거라고요. 스테파노스 신부님께 행사장에 와 달라고 전갈을 보냈어요."

"잘했어요, 보스. 아주 기가 막히게 잘했어요! 가짜 스테파노스 신부가 염소 수염을 나부끼며 방문하고, 마을 유지들도 찾아올 거요. 그들에게 양초를 나눠 주고 불을 붙이게 하는 거요. 하나같이 좋은 인상을 심어 주기 위한, 우리 사업을 굳건한 발판에 올려 놓기 위한 수작인 거죠. 왜 그런 표정으로 쳐다보는 거요. 나한테는 나만의 하느님과 나만의 악마가 있소. 하지만 길거리를 걸어 다니는 사람들은……."

조르바는 웃음을 터뜨렸다. 잠을 이룰 수 없는 모양이었다. 지금 그의 마음은 활활 타오르는 불꽃과 같았다. "할배, 그동안 잘 계셨는가요?" 얼마 뒤 자기 할아버지를 생각하며 그가 말했다. "하느님께서 할배의 뼈를 축복해 주시기를! 그 양반은 나처럼 계집 꽁무니를 졸졸 따라다니고 법이고 뭐고 제멋대로였소. 그런데 위선적이고 악한 같은 이 할배가 성묘(聖廟)*로 여행을 가서 하지**가 된 거요. 그 까닭을 누가 알겠소. 마을에 돌아오자 아무짝에도 쓸모없는 염소 도둑 친구가 그 양반에게 이렇게 말했소. '이봐, 자네 말이야, 성묘에 다녀왔으니 내 몫으로 진짜 십자가 나뭇조각이라도 갖고 왔겠지!' 그러자 꾀 많기로 둘째가라면 서럽던 할배가 이렇게 대꾸했소. '나뭇조각이라도 갖고 왔

---

* 예수 그리스도가 승천할 때까지 누워 있던 무덤.
** 예루살렘 성지나 메카를 순례한 그리스인.

냐고? 내 어찌 자네를 잊을 수 있겠나? 오늘 밤 우리 집에 오게. 우리 집에 올 때 성수(聖水) 의식을 하도록 신부님을 모시고 오라고. 그러면 내 자네에게 그 십자가 나뭇조각을 주지. 또 거룩한 행사를 위해 애저구이랑 포도주도 좀 갖고 오게.' 할배는 그날 저녁 집으로 가 벌레 먹은 문짝에서 쌀 한 톨만 한 조각을 도려내어 솜에 싸서 위쪽에 올리브기름을 한두 방울 떨어뜨리고 기다렸지. 조금 시간이 지나자, 볼지어다! 그 친구가 애저구이를 들고 신부님과 함께 나타나지 않았겠어. 신부님은 성복을 걸치고 성수 의식을 치렀어. 예수님이 못 박혔던 진짜 십자가를 건네준 뒤 그들은 애저구이를 공략했지. 한데, 보스 양반, 이게 믿기오? 그 친구는 십자가에 무릎을 꿇고 경의를 표한 뒤 목에 걸었고, 그 뒤로 영 다른 — 다시 태어난! — 사람이 돼 버렸소. 그 사람은 산속에 들어가 터키에 맞서 싸우는 무장한 기독교인 게릴라에 가담하여 터키 마을을 불태우고 총알이 빗발치는 곳을 뚫고 용감하게 달렸소이다. 겁을 먹을 이유가 없잖소? 진짜 십자가를 목에 걸고 있는데 말이오. 총알이 감히 자기 몸을 뚫고 지나갈 수 없을 테니."

조르바는 웃음을 터뜨렸다. "세상만사는 생각하기 나름이오." 그가 말했다. "믿음만 있으면 낡은 문짝에서 떼어 낸 나뭇조각도 이렇게 진짜 십자가가 되는 법이오. 보스는 믿지 않으니 진짜 십자가 전체라도 한낱 낡은 문짝에 지나지 않을 테지만."

조르바의 영혼에 닿는 것은 그게 무엇이든 찬란하게 빛을 내뿜었다.

"전쟁에 나가 본 적이 있나요, 조르바?"

"내가 그걸 어떻게 알겠소?" 얼굴을 찡그리며 그가 대답했다. "기억이 나지 않아요. 한데 무슨 전쟁을 말하는 거요?"

"제가 묻고 싶은 건요, 아저씨의 조국을 위해 전쟁에서 싸워 본 적이 있느냐 하는 겁니다."

"내가 하고 싶은 말은, 화제를 바꾸는 게 어떻겠느냐는 거요. 그런 건 이제 생각도 잘 나지 않을 만큼 케케묵고 바보스러운 얘기잖아요."

"아저씨는 그걸 바보스러운 얘기라고 부르는군요. 부끄럽지도 않으세요? 조국을 그런 식으로 말하는 게?"

조르바는 고개를 길게 빼고 나를 빤히 쳐다보았다. 그처럼 나도 침대에 누워 있었고 석유램프는 내 위에서 타오르고 있었다. 한참 동안 그는 까칠한 표정으로 나를 바라보았다. 그러고 나서 콧수염을 붙잡더니 마침내 이렇게 내뱉었다. "그건 비린내 나는 풋내기의 얘기요. 학교 교사한테나 어울리는 화제란 말이오. 보스 양반, 이런 말을 해서 미안합니다만, 내가 보스한테 무슨 말을 하든 내 입만 아플 거요."

"왜 그렇게 생각하세요?" 내가 따져 물었다. "조르바, 나도 알아듣고 있다고요. 맹세코 말하는데, 난 아저씨 말을 이해하고 있어요."

"그래요, 보스는 이해하지요. ──그런데 머리로만 이해하는 겁니다. 옳다/그르다, 이런 방식/저런 방식, 선/악, 당신은 이렇게 이분법적으로 말해요. 하지만 그 결과가 어떤가요? 보스가 말하는 동안 난 당신의 팔이며 발이며 가슴을 관찰합니다. 그런데 그것들은 생명이 없는 것처럼 침묵을 지킵디다. 그러고도 이해한다고 말하죠. 무엇으로 이해하나요? 바로 머리통이죠? 푸우!"

"어, 조르바 아저씨, 문제를 피하지 말아요!" 나는 일부러 그의 화를 돋우려고 물었다. "아저씨 같은 무뢰한은 자기 조국에 별로 관심을 두지 않으리라는 생각이 들었거든요."

화가 난 조르바가 석유램프가 달가닥 소리를 낼 정도로 주먹으로 벽을 쾅쾅 내리쳤다. "어떻게 감히 그런 말을 하는 거요!" 그가 소리쳤다. "당신이 지금 쳐다보고 있는 이 사람으로 말하자면, 머리카락을 뽑아 성 소피아상을 장식하고 그것을 부적 삼아 목에 걸고 가슴에 늘어뜨리고 다녔소. 그렇소, 바로 이 손으로 머리카락을 (그 무렵엔 흑단처럼 검었소.) 뽑아 그걸 만들었단 말이오. 당신이 지금 바라보는 이 사람은 파블로스 멜라스*를 따라 마케도니아 바위틈을 누비고 다녔지. 그때 난 건장한 젊은이로 머리끝부터 발끝까지 들짐승 같았어. 은으로 만든 민족주의 목걸이를 가슴 위에 턱 걸치고 칼날이 구부러진 단도며 정강이받이며 부적이며 쇠사슬이며 탄창 벨트며 권총 등을 차고 다녔소. 한마디로 온몸이 쇠와 은과 구두 장식으로 뒤덮여 있어 걸음을 옮길 때마다 쨍그랑쨍그랑 소리가 났소. 소리가 너무 요란하여 마치 기마병 연대가 지나가는 것 같았소이다. 자, 여기 좀 보쇼. 여기 좀 보라고요!" 그는 셔츠를 벗고 바지를 벗었다. "이쪽으로

---

* Pavlos Melas(1870~1904). 그리스군 장교로 불가리아 군대에 맞서 마케도니아 탈환을 위한 무력 투쟁에 처음 참여한 사람 중 하나다.

석유램프를 갖고 오시오." 그가 명령하는 조로 말했다.

램프를 들고 가까이 다가가 보니 쭈그러진 그의 흉터가 보였다. 깊은 상처투성이로 총알이 관통한 구멍이었다. 몸이 마치 체처럼 숭숭 뚫려 있다고 해도 과언이 아닐 정도였다.

"자, 여기 좀 보쇼!" 조르바가 침대 위에서 얼굴을 아래쪽으로 향하면서 나에게 등을 보였다. "자, 보쇼, 등에는 상처가 하나도 없소. 왜 그런지 아시오? 이제 램프를 내려놓아요." 조르바는 바지와 셔츠를 입고 매트리스 위에 걸터앉았다. "그게 바보 같은 짓이었다고!" 그는 화가 나서 버럭 소리를 질렀다. "수치스러운 일이오! 맙소사, 도대체 언제쯤이면 사람들이 인간다워질까? 우리는 바지를 입고 셔츠에 칼라를 달고 모자를 쓰고 있지만 여전히 노새, 늑대, 여우, 돼지 같은 짐승과 다를 바 없어요. 인간이 하느님의 형상을 하고 있다고들 하죠. 누가요, 우리가요? 난 그 더러운 인간의 면상에 침을 탁 뱉겠소이다!"

지금 조르바의 머리에는 그 끔찍스러운 기억이 떠오르고 있었다. 더욱 흥분한 그는 충치를 때운 흔들리는 이 사이로 알아들을 수 없는 말을 내뱉었다. 그런 다음 매트리스에서 일어나 물주전자를 들고 물을 꿀꺽꿀꺽 들이켜고 나서야 화를 가라앉히고 다시 정신을 차렸다.

"누가 내 몸 어디를 만지든 신음 소리를 냅니다." 그가 말했다. "상처투성이니까. 보스는 왜 거기 앉아 계집들 얘기를 계속 늘어놓는 거요? 내가 진짜 사나이라는 걸 알아차렸을 때 난 돌아서서 여자들 얼굴은 쳐다보지도 않았소. 설령 거들떠봐도 수탉처럼 잠깐 스친 다음 바로 떠나 버리죠. '저 더러운 스컹크 같은 계집들!' 나는 나 자신에게 이렇게 말하곤 했소. '저 더러운 신부의 아내들, 저들이 내 피를 빨아먹으려 하는구나. 푸우! 지옥에나 떨어져라!' 그래서 나는 총을 들고 마케도니아 혁명대의 유격대에 합류한 거요. 하루는 저녁때쯤 돼서 불가리아 마을에 몰래들어가 마구간에 숨었소. 그런데 그곳이 불가리아 신부의 집, 피에 굶주린 악명 높은 불가리아 유격대원의 집이었소. 밤이 되면 그자는 성복을 벗은 다음 양치기 옷으로 갈아입고 무장한 뒤 그리스 마을로 떠납니다. 그러고는 이튿날 새벽녘에야 집에 돌아와 진흙과 피범벅이 된 몸을 씻고 미사를 집전하러 갑디다. 그자는 최근에도 침대에서 잠을 자던 그리스 교사 하나를 살해했소. 그래서 난 신부의 마구간에 들어가 소똥 위 암소 두 마리 사이에 머리를 박고 누워서 기다린 거요. 밤이 되자 신부가 짐승에게 먹이를 주려고 들어왔소. 그때 내가 그자에게 덤벼들어 양처럼 죽인 뒤 두 귀를 잘라 갖고 왔소. 아시겠소, 그때 난 불가리아 사람들의 귀를 모으고 있었소. 그래서 신부의 귀를 베어 가지고 달아난 거요. 며칠 뒤 정오쯤 행상인 척하며 같은 마을에 들어갔소. 무기를 모두 산속에 두고 빵이며 소금이며 용감한 유격대 젊은이들을 위해 신발을 사러 마을로 내려간 거요. 맨발에 검은 옷을 입은 아이들 다섯이 서로 손을 잡고 구걸하고 있는 게 보입디다. 계집애 셋에 사내아이 둘이었는데, 가장 나이 많은 애가 열 살쯤 되어 보이고 제일 어린 아이는 아직도 갓난아이로 제일 큰 계집아이갸 두 손에 안고 울지 않도록 키스를 하며 어르고 있었소.

무슨 까닭인지 모르지만—모르긴 몰라도 아마 하느님의 계시가 아니었나 싶소만—나는 아이들에게 가까이 다가가기로 마음먹었소. '애들아, 뉘 집 아이들이니?' 내가 불가리아 말로 물었소. 그랬더니 가장 큰 사내 녀석이 조그마한 고개를 들더니 이렇게 대답하는 거요. '신부님 집 아이들이에요. 아버지는 엊저녁에 마구간에서 살해당했어요.' 갑자기 눈앞이 캄캄해집디다. 지구가 물레방아처럼 빙글빙글 도는 거요. '애들아, 이리 온. 이리 좀 가까이 와 봐.' 하고 내가 말했소. 나는 허리춤에서 터키 파운드와 은화가 가득 든 지갑을 꺼냈소. 땅바닥에 무릎을 꿇고는 돈을 땅바닥에 모두 쏟아 놓았소. '자, 갖고 가. 갖고 가거라. 어서 갖고 가.' 하고 내가 외쳤소. 그랬더니 아이들이 엎드려 고사리 같은 그 손으로 동전과 파운드 지폐를 긁어모았소. '너희들 거야. 너희들 거라고!' 내가 소리쳤소. '어서 갖고 가.' 나는 아이들에게 내 그릇이 든 바구니도 건네주었소. '이것도 모두 너희들 거야. 모두 갖고 가거라!' 그러고 나서 나는 도망치다시피 바로 마을을 빠져 나왔소. 셔츠를 풀어 헤치고 내가 머리카락으로 장식한 성 소피아상을 꺼내 두 동강이를 내서 던져 버린 뒤 뒤도 안 돌아보고 도망쳤소이다……. 그리고 지금까지도 도망치는 중이오!"

벽에 기대고 있던 조르바가 고개를 돌려 나를 쳐다보았다.

"그렇게 해서 난 해방됐소." 그가 말했다.

"아저씨의 조국으로부터 해방됐다는 말인가요?"

"그렇소, 내 조국으로부터 해방됐소." 조르바는 단호하지만 담담한 목소리로 대답했다. 조금 뒤 그가 다시 말을 이었다. "내 조국으로부터, 신부들로부터, 그리고 돈으로부터 해방되었소이다. 이제 체로 치는 행위는 더 이상 하지 않아. 사물을 체로 치는 행위는 이제 손 뗐소. 모든 일을 단순하게 생각하려 하오. 당신에게 이걸 어떻게 설명할 수 있을까? 난 지금 나 자신을 해방시키고, 한 인간으로 거듭 태어나는 중이오."

조르바의 두 눈이 반짝 빛났다. 기분이 좋은 듯 그는 큼직한 입으로 호탕하게 웃었다. 잠시 침묵을 지킨 뒤 마음에 기쁨이 흘러넘치는 걸 억제하지 못했지만 그는 다시 기세를 되찾았다. "옛날에 나는 입버릇처럼 이렇게 말하곤 했소. '저 사람은 터키 사람, 이 사람은 그리스 사람.' 보스, 난 당신 머리털이 쭈뼛 설 만한 짓들을 내 조국을 위해 서슴지 않고 했소. 사람들을 짐승처럼 살해하기도 하고, 마을을 강탈해 불태우기도 하고, 여자들을 겁탈하기도 하고, 집 안 전체를 쑥대밭으로 만들기도 했소. 왜 그랬을까? 그들이 불가리아인이고 터키인이었기 때문이었지. 하지만 지금은 가끔씩 나 자신에게 이렇게 말하오. '이 돼지 같은 자식아, 지옥에나 떨어져라!' 그러고는 스스로에게 '엿 먹어라!'라며 저주의 신호를 보낸다오. '빌어먹을 놈! 바보 멍텅구리 같은 녀석!' 그래, 난 정말 뭔가 배운 바가 있소. 이제 사람들을 보며 이렇게 말하거든. '이 사람은 선량한 사람, 저 사람은 나쁜 사람. 그가 불가리아인인지 그리스인인지는 중요하지 않아. 내가 보기엔 모두 똑같은 사람이니까.' 이제 내가 던지는 질문은 말이오, 그가 좋은 사람이냐, 나쁜 사람이냐 하는 것뿐이오. 나이를 먹을수록, 내가 먹어 치운 밥그릇 수가 늘어날수록 그런 질문도 던지지 말아야겠다는 생각이 듭디다. 아, 그 사람들이 착한 사람이건, 나쁜 사람이건 누가 상관한답니까? 난 그들 모두가 안쓰러울 뿐이오. 누군가를 보면 겉으론 아무 관심을 두지 않는 척해도 창자가 끊어져 버릴 것 같소. 자, 보시오, 난 이렇게 말해요. '이 가련한 악마 녀석도 먹고 마시고 사랑하고 공포에 떨고 그 나름의 하느님과 악마가 있을 테지. 그 또한 때가 되면 숟가락을 놓고 땅에 묻혀 저 문짝처럼 구더기에게 파먹히겠지. 가련한 악마 녀석!' 그러니 우리 모두는 형제자매인 거요. 기껏 벌레를 먹여 살리는 존재! 그리고 그게 계집이라면 나는 훌쩍거리기 시작하지. 우리 선생께서는 내가 계집을 사랑하는 걸 두고 가끔씩 놀려 대지만, 빌어먹을, 어찌 계집들을 사랑하지 않을 수 있겠소? 그들은 연약한 피조물일 뿐, 자신들에게 무슨 일이 일어날지 한 치 앞도 보지 못하고 있소. 만약 가슴팍이라도 움켜잡으면 바로 문이란 문은 활짝 열어젖히고 사내에게 내줍디다. 한번은 불가리아 마을에 들어간 적이 있소. 빌어먹을 마을 유지 하나가 — 그리스인이었소. — 나를 배신하여 마을 사람들이 내가 묵고 있는 집을 에워쌌어요. 옥상으로 올라가 타일을 바른 지붕 꼭대기로 슬금슬금 기어갔소. 달이 뜬 한밤중이었죠. 나는 평평한 지붕에서 평평한 지붕으로 옮겨 다니다가 고양이처럼 뛰어내려 줄행랑을 쳤소. 하지만 내 그림자를 본 마을 사람들이 지붕 위에 올라가 나를 향해 마구 소총을 쏴 댑디다. 그래서 내가 어떻게 했는지 아시오? 불가리아 여자가 잠들어 있는 앞마당에 뛰어내렸지. 그 여자는 잠옷 차림으로 자다가 놀라서 일어나 나를 보더니 입을 벌려 비명을 지르기 시작했지만, 내가 손을 뻗으며 이렇게 말했소. '제발, 조용히 하시오!' 그러고 나서 그녀의 젖가슴을 움켜잡았소. 그랬더니 여자가 얼굴이 창백해지며 고개를 숙이고 이렇게 속삭이는 거요. '어서 이불 속으로 들어와요. 사람들이 우리를 보지 못하게.' 그래서 나는 이불 속으로 들어갔소이다. '그리스 사람이에요?' 하고 그녀가 묻더이다. '그렇소. 그리스 사람이오. 나를 넘기지 말아 주시오.' 나는 그녀의 허리를 감쌌소. 그녀는 아무 말도 하지 않았소. 나는 그녀와 잠자리를 했는데 어찌나 황홀하던지 심장이 벌렁벌렁했소이다. 그래서 난 나 자신에게 이렇게 말했소. '헤이, 그것 봐, 조르바. 여자는 다 이래. 인간이란 게 다 이런 거라고! 그 여자가 불가리아 말을 하는가? 그리스 말을 하는가? 아니면 알아들을 수도 없는 외계인 말을 하는가? 이 바보야, 매한가지야. 그 여자는 인간이야, 인간일 뿐이라고. 사람들을 죽이면서 부끄럽지도 않으냐? 내 너에게 침을 뱉어 주마!' 그 여자와 함께 있는 동안──따뜻한 그녀의 품속에 안겨 있는 동안──줄곧 난 그렇게 말했소. 하지만 미친 암캐라고 할 내 조국은 나를 품어 주려 할까? 이튿날 아침 나는 불가리아 미망인이 트렁크에서 꺼내 준 죽은 남편의 옷을 입고 불가리아 사람으로 변장하고 집을 나섰소. 그 여자는 내 무릎에 키스를 하고 다시 찾아 달라고 애걸합디다. 그래요, 이튿날 저녁 다시 돌아갔소. 당신도 알다시피 애국자로서 돌아갔소. 등유 깡통을 들고 가서 짐승처럼 마을 전체에 불을 질렀소. 그 여자도 아마 불에 타 죽었을 거요, 불쌍한 것. 그 여자의 이름은 루드밀라였소."

조르바는 한숨을 쉬면서 담배에 불을 붙여 두 모금 빨더니 던져 버렸다. "당신은 입버릇처럼 계속 '내 조국'이라고 내게 말했소. 이젠 내 말에 귀를 좀 기울여야 해요. 당신 책이 말하는 그 거지발싸개 같은 말에 귀를 기울이지 말고. 국가가 존재하는 한 인간은 한낱 짐승, 그것도 잔인한 짐승으로 남을 거요. 하지만 나는 거기서 탈출했소. 하느님에게 영광 있으리로다! 거기서 탈출했다고요. 한데 보스는 어떻소?"

나는 아무런 대답도 하지 않았다. 내가 홀로 의자에 찰싹 붙어 앉아서 조금씩 풀려고 고심하던 모든 문제를, 이 사람은 산속에서, 시원한 공기를 마시며 해결했다. 단칼에 헝클어진 매듭을 푼 쾌도난마(快刀亂麻)라고나 할까. 마음을 달랠 길 없어 나는 지그시 두 눈을 감았다.

"자는 거요, 보스?" 짜증이 나는 듯 조르바가 물었다. "나는 바보처럼 여기 앉아 계속 보스에게 말을 거는데." 이렇게 중얼거리며 그는 매트리스 위에 벌렁 드러누웠다. 곧 드르렁 코 고는 소리가 들렸다.

*

밤이 새도록 나는 잠을 이룰 수 없었다. 나이팅게일 한 마리가 오늘 밤 처음으로 적막을 깨뜨리며 구슬프게 울면서 그 소리로 이 세계를 가득 채웠다. 나도 갑자기 눈물이 흘렀다.

새벽에 일어나 문가에 서서 바다와 육지를 멍하니 바라보았다. 하룻밤 사이에 세상이 달라진 것 같았다. 어제만 해도 초라해 보이던 맞은편 모래밭의 가시나무 덤불이 이제 작고 하얀 꽃을 피우고 있었다. 막 꽃을 피운 레몬 나무들과 오렌지 나무들은 그윽하면서도 달콤한 향기를 공기 속에 내뿜고 있었다. 나는 이렇게 새로 아름답게 장식한 대지를 향해 몇 발자국 걸음을 옮겼다. 영원히 되살아난 이 기적을 차마 만끽할 수가 없었다.

갑자기 등 뒤에서 행복하게 외치는 소리가 들렸다. 뒤를 돌아보니 조르바가 반쯤 벌거벗은 몸으로 문가에 서 있었다. 그 역시 새봄에 압도되어 봄날의 풍경을 물끄러미 쳐다보고 있었다.

"도대체 이게 무슨 일이오, 보스!" 조르바가 믿기지 않는 듯 외쳤다. "정말로 이 세상을 난생처음 보는 것 같소. 저기서 움직이고 있는 저 푸른색은 도대체 무슨 기적이오? 뭐라 부르는 거요? 바다요? 바다 말이오? 꽃이 그려진 초록색 앞치마를 두고 있는 저건 또 뭐요? 대지요? 도대체 어떤 열성가가 그런 것들을 만들어 놓은 거요! 맹세코 말하지만, 태어나서 처음으로 보는 것들이오, 보스." 그의 두 눈에는 눈물이 가득했다.

"어이, 조르바 아저씨!" 내가 소리쳤다. "지금 노망난 건가요?"

"웃지 마쇼, 보스! 어이, 보이지 않소? 지금 여기에 있는 우리 두 사람이 마법에 걸려 있는 거요!" 그는 갑자기 밖으로 뛰쳐나오더니 춤을 추면서 새봄의 망아지처럼 풀밭을 뒹굴었다.

해가 떴다. 나는 손바닥을 펼쳐 따뜻하게 했다. 나무들은 싹을 틔우고, 여자들의 젖가슴은 부풀어 오른다. 영혼도 싹트는 나무처럼 활짝 열린다. 육체와 영혼이 동일한 실체에서 생겨난 것처럼 느껴졌다.

조르바는 이슬과 흙이 잔뜩 묻은 머리로 풀밭에서 일어났다. "어서 서둘러요, 보스." 그가 나를 향해 소리쳤다. "어서 옷을 챙겨 입어요. 그것도 최고로 잘 차려입어요. 오늘이 바로 성수 의식을 거행하는 날이니까. 신부와 마을 유지들이 바로 도착할 거요. 우리가 잔디밭에서 뒹구는 걸 보면 우리 사업에 얼마나 큰 수치겠소! 그러니 어서 빨리 셔츠에 칼라를 달고 넥타이를 매요! 머리통이야 어떻든 무슨 대수겠소. 모자 하나면 감쪽같이 속일 수 있어요. 신부며 마을 유지들, 당신들 얼굴에 침을 뱉어 주겠소!"

우리는 옷을 입고 모든 준비를 갖추었다. 일꾼들이 도착했고, 마을 유지들도 나타났다.

"좀 기다리시오, 보스. 흥에 찬물을 끼얹지 말고. 웃음거리가 되고 싶지 않으니까."

맨 앞에는 스테파노스 신부가 기름이 반지르르하고 호주머니가 깊숙한 성복을 걸치고 나타났다. 봉헌식, 장례식, 결혼식, 세례식에서 무슨 물건을 — 건포도, 롤빵, 미지트라 치즈 파이, 오이, 미트볼, 설탕 입힌 아몬드, 장례식을 위해 특별히 요리한 밀 음식 등을 — 받든 그는 이 오물 구덩이 같은 호주머니에 한꺼번에 쑤셔 넣었다. 저녁이 되면 나이 든 그의 아내가 안경을 쓰고 음식을 오물오물 씹으면서 음식을 모두 분류하곤 했다. 스테파노스 신부 뒤로 마을 유지들이 따라왔다. 멀리 하니아까지 여행하여 게오르게지오 왕자도 본 적이 있다는 카페 주인 콘도마놀리오스, 눈처럼 희고 소매가 넓은 셔츠를 입고 조용히 미소 짓는 아나그노스티스 영감, 묵직한 지팡이를 짚고 진지한 관리 모습의 교사, 그리고 마지막으로 마브란도니스가 걸어왔다. 검은 두건과 검은 셔츠에 높은 검은 장화를 신은 마브란도니스는 천천히 걸어와 괴롭고 화가 난 표정으로 마지못해 우리에게 인사를 한 뒤 바다를 등지고 멀리 떨어져 걸었다.

"하느님의 이름으로!" 조르바가 공식적인 말투로 말했다. 그가 앞장서자 다른 사람들도 종교적이고 경건한 분위기에서 그의 뒤를 따랐다.

농부들의 가슴에는 그 옛날의 신비스러운 의식들이 새삼 되살아났다. 마치 신부가 눈에 보이지 않는 세력과 투쟁하며 악귀를 몰아내는 것을 목격하고 싶은 듯 모두들 신부를 뚫어지게 바라보았다. 지난 수천 년 동안 마술사들이 팔을 들어 올려 성수채로 공기에 성수를 뿌리며 알아들을 수 없는 전능한 말을 중얼거리면 교활한 악령들이 달아나고 정직한 정령들이 물과 흙과 공기에서 뛰쳐나와 우리를 도와주었던 것이다.

우리는 고가 케이블 기둥을 박기 위해 해변 옆에 파 놓은 구덩이에 도착했다. 일꾼들이 큼직한 소나무 줄기를 세워 구멍에 수직으로 세웠다. 스테파노스 신부는 영대(領帶)를 두르고 성수채를 잡고 꾸짖는 듯 준엄한 목소리로 기둥을 바라보며 악마를 쫓아내는 주문을 읊조리기 시작했다. "반석 위에 군건하게 서서 비바람에도 넘어지지 않기를! 아멘!"

"아멘!" 조르바가 성호를 그으며 천둥처럼 큰 소리로 외쳤다.

"아멘!" 마지막으로 일꾼들이 소리쳤다.

"하느님께서 당신의 사업을 축복하시어 아브라함과 이삭이 누린 물질적 축복을 누리게 해 주시기를!" 스테파노스 신부가 축도했다. 조르바는 그의 손에 은행권 한 장을 쥐여 주었다.

"내 축복을 받으시오!" 기분이 좋아진 신부가 나지막하게 말했다.

우리는 오두막으로 돌아왔고, 조르바는 손님들에게 포도주와 사순절 요리인 문어, 낙지, 콩 스튜, 올리브를 대접했다. 그 뒤 관리들은 해안선을 따라 걸어가더니 사라졌다. 마술적인 의식은 이렇게 막을 내렸다.

"일을 멋지게 끝냈소." 조르바가 큼직한 두 손을 비비며 말했다.

그는 옷을 벗고 작업복으로 갈아입은 뒤 곡괭이를 들었다.

"이봐, 여보게들." 그가 일꾼들에게 외쳤다. "이제 그만 일하러 가세!"

조르바는 하루 종일 한눈팔지 않고 미친 듯이 일했다. 일꾼들은 45미터 정도 간격으로 구덩이를 파고 산꼭대기를 향해 한 줄로 기둥을 박았다. 조르바는 먹지도 담배를 피우지도, 심지어 한숨 쉬지도 않은 채 하루 종일 재고를 계산하고 명령을 내리면서 작업에 전념했다.

한번은 그가 내게 이렇게 말했다. "어설프게 반쯤 끝낸 일들, 대화, 죄악, 덕성, 이런 것들 때문에 오늘날 세상이 이 모양이 꼴이오. 목표까지 도달하라. 모두들! 투쟁하라! 투쟁에서 승리하라! 하느님은 우두머리 악마보다 덜떨어진 악마를 더 싫어하신다."

그날 저녁 일을 모두 마치고 나자 지칠 대로 지친 조르바는 모래 위에 벌렁 드러누웠다. "여기서 잠을 자고 날이 밝기를 기다렸다 다시 일을 시작하겠소." 그가 말했다. "그러고 나서 밤교대를 시작할 거요."

"왜 그리 서두르는 거요, 조르바?"

그는 잠시 머뭇거렸다. "왜냐고? 각도를 잘 맞췄는지 보고 싶어서요. 만약 각도를 잘 맞추지 못했다면 우리는 말짱 끝장이오, 보스! 끝장났는지를 빨리 알아야 그만큼 이득인 거요."

조르바는 마파람에 게 눈 감추듯 서둘러 밥을 먹었다. 곧이어 바다에 그가 코를 골며 드르렁거리는 소리가 메아리쳤다. 나는 한참 동안 눈을 뜨고 있었다. 옅은 푸른색 하늘에 떠 있는 별들을 보며 나는 천체 전체가 별자리를 조금씩 바꾸는 것을 지켜보았다. 내 머리도 내 머리대로 관측소의 둥근 지붕처럼 별들을 따라 위치가 달라졌다. "별들을 관찰하라. 그리고 너 자신도 별들과 더불어 운행하라." 마르쿠스 아우렐리우스*의 말이 음악처럼 내 가슴을 가득 채웠다.

---

* Marcus Aurelius(121~180). 로마 제국의 16대 황제. 인용한 문장은 그의 『명상록』 중 한 구절이다.

21

오늘은 부활절 일요일이다. 조르바는 정장을 입고 장식품까지 달고 있었다. 발에는 마케도니아의 친한 여자 친구가 짜 주었다는 두꺼운 가지색 털양말을 신고 있었다. 그는 초조한 듯 우리 해변에서 가까운 언덕을 오르락내리락하고 있었다. 이따금 짙은 눈썹 위로 한 손을 지붕 차양처럼 올리고 걱정스러운 표정으로 마을 쪽을 바라보았다.

"늑장을 부리고 있군, 이 늙은 암캐가. 늑장을 부리고 있어, 이 잡년이. 늑장을 부리고 있다고, 넝마 같은 이 괴짜 년이!"

번데기에서 갓 나온 나비 한 마리가 조르바의 콧수염 위에 앉으려다 그를 간질였다. 조르바가 콧바람을 불자 나비는 조용히 햇살 속으로 사라졌다.

오늘 우리는 부활절을 축하하려고 오르탕스 부인을 기다리고 있었다. 우리는 꼬챙이에다 양고기를 구웠고, 양 내장에 식욕을 돈울 음식을 넣어 순대로 만들었다. 모래 위에 흰 보자기를 깔고 달걀도 몇 개 색칠해 두었다. 농담 반, 진심 반으로 우리 두 사람은 마담을 성대하게 환영하기로 의견을 모았다. 황량한 해변에서 배가 불룩 나오고 향수 냄새를 풍기는 이 한물간 세이렌은 이상하게도 우리를 사로잡았다. 마담이 없으면 뭔가 허전한 느낌이 들었다. ― 오드콜로뉴 같은 냄새, 오리처럼 뒤뚱거리는 걸음걸이, 약간 쉰 목소리, 까칠하고 빛바랜 두 눈동자가 보고 싶었던 것이다.

그래서 우리는 도금양과 월계수 가지를 꺾어 오르탕스 부인이 지나는 길에 개선문을 만들었다. 아치 위에는 깃발 네 개를 ― 영국, 프랑스, 이탈리아, 러시아의 국기를 ― 높이 꽂고 그 한가운데 가장 높은 곳에는 푸른 줄무늬를 그린 종이 한 장을 매달았다. 우리에게는 대포가 없었지만 장총을 두 자루 빌려 언덕에서 기다리다가 뚱뚱한 물개가 고개를 떨어뜨리고 해변을 따라 오는 모습을 발견하는 즉시 예포로 쏘기로 했다. 오늘같이 특별한 날, 우리는 그 황량한 해변에서 부인의 멋진 전성시대를 다시 한번 살려 주고 싶었다. 그렇게 해서 그 가엾은 여자가 잠시나마 다시 장밋빛 얼굴에 탄탄한 젖가슴, 에나멜 가죽 궁정화와 실크 스타킹을 신은 젊은 여자로 되돌아갔다는 환상을 품게 해 주고자 했다. 기쁨과 기적의 믿음과 함께 우리 안에 젊음이 소생하는 것을, 늙은 요부가 다시 한번 스무 살 처녀가 되는 것을 보여 주지 못한다면, 그리스도의 부활이 무슨 소용이겠는가?

"늑장을 부리고 있군, 이 늙은 암캐가. 늑장을 부리고 있어,

이 잡년이. 늑장을 부리고 있다고, 넝마 같은 이 괴짜 년이!" 조르바는 자꾸 흘러내리는 가지색 양말을 계속 당겨 올리며 투덜거렸다.

"이리 와서 카로브 나무 그늘에 앉아 좀 쉬세요. 조르바!" 내가 말했다. "이리 와 담배나 한 대 피우세요. 곧 올 겁니다."

조르바는 간절한 마음을 담아 마지막으로 마을 길을 한 번더 내려다보고는 카로브 나무 그늘에 앉았다. 정오가 가까워 오면서 날씨가 몹시 더웠다. 멀리서 부활절을 알리는 종소리가 빠르게 들려왔다. 이따금 바람결에 크레타 리라 소리도 실려 왔다. 마을 전체가 봄철의 벌집처럼 윙윙거렸다.

조르바가 고개를 저었다. "몇 해 전 일이오." 그가 입을 열었다. "부활절이면 난 그리스도와 함께 영혼이 다시 부활했지. 벌써 오래전 일이로군! 지금에 와선 겨우 육신만 다시 태어납디다. 왜 그럴까? 왜냐하면 누군가가 대접해 주고 나면, 또 다른 누군가가……. '식욕을 돋우는 이걸 좀 먹어 봐. 저 전채(前菜) 먹어 봐.' 그러다 보면 점점 더 많이, 점점 더 맛있는 음식을 먹게 되고, 그걸 모두 똥으로 만들어 낼 수가 없지. 뭔가 남는 게 있고, 그걸 보관해 뒀다 흥이 되기도 하고, 춤이 되기도 하고, 노래가 되기도 하고, 또 하찮은 말다툼이 되기도 하지. 난 그 무엇을 부활이라고 부르거든."

조르바는 또다시 일어나 눈살을 찌푸리며 서서 멀리 내려다보았다. "꼬마 녀석 하나가 이리로 달려오는군." 그가 이렇게 말하며 심부름꾼을 맞으러 뛰어 내려갔다. 소년은 발뒤꿈치를 들고 조르바의 귀에다 뭐라고 속삭였다. 조르바는 뒤로 물러서며 화를 냈다. "몸이 아프다고? 흠씬 두들겨 맞기 전에 어서 꺼지지 못해!"

그러고는 내 쪽으로 돌아섰다. "보스 양반, 아무래도 내가 마을로 내려가 이 늙은 물개가 어떤 상태인지 보고 와야겠소. 붉게 칠한 달걀 두 알만 주쇼. 가서 함께 깨뜨리게. 어서 줘! 서둘러야 해요!" 그는 달걀 두 알을 주머니에 넣고 흘러내린 양말을 당겨 올리고는 언덕을 내려갔다.

나는 언덕에서 내려와 해변의 시원한 자갈밭 위에 벌렁 드러누웠다. 바닷바람이 잔잔하게 불어왔다. 바다에는 파도가 일었다. 갈매기 두 마리가 그 잔물결 위에 가슴을 대고 파도의 율동에 몸을 맡긴 채 태평스럽게 먹이를 먹고 있었다. 나는 물에 가슴을 대고 있는 갈매기가 얼마나 기분 좋고 상쾌할지 상상할 수 있었다. 나는 갈매기를 바라보면서 생각했다. '그래, 바로 저거야. 완벽한 율동을 찾아 그것을 따르는 것 말이야.'

한 시간 뒤 조르바가 만족스러운 듯 수염을 쓰다듬으며 돌아왔다. "불쌍한 할망구, 감기에 걸렸어. 별건 아닙니다. 지난 부활 주일 내내 자정 예배에 참석했다지 뭐요. 가톨릭 신자인데도……. 뭐 나 때문에 예배에 참석했다나. 그 불쌍한 할멈이 그러다가 감기에 걸린 모양이오. 그래서 내가 부항을 좀 떠 주고 등잔 기름을 따라 몸을 문질러 주고 럼주 한 잔을 먹였지요. 내일이면 아마 거뜬히 일어날 거요. 아, 부끄러운 줄 모르는 늙은 인간! 그래도 재미 볼 줄은 압디다! 내가 마사지를 해 주니까 간지러워 비둘기처럼 꾸꾸거리지 않겠소."

우리는 자리에 앉아 음식을 먹었다. 조르바가 두 잔을 채웠다. "할망구의 건강을 위해! 악마가 당분간 이 여자를 잡아가지 않기를!" 그가 부드러운 목소리로 말했다. 우리는 한동안 묵묵히 음식을 먹고 포도주를 마셨다. 멀리서 마치 벌 떼가 윙윙거리는 것 같은 리라 소리가 바람에 실려 왔다. 그리스도는 마을의 평평한 지붕에서 여전히 다시 태어나고 있었다. 부활절 양고기와 부활절 빵이 열정적인 연가(戀歌)로 성변화(聖變化)를 일으키고 있었다.

잔뜩 먹고 마신 조르바가 손으로 털이 수북한 귀를 만졌다. "리라 소리로군." 그가 중얼거렸다. "마을에서 춤을 추는 모양이오." 배가 두둑해지자 그는 벌떡 일어났다. 포도주 덕분에 취기가 도는 모양이었다. "어이, 비둘기들처럼, 여기 죽치고 앉아서 어쩌자는 거요?" 그가 소리쳤다. "우리도 가서 춤을 춥시다! 먹어 치운 양에게 미안하지도 않소? 그냥 똥으로 내보낼 작정이오? 자, 갑시다. 가서 춤추고 노래 부릅시다. 조르바가 다시 태어났다고!"

"맙소사, 잠깐만 기다리세요, 조르바. 머리가 어떻게 된 거 아닌가요?"

"보스 양반, 마음대로 생각하구려. 하지만 난 양에게 미안할 뿐이오. 빨갛게 색칠한 달걀에게 미안하고, 부활절 케이크와 크림치즈에게 미안할 뿐이오! 빵 조각, 올리브 몇 알만 집어 먹었다면 나도 이렇게 말할 겁니다. '젠장, 누워 잠이나 잡시다. 빵 조각과 올리브 몇 알 먹고 나서 무슨 게임, 무슨 재미난 일을 기대하겠어! 입이 삐뚤어져도 말은 제대로 하랬다고, 그따위 음식 먹고 대단한 걸 기대하겠어?' 하지만 내 다시 말하지만, 방금 먹은 음식을 그렇게 낭비하는 건 수치스러운 일이오. 그러니 보스 양반, 갑시다. 가서 부활을 행동으로 옮깁시다!"

"오늘은 그럴 기분이 아니에요. 혼자 가세요. 가서 내 몫까지 추고 오세요."

조르바가 내 팔을 붙잡고 나를 일으켜 세웠다. "젠장, 이 양반아, 그리스도가 부활했단 말이외다! 아, 내가 당신만큼만 젊었더라면! 신바람 나게 흥청망청 놀아 볼 거요. 여자들도 포도주도, 바다도 일도 말이오. 뭐든 있는 힘을 다 쏟아서 말이오. 일도 힘껏. 포도주와 섹스도 힘껏. 하느님도 두려워하지 않고, 악마도 두려워하지 않을 거요. 젊고 힘이 있다는 건 바로 그런 거니까."

"조르바, 그런 말을 하는 건 당신이 아니라 양고기일 테지요?" 내가 웃으며 말했다. "양고기가 당신 배 속에서 이리가 되어 날뛰는 거라고요."

"빌어먹을, 양고기가 조르바가 된 거요. 지금 보스 양반에게 말하고 있는 건 조르바요. 내 말을 잘 들어요. —내 말 말이오. —날 저주하시오. 나는 뱃사람 신드바드요. 뭐 그렇다고 해서 세상을 다 돌아다녔다는 건 아니오. 절대로 그렇지 않아. 하지만 난 도둑질도 해 봤고, 사람도 죽여 봤고, 거짓말도 해 봤고, 계집도 한 트럭은 데리고 자 봤소. 계명이라는 계명은 깡그리 어긴 인간이란 말이오. 계명이 몇 개더라? 열 개? 도대체 왜 스무 개, 쉰 개, 백 개가 아닌 거요? 그래야 내가 모조리 깨뜨렸을 텐데! 어쨌든 하느님이 계시다고 해도 난 최후 심판의 날에 그분 앞에 서는 게 하나도 두렵지 않아요. 어떻게 설명해야 당신이 알아들을지 모르겠군. 내가 생각하기엔 십계명이 하나도 중요한 거 같지 않다 이거요. 하느님이 할 일이 없어서 지렁이를 몰래 지켜보며 하는 짓을 모두 기록해 둔답니까? 그리고 지렁이가 이웃에 사는 암컷 지렁이와 놀아난다고, 화요일에 고기 한입 먹고, 또 성금요일*에도 고기 한입 먹었다고 해서 몹시 화를 내며 꾸짖을 것 같소? 에이, 염병할! 배불뚝이 신부들 같으니! 당신 같은 사람들, 모조리 지옥에나 떨어지라지!"

"조르바, 좋습니다." 나는 조르바의 성미를 돋우려고 이렇게 말했다. "하느님께선 당신이 뭘 먹었는지는 따지지 않을지도 몰라요. 하지만 당신이 한 짓은 틀림없이 따질 겁니다."

"하느님은 아마 그것도 따지지 않을 거요! 그럼 당신은 이렇게 말하겠지. '헤이, 이 멍청한 조르바, 당신이 그걸 어떻게 알아?' 난 잘 알아요. 내게 아들이 두 놈 있는데, 첫째 놈은 분별이 있고 예절 바른 데다 검소하고 경건하지. 둘째 놈은 방탕하고 타락하고 탐욕스러운 데다 계집 꽁무니나 졸졸 따라다니고 늘 법에 쫓겨 다니지. 두 놈을 식탁에 앉혀 놓고 보면, 내 마음은 ─ 그걸 어떻게 알겠어? ─ 둘째 녀석 쪽으로 기울거든. 왜

─────────────

* 수난일. 부활절 전의 금요일로 그리스도의 수난을 기념하는 날.

냐하면 그놈이 날 닮았으니까. 하지만 밤이고 낮이고 무릎을 꿇고 잔돈이나 긁어모으고 수호천사에게 물 한 모금 주지 않을 인색한 저 늙은 스테파노스 신부가 나보다 더 하느님을 닮았다고 말할 수 있겠소? 하느님도 흥청거리고, 사람을 죽이고, 부정한 짓을 하고, 사랑하고, 일하고, 잡아선 안 되는 새들도 잡으시지.— 꼭 나처럼 말이오. 하느님도 먹고 싶을 때 먹고 원하는 여자를 고르지. 물 찬 제비 같은 여자가 지나가는 걸 보면 당신 가슴도 쿵쿵 뛰지. 그런데 갑자기 땅이 갈라지고, 이 여자가 사라져 버리는 거야. 어디로 가고 있을까? 누가 이 여자를 데려가는 걸까? 행실이 참한 여자라면 사람들은 하느님이 데려갔다고 할 테지. 하지만 요부라면 악마가 데려갔다고 하겠지. 하지만 보스 양반, 또다시 반복하지만, 하느님과 악마는 동일한 존재요!"

나는 아무 대꾸도 하지 않았다. 조르바는 지팡이를 짚고 모자를 삐뚜름하게 쓰고 나서 동정의 눈길로 (내 눈엔 그렇게 보였다.) 나를 바라보면서 할 말이 있는 듯이 잠시 입술을 움직였다. 그러나 아무 말도 하지 않았다. 콧수염을 꼬면서 그는 빠른 걸음으로 마을을 향해 가 버렸다. 지팡이를 휘두르며 점점 멀어지자 황혼의 햇살을 받아 그림자가 길게 조약돌 위에 늘어졌다. 그가 지나가면서 해변이 또다시 되살아나는 것 같았다. 나는 한동안 멀어져 가는 그의 발소리에 열심히 귀를 기울였다. 혼자 남아 있다고 느낀 순간 나는 벌떡 일어났다. 왜? 어디로 가려고? 나는 알 수 없었다. 어디로 갈지 아직 결정하지 못했다. 몸이 저절로 벌떡 일으켜진 것이었다. 몸이 나한테 묻지도 않고 결정을 내린 것이다.

"앞으로 전진!" 내 몸은 마치 명령이라도 내리듯 큰 소리로 외쳤다.

그래서 나는 단호하게 마을 쪽으로 곧장 빠르게 나아가면서 이따금 걸음을 멈추고 곳곳에서 봄의 숨결을 들이마셨다. 흙에서는 노란 양국 냄새가 났다. 마을이 가까워질수록 레몬 나무와 오렌지 나무 향기가 월계수 꽃향기처럼 잇달아 풍겨 왔다. 서쪽 하늘 쪽에서는 금성이 기쁨에 겨워 춤추기 시작했다.

"어디 한번 흥청망청 놀아 볼까요. 여자들도 포도주도, 바다도 일도 말이오!"—발걸음을 옮기면서 나는 나도 모르게 조르바가 한 말을 계속 중얼거렸다. "어디 한번 흥청망청 놀아 볼까요. 여자들도 포도주도, 바다도 일도 말이오. 뭐든 있는 힘을 다 쏟아서 말이오. 일도 힘껏. 포도주와 섹스도 힘껏. 하느님도 두려워하지 않고, 악마도 두려워하지 않을 거요. — 젊고 힘이 있다는 건 바로 그런 거니까." 나는 용기를 얻으려는 듯 조르바의 말을 되풀이하며 발걸음을 재촉했다.

그러다 갑자기 걸음을 멈췄다. 마치 내가 가려는 목적지에 이르기라도 한 듯이. 지금 내가 와 있는 곳은 어디일까? 나는 주위를 둘러보았다. 그곳은 과부의 과수원이었다. 갈대 울타리와 손바닥선인장 뒤에서 여자의 달콤한 콧노래 소리가 부드럽게 들려왔다. 앞쪽과 뒤쪽을 보았지만 아무도 보이지 않았다. 가까이 다가가 갈대를 헤쳤다. 그랬더니 목둘레가 많이 파인 검은색 옷을 입은 여자 하나가 오렌지 나무 밑에 서 있었다. 그 여자는 꽃

가지를 꺾으며 노래를 부르고 있었다. 황혼 속에서 반쯤 드러난 그녀의 젖가슴이 하얗게 반짝였다.

숨을 죽이고 나는 이렇게 생각했다. '여자들이란 들짐승, 그래 들짐승과 다름없구나. 여자들도 그걸 알고 있어. 여자들과 비교해 보면 사내들이란 얼마나 연약하고 모자라고, 바보 멍청이 같고, 참을성 없는 정신 나간 짐승들이란 말인가. 이 암컷 들짐승들은 온갖 곤충의 암컷과 비슷해. ──사마귀 암컷, 방아깨비 암컷, 거미 암컷. 새벽이면 만족할 줄 모르는 식욕으로 수컷을 잡아먹고 마는 곤충과 말이다.

갑자기 여자가 내 시선을 의식했는지 콧노래를 멈추었다. 그녀는 뒤돌아섰다. 우리 두 사람의 시선이 마주치자 마치 번갯불이 번쩍 부딪치는 것 같았다. 갈대숲 뒤에서 암호랑이라도 만난 듯 나는 무릎이 그만 풀리는 느낌이었다.

"누구세요?" 여자가 질식할 듯한 목소리로 물었다.

그러고 나서 그녀는 윗도리의 단추를 채워 젖가슴을 감췄다. 그녀의 얼굴빛이 어두워졌다.

그 자리를 떠나려고 하는데 갑자기 조르바의 말이 마음을 가득 채웠다. 그래서 용기를 냈다. '여자, 바다, 포도주……'

"접니다." 내가 대답했다. "저라고요. 들어가게 해 주십시오."

이 말을 내뱉고는 곧 공포에 사로잡혀 나는 다시 그곳을 떠나려고 했다. 그러나 조르바에게 창피하여 걸음을 멈췄다.

"'나'라니 누구 말인가요?"

여자는 천천히 조심스럽게 내 쪽으로 소리 없이 다가왔다.

목을 길게 빼고 그녀는 나를 알아보려고 눈을 반쯤 찡그렸다. 그러고 나서 한 발자국 더 앞으로 나오더니 허리를 굽히고 은밀하게 내 얼굴을 살폈다. 갑자기 여자의 얼굴이 환하게 밝아지더니 혀끝을 내밀고 입술을 빨았다. "사장님이세요?" 그녀는 훨씬 부드러워진 목소리로 물었다. 여자가 다시 한 발자국 다가왔다. 금방이라도 내게 달려들 것 같은 기세였다. "사장님이시죠?" 여자가 질식한 듯한 목소리로 다시 물었다.

"네, 맞습니다."

"들어오세요."

*

해가 떴다. 날이 밝아 오고 있었다. 조르바는 집에 돌아와 오두막 앞 해변에 앉아 있었다. 바다를 내려다보며 담배를 피우면서 그는 나를 기다리고 있었다. 내가 나타나자 조르바는 고개를 들어 나를 관찰했다. 그러더니 그레이하운드 사냥개처럼 코를 벌렁거렸다. 목을 길게 빼고는 심호흡을 하며 킁킁 냄새를 맡았다. 순간 그의 얼굴이 환하게 밝아졌다. 나한테서 과부의 냄새를 맡은 것이다. 그는 천천히 일어나 활짝 미소를 지으면서 두 팔을 벌렸다. "축복을 받으시오!" 그가 말했다.

나는 침대에 누워 눈을 감고 자장가 같은 바다의 고요한 숨결에 귀를 기울였다. 갈매기처럼 나도 파도 위에 떠서 파도의 율동에 맞춰 오르내리는 기분이었다. 그러다가 달콤한 자장가에 취해 잠이 들었고 꿈을 꾸었다. 엄청나게 큰 흑인 여자가 땅바닥에 누워 있는데 거대한 화강암으로 지은 엄청나게 큰 고대 사원 같았다. 나는 고뇌를 느끼며 입구를 찾으려고 계속 빙빙 돌았다. 내 몸의 크기는 그 여자의 새끼발가락보다도 작았다. 발꿈치 주위를 계속 맴돌던 나는 갑자기 동굴같이 컴컴한 입구를 발견했다. 그러자 우렁찬 목소리가 내게 명령했다. "들어오너라!" 그래서 나는 들어갔다.

나는 정오쯤 잠에서 깨어났다. 조그마한 창으로 햇살이 쏟아져 들어와 침대 시트를 비추었다. 벽에 걸린 작은 거울에 쏟아지는 햇살이 너무 강렬하여 거울을 수천 조각의 파편으로 부숴버리는 것 같았다.

거대한 흑인 여자의 꿈이 생각났다. 바다가 유혹하듯 속삭이는 소리도 들렸다. 다시 두 눈을 감으니 행복했다. 몸은 가벼웠고 마음은 사냥을 나갔던 짐승이 잡은 먹이를 먹고 난 뒤 햇살에 몸을 쭉 펴고 입술을 핥을 때처럼 느긋했다. 갈증을 푼 내 마음은 (그것은 또한 몸이기도 했다.) 지금 느긋하게 휴식을 취하고 있었다. 오랫동안 고민하던 복잡한 문제의 해답을 의외로 간단하게 찾아낸 기분이었다. 전날 밤에 느낀 즐거움이 내 신체의 내부에서 솟아올라 흙으로 빚어졌을 내 육체라는 대지에 물을 대어 흠뻑 적셔 주는 것 같았다. 두 눈을 꼭 감고 누워 있자니 내 몸의 창자가 확장하면서 갈라지는 소리가 들리는 것 같았다. 지난밤 나는 태어나서 처음으로 영혼이 곧 육체라는 사실, 어쩌면 영혼보다 더 빠르게 움직이고 더 투명하고 더 자유롭기는 하지만 역시 육체라는 사실을 분명히 깨달았다. 그리고 육체 또한 영혼이라는 사실 — 조금 졸리고, 긴 여행으로 몹시 지치고, 물려받은 무거운 짐에 짓눌리기는 했지만 — 육체 또한 중요한 순간 잠에서 깨어나 머리를 들고 날개처럼 다섯 촉수를 흔들어 댄다는 사실을 깨달았다.

얼핏 그림자가 내 앞을 지나치는 것 같아 눈을 떴다. 조르바가 문가에 서서 느긋한 표정으로 나를 바라보고 있었다. "일어나지 말아요, 보스 양반. 일어나지 말라고요." 그는 어머니처럼 부드러운 목소리로 내게 말했다. "오늘도 휴일이니까. 푹 자도록 해요!"

"벌써 푹 잤는걸요." 나는 일어나며 대답했다.

"날달걀 노른자에 설탕을 듬뿍 넣고 휘저어 주겠소." 조르바가 웃으며 말했다. "그걸 먹으면 힘이 날 거요."

나는 아무 말도 하지 않고 바다로 달려가 물속으로 첨벙 뛰어들었다가 햇볕에 몸을 말렸다. 아무리 씻고 또 씻어도 내 콧구멍, 입술, 손가락에서는 크레타 여자들이 머리에 바르는 장미수와 월계수 기름 같은 달콤한 향내가 가시지 않았다.

어제 그 여자는 레몬 꽃을 한 아름 꺾어 두었다. 마을 사람들이 광장의 포플러 나무 밑에서 춤을 추느라고 성당이 텅 비어 있는 동안 그리스도에게 바치려 했던 것이다. 그녀의 침대 위 성상단(聖像壇)에는 레몬 꽃이 가득 놓여 있었고, 눈이 큼직한 거룩한 성모가 꽃잎 사이에서 자애로운 모습으로 비탄에 잠겨 있었다.

조르바는 허리를 굽히고 커다란 오렌지 두 개와 조그마한 부활절 빵과 함께 거품을 일게 한 달걀노른자를 담은 컵을 내 옆에 내려놓았다. 그는 마치 전장에서 돌아온 아들을 돌보는 어머니처럼 나를 조용히 그리고 자상하게 보살펴 주었다. 막 떠나려 하다가 한동안 다정한 눈길로 나를 바라보았다. "기둥을 몇 개 박으러 갑니다." 그가 말했다.

나는 햇빛을 받으며 시원한 녹색 바닷물 위에 떠 있는 것 같은 육체적 행복감에 푹 잠겨 평화롭게 음식을 먹었다. 나는 마음이 내 몸 전체에서 이 육체의 환희를 축적하여 그 나름의 다양한 형상으로 찍어 냄으로써 관념으로 변환하게 두지 않았다. 나는 내 몸이 머리 꼭대기에서 발끝까지 온몸으로 짐승처럼 환희를 즐기게 내버려 두었다. ― 다만 이따금 무아지경 속에서 내 주변의 우주와 내 내부에서 일어나는 기적을 바라보며 자신에게 이렇게 물었다. '도대체 이게 무엇인가? 어떻게 해서 우리의 발, 손, 배가 이처럼 완벽하게 이 세계와 조화를 이루고 있는 것인가?' 그러고 나서 나는 다시 한번 지그시 눈을 감고 침묵을 지켰다.

나는 갑자기 몸을 일으켰다. 오두막으로 달려가 붓다의 원고를 펼쳤다. 이제 원고는 완성 단계에 있었다. 붓다는 꽃피는 나무 밑에 누워 손을 들어 자신을 구성하던 다섯 가지 요소에게 ― 흙, 물, 불, 공기, 영혼 ― 사라지라고 명령하고 있었다. 나는 이제 더 나를 괴롭히던 이런 이미지에 시달릴 필요가 없었다. 나는 그것을 뛰어넘었고, 붓다에 대한 나의 숭배 기간은 완성된 셈이었다. 그래서 나 역시 손을 들어 붓다에게 사라질 것을 명령했다.

나는 황급히 언어의 힘, 그 전능한 구마의 힘을 빌려 붓다의 육신과 영혼과 정신을 차례로 없애 버렸다. 시간이 없기 때문에 가차 없이 그렇게 했다.

나는 원고에 마지막 구절을 휘갈기고 마지막 절규를 적고 나서 붉은 연필로 내 이름을 큼지막하게 썼다. 그로써 모든 것이 끝났다! 두툼한 끈을 찾아 원고를 단단히 묶었다. 힘센 적의 팔다리를 묶어 버린 듯한 야릇한 쾌감을, 또는 야만인이 세상을 떠난 사랑하는 사람의 시신을, 무덤을 떠나 흙이나 안개가 되지 못하도록 꽁꽁 묶어 버린 것 같은 야릇한 쾌감을 느꼈다.

맨발의 조그마한 계집아이 하나가 내게로 달려왔다. 노란 옷을 입은 아이는 빨간 달걀 한 알을 손에 꼭 쥐고 있었다. 걸음을 멈추더니 겁을 잔뜩 먹은 얼굴로 나를 바라보았다.

"왜 그러니?" 그 아이에게 용기를 주려고 미소를 지으며 내가 물었다. "뭐 필요한 거 있어?"

계집아이는 코를 킁킁거리며 냄새를 맡아 보고 나서 숨이 찬 듯 작은 목소리로 대답했다.

"부인이 보내셨어요. 지금 오라고 하세요. 지금 누워 계세요. 몸이 좋지 않거든요. 조르바라는 분이시죠?"

"알았다. 곧 가마." 내가 대답했다.

나는 빨간 달걀 한 알을 그 아이의 다른 빈손에 쥐여 주었다. 그러자 계집아이는 그것을 꼭 쥐고 마을 쪽으로 달려갔다.

나는 일어나서 출발했다. 마을 사람들의 소리가 —— 리라 소리를 가로질러 고함 소리, 시끄럽게 축제를 즐기는 소리, 총소리, 서정시처럼 운율을 맞춘 흥겨운 노랫소리가 — 점점 더 크게 들려왔다. 광장에 이르러 보니 젊은이들과 처녀들이 포플러 나무 밑에 어울려 춤을 출 준비를 하고 있었다. 노인들은 나지막한 돌담 위에 한 줄로 앉아 지팡이에 턱을 괴고 구경하고 있었다. 늙은 여자들은 그들 뒤에 서 있었다. 멋들어진 리라 연주자 파누리오스는 4월 장미 한 송이를 귀 뒤에 꽂고 한가운데 자리 잡고 있었다. 왼손으로 무릎 위에 놓인 리라를 잡고 오른손으로는 활을 움직여 천둥 같은 방울 소리를 내 보는 중이었다.

"그리스도가 부활하셨어요!" 내가 지나가면서 큰 소리로 외쳤다.

"암, 부활하셨고말고!" 남녀 할 것 없이 모두가 나지막하고 묵직한 소리로 행복하게 대답했다.

나는 재빨리 주위를 둘러보았다. 허리가 가는 건장한 청년들은 통이 넓고 헐렁헐렁한 바지를 입고 이마와 관자놀이에 머릿수건에 달린 장식 술을 고수머리처럼 늘어뜨리고 있었다. 목 주위에 조그마한 금속 조각을 달고 수놓은 숄을 두른 젊은 처녀들은 눈을 내리깔고 기대에 잔뜩 부풀어 떨고 있었다.

"웬만하면 여기 오셔서 함께 즐기시죠, 사장님!" 몇 사람이 내게 말했다.

그러나 나는 이미 마을 사람들을 저만큼 지나쳐 있었다.

마담 오르탕스는 유일하게 충실한 가구라고 할 널찍한 침대 위에 누워 있었다. 두 뺨은 열 때문에 발그레했고 기침을 콜록콜록 하고 있었다. 나를 보자마자 마담은 불평하듯 한숨을 내쉬었다. "조르바는요? 내가 가장 사랑하는 조르바는요?"

"그 역시 몸이 아파요. 부인이 몸져누운 날 그분도 앓아누웠어요. 손에 부인의 사진을 꼭 쥐고 들여다보며 한숨만 쉬고 있답니다."

"그러고요? 그래서 어떻게 됐는지 계속 마알해 줘요." 가엾은 세이렌은 행복해하며 두 눈을 감고 중얼거렸다.

"혹시 뭐 필요한 게 없는지 알아보라고 날 보냈답니다. 두 무릎으로 움직일 수만 있으면 오늘 저녁에 직접 찾아올 거예요. 조르바 역시 더 이상 부인과 떨어져 있을 수 없대요."

"계속 마알해 줘요. 계속 마알해 줘요."

"조르바는 아테네에서 전보를 받았어요. 웨딩드레스랑 화환, 특별히 주문한 구두, 설탕에 절인 아몬드가 다 준비됐다는군요. ─지금 배에 실려 오는 중이랍니다. 게다가 핑크 리본이 달린 하얀색 양초도요."

"계속 마알해 줘요. 계속 마알해 줘요."

잠이 들었는지 마담의 숨결이 달라졌다. 섬망이 시작된 것이다. 방 안에는 오드콜로뉴와 암모니아와 땀 냄새가 진동했다. 열린 창문으로는 마당에서 짐승의 똥 냄새와 토끼 냄새가 지독하게 풍겨 왔다.

나는 일어서서 살며시 방을 빠져나왔다. 문가에서 우연히 미미토스를 만났다. 오늘따라 구두를 신고 헐렁한 푸른색 새 바지를 입고 있었다. 귀 뒤에는 나룩꽃 한 송이까지 꽂고 있었다.

"미미토스, 칼로 코리오*에 달려가 의사 선생님을 모셔 오너라." 내가 그에게 말했다.

그러자 미미토스는 내 말이 끝나기도 전에 달려가는 길에 구두를 더럽히지 않으려고 구두를 벗어 들었다. 그러고는 구두를 한쪽 겨드랑이에 꼈다.

"의사 선생님을 만나거든 안부 인사를 전해 드린 뒤 꼭 말을 타고 오시라고 전해라. 마담이 몹시 아프다고 전해. 가엾은 부인이 감기에 심하게 걸렸다고. 꼭 그렇게 전하거라. 자, 어서 출발해!"

"출발하고 있어요!"

미미토스는 두 손바닥에 침을 탁 뱉고 문지르면서도 꼼짝할 생각을 하지 않았다. 나를 쳐다보며 징그럽게 웃을 뿐이었다.

"어서 가! 어서 떠나라고 하지 않던!"

그러나 그는 여전히 꿈쩍도 하지 않았다. 나를 향해 윙크를 하며 짓궂게 미소를 지을 뿐이었다. "사장님! 사장님께 장미수 한 병을 선물로 갖고 왔는뎁쇼."

그러고 나서 미미토스는 자리에 선 채 선물을 누가 주더냐고 묻기를 기다렸다. 그러나 나는 묻지 않았다.

"누가 줬는지 알고 싶지 않나요?" 미미토스가 키득키득 웃으며 물었다. "그 여자가 하는 말이, 머리에다 바르시면 냄새가 좋다나."

---

* 크레타섬 북동쪽에 위치한 마을. '좋은 마을'이라는 뜻이다.

"발바닥에 불이 나도록 어서 빨리 달려! 그리고 그 입도 좀 닥치고!"

미미토스는 웃으면서 손바닥에 다시 한번 침을 탁 뱉었다. "하나, 둘, 셋, 출발! 그리스도가 부활하셨대요!" 그는 이렇게 소리치고는 시야에서 사라졌다.

22

포플러 나무 아래서는 부활절 축제의 춤이 열기를 더해 가고 있었다. 올리브처럼 피부가 가무잡잡하고 아직 면도기를 댄 적 없는 뺨에 솜털이 보송보송한 스무 살가량의 젊은이가 힘차게 춤을 주도하고 있었다. 열린 셔츠 깃 사이로 드러난 가슴에는 곱슬곱슬한 털이 수북했다. 그는 고개를 뒤로 젖히고 날개처럼 가벼운 두 다리로 땅을 치고 있었다. 이따금 젊은 처녀에게 눈길을 주는 검게 그을린 그의 얼굴에서는 두 눈의 흰자위가 미친 듯이 빛을 내뿜었다.

마담 오르탕스의 집에서 돌아오면서 나는 한편으로는 기분이 좋았고 다른 한편으로는 두려움을 느꼈다. 여자 하나를 불러 마담을 시중들게 해 놓고 돌아선 직후여서 마음 놓고 느긋하게 크레타 춤을 구경할 수 있었다. 아나그노스티스 영감 곁으로 다가가 그의 옆자리 돌 벤치에 앉았다.

"춤을 이끄는 저 젊은이는 누굽니까?" 그의 귀에 대고 내가 물었다.

아나그노스티스 영감이 한 차례 웃고는 대답했다. "천사장처럼 사람들의 영혼을 빼앗아 버리는 잡놈이지." 노인이 감탄스러운 듯 말했다. "시파카스란 양치기 녀석이야. 일 년 내내 산간 지방을 다니며 양을 치다가 부활절에만 사람들도 만나고 춤도 출 겸 마을로 내려와." 그가 한숨을 내쉬었다. "아, 내게도 저런 젊음이 있다면." 그가 중얼거렸다. "내게도 저런 젊음이 있다면, 정말이지 콘스탄티노폴리스*도 되찾을 수 있을 텐데!"

젊은이가 고개를 뒤로 흔들면서 발정 난 숫양처럼 애처로운 소리를 냈다. "계속 연주해, 파누리오스! 죽도록 연주해!"

죽음은 매 순간 삶처럼 죽었다가 다시 태어났다. 지난 수천 년 동안 봄이 되면 젊은 남녀들은 새잎이 돋아나는 신록 아래에서 — 포플러 나무, 소나무, 떡갈나무, 플라타너스 나무, 키다리 종려나무 밑에서 그렇게 춤을 춰 왔다. 앞으로 다가올 수천 년 동안에도 그들의 얼굴은 육체적 욕망에 이끌려 계속 그렇게 춤을 출 것이다. 이십 년마다 그들의 얼굴은 바뀌고 허물어져 흙으로 돌아가겠지만, 다른 얼굴들이 나타나 뒤를 이을 것이다. 그러나 나이는 언제나 스무 살, 불사신처럼 죽지 않고 사랑을 하며 춤을 춘다는 본질만은 영원히 변하지 않을 것이다.

젊은이는 손을 들어, 있지도 않은 턱수염을 쓰다듬었다. "어

---

* 터키의 도시 이스탄불의 옛 이름. 330년에 로마 황제 콘스탄티누스 대제가 고대 그리스의 식민 도시였던 비잔티온 땅에 세운 도시다.

서 연주를 계속해!" 그가 또다시 소리를 질렀다. "헤이, 파누리오스, 리라를 연주하라니까. 가슴이 터져 버릴 것 같아!"

리라 연주자가 손을 흔들자 리라가 화답하며 방울이 땡그랑 소리를 냈다. 그러자 젊은이는 펄쩍 뛰어올라 공중에 뜬 채로 발을 세 번 부딪쳤다. 어른 키 높이만큼 뛰어오르면서 그는 장화코로 옆줄에 앉아 있던 마을 경관 마놀라카스의 머리에서 하얀 머릿수건을 벗겼다.

"브라보! 브라보! 시파카스!" 사람들이 고함을 질렀다. 처녀들은 겁에 질려 몸을 떨면서 땅바닥 쪽으로 눈을 내리깔았다.

그러나 젊은이는 아무런 말도 없이 그 누구도 쳐다보지 않은 채 미친 듯이, 그러나 자제력을 보이면서 계속 춤을 추었다. 그는 날씬하면서도 강건해 보이는 자기 허벅다리 사이 잘록한 부위에 비스듬히 손을 짚으며 경건한 시선으로 땅을 응시했다.

그러다가 갑자기 다시 춤을 멈췄다. 성당지기 안드롤리오스 영감이 광장에 나타났기 때문이다. 두 팔을 쳐들고 그가 외쳤다. "과부다! 과부! 과부야!" 그는 숨을 헐떡거리며 소리를 질렀다.

마을 경찰인 마놀라카스가 춤을 멈추게 하고 제일 먼저 달려 나갔다. 아직도 도금양과 월계수로 장식한 성당이 멀리 광장에서도 보였다. 흥분하여 춤추던 사람들이 춤을 멈췄다. 노인들도 자리에서 일어났다. 파누리오스는 리라를 무릎 위에 내려놓고 귀에 꽂았던 4월 장미를 뽑아 냄새를 맡았다.

"어이, 어디로 달려가는 거야, 안드롤리오스?" 사람들이 모두 흥분하여 소리를 질렀다. "어디로 가냐고?"

"저기 성당으로 가는 중이야. 빌어먹을 과부 년이 레몬 꽃을 한 아름 안고 방금 성당으로 들어갔어."

"그년을 잡으러 갑시다, 여러분." 제일 먼저 달려 나간 마을 경관이 소리쳤다.

그 순간 과부가 성당 바깥문 앞에 모습을 드러내더니 성호를 그었다. 머리에는 검은색 머릿수건을 쓰고 있었다.

"마을의 수치! 섹스에 굶주린 화냥년! 더러운 살인자!" 춤을 추던 마을 사람들에게서 다양한 목소리가 터져 나왔다. "뻔뻔스럽게 어디다 낯짝을 내밀어! 저년을 붙잡아라. 우리 마을을 더럽혔다."

젊은이 중 몇 명은 마을 경관을 따라 교회 쪽으로 달려갔다. 다른 사람들은 위쪽에서 그 여자에게 돌을 던졌다. 돌 하나가 여자의 어깨에 맞았다. 여자는 비명을 지르며 두 손으로 얼굴을 가렸다. 그런 다음 허리를 숙이고 앞쪽으로 뛰어 도망치기 시작했다. 그러나 젊은이들이 이미 성당 바깥문에 도착해 있었고, 마놀라카스는 단도를 빼 들고 있었다.

과부는 허리를 굽히고 비명을 지르고는 뒤로 돌아 비틀거리며 성당 안으로 들어가려 했다. 그러나 문턱에는 마브란도니스 영감이 두 팔을 벌리고 문설주를 막아섰다.

과부는 왼쪽 마당으로 달려가 커다란 편백 나무를 움켜잡았다. 돌멩이 하나가 공기를 가르고 날아와 과부의 머리에 맞았다. 그러자 검은색 머릿수건이 벗겨지면서 머리카락이 어깨 위로 출렁거렸다.

"그리스도의 이름으로! 그리스도의 이름으로!" 과부는 편백나무에 달라붙은 채 울부짖었다.

광장에 한 줄로 서 있는 마을 처녀들은 흰 머릿수건을 잘근잘근 씹고 있었다. 늙은 여자들은 울타리에 기대선 채 "그년을 죽여라! 그년을 죽여라!" 하고 소리를 질러 댔다.

젊은이 두 사람이 여자를 덮쳐 붙잡았다. 그녀가 입고 있던 검은 블라우스가 찢겨 나갔다. 대리석처럼 하얀 젖가슴이 번쩍거렸다. 정수리에서 이마와 뺨, 그리고 목으로 피가 줄줄 흘러내렸다.

"그리스도의 이름으로! 그리스도의 이름으로!" 여자는 계속 울부짖었다.

흐르는 피와 하얗게 번들거리는 젖가슴이 젊은이들의 피를 들끓게 했다. 그들은 혁대에서 단도를 뽑았다.

"그만 멈춰! 그년은 내 몫이야!" 마브란도니스가 소리쳤다.

그때까지도 성당 문설주에 서 있던 마브란도니스 영감이 한 손을 들어 올렸다. 그러자 모두가 손길을 멈췄다.

"마놀라카스, 네 사촌의 피가 네게 외치고 있어." 그가 그윽한 목소리로 말했다. "네 사촌의 영혼을 편히 쉬게 해 주어라!"

나는 기어올랐던 담 벽에서 뛰어내려 성당 쪽으로 달렸다. 그러나 돌부리에 차여 땅바닥에 납작하게 꼬꾸라지고 말았다. 바로 그때 시파카스가 내 앞을 지나갔다. 그는 허리를 구부려 마치 고양이를 다루듯 내 목덜미를 붙잡아 나를 일으켜 주었다. "당신처럼 점잖은 사람이 여기서 뭐 하는 거요!" 그가 내게 소리쳤다. "썩 꺼지시오!"

"시파카스, 자넨 저 여자가 불쌍하지도 않나? 저 여자에게 자비를 베풀게."

그러자 산에서 내려온 사람이 비웃었다. "내가 계집인 줄 알아요? 자비를 베풀라고 하게?" 그가 내뱉었다. "이래 봬도 난 남자란 말이오!" 그는 단숨에 뛰어 성당 안으로 들어갔다.

나도 달려서 그의 뒤를 따라 도착했다. 모두들 과부를 빙 둘러싸고 있었다. 무거운 침묵이 감돌았다. 들리는 소리라고는 목이 조인 듯 거친 과부의 숨소리뿐이었다.

마놀라카스가 성호를 긋고 앞으로 나서며 단도를 쳐들었다. 담 벽에 기대선 늙은 여자들이 즐거워하며 비명을 질렀다. 젊은 처녀들은 머릿수건을 당겨 얼굴을 가렸다.

과부가 눈을 들어 머리 위의 단도를 보고는 암소처럼 울부짖으며 편백 나무 밑동에 바싹 엎드려 두 어깨 사이로 머리를 떨구었다. 머리카락이 땅을 덮었다. 그녀의 목덜미가 백합처럼 하얗게 빛났다.

"하느님의 이름으로!" 마브란도니스가 이렇게 소리치며 성호를 그었다.

그러나 바로 그 순간 우렁찬 목소리가 뒤에서 터져 나왔다. "칼을 내려놔, 이 백정 같은 놈!"

모두들 깜짝 놀라 뒤를 돌아보았다. 마놀라카스도 고개를 쳐들었다. 그의 앞에는 주먹을 불끈 쥐고 화를 내며 소리치는 조르바가 서 있었다. "아, 모두들 창피하지도 않소? 도대체 이따위

영웅이 어디 있습니까? 마을 사람들 전체가 여자 하나를 죽이려 하다니! 젠장, 크레타섬 전체에 똥칠을 하겠소!"

"당신 일이나 신경 쓰쇼, 조르바. 우리 일에 끼어들지 말고!" 마브란도니스가 으르렁거리며 대꾸했다.

그러고 나서 그는 다시 조카 쪽을 돌아보았다. "마놀라카스, 그리스도와 동정녀의 이름으로, 찔러라!"

마놀라카스가 펄쩍 뛰어올라 과부를 붙잡아 땅바닥에 팽개 치고는 단도로 여자의 배를 눌렀다가 다시 단도를 들어 올렸다. 그러나 그의 행동은 너무 늦었다. 조르바가 벌써 경관의 팔을 붙 잡고 머릿수건을 손목에 감아쥐고는 마놀라카스의 단도를 빼앗 으려 하고 있었다.

그동안 과부는 무릎을 꿇고 일어나 재빨리 빠져나갈 곳을 찾아 두리번거렸다. 그러나 마을 사람들이 우르르 몰려다니며 과부의 앞길을 막았다. 사람들은 문을 막고 있었을 뿐만 아니라 이미 성당 마당과 돌 선반에 둥근 원을 그리며 서 있었다. 그들 은 여자가 달려가려고 하는 것을 보자 그쪽으로 달려가면서 원 을 좁혔다.

그러나 조르바는 민첩하고 유연하면서도 조용하게 싸우고 있었다. 성당 문가에 서서 나는 초조한 마음으로 두 사람의 싸움 을 지켜보았다. 마놀라카스의 분노한 얼굴이 자줏빛으로 변했 다. 시파카스와 또 다른 젊은이가 마놀라카스를 도우러 다가섰 지만 마놀라카스는 화를 내며 그들을 쳐다보았다. "뒤로 비켜서! 비켜서란 말이다!" 그가 소리쳤다. "한 놈도 가까이 오지 마!" 그는 또다시 맹렬하게 조르바를 공격하며 황소처럼 머리로 들이받았다.

조르바는 말없이 입술을 깨물었다. 그는 경찰관의 오른팔을 집게처럼 붙잡고 상대의 박치기 공격을 요리조리 피했다. 마놀라카스는 미친 듯이 치며 조르바의 귀를 물어뜯었다. 그러자 피가 뿜어져 나왔다.

"조르바!" 나는 그를 구하려고 앞쪽으로 뛰어가며 소리를 질렀다.

"비켜요, 보스 양반!" 조르바가 나를 향해 외쳤다. "이 일에 나서지 말란 말이오!"

조르바는 주먹을 쥐고 있는 힘을 다해 마놀라카스의 배 아래쪽 불알에 일격을 가했다. 그러자 들짐승 같은 마놀라카스가 바로 벌렁 나가떨어졌다. 그제야 그의 푸른 얼굴이 창백해지며 반쯤 찢긴 조르바의 귀 조각을 뱉어 냈다. 조르바가 그를 땅바닥에 팽개치고는 단도를 빼앗아 판석에 던지자 산산조각이 나 버렸다.

조르바는 머릿수건으로 귀에서 흐르는 피를 멎게 하고는 땀에 젖은 얼굴을 문질렀다. 머릿수건이 금방 피로 얼룩졌다. 그는 벌떡 일어나 퉁퉁 붓고 빨갛게 충혈된 눈으로 주위를 둘러보았다. 그리고는 과부를 향해 소리쳤다.

"일어나시오. 나랑 갑시다!"

그는 그곳을 떠나기 위해 성당 문 쪽으로 걸음을 옮겼다.

과부는 서두르려고 있는 힘을 다해 몸을 일으켜 세웠지만 달려 나갈 시간이 없었다. 마브란도니스 영감이 번개처럼 한순간에 과부를 덮쳐 땅바닥에 쓰러뜨리고는 그녀의 머리카락을 자기 팔에 세 겹으로 감고는 단칼에 목을 따 버렸다.

"이 죄는 내가 책임진다!" 마브란도니스는 이렇게 소리치며 잘라 낸 과부의 목을 성당 문턱에다 팽개치고는 성호를 그었다.

조르바는 고개를 돌리고 그 끔찍한 광경을 묵묵히 바라보면서 수염을 한 움큼 뽑아 내더니 신음 소리를 냈다. 나는 다가가 그의 팔을 잡았다. 조르바는 허리를 수그리고 나를 쳐다보았다. 그의 속눈썹에서 두 줄기 눈물이 뺨을 타고 흘렀다.

"갑시다, 보스 양반." 그가 목이 메는 듯 말했다.

*

그날 밤 조르바는 음식을 한입도 먹으려 하지 않았다. "목이 꽉 막혔소. 아무것도 넘어가지가 않아요." 그는 계속 이렇게만 말했다. 그는 찬물로 귀를 씻고 라키주에 솜을 적셔 붕대를 만들었다. 침대 위에 앉아 두 손으로 머리를 감싼 채 생각에 잠겨 있었다.

나는 몸을 벽에 기대고 바닥에 쭉 뻗고 있었다. 뜨거운 눈물이 천천히 뺨을 타고 흘러내렸다. 머리가 전혀 돌아가지 않아서 아무것도 생각할 수 없었다. 나는 슬픔에 잠긴 아이처럼 울부짖었다.

그때 갑자기 조르바가 고개를 들더니 감정을 쏟아 냈다. 큰 목소리로 내면의 독백을 격렬하게 쏟아 놓기 시작했다. "보스 양반, 내 말 좀 들어 보쇼. 이놈의 세상에서 일어나는 일은 어쩌면 그렇게 하나같이 부당하고, 부당하고, 또 부당한 거요! 난 이놈의 세상이 하는 짓거리를 인정할 수가 없어. 나란 놈은 조그마한 벌레 같은 놈, 굼벵이 같은 놈, 그런 조르바지만 말이오! 도대체 왜 젊은 것들은 죽고 늙은 것들이 살아남아야 하는 거요? 왜 어린 것들이 죽어야 하냐고? 아들 녀석이 하나 있었는데, 내 디미트라키 말이오, 이놈이 세 살 때 그만 죽었소. — 난 죽을 때까지 (내 말 듣고 있는 거요?) 절대로 하느님을 용서할 수 없어. 내가 마지막 숨을 거두는 날, 만약 하느님이 용기 있게 내 앞에 코빼기를 보이면, 그리고 만약 그 작자가 진짜 하느님이라면 부끄럽게 생각할 거요. — 암, 내 앞에서 부끄럽게 생각할 거란 말이오. 이 조르바, 이 굼벵이 같은 놈의 눈앞에서."

조르바는 상처가 아픈 듯 눈살을 찌푸렸다. 상처에서 다시 피가 흐르기 시작했다. 그는 비명을 지르지 않으려고 입술을 꽉 깨물었다.

"잠깐만 기다려요, 조르바. 붕대 갈아 줄 테니."

나는 다시 라키주로 그의 귀를 씻었다. 그러고는 과부가 보내 준 장미수를 — 내 침대 위에 있었다. — 집어 들고 솜을 적셨다.

"장미수요?" 조르바가 홍홍거리며 냄새를 맡으면서 말했다. "장미수요? 내 머리털에도 좀 부어 주쇼, — 이렇게. 고맙소! 그리고 내 손바닥에도 부어요. 몽땅 부어 버려요. 어서어서!"

그는 다시 살아난 것 같았다. 나는 놀라서 그를 바라보았다.

"꼭 과부네 과수원에 들어가는 기분이오." 그가 말했다. 그러나 그것도 잠깐, 그는 다시 슬픔에 젖어 들었다. "얼마나 많은 시간이 더 필요한 거요?" 그가 중얼거렸다. "이 흙으로 인간의 육신 하나를 만드는 데 도대체 몇 년의 세월이 필요한 거냔 말이오! 사람들은 그 여자를 바라보며 이런 생각을 했을 거요. '아, 내 나이 스무 살이고 이 지구상의 인류가 깡그리 영원히 절멸하고 저 여자와 나만 남는다면 아이들을 낳아야지. ― 아니지, 아이들이 아니라 진짜 신들을 낳는 거지. ― 그리고 그런 신들로 이 지구를 가득 채우리라!' 하지만 이젠……."

조르바는 벌떡 일어났다. 두 눈에는 눈물이 어려 있었다. "이러고 있을 수가 없소, 보스 양반." 그가 말했다. "좀 걸어야겠소. 오늘 밤은 산을 두세 번쯤 오르내려 몸을 기진맥진하게 해서 마음을 진정시켜야 해요. 헤이, 당신, 과부여, 내 그대를 위해 만가라도 부르지 않으면 심장이 터질 것만 같소!"

조르바는 오두막 밖으로 뛰어나가 산 쪽을 향해 발길을 돌리더니 곧장 어둠 속으로 사라졌다.

나는 침대에 누워 램프 불을 끄고 비열하고 인간적인 방법에 따라 현실을 다시 한번 재구성해 보기 시작했다. 즉 피와 살과 뼈를 제거하여 그것들을 추상적인 관념으로 만들고 그것을 가장 일반적인 법칙과 관련시키고자 한 것이다. 마침내 나는 그날 일어난 사건이 정당하다는 끔찍한 결론, 이 세계의 조화에 기여하는 방식으로 사건의 우주적 계획에 포함되어 있었다는 끔찍한 결론에 도달했다. 그래서 그날 일어난 사건이 정당할 뿐만 아니라 필연적이고 적절했다는 말도 안 되는 위로를 얻었다.

과부 살해 사건은 무자비한 도덕적 메시지로 내 머릿속에 들어왔다. 나의 머릿속에서는 모든 것이 몇 년 동안 자리 잡고 있다가 엄격한 규율의 지배를 받았다. 그런 메시지 때문에 마음이 여간 혼란스럽지 않았다. 그런데도 나의 철학과 이론은 그 메시지를 즉시 이미지와 전략으로 포장하여 아무 해가 없게 만들었다. 마치 큼직한 야생벌이 꿀을 훔치러 벌집에 오면 꿀벌들이 밀랍으로 그 벌을 감싸 버리는 것과 같았다.

그래서 몇 시간 뒤 과부는 거룩한 부동(不動)의 상징이 되어 얼굴에 미소를 머금은 채 내 기억 속에 평화롭게 안장되었다. 과부는 이미 내 가슴속에서 밀랍에 싸여 있었다. 이제는 더 이상 내 영혼을 동요시키거나 정신을 마비시킬 수 없었다. 그날 일어났던 끔찍하고 덧없는 사건은 시간과 공간에서 점점 확산되어 위대한 과거 문명과 하나가 되었다. 문명은 대지의 운명과 하나가 되었고, 대지는 우주의 운명과 하나가 되었다. 다시 과부 이야기로 돌아가자면, 그녀는 이제 위대한 법칙에 따라 살해범들과 화해하고 성스러울 만큼 편안하게 잠들어 있었다.

시간은 마침내 나의 내면 세계에서 그 진정한 의미를 찾았다. 과부는 마치 수천 년 전, 문명 시대에 죽었고, 머리카락이 곱슬곱슬한 크노소스 문명의 젊은 처녀들은 바로 오늘 아침에 죽은 것 같았다.

어느 날 죽음이 나를 사로잡아 (이보다 더 필연적인 것은 존재하지 않는다.) 어둠 속으로 미끄러지듯 조용히 끌고 들어가는 것처럼, 잠이 그만 나를 사로잡고 말았다. 너무 곤히 잠에 떨어진 나머지 나는 조르바가 언제 돌아왔는지, 아니 돌아오기는 했는지조차 알지 못했다. 이튿날 아침 조르바는 산에서 인부들에게 소리소리 지르며 화를 내고 있었다. 인부들이 하는 짓 중 그의 성에 차는 것은 하나도 없었다. 그는 말을 잘 듣지 않는 인부 셋을 해고하고 손수 곡괭이를 들고는 기둥을 세울 자리로 예정된 곳의 관목과 떡갈나무를 잘랐다. 그는 산으로 올라가 소나무를 자르던 채석장 인부에게도 소리를 질렀다. 그중 하나가 웃으며 투덜대자 조르바는 그 인부를 덮쳤다.

그날 밤 조르바는 지치고 찢기고 상처 난 모습으로 돌아와 해변에 앉아 있는 내 옆에 앉았다. 그는 좀처럼 입을 열지 않았다. 어쩌다 입을 열어도 목재, 케이블, 갈탄 이야기뿐이었다. 말투 또한 그곳을 깡그리 때려 부숴 돈을 번 다음 훌쩍 떠나 버리려는 탐욕스러운 사업가처럼 속도를 냈다.

한번은 내가 자기 위안의 상태에 도달하여 과부 이야기를 꺼내려 했더니 큼직한 손을 내밀어 내 입을 막았다. "말하지 말아요!" 내면 깊숙한 곳에서 솟아오르는 목소리로 거의 들리지 않게 속삭였다.

나는 부끄러워서 입을 다물고 말았다. '진짜 사내란 바로 이런 거야.' 나는 조르바의 고통 — 피가 따뜻하고 뼈가 단단한 사나이, 슬플 때는 진짜 눈물을 뚝뚝 흘리고, 기쁠 때는 고운 형이상학의 체로 걸러 내느라 기쁨을 잡치는 법이 없는 그런 사내의 고통을 부러워하며 이렇게 생각했다.

이런 식으로 사나흘이 흘렀다. 조르바는 먹지도 마시지도 않고 일에만 매달렸다. 그는 몸이 쇠약해지고 있었다. 어느 날 저녁 나는 그에게 마담 부불리나가 아직도 병상에 누워 있다고 말했다. 섬망 상태에서 그의 이름을 부르고 있다고, 의사는 아직 오지 않았다고 말해 주었다.

조르바는 주먹을 불끈 쥐고는 "알았소."라고 대답했다. 이튿날 아침 일찍 그는 마을에 내려갔다가 곧장 오두막으로 돌아왔다.

"만나고 왔어요?" 내가 물었다. "상태가 어떻습디까?"

조르바는 이마를 찌푸렸다. "아무렇지도 않아요." 그가 대답했다. "죽어 가고 있습디다."

그러고 나서는 훌쩍 산으로 떠나 버렸다. 그날 밤에도 그는 저녁도 먹지 않고 지팡이를 들고 나갔다.

"어디 가세요?" 내가 물었다. "마을에 가시게요?"

"아니요. 산책 좀 하려고요. 곧 돌아올 거요."

그는 결심이나 한 듯 마을 쪽으로 성큼성큼 걸음을 옮겼다.

나는 피곤하여 잠자리에 들었다. 다시 한번 내 마음은 온갖 세상사를 샅샅이 살피고 있었다. 추억과 슬픔이 되살아났다. 내 생각은 머나먼 관념의 세계로 날아갔다가 다시 돌아와 조르바 위에 앉았다.

나는 이렇게 생각했다. '만약 조르바가 길에서 우연히 마놀라카스를 만나는 날에는, 화가 잔뜩 난 그 엄청난 크레타 사람이 조르바에게 덤벼들어 죽이고 말 거야.' 요즈음 마놀라카스가 집 안에만 처박혀 으르렁거리고 있다는 소문이 돌았다. 부끄러워 마을에도 나타나지 못하는 그 작자는 만약 조르바를 만나면 "북어를 씹듯이 작신작신 찢어 놓겠다."고 벼르고 있다는 것이다. 엊저녁만 해도 인부 하나가 그가 무기를 들고 한밤중에 오두막 주위를 배회하더라는 말을 전해 주었다. 만약 오늘 밤 두 사람이 만났다가는 살인이 날 것 같았다.

나는 자리를 털고 일어나 옷을 입고 서둘러 마을로 향했다. 야생 오랑캐꽃 향내가 풍기는, 습하지만 아름다운 밤이었다. 얼마 뒤 지친 듯한 몸을 이끌고 천천히 어둠을 뚫고 마을 쪽으로 걸어오는 조르바의 모습이 보였다. 그는 이따금 걸음을 멈추고 별을 바라보면서 귀를 기울였다가 다시 걸었다. 그의 지팡이가 돌멩이를 때리는 소리가 들렸다.

조르바는 마침내 과부의 과수원에 다가갔다. 밤공기 속에서 레몬 꽃과 인동덩굴 냄새가 났다. 갑자기 오렌지 나무에서 나이팅게일의 노랫소리가 졸졸 흐르는 시냇물처럼 울려 나왔다. 어둠 속에서 울어 대는 그 새는 듣는 사람의 숨을 막히게 했다. 조르바도 그 아름다운 소리에 목이 막힌 듯 갑자기 걸음을 멈췄다.

그때 갑자기 갈대 울타리가 갈라지면서 날카로운 잎사귀가 강판 같은 소리를 냈다. "어이, 이놈!" 잔뜩 화가 난 목소리가 우렁차게 울렸다. "어이, 이 늙다리, 잘 만났어!"

목소리의 주인공을 알아차린 나는 몸이 그만 꽁꽁 얼어붙는 것 같았다.

조르바가 한 발짝 앞으로 나서더니 지팡이를 들어 올리며 걸음을 멈췄다. 별빛 덕분에 두 사람의 일거수일투족이 훤히 보였다.

키가 크고 몸집이 거대한 사나이가 갈대 울타리에서 뛰어나
왔다.

"이게 누구신가?" 조르바가 목을 길게 빼며 물었다.

"나다, 빌어먹을! 마놀라카스!"

"가던 길이나 가쇼. 여기서 꺼지란 말이오!"

"빌어먹을, 왜 날 망신시켰지, 조르바?"

"자네를 망신시킨 일 없네, 마놀라카스. 길을 비키라 했네.
자넨 덩치가 크고 힘이 장사였지만 운이 없었어. 운명의 여신이
눈이 멀었던 거지. 자네가 모를 것 같아 일러 두네만."

"운 좋아하시네, 눈먼 것도 좋아하시고." 마놀라카스가 비아
냥거렸다. 그가 이를 가는 소리가 들렸다. "오늘 밤 난 내가 당한
수모를 말끔히 씻어 버릴 준비가 됐어. 단도 갖고 있나?"

"없네. 갖고 있는 건 지팡이뿐이야." 조르바가 대답했다.

"그럼 가서 단도를 갖고 오게. 기다릴 테니. 어서 빨리!"

그러나 조르바는 조금도 움직이지 않았다.

"겁을 먹었나?" 마놀라카스가 쉿쉿 소리를 내며 비웃듯 말
했다. "어서 빨리 갔다 오라고 했잖아!"

"헤이, 마놀라카스, 단도로 뭘 하지?" 슬슬 화가 나기 시작한
조르바가 말했다. "그걸로 뭘 할 수 있어? 기억하는지 모르지만,
성당에서도 자네는 단도를 갖고 있었고 난 맨손이었네. 하지만
내가 자네를 제압한 것 같은데."

그러자 마놀라카스가 황소처럼 으르렁거렸다. "이봐라, 비

웃기까지 하네. 하지만 오늘 밤 당신 운명은 내 손에 달렸어. 나한텐 무기가 있고 당신은 빈손이니까. 게다가 당신은 지금 나를 놀려 대고 있거든! 어서 가서 단도 갖고 와, 이 거지 같은 마케도니아 영감아. 어디 한번 힘을 겨뤄 보자고."

"힘을 겨루고 싶으면 자네가 단도를 버려. 난 지팡이를 던질 테니!" 화가 치민 조르바가 떨리는 목소리로 대꾸했다. "자, 단도를 버려, 이 거지발싸개 같은 크레타 놈아!"

조르바는 한 팔을 들어 올려 지팡이를 내던졌다. 갈대 울타리에 지팡이 떨어지는 소리가 들렸다.

"자네도 칼을 버려!" 조르바가 다시 한번 말했다.

나는 발꿈치를 들고 살금살금 다가갔다. 별빛에 역시 갈대 울타리로 칼이 떨어지며 번쩍거리는 모습이 보였다.

조르바가 손바닥에다 침을 탁 뱉었다.

"자, 당장 와 봐!" 그가 소리 지르며 중심을 잡으려고 공중으로 뛰어올랐다.

그러나 두 사람이 엉겨 붙기 전에 내가 그 가운데로 뛰어들었다. "제발 그만둬요! 이것 보세요, 마놀라카스! 그리고 조르바! 자, 이리 와요. 두 분 모두 부끄러운 줄 아셔야죠."

두 사람은 천천히 내게로 왔다. 나는 두 사람의 오른손을 잡았다.

"악수하세요. 두 분 모두 용감하고 멋진 분들이에요. 그러니 어서들 화해하세요!"

"이자가 내게 수모를 주었소." 마놀라카스가 내 손을 뿌리치려 하며 말했다.

"아무도 아저씨에게 수모를 줄 순 없습니다, 마놀라카스 대위님." 내가 말했다. "당신이 용감한 건 마을 사람이 다 압니다. 그러니 전날 성당에서 있었던 일은 잊어버려요. 불행한 시간이 었어요. 일은 이미 다 끝났어요. ─ 모두 끝났다고요. 그리고 조르바 아저씨는 마케도니아 출신, 타향 사람이라는 걸 잊지 마세요. 우리 크레타 사람들이 우리 땅에 온 타향 사람에게 손을 대는 건 정말 부끄러운 짓이에요. 자, 이리 와요. 악수하세요. 그게 진짜 용기입니다. 마놀라카스 대위님, 우리 함께 오두막에 가서 포도주와 함께 안주로 소시지나 실컷 구워 먹으면서 화해하기로 합시다."

나는 한 팔로 마놀라카스의 허리를 안고 조르바에게서 조금 떼어 놓았다.

"그리고 저 양반은 나이가 들었잖아요." 내가 그의 귀에 대고 속삭였다. "당신같이 용기 있고 팔팔한 장사가 저런 노인네와 맞서서야 말이 되겠어요?"

그러자 마놀라카스가 마음을 누그러뜨렸다. "어쩔 수 없군." 그가 말했다. "선생을 봐서 그리하리다."

마놀라카스는 조르바 쪽으로 몇 걸음 다가가더니 큼직한 그의 손을 잡았다. "자, 악수합시다, 조르바." 그가 말했다. "이미 끝난 일이니 잊어버립시다. 손을 주시오."

"자넨 내 귀를 물어뜯었어. 그것으로 자네 분도 어지간히 풀렸을 거요. 자, 악수합시다." 조르바가 말했다.

두 사람은 화가 난 듯 서로의 눈을 들여다보면서 오랫동안 손에 힘을 주었다. 저러다 또 싸우는 게 아닌지 걱정이 될 정도였다.

"손아귀 힘이 좋군." 조르바가 말했다. "마놀라카스, 자넨 힘이 장사야."

"당신 손아귀 힘도 좋아요. 어디 할 수 있으면 더 세게 잡아 보시구려."

"그 정도면 됐어요." 내가 큰 소리로 말했다. "자, 갑시다. 가서 술을 마시며 우정을 축하하는 겁니다."

조르바가 내 오른쪽에, 마놀라카스가 내 왼쪽에, 내가 그 사이에 서서 다 같이 해변을 향해 걸었다.

"올해는 풍년이 들 것 같습니다." 화제를 바꾸려고 내가 말했다. "비가 많이 왔잖아요."

그러나 아무도 내 말에 관심을 두지 않았다. 두 사람의 가슴은 아직도 언제든 터질 준비가 되어 있는 것 같았다. 나는 포도주에 기대를 걸어 볼 수밖에 없었다. 이윽고 우리는 오두막에 도착했다.

"누추한 우리 집에 오신 걸 환영합니다. 마놀라카스 대위님." 내가 말했다. "조르바, 소시지를 굽고 포도주를 따르세요."

마놀라카스는 오두막 밖 바위에 걸터앉았다. 조르바는 불을 지피고 안주로 먹을 소시지를 굽고 잔 세 개에 포도주를 가득 채웠다.

"두 분 모두의 건강을 위하여 건배!" 내가 가득 찬 잔을 들며 외쳤다. "마놀라카스 대위님, 당신의 건강을 위하여! 조르바 아저씨, 당신의 건강을 위하여! 자, 잔을 부딪칩시다!"

두 사람은 서로 잔을 부딪쳤다. 마놀라카스가 술을 몇 방울 땅에 흘렸다. "내 피도 이렇게 흐르기를!" 그가 엄숙하게 말했다. "조르바, 만약 내가 당신에게 손을 대면 내 피 또한 이렇게 흐르기를!"

"자네가 씹어 먹은 내 귀를 잊어버리지 않으면." 조르바는 술을 몇 방울 땅바닥에다 쏟으면서 말했다. "내 피 또한 이렇게 흐르기를!"

23

새벽녘에 조르바는 침대에서 일어나 앉아 나를 깨웠다. "주무시오, 보스 양반?"

"왜 그러세요, 조르바?"

"꿈을 꿨어요, 괴상한 꿈을. 머지않아 우리가 여행을 떠날 것 같아요. 내 말 들어 보쇼. 이 말을 들으면 아마 웃음이 나올 거요. 여기 이 항구에 도시만큼 큰 배가 한 척 들어왔어요. 뱃고동을 울리며 출항을 준비했죠. 난 그 배를 잡아타려고 앵무새 한 마리를 손에 들고 마을에서 달려왔어. 시간에 맞게 도착해 배에 오르자 선장이 다가오더니 이렇게 소리치는 거요. '표를 보여 주시오!' 그래서 내가 물었죠. '얼마요?' 그러고는 주머니에서 지폐를 한 다발 꺼냈소. '1000드라크마요.' '이것 봐요, 800이면 안 되겠소?' 내가 말했소. '안 돼요, 1000드라크마 내야 해요.' '내겐 800밖에 없으니 이것만 받으쇼.' '1000이라니까. 1원 한 푼도 덜

받을 순 없소. 돈이 없으면 빨리 내리쇼!' 나는 그만 화가 났어요. 그래서 이렇게 쏘아붙였지. '이보쇼, 선장. 좋은 말 할 때 이 800이라도 받아 두쇼. 안 받으면 꿈에서 깨 버릴 테니까. 그럼 당신만 손해 보는 거지!'"

조르바가 한바탕 웃음을 터뜨렸다. "우리 인간이란 참 묘한 기계요! 이 기계에 빵, 포도주, 물고기, 순무 같은 걸 넣으면 그게 한숨, 웃음, 꿈이 되어 나오니 말이오. 말하자면 무슨 공장 같다고나 할까! 우리 대가리 속에는 영화기, 그것도 유성 영화기 같은 게 들어 있는 모양이오." 갑자기 그가 침대에서 뛰어내렸다. "하지만 말이오, 앵무새는 어떻게 설명해야 합니까? 앵무새가 나랑 같이 여행을 떠난다니 그게 무슨 뜻일까? 아, 그렇지 내 생각엔……."

조르바는 미처 말을 끝맺지 못했다. 마침 악마처럼 빨간 머리카락을 한 작달막한 심부름꾼이 숨을 헐떡거리며 뛰어 들어왔기 때문이다.

"사람 좀 살려 줘요! 가엾은 마담이 지금 죽어 가고 있다면서 어서 의사를 불러 달래요. 두 분 책임이라고도 하더군요!"

나는 부끄러웠다. 과부 일로 한바탕 소동이 있었던 탓에 우리는 이 늙은 여자 친구를 깜빡 잊고 있었던 것이다.

"마담의 상태는 지금 최악이에요. ─ 얼굴이 검게 변해 버렸다고요!" 빨간 머리의 사내는 의기양양하게 말을 이었다. "지금 고통스러워하고 있어요. 기침을 어찌나 해 대는지 호텔 건물이, 아니 마을 전체가 들썩거릴 지경이랍니다. 당나귀 기침 같아요.

쿨룩쿨룩!"

"그만 웃어! 조용히 해." 내가 그에게 소리쳤다.

나는 종이 한 장을 꺼내 용건을 적었다.

"이걸 가지고 빨리 의사에게 달려가게. 자네 눈으로 의사가 말을 타는 걸 보기 전까지는 돌아오지 마. 내 말 알아듣겠어? 자, 어서 가 봐!"

그는 편지를 받아 혁대에 찔러 넣고는 언덕 위쪽으로 달려 갔다.

조르바는 벌써 일어나 있었다. 말 한마디 없이 서둘러 옷을 챙겨 입었다.

"잠깐만 기다리세요. 나도 함께 갈게요." 내가 말했다.

"바빠요!" 그는 마을을 향해 나가면서 말했다.

조금 뒤 나도 똑같은 마을길로 나섰다. 과부의 과수원은 버림받은 것처럼 황폐했다. 미미토스가 두들겨 맞은 개처럼 집 밖에 쪼그리고 앉아 있었다. 눈에 띄게 수척해 보였다. 눈구멍 깊이 들어간 두 눈은 불타는 듯했다. 그는 고개를 돌려 나를 발견하고는 돌멩이를 하나 집어 들었다.

"여기서 뭘 하고 있니, 미미토스?" 나는 후회스러운 표정으로 과수원을 바라보며 물었다.

레몬 꽃과 월계수 기름의 향내를 풍기며 내 목을 끌어안던 따뜻하고 힘 있는 두 팔이 생각났다. 우리는 아무 말도 하지 않았다. 석양의 희끄무레한 어둠 속에서 과부의 두 눈—빛을 뿜으며 이글이글 타오르는 듯하던 검디검은 눈—그리고 호두나무 잎사귀로 문질러 윤을 낸 반짝이는 뾰족한 이가 눈앞에 보이는 것 같았다.

"그런 건 왜 묻죠?" 미미토스가 으르렁거리듯 대답했다. "아, 가서 아저씨 일이나 보세요."

"담배 줄까?"

"담배 끊었어요. 모두들 개새끼들이에요. 당신네들 모두!" 그는 적당한 표현을 찾지 못하고 거친 호흡을 뱉으며 말을 끊었다. "개새끼들! 거지발싸개들! 사기꾼들! 살인자들!" 마침내 찾던 말을 찾아낸 듯 그가 벌떡 일어나 손바닥을 철썩 맞부딪쳤다. "살인자들! 살인자들! 살인자들!" 이렇게 소리를 지르다가 그는 큰 소리로 웃기 시작했다.

그 모습을 보니 가슴이 미어지는 것 같았다.

"그래, 네 말이 맞아, 미미토스. 네 말이 맞지!" 나는 발걸음을 재촉하며 중얼거렸다.

마을 입구에서 아나그노스티스 영감을 만났다. 영감은 지팡이에 몸을 의지하여 몸을 구부린 채 봄날 풀 위에서 서로를 쫓아다니는 노랑나비 두 마리를 조심스럽게 바라보고 있었다. 나이를 먹어 이제는 논밭이니 여자들이니 자식들을 걱정할 필요가 없자 자기 주변을 살펴볼 여유를 갖게 된 것이다. 땅에 드리워진 내 그림자를 본 영감이 고개를 들었다.

"이렇게 이른 아침에 어디로 가시오?" 그러나 그는 곧 내 얼굴에서 불안한 표정을 읽은 듯했다. 내 대답을 기다리지도 않고 말을 계속했다. "어서 빨리 가 보오, 젊은이. 어쩌면 숨이 끊어졌을지도 몰라. 아, 불쌍한 할멈!"

　그토록 유용하고 그토록 충실한 반려자였던 큼직한 침대는 조그마한 침실 한가운데로 옮겨져 있었다. 침대 하나가 방을 거의 채우고 있었다. 머리맡에는 초록색 정장과 노란색 보닛을 쓰고 약삭빠른 둥근 눈을 반짝거리는 절친한 친구인 앵무새가 사람 머리나 다름없는 대가리를 옆으로 돌리고 아래쪽 침대 위에서 나는 여주인의 신음 소리에 귀를 기울이고 있었다. 아, 그 소리는 앵무새의 귀에 너무나 낯익은, 여주인이 남자와 한바탕 정사를 치르면서 목이 막힐 듯 내뱉던 한숨도, 비둘기처럼 내지르던 부드러운 교성(嬌聲)도, 자지러지는 웃음소리도 아니었다. 여주인이 침대에서 몸부림칠 때마다 얼굴에 식은땀이 얼마나 흐르는지, 감지도 빗지도 않은 아마 같은 머리카락이 관자놀이에 떡처럼 달라붙어 있었다. 모든 것이 앵무새가 처음 보는 광경이었다. 앵무새는 몹시 당황하여 "카나바로! 카나바로!" 하고 외치려 했지만 목소리가 막힌 목구멍을 뚫고 나오지 못했다.

　앵무새의 애처로운 여주인은 고통 속에서 숨이 막히는 듯 끙끙거리면서 쪼그라지고 시들어 버린 두 팔로 자꾸 시트를 올렸다 내렸다 했다. 화장을 하지 않은 얼굴은 퉁퉁 부어 있었으며, 코를 찌르는 듯 고약한 몸 냄새와 고기가 부패하기 시작할 때 나는 냄새가 났다. 침대 아래에는 발꿈치가 닳고 모양이 일그러진 궁정화가 삐죽 나와 있었다. 그 신발을 보니 마음이 아팠다. 신발의 주인보다 더욱 애처로워 보였다.

　조르바는 환자의 베개 옆에 앉아 있었다. 궁정화에서 눈을 떼지 못한 채 그는 입술을 깨물어 눈물을 삼키고 있었다. 나는 방 안으로 들어가 조르바 옆에 섰지만 그는 내가 들어오는 소리를 듣지 못했다.

가엾은 마담은 호흡하는 것도 어려운지 숨을 쉬려 하면서 몸을 계속 뒤척였다. 조르바는 장미 조화로 장식한 모자를 벽에서 내려 여자에게 부채질해 주었다. 큼직한 손으로 부채질하는 동작이 마치 젖은 석탄에 불을 붙이려는 것처럼 어색해 보였다.

마담은 흠칫 놀란 듯 눈을 뜨고 주위를 둘러보았다. 모든 것이 어둠침침해 보였다. 어둠에 가려 그녀는 어느 누구도, 심지어 장미로 장식한 모자를 들고 부채질하는 조르바도 알아보지 못했다. 푸른 수증기가 땅바닥에서 솟아오르면서 때로는 이죽거리는 입술이 되기도 하고, 때로는 날개나 굽은 발톱 달린 발이 되어 가까이 다가왔다. 가엾은 마담은 눈물과 침과 땀으로 더러워진 베개를 손톱으로 긁어 대며 크게 소리를 질렀다. "난 죽고 싶지 않아! 정말 죽고 싶지 않아!"

그러나 마담의 상태를 알아챈 곡비(哭婢) 두 사람이 이미 와 있었다. 그들은 미끄러지듯 방 안으로 들어와 벽을 등지고 바닥에 팔다리를 펴고 앉았다. 동그란 눈으로 그들을 본 앵무새가 격분했다. 앵무새는 목을 길게 뽑고 소리쳤다. "카나바……." 그러나 조르바가 손으로 마구 새장을 건드려 조용히 시켰다.

마담은 다시 한번 절망적인 신음 소리를 냈다. "난 죽고 싶지 않아! 정말 죽고 싶지 않아!"

햇볕에 그을린 얼굴에 아직 수염도 나지 않은 젊은이 둘이 문가에 나타났다. 그들은 조심스럽게 환자를 쳐다보더니 만족스러운 듯 윙크를 주고받고는 곧 방문 앞에서 사라졌다. 곧 마당에서 놀란 닭들이 꼬꼬댁거리는 소리와 함께 날개를 퍼덕거리는 소리가 들려왔다. 누군가가 닭을 잡으려고 쫓는 모양이었다.

첫 번째 곡비인 말라마테니아가 같이 온 곡비에게 고개를 돌렸다. "저 두 젊은이 봤지, 레니오? 배가 고파서 뱃가죽이 등에 달라붙었어. 기다리지 못하고 닭 모가지를 비틀어 뼈까지 깨끗이 먹으려는 거야. 지금 마을 떨거지들이 모조리 마당으로 모여들고 있어. 이제 곧 약탈이 시작될 거야." 그러고는 임종의 침대 쪽으로 고개를 돌리고 마음 깊은 곳에서 나오는 소리를 중얼거렸다. "자, 어서 죽어라! 어서 서둘러! 어서 죽어 줘야 우리도 다른 사람들처럼 먹을 기회를 얻지."

"말라마테니아 형님, 말이야 바른 말이지만." 레니오가 이가 다 빠져 버린 작은 입을 오물거리면서 말했다. "저들이 못할 짓을 하고 있는 건 아니죠. '먹고 싶은 게 있거든 먹어라. 갖고 싶은 게 있거든 훔쳐라.' 돌아가신 우리 친정어머니가 내게 입버릇처럼 해 주신 충고였어요. 우리도 어서 곡을 끝내요 입에 뭐든 집어넣든지 옷감을 짜는 실감개라도 움켜쥐려면 서둘러야 해요. 그렇게 해서 마담의 죄를 용서해 줘야죠. 저 여자한테는 자식도 개도 없잖아요. 그러니 누가 저 닭, 저 토끼를 잡아먹겠어요? 포도주는 또 누가 마시고요? 그녀의 실감개랑 머리빗이랑 기침약은 또 누가 물려받나요? 어, 말라마테니아 형님, 내 말이 틀렸나요? 하느님도 우리를 용서하실 거예요. 나도 달려가 뭐든 좀 가져가야겠어요."

"조금만 기다려. 그렇게 서두르지 말고. 그러다가 지옥에 떨어지면 어쩌려고." 마담 말라마테니아가 레니오의 팔을 붙잡으며 달랬다. "맞아, 내 생각도 그래. ─ 하지만 저 여편네한테서 영혼이 떠날 때까지만 기다려!"

그동안 가련한 마담 오르탕스는 베개 밑을 뒤지며 무언가를 미친 듯이 찾고 있었다. 죽음이 가까웠다는 것을 알아차리자 바로 트렁크에서 흰 뼈로 만든 십자가를 꺼내어 베개 밑에 넣어두었던 모양이다. 십자가상은 몇 해 동안 부인이 잊고 지내던 것으로 다 떨어진 블라우스, 벨벳 누더기와 함께 트렁크 밑에 들어 있었다. 그리스도가 아무리 치명적인 병에 잘 듣는 약이라 해도 먹고 마시고 사랑하며 재미를 볼 동안에는 별로 필요 없는 것과 같다고나 할까. 손을 더듬어 뼈로 만든 십자가를 찾아낸 마담은 그것을 식은땀으로 축축해진, 축 늘어진 젖가슴에 갖다 대고 꼭 눌렀다.

"제쥐, 몽 제쥐*! 다정하신 예수님!" 마담은 마지막 애인을 가슴에 꼭 껴안고 키스를 퍼붓듯 열정적으로 중얼거렸다.

절반은 그리스어, 절반은 프랑스어인 마담의 말은 부드럽고도 열정적이어서 알아듣기가 힘들었다. 부인의 목소리를 알아듣는 것은 앵무새뿐이었다. 여주인의 목소리가 바뀐 것을 알아차린 앵무새는 여주인이 아파 잠들지 못했던 수많은 밤을 떠올리

---

* '예수님, 나의 예수님.'

고는, 수탉이 날이 새라고 울듯 귀에 거슬리는 목소리로 생기 있게 외쳐 댔다. "카나바로! 카나바로!"

이번에는 조르바도 몸을 움직여 앵무새를 조용히 시키지 않았다. 그는 애틋한 연인의 심정으로, 찔끔거리며 십자가상에 입을 맞추고는, 지치고 흉한 얼굴에 뜻밖의 생기를 찾는 마담의 모습을 내려다보고 있었다.

그때 문이 열리면서 아나그노스티스 영감이 모자를 벗어 들고 들어왔다. 그는 환자에게 다가오더니 허리를 굽히고 경의를 표했다. "나를 용서하시오, 부인." 그가 그녀에게 말했다. "날 용서해 주시오. 하느님이 당신도 용서하시기를. 내 비록 험한 말을 더러 하기는 했지만, 우린 모두 한낱 인간에 지나지 않소이다. 날 용서하시오!"

그러나 형언할 수 없는 평화에 잠긴 듯 조용히 누워 있는 마담은 영감의 말을 듣지 못했다. 부인의 온갖 고통 ─ 노년의 무거운 짐, 가난, 경멸, 인적이 끊긴 문 앞에서 미천하지만 '정직한' 가정주부처럼 조야한 면양말을 짜던 외로운 밤 ─ 이, 파리의 여인으로 지낸 고달픈 삶이, 네 강대국 함장의 무릎 위에서 희희낙락하며 네 함대 의장대의 경례를 받던 그 짓궂은 요부가 지금 사라지고 있었다.

바다는 짙푸른 색깔을 띠었고, 파도는 흰 포말을 일으키면서 밀려들었으며, 바다의 요새는 돛대마다 만국기를 펄럭거리며 항구에서 춤을 추듯 출렁거렸다. 꿩 굽는 냄새가 진동하고, 석쇠 위에서는 노랑촉수 굽는 냄새가 풍겼으며, 설탕에 절인 과일은 수정 그릇에 담겨 식탁에 올라왔고, 샴페인 병마개는 군함의 천장으로 날아올랐다.

마담 오르탕스는 두 눈을 감았다. 검은 턱수염, 갈색 턱수염, 그리고 완벽한 황금빛 턱수염. 오드콜로뉴, 바이올렛, 사향, 파촐리 등 네 가지 다른 향수. 선실의 철문은 굳게 잠기고 두꺼운 커튼을 치고 전깃불을 켰다. 사랑으로 가득 찼던 삶, 고통으로 가득 찼던 삶──아, 하느님! 그런 것들이 한순간에 그치고 말았다. 마담은 이 무릎에서 저 무릎으로 옮겨 다니며 금술로 장식한 제독의 제복을 두 팔로 껴안으며 향수를 뿌린 덥수룩한 턱수염에 손가락을 넣는다. 이제는 그들의 이름조차 기억할 수 없다. 그러니 앵무새인들 기억하겠는가.──다만 카나바로만 기억할 수 있으니 돈에 관한 한 가장 헤플뿐더러 앵무새가 발음할 수 있는 유일한 이름이었기 때문이다. 다른 이름들은 발음하기가 까다롭고 어려워 다 잊었던 것이다.

마담 오르탕스는 한숨을 깊이 내쉬면서 정열적으로 십자가상을 꼭 끌어안고 섬망 상태에서 중얼거렸다. "카나바로, 나아의 카나바로. 아, 나아의 사랑스럽고 귀여운 카나바로!" 그녀는 십자가를 땀이 밴 축 처진 가슴에 꼭 갖다 대며 부르짖었다.

"영혼이 떠나가나 봐요." 레니오가 중얼거렸다. "천사를 보고 겁을 먹은 모양이에요. 머릿수건을 풀고 좀 더 가까이 다가가 보죠."

"아, 레니오, 하느님이 무섭지도 않아?" 마담 말라마테니아가 나무랐다. "아직 살아 있는 여자를 두고 곡을 하자는 겐가?"

"왜 이래요, 말라마테니아 형님." 레니오가 나지막한 소리로 투덜댔다. "형님도 참! 이 여편네의 트렁크며 옷가지며 가게 밖에 있는 물건, 마당에 있는 암탉과 토끼들이 보이지 않아요? 여기에 그냥 죽치고 앉아서 아직 여편네의 숨이 넘어가지 않았다는 말만 할 건가요! 먼저 차지하는 사람이 임자잖아요." 레니오는 이렇게 말하고는 자리에서 일어났고, 말라마테니아도 화를 내면서 따라나섰다. 두 여자는 머릿수건을 벗겨 얼마 남지 않은 희끗희끗한 머리카락을 풀어 내리고는 손가락으로 침대 가장자리를 붙잡았다. 레니오가 먼저 등골이 오싹할 정도로 날카롭게 소리를 지르며 신호를 보냈다.

"아이고 아이고 아이고!"

조르바가 벌떡 일어나 두 여자의 머리끄덩이를 잡아 뒤로 끌어냈다. "주둥이 닥쳐, 이 까마귀같이 더러운 할망구들아!" 소리를 빽 질렀다. "아직 살아 있잖아. 이 할망구들아, 고꾸라져라!"

"이 늙은 멍청이는 왜 나서는 거야!" 마담 말라마테니아가 머릿수건을 다시 매며 으르렁거렸다. "또 어디서 솟아나 방해를 한담?"

침대 머리맡에서 옥신각신하는 소리가 들리자 고통 속에서도 달콤함에 젖어 있던 여장부 오르탕스 부인의 환상이 사라져 버렸다. 제독의 군함이 침몰했고 구운 고기들도 사라졌다. 샴페인과 향수를 뿌린 턱수염도 사라졌다. 마담은 다시 이 세상 끝에 있는 더러운 임종의 침대 위로 떨어져 버렸다. 마담은 침대에서 도망치듯 일어나 앉으려 안간힘을 썼다. 그러나 다시 벌렁 드러 누우며 또 한 번 애처롭게 울부짖었다. "죽고 시잎지 않아! 정말 죽고 시잎지 않아."

조르바가 그녀 위에 고개를 숙이고 뜨거운 그녀의 이마에 군은살 박힌 손을 얹고는 얼굴에 달라붙은 머리카락을 떼어 주 었다. 새 같은 그의 두 눈에는 눈물이 가득했다. 그가 속삭였다. "진정해요, 진정하라고, 마담. 나 조르바가 여기 있으니. 겁먹을 필요 없어요."

아, 보라! 갑자기 바다 빛처럼 파란, 큼직한 나비 한 마리가 날개를 펴고 침대 전체를 뒤덮는 환상이 다시 돌아왔다. 이 세상 을 떠나가는 여자는 조르바의 손을 잡고 한 팔을 뻗어 구부린 그 의 목을 끌어당겼다. 그녀의 입술이 움직였다. "사랑하는 카나바 로! 오, 나의 사랑하는 카나바로!" 그러는 사이 뼈십자가상이 베 개에서 미끄러져 바닥에 떨어지면서 두 동강이 났다.

마당에서는 사내들의 목소리가 들려왔다. "이제 모두 끝났 다! 빨리 냄비에 닭을 집어넣어! 지금 물이 끓고 있다고!"

조르바는 자기 목에 감긴 마담 오르탕스의 팔을 천천히 풀 고, 백짓장처럼 창백한 얼굴로 일어섰다. 그는 손등으로 흐르는 눈물을 닦았다. 죽은 여자를 바라보았지만 눈물이 앞을 가려 아 무것도 보이지 않았다. 그러나 다시 눈물을 닦고 바라보니 부어 오른 채 축 늘어진 발을 움직이고 공포에 질린 입술을 실룩거리 는 그녀의 모습이 보였다. 마담은 다시 한번 갑자기 몸을 뒤척였 다. 그러자 침대보가 마룻바닥에 흘러내리면서 땀에 절고 누르스름하고 푸르뎅뎅하게 부어오른 반라(半裸)의 몸이 드러났다. 마담은 목이 잘리는 암탉처럼 귀에 거슬리는 신음 소리를 짧게 토했다. 그러고 나서 공포로 질리고 반짝이는 눈을 크게 뜬 채 조금도 움직이지 않았다.

앵무새가 새장 바닥으로 뛰어내렸다. 새는 가름대를 발톱으로 거머쥔 채, 조르바가 큼직한 손을 마담의 얼굴로 가져가 두 눈을 더할 나위 없이 다정하게 감겨 주는 모습을 지켜보았다.

"어서 빨리 와, 모두들! 여편네가 밥숟가락을 놨어!" 곡비들이 침대로 달려가며 소리쳤다. 두 여자는 주먹을 불끈 쥐고 가슴을 치고 앞뒤로 몸을 흔들며 만가(挽歌)를 불렀다. 애처롭고 단조로운 곡조 때문에 그들은 조금씩 최면 상태에 빠졌다. 해묵은 슬픔이 그들의 감정을 더욱 북돋웠다. 그들의 마음도 두꺼운 껍질을 깨고 활짝 열리면서 만가는 더욱 높이 울려 퍼졌다.

이런 일이 어찌 그대에게 일어났을꼬,
그대가 누울 자리를 땅속에 만들다니
어디 가당키나 하오이까.

조르바는 마당으로 나갔다. 울고 싶었지만 여자들 앞에서 우는 모습을 보이기가 부끄러웠다. 언젠가 그는 내게 이렇게 말한 적이 있다. "남자들 앞에서 우는 건 부끄럽지 않소. 난 사내니까. 우린 모두 같은 족속이니 부끄러워할 필요가 없지. 하지만 여자들 앞에선 늘 용기 있는 것처럼 보여야 되거든. 왜냐고? 만약 우리 남자들이 여자 앞에서 울음을 터뜨리면, 그 가엾은 것들은 어쩝니까? 모든 게 말짱 끝나는 거지요."

마을 사람들이 시신을 포도주로 씻겼다. 시신에게 수의를 입히는 노파가 트렁크를 열고 깨끗한 옷을 꺼내 새 옷으로 갈아 입혔다. 그리고 작은 오드콜로뉴 병을 하나 찾아내 그것을 시체에 끼얹었다.

근처 과수원에서 검정파리 떼가 날아와 마담의 콧구멍, 눈가, 입술 가장자리에 알을 슬었다.

어둠이 깔리기 시작했다. 서쪽 하늘은 더할 나위 없이 아름다웠다. 가장자리에 금빛을 띤 작은 양떼구름이 저녁 햇살 사이로 부드럽게 나타났다 숨었다 하며 끊임없이 모습을 바꿨다. 어느 때는 배가 되고, 어느 때는 백조가 되고, 또 어느 때는 생면(生綿)과 해진 비단으로 만든 이상야릇한 환상 속의 괴물이 되었다. 마당의 갈대 사이로 저 멀리 바다가 파도를 일렁이며 번쩍거렸다. 무화과나무에서 살진 까마귀 두 마리가 날아 내려 마당 판석 위를 종종걸음으로 오갔다. 조르바는 버럭 화를 내며 돌멩이 하나를 주워 까마귀들을 쫓았다.

마당 한구석에서는 마을의 건달들이 아예 잔치를 벌이고 있었다. 그들은 널찍한 부엌 식탁을 밖으로 끌어다 놓고, 빵과 접시와 나이프와 은그릇과 함께 지하실에서 큼직한 포도주 병도 찾아 가져왔다. 또 암탉 세 마리를 잡아 끓여 놓은 상태였다. 그들은 잔을 부딪치며 포도주를 마시고 흐뭇한 마음으로 게걸스럽게 고기를 뜯었다.

"바라건대 하느님께서 저 여자가 무슨 짓을 했건 모두 용서해 주시기를! 제발 용서해 주시기를!"

"어이, 이보게들, 저 여자가 사랑했던 모든 애인들이 천사가 되어 영혼을 천국으로 인도하도록 빌어 주세!"

"어, 저기 까마귀를 쫓는 조르바 영감 좀 보게!" 마놀라카스가 소리쳤다. "이제 홀아비가 됐구먼, 가련한 노인네. 장례식 식사에 합석해 술이나 한잔하자고 하지. 여보쇼, 이리로 오시죠, 조르바 아저씨!"

조르바가 그쪽을 돌아다보았다. 암탉에서는 김이 무럭무럭 피어올랐고, 잔에는 포도주가 넘쳤으며, 식탁에는 햇볕에 그을린 사내들이 머릿수건을 쓰고 둘러앉아 젊은 기분에 웃고 떠들어대고 있었다.

"조르바, 조르바 아저씨!" 마놀라카스가 소리쳤다. "용기를 잃지 말아요! 아저씨의 배짱을 보여 주쇼!'

조르바는 식탁 앞으로 성큼성큼 다가가 술 한 잔을 단숨에 마시고 두 잔, 석 잔까지 받아 마신 뒤 닭다리를 뜯었다. 마을 사람들이 말을 걸었지만 그는 아무 대답도 하지 않았다. 묵묵히 술을 털어 넣고 탐욕스럽게 고기를 한입에 넣어 우적우적 씹을 뿐이었다. 그러나 그는 늙은 연인이 누워 있는 방 쪽으로 얼굴을 돌리고 열린 창에서 새어 나오는 곡비들의 만가에 귀를 기울였다. 이따금씩 만가가 끊어지면서 다투는 듯한 고함 소리, 찬장이 덜컹거리며 열렸다 닫히는 소리, 마치 싸우는 것처럼 다급한 발소리가 들렸다. 그러다가는 벌들이 윙윙거리는 것 같은, 절망적이면서도 감미로운 만가가 다시 시작되었다.

두 곡비는 만가를 부르면서 시신이 누워 있는 방을 이리저리 뛰어다녔다. 그리고 구석구석을 뒤졌다. 찬장을 열고 조그마한 숟가락 대여섯 개, 설탕, 커피 한 통, 터키 과자 한 상자를 찾아냈다. 레니오는 찬장에 달려들어 커피와 과자를 낚아챘고, 마담 말라마테니아는 설탕과 숟가락을 낚아채면서 동료의 과자 두 개를 집어 입안에 쑤셔 넣었다. 그 때문에 터키 과자 사이로 새어 나오는 만가가 숨이 막히고 목이 멘 소리가 되기도 했다.

5월에 만발한 꽃이 그대에게 떨어지네,
사과가 그대 앞치마에 떨어지네…….

또 다른 노파 두 사람이 슬그머니 방으로 들어와 트렁크 쪽으로 달려가더니 손을 쑤셔 넣고는 손수건 몇 장, 수건 두세 장, 스타킹 세 켤레, 가터 하나를 집어냈다. 물건들을 모두 가슴 안에 쑤셔 넣고 그들은 망자를 향해 고개를 돌리고 성호를 그었다.

이들이 트렁크를 털어 가는 것을 본 마담 말라마테니아가 발칵 화를 냈다. "자네는 만가를 계속하게. 난 금방 돌아올 테니." 그녀는 레니오에게 소리치고는 머리를 먼저 집어넣고 트렁크를 뒤졌다. 낡은 공단 조각, 짙은 색의 오래된 자줏빛 드레스, 고물이 다 된 붉은색 슬리퍼, 부서진 부채, 붉은색 새 파라솔, 그리고 가방 밑바닥에는 옛날 제독이 직접 마당 오르탕스에게 준 낡은 삼각모가 들어 있었다. ― 혼자 있을 때 마담은 거울 앞에서 그 모자를 쓰고 서글프면서도 엄숙한 태도로 거수경례를 붙이곤 했다.

그때 누군가가 방문으로 다가왔다. 두 여자는 밖으로 나가고, 레니오는 다시 침대를 붙잡고 가슴을 치며 만가를 계속했다.

진홍빛 카네이션을 그대 목에 두르고······.

조르바가 방 안에 들어왔다. 그는 목에 좁은 벨벳 리본을 두른 채 팔을 포개고 침대에 누워 있는 마담을 바라보았다.──누렇게 뜬 얼굴이 파리 떼에 뒤덮여 있었지만 그래도 표정은 조용하고 평화로워 보였다. '한 줌의 흙이로구나.' 조르바가 생각했다. '배고파할 줄도 알고, 웃을 줄도 알고, 포옹할 줄도 아는 흙덩이로다. 울 줄도 아는 흙 한 덩이. 그런데 지금은 어떻게 됐는가? 도대체 어느 놈이 우리를 이 땅에 데려다 놓고, 또 어느 놈이 우리를 이 땅에서 데려가는가?' 그는 침을 탁 뱉고 바닥에 앉았다. 먹고 마시고 나니 이제 좀 기운이 났던 것이다.

밖에 있는 젊은이들은 벌써 춤출 자리를 만들기 시작했다. 마침내 리라 연주자 파누리오스도 도착했다. 그들은 식탁과 등유 통, 빨래 통, 세탁용 바구니를 한쪽으로 치우고 춤출 공간을 만들었고, 곧 춤이 시작되었다.

마을 유지들도 도착했다.──끝이 꼬부라진 길쭉한 지팡이를 들고 헐렁한 흰 셔츠를 입은 아나그노스티스 영감, 지저분한 차림에 얼굴이 통통한 콘도마놀리오스, 큼직한 놋쇠 잉크병을 장식 허리띠에 차고 펜을 귀 뒤에 꽂은 선생도 왔다. 그러나 마브란도니스는 보이지 않았다. 과부 살해 사건 이후 그는 산으로 피신했던 것이다.

"젊은이들을 환영하네, 우리 모두는!" 아나그노스티스 영감이 손을 들어 올리며 말했다. "즐겁게들 놀게! 하느님의 축복과 함께 마음껏 먹고 마시기를. 하지만 소리를 지르지는 말게. ― 그건 부끄러운 짓이야. 망자도 그 소리를 들을 수 있다네. ― 암, 들을 수 있고말고!"

콘도마놀리오스가 좀 더 자세히 설명했다. "우리가 이곳에 온 것은, 망자의 재산 목록을 작성하기 위해서네. 그래야 마을의 가난한 사람들에게 나눠 줄 것 아닌가. 자네들은 배불리 먹고 실컷 마시게. 그것으로 충분하이. 하지만 약탈자처럼 이 집 전체를 털지는 말게! 왜냐고? 자, 보게!" 그는 젊은이들을 위협하듯 육중한 지팡이를 휘두르며 말했다.

그때 세 사람의 마을 유지 뒤쪽으로 더부룩한 머리에 신발도 신지 않은 아낙네 여남은 명이 누더기를 걸치고 나타났다. 모두가 빈 자루를 하나씩 겨드랑이에 끼고 있거나 바구니를 짊어지고 있었다. 그들은 말 한마디 없이 한 발짝 한 발짝 다가왔지만 발소리가 들렸던 것이다.

아나그노스티스 영감이 고개를 돌려 그들을 바라보고는 소리를 버럭 질렀다. "어이, 돌아가, 이 집시들 같으니." 그가 소리를 질렀다. "이곳에서 썩 꺼지라고. 뭐야? 약탈하러 온 거지, 응? 우리가 재산을 하나하나 남김없이 기록해 두었다가 가난한 사람들에게 공평하게 나눠 줄 거야. 그러니 썩 꺼져. 그러지 않으면

이 지팡이로 혼내 줄 거야!"

교사가 허리띠에서 잉크병을 끄른 뒤 희고 큼직한 종이를 펴고는 재산 목록을 작성하러 가게 안으로 들어갔다. 그러나 그 순간 요란한 소리가 들려왔다. 깡통들이 넘어지고, 실감개들이 떨어지고, 커피 컵들이 부딪쳐 깨지고, 부엌에서는 스튜 냄비들 과 접시들과 칼들이 요란하게 굴러떨어지는 소리가 들렸다. 콘 도마놀리오스 영감이 지팡이를 휘두르며 달려 들어갔다. 그러나 어디에다 먼저 지팡이를 휘둘러야 할지 몰랐다. 할머니, 남자 어른, 애 들 할 것 없이 우르르 문밖으로, 창문으로, 울타리로, 평평 한 지붕 위로 달려 나가고 있었다. 그들은 손에 잡히는 것은 무 엇이건 ─프라이팬, 스튜 냄비, 매트리스, 토끼를 들고 나가고 있었다. 그중 어떤 사람은 경첩에서 문과 창문을 떼어 내 어깨에 지고 나갔다. 미미토스는 이미 궁정화를 차지하고 끈으로 묶어 목에다 걸고 있었다. 그 때문에 마담 오르탕스가 마치 미미토스 의 어깨 위에 걸터앉아 떠나가는 것처럼 보였다. 그녀의 궁정화 만 보였던 것이다.

교사가 눈살을 찌푸리며 잉크병을 다시 허리띠에 차고 백지 를 접더니 자존심이 몹시 상한 얼굴로 한마디 말도 없이 문턱을 넘어 사라졌다.

사람들에게 지팡이를 휘두르면서 그러지 말라고 소리를 지 르거나 애원하는 사람은 불쌍한 아나그노스티스 영감뿐이었다. "이 무슨 창피한 짓인가! 이런 창피한 짓이 어디 있냐 말이야, 젊 은이들! 망자가 다 듣고 있어!"

"제가 가서 신부님*을 모셔 올까요?" 미미토스가 물었다.

"이 바보 같은 녀석아, 신부님은 왜 모셔 와!" 콘도마놀리오스가 버럭 소리를 질렀다. "이 여자는 가톨릭 신자야. 네 손가락으로 성호 긋는 것도 못 봤어? 이교도란 말이다! 온 마을에 악취가 풍기기 전에 모래 구덩이에 시체를 파묻을 거니까 그때까지 기다려."

"맙소사, 보십시오! 벌써 벌레가 득실거리기 시작한걸요." 미미토스가 성호를 그으며 말했다.

아나그노스티스 영감이 귀족다운 몸짓으로 머리를 저었다. "그게 뭐가 이상하냐, 이 미친 멍청이 녀석아! 사람이란 태어날 때부터 벌레가 득시글거리는 법이야. 눈에 보이지 않을 뿐이지. 그 벌레가 사람에게 냄새가 나기 시작한다는 걸 알고 숨어 있던 구멍에서 나오는 거야. 치즈 구더기처럼 새하얀 벌레들이지."

첫 별들이 나타나 하늘 중천에 걸린 채 조그마한 은종(銀鍾)처럼 딩동거리며 반짝거렸다. 조르바는 시신의 머리맡에서 앵무새 새장을 떼어 냈다. 주인을 잃은 앵무새는 공포에 질린 채 구석에 쪼그리고 앉아 있었다. 눈을 크게 뜨고 계속 방 안을 둘러보았지만 사정을 알 리 없었다. 새는 날갯죽지에 머리를 파묻은 채 두려움에 떨며 몸을 한껏 움츠렸다. 조르바가 새장을 떼어 내자 앵무새도 고개를 들고 말을 하려고 했지만 조르바가 손을 들어 막았다. "조용히 해." 그가 애무하듯 부드러운 목소리로 새에

---

* 이 문장에서는 그리스 정교회의 신부를 의미한다.

게 속삭였다. "아무 소리도 하지 마. 나랑 같이 가자."

조르바는 허리를 굽히고 망자의 얼굴을 바라보았다. 한동안
그렇게 들여다보니 목이 멨다. 그는 허리를 굽히고 키스를 하려
다가 그만두었다. "하느님의 축복을 받으며 잘 가시오!" 그가 중
얼거렸다. 조르바는 새장을 들고 마당으로 나왔다. 마당에서 나
를 본 그가 조용히 다가왔다. "갑시다." 내 팔을 잡으며 그가 조
용히 말했다. 평정을 되찾은 것처럼 보였지만 그는 입술을 떨고
있었다.

"인간이란 누구나 다 같은 길을 가는 거지요." 내가 그를 위
로하려고 말했다.

"그렇게 위안을 삼으니 좋겠수다!" 그가 빈정거리며 휘파람
을 불었다. "자, 이곳에서 꺼집시다."

"조금만 더 있어요, 조르바. 시신을 떠메러 들어갈 모양이던
데요. 기다렸다가 보고 가야죠. 못 보겠어요?"

"참을 만해요." 그가 숨이 막히는 듯한 목소리로 대답했다.
그러고는 새장을 땅에 내려놓고 팔짱을 꼈다.

아나그노스티스 영감과 콘도마놀리오스가 시신이 있는 방
에서 모자를 벗은 채 밖으로 나오면서 성호를 그었다. 그들 뒤로
여전히 4월 장미를 귀 뒤에 꽂은 춤꾼 네 명이 신바람 나게 따라
나왔다. 얼큰하게 취한 그들은 문짝 위에 시신을 올려놓고 네 귀
퉁이를 한쪽씩 잡고 있었다. 그 뒤로 리라를 연주하는 사람이 악
기를 들고 따라나섰고, 장정 여남은 명이 역시 기분 좋게 무언가
를 씹으며 따라나섰다. 그 뒤에는 스튜 냄비나 의자 따위를 든

여자 대여섯 명도 뒤따랐다. 그리고 맨 뒤에 궁정화를 목에 건 미미토스가 따라 나왔다.

"살인자들! 살인자들! 모두가 살인자들이야!" 그가 깔깔 웃으며 큰 소리로 외쳤다.

습하고 훈훈한 산들바람이 불어왔다. 바다는 사납게 으르렁거렸다. 리라 연주자는 활을 쳐들었다. 그의 목소리가 따뜻한 밤하늘로 리라 소리와 함께 아름답게 울려 퍼졌다.

태양이여, 무엇이 바빠 그리 서둘러 떨어지느냐?

"자, 갑시다!" 조르바가 말했다. "이제 모든 게 끝났소이다."

24

우리는 좁은 마을길을 따라 묵묵히 걸었다. 불빛 한 점 새어 나오지 않는 캄캄한 집들이 검은 그림자만 드리우고 있었다. 어디선가 개가 짖었고, 황소가 한숨을 내쉬었다. 멀리서 바람을 타고 리라의 방울 소리가 마치 장난치며 흐르는 물처럼 유쾌하게 들려왔다.

우리는 마을 끄트머리에 이르러 해변에 이르는 길로 접어들었다.

"이게 무슨 바람이던가요, 조르바?" 무거운 침묵을 깨뜨리고 내가 물었다. "노토스*인가요?"

그러나 조르바는 아무 대답도 하지 않았다. 그는 앵무새 새장을 등불처럼 들고 내 앞에서 조용히 걷기만 했다. 우리 오두막

---

* 노토스는 본디 남풍의 신이다. 늦여름과 초가을에 아프리카 쪽에서 불어오는 습기 찬 바람으로 흔히 폭풍우를 몰아온다.

이 있는 해변에 도착하자 그가 나를 돌아보고 물었다. "배고프쇼, 보스 양반?"

"아닙니다, 배고프지 않아요, 조르바."

"그럼 졸려요?"

"졸리지도 않아요."

"나도 마찬가지요. 그럼 자갈 위에 좀 앉았다가 갑시다. 물어볼 것도 있고."

우리는 둘 다 피곤했지만 잠을 잠으로써 오늘의 괴로움에서 벗어나고 싶지는 않았다. 잠들기가 부끄러웠던 것이다. 잠을 자는 건 위급한 시간으로부터 도망치는 것과 같다는 생각이 들었기 때문이다.

우리는 물가에 앉았다. 조르바는 새장을 무릎 사이에 놓고 한동안 아무 말도 하지 않았다. 산 위쪽 하늘에서 섬뜩한 별자리, 수많은 눈과 나선형 꼬리가 달린 괴물이 나타났다. 이따금 별 하나가 성좌를 이탈하여 떨어져 내렸다. 조르바는 태어나 처음으로 별을 보는 사람처럼 입을 벌리고 별들을 쳐다보았다. "저 위에서 일어나는 일은 참으로 놀랍소!" 그가 큰 소리로 외쳤다. 조금 뒤에야 그가 입을 열기로 마음먹었다. 따사로운 밤공기 속에서 그의 우렁찬 목소리가 장엄한 감동을 자아내며 울려 퍼졌다. "보스 양반, 이 모든 일에 무슨 의미가 있는 건지 어디 한번 들어 봅시다. 도대체 누가 창조했소? 누가 창조했건 왜 만들었을까요? 그리고 무엇보다도……." 여기서 조르바의 목소리는 분노와 공포로 가득 찼다. "……왜 우리는 죽는 걸까요?"

"잘 모르겠어요, 조르바." 내가 대답했다. 가장 단순하고 가장 본질적인 질문인데 그것을 설명할 수 없다는 사실이 부끄러웠다.

"보스 양반이 모르다니!" 조르바가 눈을 크게 뜨며 말했다. "당신이 말이오!" 어느 날 저녁 내게 춤출 줄 아느냐고 물었는데 춤 줄 모른다고 대답했을 때처럼 놀라서 그만 그의 두 눈이 튀어나올 것 같았다. 그는 한동안 입을 다물고 있다가 갑자기 이렇게 소리쳤다. "아니, 보스 양반, 그럼 당신이 읽은 빌어먹을 그 많은 책들은 도대체 뭐요? 왜 읽는 거요? 그런 물음에 대한 답이 책에 적혀 있지 않다면 도대체 뭐가 적혀 있는 거요?"

"책에 적힌 건 인간의 고통에 관한 겁니다. 조르바, 아저씨가 묻는 물음에는 답할 수가 없기 때문이지요."

"인간의 고통이라고? 난 그 고통을 경멸하오!" 조르바가 화가 나서 자갈에 발을 구르며 내뱉었다.

그 갑작스러운 외침을 듣고 앵무새가 화들짝 놀랐다. "카나바로! 카나바로!" 앵무새는 마치 도움이라도 청하는 것처럼 울었다.

"닥쳐, 너도!" 조르바가 주먹으로 새장을 치며 소리쳤다.

그러고 나서 조르바는 다시 내게로 돌아앉았다. "우리가 어디에서 와서 어디로 가는지 듣고 싶소. 보스는 오랫동안 청춘을 불사르면서 모르긴 몰라도 몇 트럭 분량의 종이에서 마법의 주문을 읽으며 뭔가 정수를 얻어 냈을 테지요. 그래 무슨 정수를 찾아냈소?" 조르바의 목소리는 너무 고뇌에 찬 나머지 그만 숨이 막힐 정도였다.

내가 그의 물음에 답할 수 있다면 얼마나 좋을까! 인간이 성취할 수 있는 최상의 경지는 지식도 아니고, 미덕이나 선이나 승리도 아닌, 다른 어떤 것, 좀 더 고상하고 좀 더 영웅적이고 절망적인 것, 다시 말해서 경외심, 신성한 공포라는 것을 뼈저리게 느꼈다. 인간의 정신은 이 신성한 공포를 넘어설 수가 없다.

"대답하지 않을 거요?" 조르바가 안달하며 물었다.

나는 내 동료에게 신성한 경외감의 의미를 이해시키려 했다. "조르바, 우리는 한낱 작은 벌레에 지나지 않습니다. 엄청나게 큰 나무의 가장 작은 잎사귀에 붙어 있는 아주 작은 벌레 말입니다. 이 작은 잎이 바로 지구예요. 다른 잎들은 밤에 움직이는 별들이고요. 우리는 이 작은 잎사귀 위에서 몸을 질질 끌며 조심스럽게 탐색하고 있는 겁니다. 우리는 냄새를 맡습니다. 그것에도 냄새가 있으니까요. 또 맛을 봅니다. 먹을 수 있으니까요. 주먹으로 치기도 합니다. 살아 있는 생물처럼 울부짖으니까요. 겁이 없는 사람들은 잎사귀 가장자리에 이르기도 합니다. 눈과 귀를 활짝 열어 놓고 이 가장자리에서 고개를 빼고 그 밑에 있는 카오스를 내려다봅니다. 그러고는 부들부들 몸을 떱니다. 우리 발밑의 낭떠러지가 얼마나 무시무시한지 헤아려 보지요. 이따금씩 거대한 나무의 다른 잎사귀들이 사그락거리는 소리를 듣고, 뿌리에서 수액을 빨아올리는 걸 감지하며, 우리 가슴이 부풀어오르는 것을 느끼기도 합니다. 이렇게 심연에 허리를 굽히고 있는 우리는 공포감에 압도되고 있다는 사실을 온몸과 온 마음으로 깨닫습니다. 바로 그 순간에 시작되는 게……."

나는 말을 멈추었다. '바로 그 순간에 시작되는 게 시(詩)'라고 말하고 싶었지만 조르바가 알아들을 것 같지 않아 말을 멈췄던 것이다.

"도대체 무엇이 시작되는 거요?" 조르바가 몸이 달아 물었다. "왜 말을 하다 맙니까?"

"바로 그 순간에 엄청난 위험이 시작됩니다, 조르바." 내가 대답했다. "어떤 사람은 정신이 아찔해지거나 섬망 상태에 빠집니다. 또 어떤 사람은 잔뜩 겁을 먹고 자신에게 용기를 줄 답을 찾으려 애씁니다. 이런 사람들은 '하느님!'을 소리쳐 부르지요. 또 어떤 사람들은 잎사귀 가장자리에서 담담하고도 용감하게 낭떠러지를 내려다보다가 '난 저게 좋아!'라고 말하지요."

조르바는 말뜻을 알아들으려고 꽤나 애쓰면서 한동안 생각에 잠겨 있었다. "나도 늘 죽음을 내려다보고 있소." 마침내 그가 입을 열었다. "죽음을 응시하지만 무섭진 않아요. 하지만 '나는 저게 좋아!'라고는 결코 말하지 않소. 그렇소, 난 죽음을 좋아하지 않소. 눈곱만큼도요. 나는 자유인이지 않소이까? 그래서 동의할 수가 없는 거요!"

조르바는 말을 멈췄다가 재빨리 다시 내뱉었다. "그렇다고 양처럼 죽음에게 목을 쑥 내밀고, '나리, 이 목을 좀 잘라 주십시오. 성자가 되도록 말입니다.' 하고 소리칠 만큼 얼빠진 놈은 아니오."

나는 아무 대꾸도 하지 않았다. 조르바는 몸을 돌려 화가 난 표정으로 나를 쳐다보았다. "난 자유인이 아니란 말이오?" 그가 다시 외쳤다.

나는 여전히 아무 말도 하지 않았다. 필연에 긍정함으로써, 피할 수 없는 것을 자유의지의 행위로 바꾸어 놓는 것이 어쩌면 구원에 이르는 유일한 길인지도 모른다. 그것을 잘 알기에 나는 아무 말도 하지 않았던 것이다.

조르바는 내가 그에게 더 들려줄 말이 없다는 것을 눈치챘다. 그래서 앵무새가 깨지 않도록 조심스럽게 새장을 들어 머리맡에 놓고는 자갈밭 위에 사지를 펴고 누웠다.

"그럼 잘 주무시오. 보스 양반." 그가 말했다. "그거면 충분하오."

따뜻한 남풍이 아프리카 쪽에서 불어와 채소며 과일이며 크레타 사람들의 가슴을 한껏 자라게 하고 부풀게 하고 있었다. 나는 이마로, 입술로, 목으로 그 바람을 맞았다. 과일이 영글듯 내 머리도 딱딱 소리를 내며 여물어 가는 것 같았다.

나는 잠을 이룰 수도, 이루고 싶은 생각도 없었다. 아무것도 생각하지 않았다. 다만 이 포근한 밤에 무엇인가, 누군가가 내 몸 안에서 익어 가는 것을 느낄 수 있을 뿐이었다. 나는 지금 이 놀라운 광경을 관찰하면서 동시에 그것을 명백하게 경험하고 있었다. ― 한마디로 나는 지금 변화하는 중이었다. 우리의 오장육부 깊은 곳에서 언제나 일어나는 일이 내 눈앞에서 공공연히 그리고 가시적으로 일어나고 있었다. 바닷가에 쪼그리고 앉아서 나는 이 기적이 일어나는 것을 지켜볼 수 있었다.

별빛이 희미해지면서 하늘이 밝아 왔다. 가느다란 석판 펜으로 산과 나무들과 갈매기들을 빛 위에 새겨 놓는 것 같았다. 드디어 아침이 밝았다.

*

며칠이 지나갔다. 밀이 익으면서 무거워진 이삭이 고개를 숙였다. 올리브 나무 위에서 매미들은 날카로운 소리로 공기를 갈랐고, 눈부시게 빛나는 햇살 아래서 벌레들이 울었다. 바다는 부글부글 끓다시피 했다.

조르바는 매일 새벽 규칙적으로 말없이 산에 올라갔다. 고가 케이블 부설 작업이 거의 끝나 가고 있었다. 철탑이 모두 세워졌고, 그 위에 케이블이 늘어뜨려지고 도르래가 부착되었다. 조르바는 매일 저녁 지친 몸으로 일터에서 돌아와 불을 지피고 저녁을 지었고 우리는 그것을 함께 먹었다. 식사를 하며 우리는 내부에 잠들어 있는 망령 — 사랑, 죽음, 공포를 깨우지 않으려고 조심했다. 또한 우리는 과부 이야기도, 마담 오르탕스 이야기도, 하느님 이야기도 꺼내지 않으려 애썼다. 둘 다 저 멀리 바다만 말없이 응시했다.

어느 날 아침 자리에서 일어나 세수를 마치고 나니 이 세상도 막 잠에서 깨어나 깨끗이 얼굴을 닦은 것 같았다. 나는 마을에 이르는 길로 발길을 옮겼다. 왼쪽으로는 암청색 바다가 조용히 누워 있었고, 오른쪽으로는 밀밭이 황금색 창을 들고 도열한 군대처럼 서 있었다. 나는 초록색 잎사귀와 조그마한 무화과 열매로 덮인 '마을 유지 딸의 무화과나무' 앞을 지나갔다. 과부의 과수원 쪽으로는 고개를 돌리지 않은 채 걸음을 재촉하여 마을로 들어갔다. 마담 오르탕스의 작은 호텔은 고아처럼 버려져 있었다. 문과 창문은 떨어져 나갔고, 개들은 과수원을 마음대로 드나들었으며, 텅 빈 방은 황폐하게 방치되어 있었다. 마담이 임종을 맞은 침실에는 침대도, 증기선의 트렁크도, 의자 하나도 남아 있지 않았다. 죄다 약탈당한 것이다. 방 한구석에 뒤축이 닳고 빨간 뽕뽕 방울이 달린 더러운 궁중화 한 짝만이 굴러다녔다. 그 신발은 여전히 여주인의 발바닥 모양을 그대로 간직하고 있었다. 인간의 마음보다 더 다정한 이 신발은 사랑스러우면서도 그토록 고통받은 발을 여전히 기억하고 있었다.

나는 오두막에 느지막하게 돌아왔다. 조르바는 벌써 불을 지피고 식사를 준비하고 있었다. 눈을 들어 나를 본 그가 내가 다녀온 곳을 알아차렸다. 그는 눈살을 찌푸렸다. 그날 밤 며칠 만에 그는 처음으로 마음의 문을 열고 자기 말을 쏟아 냈다. "보스 양반, 슬픔은 어떤 것이든 심장을 두 쪽으로 찢어 놓습니다." 그는 자신을 변명하려는 듯 이렇게 말했다. "하지만 상처투성이인 그 기관은 금방 아물어 흉터가 보이지 않아요. 내 몸은 말이죠, 상처가 아문 자리투성이라오. 그래서 내가 제법 잘 견뎌 내는 건지도 몰라요."

"그래서 가엾은 부불리나를 잊어버리는 데 그리 시간이 오래 걸리나요?" 그럴 생각이 없었는데도 나도 모르게 퉁명스러운 목소리를 내고 말았다. 스스로 생각해도 심하다 싶을 정도로 나는 그를 몰아세웠다.

조르바는 마음이 상해서 목청을 돋우고 이렇게 외쳤다. "새 길을 걷고, 새 계획을 세우는 거요. 난 지나간 일은 기억하지 않고, 앞으로 다가올 일도 계획하지 않아요. 내게 중요한 것은 바로 오늘, 이 순간에 일어나는 일이오. 그래서 나는 스스로에게 이렇게 묻지요. '조르바, 지금 이 순간에 뭐 하고 있는가?' '자고 있네.' '그럼 잘 자게나!' '조르바, 자네 지금 뭐 하고 있는가?' '일하고 있네.' '그럼 일을 잘하게!' '조르바, 지금 뭐 하고 있는가?' '여자를 포옹하는 중이라네.' '그럼 열심히 포옹하게! 나머지 일은 깡그리 잊어버리는 거야. 지금 이 순간에는 자네랑 그 여자밖에는 아무것도 없으니까. 어서 서두르게!'"

조금 뒤 조르바는 말을 이었다. "보스 말마따나, 부불리나가 살아 있는 동안 어느 카나바로도 나만큼 그 여자를 기쁘게 해주지 못했소. — 보스가 지금 보고 있는 나, 늙고 넝마를 걸친 나 말이오. 그 이유를 알고 싶겠지? 이 세상의 모든 카나바로들은 그 여자에게 키스하면서도 자기 함대와 왕들과 마누라와 크레타 섬과 훈장 따위를 생각했거든. 하지만 나는 그런 걸 깡그리 잊고 있었지. 그리고 이 늙은것도 그걸 알고 있었고. 자, 석학 양반, 당신이 배워야 할 건, 여자에게 이보다 큰 기쁨은 없다는 사실이오. 그리고 또 한 가지, 진짜 여자는 남자에게서 얻어 내는 기쁨보단 남자에게 주는 기쁨을 더 좋아한다는 거요."

조르바는 허리를 굽혀 화덕에다 장작을 더 넣었다. 그러고 나서 다시 입을 열었다. "내일 모레 고가 케이블 개통식을 합니다. 난 이제 더 이상 땅을 밟고 다니지 않소. 나도 '고가' 케이블이 다 되었으니까. 어깨에 도르래를 달고 다니는 것 같아요."

"생각나나요, 조르바? 피레우스 카페에서 나를 낚으려고 아저씨가 던진 미끼 말이에요. 당신은 그때 어머니도 자기 아이에게 주지 않고 먹을 만큼 맛있게 수프를 끓일 수 있다고 했지요. 그런데 우연히도 내가 제일 좋아하는 음식도 수프였어요. 도대체 어떻게 그걸 알았죠?"

조르바는 고개를 저었다. "내가 그걸 어떻게 알았겠소, 보스 양반. 그저 한번 맞혀 본 거죠. 당신이 카페 구석에 점잖게 앉아, 몸을 떨듯 웅크리고 앉아 황금 표지의 조그마한 책을 읽고 있는 걸 보고는, 글쎄 잘은 모르겠지만, 당신이 수프를 좋아할 것 같은 생각이 들었던 거지. 이유야 알 길이 없어요. 그저 그런 생각이 머릿속에 떠올랐던 것뿐이오." 그러다가 조르바가 갑자기 말을 멈추고 귀에 손을 갖다 댔다. "쉿! 지금 누가 오고 있소."

다급한 발소리와 뛰느라 가빠진 숨소리가 들렸다. 그때 화덕의 불빛 안으로 갈가리 찢긴 성복을 걸친 수도사 하나가 갑자기 뛰어들었다. ─ 모자도 쓰지 않고 턱수염은 불에 그슬리고 콧수염은 반쯤 사라진 모습이었다.

"맙소사! 이게 누구신가, 어서 오소, 자하리아스 신부!" 조르바가 외쳤다. 어서 오소, 조셉 신부! 어쩌다 이 지경이 되었소?"

수도사는 불 옆에 풀썩 쓰러졌다. 그는 턱을 덜덜 떨었다.

조르바는 그에게 얼굴을 갖다 대며 윙크했다.

"그 일을 해 냈습니다." 수도사가 대답했다.

그러자 조르바가 기뻐하며 펄쩍 뛰었다.

"잘했소이다, 신부님! 이제 신부님은 드디어 천당에 가서 구원을 받을 겁니다. 천당에 들어갈 때는 손에 등유 깡통 하나를 들고 있겠죠."

"아멘!" 수도사가 성호를 그으며 중얼거렸다.

"그래 어떻게 되었나요? 언제 일어났고요? 어디 자세히 좀 이야기해 봐요!"

"카나바로 형제, 나는 미카엘 천사장을 봤어요. 그분이 명령하시더군요. 어떻게 된 일인지 내 말을 잘 들어 보시오. 부엌에서 혼자 깍지 콩을 씻고 있었지요. 문은 닫혀 있었고 다른 수도사들은 모두 저녁 기도를 드리고 있었지요. 그야말로 쥐 죽은 듯 고요했습니다. 저는 새들의 노랫소리에 열심히 귀를 기울였습니다. 새들이 꼭 천사들 같더군요. 더없이 평화로웠죠. 모든 준비를 끝내고 기다리는 중이었습니다. 등유 한 깡통을 사다가 묘지가 있는 예배당의 성상(聖床) 밑에 감춰 두었지요. 그래야 미카엘 천사장이 축복해 주실 테니까요. 그래서 엊저녁 콩을 씻고 앉아 있는데 퍼뜩 천당이 생각나기에 이렇게 중얼거렸어요. '우리 주 예수님, 저를 하늘나라에 들어가기에 합당한 자가 되게 해 주십시오. 그래서 천당 부엌에서도 영원히 야채를 씻을 수 있게 해 주십시오.' 그런 생각을 하자니 눈물이 쏟아졌습니다. 그런데 그 순간 갑자기 내 머리 위에서 날개가 퍼덕이는 소리가 났습니다. 그 의미를 알아채고 내가 고개를 숙였지요. 그때 목소리가 들렸습니다. '자하리아스, 두 눈을 들라. 겁내지 마라.' 그러나 난 너무 떨린 나머지 그만 바닥에 쓰러지고 말았어요. '눈을 들어 보라, 자하리아스!' 목소리가 다시 들려오더군요. 눈을 들어 쳐다보니 문이 열려 있고 문지방에는 미카엘 천사장님이 서 계시는 게 아닙니까? 수도원 지성소 문에 그려진 모습과 똑같습니다. 검은 날개며, 붉은 정강이받이며, 황금빛 후광까지 정말 그대로였죠. 그러나 손에는 칼 대신 횃불을 들고 계시더군요. '자하리아스!' 그가 내게 말씀하셨습니다. 그래서 내가 말했습니다. '저는 하느님의 종입니다. 명령만 내리십시오!' '이 횃불을 가져가라. 주님께서 너와 함께할 것이니라!' 손을 내밀었더니 손바닥이 불에 타는 듯이 뜨겁더군요. 그때 이미 천사장님은 사라지고 보이지 않았습니다. 문가에 보이는 것은 유성처럼 하늘을 스쳐 가는 빛줄기뿐이었습니다."

수도사는 이마의 땀을 씻었다. 얼굴이 시체처럼 창백했다. 그는 열병에 걸린 사람마냥 이를 덜그럭거렸다.

"그래서요?" 조르바가 물었다. "용기를 내요, 신부님!"

"바로 그때 수도사들이 저녁 기도를 마치고 식당으로 걸음을 옮겼습니다. 수도원장은 지나가면서 나를 개처럼 걷어찼습니다. 그러자 수도사들이 와락 웃음을 터뜨렸고, 나는 아무 말도 하지 못했지요. 천사장님이 다녀가신 뒤라 아직도 공기 속에서 유황 냄새가 났지만 아무도 눈치채지 못했어요. 그들은 식당에 앉아 식사를 했습니다. 식사를 나눠 주는 사람이 묻더군요. '자네는 저녁 식사를 하지 않는가?' 하지만 나는 아무 말도 안 했어요. '그자는 천사가 먹는 빵으로 배를 불렸잖아.' 동성애자인 도메티오스가 내뱉더군요. 그러자 수도사들이 다시 와락 웃음을 터뜨렸습니다. 나는 일어나 묘지로 가서 그곳 천사장 앞에 엎드렸습니다. 그러고 있는데 그분의 발이 내 목을 누르는 것 같았습니다. 몇 시간이 번개같이 빨리 지나가더군요. 천국에서도 시간이 그렇게 빨리 지나가겠지요. 자정이 되자 주위가 쥐 죽은 듯 고요해졌습니다. 수도사들이 모두 잠자리에 든 거죠. 나는 일어서서 성호를 긋고 천사장님의 발에 입을 맞추었습니다. '그 뜻이 이루어지리이다!*' 나는 이렇게 말하면서 등유 깡통을 집어 뚜껑을 열었습니다. 옷 속에는 이미 넝마를 잔뜩 숨겨 뒀지요. 밖으로 나왔습니다. 밤은 먹물을 풀어 놓은 듯 캄캄했어요. 달이 아직 뜨지 않아서 수도원은 지옥만큼이나 어두웠어요. 나는 앞마당으로 들어가 계단을 올라간 다음 수도원장의 침소로 갔습니다. 등유를 문, 창문, 그리고 벽에다 끼얹었지요. 그러고 나서 당신이 가르쳐 준 대로 도메티오스의 독방으로 가서 기다란 로지아**에 등유를 들이붓기 시작했습니다. 그다음엔 예배당으로 가서 예수님상 앞에 놓인 등잔의 초를 집어 불을 켜고는 불을 질렀지요." 수도사는 여기서 잠깐 말을 멈추었다. 숨이 가빴기 때문이다. 그의 두 눈에서 불길이 이글이글 타오르는 것 같았다. "하느님을 찬양하

---

* "뜻이 하늘에서 이루어진 것같이, 땅에서도 이루게 하시옵소서."(「마태복음」 6장 10절, 주기도문의 한 구절)
** 이탈리아 건축에서 복도나 거실로 쓰는, 한쪽에 벽이 없는 특수한 방.

리로다!" 그가 성호를 그으며 큰 소리로 외쳤다. "하느님을 찬양
하리로다! 순간 수도원 전체는 불꽃에 휩싸였지요. '지옥의 불길
이로다!' 나는 목청껏 소리를 지르고는 있는 힘을 다해 도망쳤지
요. 나는 뛰고 또 뛰었습니다. 종소리며 수도사들이 지르는 고함
소리를 들으며 젖 먹던 힘을 다해 뛰고 또 뛰었습니다. 날이 밝
았지요. 난 숲속에 숨었습니다. 몸이 부들부들 떨리더군요. 해가
떠올랐습니다. 수도사들이 숲을 뒤지며 나를 찾는 소리가 들려
왔습니다. 하지만 하느님께서 안개를 보내 나를 숨겨 주신 덕분
에 그들은 나를 찾을 수 없었지요. 석양 무렵에 또다시 목소리가
들렸습니다. '바닷가로 내려가거라! 어서 움직여!' '아, 저를 인도
하소서, 천사장님!' 나는 이렇게 소리치면서 다시 달렸습니다. 어
디로 달려가는지 몰랐지만, 천사장님은 나를 인도해 주셨습니다.
때로는 한 줄기 빛으로, 때때로 나무 위에 앉아 있는 검은 새를
통해, 때로는 산을 내려오는 오솔길이 되어 말입니다. 난 오직 천
사장님만 굳게 믿고 있는 힘을 다해 달려 내려왔습니다. 오, 보십
시오! 그 놀라운 은총에 힘입어 난 이렇게 당신을, 카나바로 형
제를 만나 구원을 얻게 된 것입니다!"

조르바는 아무 말도 하지 않았지만 입이 털 많은 당나귀 귀
까지 찢어지면서 얼굴에 악마 같은 웃음이 가득 번졌다.

저녁이 준비되었다. 조르바가 음식을 화덕에서 내렸다.

"자하리아스, 이 '천사의 빵'은 뭐요?" 그가 물었다.

"영혼이지요." 수도사가 성호를 그으며 대답했다.

"영혼이라. ─다른 말로 하면 바람이 되나요?* 그걸로는 배를 불릴 수가 없죠. 자, 이리 와 앉아서 빵과 생선 수프, 그리고 농어를 몇 조각 먹어요. 아주 큰일을 했잖소. 그러니 자, 어서 먹어요!"

"배고프지 않아요." 수도사가 대답했다.

"자하리아스는 배가 고프지 않겠지. 하지만 요셉은 어떨까요? 요셉도 배가 고프지 않을까요?"

"요셉은 불에 타 죽었어요." 자하리아스는 큰 비밀이라도 털어놓듯 목소리를 낮추어 말했다. "그 빌어먹을 요셉의 영혼이 불에 타 버렸죠. 하느님을 찬양할지어다!"

"불에 타 죽다니요!" 조르바가 웃으며 외쳤다. "어떻게요? 언제 말입니까? 그가 불에 타 죽는 걸 봤나요?"

"카나바로 형제, 내가 그리스도의 등유 램프에서 촛불을 붙이는 바로 그 순간에 타 죽었습니다. 나는 내 입에서 그가 불로 쓴 글씨가 적힌 검은 리본처럼 줄줄 나오는 걸 똑똑히 봤지요. 촛불의 불길이 그를 덮쳤어요. 그러자 그 녀석은 뱀처럼 꿈틀거리다 마침내 재가 되었지요. 가슴이 후련했습니다. 하느님을 찬양할지어다! 나는 벌써 천당에 있는 기분입니다."

자하리아스는 쪼그리고 앉아 있던 불가에서 몸을 일으켜 세웠다.

"해변으로 나가서 좀 누워야겠어요." 그가 말했다. "그렇게

---

* 히브리어와 헬라어, 라틴어 전통의 영(靈)에 관한 모든 어휘는 '숨'이나 '바람'과 관련이 있다. 히브리어 '루아크'와 헬라어 '프뉴마'는 '숨 쉬다'라는 동사의 명사형이다.

하라는 명령도 받았거든요." 그는 바닷가를 따라 걸어가다가 곧 어둠 속으로 사라졌다.

"아저씨가 저 친구를 곤경에 빠뜨린 거요, 조르바." 내가 말했다. "수도사들에게 잡히는 날에 저 친구는 끝장입니다."

"그런 걱정은 붙들어 매쇼, 보스 양반. 수도사들에게 잡힐 일은 없으니까. 난 주류 밀매 같은 걸 잘 알고 있어요. 내일 아침 일찍 뭣보다 먼저 난 저 친구에게 면도를 말끔하게 해 주고 그럴듯한 세속의 옷으로 갈아입혀 배에 태울 겁니다. 그러니 보스 양반은 신경 꺼요. 누워서 떡 먹기처럼 쉬운 일이니. 수프 맛이 어때요? 인간의 빵이나 실컷 먹고 엉뚱한 일로 골머리 썩이지 말아요."

조르바는 왕성한 식욕을 과시하며 먹고 마신 다음 손등으로 수염을 닦았다. 이제 이야기가 하고 싶은 모양이었다. "보스 양반도 눈치챘지요? 요셉 — 저 친구 내면에 들어 있는 악마 말입니다. — 그놈은 죽었어요. 저 친구 이제 속이 텅 비었습니다. 가엾게도 빈 쭉정이처럼 되어 버렸단 말이오. 모두 끝난 거지요. 그러니 이제부터는 다른 사람들과 똑같이 살아갈 수 있을 겝니다." 그는 또 한참 동안 생각에 빠져 있다가 갑자기 입을 열었다. "보스 양반, 저 친구의 악마가 진짜로……."

"물론이지요." 내가 대답했다. "저 친구는 수도원에 불을 지를 생각에 완전히 빠져 있었던 거예요. 그래서 불을 지르고 나니 마음이 놓인 겁니다. 그런 생각에 빠져 있으니 고기를 먹고 포도주를 마시고 성숙하고 구체적인 행동을 할 필요가 있었던 거죠. 자하리아스, 그 사람은 고기나 포도주가 필요 없었어요. 그는 금식으로 성숙했으니까요."

조르바는 이 말을 몇 번이고 곱씹었다. "아, 그래요! 보스 생각이 옳은 것 같소." 그가 말했다. "나의 내면에도 악마가 대여섯 놈은 들어 있는 것 같소."

"조르바, 인간은 누구나 내면에 악마 몇 녀석쯤은 데리고 있으니 크게 걱정하지 마세요. 악마 녀석이야 많으면 많을수록 좋지요. 중요한 건, 이 악마들이 방법은 달라도 목적이 같다는 겁니다."

이 말을 듣고 조르바는 당황했다. 그는 머리를 무릎 사이에 올려놓고 생각에 잠겼다. "목적이라니 무슨 목적 말이오?" 그가 내게 눈을 쳐들고 마침내 물었다.

"조르바, 그걸 내가 어떻게 압니까? 어려운 걸 묻는군요. 난 들 어떻게 설명할 수 있겠어요?"

"간단하게 말해요. 그래야 알아듣지. 지금까지 난 내 속에 든 악마들이 하는 대로 내버려 뒀습니다. 무슨 짓을 하건 그냥 뒀다고요. 그 때문에 어떤 사람들은 나를 엉큼하다 하고, 어떤 사람들은 나를 정직하다고 합디다. 또 어떤 사람들은 나보고 바보 같다고 하고, 어떤 사람들은 솔로몬처럼 지혜롭다고 합디다. 난 그 사람들이 말하는 그대로, 아니 그 이상일 겁니다. ― 말하자면 나라는 인간은 완전히 러시아 샐러드와 같죠. 자, 그러니 보스 양반, 날 좀 계몽시켜 보쇼. 그 목적이라는 게 과연 뭐요?"

"조르바, 내 말이 틀릴지도 모르지만, 나는 인간에는 세 부류가 있다고 믿습니다. 소위 먹고 마시고 사랑하고 돈 벌고 명성을 얻는 걸 삶의 목표로 하는 사람들이 있어요. 또 한 부류는 자기 자신의 삶을 사는 게 아니라 인류 전체의 삶을 사는 부류입니다. 이 사람들은 인간을 계몽하고 사랑하고 다른 사람에게 도움을 주려 애쓴다는 점에서 인간이란 결국 하나라고 생각하지요. 그리고 마지막 부류는 전 우주의 삶을 살려는 사람들입니다. 이 사람들은 인간이나 짐승이나 식물이나 별이 모두 동일하다고 생각합니다. ─ 말하자면 물질을 정신으로 바꾸는 일에 똑같이 투쟁하고 있는 한 실체라는 겁니다."

조르바는 머리를 긁적거렸다. "보스 양반, 난 머리가 나빠요." 그가 말했다. "그래서 잘 알아들을 수가 없소이다. 이봐요, 보스, 당신이 방금 말한 내용을 춤으로 표현하면 어떻겠소? 좀 더 쉽게 알아들을 수 있도록 말이오."

나는 낙담하여 입술을 깨물었다. 그토록 염세적인 생각들을 춤으로 표현할 수 있다면 얼마나 좋겠는가!

"보스 양반, 춤이 아니면 이야기로 들려주는 건 어떻겠소? 후세인 아가가 그랬던 것처럼 말입니다. 터키인이었는데 우리 이웃집에 살았던 사람이지요. 나이도 아주 많고, 몹시 가난한 데다 마누라도 자식도 없는, 천하에 혈혈단신이었어요. 형편없이 낡은 옷을 입었지만 늘 청결했어요. 옷도 손수 빨아 입고 음식도 손수 짓고 청소도 손수 했소. 밤이면 우리 집 안마당에 놀러 와 양말을 뜨는 우리 할머니, 마을 할머니들과 함께 앉아 있곤 했어요. 내가 지금 말하는 후세인 아가는 그야말로 성인 같은 노인이었소. 그런데 어느 날 밤 이 양반이 나를 무릎 위에 앉히더니 내 이마에 손을 얹고 축복이라도 하듯 이렇게 말했습니다. '알렉시스, 내 너에게 비밀을 하나 일러 주마. 지금은 너무 어려 무슨 뜻인지 모를 테지만 자라면 알게 될 거야. 잘 들어 둬라, 얘야. 천국과 지상의 일곱 품계는 하느님을 품기엔 너무 좁아. 하지만 인간의 가슴은 하느님을 품을 만큼 충분히 넉넉하지. 그러니 알렉시스, 조심해라. 내 너를 축복해서 말하거니와, 절대로 사람의 가슴에 상처를 주지 않도록 조심하거라.'"

나는 조르바의 이야기에 묵묵히 귀를 기울였다. 이런 생각이 들었다. 만약 내가 입을 열어도, 추상적인 관념들이 사고의 정점에 이를 수 있다면, 즉 이야기가 될 수만 있다면 얼마나 좋을까! 그러나 이런 경지는 위대한 시인 같은 사람 또는 오랜 침묵의 노력 끝에 한 국가의 민족이 성취할 수 있는 것을 어쩌하랴.

조르바가 일어섰다. "내 가서 우리 방화범이 뭐 하고 있는지 보고 오리다. 감기에 걸리지 않도록 담요라도 한 장 덮어 줘야겠소. 그리고 가위도 하나 가지고 가야겠소. 아마 필요할 거요." 그가 웃었다. "보스 양반, 이름에서나 행동에서나 진짜 인간이 되면, 이 자하리아스는 그 유명한 소방선 선장인 카나리스 옆에 자리를 잡게 될 거요." 조르바는 가위와 담요를 가지고 바닷가를 따라 걸어갔다. 아직 완전히 차지 않은 달이 떠올라 병든 것처럼 창백하고 우울한 빛을 대지에 비추고 있었다.

나는 다 꺼진 불가에 홀로 앉아 조르바가 한 말, 의미가 가득 차고 따뜻한 흙냄새가 나고 인간의 무게가 느껴지는 그의 말을 곱씹었다. 그의 말은 허리와 내장에서 나와 아직도 인간의 온기를 담고 있었다. 한편 내 말은 한낱 종이로 만들어진 것에 지나지 않았다. 머리에서 나오는 내 말들엔 피가 겨우 몇 방울 흩뿌려져 있을 뿐이었다. 그 말에 어떤 가치가 있다면 그 몇 방울의 핏방울 덕분이었다.

배를 깔고 엎드려 따뜻한 화덕을 휘적거리는데 갑자기 조르바가 양 옆구리에 팔을 힘없이 달랑거리며 놀란 표정으로 돌아왔다. "보스 양반, 놀라지 마쇼." 그가 말했다.

나는 벌떡 일어났다.

"수도사 녀석이 죽었소이다."

"죽었다고요?"

"달빛에 그가 바위 위에 누워 있는 게 보이더군요. 난 그 옆에 무릎을 꿇고 앉아 턱수염이며 조금 남아 있는 콧수염까지 깡그리 잘랐지요. 털을 아무리 깎고 깎아도 전혀 움직이지를 않습디다. 약간 재미있어서 털이란 털은 모조리 깎았답니다. 여세를 몰아 이번엔 머리털을 뿌리까지 깎았소. 반 근 넘게 깎아 내니 빈대처럼 반들반들한 대머리가 됩디다. 그 꼴을 보니 어찌나 웃음이 나던지! '여보게, 자하리아스! 어서 일어나 성모님이 일으킨 기적을 봐요.' 나는 큰 소리로 말하며 그를 잡아 흔들었어요. 그런데 웬걸요, 꼼짝도 않는 겁니다. 다시 흔들어 봤어요. 역시 마찬가지였소. '이 친구, 밥숟가락 놓은 거 아냐?' 갑자기 이런 생각이 들었소. 난 성복을 열어 가슴을 드러낸 뒤 심장 위에다 손을 얹어 보았소. 쿵, 쿵, 쿵 심장이 뛰었느냐고? 천만에 말씀. 아무 소리도 안 나는 거요. 엔진이 멈춰 버린 겁니다."

이렇게 말하면서 조르바는 다시 기운을 차렸다. 죽음 때문에 잠시 당황했지만 그는 죽음 가운데에서도 곧 편안한 상태로 돌아왔다.

"보스 양반, 이제 그자를 어떻게 하죠? 내 생각엔 화장을 해야 할 것 같은데. 주님께서는 등유를 주시고, 주님께서 등유를 가져가셨소이다.* ― 성경에 그런 말 없던가요? 보스도 알다시피, 성복은 기름때와 비계로 풀 먹인 듯 빳빳한 데다 최근에 등유로 흠뻑 젖었소. 그러니 세족(洗足) 목요일의 유다처럼 불이 확 붙을 거요."

"좋을 대로 하세요." 근심 어린 목소리로 내가 말했다.

조르바는 한참 생각에 잠겼다. "귀찮은 일이오." 마침내 그가 입을 열었다. "귀찮아도 보통 귀찮은 일이 아니오. 불을 붙이면 성복이야 관솔처럼 쉽게 타겠지만, 그 사람은 말라깽이라 가죽과 뼈밖에 없어요. 그러니 재로 만들자면 시간이 아주 오래 걸릴 거요. 가련한 친구가 불길을 도와줄 비곗덩어리 한 점 없다 이겁니다." 그가 고개를 저으며 말했다. "만약 하느님이 존재한다면 이런 상황을 미리 아시고 비곗덩어리를 좀 붙여 우리 수고를 덜어 주셨어야 하는 거 아닌가요? 보스 양반은 어떻게 생각하시오?"

"이 일에 날 끌어들이지 말아요. 당신 좋을 대로 하세요. 그것도 빨리요."

---

* "모태에서 빈 손으로 태어났으니, 죽을 때에도 빈 손으로 돌아갈 것입니다. 주신 분도 주님이시요, 가져가신 분도 주님이시니, 주의 이름을 찬양할 뿐입니다."(「욥기」 1장 21절)

"제일 좋은 방법은 이 모든 일에 기적이 일어나는 겁니다. 이 친구가 수도원을 망쳤기 때문에 하느님이 그 죄를 벌하시느라 직접 이발사가 되어 수염을 홀랑 깎은 뒤 죽게 했다고 수도사들이 생각하게 하는 겁니다." 그는 또다시 머리를 벅벅 긁었다.

"하지만 무슨 기적요? 어떤 기적 말인가요? 조르바, 생각대로 하세요!"

시뻘겋게 단 구리처럼 황금빛 주홍색을 띤 초승달이 지평선에 닿아 막 그 아래로 떨어지고 있었다.

나는 지쳐서 잠자리에 들었다. 새벽에 일어나 보니 조르바는 내 옆에서 커피를 끓이고 있었다. 잠을 설쳐 얼굴이 시체처럼 창백한 데다 두 눈은 부어올라 빨갛게 충혈되어 있었다. 그러나 염소 입술 같은 그의 뭉툭한 입술 언저리에는 장난스러운 미소가 걸려 있었다.

"보스 양반, 간밤에 잠을 한숨도 못 잤어요. 할 일이 좀 있었거든요."

"일이라니 무슨 일인가요, 이 악당 같은 양반."

"기적을 일으키느라 말이오." 그는 웃으며 손가락을 입술에 갖다 댔다. "보스 양반에게는 이야기하지 않겠소. 내일은 우리 고가 케이블의 개통식을 합니다. 수도원의 배불뚝이 사제들이 개통식에 참석하여 성수(聖水) 의식을 거행할 거고, 그 자리에서 '복수의 처녀'가 일으킨 기적에 대해 듣게 될 거요. 위대할지어다, 그분의 권능이여!"

조르바는 내게 커피를 따라 주었다.

"아, 수도원장 자리엔 내가 적격인데." 그가 말했다. "만약 내가 수도원을 하나 차린다면 다른 수도원을 몽땅 문 닫게 하고 단골손님을 죄다 빼앗아 올 겁니다. 눈물을 보고 싶다고요? 성상 (聖像)과 성자 뒤에다 젖은 스펀지 행주 조각 하나만 숨겨 두면 성상에서 마음대로 눈물이 흘러내리게 할 수 있습니다. 천둥이 필요하다고요? 그럼 성상(聖床) 밑에다 풀무 기계를 하나 숨겨 두고 귀가 먹먹하도록 울려 버리지요. 악마가 필요하다고요? 믿을 만한 수도사 놈 둘을 골라 침대 시트를 뒤집어씌운 다음 한밤중에 수도원 지붕 꼭대기로 올려 보내지요. 그뿐이 아니오. 해마다 축제 때 절름발이, 장님, 중풍 환자들을 잔뜩 모아 놓고 다시 눈을 뜨고, 벌떡 일어나 성모의 영광을 춤추게 하겠어요. 웃지 마쇼, 보스 양반. 나한테 아저씨 한 분이 있었는데, 어느 날 길을 가다 비실비실 넘어가는 늙은 노새 한 마리를 주웠지요. 누군가가 외진 곳에 죽도록 그냥 내버린 거죠. 우리 아저씨는 그놈을 집으로 데려왔어요. 그런 다음 아침마다 이 노새를 데리고 나가 풀을 뜯기고 밤이면 다시 집으로 몰고 들어왔어요. 어느 날 마을 사람들이 아저씨에게 물었지요. '이것 보게, 하랄람보스, 그 늙은 노새를 어디에다 쓰려고 그러는가?' 우리 아저씨 왈. '이 짐승은 거름 만드는 공장이오!' 이렇게 대답했다지 뭐요. 그래요, 보스 양반, 난 수도원을 기적 만드는 공장이 되게 할 겁니다."

25

목숨이 붙어 있는 한 나는 5월 노동절 전날 저녁에 일어난 일을 절대 잊을 수 없을 것이다. 마침내 고가 케이블이 준비되었다. 철탑과 케이블과 도르래는 하나같이 아침 햇살에 반짝거렸다. 거대한 소나무 목재는 산꼭대기에 쌓여 있었고, 그곳에서 인부들은 목재를 케이블에 매달아 해변으로 내려 보내려고 기다리고 있었다.

산 위 출발점의 철탑 꼭대기에는 큼직한 그리스 국기가 펄럭였다. 해변에 위치한 케이블 철탑에도 똑같은 국기가 펄럭였다. 조르바는 오두막 밖에 조그마한 포도주 통까지 준비해 두고 있었다. 그 옆에서 인부 하나가 살진 양을 꼬챙이에 꿰어 굽고 있었다. 축도와 개통식이 끝나면 초대받은 손님들은 모두 포도주 한 잔과 구운 고기를 먹을 참이었다.

조르바는 오두막에서 앵무새 새장까지 들고 나와 첫 번째 철탑 옆 높은 바위 위에 조심스럽게 올려놓았다. "이 녀석의 여주인을 보는 느낌이군." 그가 앵무새를 다정하게 바라보며 중얼거렸다. 그는 주머니에서 아라비아 땅콩을 한 움큼 꺼내 앵무새에게 먹였다. 조르바는 축제 때 입는 예복을 차려입고 있었다. 단추가 없는 와이셔츠, 회색 정장 재킷과 초록색 바지에 흰 와이셔츠 위쪽을 풀어 젖히고 고무를 댄 가장 멋진 구두까지 신고 있었다. 빛이 바래기 시작한 콧수염에는 특별한 왁스로 칠해져 있었다.

조르바는 대단한 귀족처럼 여기저기 돌아다니며 다른 대단한 귀족들을 — 마을 유지들 말이다. — 맞고 있었다. 그러면서 고가 케이블이 무엇이며, 케이블이 이 마을에 어떤 이익을 가져다줄 것이며, 계획을 완벽하게 마련하기까지 성모님께서 (그분의 은총에 감사할지어다!) 그를 도와주었다고 설명했다. "아주 중요한 사업이죠." 그는 마을 유지들에게 침을 튀겨 가며 설명했다. "정확한 경사면을 찾아내야 했습니다. — 한마디로 엄청난 과학이었습죠! 몇 달 동안이나 머리를 쥐어짰지만 모두 헛수고였어요. 아시다시피 이처럼 엄청난 사업을 할 때는 인간의 두뇌만으로는 부족하지요. 우리에겐 하느님의 도움이 필요했습니다. 그런데 성모님께서 제가 고군분투하는 걸 보시고 자비를 베풀어 주셨습니다. 성모님께서 이렇게 말씀하시더군요. '가엾은 조르바, 존경할만한 친구야. 마을을 위해 좋은 일 좀 하려고 애쓰는데 좀 도와주어야겠어.' 그러고 난 뒤부터는 아, 하느님의 기적이 내리신 겁니다!"

조르바는 말을 멈추고 세 번 성호를 그었다.

"아, 그래요, 기적이 일어난 겁니다! 어느 날 밤 꿈에 검은 옷을 입은 여자가 나타났습니다. 바로 성모님이셨죠. 그분의 은총에 축복이 있을진저! 손에는 조그마한 모형 고가 케이블을 들고 말입니다.──이보다 더 크지 않았죠. 성모님이 제게 이렇게 말씀하시더군요. '조르바, 내 여기 네가 계획하고 있는 것을 하늘에서 가져왔다. 이것으로 네 경사면을 잡아라. 그리고 내 축복을 받아라!' 이렇게 말씀하시고는 사라졌습니다. 그래서 저는 잠자리에서 벌떡 일어나 당시 실험하던 곳으로 곧장 달려갔죠. 어떻게 했을까요? 케이블을 정확한 각도에 건 겁니다. 그랬더니 케이블에서 안식향 냄새가 났어요.──성모님께서 직접 손대신 증거가 아니고 뭐겠어요!"

콘도마놀리오스가 질문을 하기 위해 막 입을 열려고 하는데 노새를 탄 수도사 다섯이 돌길을 따라 내려왔다. 수도사 하나가 어깨 위에 큼직한 나무 십자가를 짊어지고 앞장서고 있었다. 그는 뭐라고 소리를 질러 댔지만 우리는 전혀 알아들을 수 없었다. 마침내 찬송가 소리가 들렸다. 수도사들은 공중에 팔을 내두르며 성호를 그었다. 노새가 돌부리를 걷어찰 때마다 그 자리에 불똥이 튀었다. 앞서 걸어오던 수도사가 땀을 흘리며 우리 앞에 도착했다. 그는 십자가를 높이 들고 외쳤다. "기독교인들이여! 기적이 일어났습니다! 기독교인들이여, 기적이 일어났어요! 신부님들이 은총이 가득하신 우리 성모님을 모시고 오는 중입니다. 무릎을 꿇고 경배하시오!"

유지들이며 인부들 할 것 없이 마을 사람들이 달려가 수도사를 에워싸고 감동에 북받쳐 성호를 그었다. 나는 한쪽으로 비켜섰다. 조르바가 나를 보다가 눈동자를 반짝이며 급히 눈짓을 했다.

"보스, 당신도 그렇게 해요. ─좀 더 가까이 가요." 그가 내게 소리쳤다. "좀 더 가까이 다가가 은총이 가득하신 성모님의 기적을 좀 들어 보시오."

수도사는 숨이 차도록 서둘러 이야기를 늘어놓기 시작했다. "기독교인들이여, 귀를 기울이시오! 하느님의 환상이오, 거룩한 기적이오! 귀를 기울이시오, 기독교인 여러분! 악마가 저주받은 자하리아스의 영혼을 낚아채 지난밤 등유를 뿌려 우리 거룩한 수도원에 불을 질렀습니다. 하지만 하느님께서는 우리를 잠에서 깨우셨습니다. 우리는 한밤중에 일어나 그 불길을 보고 잠자리에서 뛰쳐나갔습니다. 수도원장님의 방과 로지아와 독방들이 불길에 휩싸였습니다. 우리는 수도원의 종을 치며 외쳤지요. '도와주소서, 복수의 성모님이시여!' 그러고는 주전자와 양동이로 물을 퍼 날라 불길을 잡았지요. 성모님의 은총으로 새벽쯤 불길이 잡혔습니다! 우리는 예배당으로 달려가 성상 앞에 무릎을 꿇고 외쳤지요! '복수의 성모님이시여, 창을 들어 방화범을 내리치십시오!' 그리고 모두 마당에 모였는데 자하리아스가 ─우리의 유다가 ─그 자리에 없는 겁니다. '그놈이 불을 지른 자다. 틀림없이 그놈이다!' 우리는 모두 이렇게 소리를 지르며 그놈을 추격했지요. 하루 종일 찾았지만 허탕만 쳤습니다. 밤새도록 찾았지만 헛수고였어요. 그런데 오늘 새벽 다시 예배당으로 가 봤더니 아,

형제들이여, 우리가 거기에서 무엇을 보았는지 아십니까? 하느님의 환상, 기적을 봤습니다. 자하리아스가 이 성모님의 발치에 사지를 쭉 뻗고 죽어 있는 게 아니겠습니까! 복수의 성모님이 든 창끝에는 피가 묻어 있었습니다!"

"키리에 엘레이손! 키리에 엘레이손!" 공포에 질린 마을 사람들이 땅바닥에 무릎을 꿇고 경배를 드리면서 (물론 그것도 되풀이해서) 중얼거렸다.

"그뿐만이 아닙니다." 수도사는 침을 꿀꺽 삼키고 나서 다시 말을 이었다. "이건 참으로 두려운 얘기입니다. 저주받은 자하리아스를 일으키던 우리의 입이 그만 쩍 벌어지고 말았습니다. 성모님께서 그자의 머리털과 콧수염, 턱수염을 몽땅 깎아 놓으신 겁니다. ── 그래서 꼭 가톨릭 신부와 같은 모습을 하고 있지 뭡니까!"

나는 가까스로 웃음을 참으며 조르바 쪽을 돌아다보았다. "당신은 경건한 신자인 척하는 악마 같은 인간이오!" 내가 그에게 속삭였다.

그러나 조르바는 수도사를 바라보며 휘둥그레진 눈으로 경건하게 몇 번이고 성호를 그었다. "오, 주님, 위대하신 주님." 그가 계속 중얼거렸다. "당신은 위대하시도다. 당신의 은총은 얼마나 놀라운지요!"

한편 다른 수도사들도 우리 앞에 도착하여 노새에서 내렸다. 수도원 안내 담당 수도사는 성상을 가슴에 꼭 껴안고 바위 위에 올라섰다. 그러자 모두들 우르르 달려가 이 기적의 성모 앞에 무릎을 꿇었다. 맨 뒤에 땅딸막한 도메티오스가 헌금 쟁반을 들고 나와 헌금을 낸 농부들의 머리에다 성수를 뿌렸다. 땀이 뒤범벅된 수도사 셋은 그를 둘러싸고 서서 털북숭이 손을 배 위에 얹고 찬송가를 불렀다.

"우리는 성모님을 받들고 크레타의 마을을 돌 것입니다." 뚱보 도메티오스가 말했다. "성도들이 거룩한 성모님 앞에 무릎을 꿇고 헌금을 올릴 수 있도록 말입니다. 성스러운 수도원을 복원하려면 돈이 필요합니다."

"에라, 이 배불뚝이 신부들!" 조르바가 투덜거렸다. "이걸로 또 한판 돈을 긁어모을 셈이구면." 그러더니 그는 수도원장에게 다가가 말했다. "원장님, 개통식 준비가 다 됐습니다. 성모님의 은총으로 우리 사업을 축복해 주시기를!"

해는 이미 중천에 솟아 있었고 바람 한 점 불지 않았다. 그래서 날씨가 몹시 무더웠다. 수도사들은 그리스 국기가 게양된 첫 번째 철탑을 둘러쌌다. 그들은 널찍한 소매로 이마의 땀을 닦으며 정초식에 올리는 기도문을 읊기 시작했다. "주여, 오, 주여, 이 건물을 굳건한 반석 위에 세우시어 바람과 물에도 끄떡하지 않게 하소서." 그들은 성수 살포기를 놋그릇 속에 담갔다가 철탑, 케이블, 도르래, 조르바, 나, 그다음으로는 마을 사람들, 일꾼들, 바다 할 것 없이 아무 데나 뿌렸다. 그러고 나서는 병든 여자를 다룰 때만큼이나 조심스럽게 성상을 들어 앵무새 새장 옆에 세우고 삥 둘러섰다. 철탑 반대편에는 마을 유지들이 서고 조르바는 한가운데 섰다. 나는 바다 쪽으로 물러나 기다렸다.

고가 케이블은 통나무 세 개로만 시범을 보이기로 되어 있었다. 말하자면 삼위일체의 숫자에 맞춘 것이다! 그러나 조르바는 이를 수정하여 복수의 성모님을 위해 통나무를 네 개 준비했다.

수도사들, 마을 사람들, 일꾼들이 저마다 성호를 그었다. "성부와 성자와 성신, 그리고 성모의 이름으로!" 그들이 중얼거렸다.

조르바는 단숨에 첫 번째 철탑 아래로 달려가 줄을 당겨 깃발을 올렸다. 산 위의 인부들이 기다리던 신호였다. 구경꾼들은 하나같이 뒤로 물러서며 산꼭대기를 바라보았다.

"성부의 이름으로!" 수도원장이 외쳤다.

그때 일어난 일을 어찌 글로 표현할 수 있으랴. 도망칠 틈도 없이 파국이 우리를 벼락처럼 덮쳤다. 구조물 전체가 휘청거렸다. 인부들이 케이블에 매단 통나무는 아래쪽으로 내려오면서 미친 듯 가속도가 붙어 불꽃을 내뿜고 큼직한 나무 파편들을 공중으로 휙휙 날려 보냈다. 몇 초 뒤 통나무가 바닥에 이르렀을 때는 나무가 아니라 아예 숯덩이와 다름없었다.

조르바가 도리깨질을 당한 개의 얼굴로 나를 바라보았다. 수도사들과 마을 사람들은 뒤로 멀찍이 물러섰다. 놀란 노새들은 발길질을 해 대기 시작했다. 겁에 질려 놀란 도메티오스가 땅바닥에 나자빠지며 중얼거렸다. "주여, 자비를 내리소서! 주여, 자비를 내리소서!"

조르바가 손을 들고 외쳤다. "아무것도 아닙니다. 첫 번째 통나무는 으레 그런 겁니다. 이제 기계가 제대로 작동할 겁니다. 자, 보십시오!" 그는 깃발을 올려 두 번째 신호를 보내고는 뒤로 물러섰다.

"성자의 이름으로!" 수도원장이 조금 떨리는 목소리로 다시 외쳤다.

두 번째 통나무가 풀려났다. 철탑들이 흔들리며 속도가 붙더니 통나무는 흡사 돌고래처럼 뛰어 똑바로 우리 앞쪽으로 돌진해 왔다. 그러나 미처 바닥에 닿기도 전에 산산조각이 났다.

"이런 빌어먹을 놈의 것!" 조르바가 콧수염을 물어뜯으며 뇌까렸다. "경사면이 아직 제대로 안 잡힌 거요!" 화가 난 그는 철탑으로 달려가 다시 한번 깃발을 올렸다. 수도사들은 노새 뒤에 숨어 성호를 그었다. 마을 유지들은 하나같이 한쪽 발을 들고 도망칠 준비를 했다.

"그리고 성신의 이름으로!" 수도원장이 성복을 단단히 거머쥐고 숨죽인 소리로 떠듬거렸다.

세 번째 통나무는 엄청나게 컸으며, 산꼭대기에서 풀려나자마자 우레 같은 소리를 냈다.

"모두들 엎드려요! 빌어먹을 놈의 것!" 조르바가 도망치며 소리쳤다. 수도사들은 땅바닥에 엎드렸고, 마을 사람들은 걸음아 날 살려라 하고 줄행랑을 놓았다.

통나무는 한차례 펄쩍 뛰더니 케이블에 걸린 채 뒤집어지면서 불꽃을 내뿜었다. 그리고는 눈 깜짝할 사이에 엄청난 속도로 산을 내려와 해변을 넘어 바닷속에 처박히며 흰 포말을 날렸다.

철탑 여러 개가 비스듬하게 기울어져 있었다. 노새들은 고삐를 끊고 도망쳤다.

"아무 일도 아니오! 걱정할 것 하나 없소!" 조르바가 미친 듯이 소리를 질렀다. "이제 기계가 정말로 안정을 찾을 거요. 전진!" 그가 다시 한번 깃발을 올렸다. 우리는 그가 필사적으로 이 모든 것을 서둘러 결판내려 하고 있다는 것을 알 수 있었다.

"그리고 복수의 성모의 이름으로!" 수도원장이 바위 뒤로 몸을 숨기면서 소리쳤다.

네 번째 통나무가 돌진해 왔다. 피를 멎게 할 만큼 우레 같은 소리가 쾅! 하고 들리더니 두 번째 쾅 소리와 함께 철탑들이 도미노처럼 쓰러졌다.

"키리에 엘레이손! 키리에 엘레이손!" 인부들과 마을 사람들과 수도사들은 꽁지가 빠져라 줄행랑을 치며 외쳤다.

도메티오스는 통나무 파편으로 인해 허벅지에 상처를 입었다. 또 다른 파편 하나는 수도원장의 눈을 아슬아슬하게 비켜 갔다. 마을 사람들은 달아나고 없었다. 오직 손에 창을 든 성모님만이 바위 위에 서서 차가운 눈길로 인간들을 굽어보고 있었다. 바로 그 옆에는 비참한 앵무새가 초록색 깃을 세운 채 벌벌 떨고 있었다.

수도사들은 성모의 성상을 잡아 포옹하고는 고통으로 비명을 지르는 도메티오스를 부축하더니 노새를 모아 올라타고 물러갔다. 꼬챙이를 돌리며 양을 굽던 인부도 놀라서 혼비백산 달아나 버리는 바람에 양고기만 불에 타고 있었다.

"양고기가 너무 바삭하게 익어 버릴라!" 조르바가 이렇게 소리치며 달려가 꼬챙이를 계속 돌렸다.

나도 그의 옆에 앉았다. 이제 해변에는 아무도 남아 있지 않았다. 우리 두 사람뿐이었다. 조르바는 내가 이 파국을 어떻게 받아들일지, 이 파국이 사태를 어떻게 몰고 갈지 몰라 머뭇거리는 시선으로 나를 바라보았다. 조르바는 양고기에 허리를 굽히고 나이프를 들어 한 조각 베어 맛을 보더니 즉시 불에서 고기 꼬챙이를 빼내어 나무에 기대 놓았다.

"맛있게 잘 구워졌어요. 잘 익었다고요, 보스." 그가 말했다. "보스도 한 점 시식해 보겠소?"

"포도주를 가져오세요. 빵도요. 배가 고프네요."

조르바는 술통 쪽으로 달려가 양구이 옆으로 술통을 굴려 오고 큼직한 통밀 빵과 술잔 두 개를 가져왔다. 우리는 각자 나이프를 하나씩 집어 고기를 크게 두 점 베어 내고 빵을 두껍게 잘라 게걸스럽게 배를 채우기 시작했다.

"보스, 맛이 기똥차죠?" 조르바가 물었다. "입안에서 살살 녹는 것 같소. 정말이오. 이 지방엔 초원이 없어서 짐승들이 마른 풀을 먹어서 그런지 고기 맛이 아주 끝내줍니다. 이렇게 맛있는 고기를 먹어 본 게 지금 말고 딱 한 번 더 있었소. 그때가 언젠고 하니 머리카락으로 성 소피아상을 땋아서 부적 삼아 목에 걸고 다니던 시절이오. 그러니 호랑이 담배 피우던 시절이죠!"

"어디 계속해 보세요!"

"보스, 말했듯이 아주 옛날 옛적 이야깁니다. 그리스인들이

나 할 바보 같은 미친 짓이지!"

"자, 이야기를 계속해 봐요, 조르바! 당신 이야기를 듣는 게 좋아요."

"글쎄, 불가리아 군대와 관련 있는 이야깁니다. 우린 불가리아군에 포위됐었죠. 한밤중이었소. 놈들이 산허리에 불을 놓고 네모난 북을 둥둥 두드리고 늑대처럼 소리를 지르며 우리를 겁주는 모습이 보입디다. 한 300명쯤 되는 것 같았죠. 우리 쪽은 루바스 대위 휘하에 있는 스물여덟 명이 전부였어요. ─우리 대장 루바스는 멋지고 용감한 사람이었죠. 만약 죽었다면 하느님이 그 영혼을 구원해 주시기를! 대위가 나를 보고 이러더군요. '이리 와, 조르바. 양을 꼬챙이에 꿰어!' '대위님, 그보다 구덩이를 파고 구우면 맛이 더 좋은뎁쇼!' 내가 그랬지요. '그럼 자네 좋을 대로 하게. 하지만 서둘러. 배가 고파 죽을 지경이니까.' 그래서 우리는 구덩이를 파고 양을 그 속에 넣고는 그 위에다 빨갛게 단 재를 듬뿍 올려놓은 뒤 배낭에서 빵을 꺼내 모두들 불 앞에 빙 둘러앉았지요. 우리 대장이 이렇게 말합디다. '이게 최후의 만찬이 될지도 모른다! 겁나는 사람 있나?' 우리는 모두 웃었지요. 누구 한 사람 감히 대답을 할 수 없었으니까. 우리는 나무 술잔을 잡았습니다. 그러고는 '대장님의 건강을 위해 축배! 우리의 총알을 위해 축배!' 우리는 다시 한번 마시고, 두 번 마시고 나서 양고기를 구덩이에서 파냈죠. 맙소사, 양고기는 그야말로 꿀맛이었소, 보스 양반! 생각하니 지금도 입에 침이 고입니다. 즙이 줄줄 흐르는 거요! 입안에서 살살 녹습디다! 우리 용맹한 젊은 용사들은 고기에다 이빨을 박고 정신없이 먹었어요. 대장이 또 이러는 겁니다. '내 머리털 나고 이렇게 맛있는 양고기는 처음 먹어본다. 다 하느님 덕분이야!' 그 전에는 입에 술도 대지 않던 사람이 한 잔 따라 주니 단숨에 마셔 버리데요. 그러고는 이렇게 명령했습니다. '제군들! 클레프티코 산적 노래를 불러 봐! 저 자식들은 늑대 떼처럼 악다구니를 쓰고 있지만, 우리는 인간답게 노래를 부르는 거야. 자, 「오 예로 디모스」부터 시작하자.' 그래서 우리는 재빨리 한 잔 더 들이켜고 술에 취해 노래를 부르기 시작했소. 노랫소리가 계곡 전체에 울려 퍼졌어요. '제군들, 이래봬도 난 클레프트 산적으로 오십 년을 지냈다.' 그야말로 기분이 하늘을 찌를 듯했지! 대위가 이러더군요. '만세! 이 얼마나 기분이 좋은 일이야! 이봐, 알렉시스, 양의 등을 한번 살펴보는 게 어때? 뭐라고 쓰여 있는가?' 나는 불 쪽으로 다가가 칼끝으로 양의 등을 긁어 보곤 대답했지. '대위님, 무덤은 보이지 않는뎁쇼. 시체도 없고요. 그러니 이번에도 빠져나갈 수 있을 것 같습니다.' 그랬더니 갓 결혼한 대위가 소리를 지르더군요. '자네 말이 하느님의 귀에 들어가기를! 아들 하나만 얻을 수 있게 되기를! 그러고 난 뒤에는 하느님이 원하시는 대로 하시길!'"

조르바는 엉덩이 쪽 살점을 큼지막하게 잘라 냈다. "그때 그 양 참 맛있었소." 그가 말했다. "하지만 이 고기도 못지않아요. 한 점 한 점 정말 맛있습니다."

"조르바! 술 더 따르세요! 찰랑찰랑 넘치도록요! 바닥까지 깡그리 비워 버립시다!'

우리는 잔을 부딪치면서 술을 마셨다. 토끼 피처럼 검은 이 라페트라*에서 생산한 포도주를 마셨다. 그 포도주를 마시면 대지의 피로 성찬식을 하는 기분이었다. 기운이 넘쳤다. 혈관엔 힘이 넘쳐흐르고, 가슴은 선량한 마음으로 가득 찼다. 겁쟁이였던 사람은 용맹해졌고, 이미 용맹한 사람은 길들여지지 않은 야생 괴물이 되었다. 인생의 자질구레한 걱정 따위는 잊고 좁은 경계는 허물어져 버렸다. 인간과 짐승과 하느님이 하나로 합쳐졌다. 말하자면 우주 만물과 하나가 되는 기분이었던 것이다.

"자, 앞으로 나아가 보세요! 양의 등짝에 뭐라고 쓰여 있는지 보죠. 조르바, 어서 빨리 예언을 보라고요!"

조르바는 조심스럽게 양의 등을 혀로 핥고 칼로 닦아 낸 뒤 불빛에 비추어 주의 깊게 바라보았다. "아주 좋아요, 보스." 그가 말했다. "우리는 천수를 누리겠어요. 심장이 강철 같소이다!" 그는 다시 허리를 숙이고 바라보았다. "여행할 괘가 보여요. 아주 긴 여행이로군." 그가 말했다. "여행 종착지에 문이 많은 저택이 하나 있습니다. 보스, 이건 어떤 도시 같소. 아니면 내가 문지기로 있으면서 전에 우리가 말한 대로, 밀수 같은 걸 할 수도원인지도 모르오."

"조르바, 술이나 더 따르세요, 예언은 그만하시고. 문이 많다는 그 저택이 뭔지 가르쳐 드리리다. ── 그건 무덤이 가득한 대지입니다. 그게 바로 긴 여행의 종착지이지요. 그러니 자, 건강

---

* 그리스 크레타섬 남동부에 위치한 지방. 올리브와 포도 생산지로 유명하다.

을 빌며 건배해요, 밀수꾼 나리!"

"건강하시오, 보스 양반! 행운의 신은 박쥐처럼 눈이 멀었다고들 그럽디다. 어디로 가고 있는지도 모른 채 무작정 가는 겁니다. 넘어지기도 하고 지나가는 사람과 부딪치기도 하죠. 그것과 부딪치는 사람이 누구든 그를 두고 행운아라고 부릅니다. 그따위가 행운이라면 엿이나 먹으라지! 보스랑 나, 우린 그따위 행운 필요 없소."

"물론, 필요 없지요. 조르바! 자, 어서 서둘러요!"

우리는 포도주를 마시면서 양고기를 뼈까지 깨끗이 먹어 치웠다. 그러고 나니 세상이 좀 더 환하게 밝아 보였다. 바다는 웃고 있었고, 대지는 배의 갑판처럼 일렁거렸다. 갈매기 두 마리가 조약돌에 앉아 사람처럼 재잘거렸다.

나는 일어섰다. "조르바! 이리 와서 춤 좀 가르쳐 주세요!" 내가 소리쳤다.

그러자 얼굴을 황홀하게 빛내면서 조르바가 펄쩍 뛰어 일어났다. "춤이라고요, 보스?" 그가 물었다. "정말 춤이라고 했소? 자, 이리 오쇼!"

"조르바, 시작합시다. 내 인생은 바뀌었어요. 자, 어서요!"

"우선 제이베키코 춤을 가르쳐 드리지. 이건 아주 거칠고 용감한 전사(戰士)를 위한 춤이오. 마케도니아 전사들이 출전하기 전에 이 춤을 추었소." 조르바는 구두와 자주색 양말을 벗었고, 셔츠 바람으로 추다가 답답했는지 그것마저 벗어 버렸다. "보스, 내 발을 잘 봐요." 그가 명령했다. "주의 깊게 잘 봐요!" 그는 한 발을 내뻗어 땅을 살짝 건드리더니 그다음 발을 뻗어 행복하게 스텝을 밟았다. 스텝이 맹렬하고도 부드럽게 합쳐지면서 땅바닥에서는 메아리처럼 구르는 소리가 났다.

조르바가 내 어깨를 붙잡았다. "자, 해 봐요! 우리 같이!" 우리는 함께 춤을 추었다. 진지하고 참을성 있게 조르바는 부드러운 목소리로 잘못된 부분을 고쳐 주었다. 육중하던 두 발이 날개처럼 가벼워지면서 나도 점차 용기를 얻었다.

"브라보! 아주 잘하고 있어요!" 조르바는 나를 위해 박자를 맞추느라 손뼉을 치면서 외쳤다. "브라보, 나의 용감한 젊은이! 종이와 먹물은 사라져라! 갈탄 상품이나 이익도 꺼져라! 아, 이것 봐요, 보스 전하가 춤을 배우다니, 내 언어를 배우다니 말이오. ─ 이제 우리 사이에는 할 이야기가 너무 많소!"

조르바는 맨발로 자갈밭을 스치며 손뼉을 쳤다. "보스, 난 당신에게 할 말이 아주 많소." 그가 외쳤다. "지금껏 살면서 당신만큼 누군가를 사랑해 본 적이 없어요. 하고 싶은 말이 너무 많지만 내 혀로는 안 돼요. 그러니 춤으로 보여 드리리다. 내게 밟히지 않도록 저쪽으로 비켜서시오. 자, 어서! 자, 뛰어요! 뛰라고요!"

공중에 높이 뛰어오르는 동안 조르바의 두 손과 팔엔 마치 날개가 달린 것 같았다. 바다와 하늘을 등지고 날아오르는 그의 모습은 마치 하느님에게 반란을 일으킨 나이 든 대천사, 자유 투사와 같았다. 그의 춤은 도전, 백절불굴, 저항 그 자체였기 때문이다. 그는 이렇게 외쳐 대는 것만 같았다. "이봐요, 전능하신 하느님, 당신이 나를 어찌할 수 있다는 거요? 죽이기밖에 더 하겠소? 그래요, 날 죽여요. ─그래도 눈 하나 깜짝하지 않을 테니. 나는 분풀이도 실컷 했고, 하고 싶은 말도 실컷 했소이다. 춤출 시간도 있었으니 이제 당신은 필요 없어요!"

조르바가 춤추는 모습을 바라보며 나는 태어나 처음으로 악마와 같은 인간의 도전 ─무게와 물질성, 선조 대대로 내려온 저주를 극복하려는 열망을 느낄 수 있었다. 나는 조르바의 민첩함과 긍지와 마찬가지로 그의 인내심에 탄복했다. 그의 맹렬한 스텝은 정교한 안무와 함께 모래 위에 인간의 악마적인 역사를 새기고 있었다.

조르바는 춤을 멈추고 무너져 버린 고가 케이블이 무더기를 이루고 있는 광경을 바라보았다. 해가 저물면서 그림자가 길어졌다. 두 눈이 크게 벌어지는 것으로 보아 갑자기 무언가를 기억해 낸 듯했다. 조르바는 나를 돌아보며 손바닥으로 입술을 가리는 특유의 몸짓을 했다. "아, 어쩜, 아, 어쩜, 보스!" 그가 말했다. "아까 그 빌어먹을 놈이 불꽃을 뿜어내는 걸 보았소?"

우리는 함께 배꼽을 붙잡고 웃음을 터뜨렸다. 조르바는 내게 다가와 끌어안고 키스했다. "보스는 지금 웃고 있는 거요?" 그가 부드러운 목소리로 내게 외쳤다. "우리 나리께서 지금 정말 웃고 있는 거요? 나의 용감하고 멋진 젊은이 만세!"

우리 두 사람은 낄낄 웃으면서 한동안 자갈밭에서 씨름을 했다. 그러다가 갑자기 바닥에 널브러져 자갈밭 위에 사지를 뻗고는 마침내 서로의 팔을 베고 곯아떨어졌다.

나는 싱그러운 새벽에 일어나 빠른 걸음으로 해변을 따라 마을을 향해 걷기 시작했다. 심장에 날개가 달린 기분이었다. 지금까지 살면서 좀처럼 그런 기쁨을 누려 본 적이 없었다. 그래, 그것은 기쁨이 아니라 환희였다. ― 숭고하면서도 부조리하고 뭐라 설명할 수 없는 환희였다. 말로 설명할 수 없을 뿐만 아니라 설명할 수 있는 모든 형식에서 벗어나는 것이었다. 나는 돈을 깡그리 날려 버렸다. ― 게다가 인부들도, 고가 케이블도, 수레도, 물건을 운반할 목적으로 건설한 조그마한 항구도 잃었다. 모든 것이 사라졌으니 이제는 실어 나를 물건도 없었다. 그런데도 뜻밖에 해방감을 맛보고 있었다. 필연이라는 단단하고도 시무룩한 두개골의 작은 구석에서 자유가 신바람 나게 뛰놀고 있음을 발견한 것이다. 모든 일이 어긋났을 때, 자신의 영혼을 시험대 위에 올려놓고 그 인내와 가치를 가늠해 보는 것은 얼마나 즐거운 일인가! 눈에 보이지 않는 어떤 전능한 적이 ― 누군가는 그를 하느님이라고 부르고, 또 누군가는 그를 악마라고 부른다. ― 우리에게 달려들어 때려눕히는 것 같았다. 그러나 우리는 넘어지지 않고 꼿꼿이 서 있다. 외부적으로는 참패했어도 속으로는 승리자가 되었다고 생각하는 순간, 우리 인간은 더할 나위 없는 긍지와 기쁨을 느끼게 된다. 외부적인 파멸이 가장 높은, 가장 견고한 축복의 형태로 바뀌는 것이다.

어느 저녁에 조르바가 내게 이런 말을 한 적이 있다. "어느 날 밤, 눈이 뒤덮인 마케도니아산에 엄청난 강풍이 불어 내가 머문 조그마한 오두막을 마구 뒤흔들어 댔소. 강풍으로 오두막이 나를 덮치려 했지. 그러나 나는 꼿꼿이 잘 견뎌 냈소. 진작 이걸

비끄러매고 필요한 곳을 보강해 두었으니까. 나는 화톳불 옆에 홀로 앉아서 마치 바람을 비웃듯 웃어 댔어요. 그러면서 이렇게 소리쳤지. '이거 보게, 아무리 그래 봐야 우리 오두막에는 들어올 수 없어. 내가 문을 열어 주지 않을 테니까. 내 화톳불을 꺼 버릴 수도 없을 거야. 그러니 나를 덮칠 수 없지 뭐야!'"

조르바의 이 몇 마디 말에 내 영혼은 강해졌다. 나는 인간이 어떻게 처신해야 하는지, 어떻게 맹목적인 필연에 대적해야 하는지 깨달았다.

빠른 걸음으로 해변을 걸으면서 나도 눈에 보이지 않는 내면의 적과 이야기를 나누었다. "내 영혼에는 절대로 들어오지 못해!" 내가 호령했다. "문을 열어 주지 않을 거니까. 내 화톳불을 꺼 버릴 수도 없을 거야. 그러니 나를 덮칠 수 없지 뭐야!"

해가 아직 산 위로 얼굴을 드러내기 전이었다. 수평선에는 파란색, 초록색, 핑크색, 진주색이 함께 어우러져 이리저리 뛰놀고 있었다. 저 멀리 올리브 나무에서는 작은 새들이 막 잠에서 깨어나 재잘거리고 있었다.

나는 이 황량한 해변에 작별을 고하려고 해안을 따라 걸었다. 이곳을 떠날 때 가슴속에 깊이 각인하고 싶었다. 그동안 이 해변이 너무나 좋았다. 조르바와 함께한 생활은 내 가슴을 넓혀 주었다. 그의 모든 말은 내 영혼에 안식을 주었으며, 가장 복잡한 걱정 근심도 단칼에 자르듯 쉽게 해결해 주었다. 정확한 직감과 독수리처럼 원시적이고 날카로운 눈으로 그는 나를 지름길로 인도하여 문제 해결의 정상에 이르게 했다. ─ 다시 말해 누워서

떡 먹기처럼 아주 쉽게, 이렇다 할 노력도 없이 간단하게 정상에 이르는 지름길을 알려 주었던 것이다.

계집아이들 한 무리가 음식과 포도주 병을 가득 넣은 바구니를 들고 오월절을 축하하러 과수원으로 가고 있었다. 그중 하나가 새봄에 시냇물이 솟아오르는 것처럼 노래를 불렀다. 이미 가슴이 여물기 시작한 아이가 숨을 가쁘게 몰아쉬며 내 옆을 지나 꽤 높은 바위 위로 기어 올라갔다. 수염이 검고 얼굴이 창백한 사내가 화를 내며 그녀 뒤를 따라갔다.

"내려와! 내려오라니까." 젊은이가 쉰 목소리로 그녀를 향해 소리쳤다. 그러나 계집아이는 두 뺨을 붉힌 채 팔을 들어 정수리에 깍지를 끼고는 땀이 난 몸을 부드럽게 흔들며 노래를 불렀다.

내게 농담으로 말해 봐요.
내게 허세를 부리며 말해 봐요.
내게 사랑하지 않는다고 말해 봐요.
그래도 나는 아무렇지도 않은걸.

"내려와, 내려오라니까!" 검은 턱수염의 사내가 쉰 목소리로 애걸하기도 하고 위협하기도 했다. 그러다가 갑자기 바위 위로 뛰어올라 그녀의 한 발을 꼭 잡았다. 계집아이는 자신의 감정을 발산할 계기로 삼은 듯 왈칵 울음을 터뜨렸다.

나는 빠른 걸음으로 그들을 지나쳐 갔다. 격렬한 욕망이 가슴을 어지럽혔다. 뚱뚱하고 향수 냄새 풍기던 늙은 세이렌이 문득 떠올랐다. 질리도록 음식과 키스에 탐닉하던 그녀는 어느 날 저녁 감기에 걸렸고, 마침내 대지는 입을 벌려 그녀를 집어삼켰다. 지금쯤 아마 잔뜩 부풀어 올라 초록빛으로 변해 버렸을 것이다. 피부는 갈라 터지고 체액은 새어 나와 구더기에 파먹히고 있을 터였다. 나는 무서워서 고개를 흔들었다. 이따금 대지가 투명해지면 우리는 밤낮없이 지하 공장에서 일하는 막강한 통치자인 구더기의 존재를 깨닫게 된다. 그러나 황급히 눈을 돌리고 마는데, 인간이란 무엇이든 참을 수 있지만 이 작고 흰 구더기만은 참을 수가 없기 때문이다.

마을 입구에서 나는 막 트럼펫을 불려던 우편집배원을 만났다.

"편지입니다, 선생님." 그가 이렇게 말하며 푸른색 봉투를 건네주었다.

나는 작고 가늘게 쓴 글씨를 알아보고 뛸 듯이 기뻤다. 급히 마을을 지나 올리브 숲으로 들어가 간절한 마음으로 편지를 뜯었다. 서둘러 쓴 짧은 편지였다. 나는 단숨에 읽었다.

우리는 용케 쿠르드족을 피해 그루지야 국경에 이르렀네. 모든 일이 잘 돌아가고 있다네. 지금에 와서야 비로소 행복이 무엇인지 알았다는 생각이 드는군. 왜 그런고 하니, 명문집(名文集)에서 읽은 해묵은 격언을 몸소 실천하고 있기 때문이지. "행복이란 의무를 행하는 것이다. 행하기 어려운 의무를 행할수록 행복은 더 커지는 법이다."

며칠 뒤면 언제 죽을지 모르고 박해받는 이 그리스인 동포들은 바투미*에 도착할 것이네. 오늘 "첫 증기선이 시야에 들어왔음!"이라는 전보를 받았네.

엉덩이 펑퍼짐한 아내와 눈살이 매운 아이들을 거느린 이 수천 명의 그리스인들, 빈틈없고 똑똑하고 열심히 일하는 이 그리스인들은 이제 곧 마케도니아와 트라케로 옮겨 가 살게 될 것이네. 그렇게 되면 우리는 그리스의 핏줄에 이 새롭고 활기 찬 피를 수혈하는 셈이지.

나는 조금 지쳤네만 그게 무슨 상관이겠는가? 내 사랑하는 스승이여, 우리는 싸워서 이겼네. 이제 곧 자네를 만날 날을 기대하네.

나는 편지를 주머니에 쑤셔 넣고 다시 걸음을 재촉했다. 나 역시 행복했다. 산으로 오르는 가파른 길을 걸으면서 나는 백리향의 향긋한 잔가지를 꺾어 손가락 사이에 문질렀다. 정오가 가까워 오면서 내 검은 그림자는 발밑께로 모였다. 매 한 마리가 머리 위를 높이 날면서 어찌나 날개를 빨리 움직이는지 마치 움직이지 않고 가만히 정지해 있는 것처럼 보였다. 꿩 한 마리가 내 발소리를 듣고 관목 숲에서 빠져나와 금속성 소리를 내며 공중으로 푸르르 날아올랐다.

나는 더없이 행복했다. 노래를 부를 줄 알면 노래라도 시원

---

* 그루지야에서 두 번째로 큰 도시로 남서쪽으로 흑해에 위치해 있다.

하게 불러 내 감정을 토로하고 싶었다. 그러나 소리를 질러 봐야 알아들을 수 없는 끽끽 소리밖에 나오지 않았다. "도대체 너한테 무슨 일이 일어난 거냐?" 자신을 놀리듯 나 스스로에게 물어보았다. "그럼 넌 전부터 애국자였는데 이제껏 그걸 모르고 있었던 거냐? 네 친구를 그토록 사랑하느냐? 처신을 잘하려무나! 부끄럽지도 않으냐?" 그러나 내 물음에 대답하는 사람은 아무도 없었다. 나는 알아들을 수도 없는 말을 지껄이며 계속 언덕을 올라갔다. 어디선가 방울 소리가 들렸다. 바위 사이에서 검은색, 갈색, 회색 염소들이 햇살을 받으며 나타났다. 건장한 숫염소가 맨 앞에 서서 목을 빳빳하게 세웠다. 공기에 숫염소 냄새가 진동했다.

"여보세요, 아저씨! 어딜 그렇게 바삐 가세요? 누구를 쫓아가는 건가요?" 양치기가 바위 위로 뛰어올라 손가락을 입에 넣고 휘파람을 불어 나를 불렀다.

"급히 할 일이 있네." 나는 이렇게 대답하고는 계속 올라갔다.

"잠깐만 기다려요. 이리 와서 양젖이나 한 모금 마시면서 땀 좀 식혀요." 양치기가 바위에서 바위로 뛰어 내게 가까이 다가오면서 소리쳤다.

"급히 할 일이 있다고 하지 않았는가?" 나도 소리를 되질렀다. 걸음을 멈추고 이야기를 나누느라 내 기쁨을 방해받고 싶지 않았다.

"그럼 할 수 없죠." 양치기가 화가 난 듯 내뱉었다. "행운을 빌어요!" 그가 다시 손가락을 입에 넣고 휘파람을 불자 염소 떼와 개들이 바위 뒤로 모습을 감추었다.

조금 뒤 곧 나는 산꼭대기에 도착했다. 정상에 오르는 것이 목적이었던 듯 마음이 놓였다. 바위 그늘에 벌렁 누워 저 멀리 평야와 바다를 내려다보면서 샐비어와 백리향 냄새가 향긋한 공기를 폐부 깊이 들이마셨다. 일어서서 샐비어를 한 아름 모아 베개를 만들고 다시 누웠다. 피로가 밀려와 눈을 감았다. 한순간 내 마음은 멀리 눈에 덮인 고원으로 날아갔다. 내 친구가 앞장서서 사람들과 소 떼를 이끌고 북쪽으로 향하는 모습을 마음속에 그려 보려고 애썼다. 그러나 곧 정신이 흐려지면서 말할 수 없는 졸음에 굴복하고 말았다.

나는 잠에 떨어지지 않으려고 몸부림쳤다. 그래서 두 눈을 크게 떴다. 부리가 노란 알프스 까마귀 한 마리가 내 맞은편 산 정상 위에 있는 바위 위에 앉아 있었다. 검푸른 깃털이 햇빛에 반짝거렸다. 큼직한 노란 부리가 똑똑하게 보였다. 이 새가 불길한 전조인 것 같은 생각에 나는 화가 나서 돌멩이 하나를 집어 들어 새에게 던졌다. 그러자 알프스 까마귀는 조용히 그리고 천천히 날개를 폈다.

더 이상 저항할 수 없어 두 눈을 감자 곧바로 스르르 잠이 덮쳤다. 겨우 몇 초도 자지 못하고 나는 소리를 지르며 벌떡 일어났다. 알프스 까마귀가 아직도 내 머리 위를 떠돌고 있었다. 나는 바위에 기대앉아 몸을 떨었다. 꿈이 — 성령의 강림이 — 칼처럼 내 가슴을 저미고 들어왔다. 나는 아테네에서 혼자 헤르메스 가(街)를 걷고 있었던 것 같다. 햇살은 눈부시게 쏟아지는데 거리에는 사람 하나 없고 가게 문은 모두 닫혀 있어 사방이 쥐 죽은 듯 고요했다. 카프니카레아 성당 앞을 막 지나가는데 갑자기 내 친구가 창백한 얼굴을 하고 숨을 헐떡거리며 신타그마 광장 쪽에서 내게로 뛰어오는 모습이 어렴풋이 보였다. 내 친구는 외교관 복장을 하고, 거인처럼 큰 걸음으로 걷는, 키가 몹시 큰 사내를 따라가고 있었다. 친구는 나를 알아보고 멀리서 숨가쁘게 불렀다. "여보게, 스승, 요즘 일은 좀 어떤가? 몇 해째 자네를 만나지 못했군. 오늘 밤 내게 와 함께 이야기나 좀 하세." "어디서 말인가?" 나는 친구가 멀리 떨어져 있는 것 같아 젖 먹던 힘을 다해 목청껏 소리를 질렀다. "오늘 저녁 6시 오모니아 광장에서 만나세. 파라다이스 카페 분수 말이네!" "좋아. 그리로 가겠네." 내가 대답했다. "자네는 말만 그렇게 하지." 친구의 목소리는 책망하는 것 같았다. "오겠다고 해 놓고 안 올 테지." "꼭 가겠네. 손을 주게, 악수나 하게." 내가 소리쳤다. "나는 지금 바쁘네." "뭐가 그리 바쁜가? 악수나 한번 하세!" 그는 팔을 내밀었다. 갑자기 그의 손이 어깨에서 빠져나와 내 손을 잡으려고 공중을 날아왔다. 나는 얼음처럼 싸늘한 촉감에 기겁하여 소리를 지르며 깨어났다.

여전히 내 머리 위를 날던 알프스 까마귀가 이제 막 떠나려 하고 있었다. 독이라도 떨어지듯 입술이 쓰디썼다. 나는 동쪽으로 눈길을 돌리고 먼 곳까지 꿰뚫어 보려는 듯 눈을 부릅떴다. 내 친구에게 위험이 닥친 게 틀림없었다. 그래서 나는 그의 이름을 큰 소리로 세 번이나 불렀다. "스타브리다키스! 스타브리다키스! 스타브리다키스!"

나는 그에게 용기를 주고 싶었다. 그러나 내 목소리는 앞쪽으로 몇 미터쯤 나아가다 대기 속으로 잦아들었다.

나는 몸을 지치게 하여 슬픔을 재우려고 있는 힘을 다해 산길을 달려 내려왔다. 내 머리는 이따금 영혼에 이르는 신비스러운 메시지를 비우려 애썼지만 모두 부질없었다. 내 존재의 심연에서 원시적인 확신이, 논리보다 깊은 완전히 생기발랄한 확신이 나를 공포 속으로 몰아넣었다. 동물들이 ── 양들이나 생쥐들이 ── 지진이 일어나기 전에 감지하는 그런 확신이었다. 나의 내부에서 지금 눈을 뜨고 있는 것은 인간이 태어나기 전의 영혼, 대지에서 떨어져 나오기 전, 그래서 이성의 도움으로 왜곡되지 않고 우주의 진리를 직접 소유하던 그런 영혼이었다. "지금 그가 위험에 처해 있어! 위험에 빠져 있는 거야!" 나는 계속 중얼거렸다. "지금 죽어 가고 있는 거라고. 친구는 아직 이 사실을 깨닫지 못했겠지만 나는 틀림없이 알아."

나는 산길을 달려 내려오다 조그마한 돌무덤에 걸려 땅바닥에 쓰러졌다. 손발에 상처가 나고 피가 흘렀다. 셔츠가 찢어졌다. "그 친구가 지금 죽어 가고 있어. 죽어 가고 있다고." 이렇게 계속 말하다 보니 목구멍이 막혔다.

지독히 운도 없는 피조물인 인간은 영혼 주위에 아무도 공략할 수 없는 높다란 장벽을 세웠다. 그러고는 그 조그마한 영역을 철옹성처럼 만들어 그곳에 안주하며 자신의 육체적, 지적 일상생활에 질서와 안녕을 부여하려고 애쓴다. 그 영역에서 세상만사는 뭇사람이 밟아 다져진 길과 신성불가침의 노정을 따르며 단순하고 안전한 규칙을 따르기 때문에 앞으로 무슨 일이 일어날지, 또 이기적인 우리가 어떻게 처신해야 할지 확실하게 예측할 수 있다. 신비라는 급습에 대비하여 철옹성을 쌓은 이 영역 안에서 지배하는 힘은 지네처럼 보잘것없는 확실성이다. 그토록 증오를 받는 치명적인 적은 오직 하나, 피조물이 지난 수천 년 동안 물리치기 위해 조직한 적은 오직 하나뿐이다. 이름하여 '위대한 확실성'이다. 지금 이 순간 영혼의 장벽을 뛰어넘어 나를 덮친 것은 다름 아닌 이 '위대한 확실성'이다.

나는 해변에 이르러서야 겨우 숨을 조금 돌릴 수 있었다. 제2의 방어선을 구축하여 공격할 수 있을 것 같았다. '이 모든 것은 우리의 불안감이 만들어 낸 자식들로 우리의 잠에서 상징의 화려한 옷을 입고 나타나지.' 나는 생각했다. '우리는 한낱 그 상징을 만들어 내는 창조자인 것을. 그것들은 우리를 찾아내려고 멀리서 오지 않는다. 그것들은 전능한 암흑의 영역에서 우리에게 전달되는 메시지가 아니야. 우리에게 속한 메시지들로 우리를 떠나서는 아무런 가치도 없지. 우리의 영혼은 발신지일 뿐 수신자가 아니거든. 그러니 두려워할 필요가 없지 않은가.'

나는 차츰 평정을 되찾았다. 이성은 암울한 메시지 때문에 뒤죽박죽된 내 가슴에 다시 한번 질서를 회복시켜 주었다. 이성은 그 야릇한 박쥐의 날개를 몇 번이고 자르고 잘라 더 이상 날 수 없는 생쥐로 만들어 버렸다.

드디어 오두막에 이르렀을 때 나는 쉽게 속은 것에 미소를 지었다. 내 마음이 그처럼 쉽사리 혼란에 빠졌다는 사실이 부끄

러웠다. 나는 이미 신성불가침한 일상 세계로 돌아왔다. 배가 고
프고 목이 마르고 피곤했다. 돌에 찢긴 상처가 쓰라려 왔다. 그러
나 무엇보다도 영혼이 안도하는 것을 느낄 수 있었다. 내 영혼의
장벽을 뛰어넘었던 그 무시무시한 적은 제2의 방어선을 넘지 못
했다.

26

이제 모든 것이 끝났다. 조르바는 케이블, 연장, 운반용 손수레, 쇠붙이 나부랭이, 목재를 해변에 쌓아 놓고, 카이크 범선이 실어 가기를 기다리고 있었다.

"조르바, 이 모든 걸 선물로 줄게요. ──아저씨에게 드릴게요. 엄청난 이익을 보기 바랍니다!" 그러나 조르바는 울음을 참으려는 듯 목구멍을 막았다. "이제 우린 헤어지는 건가요?" 그가 중얼거렸다. "어디로 갈 작정이오, 보스 양반?"

"외국으로 나갈까 해요. 내 배 속에 들어 있는 염소라는 놈이 아직 종이를 더 씹어 먹어야 성이 차겠다네요."

"보스, 그렇게 일렀는데도 아직 못 알아들었소?"

"많은 걸 배웠어요, 조르바. 고마워요. 하지만 나도 자신의 길을 갈 필요가 있잖아요. 아저씨가 체리를 잔뜩 먹어 그렇게 했듯이 난 책으로 그렇게 할 참이에요. 종이 나부랭이를 잔뜩 먹으면 언젠가는 구역질이 날 테지요. 구역질이 나서 확 토해 버리고 나면 구원을 받게 될 테지요."

"보스, 당신의 우정이 없으면 난 어떻게 살아야 할까요?"

"조르바, 너무 상심하지 마세요. 다시 만날 날이 있겠지요. 또 누가 압니까?—사람의 능력이란 워낙 엄청나잖아요.—뒷날 우리의 원대한 계획을 실천에 옮길지도 모르지요. 우리가 원하는 식으로 수도원을 짓는 것 말입니다. 하느님도 없고 악마도 없이 오직 자유로운 인간만 있는 수도원을. 그렇게 되면 조르바 당신은 성 베드로처럼 문지기가 되어 문을 여닫는 큼직한 열쇠를 하나 차고 있을 거예요."

조르바는 오두막의 구석에 등을 대고 바닥에 앉아 말없이 술을 들이켰다. 술잔을 채워 비우고 또 채워 비웠다.

밤이 되었다. 우리는 식사를 끝낸 뒤 포도주를 마시며 마지막 대화를 나누었다. 내일 아침 내가 이라클리오로 떠나면 우리는 헤어지는 것이다.

"그래그래, 알았소이다." 조르바는 마침내 콧수염을 문지르며 안주도 없이 계속 술을 마셨다.

머리 위 여름밤 하늘엔 반짝반짝 빛을 내뿜는 별이 가득했다. 우리 내부에서는 심장이 신음 소리를 내려 했지만 그러지 못했다.

나는 생각에 잠겨 있었다. '이 사람에게 영원한 이별을 고하자. 잘 살펴봐 두도록 해라. 두 번 다시 절대로 조르바를 만나지 못할 테니.' 나는 그의 늙은 가슴을 껴안고 엉엉 울고 싶었지만 부끄러워서 차마 그럴 수 없었다. 웃음으로 감정을 숨기고 싶었지만 그마저도 되지 않았다. 목구멍이 온통 응어리로 꽉 막혀 버린 것 같았다. 삐쩍 마른 목을 뽑고 묵묵히 술만 마시는 조르바의 모습을 바라보았다. 그를 계속 바라보자니 이런 생각이 들었다. 우리네 인생이란 어느 만큼이나 신비로운 것인가. 비바람에 나부끼는 가을 나뭇잎처럼 우리는 얼마나 쉽게 만났다가 또 얼마나 쉽게 헤어지는가. 우리의 눈은 사랑하는 사람들의 얼굴 모습, 몸매, 몸짓을 기억하려고 발버둥치지만 몇 해만 흘러도 그들의 눈이 파랬는지 검었는지도 제대로 기억하지 못하는 것을. "강철이었어야 했어." 나는 나 자신에게 외쳤다. "인간의 영혼은 강철로 만들어졌어야 했어. 강풍이 아닌 강철로 말이야."

조르바는 큼직한 머리를 곧추세운 채 꼼짝도 하지 않고 계속 술을 마셨다. 이 밤중에 그는 가까이 다가오거나 점차 멀어지는 발소리에 열심히 귀를 기울이는 것 같았다. 그런데 그 발소리는 인간의 내면에서만 들을 수 있는 소리였다.

"조르바, 무슨 생각을 그렇게 골똘히 하세요?"

"보스, 내가 무슨 생각을 하고 있다고 그래요? 아무 생각도 안 해요. 정말이지 아무 생각도 하지 않는다고요! 아무 생각도 하지 않고 있습니다."

얼마 뒤 또 잔을 채우며 그가 소리쳤다. "보스의 건강을 위하여 건배!"

우리는 잔을 부딪쳤다. 둘 다 이 쓰라린 감정이 그리 오래 지속되지 않으리란 걸 잘 알고 있었다. 우리는 울음을 터뜨리거나 술에 취해 춤을 출 필요가 있었다.

"산투리를 쳐 봐요, 조르바!" 내가 제안했다.

"산투리도 기분이 좋아야 해요. 내가 전에 말하지 않았던가요, 보스? 지금부터 한 달, 두 달, 아니 이 년은 지나야 칠 수 있을 겁니다. ─또 모르지요. 그때 가면 우리 두 사람이 영원히 헤어진 사연을 노래할지도."

"영원히라니요!" 나는 깜짝 놀라 우는 소리로 외쳤다. 나는 이 엄청난 말을 큰소리로 입 밖에 낼 용기가 없어 홀로 되씹곤 했었다. ─그래서 지금 몹시 놀랐던 것이다.

"영원히지요!" 조르바는 힘들게 침을 삼키면서 그 말을 반복했다. "그래요, 영원히지요. 보스가 방금 전에 한 말, 다시 만난다느니, 수도원을 짓는다느니 하는 말 ─그건 임종의 자리에서 다 죽어 가는 사람이나 내뱉는 위로죠. 난 그런 말을 받아들일 수 없소. 바라지도 않아요! 뭐요? 위로를 찾다니 우리가 계집애들입니까? 사내대장부는 그런 위로 같은 거 필요 없소. 암, 이별은 영원한 거요!"

"떠나지 않을 수도 있어요." 나는 조르바의 야성적인 부드러움에 겁을 먹고 말았다. "당신과 함께 갈지도 몰라요. 나는 자유로운 몸이잖아요."

"아뇨, 보스는 자유롭지 않아요." 조르바가 고개를 저었다. "당신이 묶인 줄은 다른 사람들의 줄보다 좀 더 길어요. 그것뿐이오. 당신의 고귀한 줄은 깁니다. 당신은 마음대로 오고 가니 자유롭다고 생각할지 모르죠. 하지만 당신은 그 줄을 잘라 버리지

526

못해요. 만약 당신이 그 줄은 자르지 않으면…….”

　“언젠가는 잘라 낼 거요.” 내가 오기를 부렸다. 조르바의 말이 내 상처를 건드려 아팠기 때문이었다.

　“보스, 그건 어려워요. 아주 어렵다고요. 그러려면 바보가 돼야 합니다. 내 말 알아듣겠어요? 바보 말이에요! 모든 걸 걸어야 하는 거죠. 하지만 보스는 머리가 좋으니 그것에 압도당하고 말 거요. 인간의 머리란 식료품상 주인과 같소. 계속 계산하면서 장부에 이렇게 씁니다. ‘얼마를 지불했고, 얼마를 벌었고, 이 액수는 손실이고, 저 액수는 이익이다.’ 똑똑한 머리는 뛰어난 지배인과 같습니다. 절대로 가진 걸 다 거는 법이 없어요. 늘 예비금을 남겨 두죠. 이러니 줄을 자를 수 없다는 겁니다. 아니, 절대로 그러지 못할 거요! 오히려 더 단단히 붙잡아 맬 거요. 만약 줄이 끊어져 나가면 똑똑한 머리는 끝장이 나는 거죠. 아무 데도 쓸 데가 없는 물건이 되고 말죠! 하지만 어디 한번 말해 보쇼. 그 머리가 줄을 잘라 버리지 않는다면, 인생에 단단한 기반이 존재할까요? 캐모마일 차, 그것도 희석한 캐모마일 차 맛이겠죠. 이 세상을 거꾸로 바꾸는 데 필요한 건 럼주 같은 술뿐이에요!”

　조르바는 입을 다물고 묵묵히 술잔을 더 채우고 나서 화제를 바꿨다. “날 용서해 주쇼, 보스 양반. 난 무식한 촌놈이오. 구두에 진흙이 달라붙듯 말이 자꾸 이 사이에 낍니다. 난 언변 좋게 말을 술술 하거나 인사치레 같은 건 못해요. 도저히 할 수가 없어요. 하지만 보스는 내 말을 잘 알아듣습니다.”

　조르바는 또 잔을 비우고 나를 쳐다보았다. “그래요, 당신은 이해하고 있어요!" 그는 갑자기 화가 난 사람처럼 큰 소리로 부르짖었다. "당신은 이해하고 있고, 그래서 그놈한테 먹히고 말 거요. 이해하지 못하면 행복할 텐데. 뭐가 부족해요? 젊겠다, 돈도 있겠다, 머리도 있겠다, 건강하겠다, 사람도 좋겠다. —세상에 부족한 게 하나도 없어요. 빌어먹을, 하나도 없소이다! 다만 한 가지만 빼면! 당신이 말했듯이 바보짓 말이에요. 하지만 그게 없으면 보스 양반……."

조르바는 그 큰 머리를 흔들면서 다시 입을 다물었다.

나는 울고 싶은 심정이었지만 가까스로 참았다. 조르바가 하는 말은 구구절절 옳았다. 어릴 적에 나는 엄청난 충동, 초인간적인 갈망에 휘둘렸다. 세상이 너무 비좁게 느껴져 홀로 앉아 한숨만 쉬었다. 그 뒤 차츰 나이를 먹으면서 나는 조금씩 생활 방식을 바꿨다. 한계를 정하고 가능한 것과 불가능한 것, 인간적인 것과 신적인 것을 가르고, 내 연(鳶)이 달아나지 않도록 꼭 붙잡았다.

바로 그때 큼지막한 유성 하나가 하늘을 가로질러 사라졌다. 조르바는 벌떡 일어나 겁에 질려 눈을 크게 뜨고는 유성을 쳐다보았다. 마치 세상에 태어나 유성을 처음 보는 사람 같은 표정이었다.

"저 별 봤소?" 그가 내게 물었다.

"네, 봤어요."

우리 두 사람은 또다시 침묵에 잠겼다. 그러다가 조르바가 갑자기 비쩍 마른 목을 쑥 빼고 가슴을 내밀더니 들짐승처럼 절망적인 울부짖음을 내뱉었다. 그 절규는 즉시 조르바의 내면에서 솟아나 열정과 슬픔과 절망으로 가득 찬 고적한 한 토막 멜로디와 함께 터키의 가사로 바뀌었다. 대지의 심장이 두 쪽으로 갈라지며 그토록 달콤한 아나톨리아의 담즙을 쏟아 내면서 덕성과 희망에 나를 묶어 놓은 내면의 실을 모조리 무력하게 만들었다.

이키 케클릭 비르 테페데 외튀요르
외트메 데, 케클릭, 베님 데르딤 예티요르,
아만! 아만!

절망. 끝없이 펼쳐진 가는 모래. 공기는 파란색, 장밋빛 핑크색, 노란색으로 흔들거린다. 네 머리는 혼란스럽다. 네 영혼은 미친 듯 지르는 소리에 아무 목소리도 화답이 없어 기뻐 날뛴다. 적막감! 적막감! 갑자기 내 눈에는 가득 눈물이 고인다.

언덕배기에 꿩 두 마리가 울고 있네
꿩이여, 울지 마라, 내 아픔만으로도 감당할 수 없으니,
아만! 아만!

조르바는 아무 말도 하지 않았다. 손가락을 민첩하게 놀려 이마 위의 땀을 닦아 땅바닥에 휙 던졌다. 그러고는 앞쪽으로 고개를 숙이고 모래를 내려다보았다.

"그건 무슨 노래인가요?" 한참 있다가 내가 그에게 물었다.

"낙타몰이들이 부르는 노래요. 사막을 지날 때 부르죠. 몇 년 동안 부르질 않아 기억이 잘 나지 않소. 그런데 지금 문득……." 목구멍이 막혔는지 그의 목소리가 둔탁했다. "……보스, 이제 그만 잘 시간이오. 이라클리오로 가는 배를 타려면 아침 일찍 일어나야 해요. 그럼 잘 자쇼!"

"졸리지 않은데요." 내가 대답했다. "자지 않을래요. 우리가 함께 지내는 마지막 밤이잖아요."

"바로 그래서 후딱 끝내야 한다는 겁니다!" 그는 술을 더 마시고 싶지 않은 표정으로 술잔을 뒤집으며 소리쳤다. "진짜 사나이가 — 팔리카리*처럼 말이오. — 담배나 술, 노름을 끊을 때처럼 끝낼 땐 재빨리 끝내야 해요. 혹 알고 싶어 할지도 몰라서 하는 말인데, 우리 아버지는 진짜 팔리카리였소. 그런 식으로 날 쳐다보지 마쇼. 나는 그의 큼직한 고목 뿌리에서 돋아난 작은 곁가지에 지나지 않으니. 나 같은 놈은 그 양반 발꿈치도 못 따라가지. 우리 아버지는 사람들 입에 늘 오르내리는 저 옛날 그리스 사람과 비슷했거든. 그 양반은 악수를 하면 손을 그만 부서지도록 잡아 버립니다. 나는 가끔씩이라도 이렇게 점잖게 이야기하지만, 우리 아버지는 울부짖거나 불평을 늘어놓거나 노래만 불렀어요. 그 양반 입에서는 솔직하게 인간의 언어 같은 말이 나올 때가 드물었지요. 강박 관념이란 강박 관념은 두루 갖춘 이 양반도 자를 때는 칼로 무를 자르듯 그렇게 잘라 버립디다. 이 양반

---

* 팔리카리 또는 팔리카르는 본디 젊은이를 가리키는 그리스어지만, 1821년 그리스 독립 전쟁 중 오토만(터키)과 맞서 싸운 용맹한 그리스 전사를 뜻하기도 한다.

은 담배를 굴뚝같이 피워 댔습니다. — 그것도 줄담배였죠. 어느 날 아침 자리에서 일어나 밭을 갈러 들로 나갔어. 워낙 골초니 밭에 도착해서 일 시작하기 전 울타리에 기대어 담배 한 대 피우려고 혁대 뒤로 손을 집어넣어 쌈지를 찾았죠. 그런데 아뿔싸, 쌈지를 꺼내고 보니 텅 비어 있는 겁니다. 담배가 하나도 들어 있지 않았던 거요. 집에서 나오면서 담배 넣는 걸 깜빡 잊은 거지. 이 양반은 입에 거품을 물고 으르렁거리며 총알처럼 날쌔게 마을로 내달았지요. 아시겠지만, 담배에 관한 강박 관념에 완전히 압도당해 있었거든. 그런데 갑자기 (이래서 나는 늘 사람이 참 묘한 존재라는 겁니다.) 이 양반이 걸음을 멈추고는 부끄러움을 느낀 거요. 쌈지를 꺼내어 이빨로 갈가리 물어 찢고 화를 내면서 땅바닥에 내팽개쳤다나. '더럽다, 더러워!' 그 양반이 소리쳤죠. '이 더러운 화냥년!' 이랬답니다. 바로 그 순간부터 돌아가실 때까지 우리 아버지는 담배를 입에 대지 않았어요. 보스, 진짜 사내란 이런 게 아닐지. 그럼, 잘 자쇼!"

조르바는 일어서서 해변의 조약돌이 있는 곳으로 성큼성큼 다가면서 뒤도 돌아보지 않았다. 바닷물이 찰랑거리는 곳에 이르자 어둠이 그를 삼켜 버렸다.

그 뒤로 나는 조르바를 두 번 다시 보지 못했다. 닭이 울기도 전에 노새꾼이 왔다. 나는 노새를 타고 그곳을 떠났다. 내 생각이 틀렸을지도 모르지만 조르바가 어딘가에 숨어서 내가 떠나는 모습을 지켜보았을 것만 같다. 어찌 되었든 그는 달려 나와 판에 박힌 이별의 말을 나누고 눈시울을 붉히고 손과 손수건을 흔들어 석별의 정을 나누지 않았다. 우리의 이별은 이렇게 칼로 두부 자르듯 쉽게 이루어졌다.

이라클리오에서 나는 전보 한 통을 받았다. 전보를 받아 들고 손이 떨려 한참 들여다보았다. 나는 분명히 그 내용을 알고 있었다. 몇 마디 말, 몇 글자인지까지 몸서리치게 꿰뚫어 볼 수 있었다.

펼치기 전에 북북 찢어 버리고 싶은 충동을 느꼈다. 빤히 아는 내용인데 왜 읽는단 말인가? 오호통재라, 우리는 아직도 우리의 영혼을 믿지 못하는구나! 꾀죄죄한 식료품 가게 주인이요 보잘것없는 보따리장수인 우리의 정신은 마치 우리가 늙은 무당이나 마녀를 비웃듯이 영혼을 비웃는다. 나는 전보를 펼쳤다. 트빌리시*에서 온 것이었다. 순간 글자가 내 눈앞에서 춤을 추는 바람에 글자를 알아볼 수 없었다. 그러나 글자가 천천히 자리를 잡기 시작했다. 그래서 나는 전보문을 읽었다. "어제 오후 스타브리다키스 급성 폐렴으로 사망."

*

오 년이라는 세월이 흘렀다. 길고 긴 공포의 오 년 동안 지리적인 경계는 춤을 추었고, 시간은 가속도가 붙은 듯 지나갔으며, 국가와 국가들은 아코디언처럼 늘어났다 줄어들기를 반복했

---

* 그루지야의 수도로 쿠라 강변에 위치한다. '티플리스'라는 이름으로 더 잘 알려졌다.

다. 한바탕 폭풍의 시간에 휩쓸려 조르바와 나도 연락 없이 지냈다. 기근과 공포가 사이에 끼어들기도 했다. 처음 삼 년 동안은 그래도 이따금 그로부터 아토스산에서 짧게 써 보낸 엽서를 받았다. 서글픈 눈에 결의에 찬 턱을 가진 성모 마리아*의 그림엽서에 조르바는 늘 종이를 찢는 그 특유의 필체로 이렇게 써 보내곤 했다. "보스, 여기서는 사업을 할 수가 없소. 이곳 수도사들은 너무 영악해서 벼룩의 간도 빼먹을 놈들이오! 다른 곳으로 떠납니다." 며칠 뒤 엽서가 또 한 장 날아들었다. "복권을 파는 것 같아 앵무새를 손에 들고 수도원을 돌아다닐 수가 없소이다. 그래서 신실한 수도사에게 주었소. 그 수도사는 성가대의 선창자(先唱者)처럼 '주여, 당신에게 부르짖습니다!'**라는 노래를 부르는 까마귀를 한 마리 키우고 있소. ― 깡패 같은 놈이죠! 당신도 들으면 돌아 버릴 겁니다! 수도사는 우리 앵무새에게도 노래를 가르칠 테죠! 이제 타락한 이 수도사는 평생 보고 들은 걸 모두 가르칠 겁니다. ― 이봐, 앵무새야, 넌 이제 신부가 된 거란 말이다! 저주를 받으면 그렇게 되죠. 우정 어린 포옹과 키스를 담아 보냅니다. 외톨이 수도사 알렉시오스 신부 배상."

그로부터 예닐곱 달이 지나갔다. 젖가슴이 훤히 드러난 드레스 차림의 뚱뚱한 여자를 그린 엽서가 루마니아에서 날아왔

---

* Panagia Portaitissa. 천국의 문지기라는 뜻으로 동방 정교회의 성모 마리아상. 원본 이미지는 그리스 아토스 산에서 처음 발견되었다.
** 동방 정교회에서 널리 사용하는 기도문과 찬송가의 첫 구절.

다. "아직 살아 있습니다. 마말리가*를 먹고 맥주를 마시면서 유전(油田)에서 일하고 있는데 영락없는 시궁쥐 꼴이죠. 하지만 이곳에서는 마음이 원하는 것, 배가 원하는 것이 풍성해요. 나 같은 늙은 건달에게는 낙원이죠. 보스, 무슨 말인지 알죠? 한마디로 신바람 나는 곳이라는 말입니다. 고기도 많고 애인도 많고. 하느님에게 감사할 뿐이오. 건투를 빕니다. 유전 생쥐, 알렉시스 조르베스코 배상."

그로부터 또 이 년이 지난 어느 날 이번에는 시베리아에서 엽서가 날아왔다. "아직 살아 있습니다. 이곳은 오라지게 추워할 수 없이 결혼했습니다. 이 엽서를 뒤집어 보면 고양이 같은 애인을 볼 수 있을 겁니다. 끝내주는 여자죠? 지금 배가 조금 부른 건 날 위해 조르바 2세를 하나 만들고 있기 때문이죠. 당신이 준 양복을 입고 있는데, 손에 낀 결혼반지는 가엾은 부불리나가 준 겁니다. 하느님, 부불리나의 영혼을 돌보소서! (이 세상에 불가능한 일은 없습니다!) 이 여자 이름은 류바라고 해요. 내가 지금 입고 있는 여우 목도리 외투는 아내의 결혼 지참금이죠. 참 이상한 족속이라오. 아내는 새끼 일곱 마리가 딸린 암퇘지 한 마리와 전남편 소생인 아이 둘을 데리고 왔어요. 그래요, 여자는 과부였습니다. 근처 산에서 마그네슘 광산을 하나 발견하고 자본가 하나와 손을 잡아 파샤처럼 성공하고 있습니다. 그럼 건투를 빕니다. 전(前) 홀아비 알렉시스 조르비치."

---

* 옥수수 가루를 빻아서 차진 반죽으로 만든 뒤 쪄 낸 루마니아 전통 음식.

엽서 앞쪽에는 털모자에 최신 유행 스타일의 긴 외투를 한껏 멋 부려 차려입고 멋쟁이 지팡이까지 쥐고 있는, 영양 상태 좋은 조르바의 사진이 박혀 있었다. 스물다섯 살쯤으로 보이는 예쁜 슬라브 여자가 그의 한 팔에 기대고 있었다. 굽 높은 장화를 신고 가슴이 풍만하며 엉덩이가 큰 이 여자는 길들지 않은 야생마처럼 보였다. 사진 밑에는 조르바의 꼬부랑글씨가 적혀 있었다. "나 조르바와 영원한 사업인 여자. 이번 여자의 이름은 류바임."

이 기간 동안 나는 유럽을 여행하고 있었다. 나 역시 영원한 사업에 뛰어들었지만 내게는 풍만한 가슴도, 새 외투도, 돼지 새끼들도 없었다. 어느 날 베를린으로 프롤로그에서 언급한 전보 한 통이 날아들었다. "아주 멋진 녹암(綠岩)을 찾았음. 즉시 오기 바람. 조르바." 프롤로그에서 썼듯이 나는 모든 것을 포기할 용기가 없었고 일생에 단 한 번이라도 비이성적인 행동을 할 용기가 없었다. 조르바가 나를 두고 '잃어버린 영혼'이니 '먹물을 뒤집어쓴 사람'이니 하고 부른 짧은 편지는 조금 전에 언급했다.

조르바는 그 뒤로 내게 편지를 보내지 않았다. 전 세계의 엄청난 사건들이 우리 사이를 다시 한번 갈라놓았다. 세계는 상처를 입고 술 취한 사람처럼 계속 휘청거려서 개인의 사랑이나 관심사는 뒷전으로 밀려나 있었다.

그러나 나는 이따금 친구들과의 대화 속에서 내 안에 잠들어 있는 그 위대한 영혼을 되살려 내곤 했다. 우리는 함께 제대로 교육을 받지 않은 이 무식한 인간을 합리성의 울타리 밖으로 끌어낸 확신에 찬 도약을 존경해 마지않았다. 쉽게 내뱉는 몇 마디 말로 그는, 다른 사람이라면 엄청난 시간과 노력을 고통스럽게 퍼부은 다음에야 닿을 지적인 정상에 단숨에 도달했다. 그래서 우리는 이렇게 부르짖곤 했다. "조르바는 위대한 영혼이야." 아니, 정상을 훨씬 뛰어넘었다고 생각하면서 우리는 이렇게 부르짖기도 했다. "조르바는 미치광이야."

이렇게 시간은 쓰디쓰면서도 달콤한 추억과 함께 흘러갔다. 또 다른 그림자, 크레타섬에서 조르바와 함께 지내는 동안 내게 드리워진 그 친구의 그림자는 내 영혼에 그늘을 드리우며 떠나려 하지 않았다. ─어쩌면 내가 떠나는 걸 바라지 않아서였을지도 모른다. 그러나 나는 이 제2의 그림자에 대해 아무에게도 말하지 않았다. 그 그림자는 저승으로 통하는 숨은 다리요 피안과 시작한 은밀한 대화와 다름없었고, 그 덕분에 나는 죽음과 화해할 수 있었다. 내 친구의 죽은 영혼이 그 다리를 건널 때 그의 얼굴이 창백하고 말을 하거나 내 손목을 잡을 수 없을 만큼 지쳐 있는 것을 알 수 있었다.

나는 이따금 이런 끔찍한 생각을 할 때가 있었다. 내 친구가 보낸 이 지상에서의 짧은 생은 그가 육신 전체를 영혼으로 성화시킬 만큼 충분하지 않았고, 그래서 치명적인 순간 죽음의 공포에 압도당하는 것을 거부할 수 있을 만큼 자신의 영혼을 강하게 만들 시간이 없었던 게 아닐까. 그에게는 그럴 만한 능력이 있었는데도 불멸의 것으로 만들 시간이 없었던 게 아닐까. 나는 이런 생각을 거듭했다. 그러나 그는 날벼락처럼 갑자기 강할 때도 있었다. 과연 그가 내 친구였던가? 아니면 갑자기 애정을 느끼며 그를 기억해 낸 나 자신이었던가? 다시 한번 젊고 혈기 왕성한 친구가 계단을 올라오는 발자국 소리가 들릴 만큼 내게 가까이 다가왔다.

얼마 전 나는 눈 덮인 엥가딘*으로 혼자 여행을 떠났었다. 그보다 더 몇 해 전에는 그곳에서 나와 친구와 우리가 함께 사랑하던 여자와 함께 황홀한 시간을 보냈다. 나는 그때 우리가 묵었던 호텔에 투숙하여 침대에 누웠다. 열린 창으로 달이 비쳐 들어왔고, 산과 얼음으로 뒤덮인 전나무들과 검푸른 밤이 잠자는 내 마음속으로 들어왔다. 잠이 들면서 나는 말로 형언할 수 없을 만큼 큰 행복을 맛보았다. 잠은 조용하고 투명한 깊은 바다이고, 나는 그 밑바닥에 꼼짝도 하지 않고 행복하게 누워 있는 것 같았다. 그 기쁨이 얼마나 컸던지. 그러나 내 위쪽 수천 길 바다 수면 위로 배 한 척이 지나가면서 내 몸에 길쭉한 선 하나를 긋는 것 같았다.

문득 그림자 하나가 내 몸 위를 스쳐 지나갔다. 나는 그 그림자의 주인이 누구인지 알고 있었다. 불평 가득한 그의 목소리가 들려왔다. "자네 지금 자고 있는가?"

나도 질세라 똑같이 불평 섞인 말투로 대답했다. "늦게 찾아왔군. 난 지난 몇 달 동안 자네 목소리를 듣지 못했어. 도대체 어디를 방황하고 있었던 건가?"

---

* 스위스 남동부에 위치한 알프스산 계곡.

"자네가 나를 잊었던 거야. 나는 늘 자네와 함께 있었는걸. 자넨 계속 나를 떨쳐 버리려 했잖아. 나는 언제나 자네를 찾아올 만큼 힘이 있지 않다네. 달빛이 아름답군. 눈 덮인 나무들도, 지상의 삶도 하나같이 아름다워. — 하지만 그렇다고 나를 잊지는 말게나!"

"자네를 어찌 잊겠는가. 알면서 그러는군. 그리스를 떠나 서유럽으로 간 처음 며칠 동안, 나는 돌산에 올라가 내 몸을 지치게 했지만 그래도 밤에는 잠을 이룰 수 없었네. — 모두 자네 때문이었지. 분노가 나를 삼키지 않도록 시를 몇 편 썼다네. 그러나 그 시들은 내 감정을 삭여 편히 숨을 쉬게 해 주지는 못했어. 이렇게 시작하는 시구가 있네.

그대가 죽음 옆에서 걷고 있을 때 나는 감탄했네
가파른 언덕을 오르는 그대의 수완과 가벼움에
새벽녘에 길 떠나려 깨어나는 쌍둥이 동료처럼

역시 완성하지 못한 또 다른 시에서 나는 자네를 이렇게 노래했네.

사랑하는 친구여,
이를 악물게나,
그대 영혼이 부서지지 않도록!

친구는 쓰디쓴 웃음을 웃으며 내게 얼굴을 숙였다. 나는 그의 창백한 얼굴을 보고 그만 몸서리쳤다. 그는 말없이 동공 깊은 곳에서 한참 동안 나를 바라보았다. 동공에는 눈동자 대신 작은 흙덩이 두 개가 채워져 있었다.

"지금 무슨 생각을 하고 있나?" 그가 물었다. "아무 말이나 해 보게."

다시 한번 그의 목소리가 멀리서 울리는 신음처럼 들려왔다. "아, 얼마 남지 않은 이 영혼은 이 세계에 맞지 않는구나! 지리멸렬하고 토막 난 다른 누군가의 시 몇 구절, 4행도 못 되는 시구에 지나지 않는걸! 나는 대지를 오가며 사랑하는 사람들 주위를 배회하지만 그들의 가슴은 하나같이 굳게 닫혀 있어. 어디에서 입구를 찾아 들어갈 수 있을까? 어떻게 하면 다시 삶을 찾을 수 있단 말인가? 대문이 굳게 잠긴 주인집을 맴도는 강아지처럼 나는 그렇게 맴돌고 있네. 아, 물에 빠진 사람처럼 살아 있는 그대들의 따뜻한 몸에 달라붙지 않고 나도 자유롭게 살 수 있다면 얼마나 좋을까!" 그의 동공에서 눈물이 흐르면서 흙덩이가 젖어 진흙이 되었다.

그러나 그의 목소리는 곧 단호하게 변했다. "자네가 나를 정말 기쁘게 해 줬던 건, 우리가 취리히에 머물 때였어." 그가 말했다. "기억나나? 이름 받은 걸 축하하는 날, 자네는 내 이름에 대해 말했지. 기억하나? 다른 사람도 있었어."

"물론 기억하지." 내가 대답했다. "우리가 '성모 마리아'라고 부르던 여자였지.

우리는 아무 말도 하지 않았다. 그로부터 도대체 몇 세기 같은 시간이 흐른 것일까! 취리히! 밖에는 눈이 펑펑 쏟아지는데 우리 셋은 따뜻한 방 안 테이블에 둘러앉아 내 친구의 이름에 찬사를 늘어놓고 있었다.

"무슨 생각을 그리 하고 계시는가, 선생?" 그림자가 비꼬는 말투로 물었다.

"별의별 생각을 다 한다네. 이런 생각 저런 생각."

"나는 지금 자네가 마지막으로 했던 말을 생각하고 있다네. 자네는 술잔을 들고 이렇게 말했지. '사랑하는 나의 마리아여! 스타브리다키스가 갓난아이였을 적에, 그의 할아버지는 한쪽 무릎 위에는 그를, 다른 쪽 무릎 위에는 크레타 리라를 얹고 사나이다운 노래를 연주했지. 오늘 밤은 그의 건강을 위해 건배하세. 운명이 영원히 그대를 하느님의 무릎 위에 앉히시기를!' 사랑하는 스승이여, 하느님이 곧바로 자네 기도를 들어주셨네."

"그래서 어떻다는 건가." 내가 소리쳤다. "사랑은 죽음보다 강하다네."

친구는 쓰디쓴 미소를 지었지만 아무 말도 하지 않았다. 나는 어둠 속에서 그의 뼈마디가 부서지고 그의 근육이 녹아들면서 육신이 흐느낌이 되고 한숨이 되고 비웃음이 되고 있는 것을 알아차렸다.

며칠 동안 죽음의 맛이 내 입술에 가시지 않았다. 그러나 가슴은 후련했다. 죽음은 다정한 연인처럼, 나를 데리러 와 내가 일을 마칠 때까지 구석에서 끈기 있게 기다려 주는 친구처럼 그렇게 내 삶 속으로 들어왔다. 이런 식으로 죽음의 다정한 의미를 이해하자 마음이 차분해졌다. 머리를 아찔하게 하는 향수처럼 죽음이 우리 삶 속에 살며시 스며들 때가 있다. 혼자 있을 때, 하늘 높이 둥근 달이 떠 있을 때, 깊은 침묵이 감돌 때, 그리고 우리 몸을 깨끗이 씻고 난 뒤 가뿐한 상태로 영혼에게 아무런 방해를 받지 않고 잠을 청할 때. 그럴 때면 삶과 죽음의 장벽이 짧은 순간이나마 투명해져서 우리는 장벽 건너 쪽에서, 대지 밑에서 무슨 일이 일어나는지 볼 수 있다.

내가 홀로 그런 안도의 순간을 누리고 있을 때 조르바가 내 꿈속에 나타났다. 그의 모습이 어떠했는지, 그가 무슨 말을 했는지, 무슨 이유로 찾아왔는지는 지금 기억나지 않는다. 잠에서 깨어나자 내 가슴은 무너져 내릴 듯 쿵쿵 뛰었다. 눈에는 까닭 모를 눈물이 가득 고였다. 동시에 나는 우리 둘이 크레타 해변에서 함께 보낸 삶을 다시 긁어모으고 두서없이 나눈 대화, 외침, 몸짓, 웃음, 울음, 조르바의 춤, 이런 모든 것을 한데 모아 보존해 두고 싶은 강렬한 욕망 — 아니, 욕망이라기보다는 필연성을 주체할 수 없었다. 이 욕망은 너무 격렬하고 갑작스러워 바로 이 무렵 지구 어디에서 조르바가 죽음의 고통을 당하고 있는 건 아닌가 하는 생각이 들 정도였다. 내 영혼과 그의 영혼은 매우 밀착되어 있어서 어느 한쪽이 죽는데 다른 한쪽에서 몸을 떨거나 고통으로 절규하지 않을 수는 없다고 생각했다.

한동안 나는 조르바의 추억을 모아 언어로 표현하기를 주저했다. 유치한 공포가 나를 엄습했다. 어린애처럼 치기 어린 공포감에 휩싸여 나는 자신에게 이렇게 말하곤 했다. '만약 내가 이 일을 한다면, 이것은 조르바가 정말 죽음의 위기 앞에 있다는 뜻이야. 그러니 내게 이 일을 시키는 손과 싸워야 해.'

나는 이틀, 사흘, 일주일을 버텨 냈다. 다른 글을 쓰는 데 집중하거나 하루 종일 쏘다니거나 책을 읽는 계략을 꾸며 나는 보이지 않는 존재를 따돌리고자 했다. 그러나 내 마음은 무서울 정도로 조르바에게 쏠렸다.

어느 날 나는 에게해 바닷가 우리 집 옥상에 앉아 있었다. 정오쯤으로 햇살이 폭포처럼 쏟아져 내렸다. 나는 앞에 보이는 살라미스섬의 민둥민둥한 옆구리를 바라보고 있었다. 갑자기 종이 한 장을 집어 든 나는 뜨겁게 달아오른 옥상의 판석 위에 펼쳐 놓고 어느새 성인 같은 이 조르바의 삶을 써 내려가기 시작했다.

나는 조르바를 통째로 기억해 내고 보존함으로써 과거를 되살려 내기 위해 미친 듯이 글을 썼다. 만약 그가 사라지면 그것은 전적으로 내 잘못이라는 생각이 들었다. 밤이고 낮이고 나는 이 옛 친구의 이목구비를, 내 '정신적 아버지'의 모습을 있는 그대로 고착시키려 했다.

꿈에 본 조상의 모습을 동굴에 생생하게 그려 놓으면 조상의 혼령이 자기 몸인 줄 알고 그 그림 속으로 들어간다고 믿었던 아프리카 야만족의 마술사처럼 나는 그렇게 작업했다.

몇 주 만에 이 성인의 전기가 완성되었다.

원고를 마친 마지막 날 나는 첫날처럼 옥상에 앉아 바다를 바라보았다. 초저녁이었다. 탈고한 원고를 무릎 위에 올려놓았다. 아, 얼마나 멋진 작업이었던가! 나를 짓누르던 돌덩어리를 내려놓은 것 같은, 여자가 이제 막 분만한 아기를 두 팔에 안고 어르는 기분이랄까! 해가 막 떨어지려는 바로 그때, 시내에서 우편물을 날라다 주는 농가의 계집아이 술라가 옥상에 올라왔다. 술라는 편지 한 통을 내밀고는 달아났다. 나는 알았다. 적어도 나는 알았음에 틀림없다. 박차고 일어나 소리를 지르지도 않았는데, 크게 놀라지도 않았는데 말이다. 탈고한 원고를 무릎 위에 올려놓고 지는 해를 바라보던 바로 그 순간 나는 이 편지를 받으리라는 걸 정확하게 확신했던 것이다.

나는 눈물을 흘리지 않고 조용히 편지를 읽었다. 편지는 세르비아의 스코피아* 근처 마을에서 온 것으로 그럭저럭 독일어로 쓰여 있었다. 편지를 번역하면 이렇다.

저는 이 마을 교장으로 이곳에서 마그네슘 광산을 운영하는 알렉시스 조르바가 지난 일요일 오후 6시에 세상을 떠났다는 슬픈 소식을 전하려고 이 글을 씁니다. 임종을 맞이하기 직전 그는 나를 부르더니 이렇게 말했습니다. "교장 선생, 이리 좀 오시오. 내게는 그리스에 이러이러한 친구가 하나 있소. 내가 죽거든 그에게 편지를 보내 내가 최후의 순간까지 정신이 아주 말짱했고 그 사람을 기억했다고 전해 주시오. 그리고 내가 무슨 짓을 했건 후회하지 않는다고 전해 주시오. 또 그 사람의 건투를 빌고 이제 좀 철이 들 때가 되

---

* 마케도니아 공화국의 수도. 1912년 발칸 전쟁 중, 그리고 1차 세계 대전 이후 세르비아에 병합되었다.

지 않았느냐고 하더라고 전해 주시오. 그리고 만약 어떤 신부가 내 참회를 듣고 종부 성사를 하러 오거든 빨리 꺼지는 건 물론이고 온 김에 내 저주나 잔뜩 받아 가라고 전해 주시오. 내 평생 이 짓거리 저 짓거리 별짓 다 해 봤지만 아직도 못한 게 있소. 아, 나 같은 사람 은 천년을 살아야 하는데. 그럼 잘 자시오!"이게 그분의 유언입니 다. 유언이 끝나자마자 그는 침대에서 일어나 시트를 걷어붙이며 일 어서려고 했습니다. 우리는 ─ 부인인 류바, 저, 그리고 이웃의 장정 몇 사람은 ─ 달려들어 그를 말렸습니다. 그러나 그분은 우리 모두 를 한쪽으로 밀어붙이고는 침대에서 뛰어내려 창가로 갔습니다. 거 기에서 그분은 창틀을 거머쥔 채 두 눈을 크게 뜨고 먼 산을 바라보 며 웃다가 말처럼 힝힝거리고 울기 시작했습니다. 이렇게 창틀에 손 톱을 박고 서 있는 동안 죽음이 그를 찾아왔습니다. 미망인 류바는 선생님께 편지를 보내 자기 대신 경의를 표해 달라고 했습니다. 미 망인의 말에 따르면, 고인은 자주 선생님의 성품에 대해 이야기했고 자기가 죽으면 산투리를 선생님께 드려 정표를 삼겠다는 말을 했다 고 합니다. 그래서 미망인은 선생님께서 혹 이 마을을 지나갈 일이 있으면 집에 와서 하룻밤 주무시고 아침에 떠날 때 산투리를 가지 고 가시라고 합니다.

작가의 말

　오래전부터 가끔 나는 내가 그리도 좋아했던 나이 지긋한 노동자 '알렉시스 조르바의 삶과 모험'에 관해 글을 쓰고 싶었다.

　나의 삶에 큰 은혜를 베풀어 준 것은 여행과 꿈이었다. 살았건 죽었건, 고군분투하며 살아가는 동안 나를 도와준 사람은 거의 없었다. 그러나 나의 영혼에 가장 깊은 족적을 남긴 사람으로는 다음 네 사람을 들 수 있다. 호메로스, 앙리 베르그송, 프리드리히 니체, 그리고 알렉시스 조르바가 바로 그들이다.

　호메로스는 마치 태양의 표면처럼 이 세상 만물을 구원의 빛으로 밝게 비추는 차분하고도 찬란한 눈(眼)과 같은 인물이다. 베르그송은 젊은 시절부터 나를 괴롭히던 해결 불가능한 철학적 고뇌에서 나를 해방시켜 주었다. 니체는 새로운 고뇌로 나를 더욱 풍성하게 채워 주면서 불행과 슬픔과 불확실성을 자긍심으로 바꾸는 방법을 가르쳐 주었다. 그리고 조르바는 나에게 삶을 사랑하고 죽음을 두려워하지 않게 해 주었다.

만약 내가 지금 이 세계를 통틀어 영적 지도자 —인도 사람들이 '구루'라고 부르고, 아토스산의 수도사들이 '게론타'라고 부르는— 한 사람을 선택해야 한다면 나는 조금도 주저하지 않고 조르바를 택할 것이다. 조르바야말로 붓에 매달려 살아가는 지식인이 구원을 받기 위해 필요한 요소를 지닌 인물이요. 즉 높은 곳에서 대상을 포착하는 통찰력 있는 눈길. 새벽마다 만물을 처음 대하듯 바라보며 바람, 바다, 불, 여성, 빵처럼 영원히 일상적인 요소에 처녀 같은 싱그러움을 불어넣는 창조적인 소박함. 힘찬 팔, 신선한 마음, 영혼보다 고상한 능력을 소유한 듯한 자신의 영혼을 가차 없이 조롱하는 담력. 그리고 마지막으로 가슴 깊은 곳, 인간의 오장육부보다 더 깊은 곳에서 후두를 뚫고 터져 나오는 호탕한 웃음. 조르바의 늙은 가슴에서 결정적인 순간에 터져 나오는 그 웃음에는 비참하고 나약한 인간들이 왜소한 삶을 안전하게 살아가기 위해 세워 놓은 모든 장벽을 —윤리, 종교, 민족주의 말이다.— 무너뜨릴 수 있는 강력한 힘이 있었으며, 실제로 그것들을 무너뜨렸다.

책과 스승들이 오랫동안 어떤 음식으로 나의 허기진 영혼을 채워 주었는지를 생각해 본 다음, 조르바가 겨우 몇 달 동안 사자 같은 두뇌의 힘으로 나의 허기진 영혼을 어떻게 채워 주었던가를 비교해 보면 분노와 함께 서글픔을 느끼지 않을 수 없다. 나는 너무 늦게야 이 '게론타'를 만났고, 그때 나의 삶은 망가질 위기 앞에 놓여 있었다. 완전히 얼굴 모습을 바꾸는 놀라운 대반

전, 그런 환골탈태는 일어나지 않았다. 그러기에는 때가 너무 늦었던 것이다. 그래서 조르바는 내 삶의 권위적인 고상한 모델이 되는 대신 서글프게도 먹물로 종이를 더럽히는 문학적 소재로 전락하고 말았다.

이렇게 삶을 예술로 만드는 서글픈 특권은 육식성의 많은 작가에게 재앙이 된다. 불꽃 튀는 정열은 이런 유형의 돌파구를 찾으면 가슴에서 떠나 버리기 때문이다. 이런 경우 영혼은 안도감을 느낀다. 더 이상 분노로 거품을 내뿜지도 않고, 가슴을 맞대고 다투거나 삶과 행동에 직접 간섭할 필요성을 느끼지도 않는다. 그 대신 영혼은 극단적인 정열이 미풍 속에서 둥근 연기 모양으로 피어오르다 사라지는 모습을 기쁜 마음으로 바라볼 뿐이다. 영혼은 이런 안도감에서 쾌락을 느낄 뿐만 아니라 거만한 생각에 빠지기도 한다. 일시적이고 돌이킬 수 없는 순간을 — 그것만이 무한한 시간에서 유일하게 피와 살을 지닌 것인지도 모른다. — 얼핏 영원한 그 무엇으로 바꿈으로써 자신이 엄청난 일을 성취했다고 믿기 때문이다. 그래서 그토록 살과 뼈로 가득 찼던 조르바는 나의 손에서 먹물과 종이로 전락하고 말았다. 나의 의도와 달리, 아니 그와 정반대로 몇 해 전 조르바의 이야기는 나의 내면에서 구체적인 모습을 띠기 시작했다. 먼저 신비로운 의식(儀式)이 은밀하게 시작되었다. 처음에는 음악의 불협화음으로, 마치 이물질이 나의 핏속에 들어오고 나의 조직체가 그것을 동화시켜 없애 버리려 하는 것처럼 열띤 쾌락과 불안으로 시작되었다. 낱말들이 이 핵 주위를 빙빙 돌면서 그것을 감싸고 태아처럼 자양분을 공급하기 시작했다. 안개처럼 희미하던 기억이 점차 뚜렷해졌고, 기억에 묻힌 희로애락의 순간이 수면 위로 떠올랐으며, 생명이 좀 더 좋은 공기로 옮겨 가면서 조르바가 한 편의 과장된 이야기로 탄생했다.

그때까지 나는 조르바의 이야기에 어떤 형태를 부여해야 할지 알 수 없었다. 소설로 만들까, 시로 만들까, 『아라비안나이트』처럼 복잡한 이야기로 만들까, 그것도 아니면 우리가 갈탄을 채취하는 시늉을 하며 크레타섬에서 살 때 해변에서 나눴던 대화를 무미건조하고 단순하게 그대로 옮길까. 우리 두 사람은 갈탄 채취라는 이 실제적인 목적이 한낱 외부 사람들의 눈을 속이기 위한 연막에 지나지 않는다는 사실을 잘 알고 있었다. 해가 떨어지고 광산 인부들이 일을 마치고 돌아가면 우리는 모래사장에 벌러덩 드러누워 맛난 향토 음식을 먹고 단맛이 나지 않는 크레타 포도주를 마시며 대화를 시작할 시간을 애타게 기다렸다.

대부분의 시간 동안 나는 거의 말을 하지 않았다. 이 괴물 같은 사나이에게 지식인이 도대체 무슨 말을 할 수 있단 말인가? 나는 그가 올림포스 산기슭의 고향 마을, 눈〔雪〕, 늑대들, 발칸 전쟁 당시의 마케도니아 게릴라 해방군, 그리스 정교회 성당, 갈탄, 마그네슘 원광석, 여자들, 신(神), 애국심, 그리고 죽음에 대해 내뱉는 말에 귀를 기울일 뿐이었다. 그러다가 갑자기 목이 탁 막히고 언어로는 감정을 충분히 표현할 수 없는 순간이 오면 그는 해변의 굵은 자갈 위에 펄쩍 뛰어올라 춤을 추기 시작했다.

나이가 들었지만 깡마른 상반신을 꼿꼿이 펴고 고개를 살짝 뒤로 젖힌 채 새처럼 둥글고 조그마한 눈으로 조르바는 춤을 추며 소리를 지르고 각질이 두터운 발바닥으로 해변을 탕탕 밟으며 얼굴에 바닷물을 튀겼다.

그의 목소리에 ─ 목소리라기보다 차라리 그가 내지르는 괴성에 ─ 귀를 기울이노라면 갑자기 삶이 꽤 가치가 있는 것으로 느껴졌다. 대마초를 피우는 사람처럼 생각하고 붓과 종이로 하던 행동을 나는 피와 살과 뼈로 경험하곤 했다.

그러나 나는 감히 용기를 낼 수 없었다. 한밤중에 말처럼 힝힝거리며 조르바가 나에게 거북이 등처럼 편안한, 신중한 습관의 껍데기를 깨고 함께 멋진 모험을 떠나자고 소리치는 모습을 지켜보면서도 나는 몸을 떨기만 할 뿐 조금도 마음의 동요를 느끼지 못했다.

나의 영혼은 극도의 광기가 ─ 삶의 본질이 ─ 부추기는 행동을 감히 할 수 없었고, 그 때문에 나는 살면서 부끄러울 때가 많았다. 그러나 조르바 앞에 있을 때만큼 자주 부끄러움을 느낀 적은 없었다.

*

어느 날 새벽 우리는 헤어졌다. 파우스트처럼 병적으로 지식을 갈구하던 나는 외국 땅을 향해 또다시 떠났다. 조르바는 북쪽으로 가서 세르비아의 스코피아 근처에 정착했다. 그곳에서 그는 아주 좋은 탄산 마그네슘 광맥을 찾아냈다. 몇몇 투자자들을 부추겨 장비를 구입하고 인부를 모으고 또다시 갱도를 여는 작업에 착수했다. 그는 암벽을 폭파하고 갱도를 건설하고 수로를 끌어들이고 집을 짓고 결혼을 했다. ──아직도 정력이 넘치는 이 괴짜 영감은 류바라는 잘생기고 놀기 좋아하는 과부와 결혼하여 그녀와의 사이에서 아이를 하나 낳았다.

베를린에 머물던 어느 날 나는 전보 한 장을 받았다. "최고로 아름다운 녹암(綠岩)을 발견했음. 속히 오기 바람. 조르바."

그때는 독일이 엄청난 기근에 시달리던 무렵이었다. 파피어마르크화(貨)의 가치가 너무 많이 떨어져서 작은 물건을 하나 사려 해도 지폐를 부대에 짊어지고 다녀야 할 정도였다. 식당에 갈 때는 불룩한 지갑을 열고 지폐를 식탁 위에 쏟아 놓아야 할 판이었다. 심지어 우표 한 장을 살 때도 엄청난 파피어마르크화가 필요했다.

기아, 추위, 다 떨어진 재킷, 밑창이 닳아빠진 구두, 추워서 노랗게 변한 독일인들의 얼굴. 가을바람이 불면 사람들은 낙엽처럼 길바닥에 우수수 쓰러졌다. 우는 아기를 달래기 위해 고무 조각을 입에 물려 주었고, 어머니가 갓난아이를 안고 강물에 뛰어들지 않도록 경찰은 다리 위를 순찰했다.

눈이 내리던 어느 겨울이었다. 나의 옆방에는 중국 문학을 가르치는 독일인 교수가 살고 있었다. 그 사람은 몸을 따뜻하게 덥히려고 불편하게도 길쭉한 붓을 잡고 동아시아 사람처럼 중국의 고대 시가나 공자의 명언을 옮겨 적으려고 했다. 붓의 끄트머리, 섬세하게 공중에 치켜든 팔꿈치, 그리고 학자의 마음이 삼각

형을 이루었다. "조금 있으면 겨드랑이에서 땀이 흘러 몸이 훈훈해질 겁니다."라고 그는 나에게 말하곤 했다.

그렇게 살을 에듯 몹시 추운 겨울날 나는 조르바한테서 전보를 받았다. 처음에는 화가 치밀었다. 수백만 명이 영혼과 육신을 지탱할 빵 한 조각이 없어 굴욕을 겪으며 궁핍한 생활을 하고 있는데 아름다운 녹암을 보기 위해 수만 리 길을 달려오라니! "아름다움에 저주가 있을진저!" 나는 혼잣말로 중얼거렸다. "아름다움이란 무정하여 인간의 고통 같은 건 눈곱만큼도 생각하지 않는구나." 그러나 갑자기 나는 두려움에 사로잡혔다. 분노는 진작 가라앉았다. 조르바의 비인간적인 외침이 나의 내면에 있는 또다른 비인간적인 외침에 응답하고 있다는 사실을 두려운 마음으로 느낄 수 있었다. 내 마음속의 사나운 독수리가 날개를 펼치면서 막 떠날 채비를 했다.

그러나 나는 떠나지 않았다. 이번에도 나는 용기를 낼 수 없었다. 기차에 올라타지 않았고, 내면에서 울부짖는 거룩한 외침에 귀를 기울이지 않았으며, 분별 없이 만용을 부리지도 않았다. 다만 신중하고 차갑고 인간적인 이성의 목소리에 귀를 기울이면서 조르바에게 붓을 들어 설명했을 뿐이다.

그러자 조르바가 답장을 보내왔다. "보스, 이런 말 하는 것을 용서하시오. 하지만 당신은 붓에 매달려 살아가는 사람이오. 가엾은 영혼, 당신도 살면서 한 번쯤은 아름다운 녹암을 볼 수 있을 거라고 생각했는데, 그러지 못하는구려. 일하지 않을 때 나는 가끔 혼자 앉아서 이렇게 자문해 본다오. '지옥이 과연 있을까, 없을까?' 하지만 어제 당신의 편지를 받고 나는 '그러면 그렇지, 붓에 매달려 살아가는 어떤 사람들에게는 지옥이 있는 게 틀림없어!'라고 속으로 외쳤소이다."

*

기억이 꼬리에 꼬리를 물고 되살아났다. 기억이 서로를 밀치면서 서둘러 떠올랐다. 그 기억에 질서를 부여하고 '알렉시스 조르바의 성인전(聖人傳)'을 처음부터 시작할 때가 되었다. 아무리 사소한 사건이라도 그와 관련된 것은 바로 이 순간 나의 정신에서 찬란하게 빛을 내뿜으며 마치 투명한 여름 바닷속의 빛깔 다양한 물고기처럼 빠르게 움직였다. 그에 관한 기억은 어느 것 하나 사라진 게 없었다. 그의 손끝에 닿은 것은 무엇이든 불멸의 것이 된 듯했다. 그런데 이 무렵 나는 갑자기 두려운 생각에 휩싸였다. 그에게서 마지막 편지를 받은 게 벌써 이 년 전이었다. 이제 그의 나이는 일흔이 넘어 어쩌면 위험한 상황에 있을 수도 있었기 때문이다. 확실히 그는 정말 위험한 상황에 있었던 것 같다. 그렇지 않고서야 왜 갑자기 그와 관련한 모든 일을 다시 재구성하고 그의 언행 모두를 기억해 내어 사라지지 않도록 종이 위에 기록해야 할 필요성에 절박하게 사로잡혔는지 설명할 길이 없다. ─마치 그의 죽음에 추도 의식이라도 치르고 싶었던 듯 말이다. 사실 지금 내가 쓰고 있는 것은 책이라기보다 추도사에 가까울지도 모른다.

지금 읽어 보면 이 이야기는 추도사로서의 요소를 두루 갖추고 있다. '콜리바'라는 삶은 밀을 담은 접시가 두껍게 입힌 가루 설탕으로 장식되어 있고, 그 위에는 시나몬과 아몬드로 '알렉시스 조르바'라는 이름이 적혀 있다. 그 이름을 보자 갑자기 잉크를 풀어 놓은 듯한 크레타섬의 푸른 바다가 떠올라 나의 머리를 가득 채웠다. 그의 말, 웃음, 춤, 흥청거리며 마신 술, 걱정 근심, 해 질 무렵 나누었던 부드러운 대화, 완벽하게 둥근 눈. 그의 눈은 마치 순간순간 나를 환영하면서도 작별을 고하는 것처럼 부드럽고도 경멸스러운 표정으로 영원히 나를 응시했다.

　　잘 꾸며진 장례식 트레이를 바라볼 때 온갖 기억이 우리 마음의 동굴에 박쥐처럼 무리를 지어 붙는 것과 마찬가지로, 조르바의 유령은 내가 원하지도 않는데도 내가 사랑해 마지않았던 스타브리다키스의 유령과 처음부터 뒤엉켜 있었다. 그리고 그 뒤에는 예상치도 않게 또 다른 유령, 크레타섬의 리비아 쪽 모래 해안에서 조르바와 내가 만난, 뭇 남성으로부터 수없이 키스를 받았던 타락한 여인 마담 오르탕스의 유령이 뒤엉켜 있었다.

　　인간의 마음이란 분명 피로 가득 채운 뒤 뚜껑을 덮어 놓은 무덤이 틀림없다. 만약 그것이 열리면 위로받지 못한 모든 유령이 우리 주위에 끊임없이 몰려들어 공기를 어둡게 하며 그 무덤을 향해 달려가 그것을 마시고 생기를 되찾는다. 그들이 이렇게 우리 심장의 피를 마시려고 달려드는 것은 이렇게 하는 것 말고는 달리 부활할 방법이 없기 때문이다.

　　오늘 조르바는 다른 유령들을 물리치고 거인 같은 걸음으로 성큼성큼 앞장서서 달려가고 있다. 지금의 이 추도가 바로 자신을 위한 것임을 잘 알기 때문이다.

    그러므로 그 사람에게 우리의 피를 주어

    그가 되살아나게 하자.

    이 놀라운 대식가, 애주가, 일꾼, 바람둥이, 방랑자인

    그가 조금만 더 살아 있을 수 있도록

    우리가 할 수 있는 한 최선을 다하자.

    ── 그는 내가 이제껏 살면서 만난 사람 중에서

    가장 가슴이 넓은 영혼, 가장 자신만만한 육체,

    가장 자유로운 외침의 소유자였다.

작품 해설

니코스 카잔차키스의 작품을 읽노라면 통풍이 잘 안 되는 병실에 있다가 싱그러운 5월의 훈풍이 부는 초록 들판으로 나온 것 같은 기분이 든다. 답답하던 가슴이 후련해지면서 몸과 마음이 편안해지는 것이다. 이렇듯 독자들은 이 그리스 작가의 작품을 읽으며 영혼이 심호흡하는 것을 느끼곤 한다. 그의 작중인물들은 우리가 머릿속으로 생각하지만 차마 입 밖에는 내지 못하는 말을 거침없이 쏟아 놓는다. 그래서 카잔차키스의 작품을 읽다 보면 다른 작가들의 작품에서는 좀처럼 느낄 수 없는 신선한 해방감과 희열을 맛보게 된다.

그러한 해방감과 희열은 그의 여러 작품 중에서도 초기 출세작이요 20세기 현대 고전의 반열에 오른 『그리스인 조르바』 (1946)를 읽을 때 특히 더 실감하게 된다. 이 소설은 유럽과 북아메리카 대륙은 말할 것도 없고 동양의 여러 나라에서도 가장 많이 읽히는 작품 중 하나다. 카잔차키스는 호메로스 이후 그리스가 낳은 최고의 작가라고 해도 과언이 아니다.

카잔차키스의 작품이 다른 작가들의 작품과 달리 이렇게 신선한 해방감을 주는 까닭은 어디에 있을까? 한마디로 그가 차가운 머리가 아닌, 뜨거운 가슴으로 작품을 쓰기 때문이다. 바꾸어 말해 남에게서 전해 들은 이야기를 바탕으로 작품을 쓰는 것이 아니라 직접 체험한 것을 바탕으로 작품을 쓴다는 말이다. 미당(未堂) 서정주는 「자화상」이라는 작품에서 "스물세 해 동안 나를 키운 건 팔 할이 바람이다."라고 노래한 적이 있다. 그러나 카잔차키스를 키운 것은 바람이 아니라 여행이었다. 세계 문학사를 통틀어 카잔차키스만큼 여행을 즐긴 작가도 드물 것 같다.

1922년 8월 카잔차키스는 첫 번째 아내 갈라테아에게 보낸 편지에서 "나는 지금 막 떠나왔다. 지금 여행을 하고 있다. 당신도 알다시피 이것은 휴식을 위한 여행이 아니다. 내 몸 안에서는 두려운 투쟁이 여전히 계속되고 있다."라고 밝힌다. 그러면서 그는 "한 장소에 오래 머물면 나는 그만 죽을 것만 같다."라고 털어놓기도 한다. 카잔차키스는 유럽은 말할 것도 없고 동아시아 국가 중 일본을 방문했고 중국도 공산주의 혁명이 일어나기 이전과 이후에 걸쳐 두 차례나 방문했다. 작품을 집필하는 시간을 제외하고는 늘 어딘가를 여행하고 있었던 셈이다. 그래서 그는 『그리스인 조르바』의 「프롤로그」에서 "나의 삶에 큰 은혜를 베풀어 준 것은 여행과 꿈이었다."라고 잘라 말한다. 19세기 미국 작가 허먼 멜빌에게 드넓은 바다가 삶의 의미를 가르쳐 준

교육장이었고 20세기 미국 문학의 아이콘 어니스트 헤밍웨이에게 생사의 갈림길인 전쟁터가 그런 교육장 구실을 했다면, 카잔차키스의 교육장은 다름 아닌 여행이었다. 카잔차키스에게 여행은 단순한 지리적 이동이 아니라 삶의 의미를 찾아 떠나는 지적 모험이요 영적 순례였다. 그리고 그는 이러한 경험을 바탕으로 작품을 썼다.

카잔차키스의 작품이 흔히 그러하듯이 『그리스인 조르바』는 자전적인 작품이다. 지금은 '그리스인 조르바'라는 제목으로 널리 알려져 있지만 1946년 그리스에서 처음 출간될 때 제목은 '알렉시스 조르바스의 삶과 시대'였다. 본디 그는 이 책을 '알렉시스 조르바스의 성인전(聖人傳)'이라고 불렀다. 이 작품에는 카잔차키스가 겪은 고단한 삶의 궤적이 고대 생물을 간직하는 화석처럼 고스란히 간직되어 있다.

1차 세계 대전이 한창이던 1915년 카잔차키스는 아토스산을 벌목하기 위해 테살로니키를 여행한 적이 있다. 또 전쟁이 막바지에 접어들던 1917년에는 그리스에 갈탄이 부족하자 펠로폰네소스에서 기오르고스 조르바스라는 노동자를 고용하여 광산업에 손을 댔다. 카잔차키스는 자신의 영혼에 가장 깊은 흔적을 남긴 인물로 프리드리히 니체, 앙리 베르그송, 호메로스, 조르바스 네 사람을 들고 있다. 동시대 인물로는 조르바스가 유일하다. 조르바스에 대하여 카잔차키스는 "자신에게 삶을 사랑하고 죽음을 두려워하지 않게 해 준" 사람이라고 밝힌다. 조르바스와의 갈탄 광산 경험과 아토스산에서의 벌목 경험이 카잔차키스가 이 작품을 쓰는 소중한 밑거름이 되었던 것이다. 다만 카잔차키스는 그리스 본토에서 있었던 이러한 경험을 그가 태어나고 자란 고향 크레타섬으로 옮겨 놓았을 뿐이다. 2차 세계 대전 중 독일군이 탱크를 몰고 그리스를 점령하던 1941년에서 1943년 사이 그는 갑자기 조르바스의 삶을 기록해야겠다는 절박한 열망에 사로잡혔다. 그래서 그는 "마치 그의 죽음에 추도 의식"이라도 치르듯이 작품을 썼다. 뒷날 이 책에 대하여 카잔차키스는 책이라기보다는 차라리 '추도사'에 가까울지도 모른다고 고백했다.

작가 카잔차키스에게 갈탄 채취는 상징적 의미가 자못 크다. 조르바스와 작가가 갈탄을 채취하기 위해 크레타섬의 산에 갱도를 뚫었다면, 『그리스인 조르바』의 화자는 '거대한 정신의 갱도'를 뚫는 데 관심이 있었다. 알렉시스 조르바에게 고백하듯이 화자에게 갈탄 사업은 어찌 보면 마을 사람들의 눈을 속이기 위한 구실에 지나지 않았다. 조르바가 '보스'라고 부르는 무명의 화자인 '나'는 서른다섯 살이고, 그가 피레우스 항구에서 우연히 만나 갈탄 광산의 감독관으로 채용한 조르바는 그의 아버지뻘인 예순다섯 살이다. 화자는 작가처럼 크레타섬 출신인 반면, 조르바는 그리스 본토 마케도니아 출신이다. 작가인 화자는 그동안 책에 파묻혀 살던 관념적인 생활에서 잠시 벗어나 구체적인 생활의 여울 속으로 뛰어들고 싶었다. 이 과정에서 화자가 '뱃사람 신드바드'라고 부르는 알렉시스 조르바가 산파 역할을 한다.

주인공의 정신적인 성장을 다룬다는 점에서 『그리스인 조르바』는 인식론적인 주제에 초점을 맞추는 빌둥스로만(성장 소설)

이다. 화자는 크레타 해변에서 조르바와 함께 일 년 남짓 지내면서 영혼의 개안(開眼)을 경험하고 정신적으로 성장하기 때문이다. 작품의 초반만 해도 화자는 한낱 창백한 지식인에 지나지 않았다. 그의 절친한 친구 스타브리다키스는 화자를 '책벌레'라고 부르면서 그에게 "얼마나 더 오랫동안 종이 나부랭이나 씹어 대고 먹물을 머리에 뒤집어쓰고 살 거냐?"고 다그친다. 알렉시스 조르바도 화자를 두고 '붓을 잡고 있는 사람'이니 '먹물을 뒤집어쓴 사람'이니 하고 놀려 대면서 읽고 있는 책을 모두 불살라 버리면 삶을 좀 더 이해하게 될 것이라고 말한다. 화자인 '나'는 알렉시스 조르바와 생활하면서 조금씩 삶의 태도를 바꿔 나간다. "머리에 먹물을 뒤집어쓴 채 종이를 씹으면서" 살아가던 화자는 조르바의 세계관을 받아들이면서 점차 전과는 다른 인물로 바뀌어 간다. 작품 첫머리에서 화자는 단테 알리기에리의 『신곡』이 다름 아닌 자신의 '길동무'라고 밝힌다. 그의 또 다른 길동무는 그동안 그를 사로잡고 있던 붓다였다. 그러나 조르바와 생활하는 동안 화자는 단테와 붓다를 멀리한 채 조금씩 조르바의 삶의 방식을 받아들인다. 화자는 크레타섬 해변에서 조르바와 함께 지내던 때가 인생에서 가장 행복한 시절이었다고 회고한다. 물질적으로는 파산했을지언정 정신의 갱도에서는 삶의 지혜라는 값진 광석을 채취했기 때문이다.

화자는 말하자면 '조르바 학교'에서 그동안 책에서 배우지 못한 소중한 인생 수업을 받은 셈이다. 학식과 지식 면에서는 화자가 조르바보다 뛰어나지만 인생 경험으로 말하자면 그에게 훨씬 못 미쳤던 것이다. 조르바는 학교 문턱에도 가 보지 못한 무식한 노동자였지만 온몸으로 세상 경험을 쌓은 인물이다. 그래서 그의 말 한마디, 행동 하나는 화자의 영혼을 뒤흔든다. 화자가 관념적인 지식인이라면 조르바는 어디까지나 지혜와 슬기의 소유자라고 할 수 있다.

화자가 조르바를 어떻게 생각하는지는 작품의 첫머리를 보아도 잘 알 수 있다. 여기서 화자는 조르바야말로 "내가 오랫동안 찾았지만 찾지 못했던 바로 그 사람"이라고 말한다. 그러면서 "살아서 팔딱거리는 심장, 따스한 온기가 느껴지는 목소리, 대지에서 아직 탯줄이 끊어지지 않은 거칠고 야성적인 영혼. 가장 단순한 인간의 언어로 이 노동자는 내게 예술, 사랑, 아름다움, 순수, 정열의 의미를 뚜렷하게 일깨워 주었다."라고 고백한다. 또 조르바를 만난 지 얼마 지나지 않아 화자는 "스펀지 행주를 꼭 쥐고 그동안 내가 읽고 보고 들었던 것들을 모두 말끔하게 닦아 낸 후, 조르바의 학교에 입학하여 위대하고 진실한 문자를 새로 배울 수만 있다면 얼마나 좋을까! 그렇게 된다면 내 삶은 얼마나 달라질 것인가!"라고 속으로 부르짖는다. 말하자면 화자는 '조르바 학교'에서 인생 수업을 받는 학생이라고 할 수 있다. 소설 후반부에 밝혀지듯이 화자는 값비싼 수업료를 지불하지만 그 돈을 전혀 아까워하지 않을 만큼 그가 받은 수업은 훌륭하다.

그렇다면 화자가 조르바한테서 배운 인생철학은 과연 무엇일까? 한마디로 '조르바주의(Zorbatism)' 또는 '조르바 정신 (Zorbahood)'이라고 요약할 수 있다. 조르바주의나 조르바 정신

의 뿌리를 거슬러 올라가다 보면 뜻밖에도 실존주의와 만나게
된다. 그러니까 화자는 조르바 학교에서 실존주의적 삶의 태도
를 배운 것이다. 카잔차키스는 니체나 베르그송한테서 배운 바
적지 않지만, 작품을 좀 더 자세히 뜯어보면 장폴 사르트르나 알
베르 카뮈 같은 실존주의자들의 세례를 한차례 강하게 받았음을
알 수 있다.

그런데 여기서 먼저 한 가지 염두에 두어야 할 것은 실존주
의란 추상적이고 거창한 철학 이론이 아니라 어디까지나 삶에
대한 구체적인 태도를 지칭하는 용어라는 점이다. 인류 역사에
서 일찍이 볼 수 없었던 1차 세계 대전을 비롯하여 공산주의, 파
시즘, 나치즘 등을 경험한 뒤 서유럽의 일부 지식인들과 예술가
들은 계몽주의 시대부터 신처럼 융숭한 대접을 받아 온 합리주
의에 깊은 회의를 품고 삶의 의미를 다시 한번 음미하기 시작했
다. 기존의 전통 이론으로는 그들이 방금 겪은 가공할 만한 경험
을 도저히 설명할 수 없었기 때문이다. 그들이 생각해 낸 새로운
삶의 태도를 뭉뚱그려 그들은 '실존주의'라고 불렀다. 사르트르
가 일찍이 실존주의를 '철학적 파편'이라고 부른 까닭이 바로 여
기에 있다.

실존주의는 먹물 냄새 풍기는 추상적 명제가 아니라 땀 냄
새 물씬 풍기는 구체적인 삶을 다룬다. 그렇기 때문에 실존주의
는 사르트르나 알베르 카뮈에서 볼 수 있듯이 문학과 자주 손을
잡는다. 문학은 다른 철학 사상이나 이론보다도 실존주의와 호
흡이 잘 맞는다. 사르트르나 카뮈를 비롯한 실존주의자들은 흔

히 문학의 형식을 빌려 자신들의 주장과 태도를 표현하려 했다. 그래서『그리스인 조르바』를 읽다 보면 호메로스의 주인공 오디세우스와 미겔 데 세르반테스의 주인공 돈키호테나 산초 판사 말고도 알베르 카뮈가 쓴『이방인』의 주인공 뫼르소의 그림자가 자주 어른거린다.

『그리스인 조르바』는 과연 어떤 점에서 실존주의적 세계관을 표현하고 있는가? 무엇보다도 먼저 카잔차키스는 조르바의 말과 행동을 통하여 인간의 삶이란 죽음을 전제로 한 비극적 실체라는 사실을 지적한다. 마르틴 하이데거는 삶을 두고 "죽음을 향한 행진"이라고 부른 적이 있다. 인간은 이 세상에서 태어나는 순간부터 죽음을 향해 한 걸음 한 걸음 발자국을 내딛는다는 말이다. 달리 말하면 산다는 것은 곧 죽어 가는 과정과 크게 다르지 않다. 고가 케이블이 산산조각 나고 갈탄 채취 사업이 실패로 돌아간 뒤 조르바와 화자는 해변 오두막에서 '최후의 만찬'을 즐긴다. 성찬식에 가까운 이 식사 자리에서 화자는 불에 구운 양고기를 뜯어 먹고 난 뒤 조르바에게 양의 등에서 점괘를 보아 달라고 부탁한다. 그러자 조르바는 점괘가 아주 좋다면서 기나긴 여행을 할 점괘가 보인다고 밝힌다. "여행 종착지에 문이 많은 저택이 하나 있습니다. 보스, 이건 어떤 도시 같소. 아니면 내가 문지기로 있으면서 전에 우리가 말한 대로, 밀수 같은 걸 할 수도 원인지도 모르오." 이 말을 들은 화자는 "문이 많다는 그 저택이 뭔지 가르쳐 드리리다. ─ 그건 무덤이 가득한 대지입니다. 그게 바로 긴 여행의 종착지이지요."라고 설명한다. 인생은 한낱 나그네가 떠나는 여행에 지나지 않으며 그 여행의 끝에는 죽음이 기다리고 있다는 사실을 웅변하는 대목이다.

인간의 비극적 조건을 좀 더 생생하고 극적으로 설명하기 위하여 카잔차키스는 조르바의 입을 빌려 인간이 태어날 때부터 몸속에 벌레가 득실거리는 존재라고 말한다. 또한 인간이란 한 줌의 흙과 같은 존재라고도 말한다. 마담 오르탕스의 임종을 지켜본 조르바는 죽은 지 얼마 지나지 않았는데도 그녀의 얼굴이 누렇게 뜨고 파리 떼로 뒤덮이는 것을 바라보며 인간 실존을 절감한다. "한 줌의 흙이로구나. 배고파할 줄도 알고, 웃을 줄도 알고, 포옹할 줄도 아는 흙덩이로다. 울 줄도 아는 흙 한 덩이. 그런데 지금은 어떻게 됐는가? 도대체 어느 놈이 우리를 이 땅에 데려다 놓고, 또 어느 놈이 우리를 이 땅에서 데려가는가?" 조르바는 젊은 시절 조국 그리스를 지키기 위하여 적대국인 불가리아와 생명을 걸고 싸웠다. 그러나 뒷날 그는 이 모든 것이 부질없는 짓이었다는 사실을 깨닫는다. 한 인간이 그리스인인가 불가리아인인가 하는 것은 그렇게 중요한 문제가 아니다. 다만 그에게는 그 사람이 착한 인간인지 악한 인간인지가 중요할 따름이다. 그러나 점차 시간이 지나면서 이러한 선악의 구별마저 크게 의미가 없음을 깨닫는다. 인간은 구더기 같은 벌레를 먹여 살리는 불쌍한 존재일 뿐이다.

아, 그 사람들이 착한 사람이건, 나쁜 사람이건 누가 상관한답니까? 난 그들 모두가 안쓰러울 뿐이오. 누군가를 보면 겉으론 아무 관심을 두지 않는 척해도 창자가 끊어져 버릴 것만 같소. 자, 보시오, 난 이렇게 말해요. "이 가련한 악마 녀석도 먹고 마시고 사랑하고 공포에 떨고 그 나름의 하느님과 악마가 있을 테지. 그 또한 때가 되면 숟가락을 놓고 땅에 묻혀 저 문짝처럼 구더기에게 파먹히겠지. 가련한 악마 녀석!" 그러니 우리 모두는 형제자매인 거요. 기껏 벌레를 먹여 살리는 존재! 그리고 그게 계집이라면 나는 훌쩍거리기 시작하지.

더구나 카잔차키스는 죽음을 전제로 한 인간의 삶이 일회적이라는 사실을 지적한다. 왕후장상처럼 신분이 높고 부자이건 신분이 낮고 가난하건 인간은 누구나 이 세상에 태어나 단 한 번밖에 살지 못한다. 기독교인이나 불교도처럼 죽음 다음의 내세를 믿지 않으면 그렇다는 말이다. 물론 사르트르나 카뮈 같은 무신론적 실존주의자들은 신 같은 초월적이고 절대적인 존재자를 믿지 않을뿐더러 내세도 믿지 않았다. 조르바는 화자에게 "내가 죽으면 모든 것이 사라진다."라고 잘라 말한다.

그런데 그 일회적인 삶마저도 언제 어떻게 끝날지 모른다는 데 삶의 비극성이 있다. 성경에서는 속절없는 우리네 인생을 풀잎에 맺혔다가 해가 뜨면 사라져 버리는 아침 이슬방울에 빗댄다. 카잔차키스는 이보다 한발 더 나아가 짧디짧은 일회적 삶을 한순간 번쩍거리다 속절없이 사라지는 번갯불에 빗댄다. 인간의 삶이란 게 그야말로 찰나와 같다고 생각하는 것이다. 조르바는 어느 날 작은 마을을 지나다가 아흔 살쯤 되어 보이는 노인 하나가 아몬드 나무를 심고 있는 모습을 목격한다. 언제 죽을지 모르는 노인이 아몬드 열매를 따 먹겠다고 나무를 심는 것이 그로서는 도저히 믿기지 않아 정말로 아몬드 나무를 심고 있는 것인지 묻는다. 그러자 허리가 땅속으로 기어 들어갈 것 같은 노인은 뒤돌아서서 그를 쳐다보며 "젊은이, 난 영원히 죽지 않을 것처럼 행동한다네."라고 대답한다. 그러자 조르바는 노인에게 "전 언제 죽을지 모르는 사람처럼 살고 있는걸요."라고 대꾸한다. 조르바는 이 이야기를 화자에게 들려주면서 "이 두 사람 중 누구 말이 더 맞을까요?"라고 묻는다. 조르바는 화자를 '의기양양하게' 쳐다보며 "딱 걸려들었구먼! 어디 대답할 수 있으면 해 보라고요."라고 짓궂게 말한다.

카잔차키스는 『그리스인 조르바』에서 일회적으로 끝나는 인간의 비극적인 삶을 좀 더 극적으로 보여 주기 위하여 앵무새를 중요한 상징으로 사용한다. 그는 마담 오르탕스가 키우는 앵무새를 "초록색 정장과 노란색 보닛을 쓰고 약삭빠른 둥근 눈을 반짝거리는 절친한 친구"라고 묘사한다. 두말할 나위 없이 마담 오르탕스의 '절친한 친구'라는 뜻이지만, 앵무새는 조르바의 꿈 속에 등장하듯이 그와 화자에게도 의미가 있다. 마담이 사망한 뒤로 조르바는 이 앵무새를 맡아 키운다. 심지어는 크레타섬을 떠날 때에도 새장에 갇힌 앵무새를 가지고 간다. 언제나 철제 새장에 갇혀 있으면서 마담 오르탕스의 옛 애인 중 하나인 카나바로의 이름만을 기억하는 이 앵무새에게서 우리는 비극적인 인간 실존이나 인간 조건을 단적으로 엿볼 수 있다. 철제 새장에 갇혀

있는 앵무새는 곧 죽음의 덫에 갇힌 인간의 한계 상황을 상징적
으로 보여 준다.

마르틴 하이데거는 인간이 자신의 의지와 관계없이 이 황
량한 우주 속에 '던져진' 존재라고 지적한다. 실존주의에서 자주
언급하는 '피투성(被投性)'이라는 개념이 바로 그것이다. 인간 존
재에 대하여 하이데거는 "자신이 선택하지도, 만들지도 않은 세
계에 자의(自意)와 상관없이 던져진 존재"라고 말한다. 헤밍웨
이는『무기여 잘 있어라』에서 이와 같이 피투적인 인간의 몇 가
지 기본 규칙을 일러 준 뒤 야구장에 던져지는 야구 선수에 빗댔
다. 그러나 "실존이 본질에 앞선다."라는 명제에 걸맞게 실존주의
자들은 피투성 못지않게 '기투성(企投性)'에 무게를 싣는다. 일단
피투성을 깨달으면 인간은 언젠가 자신이 반드시 죽을 것이며
이 우주를 강제로 떠날 수밖에 없다는 사실을 깨닫는다. 인간이
이렇게 자신의 죽음을 예리하게 자각하는 것을 하이데거는 죽음
에 대한 '선구적 각오성'이라고 부른다. 죽음에 대한 이러한 자각
으로부터 삶의 의미를 다시 한번 포착하여 재구성하려는 시도가
나온다. 하이데거는 이러한 시도를 '기투성'이라고 부른다. 삶이
무엇인가 하는 본질의 문제보다 훨씬 더 중요한 것이 바로 이 일
회성의 비극적인 삶을 어떻게 받아들일 것인가 하는 점이다. 조
르바와 화자는 마담 오르탕스의 임종을 지켜본 뒤 마을을 지나
해변 오두막으로 돌아가던 중 잠시 해변에 앉아 대화를 나눈다.

조르바, 우리는 한낱 작은 벌레에 지나지 않습니다. 엄청나게 큰

나무의 가장 작은 잎사귀에 붙어 있는 아주 작은 벌레 말입니다. 이 작은 잎이 바로 지구예요. 다른 잎들은 밤에 움직이는 별들이고요. 우리는 이 작은 잎사귀 위에서 몸을 질질 끌며 조심스럽게 탐색하고 있는 겁니다. …… 겁이 없는 사람들은 잎사귀 가장자리에 이르기도 합니다. 눈과 귀를 활짝 열어 놓고 이 가장자리에서 고개를 빼고 그 밑에 있는 카오스를 내려다봅니다. 그러고는 부들부들 몸을 떱니다. 우리 발밑의 낭떠러지기가 얼마나 무시무시한지 헤아려 보지요. 이따금씩 거대한 나무의 다른 잎사귀들이 사그락거리는 소리를 듣고, 뿌리에서 수액을 빨아올리는 걸 감지하며, 가슴이 부풀어 오르는 것을 느끼기도 합니다. 이렇게 심연에 허리를 굽히고 있는 우리는 공포감에 압도되고 있다는 사실을 온몸과 온 마음으로 깨닫습니다. 바로 그 순간에 시작되는 게…….

화자가 잠시 말을 멈추자 조르바는 몸이 달아 "바로 그 순간에 시작되는 게" 무엇이냐고 묻는다. 그러자 화자는 이렇게 대답한다. "어떤 사람은 정신이 아찔해지거나 섬망 상태에 빠집니다. 또 어떤 사람은 잔뜩 겁을 먹고 자신의 용기를 북돋워 줄 답을 찾으려 애씁니다. 이런 사람들은 '하느님!'을 소리쳐 부르지요. 또 어떤 사람들은 잎사귀 가장자리에서 담담하고도 용감하게 낭떠러지를 내려다보다가 '난 저게 좋아!' 하고 말하지요." 여기서 마지막 사람의 반응이 바로 실존주의자들이 취하는 태도다. 그들은 카오스의 가장자리에 서서 발밑에 펼쳐진 수십 길 낭떠러지를 내려다보며 삶의 참모습을 깨달은 뒤 다시 뒷걸음쳐 물러

선다. 그리고 이전과는 전혀 다른 태도로 묵묵히 삶을 영위해 나
간다. 이러한 새로운 삶의 태도가 다름 아닌 하이데거가 말하는
'기투성'이다.

물론 뒷걸음쳐 물러서는 가장자리 뒤쪽에 반드시 평평한 대
지가 있다는 의미는 아니다. 그곳에는 비록 낭떠러지보다는 조
금 나을지 모르지만 또 다른 난관과 역경이 놓여 있다. 과부를
짝사랑하던 파블리스가 바다에 투신하여 자살한 뒤 마을의 유지
아나그노스티스 영감은 우연히 길에서 만난 화자에게 그 청년이
죽은 것이 차라리 잘된 일인지도 모른다고 말한다. 그러면서 영
감은 "앞쪽에는 심연이 가로놓여 있고 뒤쪽에는 홍수가 밀어닥
쳐, 말하자면 빼도 박도 못하는 진퇴양난인 셈이지."라고 말한다.
이렇게 진퇴양난의 입장에 서 있을망정 카잔차키스는 실존주의
자들처럼 앞쪽으로 발을 내디뎌 낭떠러지에 떨어지기보다는 뒷
걸음쳐 뒤쪽으로 다시 돌아서는 것이 현명하다고 주장한다. 삶
이란 장밋빛처럼 그렇게 낙관적인 것은 아니지만, 우리에게 주
어진 것은 그것 하나뿐이기 때문이다.

카잔차키스는 『그리스인 조르바』에서 카오스의 가장자리에
서서 삶의 참모습을 목격하고 난 뒤 새롭게 살아가는 태도를 두
고 '신성한 경외감'이라고 부른다. 이 '신성한 경외감'은 하이데
거가 말하는 기투성과 크게 다르지 않다. 정통 신학의 관점에서
보면 무신론자라고 할 카잔차키스가 '신성한 경외감'이라는 낱
말을 사용하는 것이 자칫 불경스럽게 느껴질지도 모른다. 실제
로 그는 그리스 정교회로부터 파문을 당하다시피 했고, 로마 교

황청으로부터는 실제로 파문을 당했다. 사망한 뒤에는 성당에서 장례식도 치르지 못하고 시신도 성당 무덤에 묻히지 못했다. 그러나 '신성한 경외감'은 인간 실존에 대하여 나름대로 그가 내린 진지한 판단이다.

실존주의자들처럼 카잔차키스는 삶이 일회적이기 때문에 더더욱 경외감을 갖고, 소중하고 값지게 여겨야 한다고 믿는다. 삶은 일회적이기 때문에 살 만한 가치가 없는 것이 아니라 일회적이기에 오히려 살 만한 가치가 있는, 더없이 소중한 것이다. 그러므로 카오스의 낭떠러지에서 앞쪽으로 발을 내딛고 삶을 포기하는 자살 행위는 곧 삶을 배반하는 행위일 뿐 결코 바람직한 태도는 아니다. 방금 언급한 장면에서 아나그노스티스 영감은 깊은 절망의 늪에 빠진 채 화자에게 "만에 하나 이 세상에 다시 태어난다면, 나도 파블리스처럼 목에 돌멩이를 달고 바다에 뛰어들 거요. 참으로 고해(苦海) 같은 인생살이요. 아무리 복 많은 인생도 고통뿐이거든. 망할 놈의 인생!"이라고 내뱉는다. 그가 삶을 고통의 바다로 간주하는 것은 맞지만 자살하겠다고 생각하는 것은 옳지 않다. 물론 그는 '이 세상에 다시 태어난다면'이라는 단서를 붙이고 있다. 그는 자살하지 않고 아흔 살이 넘도록 장수를 누리며 마을 사람들한테서 존경을 받으며 살아간다.

화자는 이 '신성한 경외감'을 이번에는 '신성한 공포'와 연결시킨다. 조르바는 화자에게 소중한 인생 철학을 전해 주지만 때로는 화자에게 삶의 의미를 묻기도 한다. 작품의 한 장면에서 조르바는 고뇌에 찬 목소리로 "우리가 어디에서 와서 어디로 가는지 듣고 싶소. 보스는 오랫동안 청춘을 불사르면서 모르긴 몰라도 몇 트럭의 분량 종이에서 마법의 주문을 읽으며 뭔가 정수를 얻어 냈을 테지요. 그래 무슨 정수를 찾아냈소?"라고 따져 묻는다. 이 질문을 받은 화자는 "내가 그의 물음에 답할 수 있다면 얼마나 좋을까!"라고 먼저 운을 뗀다. 그러고 난 뒤 그는 "인간이 성취할 수 있는 최상의 경지는 지식도 아니고, 미덕이나 선이나 승리도 아닌, 다른 어떤 것, 좀 더 고상하고 좀 더 영웅적이고 절망적인 것, 다시 말해서 경외심, 신성한 공포라는 것을 뼈저리게 느꼈다. 인간의 정신은 이 신성한 공포를 넘어설 수가 없다."라고 말한다. 이 '신성한 경외심'이나 '신성한 공포'가 바로 실존주의자들이 받아들이는 삶의 방식이다. 한편으로는 삶의 일회적 의미를 깊이 깨닫고 다른 한편으로는 이 일회적인 삶을 좀 더 의미 있게 살려 하는 데 온갖 노력을 아끼지 않는 것이다.

카잔차키스에게 삶을 의미 있게 살아가는 방법 중 하나는 수동적인 태도로 삶을 고찰하고 관조하기보다는 오히려 능동적으로 행동하는 것이다. 근대 철학과 과학의 견인차 역할을 한 르네 데카르트가 인간의 본질을 사고(思考)에서 찾았다면 카잔차키스와 조르바는 구체적인 행동에서 인간의 본질을 찾는다. "나는 생각한다. 그러므로 존재한다."라는 데카르트의 명제가 카잔차키스에 이르러서는 "나는 행동한다. 그러므로 존재한다."로 바뀐다. 조르바는 책 읽고 글 쓰며 생각만 하는 화자가 마음에 들지 않는다. 그래서 그에게 "행동! 행동! 그 밖에 다른 구원 따위는 없어. 태초에 행동이 있었노라, 그리고 종말에도 역시."라고 일갈한다. 여기서 조르바는 "태초에 말씀이 있었다."라는 「요한복음」의 첫 구절을 패러디하여 "태초에 행동이 있었노라."라고 말한다.

사고와 행동과 관련하여 조르바가 뱀과 같은 존재라면 화자는 새와 같은 존재다. 카잔차키스는 화자의 입을 빌려 조르바가 머리끝부터 발끝까지 온몸을 대지에 발을 딛고 살아가는 뱀과 같은 인간이라고 말한다. 화자는 "아프리카의 원주민들이 뱀을 숭배하는 이유는, 뱀이 온몸을 땅에 대고서 대지의 비밀을 배로, 꼬리로, 고환으로, 대가리로 알기 때문이거든. 뱀은 늘 어머니 대지를 만지고 접촉하고 그것과 하나가 되지. 조르바도 이와 비슷하지 않은가."라고 말한다. 그러면서 화자는 "우리처럼 먹물을 뒤집어쓴 사람들은 공중에 나는 새들처럼 골이 텅텅 비어 있지."라고 밝힌다. 행동보다 언제나 생각이 앞서는 화자와 달리 조르바는 먼저 행동하고 나중에 생각하는 인물이다. 조르바에게 행동이 뒤따르지 않는 생각이란 허공에 맴도는 메아리처럼 공허할 뿐이다.

조르바가 여러 번 화자에게 읽고 있는 책을 모두 불살라 버리라 말하는 것도 이와 무관하지 않다. 화자는 책을 탐독하며 지나치게 관념에 빠져 있기 때문이다. 그동안 유럽을 지탱해 온 근대의 이성과 합리성은 두 차례에 걸친 세계 대전 이후 점차 설득력을 잃었다. 몇몇 지식인들과 예술가들을 중심으로 이성과 합리성보다는 직관과 상상력이 인간의 삶을 좀 더 잘 설명해 준다는 생각이 널리 퍼졌다. 카잔차키스에게 두뇌, 즉 이성이란 '영원한 식료품 상인'에 지나지 않는다. 조르바는 화자에게 "인간의 머리란 식료품상 주인과 같소. 계속 계산하면서 장부에 이렇게 씁니다. '얼마를 지불했고, 얼마를 벌었고, 이 액수는 손실이고, 저 액수는 이익이다.' 똑똑한 머리는 뛰어난 지배인과 같습니다."라고 말한다. 이렇게 식료품 상인처럼 머리를 짜내어 계산하고 또 계산한 결과가 어떠한가? 지난 2000여 년 동안 쌓아 온 문명의 성을 하루아침에 깡그리 무너뜨리지 않았던가? 그래서 조르바는 차가운 머리로 사물을 바라보는 대신 뜨거운 가슴으로 바라보려고 한다.

그러고 보니 『그리스인 조르바』의 몇몇 작중 인물이 유럽을 끔찍이 싫어하는 것도 선뜻 수긍이 간다. 화자의 친구 중에는 카라얀니스라는 괴짜가 있다. 그 친구는 크레타섬에 있는 신학교에서 교편을 잡다가 여학생과의 스캔들이 문제가 되자 교수직을 헌신짝처럼 버리고 아프리카에 건너가 사업을 하고 있다. 화자에게 보낸 편지에서 카라얀니스는 "아, 이 그리스인이여, 도대체 언제쯤이면 자네는 유럽, '바빌론의 제왕, 창녀의 어머니요 지구상에서 혐오스러운 것들의 어머니'라고 할 유럽에서 젖을 뗄 작정인가?"라고 묻는다. 서양 문명의 요람이라고 할 그리스를 '바빌론의 제왕'이나 '창녀의 어머니'라고 부르는 것이 여간 놀랍지 않다. 그가 이토록 유럽을 싫어하는 까닭은 유럽인들이 지나치게 합리주의나 이성 중심주의의 감옥에 갇혀 세상을 균형 있게 보지 못하기 때문이다.

더구나 카잔차키스는 조르바를 통하여 인간이 의미 있게 살기 위해서는 기존의 질서나 사회적 규범을 따르는 대신, 내면의 목소리에 귀를 기울여야 한다고 말한다. 많은 사람들이 누가 언제 만들어 놓은지도 모르는 사회적 규범에 얽매여 노예처럼 살아간다. 사르트르는 사회적 규범에 얽매여 수동적으로 살아가는 삶을 '중고품 인생'이라고 부른다. 이러한 사람들의 삶은 남이 쓰다 버린 물건을 주워다 사용하는 것과 크게 다르지 않다는 것이다. 카잔차키스도 사르트르처럼 이렇게 중고품처럼 살아가는 방식이야말로 소중한 삶을 낭비하는 것이라고 생각한다. 기존의 질서나 사회적 규범을 맹목적으로 따르다 보면 개인은 자칫 자신의 정체성과 자유를 상실하게 된다. 이러한 질서나 규범은 법처럼 강압적인 외부의 힘에 의해 지켜지기도 하지만, 도덕이나 윤리처럼 개인이 어렸을 적부터 내면화한 나머지 인식하지 못한 채 따르게 되기도 한다.

그렇다면 개인의 정체성과 자유를 억압하고 위협하는 기존 질서나 사회적 규범이란 구체적으로 무엇인가? 가령 권위, 도덕적, 윤리적 규범, 신념, 추상적 관념, 종교, 국가 따위가 바로 그것이다. 피레우스 항구에서 증기선을 타고 크레타섬으로 가는 첫 장면에서 조르바는 뱃멀미에 시달리며 옆에 있는 승객 둘이 정치 문제로 입씨름하는 소리를 열심히 엿듣는다. 한 승객은 왕정을, 다른 승객은 수상을 수반으로 하는 민주주의 체제를 지지한다. 조르바는 화자에게 "한물간 정치 체제야!"라고 말하고는 가소롭다는 듯이 고개를 저으며 침을 탁 뱉는다. 화자가 "'한물간 정치 체제'라니요?"라고 되묻자 조르바는 "저 사람들이 지껄이는 소리 말이오. 왕정이니, 민주주의니, 국회니. 꼴값 떨고 있 잖아!"라고 대답한다. 화자는 이 대답을 듣자 "조르바는 이미 그 것을 초월한 사람이었기 때문에 그의 눈엔 동시대의 현상조차 이미 낡아 빠진 구시대의 현상으로만 보였다. 그의 내면 세계에 서 전보, 증기선, 철도, 현재 널리 퍼져 있는 도덕, 애국심, 종교 는 분명 한물간 퇴물이었다. 그의 정신은 누구보다도 시대를 앞 서고 있었던 것이다."라고 생각한다. 작품이 거의 끝날 무렵 한 장면에서 화자는 "이 모든 허깨비들부터 도망쳐야 해. 붓다, 하느 님, 조국, 이상으로부터."라고 말한다. 이 장면에서 화자가 말하 는 '허깨비들'이란 바로 개인의 자유를 억압하는 가치와 신념, 그 리고 사회적 규범들이다. 그리고 화자는 조르바의 도움으로 조 금씩 그러한 허깨비들을 버린다.

이렇듯 카잔차키스는 어느 작가보다도 개인의 자유를 갈구 하는 작가다. 그가 그리스 정교회에서 파문당하다시피 한 뒤 사 망하여 성당 무덤에도 묻히지 못했다는 사실은 이미 앞에서 밝 힌 바 있다. 그의 무덤은 지금 그의 고향 크레타섬 이라클리온에 있고, 그 무덤에는 묘비가 서 있다. 그런데 묘비에는 "나는 아무 것도 바라지 않는다. 나는 아무것도 두려워하지 않는다. 나는 자 유다."라는 짧은 세 문장이 새겨져 있다. 카잔차키스가 살아서 얼 마나 끔찍하게 자유를 갈구했는지 단적으로 엿볼 수 있는 대목 이다. 작품에서도 조르바는 화자에게 "나는 인간이란 자유를 원 하는 존재라고 믿었소."라고 말한다. 조르바가 얼마나 자유를 갈 구하는 인물인지는 그의 별난 행동을 보아도 알 수 있다. 어느 날 화자는 조르바의 왼쪽 검지가 중간에서 잘려 나간 것을 보고 어찌 된 영문인지 묻는다. 그러자 조르바는 다름 아닌 '자유' 때문이었다고 대답한다. 그러면서 자신이 한때 도자기를 만드는 도공 노릇을 한 적이 있다고 말한다.

한때는 도자기를 만든 적도 있었소. 그 일에 거의 미쳐 있었죠. 진흙 덩이를 들고 원하는 건 뭐든 마음대로 만든다는 것이 어떤 건지 아시오? 진흙 한 덩이를 떡하니 올려놓고 돌림판을 미친 듯이 돌리는 거요. —푸르르르르! — 그리고 당신은 서서 그걸 내려다보면서 '주전자를 만들어야지.', '접시를 만들어야지.', '석유램프를 만들어야지.', '뭐든지 다 만들겠어!' 이렇게 중얼거리지. 분명히 말하지만, 이렇게 외친다는 건 진정한 인간이 된다는 거요. 자유 말이오!

조르바가 계속 자유에 대하여 말하자 화자는 안달이 나서 그의 손가락이 어떻게 해서 잘려 나갔는지 묻는다. 그러자 조르바는 "아 글쎄, 그놈의 손가락이 돌림판에 방해가 되는 거요. 자꾸 중간에 끼어들어 내가 만드는 모양을 망쳐 버리지 뭐요. 그래서 어느 날 손도끼를 갖다가 그만……."이라고 대답한다. 보통 사람이라면 생각할 수도 없는 일이지만, 조르바는 왼쪽 검지가 도자기를 만드는 데 계속 방해가 되자 손도끼로 잘라 버렸던 것이다.

그런데 여기서 한 가지 염두에 두어야 할 것은 카잔차키스나 실존주의자들이 부르짖는 자유는 어디까지나 제한된 자유라는 점이다. 인간이 자신의 의지와 상관없이 이 우주에 '던져진' 이상, 또한 그의 삶이 일회적인 것에 지나지 않는 이상 그의 자유는 제한을 받을 수밖에 없다. 작품 첫 부분에서 카잔차키스는 오귀스트 로댕의 조각 작품 「하느님의 손」을 언급한다. 화자는 언젠가 이국 도시의 로댕 전시회에서 이 조각품을 감상했던 일을 회상한다. 청동 손은 반쯤 오므려져 있었고, 그 손바닥에서 황홀경에 빠진 두 남녀가 서로 뒤엉켜 있는 모습을 보고 적잖이 당황한다. (실제로 로댕의 이 작품은 청동이 아니라 대리석으로 만들어졌다.) 평소 시시껄렁한 대화를 싫어하는 그였지만 그날만은 무슨 힘에 이끌려서인지 옆에 서서 조각품을 감상하는 젊은 여자 하나를 돌아보며 말을 건넨다. "지금 무슨 생각을 하십니까?"라고 묻자 그녀는 "누구라도 도망칠 수 있으면 좋겠어요!"라고 악의에 찬 듯이 대답한다. 그러자 화자는 "어디로 도망친단 말입니까? 어디든 하느님의 손아귀 아니겠어요? 구원 같은 건 없어요. 그래서 마음이 혼란스러운 건가요?"라고 대꾸한다. 그러면서 그는 그 남녀는 비록 자유를 갈구할지 모르지만 청동 손 안에 있을 때만 자유로울지 모른다고 말한다. 그러고 보니 "이 모든 것이 내 손이 만들었고 이 모든 것이 내 것이다."(「이사야」 66장 2절)라는 구절이 떠오른다. 사르트르가 "자유는 감옥이다."라고 잘라 말한 것도 바로 그 때문이다.

카잔차키스는 인간이 비록 자유를 제한받고 있기는 하지만 될 수 있는 대로 그 자유를 만끽하며 살아갈 것을 제안한다. 『그리스인 조르바』 전편을 관류하는 주제가 하나 있다면 현세주의적인 삶의 방식이다. 고대 로마 시대의 시인 호라티우스가 말한 '카르페 디엠(Carpe Diem)'이 바로 그것이다. 그는 「송가」에서 "현재를 붙잡아라. 될 수 있으면 내일이라는 말은 최소한으로 믿어라."라고 노래한다. 과거는 이미 지나가 버렸고 미래는 알 수 없는 것이기 때문에 '지금 여기'에서의 삶에 충실할 것을 부르짖는다. 호라티우스는 에피쿠로스학파에 속한 시인이기 때문에 이 구절은 쾌락주의와 깊이 관련되어 있다고 할 수 있다. 물론 에피쿠로스가 말하는 것은 단순한 물질적 쾌락이 아니라 고통이 없는 상태를 말한다.

어찌 되었든 내세를 믿지 않는 조르바는 현세의 삶에 충실하려고 노력한다. 음식을 먹고 포도주를 마시고 섹스를 하는 것을 조금도 부끄럽게 생각하지 않는다. 부끄럽게 생각하기는커녕 오히려 자랑스럽게 생각할 정도다. 조르바는 육체와 정신, 물질과 육체를 애써 구분 짓지 않는다. 매주 일요일이면 화자와 함께 마담 오르탕스의 호텔에 가서 푸짐하게 저녁 식사를 한다. 어느 일요일에 화자는 해변에 앉아 단테의 작품을 읽고 있는데 조르바가 찾아와 마담 오르탕스의 호텔로 식사를 하러 가자고 제안한다. 화자가 별로 배가 고프지 않다고 말하자 조르바는 자신의 허벅지를 치며 소리를 지른다. "아침부터 아무것도 먹지 않았잖아요. 당신의 몸에도 영혼이 있어요. 그 육체를 불쌍하게 여기시오. 그에게 먹을 걸 줘요, 보스 양반. 뭐든 먹을 것을 좀 주라고요. 육체는 나귀 같은 거예요. 나귀에게 먹이를 주지 않으면 목적지의 절반도 가지 못해 당신을 버릴 겁니다." 조르바의 말을 듣고 나서 화자는 마침내 "나는 몇 해 동안 그런 육체의 쾌락을 혐오해 왔다. 할 수만 있으면 나는 부끄러운 짓을 하듯 은밀하게 음식을 먹어 치웠다."라고 고백한다. 그런가 하면 조르바는 화자에게 "어떤 사람들은 음식으로 비계와 똥을 만들고, 어떤 사람들은 일과 유쾌한 기분을 만들지. 그리고 듣자 하니 누구는 하느님을 만든다고도 합디다."라고 말하기도 한다. 인간이 음식을 먹고 그것으로 하느님을 만든다는 말에는 단순히 신학에서 말하는 성화(聖化) 또는 성변화(聖變化) 이상의 의미가 담겨 있다. 조르바는 물질과 영혼, 육체와 정신이 하나라는 사실을 힘주어 말한다.

　이렇듯 조르바는 서유럽의 철학자들이나 신학자들이 흔히 그래 왔듯이 육체와 영혼, 물질과 정신을 굳이 구별하지 않는다. 그에게 육체/정신, 물질/육체, 선/악, 신/악마 같은 이분법은 별로 의미가 없다. 작품의 후반부에서 산속 성모의 수도원에서 수도 생활을 하던 자하리아스 신부는 조르바의 사주를 받아 수도원에 불을 지른 뒤 조르바와 화자가 머물고 있는 해변의 오두막에 찾아온다. 마침 저녁 식사 시간이라 조르바는 화덕에서 음식을 내리며 묻는다.

　"자하리아스, 이 '천사의 빵'은 뭐요?" 그가 물었다.

　"영혼이지요." 수도사가 성호를 그으며 대답했다.

　"영혼이라. ── 다른 말로 하면 바람이 되나요? 그걸로는 배를 불릴 수가 없죠. 자, 이리 와 앉아서 빵과 생선 수프, 그리고 농어를 몇 조각 먹어요. 아주 큰일을 했소. 그러니 자, 어서 먹어요!"

방금 언급했듯이 화자는 조르바와 생활하면서 음식을 먹는 것이 '영적인 의식'이라는 사실을 깨닫기 시작한다. 조르바를 만나기 전만 해도 그는 음식을 먹는 것이 유기체가 생명을 유지하기 위하여 자양분을 섭취하는 행위에 지나지 않는다고 생각했다. 그래서 그는 음식을 먹는 행위에서 아무런 즐거움도 느낄 수 없었다. 이 점과 관련하여 화자는 "내가 난생처음으로 먹는 즐거움을 느낀 것은 바로 이곳 해변에서였다. 매일 저녁 조르바가 오두막 밖 화덕 끝자락에 있는 돌 두 개 사이에 불을 지피고 요리를 해서 먹고 술도 조금 마시면 우리의 대화는 마치 풍선처럼 부풀어 올랐다. 나는 식사도 숭고한 영적 의식이라는 사실을, 고기와 빵과 포도주는 영혼을 만드는 재료라는 사실을 처음 깨달았다."라고 고백한다.

그리스 동방 정교회를 비롯하여 천주교와 성공회의 성찬 전례에서는 집전자인 사제나 주교가 빵과 포도주를 축성한다. 천주교에서는 빵은 성체, 즉 예수의 몸으로, 포도주는 성혈, 즉 예수의 피로 실제적인 변화를 한다고 믿는다. 한편 성공회에서는 빵과 포도주가 예수의 몸과 피로 변하는 것이 아니라 성령에 의해 예수가 빵과 포도주에 임재한다고 믿는다. 그런가 하면 개신교에서는 예수의 수난을 기억하는 기억의 성례전으로 이해한다. 어찌 됐든 빵과 포도주가 성령과 관련되어 있는 것은 틀림없다. 그러나 조르바나 화자는 기독교에서 말하는 성찬의 상징적 의미보다는 세속적 의미에 좀 더 무게를 싣는다.

조르바에게는 음식을 먹고 포도주를 마시는 것 못지않게 중요한 것이 섹스다. 섹스도 음식처럼 삶을 의미 있게 살아갈 수 있게 해 주는 원동력이요 성스러운 의식이다. 그는 화자에게 다른 사람들은 나이를 먹을수록 현명해지지만 자신은 오히려 나이를 먹을수록 거칠어지고 야수처럼 되어 간다고 고백한다. 그의 이 말에는 성적으로 왕성해진다는 의미도 담겨 있다. 그는 여성 편력이 무척 화려하다. 조르바에게 화려한 여성 편력은 부끄러워할 일이나 치욕이 아니라 오히려 훈장처럼 자랑스러운 일이다. 그는 화자에게 "제일 맛있는 고기는 훔친 고기다."라는 마케도니아 속담을 들려주며 자신의 외도를 자랑스럽게 떠벌린다. 화자가 그에게 도대체 그동안 몇 명의 여성과 관계를 맺었느냐고 묻자 조르바는 "수탉이 장부에 (암탉과 관계한 수를) 기록하는 거 본 적 있소?"라고 되물으면서 잠자리를 같이한 여성을 하나하나 헤아릴 수도 없다고 말한다. 심지어 그는 잠자리를 같이한 여성의 음모를 몇 가닥씩 뽑아 베개를 만든 적도 있다. 조르바는 낯선 마을에 가면 으레 그 마을에 과부가 살고 있는지부터 묻는다. 크레타섬에 도착해서도 예외가 아니어서 마을 사람들에게 그것부터 물었다. 이곳에 사는 젊은 과부는 화자의 몫으로 돌리고, 자신은 유럽의 카바레를 전전하며 노래를 부르고 몸을 팔던 마담 오르탕스를 차지한다.

언젠가 하루 화자는 조르바에게 금욕주의자인 어느 성인이 여자를 보고 유혹을 느끼자 도끼를 가지고 생식기를 잘라 냈다고 말한다. 그러자 조르바는 "거시기를 자르다니! 멍청한 놈 같으니! 지옥에나 떨어져라! 거시기는 축복일망정 절대 방해물이 아니란 말이오!"라고 버럭 소리를 지른다. 생식기야말로 '천국으로 들어가는 열쇠'라고 잘라 말하면서 "거시기를 상하게 한 자는 천국에 들어가지 못해!"라고 단언한다. 더구나 조르바는 하느님이 최후 심판의 날에 인간이 범한 모든 죄는 용서해 주셔도 이성과 잠자리를 같이할 수 있는데도 그렇게 하지 않은 죄만은 절대로 용서하지 않는다고 말한다. 조르바는 "하느님은 스펀지 행주를 들고 있다가 모든 죄를 깨끗하게 용서해 주십니다. 다만 이 죄만은 용서하지 않아요. 보스 양반, 여자랑 잘 수 있는데도 자지 않은 사내놈들에게 화 있을진저! 사내놈이랑 잘 수 있는데도 자지 않은 계집들에게도 화 있을진저!"라고 말한다.

조르바는 비단 음식과 포도주와 섹스만을 만끽하려 한 것이 아니다. 그에게는 길가에 돋은 풀 한 포기, 고목 가지에 피어나는 꽃 한송이, 해변의 조약돌 하나, 바람 한 줄기도 똑같이 소중하다. 그의 눈에는 삼라만상이 창조의 아침처럼 신선하고 새롭다. 화자를 비롯한 보통 사람들에게는 너무 익숙해서 예사로 보이는 것들도 어린아이처럼 천진난만하고 순수한 그의 눈은 비켜 가는 법이 없다. 평범한 것들도 조르바에게는 '엄청난 수수께끼'처럼 보인다. 그는 모든 사물을 태어나서 처음 바라보는 것처럼 대하곤 한다. 더구나 조르바는 이러한 사물에는 신성함이 깃들어 있다고 생각한다. 나무와 돌도, 마시는 물도, 그리고 심지어 맨 발로 딛는 땅에도 영혼이 숨 쉬고 있다는 것이다. 친구의 편

지를 받고 마음이 들뜬 화자는 조르바에게 마을로 같이 내려가
자고 제안한다. 조르바는 울타리에 핀 수선화를 꺾으며 화자에
게 "보스 양반, 돌멩이들과 꽃과 비가 하는 말을 알아들을 수 있
다면 얼마나 좋을까요!"라고 말한다. 그러면서 이렇게 덧붙인다.

"그것들이 우리를 부르고, 또 부르고 있는지도 몰라요. 다
만 우리가 그 말을 듣지 못할 뿐이죠. ─ 마치 우리가 불러도 그
녀석들이 듣지 못하는 것처럼 말이오. 도대체 언제쯤이면 인간
의 귀가 활짝 열릴까요, 보스 양반? 도대체 언제쯤이면 우리가
눈을 떠서 사물을 보고, 또 언제쯤이면 두 팔을 벌려 우리 모두
가 ─ 돌멩이, 꽃, 비, 사람들 말이오. ─ 서로를 껴안을 수 있을
까요?"

이 두 장면에서 조르바는 시인의 상상력이 무색할 정도로
뛰어난 시적 감각을 보여 준다. 적어도 이 점에서는 그를 물활론
자나 범신론자로 보아도 크게 틀리지 않을 것 같다. 조르바의 세
례를 받고 새로 태어나기 시작한 화자는 목재 사업 문제를 상의
하기 위하여 조르바와 함께 성모의 수도원에 가던 도중 잠시 풀
밭에 누워 휴식을 취한다. 주위의 대자연을 바라보며 화자는 잠
시 생각에 잠긴다. "하느님은 시시각각 그 얼굴을 바꾼다. ⋯⋯어
느 때 그분은 시원한 물 한 잔이 되기도 하고, 어느 때는 우리 무
릎에 뛰노는 어린 아들이 되기도 하며, 또 어느 때는 요염한 여
자가 되는가 하면, 길지 않은 아침 산책이 되기도 한다." 조르바
를 만나기 전의 화자라면 상상도 할 수 없는 깨달음이다. 하느님
이 때로는 '요염한 여자'가 된다는 그의 말은 자못 불경하게 느

껴지면서도 그 발상의 참신함에는 절로 고개가 끄덕여진다.

마지막으로 카잔차키스는 삶을 의미 있게 살아가는 방식으로 초월적 존재자가 없이 살아가는 방법을 제시한다. 무신론적 혹은 무종교적인 그의 태도는 그리스 정교회에 대한 태도에서 쉽게 엿볼 수 있다. 『그리스인 조르바』에서 작가는 그리스 정교회를 신랄하게 비판한다. 그가 정교회로부터 이단 혐의를 받고 파문을 당하다시피 한 것은 이 작품 때문이 아니라 『최후의 유혹』이라는 작품 때문이지만 『그리스인 조르바』에서도 정교회 비판이 여간 날카롭지 않다. 화자와 조르바는 수도원장을 만나기 위하여 수도원에 가는 도중 길에서 자하리아스라는 수도사를 만난다. 수도사가 그들에게 어디로 가느냐고 묻자 그들은 예배드리러 수도원에 간다고 둘러댄다. 그러자 자하리아스 신부는 두 사람에게 "돌아가시오, 예수쟁이 형제님들! 당신들을 위해 돌아가라는 거요! 이곳은 성모의 정원이 아니라 사탄의 정원이오. 가난, 순종, 정절이 수도사의 월계관이라고들 하지요. 그건 거짓말이오! 새빨간 거짓말이란 말이오! 내 분명히 말하지만, 어서 돌아가시오! 돈, 젊은 사내들, 다음 수도원장은 누가 될 것인가, 이 세 가지가 바로 수도사들의 삼위일체요!"라고 내뱉는다. 그러면서 그는 수도원에서 예수 그리스도가 밤새 끙끙대며 신음하는 바람에 통 잠을 이룰 수가 없어 지금 수도원을 떠나는 중이라고 설명한다.

막상 수도원에 도착한 조르바와 화자는 자하리아스 신부의 말이 거짓이 아니라는 사실을 두 눈으로 똑똑히 확인한다. 자하리아스 신부는 수도원장에 대하여 "그놈은 지옥 불구덩이에서 영원토록 고통받아야 할 자요!"라고 비난한다. 스테파노스 수도원장뿐만 아니라 다른 수도사들도 타락한 생활을 하기는 마찬가지다. 도메티오스 신부와 그의 수련 수사 가브리엘의 동성애는 성모 수도원이 얼마나 타락했는지를 단적으로 보여 준다. 한마디로 이 수도원은 세속 사회를 깊은 산속에 그대로 옮겨 놓은 것에 불과하다.

카잔차키스는 앞에서도 잠깐 언급했듯이 여러모로 사르트르나 카뮈 같은 무신론적 실존주의자에 가깝다. 『그리스인 조르바』 곳곳에서 조르바를 비롯한 작중인물들은 걸핏하면 "하느님을 찬양할지어다!"라고 부르짖지만 이는 경건한 신앙심에서 나오는 말이라기보다 아무런 감흥 없이 입버릇처럼 내뱉는 감탄사에 지나지 않는다. 조르바는 하느님이 자신을 닮았다고 말하면서 "하느님도 흥청거리고, 사람을 죽이고, 부정한 짓을 하고, 사랑하고, 일하고, 잡아선 안 되는 새들도 잡으시지. ─ 꼭 나처럼 말이오. 하느님도 먹고 싶을 때 먹고 원하는 여자를 고르지. 물찬 제비 같은 여자가 지나가는 걸 보면 당신 가슴도 쿵쿵 뛰지."라고 말한다. 정통 기독교의 관점에서 보면 불경스럽기 그지없는 발언이라고 하지 않을 수 없다. 그런가 하면 조르바는 화자에게 "이 세상에서 좋은 건 하나같이 악마가 만들어 낸 것이야. 봄철, 아름다운 여자들, 포도주 ─ 모조리 악마가 만든 것이지. 수도사, 금식, 샐비어 차, 못생긴 여자들 ─ 이것들은 죄다 하느님이 만든 거고. 이러한 망할 데가 있나!"라고 말하기도 한다. 조르바의 이 말은 "참 아름다워라 주님의 세계는/ 저 솔로몬의 옷보다 더 고운 백합화……"로 시작하는 찬송가와는 거리가 멀어도 한참 멀다.

조르바는 인간이 신의 형상으로 빚어진 거룩하고 신성한 존재가 아니라 차라리 짐승에 가깝다고 생각한다. 전통적으로 서양에서는 인간을 천사와 짐승의 중간에 속하는 피조물로 간주했다. 그러나 조르바는 인간이 한낱 들짐승에 지나지 않는다고 말한다. 그는 화자에게 "인간이란 들짐승이오……. 보스 양반, 책을 몽땅 버리시오! 부끄럽지도 않소이까? 인간은 들짐승이란 말이오. 들짐승은 책을 읽지 않아요."라고 말한다. 또 다른 장면에서 조르바는 인간 중에서도 여성은 남성보다 더 짐승에 가깝고, 여러 민족의 여성 중에서도 러시아 여자들은 더더욱 짐승에 가깝다고 말한다. 러시아 여성들은 대지에 가깝게 붙어 살아가기 때문이라는 것이다.

이렇듯 조르바를 비롯한 카잔차키스의 주인공들은 초월적 신이 없는 우주에서 살아가는 방법을 배운다. 카뮈는 언젠가 "내세에 희망을 두는 것은 이 아름다운 현세를 배반하는 행위"라고 말한 적이 있다. 조르바도 카뮈처럼 기약 없는 내세에 소망을 두기보다는 아름다운 현세의 삶에 훨씬 더 무게를 싣는 인물이다. 조르바의 세계에 하느님은 존재하지 않거나, 존재한다 해도 이렇다 할 힘을 행사하지 못한다. 아니, 하느님이 존재하지 않는다고 말하기보다는 차라리 하느님과 악마가 함께 존재한다고 말하는 게 맞을지도 모른다. 한번은 조르바가 화자에게 마케도니아에서 게릴라로 싸울 때의 경험을 들려준다. 조르바는 "자, 보시오, 내 분명히 말하지만 이 세상은 수수께끼로 가득 차 있고, 인간은 대단한 짐승이오. ── 대단한 짐승이면서 대단한 신(神)이기도 하죠."라고 말한다. 그러면서 그는 단적인 예로 자신과 함께 싸운 요르가로스라는 게릴라 동료 병사를 거론한다. 요르가로스는 신적인 존재이면서 악마적인 존재요, 악마적인 존재이면서 동시에 신적인 존재이기 때문이다. 더 나아가 조르바는 모든 인간은 저마다 가슴속에 악마를 품고 살아간다고 말하기도 한다. 자하리아스 신부는 동료 수도사로부터 악마를 무려 일곱이나 품고 산다는 비난을 받는다. 그중 한 악마는 '요셉'이라는 이름으로 불린다. 재목을 운반하기 위하여 공들여 세운 고가 케이블이 무너지면서 재목 사업과 갈탄 광산 사업이 모두 물거품으로 돌아간 뒤 화자는 조르바와 함께 해변에서 양고기와 포도주를 마신다. 물론 술에 취한 탓도 있지만 화자는 "인간과 짐승과 하느님이 하나로 합쳐졌다."라고 말한다. 이 말은 조르바가 생각하는 인간의 속성을 단적으로 표현하고 있다.

한마디로 카잔차키스는 『그리스인 조르바』에서 지난 몇 세기 동안 서구인들이 당연하게 받아들여 온 유럽의 가치관과 신념을 반성하고 그것을 대신할 새로운 대안을 모색한다. 이 작품이 많은 독자에게 그토록 신성한 충격을 주는 까닭은 작가가 조금도 주저하지 않고 용기 있게 그 대안을 모색하기 때문이다. 화자의 영적 지도자라고 할 알렉시스 조르바는 작가가 입버릇처럼 말하듯이 '자유인' 그 자체라고 할 수 있다. 화자는 '조르바 학교'에서 현대 사회를 살아가는 데 필요한 새로운 지식을 조금씩 터득해 간다. 물론 그렇다고 그가 조르바의 삶의 방식을 그대로 따른다는 말은 아니다. 화자의 삶의 방식에 문제가 있지만 그렇다고 조르바의 삶의 방식이 언제나 옳은 것은 아니기 때문이다. 카잔차키스가 제시하는 삶의 방식은 조르바의 방식과 화자의 방식 사이 그 어디에 위치한 듯하다. 극단적인 두 방식이나 가치관 사이에서 답을 찾는 것은 어디까지나 독자의 몫이다. 답은 조르바 쪽에 더 가까이 있을 수도 있고, 화자 쪽에 더 가까이 있을 수도 있다.

2018년 1월

김욱동

옮긴이 김욱동
한국외국어대학교 영문과 및 동 대학원을 졸업하고 미국 미시시피 대학교에서
영문학 석사 학위를, 뉴욕 주립 대학에서 영문학 박사 학위를 받았다. 하버드
대학교, 듀크 대학교 등에서 교환 교수를 역임하고 서강 대학교 명예 교수 및
울산과학기술원(UNIST) 초빙 교수로 있다. 1987년《세계의 문학》에 「언어와
이데올로기-바흐친의 언어이론」을 발표하며 등단했다. 저술가, 번역가, 평론가로서
『모더니즘과 포스트모더니즘』, 『은유와 환유』, 『번역인가 반역인가』, 『녹색 고전』,
『소로의 속삭임』 등을 쓰고 『위대한 개츠비』, 『앵무새 죽이기』, 『오 헨리 단편선』,
『동물농장』 외 다수를 번역했다. '문학 생태학', '녹색 문학' 방법론을 도입해
생태의식을 일깨웠으며 『한국의 녹색 문화』, 『시인은 숲을 지킨다』, 『생태학적
상상력』, 『문학 생태학을 위하여』, 『적색에서 녹색으로』 등을 펴냈다.

그리스인
조르바

1판 1쇄 펴냄	2018년 2월 5일
1판 11쇄 펴냄	2023년 5월 1일

지은이	니코스 카잔차키스
옮긴이	김욱동
발행인	박근섭·박상준
펴낸곳	㈜민음사

출판등록	1966. 5. 19. 제16-490호
주소	서울시 강남구 도산대로 1길 62(신사동)
	강남출판문화센터 5층 (우편번호 06027)
대표전화	02-515-2000 │ 팩시밀리 02-515-2007
홈페이지	www.minumsa.com

한국어 판	ⓒ 김욱동, 2018. Printed in Seoul, Korea

ISBN	978-89-374-3673-4 (03890)